BASTEI
LÜBBE
TASCHENBUCH

Über die Autorin:

Amanda Jennings hat Kunstgeschichte an der Cambridge University unterrichtet und war bei der BBC in der Produktion tätig. Sie hat mehrere psychologische Spannungsromane geschrieben, die auch international veröffentlicht wurden. EUER DUNKELSTES GEHEIMNIS ist ihr neuester Roman und spielt in Cornwall, wo Jennings viel Zeit während ihrer Kindheit verbrachte. Heute lebt sie in Henley mit ihrem Mann und ihren drei Töchtern.

AMANDA JENNINGS

EUER DUNKELSTES GEHEIMNIS

THRILLER

Aus dem Englischen von
Christina Neuhaus

BASTEI LÜBBE
TASCHENBUCH

BASTEI LÜBBE TASCHENBUCH
Band 17 647

Dieser Titel ist auch als E-Book erschienen

FSC
www.fsc.org
MIX
Papier aus verantwortungsvollen Quellen
FSC® C083411

Vollständige Taschenbuchausgabe

Deutsche Erstausgabe

Für die Originalausgabe:

Titel der englischen Originalausgabe: »In Her Wake«
Originalverlag: Orenda Books, London

Für die deutschsprachige Ausgabe:

Textredaktion: Katharina Runden, Köln
Titelillustration: © Simon Green/Arcangel;
© Tomasz Darul/shutterstock
Umschlaggestaltung: Manuela Städele-Monverde
Satz: Urban SatzKonzept, Düsseldorf
Gesetzt aus der Garamond
Druck und Verarbeitung: CPI books GmbH, Leck – Germany
Printed in Germany
ISBN 978-3-404-17647-2

5 4 3 2 1

Sie finden uns im Internet unter www.luebbe.de
Bitte beachten Sie auch: www.lesejury.de

Prolog

In der Nacht ihres Todes hatte ich einen lebhaften Traum. Es war der Traum, den ich schon so oft träumte. In ihm renne ich. Jedes Mal. Der Herzschlag wummert in meinen Ohren. Mein Atem geht stoßweise, ist nur noch ein schmerzhaftes Keuchen. Es ist dunkel und kalt, und die Bäume scheinen mit ihren knorrigen Fingern nach mir zu greifen, als wären sie zum Leben erwacht. Die Wurzeln im Boden sind stark und meinem Blick verborgen, und so stolpere ich immer wieder auf meinem Weg. Meine Füße schmerzen. Ich senke den Kopf und bemerke, dass ich nur noch einen Pantoffel trage.

Wann habe ich nur den anderen verloren?

Jetzt ergreift Furcht von mir Besitz. Panik steigt in mir auf, und ich schnappe mühsam nach Luft. In meiner Brust wird es eng, als würde sie von der Hand eines Riesen zusammengequetscht, sodass ich schließlich kaum noch atmen kann. Es wird dunkler. Ich muss weiterlaufen. Und dann, als ich schon denke, nun ist es mit mir vorbei, erscheint vor mir ein herrlicher Sonnenaufgang und treibt die Dunkelheit zurück.

Sie sitzt, wie sie es immer tut, in einem strahlenden Lichtkreis auf dem Waldboden. Ein kleines Mädchen in einem weißen Nachthemd, das blasse Gesicht von weichen goldenen Locken umrahmt. Ich renne auf sie zu, und sie hebt den Blick. Als sie mich sieht, lächelt sie. Ich winke, und sie winkt zurück, dann muss ich lachen, weil sie meinen anderen Pantoffel trägt. Wir haben beide je einen nackten und einen beschuhten Fuß. Wie lustig! Als ich lache, beginnt das Licht zu verblassen, wie auch das Mädchen vor mir. Ich schreie so laut, dass es sich anfühlt, als müsste meine Lunge bersten. Ich muss sie erreichen, bevor sie sich gänzlich auflöst! Aber es ist, wie immer, zu spät. In dem Moment, in dem ich meinen Arm ausstrecke und meine Finger sie berühren wollen, ist sie verschwunden. Meine Hand greift ins Leere, als versuche sie, eine Rauchwolke einzufangen.

Dann wird es schwarz um mich, und der Boden zu meinen Füßen verschwindet. Ich stürze in die Tiefe, lande in einer Grube mit fensterlosen Wänden, die sich endlos in die Höhe zu erstrecken scheinen. Ich bin umgeben von schlüpfrigen Wänden, die in der Dunkelheit unmöglich zu erklimmen sind. Ich bin für immer verloren.

Das war mein Traum. In der Nacht ihres Todes.

EINS

»Du solltest im Wagen bleiben und mich zuerst mit ihm reden lassen.«

Ich erwidere nichts. Es war ja keine Frage, also ist auch keine Antwort nötig.

Ich starre aus dem halb geöffneten Fenster auf die Landschaft, durch die wir fahren, sehe die Sonne durch die Bäume blitzen und zerfetzte Strahlen auf die einspurige Fahrbahn werfen. Am Straßenrand wild wuchernde Hecken. Tief sauge ich die Luft in meine Lunge. Es ist die Luft, in der ich aufgewachsen bin. Luft, die nach regennassen Wiesen riecht und dem würzigen wilden Kerbel an ihren Rändern. Luft, die die Bauernhöfe, welche nur ein paar Meilen von hier entfernt liegen, erahnen lässt.

Eine ungute Vorahnung ergreift von mir Besitz, als wir die vertrauten Kurven nehmen, und dann setzt auch schon das *Tick, tick, tick* des Blinkers ein, das anzeigt, dass wir unser Ziel fast erreicht haben.

Der Wagen wird langsamer, biegt ein, dann kommt er zum Stehen. Ich wappne mich gegen den Anblick des Alten Pfarrhauses durch die sich nun langsam öffnenden Tore. Das Haus wiedersehen zu müssen ist zu viel für mich, weshalb ich rasch den Kopf senke und stattdessen auf meine knetenden Hände starre. David tätschelt mein Knie, eine Geste, die mich daran gemahnen soll, mich zusammenzureißen. Ich lehne mich gegen seine Schulter und frage mich kurz, ob er es wagen würde, den Wagen zu wenden und mich einfach von hier fortzubringen.

»Ich vergesse immer, wie schön es hier ist«, bemerkt er, als der Wagen langsam durch das Tor rollt. »Deine Mutter mag vielleicht verrückt gewesen sein, aber sie hatte ein Händchen für das Gärtnern.«

Ich will ihm sagen, dass er nicht so gemein sein soll, nicht heute und vor allem nicht angesichts des morgigen Tages, den wir noch durchzustehen haben. Aber ich tue es nicht. Stattdessen sage ich: »Ja, sie hat den Garten geliebt.«

Natürlich hat er recht. Es ist ein wunderschönes Anwesen. Ein perfekt proportioniertes Pfarrhaus aus grauem Stein, dicht bewachsen von flaschengrünem Efeu. Es steht inmitten eines prächtigen Gartens, der wiederum von einer hohen Backsteinmauer umgeben ist. Wildrosen umranken den Vordereingang. Wilder Wein, jetzt noch grün und saftig, dessen Blätter jedoch im Herbst feuerrot leuchten werden, schiebt seine Ranken über die Dachgesimse und Regenrinnen. Die abblätternde Farbe an den Fensterrahmen und das Unkraut zwischen den moosbedeckten Steinen der Terrasse verströmen einen Shabby-Chic-Charme. Im Haus selbst gibt es Dielen, die schon eine Ewigkeit knarzen, und Fenster, die selbst beim leisesten Windhauch klappern. Ein Ort aufwühlender Erinnerungen – Erinnerungen an tiefe Liebe, verriegelte Türen und klaustrophobische Einsamkeit. Und als ich schließlich doch zögernd den Blick hebe, brechen Welle um Welle die heranrauschenden Emotionen über mir zusammen. Das Haus ohne sie. Ich kann es mir immer noch nicht vorstellen.

Kies knirscht unter den Autoreifen, als wir auf die Einfahrt rollen. Die Bäume um uns herum scheinen sich vor uns zu verneigen, als seien sie untröstlich. Jetzt sehe ich uns, mich und meine Mutter, wie wir zwischen ihnen umherwandern. Ihre Hand, die meine fest umschließt, während sie mich ihre Namen lehrt. Ich blicke hinunter zum Teich, zur Trauerweide, deren zarte Zweige kraftlos im trüben Wasser treiben, als sei sie tatsächlich überaus betrübt. Ja, auch die Bäume werden sie vermissen.

»Du schaffst das schon.« David schiebt mir die Haarsträhne, die mir ins Gesicht gefallen ist, hinter mein Ohr und fegt mir etwas von der Schulter. »Ich bin ja bei dir.«

Ich nicke schweigend. Meine Aufmerksamkeit ist auf die Vordertür gerichtet, die sich nun langsam öffnet. Mir dreht sich der Magen um, als mein Vater heraustritt. Da steht er, leicht gebeugt, die Arme in die Hüften gestemmt. Und wie wir uns so durch die Windschutzscheibe hindurch anstarren, fällt mir auf, wie alt er geworden ist. Wann hat er stattgefunden, dieser dramatische Niedergang? War es ein schleichender, sich über Jahrzehnte hinziehender Prozess, der ihn jeden Tag ein wenig mehr verwittern ließ? Oder hatte der Verfall schlagartig eingesetzt, irgendwann im Laufe der letzten zehn Tage, ab dem Moment, da er mich im Wartebereich des Krankenhauses mit nichts als einem stummen Kopfschütteln begrüßt hatte?

Ich bemerke, dass seine braune Strickjacke falsch zugeknöpft ist. Schief hängt sie über seinen Schultern, und es versetzt meinem Herzen einen Stich. Wenn es noch einen Beweis gebraucht hätte, dass sie wirklich und für immer gegangen ist, dann ist es diese nachlässig geschlossene Jacke. Wäre sie noch am Leben, hätte sie ihm das Ding seufzend auf- und wieder richtig zugeknöpft, wie sie ihn stets für jeden Besuch zurechtgemacht hat.

David steigt aus dem Wagen, und ich beobachte, wie er auf den Hauseingang zugeht. Mit beiden Händen ergreift er die hagere rechte meines Vaters und schüttelt sie. Dann spricht er einige Worte. Mein Vater schenkt ihm ein dürres Lächeln, nickt und erwidert etwas. Dann schauen beide in meine Richtung, und ich wende den Blick ab.

Ich bin noch nicht bereit. Lautlos beginne ich zu weinen. Ich bin noch nicht bereit, meine Mutter zu beerdigen.

Als ich wieder aufsehe, bedeutet mir David, zu ihnen zu kommen, als gelte es, ein verängstigtes Tier aus seinem Käfig zu locken. Ich hole tief Luft und öffne die Wagentür.

»Hallo, Bella.«

Mein Vater klingt matt. Er hebt seinen Arm in meine Richtung, lässt ihn dann aber wieder sinken. Vielleicht hat er mein Zögern bemerkt. Aus der Nähe wirkt er geradezu gebrechlich. Der Anblick schockt mich. Die Farbe seiner Augen ist verblasst, ein fahles Wasserblau, wohingegen die dunkelroten Tränensäcke darunter wie frische Blutergüsse hervorstechen. Das Gesicht ist ausgemergelt und grau. Der Tod meiner Mutter hat ihn zweifelsohne verwüstet. Keiner von uns sagt ein Wort, und dann wird mir bewusst, dass David uns anstarrt, unser Verhältnis zueinander genau beobachtet, wie er es immer tut. Unsere fehlende Zuneigung füreinander, die emotionale Kluft zwischen uns. Ich zwinge mich, einen Schritt auf meinen Vater zuzugehen. Ich sollte ihn umarmen, das gehört sich einfach so, und so öffne ich widerstrebend meine Arme. Einen Moment lang reagiert er nicht auf diese Geste, und das Gefühl von Peinlichkeit kriecht über mich hinweg. Aber dann, in einer abrupten Bewegung, tritt er vor, packt mich und zieht mich an sich, hält mich so fest, dass es mich zunehmend nervös macht. Doch er lässt nicht locker, und allmählich entspanne ich mich. Ich erwidere die Umarmung, presse mich an den weichen Cashmere seiner falsch zugeknöpften Jacke, atme ihn ein, den Geruch seines muffigen Arbeitszimmers, der sich mit dem Duft der *Imperial-Leather*-Seife vermischt, einer Seife, die er schon ein Leben lang benutzt. Meine Mutter und ich verwenden eine andere Marke. *Pears Glycerine*. Wie ein Tritt in die Magengrube fühlt es sich an, als mir einmal mehr bewusst wird, dass sie ja nicht mehr unter uns ist und dass ich in dieser Familie nun die Einzige sein werde, die von diesem Duft umweht wird.

Und als mein Vater und ich uns gegenseitig halten, scheint alles andere um uns herum zu verblassen. Die untröstliche Trauerweide, das Haus, das sich im Hintergrund erhebt, ja, sogar David, der schweigsame Beobachter. Das alles wird bedeutungslos, als der Duft und die Berührung meines Vaters mich umfangen.

»Es tut mir leid«, flüstert er, und ich spüre seinen Atem an meinem Hals. Dann versteift sich sein Körper, und der Moment der Nähe ist vorüber. Er macht einen Schritt zurück und deutet eine Verbeugung an. »Bitte, ihr beiden, kommt doch herein.«

Einen Moment lang zögere ich, wappne mich gegen die seltsame Stille, die nun zwischen den grauen Steinmauern herrscht.

Im Haus selbst ist es kühl. Es riecht nach abgestandener Luft und Möbelpolitur. Ich nehme meine Mutter überall wahr, im ausgetretenen Steinfußboden, in den Ölgemälden an den Wänden, ja, sogar beim Anblick der fehlenden Blumen auf dem Konsolentisch. Nicht ein Tag verging, an dem es keine Blumen im Haus gab, und sie wäre ziemlich ungehalten, wenn sie wüsste, dass Vater heute keine geschnitten hat. Weshalb wir alle nun auch so etwas wie ihre strenge Missbilligung verspüren.

David und ich gehen durch bis zur Küche, während mein Vater die Vordertür schließt – erst das Chubbschloss, dann die Kette, dann die Bolzen oben und unten –, ein Geräuschkonzert, laut und vertraut. Es ist, als flüstere das Haus mir zu. Es macht mich verantwortlich für ihren Tod.

Ich hätte es nicht aufhalten können, möchte ich schreien. Selbst wenn ich geblieben wäre, wäre sie jetzt trotzdem tot.

Es ist nicht meine Schuld.

Die Vorhänge in der Küche sind aufgezogen. Mein Magen verkrampft sich. Der Anblick sollte mir eigentlich gefallen, aber das tut er nicht. Er fühlt sich falsch an, als hätte mein Vater sich damit irgendwie illoyal verhalten. Ich widerstehe dem Drang, die Gardinen zu schließen, und setze mich an den Tisch. Ich streiche mit der Innenseite meiner Hand über das gemaserte Holz, verharre über einem alten Fleck, der von einem Filzstift stammt. Hier habe ich meine Hausaufgaben gemacht, Tag für Tag, an genau diesem Platz, von dem ich mich nur für Mathe und die Naturwissenschaften fortbewegte, die Fächer, die ich mit Henry in seinem verstaubten, mit Büchern angefüllten Arbeitszimmer durchnahm. Stets saß meine Mutter mit ernstem Gesicht neben mir, den Stift gezückt, mit dem sie auf diese oder jene Passage in meinen Lehrbüchern deutete, die Stimme ruhig, aber bestimmt. Ich liebte es zu lernen. Nie habe ich ihr gestanden, dass mir der Unterricht mit Henry besser gefiel. Es hätte sie schrecklich verletzt. Sie war eine gute Lehrerin, glaube ich, und nichts hat mich mehr gefreut, als sie so zufriedenzustellen, dass sie mir einen glänzenden goldenen Stern ins Arbeitsheft klebte.

Ich sehe auf, als mein Vater in die Küche kommt. Unwillkürlich rechne ich noch immer damit, dass er plötzlich ein breites Grinsen aufsetzt und sagt: *Weißt du was? Es war nur ein kleiner Scherz meinerseits. Deine Mutter ist gar nicht tot, ihr ist nur ein wenig unwohl. Mach dir keine Sorgen. Sie kommt gleich runter.* Aber das geschieht nicht. Stattdessen nimmt er den Kessel mit zur Spüle, füllt ihn mit Wasser. Ich will ihm sagen, dass er ihn zu voll macht, dass es so eine Ewigkeit dauern wird, bis das Wasser kocht. Aber die Anstrengung, die es mich kosten würde, diese Worte zu formulieren, ist einfach zu groß.

»Und? Alles bereit für morgen, Henry?«, fragt David. »Oder gibt's vielleicht noch irgendetwas zu erledigen, was wir dir abnehmen könnten?«

Die Augen meines Vaters sind starr auf den Kessel gerichtet. »Oh, sehr nett, David, aber ich denke, ich habe so ziemlich alles auf den Weg gebracht. Du hast ja schon so viel für mich getan. Sie hätte nicht gewollt, dass ich eine große Sache daraus mache, also hab ich's schlicht gehalten.«

»Nun, ich bin da, falls du noch was brauchst. Im Grunde ist es gut, dass du alles so schnell erledigt hast. Ich finde, es hilft, wenn man diese Dinge so rasch wie möglich hinter sich bringt und sich das Ganze nicht allzu sehr in die Länge zieht.«

Wenn man diese Dinge so rasch wie möglich hinter sich bringt? Wollte David das wirklich so formulieren? Nervös schaue ich zu meinem Vater, aber er scheint die taktlose Wortwahl meines Mannes gar nicht registriert zu haben. Stumm nickt er und widmet sich weiter der Teezubereitung.

Vater dabei zuzusehen, wie er diese einfache Aufgabe zu bewältigen versucht, ist schmerzvoll. Hilflos steht er vor dem Schrank aus Kiefernholz. Sein Blick irrt durch die Regale, dann greift er zögernd nach einer einzelnen Tasse, die er auf dem Tisch abstellt. Sodann geht er zurück und holt die zweite. Danach die dritte. Als die drei Tassen endlich vor ihm stehen, scheint ihm jeglicher Antrieb abhandengekommen zu sein. Ich beobachte, wie seine Verwirrung wächst, höre ihn murmeln, dass doch noch irgendetwas fehlt, dass der Tisch irgendwie anders aussieht, wenn sie ihn deckt. Dann tritt so etwas wie Erkenntnis in seinen Blick, und er geht noch einmal zurück zum Schrank. Um gleich darauf mit einem Stapel Untertassen zurückzukehren, die er eine nach der anderen unter die Tassen schiebt. Eine Untertasse bleibt übrig, was ihn offenbar wieder aus dem Konzept bringt. Geräuschvoll fängt hinter ihm der Kessel an zu kochen, verspritzt dampfend Wasser über die Arbeitsfläche. Leicht irritiert dreht er sich um, dann schaut er wieder auf seine Hand, als könne ihm die überzählige Untertasse so etwas wie Erlösung aus der Not bringen.

Er braucht Hilfe, aber ich rühre mich nicht. Ich sitze da wie eine kalte, schweigende Statue und verabscheue mich dafür. Und so ist es David, der Henry eine Hand auf den Rücken legt und ihn zu einem Stuhl geleitet. Mein Vater lässt sich darauf fallen, als hätte er einen Marathon absolviert, vollkommen erschöpft durch den Versuch, drei Tassen Tee zu servieren. Ich wende meinen Blick ab, will nicht darüber nachdenken, wie schwierig das Leben noch für ihn werden wird.

Ein paar Stunden später – David hat derweil in einem Sessel im Wohnzimmer Platz genommen und arbeitet sich durch das Kreuzworträtsel der *Times* – zwinge ich mich dazu, mit meinem Vater unter vier Augen zu sprechen. Ich finde ihn im Arbeitszimmer, wo er an seinem Schreibtisch mit der lederbezogenen Platte sitzt. Es ist der Raum, in dem er die meiste Zeit verbracht hat, seit er nicht mehr praktiziert und sich zur Ruhe gesetzt hat. Hier las er medizinische Fachzeitschriften und Biografien aus dem Zweiten Weltkrieg und bereitete meine Schulstunden vor. Ich versuche das Porträt meiner Mutter nicht anzusehen, das hinter ihm hängt. Es ist ihr ohnehin kaum ähnlich – viel zu majestätisch, viel zu mager –, und ihre Miene wie ihr Blick haben mich immer erschreckt.

»Wie geht es dir?«, fragt er mich, als ich die Tür hinter mir schließe.

»Ich vermisse sie«, erwidere ich, während ich mich auf dem durchgesessenen Lehnstuhl in der Ecke niederlasse. »Es ist seltsam ohne sie, oder? Als wäre das Haus nun ohne Steuermann. Klingt das komisch?«

»Nein, das klingt überhaupt nicht komisch.« Er reibt sich schwer seufzend über das Gesicht. »Ich sollte dich wirklich fragen«, sagt er dann. »Ob du sie sehen möchtest, meine ich.«

»Wie bitte?«

»Ihren Körper. Möchtest du – musst du – sie vor der Beisetzung noch ein letztes Mal sehen? Der Bestatter meint, du könntest sie am Morgen besuchen.«

Es gruselt mich bei dem Gedanken, sie tot und grau in der Kühlschublade einer Leichenhalle zu sehen, gleich neben anderen toten, grauen Menschen.

»Nein«, sage ich, und es fällt mir schwer, mir mein Grauen nicht anmerken zu lassen. »Ich muss sie nicht noch einmal sehen.« Ich halte inne. Dann: »Danke trotzdem.«

Er nickt und ein Tränenfilm benetzt seine Augen. Ich verspanne mich. Der Gedanke, ihn weinen zu sehen, ist fast so grauenvoll wie der Gedanke, die Leiche meiner Mutter betrachten zu müssen. Wir verfallen in ein unbehagliches, unnatürliches Schweigen, und um mich abzulenken, richte ich meinen Blick auf das Bücherregal neben mir. Im zweiten Fach steht eine Handvoll Fotoalben, die Rücken sorgfältig mit selbstklebenden Buchstaben beschriftet. Ich fahre mit den Fingern darüber und suche mir eines heraus, auf dem *Elaine und Henry, Sommer 1977* steht.

Ich öffne das Album, und da ist sie. Das Foto raubt mir den Atem. Ich berühre ihr Gesicht, dann ihr Haar, dick und blond, die Farbe von Honig. Auf dem Bild trägt sie es hoch aufgesteckt, ein paar lose Strähnen hängen ihr bis auf die Schultern. Ihr Haar unterscheidet sich so sehr von meinem unbändigen mausgrauen Durcheinander. Einmal habe ich mir die Haare sogar blond gefärbt. Ich war zwölf, und Henry hatte gerade darauf bestanden, dass ich Schwimmen lerne, dabei meiner Mutter nachdrücklich klar gemacht, dass dies zwingend notwendig sei und dass sie ihre Angst vor großen Menschenansammlungen überwinden müsse. Am nächsten Tag dann bugsierte sie mich murrend und jammernd ins Auto und fuhr mit mir zum Friseur.

»Warum schneidest du mir nicht die Haare, Mama?«, fragte ich.

»Wenn du diesen verfluchten Schwimmunterricht mitmachst, wirst du auf andere Kinder treffen. Du brauchst einen guten Haarschnitt und ein bisschen Farbe. Kinder können grausam sein, weißt du? Das sagte ich dir ja schon. Wir wollen, dass du so gut wie möglich aussiehst.«

Also marschierten wir in den Salon.

»Sie braucht ein paar Akzente im Haar«, wies sie die Friseurin ohne große Vorrede an. »Haselnuss und Kupfer. Und ein bisschen fix, wenn ich bitten darf.«

»Es dauert so lange, wie's nun mal dauert, tut mir leid«, sagte die Friseurin.

»Machen Sie einfach hin.«

Meine Mutter, die kaum jemals das Haus verließ, saß nervös da und klopfte mit dem Fuß auf den Boden, den Blick starr auf die Tür gerichtet. So bekam sie auch nicht mit, wie die Friseurin mir vorschlug, dass Blond eigentlich die bessere Wahl sei. Und wie sie *Blond* aussprach. Es klang so exotisch und aufregend.

»Blonde haben einfach mehr Spaß, weißt du? Mit Ausnahme deiner Mutter natürlich. Nicht böse sein, aber es könnte doch nicht schaden, wenn die sich mal den Stock aus dem Hintern ziehen und ein bisschen Spaß haben würde, was? Wobei sie dafür vielleicht nicht blond genug ist.« Die Frau lachte und zwinkerte mir zu. »Also, wie sieht's aus? Blond?«

Ich zuckte leicht die Achseln und nickte. »Wie Sie meinen«, brachte ich trotz meiner krankhaften Schüchternheit heraus.

Ich kann mich noch gut erinnern, wie sehr mir der Anblick meines neuen Ichs gefiel. Aus dem Spiegel sah mir nicht mehr das schüchterne, stille Ding mit der mausgrauen Frisur entgegen, sondern ein anderes Mädchen – ein Mädchen mit wunderschönem blonden Haar, das ihre Züge unterstrich und ihre Augen hervorhob. Ich wandte mich zu meiner Mutter um, rechnete mit einem Lächeln. Aber sie weinte. Zuerst hielt ich es für Tränen der Freude, aber so war es nicht. Sie weinte auf dem gesamten Nachhauseweg. Kehlige Schluchzer, die ihren Körper so sehr durchschüttelten, dass ich Angst hatte, sie könnte mit dem Wagen von der Straße abkommen und uns beide in den Tod reißen. Meine Mutter hat mir nie erzählt, was sie damals so traurig gemacht hat. Und obwohl ich nicht sicher war, ob es an der Farbauffrischung lag – immerhin war das ihre Idee gewesen –, habe ich mir seitdem nie wieder die Haare gefärbt. Jetzt erinnere ich mich daran, wie sich ihr Haar anfühlte, wenn ich meine Finger darin vergrub, während sie mir vorlas, und mir laut wünschte, meine wären ebenso weich.

»Tja, und ich wünschte, ich hätte deine schönen Augen«, pflegte sie mir dann zuzuflüstern, bevor sie mich auf die Nasenspitze küsste. »Hellgrün – die Farbe von Seeglas. Genau wie die meiner Großmutter. Ziemlich unfair, dass du sie geerbt hast und ich nicht.«

Etwas, das meine Mutter und ich gemeinsam haben, ist der Teint. Milchweiß und durchscheinend, so zart, dass man das Netz der blauen und violetten Gefäße durchschimmern sieht, durch die das Blut pumpt.

Doch auch das teilen wir nun nicht mehr, denke ich, und mein Magen zieht sich aufgrund des sich einmal mehr bemerkbar machenden Verlusts zusammen.

Ich blättere durch das Album, und da, auf der letzten Seite, klebt plötzlich ein Foto, an das ich mich nicht erinnere. Sie ist im Urlaub, sitzt auf einem Handtuch am Strand. Die von Hitze und Sand erzeugten Gelb- und Rottöne werden durch die unnatürliche Farbwiedergabe des Siebzigerjahre-Filmmaterials noch verstärkt. Sie trägt einen weißen Bikini, der breite Gürtel mit dem schwarzen runden Plastikverschluss umspielt ihre Hüften. Das Haar ist lässig nach hinten gebunden und mit Sandkörnern gesprenkelt. Sie lehnt sich zurück. Auf ihre Hände aufgestützt, lächelt sie strahlend in die Kamera, die sommersprossige Nase wie so oft leicht gekräuselt. Vorsichtig hebe ich das Foto unter der Schutzfolie hervor und bringe es zu meinem Vater.

»Wann ist denn dieses Bild entstanden?«, frage ich und lege es vor ihn auf den Schreibtisch. Er hebt es hoch und blinzelt. Dann erscheint der Hauch eines Lächelns auf seinem Gesicht.

»Lange vor deiner Geburt. Das war in Griechenland.«

»Sie sieht so glücklich aus.« Ich fahre mit den Fingerspitzen über ihr Gesicht. »Und ich dachte, sie mochte es nicht, zu verreisen?«

Wortlos reicht er mir das Bild zurück.

»Tut mir leid, dass du nun ohne sie sein musst«, sage ich, weil mir nichts Passenderes einfällt.

»Ich komme schon klar.«

»Du wirst Hilfe im Garten benötigen. Vielleicht könnte ein- oder zweimal die Woche ein Gärtner kommen? Es würde ihr das Herz brechen, wenn er verkommen würde.«

»Dem Garten wird nichts passieren«, sagt er. »Ich kann mich sehr wohl selbst darum kümmern.«

Ich schüttle den Kopf. »Es geht nicht nur ums Laubharken und Rasenmähen, weißt du? Ich meine, du hast doch nie einen Rosenstrauch gestutzt, und im Garten gibt's Hunderte von Rosenstöcken.« Ich warte auf eine Antwort, aber die kommt nicht. »Sie würde es hassen, wenn ihre Rosen vernachlässigt würden«, setze ich leise hinzu.

Ich wende den Blick ab und schaue aus dem Fenster. Die Dämmerung hat eingesetzt. Die Nacht nähert sich, und schon bald wird der morgige Tag anbrechen.

Der Tag, an dem wir sie beerdigen werden.

»Bella?«

Ich ziehe die Vorhänge zu und sehe wieder meinen Vater an. »Ja?«

»Ich muss dir noch etwas sagen ... Es ist ... wichtig ...«

Er spricht leise, und in seiner Stimme schwingt ein Ernst mit, der sich für mich angesichts seiner Trauer irgendwie merkwürdig anfühlt. »Ich ... nun ...«

»Ja?«, sage ich wieder, und sein Zögern wird zu einem Schweigen.

Sein Gesicht ist vor Kummer verzerrt, dann schüttelt er den Kopf. »Nicht ... nein, nicht jetzt ... Das kann warten.« Wie er die Worte so stockend formuliert, erscheinen sie mir bleischwer. Dann vergräbt er das Gesicht in den Händen.

Eine Weile sitze ich einfach nur so da, darauf wartend, dass er sich wieder fängt. Aber das tut er nicht. Er bewegt sich kein bisschen.

»Dad?«, frage ich. »Alles in Ordnung?«

Er antwortet nicht, und ich weiß nicht, was ich sonst noch sagen soll oder wie ich ihm helfen kann.

»Möchtest du etwas zum Abendessen?« Das Angebot klingt wenig überzeugend und unzureichend.

»Nein, danke«, sagt er endlich und hebt den Kopf, um mich anzusehen. »Ich habe keinen Hunger.«

Der Anblick des puren Schmerzes in seinem Blick erschüttert mich. Keinen Moment länger möchte ich mehr in seinem Büro sein. Ich muss hier raus.

»Dann gute Nacht«, sage ich.

Keine Antwort, also schließe ich hinter mir die Tür, was mich sogleich grenzenlos erleichtert. Draußen bleibe ich noch ein Weilchen im Flur stehen, und meine Gedanken gehen zurück zu dem Foto meiner Mutter am Strand. Ich hätte bei dem

Thema nicht so schnell lockerlassen dürfen. Sie hat es immer gehasst, ins Ausland zu fahren. Ich hatte immer reisen wollen, hatte verzweifelt versucht, den Mauern des Alten Pfarrhauses zu entfliehen, um die Welt dort draußen kennenzulernen.

Eines Tages – es war ihr Geburtstag –, kurz bevor ich an die Universität gehen würde, hatte ich ihr Bahntickets für einen Trip nach Frankreich gekauft. Sie hatte uns ein besonderes Festmahl zubereitet, und nachdem wir auch unseren Apfelstreuselkuchen vertilgt hatten, schob ich ihr mein Geschenk über den Tisch. Die Tickets hatten mich fast meine gesamten Ersparnisse gekostet. Geld, das mir Henry über die Jahre statt eines anderen Geschenks zum Geburtstag und zu Weihnachten gegeben hatte. Ich hatte bis dahin keine Gelegenheit gehabt, es auszugeben.

»Alles Gute zum Geburtstag«, sagte ich, und mein Magen rumpelte vor Aufregung.

Doch als Elaine die Karte aufklappte und die Tickets entdeckte, sah ich, wie alle Farbe aus ihrem Gesicht wich.

»Die sind für den Eurostar, Mum. Wir fahren nach Frankreich. Nach Paris.«

Wortlos stand Henry auf, um den Tisch abzuräumen.

»Ich weiß, du bist nervös, und das bin ich auch. Aber es wird toll werden. Wir werden in den Louvre gehen und die Mona Lisa sehen. Wir flanieren auf den Champs-Élyseé und essen dann in einem schicken Restaurant, wo die Kellner Fliegen tragen.«

Sie sagte nichts. Das einzige Geräusch, das zu hören war, kam von Henry, der mit einem Messer Essensreste von den Tellern kratzte.

»Ich hab sie selbst bezahlt. Von meinem Ersparten. Ich möchte so gern etwas mit dir unternehmen. Nur du und ich. Bevor ich das Haus verlasse und mit dem Studium anfange.«

Elaines Blick weitete sich. Sie begann am ganzen Körper zu zittern. Ich sah, wie sie anfing, mit der Hand an ihrem Arm herumzukratzen, wie sich ihre Nägel in die Haut gruben, wieder und wieder und wieder. So sehr, dass bald schon die ersten Schrammen erschienen.

»Mum, hör auf damit!« Ich griff nach ihrer Hand, versuchte, sie davon abzuhalten. »Du tust dir doch weh.« Aber sie hörte nicht auf. Fester und schneller pflügten ihre Nägel über die Haut. Schon trat Blut aus den selbst zugefügten Wunden.

»Mum, lass das. Bitte.«

Elaine sah mich an, als wüsste sie nicht, wer ich bin. »Ich kann nicht weg von hier«, sagte sie. Ihre Stimme klang tonlos und düster, und ein Schauer lief mir über den Rücken. »Ich kann ... hier nicht weg.«

»Schon gut«, sagte ich. Mein Herz wummerte in wachsender Panik. »Es war eine blöde Idee. Aber hör jetzt bitte auf, dir wehzutun. Ich wollte dich nicht verärgern. Ich hab nicht nachgedacht. Es tut mir leid.«

Da fuhr mich Elaine mit einem Furor an, den ich nicht erwartet hatte. »Versprich mir, dass du auch nicht fortgehst. *Niemals*. Das kannst du mir nicht antun. Versprich es mir – *jetzt*.« Sie packte meine Hand und schlug ihre Nägel nun in meinen Arm. »Versprich es mir, Bella!«

»Ja, ich versprech's«, erwiderte ich hastig, während der Griff um meine Hand immer schraubstockartiger wurde. »Ich versprech's!«

Da stieß sie sich heftig vom Tisch ab. Der Stuhl fiel polternd nach hinten, und sie rannte aus dem Zimmer. Ich sah rüber zu Henry, der meinem Blick auswich, stattdessen den Teller, den er gerade in der Hand gehalten hatte, abstellte und ihr folgte.

Und da saß ich nun, allein am Esstisch. Allein mit dem unbarmherzigen Ticken der Wanduhr, die als Einzige das bedrückende Schweigen durchbrach. Ich nahm die Bahntickets vom Tisch und riss sie in klitzekleine Stückchen, während sich die Küchenwände langsam auf mich zuzubewegen schienen, als wollten sie mich erdrücken.

ZWEI

Henry Campbell – 28. Juli 1977

»Du bist exquisit«, sagte er und küsste ihren straffen gebräunten Bauch, wobei er mit seiner Zunge die feine Salzschicht ableckte, die das Bad im Meer auf ihrer Haut hinterlassen hatte.

Sie lachte, griff nach unten und fuhr ihm durch die Haare, wobei ihre Nägel leicht über seine Kopfhaut strichen, was seine Leidenschaft nur noch mehr entfachte. Er war überwältigt von dem plötzlichen Bedürfnis, in ihr zu sein.

»Mrs. Campbell«, flüsterte er und zog sich langsam nach oben, wobei er ihren Körper mit hauchzarten Küssen überzog. »Ich muss der wohl glücklichste Mann sein, der je gelebt hat.«

»Ja.« Sie schlang ihre Arme um seinen Hals, fuhr mit den Fingerspitzen über seine Schulterblätter. »Ja, das bist du ganz sicher. Der glücklichste Mann, der je gelebt hat.«

Wieder küssten sie sich, drängender diesmal, die Haut ihrer Körper feucht von Schweiß, wo sie sich berührten. Die Hitze im Raum war intensiv. Die Luft unbeweglich und drückend. Er hatte für das Zimmer schon viel mehr bezahlt, als er sich hatte leisten können, und die Hotels mit Klimaanlage lagen nun mal außerhalb seiner finanziellen Möglichkeiten. Sie hatte ihm versichert, dass das Zimmer in dem schlichten, weiß getünchten Gästehaus auf der Klippe, von wo aus man den Hafen überblickte, perfekt sei, aber er hatte bei ihrer Ankunft an ihrem Gesichtsausdruck abgelesen, dass diese Unterkunft sie doch ein wenig enttäuschte. Natürlich hatte sie gelächelt, ihm gesagt, er solle nicht albern sein. Dass es egal sei. Dass es in diesem Urlaub nur um sie beide und ihre traute Zweisamkeit ginge und dass sie ohnehin nicht mehr als ein Bett bräuchten. Und doch hatte er es ihr angesehen, und das schmerzte ihn.

Nachdem sie sich geliebt hatten, lagen sie in die Laken verwickelt da, ihre glatten und gebräunten Beine verschlungen mit den seinen, wobei ihr das honigfarbene Haar weich über die Schultern fiel.

»Glaubst du, ich trage schon ein Baby in mir?«

Die Frage überraschte ihn. »Was?«, erwiderte er lachend.

Sie kam hoch, stützte den Kopf mit einer Hand ab und starrte ihn unverwandt an. »Ich meine es ernst, Henry. Denkst du, es ist möglich? Glaubst du, es wächst gerade ein Kind, unser Kind, in mir heran?«

»Meine Güte, das bezweifle ich, Liebling. Statistisch gesehen ist das sogar sehr unwahrscheinlich.«

Ihre Züge entgleisten. Sie schnappte sich das Laken und zog es sich über den Körper. Dann drehte sie ihm ihren Rücken zu.

»Lainey?« Er griff nach ihr, doch sie zog sich von seiner Berührung zurück, rutschte gar ein Stück weit von ihm weg und legte, wie zum Schutz, einen Arm über ihren Kopf.

»Hey«, sagte er leise und rieb über ihre Schulter. »Was ist los? Hab ich was Falsches gesagt?«

Einen Moment lang rührte sie sich nicht, und dann, urplötzlich, drehte sie ihm ihr Gesicht zu und sah ihn an. Aus zusammengekniffenen glühenden Augen fauchte sie: *»Statistisch gesehen?«*

»Na ja, du weißt, es ist … tja, also du hattest doch erst kürzlich deine Periode, und solche Dinge … brauchen doch normalerweise ihre Zeit.«

Sie schüttelte missbilligend den Kopf, und er sah, dass sich Tränen in ihren Augenwinkeln bildeten. »Ganz der Arzt, was?

Ich hab dich nicht nach medizinischen *Fakten* gefragt. Ich hab geträumt, den Moment genossen, und du hast ihn *ruiniert*. Du hättest nur ein bisschen mit mir träumen müssen, mehr nicht, aber du hast es kaputt gemacht.«

Er zögerte, konnte sich nicht erklären, wie sie von einem von Liebe erfüllten Moment in diese miese Laune gekommen war, so schnell und ohne erkennbaren Grund. So etwas hatte er noch nie erlebt. Genauer gesagt war es das erste Mal, dass er eine solch extreme Stimmungsschwankung bei ihr beobachtete. Er studierte ihre Miene, um zu sehen, ob sie womöglich gleich wieder lächeln oder gar lachen und ihn ermahnen würde, nicht so ernst aus der Wäsche zu schauen. Hoffte, dass sie ihn vielleicht nur aufgezogen hatte. Doch stattdessen rollten ihr nun wirklich die Tränen über die Wange.

»Hey, *schscht*, *schscht*, mein Engel«, versuchte er sie zu beruhigen. »Tut mir leid, dass ich deine Frage missverstanden habe.« Behutsam rutschte er zu ihr, wischte mit den Fingerspitzen die Tränen von ihrem Gesicht. Als sie nicht vor ihm zurückwich, zog er sie fest an sich, tätschelte ihren Kopf und streichelte ihr übers Haar. »Es tut mir leid, Lainey. Du hast recht, ich hab wirklich wie ein Arzt reagiert, und ich sehe nun, dass du das ganz und gar nicht magst. Manchmal bin ich wirklich ein Trottel. Und weißt du was? Ich kann mir nichts Schöneres vorstellen als den Gedanken an ein Baby, unser Baby, das gerade in diesem Moment in dir heranwächst. Was für eine tolle Hochzeitsreise das doch wäre. Man bricht zu zweit auf und kehrt zu dritt wieder zurück.«

Er fühlte, wie sie sich entspannte, dann legte sie ihre Arme auf seine Brust. »Oh ja«, flüsterte sie verzückt. »Das wäre wunderbar. Zu zweit aufbrechen und zu dritt heimkehren.«

Sein Körper wurde von Erleichterung erfasst, und er küsste sie sacht auf die Stirn.

»Das ist nämlich alles, was ich mir je gewünscht habe«, fuhr sie fort, während ihre Fingernägel eine Acht auf seiner Haut zeichneten. »Ein Baby, das ich versorgen kann. Das allein will ich, und bis ich nicht eins an meine Brust drücken kann, so lange werde ich nie wahrhaftig glücklich sein.« Sie küsste ihn auf den Hals. »Das verstehst du doch, Liebling, oder nicht?«

»Gewiss«, sagte er leise. Aber das tat er nicht, und während er sie noch immer hielt, versuchte er das Unbehagen zu ignorieren, das sich von seinem Magen aus langsam in seinem ganzen Körper ausbreitete.

DREI

Am nächsten Tag werde ich noch vor acht von den Strahlen der Sonne geweckt, die durch das Fenster auf das Bett fallen. Einen Moment lang habe ich vergessen, dass heute der Tag ihrer Beisetzung ist, doch dann trifft mich die Erinnerung wie ein Schlag, woraufhin ich sofort wieder in diese klebrige Trauer verfalle.

David ist schon aufgestanden. Seine Seite des Betts ist kaum zerwühlt, nur ein Abdruck auf seinem Kissen ist zu erkennen, wo sein Kopf geruht hat. Er schläft nie länger als bis sechs. Etwas, an das ich mich erst gewöhnen musste. Mir gefällt das nicht. Nicht weil es mir etwas ausmacht, wenn er so früh auf den Beinen ist, sondern weil es – nein, weil er mich dadurch irgendwie faul aussehen lässt. Er verhehlt auch seine Missbilligung nicht, wenn ich länger schlafe, und mit länger schlafen ist alles nach halb acht gemeint. *Dann verpasst du eben das Beste des Tages*, bemerkt er dann, während er vorwurfsvoll mit der Zeitung raschelt. Meine Mutter war auch so. Sie hat es gern gesehen, wenn ich mich früh und gut gelaunt aus den Federn erhob und mich mit Frühstück im Magen sowie geputzten Zähnen zu unserer ersten Unterrichtsstunde um halb acht einfand. Manchmal frage ich mich, wie es wohl ist, mich den ganzen Tag im Bett herumzufläzen und nach Herzenslust meinen Tagträumen nachzuhängen. Selbst als ich noch Studentin war, habe ich mir das nie erlaubt. Zu konditioniert vermutlich, um es auch nur auszuprobieren. Aber eines Tages werde ich es mal versuchen. Ja, eines Tages werde ich hinter mir die Tür abschließen, um ihn auszusperren, und dann bis zum Schlafengehen absolut nichts tun.

Ich klettere aus dem Bett und gehe zum Fenster, schließe dabei den Gürtel meines Morgenmantels. Furcht ergreift mich, als ich den Tag draußen erblicke. Und er ist schön. Ich kann die Vögel singen hören, verborgen von allen Blicken in ihren schützenden Baumkronen. Der Himmel erstrahlt in einem satten Kobaltblau, nicht eine einzige Wolke ist in Sicht. Schon jetzt kann ich die Hitze der Sonne spüren, die sich ihren Weg durch die einfach verglasten Scheiben bahnt. Das Wetter ergibt keinen Sinn. Regen wäre angebrachter, dazu ein verdunkelter Himmel, ein richtiger Scheißwetter-Tag. Meiner Mutter hätte es gefallen. Sie liebte den Regen. *Regen wäscht die Sünden von der Welt, Bella. Er wischt die Tafel wieder sauber.* Ich schaue nach unten auf den Rasen, kann sie dort stehen sehen, die Schere in der einen, ein Bündel geschnittener Rosen in der anderen Hand. Sie hat das Gesicht zum Himmel emporgehoben und die Augen geschlossen, während die Regentropfen ihr Gesicht benetzen.

Die Sonne brennt in meinem Rücken, als wir schweigend in die Kirche gehen. Als ich Platz nehme, bemerke ich schmerzvoll, wie wenig Trauergäste anwesend sind, und mein Magen zieht sich zusammen. Doch was habe ich erwartet? Keine Ahnung. Vielleicht, dass ein paar mehr Verwandte kommen würden. Meine Eltern haben mir nie erzählt, warum sie sich so sehr von ihren Familien entfremdet haben, doch ich habe – vielleicht naiverweise – gehofft, der Tod könne wenigstens für einen Tag die Risse wieder kitten. Schon vor langer Zeit habe ich mich damit abgefunden, keine Großeltern zu haben, keine Tanten, Onkel, Cousins und Cousinen. Doch es bricht mir das Herz, mich nun in der Kirche umzusehen und diese pflichtschuldigen Bekannten zu sehen, die vereinzelt oder zu zweit hier erschienen sind und schon jetzt gelangweilt auf ihre Armbanduhren schauen. Meine Mutter hat nie an das Konzept Freundschaft geglaubt. *Wir drei*, pflegte sie zu sagen, *das ist alles, was wir brauchen.* Doch wie ich mich nun so in der Kirche umschaue, weiß ich, dass sie damit falschgelegen hat.

Ich schaue zu meinem Vater. Er weint nicht, was mich gleichzeitig überrascht und seltsamerweise auch erleichtert. Stattdessen starrt er stur geradeaus, die Hände hinter dem Rücken verschränkt und mit durchgedrückten Schultern Haltung bewahrend. Ich wundere mich ein wenig über seine demonstrative Emotionslosigkeit. Vielleicht liegt es daran, dass er der Religion grundsätzlich misstrauisch gegenübersteht. Trotz Elaines größter Bemühungen ist er nie zur Kirche gegangen. Sie war sehr gläubig, ging jeden Sonntag zum Gottesdienst und stellte jedes Jahr eine Sachspende für die Dame, die die christliche Altkleidersammlung durchführte, vor unser Tor. Soweit ich mich erinnere, war der Kirchgang die einzige Gelegenheit, bei der sie freiwillig das Haus verließ. Jedes Mal musste ich sie begleiten, egal, wie sehr ich bettelte, zu Hause bleiben zu dürfen.

»Der Herr verlangt es«, pflegte sie zu sagen. »Er erwartet nicht viel, aber wenn du nicht an diesen *anderen Ort* kommen willst – und sei dir ganz sicher, das willst du nicht –, dann reichen die kirchlichen Festtage nun mal nicht aus.«

Soweit es Elaine betraf, musste man also Strenge und Disziplin walten lassen, wenn man das Himmelreich im Visier hatte, doch in diesem Punkt verzweifelte sie an Henry.

»Wenn du einmal so alt und griesgrämig bist wie er«, sagte Elaine immer, während sie meinen feinen schwarzen Mantel zuknöpfte, »kannst du für dich selbst entscheiden, ob du auch eine gottlose Heidin sein willst. Doch bis es so weit ist, kommst du mit mir.« Und auf ging es: Ich in meinen auf Hochglanz polierten Schuhen und mit widerwillig gekrauster Nase, die Hand fest in ihrem Griff, während sie mich daran gemahnte, den Blick gesenkt zu halten und mit niemandem zu sprechen.

Ich fange an zu weinen, als die Musik zu spielen beginnt, und im gleichen Moment weiß ich, dass ich nicht werde damit aufhören können. David lehnt sich zu mir herüber und sagt mir, ich solle still sein. Ich nicke durch die Tränen und versuche, die Schluchzer zu unterdrücken.

Nach dem Gottesdienst fährt David mit uns hinter dem Leichenwagen zum Krematorium. Er hatte meinem Vater von einem Trauerwagen für die Angehörigen abgeraten.

»Ich kann uns doch fahren, Henry. Ist doch nicht erforderlich, auch noch Geld für ein zweites Auto auszugeben.«

Ich lehne meinen Kopf ans Wagenfenster. Meine Augen brennen und fühlen sich geschwollen an. Und ich wünschte, ich hätte mich mehr an der Planung der Beisetzung beteiligt. Das alles hier fühlt sich doch recht dürftig an. Mein Vater hat sich selbst gegen einen Beerdigungskaffee entschieden. Unnötig, hat er gemeint, nicht zuletzt, weil sie den Gedanken an eine große Menge Leute im Haus gehasst hätte. Ich denke, das ist durchaus ein Argument.

»Kann ich was für dich tun?«, fragt David, als er seinen Schlips lockert, nachdem wir das Alte Pfarrhaus wieder betreten haben.

»Nein, danke.« Ich bücke mich, um den unteren Riegel vorzuschieben, dann schließe ich das Chubbschloss, während mein Vater wortlos nach oben geht. »Ich glaube, ich gehe ein bisschen im Garten spazieren.«

»Ohne einen Pullover?«

»So kalt ist es nicht –«

»Du brauchst einen Pullover. Warte hier, ich hole dir einen.«

Früher habe ich mich noch darüber beschwert, dass er um alles so ein Aufhebens macht. Aber er hat betont, es wäre seine Art, mir seine Liebe zu zeigen, und dass ich froh sein solle, dass sich jemand um mich kümmert. Und letzten Endes ist es einfacher, einzulenken, als ständig mit ihm darüber zu streiten. Davon abgesehen hat Elaine ja auch immer alles für mich erledigt, weshalb es mir nicht schwerfiel, diese Form der Fürsorge zu akzeptieren. Manchmal indes möchte ich ihn anschreien, ihm sagen, wie klaustrophobisch sich das anfühlt, aber ich hasse es, wenn er böse wird, wenn sich seine Miene verfinstert und er mich anfunkelt. Also gebe ich meistens nach.

»Na schön«, sage ich. »Dann nehme ich eben einen Pulli mit.«

»Gut«, erwidert er und lächelt. »Ich bin froh, dass ich hier bin und ein Auge auf dich haben kann. Du selbst kannst das ja nicht so gut. Weißt du was, ich bringe mir auch einen Pullover mit. Ich könnte auch ein bisschen frische Luft vertragen.«

»Würde es dir etwas ausmachen, wenn ich allein gehe?«

»Du brauchst Begleitung. Ich –«

»Ist schon okay«, sage ich schnell. »Ich bleibe nicht lang.«

Er schaut mich zweifelnd an.

»Bitte.«

Ich atme erleichtert auf, als er endlich widerstrebend nickt. Ich warte, bis er mir den Pullover gebracht hat, danke ihm, als ich ihn überstreife, und schlüpfe schnell nach draußen, bevor er es sich noch anders überlegt.

Ganze Wolken von Mücken hängen in der Luft, und das gedämpfte Gurren der Ringeltauben durchbricht die Stille. Ich gehe über den Rasen auf die Eiche zu. Das ist der Lieblingsplatz meines Vaters. Vor Jahren hat er die Holzbank gemacht, die den halben Stamm einsäumt. Einen Monat lang hat er jedes Wochenende daran gearbeitet. So viel Mühe hat er sich dabei gegeben. Ich habe ihn von meinem Fenster aus dabei beobachtet, fasziniert von all dem Gehämmer, Gehobel und Geschleife und davon, wie er ab und an fast liebevoll über das Holz streichelte. Einmal habe ich entdeckt, dass er unter dem Baum die Nacht verbrachte. Am Abend zuvor hatte ich Streit im Haus mitbekommen, verärgertes Geschrei und das Weinen meiner Mutter, schließlich das Geräusch der heftig zugeschlagenen Hintertür. Dann am nächsten Morgen erblickte ich ihn, zusammengerollt und die Arme um seinen Körper geschlungen. Es war Sommer, und doch dachte ich damals, dass es ein ziemlich heftiger Streit gewesen sein musste, der ihn dazu veranlasste, eine ganze Nacht im Freien zu verbringen. Er hatte nicht mal ein Kopfkissen.

Ich setze mich auf die Bank. Die Zweige des Eichenbaums wiegen sich im gesprenkelten Licht über meinem Kopf. Die Blätter rascheln – ein sanftes uraltes Flüstern. Mit meiner Schuhspitze streife ich einen winzigen Regenwurmhügel und hebe dann das Gesicht dem Baumkronendach entgegen. Ich wünschte, ich wäre dem Krematorium ferngeblieben. Der Bestatter hat gemeint, wir müssten nicht dableiben, aber ich fand es nicht richtig, sie auf ihrem letzten Weg allein zu lassen. Es war der bei Weitem schlimmste Teil des Tages, klinische Kälte mit fluoreszierendem Deckenlicht, Holzstühle in unordentlichen Reihen und ein derber Teppich in Schmutzigorange. Ich musste mein Gesicht abwenden und an Davids Schulter legen, als sich der rote Samtvorhang öffnete und sie langsam verschluckte. Ich konnte das Bild, dass sie am anderen Ende wieder ausgespien würde, nicht verscheuchen, wobei nichts mehr von ihr übrig sein würde als ein Häufchen qualmender Asche und einige störrische Knochenstückchen, die sich geweigert hatten zu verbrennen.

Meine Gedanken werden durch ein entferntes Husten unterbrochen. Ich schaue in die betreffende Richtung. Mein Vater geht über den Rasen auf mich zu. Ich hebe die Hand zu einem schüchternen Gruß. Er reagiert nicht darauf, kommt aber immer näher, die Last der ganzen Welt auf seinen zerbrechlichen Schultern. Ich wünschte, unser Verhältnis wäre besser. Es wäre schön, im Kummer vereint zu sein, anstatt der Trauer zu erlauben, uns noch mehr zu isolieren. Trotz oder vielleicht wegen der mehr als seltsamen Momente, in denen wir uns in der Gesellschaft des anderen wohlgefühlt haben – im Biologie- und Matheunterricht hauptsächlich. Momente, in denen sich sein Gesicht aufhellte und Begeisterung in seiner Stimme mitschwang. Nie sind wir uns näher gewesen. Es gab auch kaum Gelegenheit dazu. Wenn ich zurückblicke, so hat uns meine Mutter auch nie den Raum dazu gelassen, einander näherzukommen. Wenn ich irgendetwas brauchte, war sie es, die es mir gab. Henry und ich umkreisten sie, wie Himmelskörper die Sonne umkreisen, jeder auf seiner eigenen Umlaufbahn und doch beide angezogen von ihrer Schwerkraft. So war es eben. Ihre Familie: klaustrophobisch, einsiedlerisch, abhängig. Ich wünschte, ich wüsste etwas zu sagen, was uns jetzt wieder zusammenbringen könnte, aber vielleicht ist das nicht mehr möglich. Vielleicht sind wir zu alt, zu eingefahren auf den Gleisen, die meine Mutter einst verlegte. Ich versuche mir zu sagen, dass der tiefe Respekt und die distanzierte Liebe, die wir füreinander empfinden, ausreichen. Dass, wenn unsere jeweilige Trauer einmal verebbt ist, dies genügen wird, um uns Trost zu spenden.

Mein Vater setzt sich neben mich. Ich hebe ein zu Boden gefallenes Blatt auf, skelettiere und zerkrümele es schweigend zwischen meinen Fingern. Seine Stirn ist zerfurcht von tiefen Linien, und der Blick aus seinen Augen, rotgerändert von still geweinten Tränen, ist irgendwie abwesend.

»Störe ich dich?«, fragt er.

»Nein, überhaupt nicht.«

»Gut.« Er räuspert sich. »Bella ...«

»Ja.«

»Ich ... Ich muss mit dir reden.« Doch dann, wie schon gestern in seinem Arbeitszimmer, verstummt er.

»Was ist denn?«

»Oh.« Er wirkt überrascht. »Ja ... Ich ...« Wieder hält er inne, und seine Aufmerksamkeit scheint nun etwas Unsichtbarem und weit Entferntem zu gelten. Dann wendet er sich mir zu. »Wie geht's denn so auf der Arbeit?«

»Arbeit?«

»Ja, Arbeit«, wiederholt er. »Ist bei deiner Arbeit alles in Ordnung?«

Ich weiß, dass er nicht darüber mit mir hat reden wollen, aber ich gehe darauf ein. »Danke, in meinem Job ist alles okay. So viel Drama findet ja in einer Unibibliothek nicht statt.«

»Gut.« Er zögert. »Das ... ist gut.«

Ich warte eine Weile, falls er sich doch noch dazu durchringen kann, mir zu erzählen, was er auf dem Herzen hat. Aber das tut er nicht. Und ich werde ihn nicht dazu drängen. Ich bin mir sicher, er wird dazu in der Lage sein, wenn die Trauer um den Tod meiner Mutter sich ein wenig gelegt hat.

Ich schaue in die Zweige über uns. Ein Windhauch geht durch sie hindurch, und die Schatten der Blätter tanzen über mich hinweg. »Schön hier, oder?«, sage ich. »Unter dem Baum. Ich verstehe, warum du diesen Platz so sehr magst. Sehr friedlich hier.«

Das Geräusch, das er nun von sich gibt, lässt mich zusammenzucken. Ein seltsames, klagendes Wimmern, als leide er körperlich unter einer unsichtbaren Wunde. Sein Gesicht scheint noch mehr zusammengefallen zu sein, die Augen sind geschlossen, und doch quellen Tränen unter den Lidern hervor, während er unmerklich den Kopf schüttelt.

»Dad? Oh Dad.« Ich nehme seine Hand. »Es wird leichter werden, das verspreche ich dir. Noch fühlt es sich nicht danach an, aber das wird es. Irgendwann wird es dir bessergehen. Wird es uns bessergehen.«

Er drückt meine Hand, dann zieht er seine fort, als gelte es, sich zusammenzureißen und den Gefühlsausbruch, der ihn erfasst hat, irgendwie unter Kontrolle zu bringen. Er schüttelt wieder den Kopf, öffnet die Augen und sieht mich an. »Sie hat dich geliebt«, sagt er mit erstickter Stimme. »Sie hat dich sehr geliebt.«

»Ich hab sie auch geliebt.«

»Und die schrecklichen Fehler, die wir gemacht haben, tun mir leid.« Er umklammert die Kante der Bank mit beiden Händen, als wolle er Kraft aus dem Holz ziehen.

»Es gab keine Fehler. Ich war glücklich, das versichere ich dir. Die meiste Zeit über war ich sehr glücklich.«

Er scheint noch mehr in sich zusammenzufallen und wischt sich fahrig über das Gesicht. »Ich wünschte, ich wäre ein Mann mit größerer Stärke gewesen«, flüstert er.

Wie aus dem Nichts versetzt eine plötzliche Windbö die Zweige über uns in Aufruhr. Ich schlinge die Arme um meinen Oberkörper, weil es mich fröstelt.

Was raunen sie mir zu?

Jemand ist über mein Grab gelaufen?

»Hör mal, wenn du für ein paar Tage mit uns zurückkommen willst, bist du herzlich willkommen. Falls du dich einsam fühlen solltest, meine ich. Ist ja ein großes Haus für nur eine einzige Person.« Ich für meinen Teil könnte mir nicht vorstellen, hier allein zurückzubleiben. Zu viele Dinge, die mir den Schlaf rauben würden. Das Knarzen des sich abkühlenden

Holzes, die angsteinflößende Treppe, die hoch auf den Speicher führt, die im Schatten liegenden Ecken und die klammen Wände, die zu atmen scheinen.

Und jetzt auch noch der Geist meiner Mutter.

Er scheint mich nicht gehört zu haben. Er lehnt sich zurück und reibt mit den Handflächen über die Außenseite seiner Schenkel. Dann erhebt er sich. »Vergib mir.«

Zumindest glaube ich, dass er das gesagt hat. Seine Stimme ist so dünn, ja, fast tonlos, dass ich mir nicht ganz sicher bin.

Ich sehe zu, wie er zurück zum Haus schlurft. Es scheint unmöglich, doch in diesem Moment wirkt er auf mich noch älter als gestern schon. Noch verwitterter und zerbrechlicher. Als könne eine weitere unerwartete Windbö ihn mit sich und gen Himmel tragen wie einen Regenschirm.

Ich bleibe unter der Eiche sitzen, bis es mir zu kalt wird. Zurück in der Küche schnappe ich mir den Kater meiner Mutter und drücke mein Gesicht in das weiche Fell. Immer hat es eine graue Langhaarkatze im Haus gegeben. Diese hier ist Nummer drei. Ich setze mich und streichle ihn, aber er weigert sich zu schnurren, springt schon bald von meinem Schoß und jagt aus dem Zimmer.

»Du bist länger draußen gewesen, als du vorhattest«, meint David, der im Türrahmen erschienen ist.

»Mein Vater ist dazugekommen. Er wollte mir was sagen, konnte es dann aber doch nicht. Hat er vielleicht mit dir gesprochen?«

David schüttelt den Kopf. »Es wird noch schlimm werden für ihn. Sie war eine starke Persönlichkeit.« Mit seinen Fingerknöcheln streicht er mir über die Wange. »Ich mache dir eine Tasse Milch heiß, während du duschst und dir die Haare wäschst.«

Mit *starker Persönlichkeit* meint mein Mann *schwieriger Mensch*. Oft sage ich ihm, dass er uns nun mal so nehmen muss, wie wir sind. Er mag ja der Meinung sein, dass meine Eltern anders, ja, ein bisschen kauzig sind, aber sind das auf ihre Art nicht alle Familien? Erscheint nicht jede Familie nach außen hin ein wenig sonderbar? Ich versuche, mich mit Davids Geringschätzung nicht zu belasten. Er und meine Mutter sind sich nie auf Augenhöhe begegnet, aber ich wusste immer, dass das nie geschehen würde. Auch wenn sie gute Miene zum bösen Spiel machten, wann immer sie sich trafen, war ihr unterschwelliger Argwohn doch mit Händen zu greifen. Sie befanden sich im ständigen Wettbewerb darüber, was wohl *das Beste* für mich sei. Sich mit ihnen im selben Raum aufzuhalten und liebende Tochter und Ehefrau gleichzeitig spielen zu müssen war anstrengend.

Auf dem Weg Richtung Treppe komme ich am Arbeitszimmer meines Vaters vorbei. Die Tür ist zu, doch unten fällt ein Lichtschimmer in den Flur. Ich presse mein Ohr an das Holz und halte den Atem an, als ich zu lauschen versuche, aber ich höre nichts.

»Gute Nacht, Dad«, rufe ich durch die geschlossene Tür. »Ich bin müde. Bis morgen. Schlaf gut.«

Ich warte auf Antwort, doch vergebens. Ich sollte zu ihm reingehen, aber der Gedanke an seinen verzweifelten Kummer und sein hilfloses Gestammel hält mich davon ab. Also drehe ich mich um und steige so leise wie möglich die Treppe hinauf. Das Haus beobachtet jeden meiner Schritte. Auf dem oberen Absatz angekommen schlage ich den Weg zum Gästezimmer ein. Als ich an dem Aufgang vorbeikomme, der zum Dachboden führt, senke ich den Blick. Mein Herzschlag beschleunigt sich. Eng und dunkel ist diese Stiege, und oben ist es stockfinster, als führe dieser Weg direkt ins Nichts. Ich werde nicht aufsehen. Egal, wie oft ich mir sage, dass es nur eine Treppe ist, mit einem Speicher an ihrem Ende, der mit Kartons, kaputtem

Mobiliar und ausrangierten Büchern angefüllt ist, dass jedes Haus so einen Ort hat, dass es doch bloß ein ganz normaler Abstellraum ist – er ängstigt mich trotzdem.

Als ich aus der Dusche komme, liegt David schon im Bett. Meine Haut kribbelt vom heißen Wasser, und das frisch gewaschene Haar fühlt sich gut an. Auch ist es eine Erleichterung, das unangenehme Spannungsgefühl der getrockneten Tränen auf meinem Gesicht fortgespült zu haben. Ich klettere neben ihn, befreie mich umständlich aus dem Handtuch, als ich endlich ganz unter der Decke liege. Selbst nach acht Jahren bin ich noch immer zu gehemmt, um mich in seiner Anwesenheit nackt zu zeigen. Die Art, wie er mich dann immer ansieht, nervt mich. Wie ein gieriges Kind, das einen Schokokuchen anstarrt. Es könnte mir schmeicheln, ich weiß. Und ja, ich wünschte, ich wäre nicht so verklemmt und prüde. Ich wünschte, ich wäre eins dieser Mädchen, die sich einfach die Kleider vom Leib reißen und raus in den Regen laufen. Ich greife nach der Tasse mit der heißen Milch, die er für mich auf dem Nachttisch bereitgestellt hat. Er klappt sein Buch zu und legt mir eine Hand auf die Schulter.

»Mein hübsches Ding«, sagt er. »Ich muss sagen, es freut mich, dass du ein bisschen Gewicht zugelegt hast. Du bist zuletzt doch ein wenig zu mager geworden. Ich sage ja immer ...« Er streicht mit der Hand über meine Brust. Ich versuche, mich nicht zu verspannen, und starre wie gebannt an die Decke, die stellenweise durch alte Stockflecken ein wenig nachgedunkelt ist. »... traue nie einer dürren Frau. Mit einer Frau, die kein Essen mag, stimmt was nicht. Da fehlt die Leidenschaft.« Er beugt den Kopf, küsst meine Brüste. Sein leicht ergrautes Haar fühlt sich weich an auf meiner Haut, sein Bartschatten ist rau. Ich stelle die Tasse zurück auf den Nachttisch und rutsche auf meine Seite des Bettes, fort von seinen Lippen auf meinem Körper.

»Glaubst du, meine Beerdigung wird so werden wie ihre?«, frage ich in der Hoffnung, damit seine Aufmerksamkeit auf etwas anderes zu lenken.

Er lacht.

»Findest du das lustig?«

»Tut mir leid. Nein.« Er schiebt die Finger unter mein Haar, legt meinen Nacken frei. »Sie wird nicht so ausfallen.«

»Woher willst du das wissen? Ich meine, wer sollte denn kommen?«

»Zum Beispiel Jeffrey und Barbara.«

»Ja, weil sie deine Freunde sind. Nicht meine.«

»Sei nicht albern. Wir sind verheiratet. Es sind *unsere* Freunde. Davon abgesehen arbeitest du in der Unibibliothek. Jeffrey ist dein Arbeitgeber. Und natürlich die Kollegen aus dem College, die werden auch kommen.«

»Ja, aus Pflichtschuldigkeit.«

Er rollt sich weg von mir und verzieht das Gesicht. »Bella. Du bist achtundzwanzig. Hör auf, dich wegen deiner Beerdigung zu sorgen. Vielmehr solltest du mal über meine nachdenken. In drei Monaten werde ich siebenundvierzig.« Er knurrt leise. »Meine Güte, siebenundvierzig. Wie schrecklich ist das denn? Da kann ich von Glück sagen, dass du mich jung hältst, was?«

»Warum schließe ich keine Freundschaften, David? Ich hatte nie Freunde. Mein bester Freund, nein, mein *einziger* Freund, existierte nur in meiner Fantasie. Ist das nicht tragisch?«

»Nein, das ist keineswegs tragisch. Davon abgesehen brauchst du auch keine Freunde. Du hast ja mich.« Er küsst mich wieder. »Und viele Kinder haben imaginäre Freunde.«

»Du auch?«

Er lacht. »Nein, natürlich nicht.«

Und dann erscheint dieser Ausdruck auf seinem Gesicht, der

mir signalisiert, dass er jetzt Sex will. Er presst seinen Mund auf meinen, zwingt mit seiner Zunge meine Lippen auseinander, während seine Hand unter die Decke und zwischen meine Beine fährt.

»Würde es dir was ausmachen, wenn wir heute darauf verzichten?«, sage ich und versuche, mich von ihm wegzubewegen. »Mir ist irgendwie nicht danach, nach dem heutigen Tag, meine ich.«

»Mir ist aber danach, und es macht dir doch nichts aus, oder?« Er reibt sich an meinem Oberschenkel. Sein Atem ist heiß und feucht an meinem Hals. »Keine Sorge, ich mache schnell.« Mit diesen Worten spreizt er meine Beine und schiebt sich über mich. Ich beiße mir auf die Lippen, als er in mich hineinstößt.

VIER

Henry Campbell – 12. September 1983

Mit einem Handtuch wischte sich Henry den Schweiß aus dem Nacken und lehnte sich mit einem glücklichen Lachen an die Wand auf dem Squash-Feld.

»Gutes Match, Fraser«, keuchte er. »Schade, dass du mich trotzdem nicht schlagen konntest.«

»Ach, sei doch still, im dritten Satz hätte ich dich fast gehabt, und wenn du mich nicht angerempelt hättest, hätte ich das Spiel auch gewonnen.«

»Du hättest ja ein Let fordern können.«

»Was? Um mich dann für den Rest des Tages von dir als Weichei bezeichnen zu lassen? Wohl kaum.«

Henry lachte. »Du kennst mich zu gut.« Er rappelte sich auf und begann, seine Ausrüstung zusammenzupacken. »Wie geht's Mum?«, fragte er vorsichtig, ohne Fraser dabei anzusehen.

»Na ja, sie hätte gern, dass du sie mal anrufst. Sie kann sich nicht erklären, was sie falsch gemacht haben soll. Versteht nicht, warum du sie nicht mehr besuchst.«

Henry antwortete nicht sofort. Er schulterte seine Sporttasche und machte sich auf Richtung Hallentür. »Das ist es nicht. Ich gehe ihr nicht aus dem Weg oder so. Wir haben nur noch keinen Tag gefunden, an dem es uns allen passt. Das ist alles.«

»Sie wüsste auch gern, was du zu Weihnachten geplant hast.«

Henry seufzte. »Herrgott, Fraser, es ist gerade mal September.«

»Ich weiß. Aber jetzt mal ehrlich, Hen, du kennst das doch. Ja, es ist noch früh, aber sie möchte das Ganze eben gern rechtzeitig planen, und wenn ich ehrlich bin, ich auch. Wenn ihr nicht kommt, würden Abby und ich die Kinder nämlich nach Pembroke bringen, wo wir dann bei Abbys Familie feiern würden. Ihre Leute haben gemeint, dass auch Mum und Dad herzlich eingeladen sind, aber Mum wird nicht zusagen, solange sie nicht weiß, was Elaine und du vorhabt. Elaine wird sicherlich nicht zu meinen Schwiegereltern kommen wollen, aber ihr beide seid natürlich ebenfalls willkommen. Wie auch immer, wenn ihr also bei Mum und Dad feiern wollt, werden wir Abbys Eltern absagen. Es ist schon eine halbe Ewigkeit her, dass wir Weihnachten mit euch verbracht haben.«

»Gut. Ich werde es dieses Wochenende mit Lainey besprechen. Ich sage dir und Mum dann Sonntag Bescheid, okay?«

»Klar. Danke. Ich hoffe wirklich, ihr verbringt die Feiertage mit uns. Wir vermissen euch.« Fraser klopfte seinem Bruder auf den Rücken. »Wollen wir noch was trinken?«

»Ich muss zurück.«

Fraser lachte und schüttelte den Kopf. »Die hat dich richtig an der Kandare, was?«

»Halt den Mund, Fraser«, gab Henry gallig zurück.

»Aber es ist doch so. Frauen sollten ihren Männern nicht andauernd vorschreiben, was sie zu tun und zu lassen haben. Du musst dich auch mal gegen sie durchsetzen. Zeig mal etwas Rückgrat, Mann.«

»Hörst du jetzt auf damit? Verdammt, du hast doch keine Ahnung, was wir gerade durchmachen.«

»Schau, es muss doch möglich sein, dass du mit deinem Bruder noch einen Drink nimmst, ohne dass deine Frau eine Krise bekommt. Mehr sag ich doch gar nicht.«

Henry holte tief Luft, um sich wieder zu beruhigen. Fraser jetzt anzuschnauzen würde zu nichts führen. Und um ehrlich zu sein, war ihm im Moment sehr danach, mit seinem Bruder einen zu heben. Natürlich hatte Fraser recht. Wenn er nicht zur vereinbarten Zeit zu Hause war, würde Elaine ausflippen. Und dennoch ... »Sie ist meine Frau«, sagte er. »Ich liebe sie, und ich gehe jetzt heim, weil ich es will, nicht weil sie es von mir verlangt. Und ich möchte auch nicht mehr in dieser Art und Weise über sie reden. Hast du mich verstanden?«

Um Beherrschung ringend starrten sich Fraser und Henry an, beide gleichermaßen drauf und dran, das auszusprechen, was endlich einmal rausmusste.

Es war Fraser, der als Erstes die Waffen streckte. »Sicher, Henry. Kein Problem. Ich dachte nur, wir könnten ein Viertelstündchen relaxen und uns einen genehmigen. Mehr nicht.«

Die Anspannung in Henry ließ nach. »Ich weiß. Sieh mal, die Situation zu Hause ist gerade alles andere als einfach.« Er seufzte schwer. »Lainey hatte schon wieder eine Fehlgeburt, wenn du es denn genau wissen willst. Ihr geht es wirklich nicht gut, und deshalb braucht sie mich jetzt.«

»Verstehe. Das tut mir leid. So ein Pech. Kann ich irgendwas für euch tun?«

Henry lachte bitter auf. »Nein, Fraser, es sei denn, du kannst verhindern, dass meine Frau ständig Fehlgeburten erleidet.«

Henry sah, wie die Züge seines Bruders entgleisten, und bekam ein schlechtes Gewissen. Zum Teufel, es war ja schließlich nicht Frasers Schuld. Es war niemandes Schuld. Alle Spezialisten, die sie im Laufe der letzten fünf Jahre konsultiert hatten, hatten ihnen versichert, dass es nicht an ihnen läge. Mit ihnen beiden sei alles in Ordnung. Es gäbe keine Erklärung dafür.

Nichts, was die entsetzlichen Verluste erklären konnte, die sie verkraften musste.

Als Henry heimkam, fand er sie zusammengekauert auf dem Küchenboden sitzend. Sie hatte den Kopf gebeugt, das Haar fiel ihr ins Gesicht, die Beine waren angezogen. Die Hand war um ein sich auflösendes Stück Küchenkrepp geballt, das nass war von ihren Tränen. Als sie zu ihm aufsah, war ihr Gesicht vom Weinen ganz aufgedunsen und fleckig, die für gewöhnlich porzellanzarten Wangen mit Wimperntusche verschmiert.

»Oh Lainey, Liebling, ich bin ja jetzt hier. Ich bin zu Hause.«

»Wo ... warst ... du?«, fragte sie mit schwacher Stimme und nach Luft schnappend.

»Das hab ich dir doch gesagt.« Er setzte sich neben sie, legte den Arm um ihre Schulter und zog sie zu sich. »Ich war zum Squash-Spielen im Club. Erinnerst du dich?«

»Ich hab versucht, dich in der Praxis anzurufen. Wollte, dass du das absagst und nach Hause kommst, aber die Frau am Empfang hat gemeint, du wärst schon gegangen. Dabei war es erst halb fünf. Wieso warst du schon weg? Und dann dachte ich, du wärst vielleicht schon zu mir unterwegs. Aber du ... bist nicht ... heimgekommen.«

»Die letzte Patientin hat ihren Termin abgesagt, Liebes. Roger meinte, ich könnte gehen. Er würde die Stellung halten, falls noch jemand kommt.«

Sie verengte die Augen. Er wappnete sich. »Warst du mit Fraser zusammen?«

Die Schärfe in ihrer Stimme durchschnitt ihn förmlich. Er würde seine Worte sorgfältig wählen müssen, damit die Stimmung nicht gänzlich umschlug. Er holte tief Luft. »Ja, ich war mit Fraser zusammen. Wir hatten uns schon vor Wochen zu diesem Squash-Match verabredet. Aber gleich danach bin ich heimgefahren.«

»Ich kann nicht glauben, dass du das nicht abgesagt hast. Unser Baby ist vor siebzehn Tagen gestorben. Unser Baby ist *gestorben*. Henry! Wieso hast du den Termin nicht abgesagt? Du *weißt* doch, wie verzweifelt ich bin. Weißt, wie schwierig das für mich ist. Du weißt ... Das *weißt* du doch, Henry.«

»Ich bin doch jetzt hier, Lainey. Bin doch jetzt bei dir, und alles wird wieder gut.«

»Weißt du was?« Sie spie die Worte fast aus, als sie sich erhob und nun mit fest verschränkten Armen auf ihn herabsah. »Das alles ist ziemlich weit entfernt von *gut*. Nichts ist *gut*. Ich muss all das hier durchmachen, und du kannst nicht mal ein Squash-Spiel absagen? Ich erkenne dich nicht mehr wieder. Ich meine, wie kannst du nur daran *denken*, in solch einer Situation Squash zu spielen? Hast du denn gar kein Herz?«

»Lainey, ich ...«

»Sei still, Henry. Sei einfach still. Du weißt genau, wie sehr ich dieses Kind wollte. Und ich dachte, du wolltest es auch.«

»Aber das tue ich.«

»Nein, tust du nicht. Wenn es so wäre, hättest du dich nicht mit deinem Bruder zum Squash verabredet, nachdem dein Kind gestorben ist. Dann wärst du dazu nämlich zu *traurig* gewesen. Zu *traurig*, um Spaß zu haben. Beim Squash. Mit deinem Bruder.«

Henry kam auf die Beine und legte seine Hände auf ihre Schultern. Seine Stimme war sanft, als er sagte: »Es tut mir leid. Aufrichtig leid. Ich hätte sehen müssen, dass es noch zu früh ist, um dich allein zu lassen.« Rhythmisch und zart rieb er über ihre Arme und hoffte auf ein Zeichen der Entspannung in ihrem Gesicht. Doch ihre Augen blieben kalt, als sie über seine Worte nachdachte, zuckten hin und her auf der Suche nach was auch immer in seinem Blick. Endlich registrierte er so etwas wie einen winzigen Riss in ihrem Panzer. Er atmete erleichtert auf, ergriff ihre Hände. Sie machte einen Schritt auf ihn zu und legte die Stirn an seine Schulter.

»Halt mich fest, Henry«, flüsterte sie. »Setz dich einfach aufs Sofa und halte mich hier im Dunkeln, bis ich einschlafe, ja? Ich bin so unglücklich. Ich habe mir ein Messer geholt, als du fort warst. Hab es an meine Pulsadern gehalten und gedacht, wie einfach es doch wäre, alldem ein Ende zu setzen. Diesem ganzen Schmerz. Kannst du mich einfach nur festhalten?«

»Natürlich. Ich halte dich fest. Die ganze Nacht, wenn du willst.«

Sie nickte und machte einen Schritt zurück. Dann lächelte sie und fuhr ihm durch die Haare in dem Versuch, sie ein wenig in Ordnung zu bringen. Da wusste er, dass sie zurück war. Ihre Züge hatten sich entspannt. Die Krise war vorbei. »Und wie geht's Fraser?«, fragte sie. »Gut? Und Abby und den Kindern auch?«

»Ja, es geht ihm gut«, sagte er so unbeschwert wie möglich, auf dass nichts an dem Gesagten ihr Misstrauen zu erregen vermochte. »War nett, ihn mal wiederzusehen. Ach ja, er hat mich wegen Weihnachten angesprochen.«

»Und du hast ihm gesagt, dass wir verreisen, nicht? Dass wir auf die Kanaren in die Sonne fahren?«

»Es war nicht der rechte Moment, weißt du? Aber das werde ich noch.«

»Das musst du auch. Du musst es ihm sagen. Ich hab Ruhe nötig, Henry. Eine Pause und ein bisschen Sonne. Nur du und ich. Wir brauchen ein wenig Zeit allein. Das Letzte, was ich gebrauchen kann, ist, im Haus deiner Eltern zusammengepfercht zu sein mit diesen schrecklichen lärmenden Jungs. Die sind ein Albtraum und du hasst sie doch genauso wie ich. Schon vergessen, wie sehr du sie hasst? Also wirst du es Fraser mitteilen, ja? Und deiner Mutter auch? Das Letzte, was ich brauche, ist noch mehr Stress. Im Ernst, Henry, ich war kurz davor, mir was anzutun.«

»Ich werde es ihnen morgen sagen.«

»Versprochen?«

»Ja.«

Er beugte sich vor, nahm sie in die Arme. Er fühlte sich so hilflos. Warum konnte sie nicht einfach schwanger bleiben? Mehr als alles auf der Welt brauchte sie ein Baby. Wenn sie erst einmal ein Kind hatten, dann bekäme er auch seine Frau zurück. Sie würde wieder völlig normal werden. Und er, er würde wieder glücklich sein.

FÜNF

Ich erwache mit einem schlechten Gewissen. Erholsamer Schlaf fühlt sich meiner Mutter gegenüber respektlos an, die nun in Form von Asche und unverbrannten Knochenstückchen in einer kalten Messingurne ruht.

David sitzt am Küchentisch, isst Toast mit Marmelade und liest die Zeitung.

»Heute fahren wir nach Hause«, sagt er.

»Meinst du nicht, wir sollten noch ein wenig bei meinem Vater bleiben?«

»Er kann uns jederzeit anrufen, wenn er uns braucht.« Er sieht mich an. »Wir sollten ihm ein wenig Raum geben, Bella. In ein oder zwei Wochen fahre ich dich wieder her, wenn du willst.«

»Wann willst du los?«

Er blickt auf seine Armbanduhr. »Noch am Vormittag. Ich dachte, ich fahre vorher noch schnell beim Supermarkt vorbei und kaufe etwas für ihn ein. Im Haus gibt es kaum Vorräte, und wir wollen ja nicht, dass er verhungert, oder?«

»Nein«, sage ich. »Wir wollen nicht, dass er verhungert.«

Ich rufe nach meinem Vater. Erst im ganzen Haus, dann zur Hintertür hinaus Richtung Eichenbaum, aber er antwortet nicht. Ich klopfe an die Tür seines Schlafzimmers, warte einen Moment, dann luge ich hinein. Aber dort ist er auch nicht. Allerdings scheint er schon auf zu sein, denn das Bett ist bereits gemacht. Ich verharre auf der Schwelle. Der Raum riecht ganz und gar nach ihr und ist angefüllt mit Dingen, die ihr gehören –

ihren Pantoffeln am Fußende des Bettes, ihren Kosmetikartikeln und Parfümflakons auf dem Kaminsims, ihrem Buch und der Lesebrille, die auf dem Nachttisch geduldig auf ihren Einsatz warten. All das erzeugt die Illusion, sie wäre noch am Leben. Mein Blick geht in die Ecke des Raums – dort steht der mit Karostoff bezogene Sessel, den Henry immer in mein Zimmer schleppte, wenn ich krank war. Dann saß meine Mutter die ganze Nacht über an meinem Bett und kühlte meine Stirn mit kalten Frotteewickeln, wann immer ich Fieber hatte. Hielt mir das Haar zurück, wenn ich erbrechen musste. Beruhigte mich mit Wiegenliedern und hielt mich in ihren Armen, bis ich einschlummerte. Ich erinnere mich, wie ich mit hohem Fieber aus dem Schlaf aufschreckte und sie mich mit sanften Worten wieder beruhigte.

Ich schließe die Tür und gehe durch den Flur wieder zurück. Am Fuß der Treppe zum Dachboden halte ich an.

»Dad?«, rufe ich zögernd hinauf. Ich lausche angestrengt, doch kein Geräusch dringt zu mir. Er könnte durchaus da oben sein, um irgendetwas zu verstauen. Ich setze meinen Fuß auf die erste Stufe, dann halte ich inne. Mein Herz hämmert. Ich erinnere mich, wie sie mich anbrüllte, als sie mich einmal draußen vor der geschlossenen Speichertür vorfand. So laut schrie sie, dass ich dachte, mir würde das Trommelfell platzen. Zwei Stufen auf einmal nehmend kam sie die Treppe hinaufgehastet und packte mich am Arm. So fest zog sie daran, dass ich vor Schmerz aufschrie.

»Geh nie wieder da oben rauf, hast du gehört?«, sagte sie, als sie mich nach unten gezerrt und wir am Küchentisch Platz genommen hatten. »Es ist gefährlich dort. Alles steht voll mit Möbeln, die auf dich drauffallen und dich zerschmettern könnten, du dummes Mädchen.«

Ich erinnere mich auch, dass Henry meine Schulter später

wieder eingerenkt hat. Es tat so höllisch weh, dass ich das Bewusstsein verlor, und als ich wieder zu mir kam, gab er mir Schokolade.

Sei nicht albern, sage ich mir und gehe die Treppe hinauf. An der Tür halte ich an. Es gibt keine Klinke. Nur einen Vierkantbolzen, auf dem die Klinke hätte sitzen sollen. Ich halte den Atem an und lausche. Nichts.

»Dad«, sage ich wieder. »Bist du da drin?«

Keine Antwort.

»Nicht gefunden?«, fragt David, als ich wieder herunterkomme.

»Vermutlich ist er spazieren gegangen.«

»Ja, gut möglich.«

»Obwohl ich noch nie erlebt habe, dass mein Vater je spazieren gegangen wäre.«

David erhebt und streckt sich. »Also gut, du gehst nach oben und packst unsere Sachen, während ich die Einkäufe erledige. Das könnte ein, zwei Stunden dauern. Am Duschkopf ist die Dichtung hinüber, deswegen tropft es auch die ganze Zeit. Ich bringe das noch rasch in Ordnung, brauche dazu aber einiges aus dem Baumarkt.« Er kommt auf mich zu und ergreift meine Schultern. »Und schau nicht so besorgt. Vermutlich ist er noch vor mir wieder zurück.«

Ich warte, bis David fort ist, dann rufe ich wieder nach meinem Vater, und es fällt mir schwer, die Panik aus meiner Stimme zu verbannen. »Dad! Henry! Wo bist du?«

Ich laufe durch den Korridor zu seinem Arbeitszimmer. Die Tür ist geschlossen. Er könnte in seinem Stuhl eingenickt sein. Das passierte ihm früher auch manchmal, und wenn meine Mutter ihn nicht nach oben und ins Bett befehligte, konnte er so die ganze Nacht dort verbringen.

Langsam drücke ich die Klinke nieder, stoße die Tür auf. Es

ist dunkel im Zimmer. Die schweren Vorhänge sind geschlossen, und auf dem Raum liegt ein schwerer Duft – warm und süß, vermengt mit Alkohol und Dunst. Ich gehe zum Fenster und ziehe die Vorhänge auf. Licht durchflutet den Raum.

Als ich mich umwende, setzt für einen Moment mein Herzschlag aus.

»Dad?«, wispere ich. Ich will schreien, wegrennen, doch ich stehe da wie angewurzelt.

Mein Vater sitzt an seinem Schreibtisch, zurückgelehnt in seinem Stuhl und mit aufgerissenem Mund, als rufe er nach jemandem. Die Haut ist bleich, die Augen sind weit aufgerissen und glasig. Sie starren ins Nichts. An seinen inneren Handgelenken klaffen zwei tiefe Schnitte. Dunkelrot, fast schwarz, haben sich große Blutlachen unter seinen schlaffen Händen ausgebreitet. Und daneben liegt – blutverschmiert und still – ein Messer aus der Küche.

SECHS

»Grundgütiger Himmel! Aber er kann sie doch nicht so sehr geliebt haben, oder?« Miss Young fächert sich selbst Luft zu, während wieder Farbe in ihr Gesicht zurückkehrt.

Miss Young ist die erste arme Seele, der ich in die Arme fiel – und zwar buchstäblich –, nachdem ich aus dem Tor gestolpert und auf die Straße hinuntergerannt bin. Wobei ich immer und immer wieder Davids Namen rief.

Sie reagierte genau so, wie man es in dieser Situation erwarten würde: Sie ergriff meine Hand und hörte mir aufmerksam zu, wobei ihre Miene von gemessener Sorge zu nacktem Entsetzen wechselte, als ich mit abgehackten, kaum zusammenhängenden Worten schilderte, was geschehen war.

Und als ich mit meinem Bericht fertig bin, ist meine Atmung schnell und flach. In meinem Kopf dreht sich alles, während mein Körper unkontrolliert zu zittern beginnt und sich ganz dem Schock ergibt.

»Kommen Sie, meine Liebe«, sagt Miss Young. »Sie müssen sich hinsetzen.« Fest legt sie ihren Arm um meine Schulter und geleitet mich zurück zum Haus. Ich will nicht wieder da rein, wünsche mich meilenweit fort von hier. Aber sie besteht darauf, sagt, ich dürfe nicht unterkühlen, müsse mich hinsetzen und beruhigen. Und als wir dann wieder drin sind, dirigiert sie mich schnurstracks zum Sofa und legt mir eine Wolldecke um die Schultern.

»Sie bleiben hier sitzen, während ich mir jetzt das Arbeitszimmer ansehe.«

Sie verlässt den Raum. Ich höre ihre Schritte im Flur, dann ein ersticktes Keuchen und hastiges Gemurmel. Als sie ins Wohnzimmer zurückkehrt, steuert sie sogleich aufs Telefon zu.

»Die Polizei, bitte ... Einen Krankenwagen? Na ja, Sie können natürlich einen schicken, wenn Sie wollen, Liebes, aber ich schätze, dafür ist's ein wenig zu spät, weil er nämlich ganz sicher tot ist, so viel steht fest, und das behaupte ich, obwohl ich keine Ärztin bin.«

Dann bringt sie mir einen Tee, süßen Tee, das britische Allheilmittel, das in allen Lebenslagen hilft, einschließlich – soweit es Miss Young betrifft – des Falles, dass sich der Vater einen Tag nachdem man die Mutter zu Grabe getragen hat, das Leben nimmt.

»Ich setz gleich mal eine ganze Kanne auf«, meint sie und wickelt mich noch fester in die Decke ein. »Gewiss werden die netten Jungs ein Tässchen zu schätzen wissen, wenn sie hier eingetroffen sind.«

Ich ergreife meinen Teebecher, doch ich trinke nicht. Keiner meiner Muskeln scheint zu funktionieren. Alles, was ich zu tun vermag, ist, geradeaus zu starren und alle Energie, die mir noch geblieben ist, darauf zu verwenden, nicht an den leblosen Körper meines Vaters zu denken. Ich bekomme mit, wie Autos auf der Einfahrt vorfahren. Höre gedämpfte Stimmen. Leute, die Richtung Arbeitszimmer gehen und wieder zurückkommen. Das Knistern und Krachen von Funkgeräten. Eine Frau, die draußen vor der Tür lacht.

Miss Young sitzt neben mir und streichelt mir mechanisch über das Knie. Ich widerstehe dem Drang, von ihr abzurücken, obwohl mir die Berührung unangenehm ist.

»Was für ein Drama«, murmelt sie. »Was für ein unfassbares Drama.«

Miss Young ist die Haushälterin des Vikars. Schon seit Jahren. Und weil der Vikar keine Frau hat, ist sie auch regelmäßig in der Kirche präsent. Meine Mutter hat einmal gemeint, da müsse mehr dahinterstecken, obwohl mir damals noch nicht klar war, wie sie das meinte. Bei den wenigen Gelegenheiten, da ich Miss Young traf, bestand sie darauf, dass ich sie Suzie nenne. Aber ich bin bei *Miss Young* geblieben. Suzie erschien mir zu persönlich, und außerdem passt der Name nicht zu ihr.

Über mir manifestiert sich der Schatten eines Polizisten. Ich schaue zu ihm auf. Im gleichen Moment beginnt mein Herz zu stolpern und mein Magen zieht sich zusammen, während eine tief wurzelnde Furcht von mir Besitz ergreift.

»Ich würde gern mit Ihnen sprechen, Mrs. Bradford. Wäre das okay für Sie?«

»David«, flüstere ich. »Ich brauche David.«

»Das ist ihre bessere Hälfte, mein Lieber«, erklärt Miss Young. »Hat vor einer Weile das Haus verlassen. Sicher ist er nicht lange fort. Ich lasse Sie beide nun aber besser allein.«

Sie macht Anstalten zu gehen, doch ich ergreife ihre Hand. »Bitte. Bitte bleiben Sie bei mir«, sage ich mit brüchiger Stimme.

Der Polizist, ein großer stämmiger Mann Ende fünfzig mit einem trällernden walisischen Akzent, beginnt Fragen über Fragen zu stellen. Ich schaffe es irgendwie, ihm eine Reihe einsilbiger Antworten und stummer Achselzucker zu geben. Als wir fertig sind, drückt er mir die Karte einer Selbstmord-Hotline in die Hand. Nach meinem Dafürhalten ist es dafür jetzt ein bisschen spät.

Ich schließe meine Finger um die Karte und schaue aus dem Fenster. Aufrecht und stark stehen die Bäume da, als bewachten sie das Haus.

»Ja, wir sollten hier Schluss machen.« Der Polizist scheint

unsicher, ob er gehen soll oder nicht. »Wird Ihr Mann denn bald wieder zu Hause sein?«

»Machen Sie sich um sie keine Sorgen«, sagt Miss Young über meinen Kopf hinweg. »Ich halte das Teewasser warm, bis Mr. Bradford wieder zurück ist.« Nachdrücklich tätschelt sie mein Knie, als wären ein nie versiegender Strom aus Tee und ihre Gesellschaft der Garant für eine rasche Genesung.

»Das ist nett von Ihnen, Miss –« Ihm scheint ihr Name entfallen zu sein.

»Suzie«, sagt Miss Young. »Jeder hier nennt mich Suzie.«

Der Polizist räuspert sich. »Der Kollege nebenan wird noch eine Weile brauchen mit der …« Er unterbricht sich, schaut mich an. »Mit Dr. Campbell. Falls wir noch mal mit Ihnen sprechen müssen, Mrs. Bradford, rufen wir Sie an.«

Ich nicke schweigend. Allmählich fühle ich mich wie in einer bizarren Unterhaltungsshow im Stil der *Truman Show*, wo alle Mitwirkenden, mit Ausnahme der ahnungslosen Hauptperson, Schauspieler sind – wenngleich ein Spektakel der grausamen Art.

Der Polizist wendet sich zum Gehen, und ich entspanne mich geringfügig. Sobald er die Tür hinter sich geschlossen hat, greift Miss Young in ihre Rocktasche und setzt sich neben mich. Sie hält einen Briefumschlag in ihrer Hand.

»Den hab ich gefunden, bevor die Polizei eintraf«, sagt sie. »Er lag auf Dr. Campbells Schreibtisch, da hab ich ihn eingesteckt. Solche Dinge behält man besser für sich. Sie sollten ihn lesen, wenn Ihnen danach ist, Liebes. Vielleicht erst noch eine Tasse Tee. Was meinen Sie?«

Miss Young legt den Brief auf meinen Schoß.

»Ich gehe und füttere mal Ihre Katze, damit Sie ein wenig allein sein können. Rufen Sie mich, wenn Sie mich brauchen. Nur der Herr weiß, was da drinstehen mag.«

Ich betrachte den Brief, als wäre er mit Anthrax präpariert. Henry hat sein gutes *Smythson-of-Bond-Street*-Briefpapier dafür verwendet, das ihm vor vielen Jahren ein vermögender Patient geschenkt hat. Er bewahrt es in einem der hohen Regale in seinem Arbeitszimmer auf, in einer speziellen Ledermappe, und benutzt es nur zu besonderen Anlässen. Das letzte Mal, soweit ich mich erinnere, für ein Kondolenzschreiben an seine Mutter – meine unbekannte Großmutter –, nachdem sein Vater gestorben war.

Meinen Namen auf dem hellblauen Umschlag zu sehen, in seiner makellosen, gestochenen Handschrift, macht mir grausam klar, dass das alles hier wirklich passiert. Ich nehme das Kuvert in die Hand und versuche mir vorzustellen, was wohl in dem Brief stehen mag, welche Gründe er wohl anführt, um seine Tat zu erklären. Ein Teil von mir stimmt mit Miss Young überein. Er kann sie doch nicht *so sehr* geliebt haben, oder?

Ich schiebe meinen Finger unter die Lasche und öffne den Umschlag so vorsichtig wie möglich. Darin liegt eine einzelne beschriebene Seite zusammen mit einem zusammengefalteten Zeitungsausschnitt, der schon ganz vergilbt ist. Ich lege den Ausschnitt neben mich aufs Sofa, hole tief Luft und lese den Brief.

SIEBEN

Henry Campbell – 2. Juni 2014

Er schloss die Küchentür hinter sich und ging bedächtig zum Fenster. Er berührte die Vorhänge, strich von oben nach unten über den Stoff. Arrangierte den Faltenwurf, bis er so gleichmäßig fiel, dass es auch ihr gefallen hätte. Er schloss die Vorhänge. Verriegelte sorgsam die Türen. Die Tyrannei der Neurosen seiner Frau.

In was für einem erstickenden Nebel war er gewandelt? Was für ein Mann war aus ihm geworden? Wo und wann war alles so entsetzlich schiefgelaufen? An welchem Punkt hätte er dem Ganzen ein Ende setzen und sie verlassen sollen? Aber wie hätte er sie je verlassen können? Es gab ja nur sie. Gab ja nur noch sie.

Henry Campbell seufzte schwer, als er den Napf und eine Dose Katzenfutter aus dem Schrank nahm. Er fütterte die Katze, die glücklich schnurrte, als sie sich über ihr Abendessen hermachte.

Henry erinnerte sich, wie er Elaine zum ersten Mal erblickt hatte. Sie saß an der Bar in einem Pub neben der medizinischen Hochschule. Elegant, deplatziert und mit viel zu viel Klasse, um sich hier aufzuhalten. Sie trank irgendeinen Cocktail, spielte geistesabwesend mit dem Strohhalm, während der Mann, mit dem sie hier war, sie mit seinem Geschwätz ganz offensichtlich langweilte. Sie trug ein rotes Kleid, dass so eng an ihrem Körper anlag, als hätte man es ihr aufgemalt. Das Haar hing zu einer Seite herab, sodass man ihren schlanken Nacken sah. Weich und blass und makellos war er. Und so anmutig. Ein Nacken, der in seiner Eleganz förmlich darum bettelte, dass Lippen ihn berührten.

Henry und seine Begleiter waren hier, um einen Geburtstag zu feiern. Es wurde viel getrunken – wie immer, wenn sie ausgingen. Doch während seine Kommilitonen lachten und herumwitzelten und dumme Trinkspiele veranstalteten, hatte er nur Augen für sie. Konnte seinen Blick nicht von ihr abwenden. Er sah, wie sie einen Blick auf ihre Armbanduhr warf. Sah, wie sie die Hand des Mannes von ihrem Bein schob, als er die Frechheit besaß, sie zu berühren. Sah sie seufzen und zwei Mal über die Schulter ihres Begleiters hinwegsehen. Es gab nur sie. Alles andere im Pub war in den Hintergrund gerückt.

Er erhob sich und entschuldigte sich bei seinen Begleitern.

»Ich bitte um Nachsicht, meine Herren, aber ich hab was zu erledigen.«

Und dann ging er geradewegs zu ihr und sagte rotzfrech: »Ich möchte nicht stören, aber draußen steht eine Frau, die mir aufgetragen hat, Ihnen auszurichten, dass Sie dringend kommen müssen. Es ist ein Notfall.«

»Wirklich?« Sie drehte den Kopf, um aus dem Fenster zu sehen.

»Was ist denn los?«, fragte ihr Begleiter. »Was für ein Notfall?«

»Es ist nur zu Ihrem Besten«, sagte Henry zu ihr. Er lächelte und vollführte eine angedeutete Verbeugung. »Der Notfall, meine ich. Sie gehen jetzt besser. Um sich dem Notfall zu widmen. Wie gesagt, es ist nur zu Ihrem eigenen Besten.«

»Zu meinem eigenen Besten?«

»Ja, betrachten Sie mich als Ihren Retter. Soll ich Sie nun zu der Dame bringen?«

»Nun, um ehrlich zu sein, guter Mann«, sagte ihr Begleiter amüsiert, »sollte ich derjenige sein, der sie wohin auch immer bringt.«

Doch das Mädchen lächelte in Richtung Henry.

»Kommen Sie?«, fragte er und hielt ihr seine Hand hin.

Einen Moment lang starrten sie sich an, dann nickte sie. »Ja«, sagte sie. »Das werde ich.«

Und so fing es an. Fing alles an. Das Lächeln, der Schwung ihres Nackens, die Kontrolle, die sie vom ersten Moment an über ihn ausübte. Ihre völlige Macht. Alle Sirenen in einer einzigen Frau vereint. So fing alles an. Welcher seiner Schwachpunkte hatte es ihr ermöglicht, ihn in ihren Bann zu schlagen?

Und nun war sie fort.

Er hatte versucht, Bella zu erzählen, was sie unbedingt wissen musste, aber er hatte kein Wort herausgebracht. Der Zorn, die Scham und das Schuldgefühl hatten ihm die Kehle zugeschnürt.

Henry öffnete die Schublade und schaute hinab auf die säuberlich aufgereihten Messer darin. Er strich über jeden einzelnen der Griffe und wählte dann das Tranchiermesser. Er ging zu dem Regal mit dem Alkohol, nahm eine Flasche Single Malt und einen Kristall-Tumbler herunter. Er füllte das Glas bis zum Rand und stellte die Flasche wieder an ihren Platz zurück. Er streichelte der Katze über den Rücken, die wieder schnurrte und träge zu ihm aufsah. Er trug das Glas und das Messer durchs Arbeitszimmer, platzierte beides auf dem Schreibtisch, ging wieder zum Regal und nahm die Mappe mit dem guten Schreibpapier zur Hand. Er strich über das alte rissige Leder, öffnete die Lasche und entnahm ein einzelnes Blatt Papier und einen Umschlag. Dann legte er die Mappe wieder ins Regal.

Henry setzte sich an seinen Schreibtisch und schrieb die Worte, die er nicht imstande gewesen war auszusprechen. Und als er damit fertig war, als der Brief sicher im zugeklebten Umschlag steckte, öffnete er die oberste Schublade und holte eine Schachtel Schmerztabletten hervor. Er drückte alle zwölf aus der Blisterverpackung, spülte die Pillen mit dem Whisky runter und löschte die Schreibtischlampe. Er wartete, bis die Tabletten ihre Wirkung entfaltet hatten, dann tastete er auf der Schreibtischplatte nach dem Messer.

»Vergib mir«, flüsterte er in die Dunkelheit hinein. »Vergib mir.«

ACHT

Mein liebes Kind,

zunächst einmal muss ich mich dafür entschuldigen, was du vorgefunden hast. Ich bin ein Feigling. Daran hat nie ein Zweifel bestanden. Ein Feigling und ein schwacher Mensch. So entsetzlich schwach. Selbst gestern, als ich versuchte, mit dir zu reden, hat mich diese Rückgratlosigkeit verstummen lassen, doch nun habe ich keine andere Wahl. Ich kann die Wahrheit nicht länger für mich behalten.

Und ich kann nicht mehr so weitermachen.

Von Anfang an habe ich damit gekämpft. Fragen. So viele Fragen und keine Antworten. So viele Warums. Denn das Warum ist alles, was zählt. Ich habe keine Antworten auf diese Warums. Keine Antworten, die auch nur irgendeinen Sinn ergeben. Sogar während ich das hier schreibe, während meine Hand diese Buchstaben formt, ist alles, was durch meinen Kopf hallt: Warum?

Warum? Warum?

Warum?

Elaine und ich sind nicht deine leiblichen Eltern. Wir haben dich nicht adoptiert oder in Pflege genommen. Deine richtige Mutter ist eine Frau namens Alice Tremayne. Ihre Adresse ist (oder war): Mount Sinai Road 4a, St. Ives, Cornwall. Ob sie noch lebt oder nicht, vermag ich nicht zu sagen.

Ich bin nicht imstande, deine Fragen zu beantworten. Kann nicht mal den Versuch unternehmen, es zu tun. Aber bitte wisse, dass Elaine dich von ganzem Herzen geliebt hat und vor dem Hintergrund ihrer eigenen verdrehten Weltsicht immer der Meinung war, dass sie für dich nur das Beste im Sinn hat.

Vergib mir.

Ich wünsche dir Frieden.

Henry Campbell

NEUN

Das Bild von Henry Campbells geschundenem Körper verfolgt mich, während meine Gedanken und Gefühle mich umschwirren wie ein aufgeschreckter Bienenschwarm.

Ich presse meine Finger auf die Schläfen und versuche, seine Zeilen zu begreifen. Das kann doch alles nicht wahr sein. Mein Blick geht hinüber zu dem Zeitungsausschnitt, der vergilbt und spröde daliegt, aber es hilft nichts. Nichts davon ergibt Sinn.

Er lügt.

Natürlich lügt er. So muss es sein.

Aber etwas in mir ahnt, dass es nicht so ist. Etwas in mir nickt. Zustimmend. Sagt: *Aaah, das erklärt so einiges!* In meinem Kopf hämmert es. Meine Gedanken springen von Erinnerung zu Erinnerung. Ich fühle mich schwach. Kraftlos. Das ist alles zu viel. Elaines Tod. Die Einäscherung. Henry in diesem Zustand aufzufinden. Und jetzt der Inhalt dieses Briefes. Ein einzelnes Blatt Papier und ein alter Zeitungsausschnitt, der – wenn es stimmt – alles verändert.

Es muss einfach eine Lüge sein.

Aber warum sollte mich Henry anlügen?

In diesem Moment kommt David ins Wohnzimmer gelaufen. Schnell stopfe ich den Brief in meine Hosentasche, bevor er ihn sehen kann. Der Schock steht ihm ins Gesicht geschrieben. Er öffnet die Arme und kommt auf mich zu.

»Mein liebes Ding«, sagt er. »Mein allerliebstes Ding. Jesus Christus. Ich hätte dich nie allein lassen dürfen. Was hab ich mir nur dabei gedacht?«

Als er bei mir ist, mache ich einen Schritt zurück. Schüttle den Kopf. Seine Kontur wird undeutlich, als sich meine Augen erneut mit Tränen füllen.

»Bella«, flüstert er. »Meine liebe Bella.«

Da wende ich mich um und renne. An ihm vorbei und raus aus dem Wohnzimmer, lasse den Geruch des toten Henry Campbell hinter mir, während ich zwei Stufen auf einmal nehme. Oben laufe ich durch den Flur und stoße die Tür zu meinem alten Zimmer auf. Ich stehe auf der Schwelle und schaue mich um in dieser Zeitkapsel – hier sieht es genauso aus wie vor vierzehn Jahren, vierzehn Tagen, vierzehn Stunden – und doch hat sich alles verändert.

Ich starre auf das Poster mit dem blauäugigen Kätzchen. Auf die farbigen Perlen, die aufgezogen in einem Weidenkörbchen liegen, das auf der Schubladenkommode steht. Auf die Kleidertruhe, die tausend Fantasien enthält. Auf das Jugendbett mit seinem rosafarbenen Überwurf. Auf die Bücher – Regal um Regal ist angefüllt mit ihnen. Und jedes hat mich ganz in seinen Bann geschlagen und mich in die Sicherheit seiner magischen Welt entführt. Ich spürte, wie die Hufe von Black Beauty das Gras unter mir niederdrückten. Durch einen Schrank kroch ich in ein eiserstarrtes Land. Ich wurde zur Ringhüterin und kämpfte gegen Piraten, Liliputaner und Tiger.

Auf der Treppe werden Schritte laut. Es ist David. Ich will ihn nicht sehen. Ich ziehe die Tür meines alten Zimmers hinter mir zu und drehe den Schlüssel im Schloss. Langsam gehe ich zum Schminktisch und betrachte mein Gegenüber im ovalen Spiegel.

Aber ich sehe nicht mich.

Ich sehe eine Frau mit müden Augen und ungekämmtem Haar, mit verschmierten Tränenspuren auf ihren milchweißen Wangen – das Gesicht einer unglücklichen Porzellanpuppe.

»Bella!«, ruft David durch die verschlossene Tür. Mehrmals drückt er vergeblich die Klinke, dann hämmert er gegen das Holz. »Mach die Tür auf. Bitte. Lass mich rein.« Wieder rüttelt er am Drücker. »Mach die Tür auf!«

Ich drehe den Spiegel in seiner Aufhängung zur anderen Seite, verbanne die Frau mit dem zerzausten Haar aus meinem Blick. Dann stecke ich mir die Finger in die Ohren, um Davids Geschrei auszusperren. Doch stattdessen höre ich nun Henry Campbell, dessen Stimme in meinem Kopf widerhallt. Vier Worte, immer und immer wieder. Jene vier Worte, die ich vor einigen Tagen zum ersten Mal vernahm und die alles ins Rollen gebracht haben.

Deine Mutter ist tot.

Was er in dem Telefonat sonst noch zu mir sagte, weiß ich nicht mehr. Als hätten mich die Informationen über die genaueren Todesumstände via Osmose ereilt. Ein Herzinfarkt. Die Fahrt ins Krankenhaus. Zu spät. Exitus in der Notaufnahme, nachdem sie noch meinen Namen gerufen hat.

»Bella! Bella!«

Mir läuft ein kalter Schauer über den Rücken. Ich bin wieder Kind. Verstecke mich vor ihr. Die aufsteigende Panik in ihrer Stimme lässt mich vor Erregung erzittern.

»Bella!«

Ich drehe mich zu Tori um und lege einen Finger an meine Lippen. Tori nickt, dann grinsen wir beide. Die Stimme meiner Mutter schwillt an, schon kann man diesen unverkennbaren Anflug von Qual vernehmen, der nun mitschwingt.

»*Bella!* Es wird Zeit reinzukommen! Hör auf mit diesen Spielchen. Ich meine es ernst!«

Wir halten den Atem an, warten, quetschen uns noch tiefer in den Spalt hinter der großen grünen Tonne, die mit Regenwasser und Hunderten winziger Mückenlarven angefüllt ist, die über den Rand schwappen, wenn ich gegen ihren Wasserinkubator trete.

»Bella!« Dieser Ton, dieses panische Kreischen, sagt mir, dass das Spiel vorbei ist. Wenn ich mich weiter vor ihr verstecke, wird sie böse, und das kann selbst der größte Spaß nicht mehr wettmachen. Ich zucke die Achseln, und Tori lächelt, bevor sie in den Schatten verschwindet.

Auf meinem Hinterteil rutsche ich aus meinem Zufluchtsort.

»Komme, Mummy! Keine Angst, ich komme ja schon!«

Ich hole tief Luft und verdränge all diese Erinnerungen. Nehme die Hände von meinen Ohren und stelle fest, dass David noch immer gegen die Tür hämmert. Ich will mich rühren, doch meine Gliedmaßen sind wie versteinert.

Bewege dich.

Du kannst nicht ewig hier drinbleiben. Bewege deine Füße, um Gottes willen.

Irgendwie schaffe ich es, zur Tür zu gehen und sie zu entriegeln. Indes bin ich mir nicht sicher, ob ich mein altes Zimmer verlassen kann, ohne zu zerbröckeln.

ZEHN

»Ich muss hier weg.«

Ich muss fort aus diesem Haus. Fort aus diesem dunklen, abgeschotteten und verzweifelten Haus, über dem der unerträgliche Dunst des Todes hängt.

»Ja«, sagt David.

»Jetzt!«

Für einen Moment umwölkt sich seine Miene, als wäre er drauf und dran, mich für meinen harschen Ton zu tadeln, doch dann hält er sich zurück. Ich kann förmlich hören, wie er im Geiste nach Entschuldigungen für mein Verhalten sucht. *Trauer. Es ist die Trauer, die aus ihr spricht. Sie wollte nicht in diesem Ton mit dir reden.*

Miss Young freut sich, als ich sie bitte, die Katze in Pflege zu nehmen, ist aber zweifellos verstimmt, als ich den Inhalt von Henry Campbells Brief nicht mit ihr teile. Dennoch lässt sie ein paar unmissverständliche Kommentare in dieser Richtung fallen wie: *Hat er sich denn in seinem Brief erklärt, Liebes?* und: *Man fragt sich doch, was er sich dabei gedacht hat.* Erwartungsvoll hält sie sich in der Nähe auf, während David und ich schweigend ein wenig Ordnung schaffen, den Müll rausbringen und den Abwasch machen. Ich versuche, ihre Neugier zu befriedigen, indem ich sage, dass das Schreiben nichts Konkretes erbracht hätte und ein einfacher Abschiedsbrief gewesen sei, in dem er sich für seinen Entschluss entschuldige. Doch als sie einmal mehr nachbohrt, sage ich: »Es tut mir leid, Miss Young, aber ich möchte wirklich nicht mehr darüber sprechen.«

Was nicht mal gelogen ist. Ich bin noch nicht bereit. Vielleicht mag ich eines Tages dazu in der Lage sein, wenn ich mir selbst einen Reim auf alles gemacht habe und weiß, was Wahrheit und was Lüge ist. Bis dahin werde ich keiner Seele etwas sagen. Nicht einmal David. Wenn ich es ihm erzählte, würde er versuchen, die Dinge für mich ins Lot zu bringen. Er würde die Angelegenheit an sich reißen, die Polizei und die Presse einschalten. Er würde mir sagen, was ich zu tun und wie ich mich zu fühlen hätte, und über alldem würde sein wachsamer Blick schweben, gelegentlich gepaart mit stiller Missbilligung oder Sorge.

Oben in meinem alten Zimmer, noch bevor wir runtergingen und wieder auf Miss Young trafen, hat er mich natürlich darum gebeten, ihm den Brief zu zeigen.

»Ich hab ihn verbrannt«, erwiderte ich.

»Verbrannt. So schnell?«

»Ja, gleich nachdem ich ihn gelesen hab. Hab's draußen gemacht, damit die Asche nicht im ganzen Haus herumfliegt.«

»Aber warum?«

»Es stand nichts drin, was mir irgendwas erklärt hätte. Ich war verletzt. Sauer. Es geschah aus einer Laune heraus.«

»Das war aber sehr unüberlegt. Hat er denn gar nichts erklärt?«

»Nein. Nur dass er den Gedanken an ein Leben ohne sie nicht erträgt. Dass es sich nicht mehr lohne weiterzuleben.«

David hat genickt, als verstünde er, dass Liebe allein einen Mann in den Selbstmord zu treiben vermag.

Nachdem das Auto vollgeladen ist, übergebe ich Miss Young in der Einfahrt den Kater und bedanke mich noch mal dafür, dass sie sich um das Tier kümmert.

Miss Young nimmt die Katze auf den Arm und streichelt ihr den Rücken. Sofort beginnt sie zu schnurren und stemmt die Vorderpfötchen in ihre üppige Brust.

»Uns wird's gut gehen, nicht wahr, Schätzchen?«, sagt sie mit einer Singsang-Stimme, so angenehm wie Fingernägel, die über eine Schiefertafel kratzen.

»Ich schicke Ihnen Geld fürs Futter.«

»Keine Sorge. Wir haben genug davon im Haus.« Miss Young krault den Kater im Genick. »Du wirst schon nicht verhungern, mein Lämmchen, nicht wahr?«

Der Kater hebt die Nase und streift über ihre Hängebacken. Ihm scheint jedes alte Frauchen recht zu sein.

Ich klettere ins Auto und schnalle mich an. David überprüft, ob mein Gurt auch fest genug sitzt, und startet den Wagen. Gerade will er zurücksetzen, als Miss Young noch mal am Autofenster erscheint, wobei die Katze in ihrer Armbeuge fast erdrosselt wird. Sie klopft wild an die Scheibe.

»Was soll aus den Rosen werden?«, fragt sie ehrlich besorgt.

Jesus Christus. Zum Teufel mit den verdammten Rosen.

»Für die wird gesorgt werden, Miss Young. Noch mal danke, dass Sie sich um die Katze kümmern.«

»Suzie, Liebes. *Nicht* vergessen, ich heiße Suzie.«

ELF

Henry Campbell – 3. August 1989

Henry Campbell wäre überall lieber gewesen als an dem Ort, an dem er und seine Frau sich gerade befanden. Er folgte ihr durch die Menschenmassen. Es war heiß und stickig.

Hunderte, nein Tausende wandelten in einer Art und Weise ihrem Ziel entgegen, dass er am liebsten geschrien hätte. Er war erschöpft nach einer weiteren furchtbaren Nacht. Seit Monaten hatte er nicht mehr anständig geschlafen, doch letzte Nacht so gut wie gar nicht. Das Hotelzimmer war klein und schäbig mit papierdünnen Wänden, lärmenden Nachbarn und einer Dusche, die monoton tropfte wie eine Vorrichtung zur Wasserfolter. Und so hatte er sich in dem engen Bett herumgeworfen und auf dem muffigen Laken hin und her gewälzt, das offenbar noch feucht zusammengelegt worden war. Quälende Gedanken hatten ihn geplagt, geboren aus Sorge, Trauer, Hilflosigkeit, doch wie so oft hatte er seinen Protest und das, was er ihr schon lange hatte sagen wollen, einfach heruntergeschluckt. Warum konnte sie eine kinderlose Zukunft nicht einfach akzeptieren und lernen, irgendwie damit klarzukommen? Die Zeit heilte doch bekanntlich alle Wunden. Sie würde ihren Kummer gewiss ertragen lernen.

Wortlos trotteten sie nebeneinanderher, als unentwirrbarer Teil eines Besucherstroms, der vereint war in seiner Suche nach göttlicher Intervention, spiritueller Verbindung oder gar einem Wunder. Elaine hoffte selbstverständlich auf Letzteres. Ein

Wunder. Der Glaube sollte da helfen, wo die Natur und die Wissenschaft versagt hatten.

Er versuchte durch den Mund, nicht durch die Nase zu atmen. Der Geruch nach Schweiß, Parfüm und gelegentlich nach ungewaschenen Körpern verband sich zu einem Brodem, der ihn fast würgen ließ. Menschen aller Arten und Größen, körperlich versehrt wie unversehrt, aller Ethnien und jeden Alters, dahinschlendernd, forsch ausschreitend oder humpelnd. Eine Anzahl gereizter Touristen war darunter wie auch das unvermeidliche quengelnde Kind, das nicht mehr weiterlaufen wollte und sich über die Hitze oder einen verstimmten Magen beschwerte. Und dann gab es diejenigen, die mit derselben Seelenpein hier erschienen waren, unter der auch seine Frau litt. Man konnte sie ihnen förmlich ansehen. Die Verzweiflung. Die letzte Hoffnung, an die sie sich klammerten.

Sie kamen an einem Mann vorbei, der auf einem fahrbaren Krankenbett lag. Das Bild erinnerte ihn an eine Wohltätigkeitsveranstaltung der medizinischen Hochschule, bei der er ausgeholfen hatte. Die Studenten hatten sich chic gemacht und zu Zweierteams zusammengeschlossen, wobei einer von ihnen im Bett lag und vom anderen in einem Mordstempo durch die Straßen und vorbei an johlenden betrunkenen Zuschauern geschoben wurde. Ja, damals war er noch ein im vollen Saft stehender Student gewesen, voller Elan und Tatkraft. Weit entfernt von der freud- und hoffnungslosen Zukunft, die nun vor ihm lag.

Er seufzte. Sein Magen knurrte. Sein Körper brauchte Nahrung. Neben ihrem schrecklichen Hotel gab es ein kleines Restaurant. Es warb mit halbwegs passablen Steaks. Vielleicht konnte ihm der humorlose Gallier ja einen roten *vin de table* dazu servieren. Vielleicht auch zwei.

Ja, dachte er, *zwei*.

»Ist mir egal, ob du Hunger hast oder nicht, wir gehen nicht eher zurück, bis wir sie gesehen haben.«

»Ich verstehe das nicht. Du bist doch nicht mal katholisch.«

Sie hielt inne und sah ihm direkt und unmissverständlich ins Gesicht. »Henry, Gott ist Gott. Die verschiedenen Religionen dieser Welt sind doch im Grunde nur Spielarten zur Huldigung desselben Allmächtigen Schöpfers. Wäre ich in eine katholische Familie hineingeboren worden, wäre ich jetzt eben katholisch. Wäre ich in Indien zur Welt gekommen, wäre ich Hindu. Gott ist größer als jede menschliche Vorstellung von ihm. Er wird mich erhören. Ja, das wird Er. Ich glaube an Ihn, und deshalb wird Er ein Wunder geschehen lassen.« Sie schloss die Augen, und ihre Lippen formten stumme Worte. Ob es ein Fluch oder ein Gebet war, vermochte Henry nicht zu sagen.

Als sie sich der Grotte näherten, erhöhte sich auch die Zahl der Souvenirshops, die heiliges Wasser, Kerzen und Anhänger mit dem Konterfei der Jungfrau Maria verkauften. Der beständige Anblick der Muttergottes hatte Henry irgendwie abgestumpft, ihre unerschütterliche Sanftmut begleitete diese Massenveranstaltung des Glaubens und der Qual auf Schritt und Tritt.

Beim Grotteneingang kam der menschliche Zug zum Stehen. Er starrte nach oben. Der Himmel war blassblau, dieselbe Farbe wie das Gewand der Jungfrau Maria. Er wollte Elaines Hand nehmen, doch sie entzog sich ihm, den Blick starr auf das Bildnis Unserer Lieben Frau geheftet, und verschränkte die Hände im Gebet.

Sein Magen rumorte.

Nie hatte er sich in ihrer Gegenwart fremder gefühlt. Und unfähiger. Sie waren hier, weil er ihr nicht helfen konnte. Es gab nichts, was er tun konnte. Und dabei hatte er sich geschworen, stets für sie zu sorgen. Als junger Mann, als er noch erfüllt war von Lust und Liebe, als sie in seinem Arm lag und seine Lippen ihr weiches honigfarbenes Haar berührten, als ihr wunderbarer Duft ihn im Innersten aufwühlte, da hatte er gelobt, ihr solle nie ein Leid widerfahren. Eine instinktive Anwandlung, die ihn einfach überkommen hatte. Der plötzliche und übermächtige Wunsch, immer für sie da zu sein. Da hatte er noch keine Ahnung gehabt, was für ein Leidensweg vor ihm liegen würde. Ein Leiden, das er nicht imstande sein würde zu beenden. Wie naiv von ihm zu glauben, er könne sie für immer beschützen, doch der Teufel sollte ihn holen, wenn er es nicht wenigstens versuchte. Sie brauchte ihn. Er war alles, was sie auf dieser Welt hatte. Gerade jetzt.

Neben ihm stand ein junges Mädchen mit einem zierlichen goldenen Kreuz um den Hals. Ihr Haar war so stramm zurückgebunden, dass ihre Gesichtshaut spannte. Aus ihrem Blick sprach pure Verzückung, Tränen bildeten sich in ihren Augenwinkeln, als sie die Statue in der Felsennische erblickte. Das Mädchen hob die Arme, die Handflächen zeigten gen Himmel. Sie saugte die göttliche Liebe auf wie ein Schwamm, und Henry dachte schon, sie müsse jeden Moment ohnmächtig werden. Um ihn herum sonores Gemurmel. Einige Menschen sangen mit gedämpfter Stimme. Andere flüsterten Gebete und priesen die Heilige Jungfrau. Die Rosenkränze, die dabei inbrünstig gebetet wurden, raschelten wie ein Wald voller Schösslinge, durch den eine leichte Brise geht.

So viele Schösslinge auf der Suche nach einem Wunder.

Das hatte sie hierhergebracht. In diese Stadt. Zu diesem Wallfahrtsort. Der unerschütterliche Glaube, dass ein jeder von ihnen dieses Wunder verdiente. Er wollte sie anbrüllen, schreien, bis keine Luft mehr in seiner Lunge war.

Ihr seid im Wahn!, wollte er ihnen zurufen. *Da oben existiert kein Gott, der euch zuhört! Begreift ihr das denn nicht? So etwas wie Wunder gibt es nicht. Ihr glaubt an eine Lüge. Das Leben ist ein Arschloch! Ein gott- und bedeutungsloses Arschloch, wo Dinge passieren, die nun mal keinen Sinn ergeben. Dinge, die ohne besonderen Grund einfach so geschehen.*

Doch statt zu schreien, schloss Henry Campbell die Augen. Senkte den Kopf. Faltete die Hände. Und betete zu dem Gott, an den er nicht glaubte, auf dass er ihnen das Wunder gewährte, das sie beide so dringend brauchten.

ZWÖLF

Wir halten an einer Tankstelle auf der Landstraße. Und während David an der Zapfsäule steht, sitze ich mit verkrampften Händen im Schoß da und presse meine Schläfe ans Wagenfenster. Immer wieder stelle ich mir die Frage, ob ich überhaupt weitermachen kann, ohne die Wahrheit in Erfahrung zu bringen. Ich wünschte, ich könnte das alles einfach vergessen. Wünschte, ich könnte die Zeit zurückdrehen und Henrys Worte ungelesen machen.

David klopft an die Scheibe, und ich fahre zusammen. »Möchtest du was aus dem Shop?«, formt sein Mund wortlos.

Ich schüttle den Kopf, lege ihn dann wieder ans Fenster, presse meinen Schädel diesmal noch fester gegen das kühle Glas, bis er zu schmerzen beginnt. Ich frage mich, wie hart ich ihn dagegenstemmen muss, bis er platzt.

Als David zurückkommt, stellt er eine Einkaufstüte zu meinen Füßen ab. »Du musst Hunger haben.«

Ich antworte nicht. Wie kann er nur annehmen, mir stünde jetzt der Sinn nach Essen? Er schnallt sich wieder an und überprüft zwei Mal, ob alles richtig sitzt. Dann widmet er sich meinem Sicherheitsgurt, zerrt auch hier zwei Mal daran, nur um ganz sicherzugehen. Ich beiße die Zähne zusammen, meine Kiefer beginnen zu mahlen.

»Er ist geschlossen«, sage ich. »Hab das Klicken selbst gehört.«

»Sicher ist sicher.«

»Ich hab ihn eigenhändig angelegt«, erwidere ich und grabe

meine Fingernägel in die Handflächen. »Du musst es nicht extra überprüfen.«

Ich schließe die Augen, lehne mich wieder gegen die Wagentür. Ich höre, wie er auf dem Rücksitz etwas sucht. Dann fällt etwas auf mich und deckt mich zu. Der Stoff riecht nach ihm. Sein Mantel, wie ich vermute.

»Hier, mein Liebling. Versuch etwas zu schlafen.«

Ich ziehe mir den Mantel übers Gesicht, atme meinen Atem ein. Das Auto wird wieder angelassen. Ich hole noch tiefer und schneller Luft, der Sauerstoffgehalt unter dem Mantel sinkt, es wird wärmer und feuchter um mich. Dann erfasst mich wie aus dem Nichts eine Panik. Hart und real überwältigt sie mich. Etwas in den Winkeln meines Gedächtnisses flackert auf. Dunkelheit. Heiße, dünne Luft. Und Furcht. Die Angst wird größer, nimmt mich immer weiter gefangen, bis sie schier unerträglich ist.

Ich werfe den Mantel von mir. Setze mich auf und greife nach vorn. Schlage wie von Sinnen auf den Schalter, um das Fenster zu öffnen. Als die kühle Luft durch den Wagen strömt, stecke ich meinen Kopf hinaus und hole tief Luft, um die frische Brise in meine Lunge zu ziehen.

»Bella? Alles in Ordnung?«, fragt David besorgt. Seine Hand schiebt sich über meine. Er wirft einen Blick in den Rückspiegel, als wolle er links ranfahren. »Bella?«

Ich drehe mein Gesicht in seine Richtung und nicke bestimmt. »Mir geht's gut. Fahr weiter. Alles prima«, bringe ich hervor. Dann halte ich den Kopf wieder aus dem Fenster. Obwohl die Panik fast vorbei ist, ist es mir nicht möglich, die schlimme Vorahnung von mir abzuschütteln.

David stellt das Radio an. Ich versuche, ihn auszusperren, mich auf die Welt außerhalb des Wagens zu konzentrieren – auf die Bäume, die Telefonleitungen von Oxfordshire, die übergehen in die von Berkshire, dann Surrey –, während die schrillen Töne von JazzFM mich zerschneiden wie eine Klinge.

Als wir uns Guildford nähern, flammt meine Angst wieder auf und breitet sich aus wie ein Buschfeuer. Was soll ich bloß tun, wenn wir erst zu Hause sind? So tun, als wäre nichts passiert? Als wäre alles beim Alten? Mich verhalten, als hätte ich nicht aus einem Brief erfahren, dass mein Leben nichts weiter als eine Lüge ist? Behaupten, ich sei einfach jemand, dessen Mutter an einem Herzinfarkt verstorben ist und dessen Vater sich das Leben nahm, nachdem man sie zu einem Häufchen Asche und Knochenstückchen verbrannt hat?

Wir betreten den Flur unseres adretten Reihenmittelhauses, das hauptsächlich mit Ikea-Möbeln eingerichtet ist. David klaubt die Post vom Boden auf und sichtet sie.

»Nichts Interessantes«, sagt er und lädt den Stapel aufgerissener Umschläge auf dem Dielenschrank ab. Er sieht mich an. »Gott, wie blass du bist. Bitte iss was.«

»Ich hab keinen Hunger.«

Er streicht mir über die Wange. »Ich mache dir ein Sandwich.«

Ich habe mich stets an David geklammert wie an ein Rettungsboot auf hoher See. David ist mein Fels in der Brandung, der Mensch, an den ich mich anlehne. Der Mensch, der mich beschützt. So ist es schon seit unserer ersten Begegnung. Damals, als ich endlich mein Zimmer in dem lärmenden, einschüchternden Wohnheim verlassen und mit klopfendem Herzen in der letzten Reihe des Vorlesungssaals Platz genommen hatte. Ich kann mich noch gut erinnern, wie ängstlich, wie schutzlos und einsam ich mich fühlte zwischen all den anderen Studenten. Ein jeder von ihnen strotzend vor Selbstbewusstsein, ausgelassen und Witze reißend und angekommen in dieser schönen neuen Welt.

Er betrat den Saal, und schlagartig änderte sich die Stimmung. Die Anwesenden verstummten, nur mehr Papiergeraschel und das Geräusch von Kappen, die von den Stiften abgezogen wurden, war zu vernehmen. Seine pure Aura war betörend. Es war, als wäre der Hörsaal in völlige Dunkelheit getaucht und allein seine Person von einem Scheinwerfer erleuchtet worden. Als die Vorlesung begann, war sein Tonfall bestimmt und direkt, seine Stimme wie eine Decke, die mich einhüllte, und als sich unsere Blicke trafen, durchfuhr mich eine Hitzewelle, die sich in meinem Nacken und auf meinen Wangen manifestierte. Ich schlug die Augen nieder, aber als ich den Kopf wieder hob, sah er mich immer noch an. Später hat er mir gesagt, dass er in diesem Moment gewusst hätte, dass ich die Richtige sei.

»Ich hatte schon immer eine Schwäche für smaragdfarbene Augen«, sagte er. »Du hast aus dem Meer der Gesichter herausgestochen und nach mir gerufen.«

Natürlich war ich zu schüchtern, um zurückzulächeln. Mit rasendem Herzschlag schaute ich wieder auf meinen Notizzettel. Ich konzentrierte mich auf seine Stimme – sie war einschmeichelnd, doch seine Worte wohlgesetzt, ein Vortrag ohne Hänger oder Stotterer. Wenn ich so zurückblicke, frage ich mich, wie viel davon sexuelle Anziehung und wie viel der Wunsch war, meine Mutter ersetzt zu wissen, die bis dahin die Kontrolle über mich gehabt hatte. Ob ich mich nicht unbewusst allein aus diesem Grund zu ihm hingezogen fühlte. Und während ich ihm zuhörte, entspannte ich mich. Ich nahm meinen Stift zur Hand, und meine Hand übersetzte das Gesagte in Buchstaben, der Stift bewegte sich wie von selbst über das Papier und formte Worte, übertrug seine Stimme in die schriftliche Form. Ein Dutzend Mal habe ich mir diese Notizen später auf meinem Zimmer durchgelesen, und jedes Mal hat mein Körper dabei vor Erregung gekribbelt.

Nach der Vorlesung packte ich meine Unterlagen zusammen und wartete, bis die anderen den Saal verlassen hatten. Ich war die Letzte, die sich von ihrem Platz erhob, und als ich zur Tür ging, rief er nach mir.

»Junge Dame?«

Ich hielt inne und drehte mich mit wummerndem Herzen nach ihm um.

»Ich kenne da ein tolles kleines Café«, sagte er. »Es ist ruhig, und der Kaffee ist einfach köstlich. Und erst der Kuchen, na ja, für den Kuchen möchte man sterben. Würden Sie mich dorthin begleiten?«

Und mit dieser einfachen Einladung übernahm er die Staffel von Elaine. Ich war wieder in Sicherheit. Doch nun, zurück in unserem Heim, kommt es mir vor, als sei zwischen uns eine Mauer hochgezogen worden. Sie schließt mich vollkommen ein. Trennt mich von ihm. Ich sollte mir verloren und verletzlich vorkommen, doch so ist es nicht. Ich fühle mich wie betäubt. Abgeschnitten von allem, was ich einmal kannte.

Von allem, was du glaubst zu kennen.

Ja, von allem, was ich glaubte zu kennen. Ich fühle mich losgelöst von allem.

DREIZEHN

Einige Tage lang versuche ich, mein Leben so gut wie möglich über die Bühne zu bringen. In einem fast katatonischen Trott bewege ich mich vom Frühstück zur Arbeit zum Abendbrottisch ins Bett. David versucht mir zu helfen. Er nimmt mich in den Arm, lässt mir Bäder ein, stellt hübsche Lunchpakete aus einer ausgewogenen Palette von Nahrungsmitteln zusammen. Er fährt mich zur Arbeit, holt mich wieder ab und durchbricht das Schweigen im Auto mit skurrilen Anekdoten, um mich aufzuheitern. Ich sollte mit ihm reden. Das weiß ich. Nichts von alldem ist seine Schuld. Aber es fällt mir so schwer. In meinem Kopf herrscht Chaos, er ist angefüllt mit verstörenden Erinnerungen, Gefühlen und Fragen.

»Jeffrey hat nach dir gefragt«, sagt David beim Abendessen. »Barbara hat sich angeboten, dir auf welche Art auch immer zu helfen. Sie ist wirklich sehr nett, weißt du? Ihr beiden habt mehr gemeinsam, als du ahnst. Sie wäre dir wirklich eine gute Freundin, wenn du es denn zulassen würdest. Du darfst dich nicht so abschotten und …«

Ich starre ihn an, und seine Worte werden durch eine Art weißes Rauschen ersetzt. Und plötzlich, als hätte man mir eine Augenbinde vom Gesicht gezogen, weiß ich, dass in Henry Campbells Brief die Wahrheit steht. Ich halte mich an der Tischkante fest, und mein Kopf schwimmt. Ich sehe David an. Die Konturen seines Gesichts verschwimmen, als hätte sich ein Schleier darübergelegt. Ich blinzele, um mich zu konzentrieren, und da fällt der Schleier, aber nicht mein Mann kommt darunter zum Vorschein, sondern eine völlig neue Person. Eine Person, die ich nicht kenne. Seine Miene ist voller Sorge. Sein grau werdendes Haar lichtet sich am Scheitel. Seine Zähne, ein wenig vergilbt, sind regelmäßig. Dieser Mann ist ein Fremder. Kein Fremder für die Frau namens Bella, eine Frau, die Tisch und Bett mit ihm teilt, aber ein Fremder für mich – die Person, die in Henrys Brief teilweise zutage getreten ist.

Ich lasse das Kinn auf die Brust fallen.

Der Mann – David – greift über den Tisch und reibt meinen Arm.

Nicht meinen Arm, Bellas Arm.

In meinem Kopf hämmert es. »Ich brauche ein wenig Luftveränderung.«

Er runzelt die Stirn. »Du willst wegfahren? Mein Gott, Bella, ich kann mir zurzeit keinen Urlaub nehmen. Wir sind mitten im Semester, und ich hatte gerade ein paar freie Tage wegen der Beerdigung.« Er zögert, vielleicht, weil er den entschlossenen Zug um meinen Mund, die trotzig verschränkten Arme und die Tränen in meinen Augen registriert. »Vielleicht kann ich mir nächsten Monat freinehmen. Ich denke, Jeffrey wird Verständnis dafür haben. Es ist schließlich so was wie eine Ausnahmesituation, und er weiß ja, wie schwer das alles für dich ist. Natürlich ist es nicht deine Schuld, nichts und niemand kann einen darauf vorbereiten, gleich beide Elternteile auf diese Weise zu verlieren.«

Beide Elternteile zu verlieren.

Ja, David, du hast recht. Nichts und niemand hätte mich darauf vorbereiten können.

Ich blinzele wieder, versuche meine Tränen zu verteilen, bevor sie herabkullern. »Ich muss eine Weile allein sein.«

»Allein?«

Ich nicke.

»Nein«, sagt er bestimmt und schließt die Finger um meinen Arm. »Du brauchst mich an deiner Seite, und das weißt du auch. Allein wirst du doch gar nicht klarkommen.«

Ich entziehe mich seinem Griff. »Ich brauche etwas Zeit für mich, um meine Gedanken zu ordnen.«

»Nein, das kann ich nicht zulassen«, sagt er. »Ich lasse dich nicht gehen.«

Dann, wie aus dem Nichts, spüre ich Wut in mir aufsteigen. Wut auf diesen Mann, der seine Frau von morgens bis abends kontrollieren will. Wut auf Henry. Auf Elaine. Auf sie alle.

Mit wildem Blick schaue ich mich im Zimmer um und erblicke sie auf dem Kaminsims.

Ich gehe hinüber und nehme die gerahmte Fotografie zur Hand. Das Bild entstand vor einigen Jahren an Weihnachten. Elaine und Henry sitzen nebeneinander auf dem Sofa. Ihr Antlitz ist umrahmt vom Haar, seine Hand liegt locker auf ihrem Knie. Ich sehe in ihre Gesichter. Sie lächelt. Nur für mich. Ich erinnere mich, sie eigens dazu aufgefordert zu haben.

»Lächle, Mum. Sag mal ›cheese‹!«

Und das tat sie.

Ich werde von meiner Wut überwältigt und knalle den Bilderrahmen mit voller Wucht auf die Ecke des Simses. Das Glas zerbricht. Ich zerre an dem Splitter, der noch im Holzrahmen steckt. Tränen laufen mir übers Gesicht. David ruft, ich solle damit aufhören. Ich kriege die Glasscherbe zu packen und ziehe sie über Elaines Gesicht, zerreiße ihr Lächeln Stück für Stück, bis nichts mehr davon übrig ist.

David packt mich. »Hör auf damit, Bella. Um Himmels willen, was ist denn in dich gefahren!«

Er ergreift meine Hand, und das Glas schneidet mir ins Fleisch. Trotzdem drückt er noch fester zu. Ich schaue nach unten, sehe, wie Blut unter meinen Fingern hervorquillt und an meinem Handgelenk herabläuft. David muss es auch bemerkt haben, denn er lockert seinen Griff. Ich öffne meine Hand, und die blutverschmierte Scherbe fällt zu Boden.

»Oh Bella«, sagt er leise. Er zieht ein Taschentuch aus seiner Hosentasche und presst das gefaltete Stück Baumwolle auf den Schnitt. Blut sickert durch den weißen Stoff, durchtränkt ihn wie ein roter Tintenfleck. »Jetzt sieh nur, was du gemacht hast, du dummes Mädchen.«

»Ich brauche eine Auszeit«, sage ich und drücke die Hand gegen meine Brust.

Schwer und mit unverkennbarer Missbilligung seufzt er auf und lässt gereizt meinen Arm los. »Wenn du es denn unbedingt willst ... Aber du begehst einen schweren Fehler.«

»Wirst du mit Jeffrey reden?«

»Er wird darüber nicht gerade erfreut sein.«

Ich weiß, dass es Jeffrey nicht das Geringste ausmachen wird. Ich habe den Job in der Unibibliothek nur bekommen, weil er David so »zugeneigt« ist. Die beiden haben das Ganze unter sich ausgemacht. Ich musste nicht mal zum Vorstellungsgespräch.

»Toll, dass du an Bord bist«, hat Jeffrey an meinem ersten Tag in der Bibliothek zu mir gesagt. »Ich bin David wirklich unendlich zugeneigt.«

»Wo willst du überhaupt hin, um Gottes willen?«, fragt David verwirrt.

Meine verletzte Hand beginnt zu pochen. »Ich bin mir noch nicht sicher.«

Ich gehe in Richtung Treppe.

»Und für wie lange? Ein paar Tage?«

Ich antworte nicht.

Er rennt hinter mir her, packt wieder meinen Arm, doch diesmal so fest, dass ich mich ihm nicht entwinden kann. »Rede mit mir, Bella. Du musst mit mir reden. Ich kann dir nur helfen, wenn du mir sagst, was in deinem Kopf vor sich geht.«

Und für den Bruchteil einer Sekunde denke ich: *Ja, vielleicht sollte ich's ihm einfach erzählen*. Doch dann stelle ich mir vor, wie er mich umarmt, fest umarmt. Wie er wieder das Kommando übernimmt. Er würde mir versichern, dass Henry gelogen hat. Mich davon überzeugen, dass die ganze Geschichte nur erfunden ist, der Plan eines Wahnsinnigen mit unbekannter Agenda. Er würde mir sagen, dass ich noch immer Bella sei und dass Bellas Leben noch immer das meine sei. Und ich würde so tun, als wäre ich sie. Würde in ihrem Haus leben, ihre Arbeit verrichten und mit ihrem Ehemann leben.

Aber ich erkenne, dass das nicht funktionieren wird. Immer wäre da dieser nagende Zweifel, dass irgendwo dort draußen mein wahres Ich darauf wartet, von mir gefunden zu werden.

Ich zwinge mich, David anzusehen, dessen Silhouette abermals undeutlich wird hinter einem neuen Tränenfilm.

»Es tut mir leid«, flüstere ich, »aber ich muss gehen.«

VIERZEHN

Der Name meiner unsichtbaren Freundin war Tori.

In der absonderlichen Welt meiner Kindheit, die von verriegelten und verrammelten Türen, geschlossenen Vorhängen, einsiedlerischen Eltern und Unfreiheit geprägt war, hat sie all meine nichtexistenten Wunschfreundinnen in sich vereinigt. Ich kann mich nicht mehr daran erinnern, wann sie das erste Mal zum Spielen kam. Sie war einfach immer da, solange ich denken kann, und sie war einfach toll. In vielerlei Hinsicht war sie sogar besser als eine echte Freundin, nun ja, besser zumindest als die Freunde, die ich zu jener Zeit überhaupt hätte haben können, so viel steht fest. Tori war wunderschön, mit blondem gelockten Haar und perfektem Gesicht. Sie war mutig und clever, witzig und abenteuerlustig, und nur ihretwegen wagte ich auch mal Streiche auszuhecken. Sie allein ließ mich den Mut aufbringen, auf Bäume zu klettern, mich vor meiner Mutter zu verstecken oder hinter dem Schuppen mit gestohlenen Streichhölzern ein Feuer aus trockenen Zweigen zu entfachen. Es war Tori, die zu lachen begann, als die ersten Flammen züngelten. Die vor Freude juchzte, als ich Panik bekam und zu schreien begann, während das Feuer auf den Schuppen überzugreifen und ihn niederzubrennen drohte.

»Was für eine Riesendummheit, Bella! Was um Himmels willen hat dich dazu veranlasst, so etwas Idiotisches und Unverantwortliches zu tun?«, verlangte meine Mutter zu erfahren, nachdem sie es geschafft hatte, das Feuer mit Erde zu ersticken und die Funken in einer fast tänzerischen Weise auszutreten.

»Das war Tori«, murmelte ich.

»Wage es ja nicht...«, erwiderte sie. »Eine Freundin zu haben, die nicht existiert, ist eine Sache. Ihr dafür die Schuld zu geben, dass man Feuer macht und Kekse zwischen den Mahlzeiten isst, eine ganz andere. Ja, du brauchst mich gar nicht so anzusehen. Ich weiß über die Kekse Bescheid, oder glaubst du, ich wäre blöd?«

Als wir wieder allein waren, hat sich Tori entschuldigt.

»Es war nicht deine Schuld«, sagte ich. »Ich hab ja das Streichholz entzündet.«

Seit ich das Alte Pfarrhaus verlassen habe und die Uni besuchte, habe ich nicht mehr mit Tori geredet. Sie zurückzulassen war nicht einfach. Sie war ein integraler Teil von mir. Aber ich war entschlossen, dass mit meinem Weggang auch ein neues Leben beginnen sollte. Meine Unabhängigkeit und Tori – das passte außerhalb der hohen Mauern nicht mehr zusammen.

Doch wie ich nun auf dem Bett sitze und Henrys Brief in den Händen halte, komme ich mir vor wie eine Alkoholikerin, die auf eine Flasche Wodka starrt. Ich brauche sie.

Was macht es schon aus?, sagt ihre Stimme jetzt zu mir.

Ich antworte nicht.

Ich meine, alles ist doch zurzeit ziemlich beschissen, oder? Du kannst nicht mit David sprechen, also kannst du genauso gut mit mir sprechen. Danach kannst du mich ja wieder fortschicken. Ich würde es dir nicht übel nehmen.

Ich lächle.

Also, was ist los?

»Das weißt du nicht?«

Natürlich weiß ich es – ich weiß alles, was du weißt –, aber ich dachte, ich frage trotzdem mal nach. Gib mir den Zeitungsausschnitt. Ich würde ihn gern noch mal lesen. Es ist Wahnsinn. Ich kann's einfach nicht glauben.

»Ich weiß. Ach, es ist verrückt, dass ich überhaupt mit dir rede, aber es tut so gut, dich wieder hier zu haben.«

Hör auf, pathetisch zu sein, und gib mir den verdammten Artikel.

Tori räuspert sich und nimmt den vergilbten Zeitungsausschnitt in beide Hände. Sie schüttelt ihn leicht, so wie eine Nachrichtensprecherin, die im Begriff ist, das Neueste vom Tage zu verkünden. Die Stimme, mit der sie nun liest, hätte gut und gern einer Moderatorin aus den 1950ern gehören können, so förmlich, leicht nasal und pointiert, wie sie spricht.

Urlauberfamilie verzweifelt wegen verschwundenem Kind, liest sie, und ihre Augen werden groß und rund, um die Dramatik der Nachricht noch zu unterstreichen. *Ein junges Paar bittet inständig um –*

Tori hält inne und starrt mich eindringlich an. Ja, sie bitten wahrhaftig inständig, sagt sie mit ihrer normalen Stimme, dann schaut sie wieder auf den Zeitungsartikel und fährt mit ihrer Nachrichtenstimme fort.

– um Hinweise auf den Aufenthaltsort ihrer Tochter, die gerade einmal drei Jahre ist. Alice und Mark Tremayne –

Sie unterbricht sich wieder, wirkt nachdenklich. Schöne Namen. Alice und Mark. Auf jeden Fall hübscher als Elaine und Henry, würde ich sagen.

– stammen beide aus St. Ives in Cornwall und –

Ich wollte immer nach Cornwall reisen, weißt du?

»Hör auf, ständig dazwischenzureden, das lenkt mich ab.«

Meine Güte, du bist aber herrisch. Und davon abgesehen ist das keine Ablenkung. Ich versuche nur, das Ganze aus dramaturgischen Gründen ein wenig mit Leben zu erfüllen.

»Gar nichts wird dadurch mit irgendwas erfüllt, es nervt.«

Also gut, wie du willst. Du bist der Chef. Wo waren wir also stehen geblieben? Ja, die beiden Tremaynes. Alice und Mark – schöne Namen – aus St. Ives in Cornwall –

– befanden sich unweit der französischen Stadt Biarritz auf einem Campingplatz. Mr. Tremayne bittet jeden, der seine Tochter am Abend ihres Verschwindens gesehen haben könnte, darum, mit ihm Kontakt aufzunehmen. Das Paar war in seinem Wohnwagen schon zu Bett gegangen –

Zu Bett? Zu Bett?, frage ich dich.

– als das Kind aus seinem Bettchen verschwand. Ein Team örtlicher Polizisten –

Ich glaube, das korrekte Wort, lieber Artikelschreiber, lautet *Gendarmes*, sagt Tori mit erhobener Augenbraue, was mich zum Lächeln bringt.

– unter der Leitung von Jean-Paul Leclerc –

Sie spricht den Namen mit einem übertriebenen französischen Akzent aus, der ihr fast im Hals stecken bleibt.

– hat die Dünen und Strände in der Nähe des Campingplatzes mit Hunden abgesucht. Viele Einheimische hatten angeboten, dabei zu helfen. Ein Hubschrauber flog vergeblich die Küste ab. Leclerc hat sich nunmehr an die Öffentlichkeit gewandt und um Hinweise gebeten, die zur sicheren Heimkehr des Kindes führen könnten.

Tori und ich sehen einander an. Die Traurigkeit in ihrem Blick straft ihren albernen Tonfall Lügen.

»Und der Brief?«, frage ich. »Liest du mir noch mal den Brief vor?«

Nein, den liest du.

Mein Herz schlägt schneller, als ich das blassblaue Papier auseinanderfalte. Ich starre auf Henrys wunderschöne Handschrift. Sein toter Körper erscheint vor meinem geistigen Auge, die dunklen Blutlachen unter seinem Stuhl, seine Haut so weiß wie frisch gefallener Schnee, seine glasigen, geweiteten Augen.

Elaine und ich sind nicht deine leiblichen Eltern. Wir haben dich nicht adoptiert oder in Pflege genommen. Deine richtige Mutter ist eine Frau namens Alice Tremayne … Vergib mir.

Für einen Moment verfällt Tori in Schweigen. Ich falte Brief und Artikel wieder zusammen und verstaue beides sorgfältig im Umschlag.

Unfassbar, wie er *Vergib mir* sagt. Als ob die Sache damit erledigt wäre. So nach dem Motto: *Hey, ich hab dich zwar entführt und zwanzig Jahre in meinem Haus wie eine Gefangene gehalten, aber nimm's mir nicht übel, ja? Vergib mir einfach, okay?* Was für ein verdammter Idiot.

»Was für Menschen die Tremaynes wohl sind?«

Du meinst, deine *Eltern*.

Ich reibe mir übers Gesicht. Mein Hirn ist erschöpft von alldem.

»Vielleicht sind sie ja gar nicht meine Eltern. Vielleicht bin ich ja gar nicht dieses vermisste Kind.«

Und doch ist es so, denkst du nicht auch? Ich meine, das alles passt doch einfach perfekt zusammen.

Ich schweige.

Du musst sie finden.

Zunächst sage ich nichts, dann schüttle ich den Kopf. »Ich bin mir nicht sicher. Was, wenn er das alles nur erfunden hat? Was, wenn Henry einfach ein exzentrischer Spinner ist, der zufällig über diese Geschichte stolperte und aus irgendeinem irrsinnigen Grund beschlossen hat, so zu tun, als wäre ich dieses Kind?«

Im tiefsten Innern deines Herzens weißt du, dass es nicht so ist.

Ich zucke die Achseln.

Du hast doch nie wirklich an diese idiotische Geschichte mit der grünäugigen Großmutter geglaubt, oder? Was für ein Blödsinn.

»Nun, es würde eine Menge erklären. Zum Beispiel, warum sie ihre Familien nie getroffen haben. Die Verwandtschaft hätte doch gewusst, dass es nicht ihr Kind ist, oder? Hätte gewusst, dass Elaine nie ein Baby zur Welt gebracht hat. Man kann nicht einfach mit einer Dreijährigen auf der Bildfläche erscheinen und erwarten, dass niemand Fragen stellt.«

Stimmt. Ich kann mich noch gut erinnern, wie sie ausgeflippt ist, als Henry dir dabei half, dich für den Studienplatz zu bewerben. Sie wollte nie, dass du gehst. Wollte dich auch weiterhin in diesem gruseligen alten Haus festhalten. Für immer. Stimmt's?

Unwillkürlich balle ich die Hände zu Fäusten.

Weißt du, wenn du die Tremaynes wirklich nicht treffen willst, kannst du immer noch den nächsten Flug von Heathrow nehmen und dieses ganze Drama hinter dir lassen.

Tori lacht, und das Geräusch klingelt in meinen Ohren.

»Das ist nicht komisch.«

Nicht brüllend komisch, aber auf eine schräge Art durchaus. Sie war eine seltsame Frau, oder? Ich meine, deine Mutter.

»Elaine.«

Entschuldige – Elaine. Egal, sie war ganz sicher seltsam, aber ich hätte sie nie für eine Entführerin gehalten.

»Dieses Haus lässt mich frösteln. Als ob es irgendwie daran beteiligt wäre.«

Als Mitverschwörer, meinst du?

»Genau.«

An das Alte Pfarrhaus zu denken jagt mir einen Schauer über den Rücken. Ich höre das Echo der Türriegel, rieche die stickige Luft, erinnere mich, wie das Haus hinter meinem Rücken zu wispern schien, wenn ich durch die leeren Korridore hüpfte.

Ich lasse mich rückwärts auf das Bett fallen und verdränge das Haus aus meinem Kopf.

Im Geiste gehe ich noch einmal den Artikel durch. »Ich habe so viele Fragen, Tori. Wie um alles in der Welt haben sie mich aus Frankreich rausgeschmuggelt? Und warum haben sie mich überhaupt mitgenommen? Wie haben sie es geschafft, mich zu verstecken?«

Tori zuckt die Achseln. Du bist eben eins dieser Kinder. Über die man immer in den Zeitungen liest. Die man sich geschnappt und für Jahre weggeschlossen hat. Du kannst von Glück sagen, dass du nicht in einem Kellerversteck geendet bist, wo du fünf seiner Kinder zur Welt bringen musstest …

Ich denke zurück an die Jahre, die ich im Alten Pfarrhaus zugebracht habe, doch die Erinnerungen daran stürzen mich wieder in Verwirrung. Ja, es hat Momente extremer Einsamkeit und Frustration gegeben, aber ist das nicht in jeder Kindheit so? Selbst wenn Henry die Wahrheit sagt und sie mich tatsächlich entführt hatten, gab es in meinem Leben weder Vergewaltigung noch Folter noch Grausamkeiten. Kein Hunger, keine Schläge. Keine Schikane, keine Schmerzen. Stattdessen liebevoll zubereitete Mahlzeiten, Lachen, Bücher und Spielzeug, Zuneigung und grenzenlose Liebe. Ja, hinter den turmhohen Mauern, den zugezogenen Vorhängen, den mehrfach gesicherten Türen, ja, in diesem goldenen Käfig hatte es sogar so etwas gegeben wie Glück.

FÜNFZEHN

Absolute Stille umfängt mich in der British Library, als ich mich für meine Recherchen niedersetze. Es gibt einige Artikel zu dem Fall des kleinen Mädchens aus Cornwall, das im Sommer 1989 an der Südwestküste Frankreichs verschwand.

Mit jedem Bericht wächst meine Beklemmung, und ich muss meine Atmung kontrollieren, um ruhig zu bleiben. Obwohl der Stil von Artikel zu Artikel variiert – einige hochgestochen, andere sensationslüstern, wieder andere despektierlich –, stimmen sie doch alle in den grundsätzlichen Fakten überein. Das Mädchen verschwand von einem Campingplatz (einem versifften und mit Unrat übersäten Ort, wie einer der Reporter verächtlich anmerkte) nahe dem Dorf Vaiches. Lediglich ein Teddybär und ein pinkfarbenes Nachthemd mit Mickymaus-Motiv waren gefunden worden – angespült an den Strand nördlich von Biarritz. Seit über einer Woche hatten ablandige Küstenwinde den Atlantik aufgewühlt, und die Strömung war stark – zu stark für ein kleines Kind, das irgendwie ins Wasser geraten war. Man ging daher davon aus, dass die Kleine ertrunken war, obwohl nie eine Leiche gefunden wurde. Die Eltern waren verzweifelt.

Ich lehne mich auf meinem Stuhl zurück, der daraufhin laut zu quietschen beginnt und die Stille stört. Ich stelle mir die damaligen Menschen bei der Lektüre dieser Artikel vor. Einige von ihnen unsagbar traurig, wohingegen anderen die Milch vom Löffel in die Müslischale tropft, während sie ob der dürftigen Fakten zur nächsten Seite weiterblättern. Ich denke an das kleine Mädchen. Wie es die Fantasie der Menschen beschäftigt haben mochte. Wie sich Fremde allerorten um das Kind gesorgt hatten, und sei es auch nur für ein paar Tage, bis sein Schicksal wieder in Vergessenheit geriet.

Ich schaue mich in der Nationalbibliothek um, beobachte die Anwesenden beim Lesen oder Schreiben.

War ich dieses kleine Mädchen?

Ich schaue wieder auf die spärlichen Fakten, die ich zusammengetragen habe. Der Vater des verschwundenen Mädchens hieß Mark, ein arbeitsloser einunddreißig Jahre alter Schleppnetzfischer. Das kleine Mädchen war zum Zeitpunkt seines Verschwindens drei Jahre alt. Das Kind wurde vermisst gemeldet. Man vermutete, es sei ertrunken. Sein Name war Morveren. Ein Name, den ich noch nie zuvor gehört habe. Kornisch, wie ich vermute. Das Wort hat einen seltsamen Klang und hört sich für mich kaum nach einem Namen an, den man einem kleinen Mädchen geben würde. Ich schließe die Augen, wiederhole ihn im Geiste, konzentriere mich auf ihn und durchforste meine Erinnerungen nach Zeichen des Wiedererkennens.

Ich schaue wieder auf mein Notizbuch. Die entscheidende Information ist unterstrichen und umkringelt.

Das kleine Mädchen, Morveren, hatte eine Schwester.

Etwas an dieser Nachricht lässt mich nach Luft schnappen. Als Kind habe ich mir immer eine Schwester gewünscht. Stillvergnügt und mir selbst genug war ich nie. Es hungerte mich nach Gesellschaft, und ich habe Elaine angefleht, mich doch zum Spielplatz zu bringen, damit ich mit anderen Kindern Freundschaft schließen konnte. Doch das hat sie nie getan. Vielleicht hätte ich Freunde gefunden, wenn es mir erlaubt gewesen wäre, eine öffentliche Schule zu besuchen. Doch Elaine hat alle Schulen als fürchterlich bezeichnet. Aus ihrer Sicht waren sie entweder gewalttätige Höllenlöcher oder Wurstmaschinen, die in einem fort Dummköpfe produzierten, die am Ende nicht mal ihre eigenen Namen schreiben konnten. Sie sagte, ich sei zu klug, zu kostbar, um an einen »dieser Orte« zu gehen, also hat sie mich persönlich unterrichtet und Henry die Naturwissenschaften und die Mathematik überlassen. Und daher hatte ich nun mal keine Freunde, nur Tori. Doch ich hätte alles darum gegeben, eine Schwester zu haben.

War ich dieses kleine Mädchen?

Und wenn es so war, wie konnte Elaine Campbell zulassen, dass ich sie liebte? Sie hat die Rolle der treu sorgenden Mutter perfekt gespielt, das muss man ihr lassen. Anders als Henry mit seinen sporadischen, oft verkrampft wirkenden Versuchen der Kontaktaufnahme. Sein Desinteresse und all die Stunden, die er hinter verschlossener Tür in seinem Arbeitszimmer zubrachte, nur um mir nicht über den Weg laufen zu müssen. Ich muss an unsere von »tiefem Respekt« geprägte Beziehung denken, die ich immer für genügend erachtet habe, und doch erscheint es mir nun so, als wäre sein Verhalten, seine Distanziertheit nur Ausdruck eines übergroßen Schuldgefühls mir gegenüber gewesen.

Das Herz tut mir weh, als ich über all das nachgrübele. Hat Henry die Wahrheit geschrieben oder gelogen? Die meiste Zeit kann ich diese Geschichte noch immer nicht glauben. Sie ist einfach zu surreal. Ja, bisweilen frage ich mich gar, ob dieser Brief je existiert hat oder ob ich das Ganze nur geträumt habe. Wirre Gedanken schießen mir durch den Kopf. Ich überlege, ob wohl Miss Young diesen Brief geschrieben hat? Oder vielleicht dieser Polizist? Oder ob ihn jemand ins Haus geschmuggelt hat, als wir schliefen? Und hat dieser Jemand gar meinen Vater ermordet und den Brief als falsche Spur am Tatort zurückgelassen?

Sei nicht albern, sagt eine Stimme in meinem Kopf. *Natürlich ist der Brief echt. Warum um alles in der Welt sollte man einen pensionierten Landarzt ermorden wollen?*

Ich muss mit ihnen reden. Mit den Leuten aus diesem vergilbten Artikel. Mit den Tremaynes. Ich muss sie treffen. Muss herausfinden, ob es dort irgendetwas gibt, das Henrys Geschichte bestätigt. Ich habe keine andere Wahl. Solange ich nicht die Wahrheit kenne, kann ich weder rasten noch ruhen.

SECHZEHN

Die Landschaft vor dem Zugfenster, nur mehr ein Matsch aus verschiedenen Grüntönen, rast an mir vorbei. Ich versuche, nicht an David zu denken. Daran, wie sauer er sein wird, wenn er aus dem Tennisclub nach Hause kommt und ich nicht mehr da bin. Obwohl er mir meine Auszeit zugestanden hat, hat er wohl nicht wirklich damit gerechnet, dass ich mein Vorhaben auch in die Tat umsetzen würde. So wie ich nicht daran geglaubt habe, dass er mich wirklich gehen lassen würde. Also habe ich ihm eine Nachricht hinterlassen, in der ich mich dafür entschuldigte, ihn ohne Abschied verlassen zu haben. Dass es mir zwar schwergefallen sei, ich aber einfach habe gehen müssen. Auch habe ich ihn wissen lassen, dass ich einige Wochen fort sein würde. Und dass ich ihn so bald wie möglich anrufen würde und darüber hinaus das Bett frisch bezogen hätte.

Im Zug, der mich immer weiter von meinem Zuhause fortbringt, schlägt mein Herz schneller als üblich. Unter die Verwirrung und Traurigkeit, an die ich mich gewöhnt habe, hat sich so was wie freudige Erwartung gemischt. Ich lausche den Geräuschen um mich herum, den Gesprächen, den Pfiffen der Zugaufseher, dem Zuschlagen der Türen, dem Rattern der Schienen, während ich dem großen Unbekannten entgegenfahre.

Ich denke zurück an Elaine und ihre Angst vor dem Reisen, an ihre Panik, sobald sie sich jenseits unseres Gartentores aufhalten musste. Agoraphobie, wie ich damals vermutete. Ich erinnere mich an die Eurostar-Tickets, die ich ihr schenken wollte, und wie niedergeschlagen ich war, als ich sie in Stücke riss. Lange habe ich mir Vorwürfe gemacht, weil ich glaubte, ihr Problem nicht ernst genommen zu haben. Mir die Schuld daran gegeben, wieder mal einen Zustand heraufbeschworen zu haben, den sie nicht zu kontrollieren vermochte. Wochenlang habe ich diesen Vorfall immer wieder im Geiste durchlebt und mir gewünscht, ich hätte ihr stattdessen eine Topfpflanze geschenkt, eine wunderschöne weiße Rose im Terrakotta-Kübel, die sich perfekt auf der Vordertreppe gemacht hätte. Doch natürlich war es nicht meine Schuld. Ich hatte nichts falsch gemacht. Allein die Erwähnung des Reiseziels hat sie ausflippen lassen. Das Land, aus dem sie mich entführt hatte.

Ich lehne mich in dem Sitz zurück, schlinge die Arme um meinen Körper und halte mich fest.

»Entschuldigen Sie«, sagt da eine Stimme. »Ist hier noch frei?«

Die Worte schrecken mich auf. Ich wende den Kopf und erblicke einen adretten Mann in einem gestreiften Anzug. Der Schlips um seinen aufgeknöpften Kragen ist gelockert. Er lächelt, als ich nicke. Dann zwinkert er mir zu. Ich schaue schnell weg, aber er scheint das Signal nicht verstanden zu haben, denn sobald er Platz genommen hat, beginnt er zu reden. Ich ignoriere ihn und ziehe den Kopf zwischen die Schultern. Ich weiß, das ist unhöflich, aber ich will mich jetzt nicht mit ihm unterhalten, und, bei Gott, er will das gewiss auch nicht. Endlich versteht er die Botschaft und murmelt ungehalten. Später, als mein Magen zu knurren beginnt und ich ihn bitte, mich vorbeizulassen, verzieht er missmutig das Gesicht.

Ich hangle mich von Kopfstütze zu Kopfstütze bis in den Speisewagen. Der Junge hinter dem Tresen ist jung und picklig und scheint hier nicht seinen Traumjob gefunden zu haben, wenn ich seine Miene richtig deute. Ich schaue mir die Sandwich-Auswahl auf der Speisekarte an der Wand an. Thunfisch und Gurke, Schinken sowie Eier mit Kresse.

»Ich hätte gern ein Eiersandwich«, sage ich und versuche, meine Nervosität zu verbergen. Es fällt mir inzwischen schon leichter, mich in der Öffentlichkeit zu bewegen. Manchmal, wenn die Ängstlichkeit wieder zunimmt, tue ich so, als sei ich Tori, und das hilft mir. »Ich mag nämlich keinen Thunfisch, wissen Sie, und gegen Schinken bin ich allergisch.«

Komisch, dergleichen zu erwähnen, aber die Worte sprudeln ohne Nachdenken einfach so aus mir heraus.

Allergisch gegen Schinken?, fragt Tori entrüstet.

Der Junge an der Essensausgabe schaut mich verdutzt an. »Wusste gar nicht, dass man gegen Schinken allergisch sein kann«, meint er.

»Oh ja«, nicke ich. »Es ist selten, kommt aber vor.«

»Und was passiert dann? Kriegen Sie Ausschlag oder müssen Sie sich übergeben?«

»Ich schwelle an. Ich muss Schinken nur riechen und bekomme Erstickungsanfälle. Einmal hab ich versehentlich eine Quiche Lorraine gegessen und bin sofort blau angelaufen.«

Der Junge tritt einen Schritt zurück und sieht mich argwöhnisch an.

»Schon gut«, sage ich. »Es ist nicht ansteckend.«

Er wirkt nicht überzeugt, holt ein Eiersandwich aus der Kühlung und schiebt es über den Tresen.

Ich drehe mich um und verlasse den Speisewagen. Den Jungen aufzuziehen hat was seltsam Befreiendes, als hätte ich mir eine Maske aufgesetzt, die meine Schüchternheit verbirgt. Mir wird klar, dass dies die perfekte Gelegenheit ist, mich völlig neu zu erfinden: Ich habe meine Eltern verloren, und mein bisheriges Leben war vermutlich auf einer Riesenlüge aufgebaut. Ich habe meinen Mann verlassen (wenn auch nur vorübergehend), und niemand in diesem Zug, in Cornwall oder außerhalb der Unibibliothek weiß, wer ich bin. Ich könnte irgendjemand sein, sogar eine Frau mit einer exotischen Schinkenallergie.

Ich suche mir einen anderen Platz, damit ich nicht länger neben dem Mann im gestreiften Anzug sitzen muss, und pelle das Sandwich aus der Frischhaltefolie. Der schwere Eiergeruch steigt mir in die Nase, und als ich das pampige Brot erblicke, hebt sich mir der Magen. Ich hätte mich für eine Allergie gegen Eier entscheiden sollen, denn plötzlich bin ich mir nicht mehr sicher, ob ich Eiersandwichs wirklich mag. Widerstrebend beiße ich ein Stückchen ab, packe den Rest wieder in die Schachtel und schiebe sie von mir. In diesem Moment sehe ich die Frau in dem Kamelhaarmantel, die auf der gegenüberliegenden Seite des Gangs sitzt. Sie schaut von ihrem Kreuzworträtsel auf und lächelt mir kurz zu. Ich wende den Blick ab. Immer wieder drückt sie beim Lesen mit dem Daumen geistesabwesend die Mine ihres Kugelschreibers herein und wieder heraus, als sende sie einen Code.

Klick, klick. Klick, klick, klick. Klick.

Und dann kommt das Meer in Sicht, und ich schnappe unwillkürlich nach Luft. Grau und flach liegt es da, brandet lautlos gegen die bräunlichen, kricketballgroßen Steine der Küste, die gleich neben der Bahnstrecke liegt. Ich liebe die See und erinnere mich noch gut daran, wie ich sie zum ersten Mal sah. Das war mit David. Er hatte für ein Wochenende ein Häuschen in Norfolk gemietet. Das Wochenende, an dem ich meine Unschuld verlor und an dem wir uns verlobten. Ich war auf der Hinfahrt so nervös, dass ich am ganzen Körper zitterte. Ich glaube, ich wusste bereits kurz nach unserer ersten Begegnung, dass ich mit David meine ersten sexuellen Erfahrungen machen würde. Nach unserem Rendezvous in dem Café schrieb er mir seine Nummer auf die erste Seite meines Notizblocks. Inmitten des Trubels und umgeben vom aufgeregten Geschnatter im

Flur meines Wohnheims riss ich dann die Nummer herzförmig heraus und befestigte sie an meiner Pinnwand. In dem Moment, da ich die Reißzwecke hineindrückte, wusste ich es. Doch als der entscheidende Tag endlich kam, hat mich das Meer so bezaubert, dass der Sex fast zur Nebensache geriet.

»Ist das wirklich das erste Mal, dass du das Meer siehst?«, fragte er, während wir auf der Bank saßen, warmen Kakao aus Pappbechern tranken und auf das aufgewühlte schmutzigbraune Wasser hinausblickten.

Ich nickte. »Ich hab ein Album mit herausgerissenen Bildern aus diversen Magazinen, und ich hab's natürlich schon in Büchern gesehen.« Kopfschüttelnd betrachtete ich die Schönheit der heranrollenden Wellen vor mir, wie sie schäumend ans Ufer brandeten und geräuschvoll über die Kiesel am Strand ausrollten. »Aber mit eigenen Augen gesehen hab ich's nie. Es ist, als rufe das Meer zu mir. Als hätte es auf mich gewartet.«

Ich lege meine Hand an das Zugfenster und beobachte staunend den Ozean, der sich Meile um Meile bis zum Horizont und darüber hinaus erstreckt. Ich höre das *Klick, klick* neben mir und blicke zu der Frau mit dem Kreuzworträtsel. Urplötzlich keimt wieder so etwas wie Zweifel in mir auf.

Klick, klick.

Was machst du hier?

Klick, klick. Klick, klick.

Begehe ich gerade einen schrecklichen Fehler? Wieder rufe ich mir die Zeitungsartikel in Erinnerung. Nirgendwo wird das Wort Entführung auch nur erwähnt. Sicher, es wurde darüber spekuliert, als schlimmste aller Möglichkeiten. Aber es gab keine konkreten Spuren. Nur ein verschwundenes Kind. Ein vermisstes Mädchen. Dann die Suche. Schließlich die Annahme, sie sei tot. Ertrunken im Meer. In dem Meer, auf das ich nun blicke. Und wenn dieses Kind ertrunken ist, wenn sein Körper hinausgetragen wurde auf den Ozean, dann kann ich ja schwerlich dieses Kind sein, oder?

Ich beginne zu schwitzen. Panik ergreift mich wie ein Blatt im Sturm. Meine Brust zieht sich zusammen, als hätte mich jemand eingeschnürt und zöge nun das Seil enger und enger. Das Atmen wird zum Kampf. Die Spitzen meiner Finger und Zehen beginnen zu kribbeln und werden kalt. Mein Körper bekommt nicht genug Sauerstoff.

»Alles in Ordnung? Brauchen Sie Hilfe?«

Ich reiße den Kopf herum, sehe die Frau mit dem Kamelhaarmantel. Ergreife über den Gang hinweg ihr Handgelenk. Immer noch kann ich nicht richtig atmen. Sie steht auf. Kniet sich neben mich. Legt eine Hand auf meine Stirn. Schaut sich in dem Abteil nach Hilfe um.

»Brauchen Sie Ihren Inhalator?«, fragt sie mich so laut, als wäre ich plötzlich taub geworden.

Ich schüttle den Kopf. Sie nimmt meine Hand, drückt sie. Streichelt mir mit der anderen Hand über mein Gesicht. Die Berührung scheint irgendetwas auszulösen, und ich beruhige mich so weit, dass ich wieder nach Luft japsen kann. Dann ein weiterer Atemzug. Tief sauge ich den Sauerstoff in meine Lunge, während mir die Frau im Kamelhaarmantel über die Stirn streicht.

»Ja, so ist gut. Schön einatmen. Und ganz ruhig bleiben.«

Ihre Berührung ist wie die von Elaine. Wie sie mich immer gestreichelt hat, wenn ich krank war. Einen Arzt habe ich nie gesehen. *Nicht nötig*, hat Elaine immer gesagt. *Wir haben ja einen Arzt im Haus.* Und dann hat sie gelächelt. Ich schließe die Augen und erinnere mich an den Sessel, den Henry immer aus ihrem Schlafzimmer herbeigetragen hat. Die ganze Nacht hat sie an meinem Bett gesessen. Hat meinen Kopf gestreichelt und mir schluckweise Wasser zu trinken gegeben. Sie ist mir nicht von der Seite gewichen. Ist bei mir geblieben, bis es mir wieder besserging.

Ich vermisse sie so sehr.

Meine Gedanken springen zurück zu dem Tag, bevor Henry sich das Leben nahm. Als wir zusammen unter der Eiche saßen und er nicht imstande war, mir zu sagen, was er auf dem Herzen hatte. Dieser Schmerz, der ihn umtrieb. Er hat mich nicht angelogen. Nein, das hat er nicht. Sie haben mich mitgenommen. Haben mich die ganze Zeit über belogen. Haben mich vor der Welt versteckt.

Aber ich vermisse sie so sehr.

Ich bohre die Finger in meine Schläfen, während die Angst allmählich nachlässt und der Knoten in meinem Magen sich löst.

»Es geht mir gut«, murmele ich. »Tut mir leid, ich weiß auch nicht, was da eben passiert ist.«

»Da haben Sie mir aber einen kleinen Schrecken eingejagt.« Sie erhebt sich und greift in ihre Tasche. »Schätze, das war eine Panikattacke. Meine Schwägerin leidet auch darunter. Etwas Wasser?«

Ich nehme einen kleinen Schluck aus der Mineralwasserflasche, die sie mir reicht. »Vielen Dank.«

»Keine Ursache.« Sie setzt sich wieder auf ihren Platz. »Sie sollten vielleicht einen Arzt aufsuchen, wenn Sie Ihr Reiseziel erreicht haben. Und besorgen Sie sich eine Papiertüte. In eine Papiertüte zu atmen kann helfen.«

Ich versuche, langsam und tief weiterzuatmen, während sich die Frau wieder ihrem Kreuzworträtsel zuwendet. Sie sieht nett aus. Freundlich. Ich könnte mir vorstellen, dass sie eine große Familie hat. Und einen Küchentisch, um den viele erwachsene Kinder Platz finden, vielleicht sogar schon ein paar Enkel. Es wird gescherzt und gelacht. Terrinen mit gebuttertem Gemüse und Saucieren werden herumgereicht, und die Frau im Kamelhaarmantel ermahnt die Schar, doch endlich anzufangen, bevor das Essen kalt wird.

Ob sie wohl gelesen hat von dem Mädchen, das vor fünfundzwanzig Jahren in Frankreich verschwand? Ob sie auch nur eine Minute über sein Schicksal nachgedacht hat? Ob sie die Nachrichten gesehen hat und dann die Stufen zu ihren eigenen schlafenden Kindern hinaufgestiegen ist? Um sie zärtlich auf die Stirn zu küssen und sie wieder ordentlich zuzudecken? Und dabei dem Herrn zu danken, dass ihnen kein solches Leid widerfahren war?

SIEBZEHN

Der Zug fährt in den Bahnhof von Penzance ein, und die Reisenden erheben sich von ihren Sitzen und strecken sich, während aufgeregtes Gemurmel die Abteile erfüllt. Ich warte, bis die meisten Passagiere ausgestiegen sind, dann gehe ich zu meinem ursprünglichen Platz zurück, um meine Reisetasche zu holen. Gott sei Dank ist der Mann im Anzug auch schon weg. Ich greife nach oben und ziehe meine Tasche aus dem Ablagefach. Als meine Finger sie berühren, beginnen meine Gedanken zu wandern. Wie schön es doch wäre, wenn ich zum Urlaubmachen hierhergekommen wäre. Wenn sich in dieser Tasche Ferienlektüre, eine Flasche mit nach Kokosöl riechender Sonnencreme, ein Strandhandtuch und ein Badeanzug befänden. Wenn ich das Handtuch auf einem breiten, flachen Felsen ausbreiten könnte, der ganz warm ist von der Sonne, mich dann zum Lesen drauflegen und die Hitze auf meiner Haut spüren könnte.

Von draußen ist ein lautes Rufen zu vernehmen, das mich in die Realität zurückholt, die sich sodann wie ein bleiernes Tuch über mich legt. Ich schultere meine Tasche, gehe widerstrebend zur Tür, nicht wissend, was mich dahinter erwarten wird. Und was ich als Nächstes tun soll.

Als mein Fuß den Bahnsteig berührt, als der Geruch des Bahnhofs mich umfängt, geschieht indes etwas Ungewöhnliches, etwas, das ich einfach nicht erklären kann. Vielleicht passiert das alles ja nur in meinem Kopf, aber auf einmal verspüre ich eine Art Verbindung, als würde ein elektrischer

Impuls durch meine Beine und meinen Körper gejagt. Die Härchen auf meiner Haut stellen sich auf. Plötzlich ist mir, als wäre ich schon einmal hier gewesen. Es ist eine lebhafte Erinnerung, die mich überkommt, als die Geräusche des Bahnhofs, das Stimmengewirr und die Schritte auf dem Bahnsteig an meine Ohren dringen. Eine Hand, die meine ergreift und mich grob mit sich zieht. Eine Stimme, die mir befiehlt, nicht zu weinen. Und dass ich dennoch weine …

Dann ist es vorbei.

War es eine flüchtige Erinnerung oder doch nur Einbildung? Ich durchforste mein Hirn nach mehr, stehe eine Weile regungslos da, atme tief die salzige Luft und den Dieselgestank des Zuges ein in der Hoffnung, dass die Bilder zurückkehren. Aber da ist nichts mehr, und schon bald werde ich gewahr, wie die letzten Passagiere um mich herumeilen, Gepäck auf Rollwagen gewuchtet und geliebte Menschen begrüßt werden. Der ganze Bahnhof ist erfüllt vom Gekreische der Seemöwen, die irgendwo über dem gewölbten Bahnhofsdach kreisen. Das alles fühlt sich vertraut und fremd zugleich an. Mein Kopf scheint mir einen bösen Streich zu spielen.

Ich bin die Letzte, die den Bahnhof verlässt. Was egal ist, denn ich habe ja Zeit. Im Gegensatz zu den anderen, die nicht schnell genug nach Hause kommen können, um dort eine belebende Tasse Tee, ein Stück Kuchen oder einen Scone mit Konfitüre und Clotted Cream zu genießen. Während ich gehe, muss ich mich regelrecht zwingen, einen Fuß vor den anderen zu setzen. Ich kann den Boden unter meinen Sohlen spüren, unter jedem einzelnen Zeh.

Eins, zwei, drei, vier, zähle ich. *Eins, zwei, drei, vier.*

Jeder Schritt bringt mich ein Stück näher.

Doch näher wohin?

Ich habe keine Ahnung.

Eins, zwei, drei, vier.

Draußen erwartet mich ein trüber Himmel in der Farbe vergrauter Baumwollunterwäsche. Die Sonne ist nirgends zu sehen. Kein wirklich unerfreulicher Anblick, mehr ein Nicht-Tag, als hätte derjenige, der heute fürs Wetter zuständig ist, die Farbe vergessen. Auf der anderen Seite der Straße steht eine Taxischlange, in der gelangweilt wirkende Fahrer auf Gäste warten. Dahinter erhebt sich schon die Kaimauer, die das Meer zurückhalten soll. Auf ihr sitzt ein Junge neben einem Mann, der womöglich sein Vater ist. Der Kleine ist vielleicht neun oder zehn und futtert Pommes aus einer mit Fett durchtränkten Trichtertüte. Über ihren Köpfen kreist ein Möwenpaar. Ich sehe, wie einer der Vögel die Gelegenheit ergreift und kreischend versucht, sich eine Fritte aus der Tüte zu schnappen. Der Junge schreit, der Vater springt auf und beginnt, die Vögel zu verscheuchen, als sich auch noch die zweite Möwe auf die beiden stürzt und den mit den Armen rudernden Mann völlig ignoriert. Wie aus dem Nichts erscheinen zwei weitere Möwen und umkreisen bedrohlich den Jungen, der daraufhin panisch ein paar Fritten so weit wie möglich von sich wirft. Binnen Sekunden stürzen sich die Vögel kreischend auf die Beute und streiten miteinander um ihren Anteil. Der Mann sagt etwas, was ich nicht verstehe, und der Junge nickt, bevor er sich noch einmal eine Handvoll Fritten in den Mund stopft und seinem davongehenden Vater folgt. Ich sehe, wie sich die beiden in einem der Bushaltestellenhäuschen unterstellen. Argwöhnisch blickt der Vater zum Himmel auf, doch von den dreisten Dieben ist nichts mehr zu sehen. Er lächelt zufrieden, bevor er sich selbst eine Pommes aus der Tüte angelt.

Über die Parkplätze hinweg gehe ich zur Kaimauer, wo sich die Möwen noch immer um die Essensreste auf dem Asphalt streiten. Wieder raubt das Meer mir schier den Atem. Es sieht hier ganz anders aus als die bräunliche Wasserfront neben der Bahnstrecke. Dunkler wirkt es und wütender, ein metallisches Grau, durchsetzt mit Dunkelgrün und Weiß, wann immer es sich an den riesigen gezackten Felsen bricht. Ich bin wie gebannt von diesem Anblick. Wie die Fluten unermüdlich heranbranden und gegen die Kaimauer schlagen, dabei mein Gesicht benetzen und einen Salzfilm auf meinen Lippen hinterlassen. Was habe ich Elaine angefleht, doch einmal mit mir ans Meer zu fahren. Hundert Gründe hat sie angeführt, es nicht zu tun. Unerquickliche, weil sandige Picknicks. Klebrige Salzwasserreste auf der Haut. Harter Kies unter den Füßen. Zu heiß, zu kalt. Zu viele Menschen. Zu unhygienisch. Stattdessen verbrachten wir unsere Ferien ausschließlich in den Cotswolds. Für eine Woche im Jahr reisten wir dorthin, fuhren am ersten Samstag im August los und mieteten uns immer im selben Cottage ein. Dort gab es zwar keine Nachbarn, dafür aber blickdichte Vorhänge, die sofort zugezogen wurden, sobald wir das Haus betraten.

»Warum um alles in der Welt«, pflegte Elaine zu murmeln, während sie die Kühltasche auspackte, »sollte man seine wertvolle Urlaubszeit damit verschwenden, sich mit unzulänglichen Leuten abzugeben, die man doch sowieso nie wiedersieht?«

In den letzten Jahren war ich von dieser Art Urlaub so gelangweilt, dass es mich größte Anstrengung kostete, mein erwartungsvolles Lächeln aufrechtzuerhalten, wenn wir vor dem Haus eintrafen.

»Tja, da wären wir«, sagte Elaine dann immer und tätschelte mit beiden Händen ihre Oberschenkel. »Im Urlaub.«

Das Stichwort für meinen gespannten Gesichtsausdruck. Henry kommentierte das Ganze nie. Er parkte das Auto und entlud schweigend unser Gepäck.

Doch wie ich jetzt so auf das endlose Meer hinausschaue, erkenne ich plötzlich, dass meine Zweifel berechtigt waren. Ich hätte aufmüpfiger sein und sie mehr nerven sollen. Hätte mit dem Fuß aufstampfen und Türen zuknallen müssen. Hätte ihnen sagen sollen, wie sehr ich dieses blöde Haus in den Cotswolds hasste. Hätte mich zu nachtschlafender Zeit davonstehlen und mit den anderen gelangweilten Teens auf dem nahe gelegenen Friedhof Apfelwein trinken sollen. Hätte aus voller Brust herumschreien, am geöffneten Badfenster rauchen und bei voller Lautstärke Punk hören sollen.

Sie hatten mich gestohlen. Ich hätte mich als kleines Miststück entpuppen und sie jeden Tag ihres erbärmlichen Lebens bedauern lassen sollen, dass sie mich einfach mitgenommen haben.

Stattdessen war ich folgsam gewesen, hatte alles darangesetzt, Elaine glücklich zu machen. Denn wenn sie glücklich war, war sie nett, und ich betete sie dafür an. Doch wenn sie sauer wurde und ihr unberechenbares Verhalten an den Tag legte – die düstere Stimmung, ihre plötzlich aufwallende Wut, in der sie sich selbst verletzte, sich die Arme zerschnitt und das Gesicht zerkratzte –, dann machte sie mir Angst. Also setzte ich alles daran, sie bei Laune zu halten. Wie auch Henry. Ihre Befindlichkeiten stellten das Epizentrum unseres Daseins dar. War Elaine stabil, war auch unser Leben im Lot. Und obwohl Henry und ich nie darüber gesprochen haben, war dies so was wie eine ungeschriebene Regel zwischen uns. Halte sie bei Laune, halte sie im Lot.

Ich lehne mich an die Steinmauer und schaue hinab in die Brandung. Ich stelle mir den Meeresgrund unter dem kalten, schlammigen Wasser vor. Kühl spüre ich es auf meiner Haut, es prickelt, eine Taubheit erfasst meinen Körper. Ich bücke mich, um einen Kieselstein aufzuheben. Er liegt auf meiner Handfläche, ich berühre ihn mit den Fingern, erfreue mich an seiner kühlen Glätte. Dann schließe ich meine Faust um ihn und schleudere ihn so weit fort, wie ich kann, sehe, wie er platschend die Wasseroberfläche des aufgewühlten Meeres durchbricht und verschwindet.

Ich hole den Brief aus der Tasche meiner Jeans, in dem die Adresse der Tremaynes steht. Doch als ich die Seite anstarre, stelle ich fest, dass ich noch nicht bereit bin. Ich muss mich vorbereiten. Was um alles in der Welt soll ich denn tun, wenn sie die Tür öffnen? Was soll ich sagen?

Hallo, erinnern Sie sich noch an Ihre Tochter? Diejenige, die damals verschwunden ist. Tja … Überraschung!

Ich muss an David denken. War es falsch zu versuchen, das hier ohne ihn zu tun? Dann fällt mir ein, wie er mir die Hand verletzt hat, und sein Blick, als er mir sagte, ich solle mich beruhigen. Nein. Ohne ihn bin ich besser dran. Doch dann erinnere ich mich an den ernsten Gesichtsausdruck, mit dem er mich immer direkt anschaut. An seine Stimme, unerschütterlich und gefühlvoll spricht er in zutiefst einleuchtender Weise zu mir. Worte wie aus einer wohlformulierten Gebrauchsanweisung. Am Grund meiner Tasche suche ich nach meinem Handy. Vielleicht gibt es mir Kraft, wenn ich ihn anrufe und ein paar Sekunden lang seine Stimme höre.

Mit dem Handy in der Hand stelle ich mir vor, wie er den Anruf entgegennimmt. Zu dieser Zeit ist er für gewöhnlich im Büro, vermutlich mitten in einer Tutorenstunde. Ich sehe ihn an seinem Schreibtisch sitzen, umgeben von deckenhohen Bücherregalen und Bücherstapeln auf der Arbeitsplatte und der Fensterbank. Schon am ersten Tag unseres Kennenlernens, nachdem ich mit ihm aus der Vorlesung zu seinem Büro gegangen bin und er mir von dem Café und dem fantastischen Kuchen erzählte, habe ich seine Liebe zu Büchern als sehr beruhigend empfunden. Ich stelle mir vor, dass gerade eine Studentin bei ihm sitzt. Und wie er versucht, sich auf ihre Worte zu konzentrieren, während er mit sorgenvoll zusammengepressten Lippen auf das gerahmte Foto von mir starrt. Und ich stelle mir vor, wie er dann zu der Studentin aufsieht. Jetzt sehe ich es ganz klar vor mir. Sie ist im ersten Jahr und hübsch. Nein, mehr als das, sie ist eine Schönheit mit dunklem glänzenden Haar und in einem T-Shirt, das sich eng über ihren üppigen Busen spannt. Durch ihre halb geschlossenen Lider schaut sie ihn an und schenkt ihm mit leicht geöffnetem Mund ein schiefes Lächeln, das ihre Vernarrtheit Lügen straft. Er lächelt zurück und legt dann mein Bild mit dem Gesicht nach unten auf die Schreibtischplatte.

Ich schalte das Handy ein und checke den Bildschirm. Sechsunddreißig verpasste Anrufe und fünfzehn Textnachrichten, seit ich das Telefon heute Morgen ausgestellt habe. Während ich noch überlege, ob ich die ganzen SMS lesen soll, klingelt es plötzlich, und ich fahre vor Schreck zusammen. Davids Name erscheint auf dem Display. Ich zögere, mein Finger schwebt eine Weile unschlüssig über der Tastatur, dann nehme ich den Anruf entgegen.

»Bella! Mein Gott! Wo bist du?«

Ich erwidere nichts.

»Bella, kannst du mich hören? Bitte melde dich doch, um Himmels willen. Wo bist du? Bist du wieder zu Hause? Meine Güte, ich kann nicht glauben, dass du das getan hast. Ich mach mir Sorgen. Du hast mich schier krank vor Sorge gemacht.« Ich beiße mir auf die Fingerknöchel, damit ich ihm bloß nicht antworte. Ich weiß, wenn ich das tue, wenn ich wieder eine Verbindung zu ihm herstelle, werde ich schwach werden. Dann würde ich mich direkt hier vor die Kaimauer setzen und darauf warten, dass er mich abholt. Dann würde ich ihm alles erzählen müssen, und damit wäre die Story in der Welt. Nicht lange, und es stünde in allen Zeitungen, käme im Fernsehen und ginge wie ein Lauffeuer durch die sozialen Medien. Mein Fall würde gehashtaggt, diskutiert, verschlungen und wieder ausgespuckt, bevor ich auch nur ansatzweise herausgefunden hätte, was Fakt und was Fiktion ist.

Ich beende das Gespräch. Mein Herz pumpt heftig Blut durch meinen Körper, während ich das Handy anstarre.

Nein, ich muss das allein durchziehen. Zum ersten Mal im Leben muss ich die Kontrolle übernehmen. Entschlossen blicke ich nach vorn und überquere den Parkplatz, um den Taxistand zu erreichen. Als ich an einem Mülleimer vorbeikomme, lasse ich mein Handy hineinfallen, und das Gefühl freudiger Erregung durchströmt mich.

Eins, zwei, drei, vier.

»Du bist okay«, flüstere ich. »Kleine Schritte, einer nach dem anderen.«

Eins, zwei, drei, vier.

»Du schaffst das.«

ACHTZEHN

Umständlich faltet der Taxifahrer seine Zeitung zusammen und legt sie auf den Beifahrersitz, als ich mich bücke und ihn durch das Fenster hindurch anspreche.

»Nach St. Ives, bitte.«

Er nickt und startet den Wagen. »Haben Sie eine Adresse?«

»Nein«, lüge ich. »Sie können mich irgendwo rauslassen. Vielleicht direkt im Zentrum. Wo es Ihrer Meinung nach am besten ist.«

Ich lehne meinen Kopf an den Rücksitz und schließe die Augen. Meine Lider verschmelzen miteinander, und ich stelle fest, wie dringend ich etwas Schlaf brauche.

»Ich lasse Sie am Wasser raus.«

»Sind wir schon da?«

Ich setze mich auf und schaue aus dem Fenster, unterdrücke ein Gähnen, während ich die Leute in der Gasse beobachte, durch die wir jetzt fahren. Sie zeigen in Schaufenster, unterhalten sich, wirken entspannt und glücklich. Die meisten von ihnen sind wohl als Touristen hier, wie ich vermute. Und keiner von ihnen scheint sich an dem Taxifahrer zu stören, der sich im Schritttempo durch die Menge schiebt.

Er lässt mich am Hafen raus, an der Ecke einer Straße mit Kopfsteinpflaster, die eine Anhöhe hinaufführt und in einem weiteren Menschenpulk verschwindet. Ich bezahle ihn mit den Scheinen aus meinem Brustbeutel, den ich unter meiner Jacke trage. Ich habe unser gemeinsames Konto leer geräumt, bevor ich in den Zug gestiegen bin. Darauf bin ich nicht sonderlich stolz, aber ich brauchte Geld, und über etwaige Kartenzahlungen hätte David ja früher oder später meinen Aufenthaltsort ermitteln können. Ich hatte eine Riesenangst, als ich die Bank betrat, und meine Handflächen haben so geschwitzt, als stünde ich im Begriff, den Laden mit Waffengewalt auszurauben.

Niemand weiß etwas. Tu so, als wäre alles ganz normal. Das ist dein Konto, deine Unterschrift, deine PIN ...

»Ich möchte Geld abheben«, sagte ich mit schrecklich bebender Stimme.

»Und wie viel möchten Sie abheben?«, fragte die Frau hinter dem kugelsicheren Glas mit sanfter Stimme. Sie lächelte mich an, und ich zwang mich, zurückzulächeln. Gleichzeitig befürchtete ich, dass sich jeden Moment die Türen schließen würden und ein ohrenbetäubender Alarm ausgelöst würde.

»Wie ist denn der Kontostand?«

Sie blickte auf ihren Bildschirm, schrieb dann etwas auf ein Blatt Papier und schob es unter der Scheibe durch.

1832 Pfund und 53 Pence.

»Könnte ich 1800 abheben? Ich meine, geht das?«

Sie lachte kurz auf. »Es ist Ihr Geld, Mrs. Bradford. Sie können abheben, so viel Sie wünschen.«

Ich versuchte abermals ein Lächeln, aber meine Mundwinkel schienen wie festgefroren. David würde ausflippen vor Wut. Er allein hatte die volle Kontrolle über das Konto. Mein Name ist nur eingetragen worden, damit ich die wöchentlichen Einkäufe begleichen konnte. Davon abgesehen ließ er mich nicht mal in die Nähe irgendwelcher Finanzangelegenheiten. Mein dürftiges Gehalt aus der Bibliothek ging direkt auf ein anderes Konto, von dem er, wie ich vermute, Rechnungen und unsere Hypothek bezahlte. Jeden Sonntag händigte er mir eine kleine Summe aus. Mein Taschengeld, wie er es nannte. Aber – so überlegte ich, als die Dame die Scheine abzählte und in einen neutralen weißen Umschlag steckte – auch wenn ich weiß, dass er wütend sein wird, würde er doch wollen, dass es mir gut geht. Und wenn diese Sache hier geklärt ist, werde ich ihm alles zurückzahlen, jeden Penny. Ich hab's ja nicht gestohlen, nur geliehen.

Das Taxi fährt davon. Und obwohl ich von Menschen umgeben bin, fühle ich mich plötzlich sehr einsam. Ich bleibe stehen und schaue mich um. Eine Gruppe Mädchen lacht hysterisch, ein paar Leute sitzen vor der mächtigen Kaimauer und essen Eis. Ich sehe einige Familien in der Hafenbucht und viele mehr, die einfach nur so dahinschlendern und vermutlich nur darüber nachdenken, was sie denen mitbringen sollen, die in den weniger lieblichen Teilen des Landes zurückgeblieben sind.

Die salzige Luft ist durchmischt mit dem schweren Geruch von warmem Mist und frittiertem Fisch, der von den Läden und Cafés an der kleinen Promenade zu mir herüberweht. Es herrscht Ebbe, und so liegen zahlreiche festgemachte Boote auf der Seite im nassen Sand, friedlich darauf wartend, dass das Wasser zurückkehrt. Eine Handvoll Kinder, einige in Surfanzügen, andere rot angelaufen und kaum bekleidet, balgen sich im Sand. Ich hebe den Blick, sehe zahlreiche Möwen, die über uns ihre Runden ziehen. Sie rufen einander etwas zu, und dann beobachte ich, wie eine im Sturzflug auf eine ältere Frau herabschießt und sich das Eishörnchen aus ihrer Hand schnappt. Im Gegensatz zu den Frittendieben in Penzance ist dieser Vogel längst wieder fort, bevor die Frau auch nur begreift, was passiert ist. Erschrocken dreht sie sich zu ihrem Begleiter um, dann bricht sie auch schon in Lachen aus, und auch ich erlaube mir ein Lächeln. Ich mag St. Ives.

Ich schultere meine Tasche und betrete die pittoreske Kopfsteinpflastergasse vor mir. Ich lasse mir Zeit, genieße die Sonne in meinem Rücken, während ich mir die Schaufensterauslagen ansehe. Hier gibt es Holzspielzeug, dort ist ein Surfershop, da eine Bäckerei mit riesigen goldbraunen Scones auf hölzernen Tabletts. Ich sehe Galerien, die profane Gemälde feilbieten von halbmondförmigen weißsandigen Buchten und Fischern, die ihre Netze einholen. Juweliere, die Perlmuttschmuck verkaufen, der auf farbenprächtigen Korallenskeletten drapiert wurde. Körbe am Straßenrand, die bis zum Rand gefüllt sind mit Kalkschulp und verschrumpelten Seepferdchen und mit Muscheln jeder Größe, einige weiß, andere pinkfarben, deren schimmernde Innenseiten sich dem Betrachter präsentieren wie gerade erblühte Orchideen. Ich passe gut hierher mit meiner Reisetasche und meiner Neugierde und tauche bald unter im Strom der Besucher. Nur eine weitere Frühsommer-Touristin, die man keines zweiten Blickes würdigt. Für sie bin ich ein ganz normaler Anblick. Ich bin jemand und niemand. Es spielt keine Rolle, wo ich herkomme oder mit wem ich aufgewachsen bin oder wessen Leiche ich erst kürzlich entdeckt habe. Ich bin nur ein Gesicht in der Menge.

Wie ich so dahinschlendere, erlaube ich mir, meinen Gedanken nachzuhängen. Denke darüber nach, warum ich hierhergekommen bin. Über die Menschen, die ich bald kennenlernen werde. Über das Haus, in dem sie wohnen. Ich stelle mir vor, dass es in einer der engen, malerischen Gassen steht, die vom Hafen abgehen. Im Geiste sehe ich einen knorrigen alten Fischer, der mich dabei beobachtet, wie ich an die Tür des Cottage klopfe. Sein dicker Wollpullover riecht nach Makrelen, die Finger sind schwielig von all den Jahren des Netzknüpfens. Ich sehe mich ihm zulächeln, während ich darauf warte, dass mir jemand öffnet. Er nimmt seine Pfeife aus dem Mund und fährt sich mit der Hand durch den schneeweißen Bart.

Bist also endlich zurück, sagt er mit einem so schweren

Akzent, dass man ihn kaum versteht. *Das wird deine Eltern aber freuen. Die haben dich so vermisst.*

Später dann führen mich meine neuen Eltern, die beide über das ganze Gesicht strahlen, eine knarrende Holztreppe hinauf in das nicht minder strahlende Zimmer, das ich einst als Kleinkind bewohnte. Der Raum hat eine pink gestreifte Tapete und viele Kuscheltiere auf dem Bett, die auf meine Rückkehr warten.

Aus einem der nahe gelegenen Läden tritt eine Frau und beginnt, den Bürgersteig zu fegen. Als ich mich umsehe, stelle ich fest, dass auch die anderen Händler in St. Ives dabei sind, Feierabend zu machen. Erst jetzt wird mir bewusst, dass ich noch keine Bleibe habe. Ich gehe zurück zum Hafen, weil ich dort nach meiner Ankunft eine Eckkneipe gesehen habe. An der Hauswand des Pubs suche ich nach einem Anschlag und lese, dass man hier auch Zimmer vermietet. Obwohl ich ziemlich nervös bin, öffne ich die Tür und schiebe mich in den Gastraum.

Drinnen ist es warm und rappelvoll. Überall stehen Menschen, die plaudern, trinken und lachen. Neben der Tür steht ein älteres Paar, das sich eine Flasche Wein und Knabbereien teilt. Sie haben die Köpfe zusammengesteckt und unterhalten sich, wobei dies angesichts des hier herrschenden Lärms offenbar eine Herausforderung darstellt.

Ich senke den Blick, zwänge mich durch die Gäste Richtung Tresen. Dort angekommen räuspere ich mich und schenke der Barfrau ein Lächeln.

»Hallo.« Meine Stimme ist zu leise, und meine Begrüßung geht im ganzen Krach unter. Ich versuche es noch einmal. »Hallo?« Dann ein wenig lauter. »Entschuldigen Sie bitte.«

Sie sieht mich an, und ich merke, wie ich erröte, wie die Hitze über meinen Nacken bis in meine Wangen steigt. »Ich wollte wissen ... ähm ... ob Sie mir vielleicht ein Zimmer geben könnten. Für heute Nacht?«

»Moment«, ruft sie in meine Richtung. Sie streicht sich das Haar aus dem Gesicht und nimmt die Zehn-Pfund-Note eines Gastes entgegen, den sie gerade bedient hat. Sie wirbelt herum, öffnet die Registrierkasse und entnimmt das Wechselgeld so schnell, dass mein Blick kaum folgen kann. Sie wendet sich wieder um, stellt ein Glas unter den Guinness-Zapfhahn und lässt es volllaufen, während sie eine schlanke Tonic-Flasche öffnet und diese zusammen mit einem Glas über die Theke schiebt, das mit Eis, Zitrone und vermutlich Gin gefüllt ist. Dann hält sie ihre geöffnete Hand einem Mann hin, der etwas entfernt am Tresen steht, schließt den Guinness-Zapfhahn mit der anderen, wischt sich mit der Armbeuge den Schweiß von der Stirn und schaut mich endlich an.

»Entschuldigung«, sagt sie lächelnd und stößt schnaufend die Luft aus. »Hier ist heute die Hölle los. Was wollten Sie?«

»Ich suche ein Zimmer. Für eine Nacht. Ein Einzelzimmer. Aber ein Doppelzimmer wäre auch okay.«

»Nein«, sagt sie, während sie nickend eine weitere Bestellung entgegennimmt. »Wir sind total ausgebucht. Wird schwierig, überhaupt noch irgendwo in St. Ives ein Zimmer zu kriegen. Ist derzeit wie verhext, und dabei ist doch erst Juni.«

»Aha, ja ... Okay. Vielen Dank trotzdem.« Ich nehme meine Tasche wieder vom Boden auf.

»Wollen Sie was trinken?«

»Bitte?«

Sie winkt mit einem leeren Glas in meine Richtung und lächelt wieder. »Einen Drink. Hätten Sie gern einen?«

»Hatte ich eigentlich nicht vor«, sage ich. »Aber ja, warum nicht.«

»Ich nehme noch schnell die andere Bestellung auf, dann bin

ich wieder bei Ihnen.« Wieder pustet sie geräuschvoll die Luft aus und angelt dann irgendwo unter dem Tresen nach einem frischen Glas.

»Also«, sagt sie, als sie wieder vor mir steht. »Was darf's denn sein?«

Unwillkürlich muss ich wieder an David denken. Immer hat er unsere Getränkebestellung aufgegeben. Ich blieb dann am Tisch sitzen, während er zur Bar ging. Dabei hielt ich den Kopf gesenkt, um jeglichen Augenkontakt mit anderen Gästen zu vermeiden, bis er mit einem Pale Ale, einem Lagerbier und einem Paket honiggerösteter Erdnüsse zurückkam.

»Ein Lager, bitte.«

An der Bar ist kein Platz mehr, und ich mag mich auch nicht allein an die Wand lehnen, also nehme ich mein Getränk und gehe wieder hinaus. Die Abendsonne ergießt ihr apricotfarbenes Licht über die Wasseroberfläche des Meeres, das die Gezeiten schon wieder halb in die Hafenbucht zurückgebracht haben. Einige Boote wurden von der Flut bereits aus dem Sand gehoben und schaukeln nun lautlos auf dem glitzernden Wasser. Ich setze mich an einen der Tische und nippe an meinem Bier. Eine Gruppe Teenager – die Mädchen underdressed, die Jungs hoffnungsvoll – zieht mit Bierflaschen und Zigaretten bewaffnet an mir vorbei. Es wird kühl hier draußen. Daher hole ich einen Pullover aus meiner Reisetasche und lege ihn mir über die Schulter.

»Hey«, sagt da plötzlich eine Stimme hinter mir.

Es ist die Bedienung aus der Bar. Ihre Stirn glänzt von Schweiß, sie hält ein leeres Tablett in Händen. Kurz schaut sie aufs Meer und holt tief Luft. »Schön hier, oder?«, sagt sie und wirkt für einen Moment geradezu ergriffen von diesem Anblick. Dann schaut sie wieder mich an und lächelt. »Sie wirkten da drin ein wenig verloren. Ich hab 'nem Kumpel von mir 'ne SMS geschickt. Er führt ein Bed and Breakfast, na ja, mehr ein

Hostel. Es ist gleich die Straße hinauf. Kein schicker Laden oder so, mehr 'ne Herberge für Surfer, wissen Sie? Aber er hat für heute Nacht noch ein Bett frei. Wenn Sie länger bleiben wollen, müssen Sie das direkt mit ihm klären.«

Es fällt mir schwer, meine Tränen zurückzuhalten. Zu gern würde ich ihr für ihre Freundlichkeit danken, aber ich befürchte, dass nur ein unverständliches Gestammel dabei herauskommt. Also lächle ich nur und nicke. Ich frage mich, ob sie sich wohl zu mir setzt und mit mir spricht. Ob sie sich wohl meine Geschichte anhört. Vielleicht würde sie mich ja verstehen? Wäre voller Mitgefühl und freundlicher Worte. Vielleicht aber würde sie mich auch mit teilnahmslosem Blick anstarren, da ja mittlerweile jegliche menschliche Regung durch ein Nachrichtengeschäft verwässert wird, in dem die bewegenden Fotos von entführten Kindern tagtäglich mit dem Tratsch über irgendwelche Promis konkurrieren müssen.

»Es ist nicht weit, aber wenn Sie doch nicht wollen, kann ich ihn rasch anrufen«, sagt sie mit leicht verunsichertem Blick.

»Nein«, schaffe ich zu sagen. »Das ist super. Vielen Dank.«

»Kein Problem.« Sie macht einen Schritt zurück, als ein paar Gäste sich von ihrem Tisch erheben. »Er heißt Greg.« Sie stellt das Tablett auf den Tisch, räumt leere Gläser und Knabberzeug-Verpackungen von der Platte, wobei sie mir die Adresse des Hostels und eine Wegbeschreibung gibt. »Es ist wirklich nicht weit. Etwa zehn Minuten zu Fuß. Vielleicht fünfzehn.«

»Nochmals vielen Dank. Ich weiß Ihre Hilfe sehr zu schätzen.«

Sie zuckt die Achseln. »Keine Ursache. Hoffentlich ist das Zimmer nicht zu schäbig.« Sie lächelt. »Und jetzt wieder auf ins Gefecht!« Sie verschwindet wieder im Pub, Stimmengewirr quillt nach draußen, als sie kurz die Tür öffnet.

Ihre Wegbeschreibung ist perfekt, und sie hat recht, es ist

kein langer Fußmarsch, wofür ich ausgesprochen dankbar bin. Meine Tasche wird mit jedem Schritt schwerer, und die Riemen schneiden mir in die Schulter. Das Hostel ist ein großes Privathaus am Ende der Stadt. Es wirkt recht modern, ein Siebzigerjahre-Bau, wie ich vermute, mit weißem Kieselrauputz und großen, schlichten Fenstern, die zum Meer hinausgehen. Ich kann eingetrocknete Salzwasserspritzer auf den Scheiben erkennen. Ich öffne die Fronttür und befinde mich in einem schmuddeligen Eingangsbereich, der wohl zugleich als Lobby und Aufenthaltsraum für die Gäste dient. Es gibt zwei alte Sofas und einen kleinen Melamintisch in einer der Ecken, auf dem in Plastikweidenkörbchen Teebeutel, Instantkaffee und Zuckertütchen bereitliegen. Daneben steht ein fleckiger Wasserkocher. Hinter dem Empfangstresen wartet niemand. Und obwohl auf ihm eine kleine Hotelglocke steht mit dem Hinweis, sie doch bitte zu betätigen, entscheide ich mich, auf die Rückkehr desjenigen zu warten, der für gewöhnlich hier Dienst tut.

Während ich so herumstehe, schaue ich mir den Ständer mit den Informationsbroschüren an, der neben der Glocke steht. Auf ihnen wird für eine Menge Alternativangebote für regnerische Tage geworben: Führungen durch stillgelegte Zinnminen, Piratenabenteuer-Spielplätze, ein Seehund-Schutzgebiet, ein Aquarium, das schon bessere Tage gesehen zu haben scheint, und eine Handvoll Orte, an denen man auf zotteligen dickbäuchigen Ponys »Nase an Schwanz« seine Runden drehen kann. Zehn Minuten später ist noch immer niemand hier, weshalb ich nun doch zögerlich die Glocke läute. Ein Mädchen in einer gebatikten Tunika, mit violetten Strähnen im schwarzen Haar und Nasenring kommt herbei. Ihre Nägel sind dunkelgrün lackiert und ihre Augen tiefschwarz umrandet.

»Kann ich Ihnen helfen?«

»Ich suche nach Greg«, sage ich, und meine Stimme hört sich seltsam gequetscht an.

»Stellen Sie sich hinten an«, murmelt sie im Davongehen. Dann höre ich sie nach Greg rufen. Als sie wieder zurückkommt, meint sie: »Warten Sie hier, er kommt gleich runter.«

»Danke«, erwidere ich, aber da ist sie auch schon wieder im Hinterzimmer verschwunden.

Ich setze mich auf eins der Sofas und spiele mit den Riemen an meiner Tasche, bis ich eine Tür höre. Ein Mann kommt in den Empfangsbereich. Er ist etwa in meinem Alter, vielleicht etwas älter, obwohl er auf jugendlich gemachte Kleidung trägt – zerrissene Jeans und ein langärmeliges T-Shirt, das weit ausgeschnitten um seinen Hals liegt, sodass man die kräftige Linie seiner Schultern erkennen kann. Er sieht aus wie ein Filmstar mit seinem gewellten, von der Sonne gebleichten Haar und diesem wissenden Funkeln im Blick, der mich sofort verstummen lässt.

»Hab gehört, du hast nach mir gefragt«, sagt er. Sein West-Country-Akzent unterstreicht seine lässige Art.

Schnell erhebe ich mich. »Das Mädchen ... sie hat angerufen ... aus der Kneipe ...« Meine Worte versickern im Nichts.

»Welche?«

»Welche Kneipe?

»Welches Mädchen?«

»Die hinter der Bar«, sage ich. »Wegen des Zimmers.« Mein Gesicht brennt.

»Ach ja. Klar. Du brauchst 'ne Unterkunft für heute Nacht.«

Ich nicke.

»St. Ives ist wie Jesus und Jerusalem im Moment. Kein Platz nirgendwo.«

»Bethlehem.«

»Was?« Er zieht die Brauen zusammen.

»Ach nichts«, murmle ich.

»Egal, du hast Glück. Ein paar Arschgeigen haben heute Morgen ihre Übernachtungen gecancelt. Als würde ich das hier ehrenamtlich machen oder so.« Er unterbricht sich und lächelt. »Aber das musst du alles gar nicht wissen.« Er lacht und reicht mir seine Hand. Gebräunt und weich mit einem überraschend zarten Handgelenk, das von Lederarmbändern und verblichenen Stoffbändern geschmückt ist. »Ich bin Greg.«

Scheu sehe ich zu ihm auf. »Ich bin ...«

In meiner Brust wird es eng. Ich spüre, wie mein Atem stoßweise geht, während die Hitze meinen Nacken emporkriecht. Ein Name. Ich brauche einen Namen! Aber nicht Bella. Ich kann mich auf keinen Fall Bella nennen. Ich will David nicht die geringste Chance bieten, mich hier aufzustöbern.

Ich brauche einen Namen ...

Sei ich, du Dummchen!, sagt da eine mir wohlbekannte Stimme.

Natürlich –

»Ich heiße Tori«, sage ich schnell. »Mein Name ist Tori.«

Tori quiekt vor Freude. Wie aufregend, ruft sie. Ich darf raus zum Spielen!

»Tori?«, sagt Greg. »Das ist hübsch. Gefällt mir.«

Ich lächle. Wie auch Tori.

»Tja, Tori. Ich wollte mir gerade ein Bier genehmigen. Willst du auch eins?«

Ein kurzes Zögern, dann nicke ich.

Er verschwindet in dem Raum hinter dem Empfangstresen und erscheint kurz darauf mit zwei Dosen Lager. Eine gibt er mir, dann setzt er sich neben mich aufs Sofa und streckt die Beine von sich, während er sein Bier öffnet. Ein lautes Zischen ertönt, und er hebt die Dose schnell an seinen Mund, um den

Schaum aufzufangen. Mein Herzschlag beschleunigt sich, und ich komme mir albern vor.

Ich reiße meine eigene Dose auf, dann sitzen wir schweigend da. Die Stille ist unbehaglich, doch als ich kurz zu ihm hinsehe, scheint ihn die Situation nicht im Geringsten zu irritieren. Er sitzt einfach da, sieht gut aus, ist entspannt und genießt sein Bier. Ich will etwas sagen. Aber was? Soll ich Bücher erwähnen? Oder Musik? Nein, bloß keine Musik. Ich habe keine Ahnung von Musik. Ich könnte über meinen Job reden, aber erfahrungsgemäß bewirkt die Erwähnung, dass ich Bibliothekarin bin, den sofortigen Tod einer jeden Konversation.

»Und was führt dich nach Cornwall?«, fragt er.

Ich starre ihn an, meine Hand umklammert die Bierdose, die kalt und feucht ist.

»Auf Urlaub?«

Meine Güte, sprich endlich. Du glotzt ihn ja an wie eine Idiotin. Wie eine sprachlose Idiotin.

»Ich bin ... Journalistin.«

Er schnellt nach vorn, die Hände auf die Knie gestemmt. »Journalistin? Wie cool. Und was untersuchst du?«

Ich lache und empfinde mich plötzlich als sehr mutig. »Ich untersuche nichts. Ich schreibe etwas. Einen Artikel. Für ein Magazin.« Wieder zögere ich. »Über vermisste Kinder.«

»Ich bin beeindruckt! Kenne auch eins, das vermisst wird. Fuhr in die Ferien und kam nie wieder zurück. Sie war auf demselben Spielplatz wie ich –« Er lehnt sich wieder zurück und lacht. Erkenntnis tritt in seinen Blick. »Na klar. *Deshalb* bist du hier. Ihretwegen. Wegen des Tremayne-Mädchens.«

Mein Herz schlägt wie verrückt. »Du kennst sie?«

Er trinkt einen Schluck und nickt. »Yep. Ihre Familie lebt hier. Ihre Schwester war an meiner Schule. Ein Jahrgang über mir. Die ganze Stadt ist schier durchgedreht, als die Kleine verschwand. Ihr Vater war Fischer, hat mit meinem Vater im selben Pub getrunken. Weiß nicht, ob die beiden befreundet waren. Aber ich weiß noch, wie meine Mutter um das Kind geweint hat. Das Mädchen ist ertrunken, aber die Leiche haben sie nie gefunden.«

Ich weiß nicht, was ich sagen soll.

»Mum und ihre Mutter kannten einander. Du weißt schon, aus Schulzeiten. Ihre Mutter wurde depressiv, jedenfalls hat meine Mum das gesagt, aber ich schätze, wenn man im Urlaub ein Kind verliert, nimmt einen das schon ganz schön übel mit.«

Unfähig zu sprechen starre ich ihn an. Er wirft mir einen seltsamen Blick zu, und mir wird klar, dass ich diejenige bin, die seltsam wirken muss. Er versteht wohl nicht, warum ich es nicht aufregend finde, dass er das Kind kannte, warum ich mich nicht darum reiße, ihn für meinen Artikel zu interviewen. Ich trinke aus meiner Dose und versuche, wenigstens ein bisschen verstört zu wirken.

»Würdest du sie denn wiedererkennen?«

»Nein, ich war ja erst fünf oder sechs damals, und sie war etwas jünger. Noch nicht mal in der Schule.« Er nippt an seinem Bier. »Wie heißt denn das Magazin?«

»Hm?«

»Kenne ich das Magazin, für das du schreibst?«

»Ich bin ... Freiberuflerin. Ich arbeite für verschiedene Auftraggeber.«

Gregs Züge werden wieder weich, und er nickt. »Hab noch nie ’ne Journalistin getroffen.«

»Leben sie denn ... immer noch im selben Haus ... Weißt du das zufällig?«

Er zuckt die Achseln. »Keine Ahnung.«

Ich versuche mich zu entspannen, denn ich halte die Bierdose so fest umklammert, dass meine Knöchel weiß hervortreten. Nun fragt er mich aus, und ich tue mein Bestes, um Tori antworten zu lassen. Lasse sie vorgeben, die selbstsichere, erfolgreiche Journalistin zu sein, während meine Gedanken Achterbahn fahren.

Wo lebst du?

In Central London, in der Nähe von Bloomsbury, wie Virginia Woolf.

Wer ist Virginia Woolf?

Eine Autorin.

Fürs Fernsehen?

Nein, sie schrieb Bücher, und sie ist schon lange tot.

Er liest keine Bücher, sagt er. Und dieses Hostel zu führen mag er auch nicht. Seine Leidenschaft sei das Surfen, das er auch unterrichte. Er sagt, das Hostel gehöre seinen Eltern, die auch noch einen Anglerladen in Hayle betreiben.

»Sie meinen, ich soll heiraten, Kinder in die Welt setzen und mir 'nen anständigen Beruf suchen.« Er lacht und setzt das Lager an seine Lippen.

Ich erwidere, er könne von Glück sagen, tagtäglich das tun zu dürfen, was er mag. Und er findet, dass Tori sich auch glücklich schätzen könne. Dass sie ein beneidenswertes Leben führe. Ich stimme ihm zu. In der Tat hat Tori ein fantastisches Leben. Ein schickes Apartment in einem trendigen Londoner Viertel, einen tollen Job und so viele Freunde, dass man sie kaum zählen kann. Alles in allem ist sie eine ziemlich tolle Frau. Die Art Frau, die mich einschüchtern würde, sollte ich sie je treffen.

Während wir so dasitzen und reden, hängt Greg förmlich an Toris Lippen. Und er sieht sie auf eine Weise an, wie Männer mich niemals ansehen würden, beobachtet jede ihrer Bewegungen, saugt sie förmlich auf mit seinen dunkelbraunen Augen. Und ungeachtet dessen lächle ich.

NEUNZEHN

Viel zu früh erwache ich. Das Leuchtdisplay des Weckers zeigt an, dass es erst kurz vor fünf Uhr morgens ist. Natürlich würde David dies als Hinweis darauf werten, dass mein Geist wach und bereit sei, den vor mir liegenden Tag zu meistern, aber ich will eigentlich nur weiterschlummern. Das bisschen Schlaf in der letzten Nacht war eigentlich kaum der Rede wert angesichts des Tumults in meinem Kopf und des nervösen Magens. Der heutige Tag wird hart werden, und dann nicht mal ausgeschlafen zu sein würde es nur noch schlimmer machen. Doch als die Sonne hinter dem Horizont emporkriecht und den kleinen schlichten Raum mit dem schmalen Bett und dem ramponierten Holzstuhl in der Ecke in ein blassblaues Licht taucht, verhelfe ich der Schlaflosigkeit zu ihrem Sieg und erhebe mich aus den Federn.

Das Hostel liegt ruhig da. Schnell werfe ich mich in die Klamotten von gestern, krame ein frisches Paar Socken aus meiner Tasche und ziehe meine Joggingschuhe an. Dann verlasse ich das Zimmer und versuche, die Tür so leise wie möglich hinter mir zu schließen. Aus dem Raum nebenan ist ein Geräusch zu hören, dann das leise Murmeln von jemandem, der im Schlaf zu sprechen scheint. Ich bleibe stehen und halte den Atem an, bis es wieder still ist. Dann husche ich den Flur entlang und hoffe, ich laufe niemandem über den Weg.

In der Lobby schalte ich den Wasserkocher ein, um mir einen Instantkaffee zu machen, derweil ich mit einem Löffel in dem fest zusammengebackenen Granulat herumstochere.

Kurz zögere ich, bevor ich zwei Löffel Zucker in die Tasse gebe. Normalerweise trinke ich meinen Kaffee ungesüßt, aber ich rede mir ein, dass ich so mein Energielevel ein wenig pushe. Und wer weiß, vielleicht nimmt Tori ja Zucker in ihren Kaffee, als Teil ihrer Was-soll's-Attitüde sozusagen, die sie ja so gern an den Tag legt. Tori genießt das Leben. Scheiß auf die wertlosen Kalorien. Scheiß auf die Konsequenzen. Genuss ist alles, was zählt. Ich lächle, als ich meinen Kaffee trinke. Mit der Tasse in der Hand verlasse ich das Hostel.

Die Luft draußen ist frisch und taufeucht. Die Sonne hat sich zwischenzeitlich über die Hügel hinter St. Ives erhoben, und die purpurfarbene Morgenröte scheint die Wasseroberfläche des Meeres in Brand gesetzt zu haben. Das Bed and Breakfast liegt in einer Stichstraße, hinter der schon das Küstenfarmland beginnt. Weide reiht sich an Weide, lediglich begrenzt durch niedrige Trockenmauern. Auf den Feldern sind hier und da schiefergraue Felsbrocken zu sehen, die sich den Bauern dreist und angriffslustig in den Weg stellen und ihnen das Leben schwer machen. Ich spaziere ans Ende der Straße, lehne mich an die Kaimauer und starre hinaus auf die Keltische See. Kilometer um Kilometer erstreckt sich das Meer vor mir, während eine dünne Decke aus Morgennebel auf der Wasseroberfläche schwebt. Dieser Ort ergibt einen Sinn für mich. Wenn es der Ort ist, von dem ich komme, dann ergibt er einen Sinn für mich.

Wenn …

Nach wie vor nagen Zweifel hinsichtlich Henrys Brief an mir. Noch gestern war ich mir meiner Sache so sicher, doch jetzt stellt sich wieder so etwas wie Unsicherheit ein. Ich stoße mich von der Mauer ab und trinke den Kaffee aus. Ich verziehe das Gesicht, denn das lauwarme Gesöff ist einfach zu süß, selbst für Tori.

Zurück in der Lobby stelle ich die Tasse zurück auf den Tisch und gehe auf mein Zimmer, um mir das Gesicht zu waschen und die Zähne zu putzen. Danach setze ich mich auf die Bettkante, die Hände auf den Knien, und denke an David. Ich vermisse ihn. So lange schon war er Tag für Tag an meiner Seite. Erst durch ihn war es mir möglich, Elaine und das Alte Pfarrhaus zu verlassen. Ohne ihn wäre ich reumütig wieder dahin zurückgekehrt, da bin ich mir sicher. Das Zimmer scheint meine Einsamkeit nur noch zu verstärken. Wie eine Katze, die keinen bequemen Liegeplatz zu finden vermag, erhebe ich mich schließlich und gehe wieder hinaus. Ich beschließe, auf einen Spaziergang zum Strand zu gehen. Vielleicht wird dies ja meinem Bauchgrummeln helfen, von dem ich denke, dass es nie aufhören wird.

Vom Hostel aus schlendere ich die Straße hinab, bis ich einen kleinen Parkplatz erreiche. Von ihm führen eine Rampe und eine Steintreppe an einen fantastischen Strand – breit und mit feinkörnigem Sand ausgestattet finden sich an den Ausläufern der Bucht von dunklem Seegras bedeckte raue Felsen, die in Gruppen zusammenkauern. Durch die Ebbe hat sich das Wasser weit zurückgezogen und im freigelegten Uferabschnitt ein Netz aus kleinen Tümpeln entstehen lassen. Dahinter liegt das Meer flach und ruhig da, doch im Bereich der Küste rollt es in kleinen schaumgekrönten Wellen heran. Weit draußen ist ein einsamer Surfer im Wasser, und ich beobachte ihn eine Weile, während ich die salzige Luft einatme.

Bei einem großen Felsen, auf dem sich eine Kolonie schwarzer scharfkantiger Muscheln niedergelassen hat, mache ich halt. Wie ein Flamingo balanciere ich herum, um Socken und Schuhe auszuziehen. Der Sand ist kühl zwischen meinen Zehen, als ich die Beine meiner Jeans aufrolle. Und dann habe ich ein plötzliches Déjà-vu, und ein lebhaftes Bild entsteht vor meinem inneren Auge. Eine Frau. Sie sitzt gleich neben diesem Felsen im

Sand. Der Wind spielt mit ihrem dicken braunen Haar. Sie trägt ein leichtes grün-weiß gestreiftes Sommerkleid. Ihre nackten Beine hat sie weit von sich gestreckt, die Füße mit den Riemchensandalen sind übereinandergeschlagen.

Sie küsst den Arm des kleinen Mädchens, der rot und geschwollen ist. Und er brennt.

Es ist mein Arm.

Sie küsst *meinen* Arm.

Und einem Seufzen gleich verflüchtigt sich das Bild.

Ich falle auf die Knie, presse meine Handflächen gegen den Felsen. Ich bin schon einmal hier gewesen. Die Frau in dem grün-weißen Kleid ist real.

Mein Herz schlägt schneller, als ich mich erhebe und mich, gierig nach mehr, umsehe. Ich beginne in Richtung Wasser zu laufen auf der Suche nach irgendetwas, das meiner Erinnerung auf die Sprünge hilft.

Als ich mich dem Meer nähere, bricht sich eine Welle am Strand und rollt schaumig über den Sand aus. Sie benetzt meine Zehen, und ich atme tief die Luft ein, als das eiskalte Wasser meine Haut berührt. Ich umschlinge mich mit den Armen, als mein Körper zu frösteln beginnt. Ich schaue auf die See hinaus, hebe das Gesicht in die Küstenbrise. Mein Blick trifft den Surfer, der nun jenseits der Wellenbrecher rittlings auf seinem Board sitzt. Jetzt sieht er zu mir hin. Mein Herz macht einen Satz, als ich feststelle, dass es Greg ist. Er hebt einen Arm zum Gruß, den ich nicht erwidere. Noch immer halte ich mich fest umschlungen. Er gestikuliert in meine Richtung, lehnt sich dann auf seinem Brett vor und paddelt Richtung Strand. Eine kleine Welle trägt ihn ans Ufer. Ich schaue auf meine Füße und bohre die Zehen in den Sand. Als ich wieder aufblicke, sehe ich ihn mit dem Surfboard unterm Arm auf mich zukommen. Auf seinem Gesicht liegt ein breites Lächeln.

Du bist Tori. Eine Journalistin aus London. Du magst süßen Kaffee und Dosenbier.

»Hi«, begrüßt er mich und kommt dabei so nah heran, dass es mir unangenehm ist, weshalb ich einen Schritt zurück mache. Im Licht des Morgens ist er sogar noch schöner, als ich ihn in Erinnerung habe. Sein gebräunter Teint ist makellos und strahlt, und ich werde mir schmerzhaft meiner Blässe, meines ungekämmten Haars und der Tatsache bewusst, dass ich die Sachen von gestern trage. Er stellt sein Board in den Sand und schüttelt den Kopf wie ein nasser Labrador nach einem Bad im Fluss.

»Und? Gefällt's dir?«

»Bitte?«

»Das Surfen.«

»Ach nein, ich glaube nicht«, sage ich stockend. »Ist nicht ... mein Ding. Vielleicht ja eines Tages.« Ich streiche mir das vom Wind zerzauste Haar aus dem Gesicht.

»Solltest es mal probieren. Ich bin ein ausgezeichneter Lehrer.«

Ich weiß nichts darauf zu antworten, also wende ich den Blick wieder meinen eingegrabenen Zehen zu.

»Hast du gut geschlafen?«

Ich erinnere mich, wie ich hellwach an die rissige Decke meines Zimmers starrte, mich herumwälzte, total erschöpft und doch unfähig, Schlaf zu finden, weil das Bild von Henry und der schwarzen Blutlache unter ihm mir keine Ruhe lässt. »Ja, sehr gut, danke. Sag mal, ist das Zimmer noch frei ... ich meine, für ein paar weitere Nächte?«

»Klar. Ich müsste aber erst im Reservierungsbuch nachschauen, um ganz sicherzugehen. Im Büro gibt's ein Telefon. Lass mich schnell Fi anrufen, damit sie's checken kann. Am besten, du reservierst es gleich, sonst ist das Zimmer ruckzuck wieder weg. Wie viele Übernachtungen?«

»Ich … weiß nicht. Zwei. Vielleicht drei.« Ich halte kurz inne. »Du brauchst übrigens neuen Kaffee. Das Zeug an der Rezeption ist knüppelhart geworden.«

Er lacht, und ich laufe rot an.

»Okay, dann lass uns jetzt Fi anrufen und die Sache mit dem Zimmer klären. Um acht hab ich die erste Stunde zu geben. Eine Gruppe Anfänger, Gott hilf mir.«

Während ich ihm über den Strand folge, nagt das schlechte Gewissen an mir. David würde es hassen, wenn er wüsste, dass ich allein mit diesem Mann bin. Er war schon immer unglaublich eifersüchtig. So eifersüchtig, dass es sich manchmal auf seine Stimmung niederschlug. Egal, wie oft ich ihm versicherte, dass ich nicht an anderen Männern interessiert sei und andere Männer nicht an mir, überzeugt hat ihn das nie.

»Du bist jung und schön – natürlich wirst du von den Männern begehrt. Wurdest du von mir doch auch, nicht wahr?«

Vielleicht fühle ich mich ja auch deshalb schuldig, weil ich Greg über meine wahre Identität und Herkunft belogen habe. Irgendwie fühlt es sich falsch an, ihn glauben zu machen, ich sei eine erfolgreiche Journalistin und nicht das vermisste Mädchen aus seiner Stadt.

Als wir das erreichen, von dem ich annehme, dass es das »Büro« ist – eine kleine Hütte mit grellorangefarbenem Dach am Rand des Strands –, öffnet er seinen Surfanzug, zieht die Arme heraus und legt dann einen Oberkörper frei, der so nahtlos gebräunt und muskulös ist wie der einer Statue.

»Warte einen Moment, bis ich das Telefon gefunden hab, ja?«, sagt er. »Weiß der Himmel, wo das Ding schon wieder ist …« Wieder lächelt er mich an. Ich wünschte, er würde das lassen. Es macht mich nervös, nun, da wir allein in diesem engen Raum sind.

»Willst du heute mit ihnen sprechen?«, fragt er.

»Bitte?«

»Mit den Tremaynes. Der Familie des Kindes.«

»Vielleicht«, sage ich leichthin. »Ja, vermutlich.«

Greg wendet mir den Rücken zu und kramt auf dem winzigen Schreibtisch zwischen Papierstapeln herum. Ich schnappe nach Atem. Auf seinem Rücken prangt ein riesiges Tattoo. Ein Tiger im Sprung ziert die obere Hälfte seines Körpers und die Schultern. Die Ausführung ist unfassbar detailliert. So etwas habe ich noch nie gesehen, wobei ich ohnehin noch nicht sonderlich viele Tätowierungen gesehen habe. Abgesehen von den üblichen chinesischen Symbolen, Tauben und Schmetterlingen auf den Hand- und Fußgelenken der Studenten, die ich in der Bibliothek treffe. Die Raubkatze starrt mich direkt an. Das Maul zu einem stummen Brüllen aufgerissen. Die gebleckten Reißzähne schimmern von Speichel, ein jeder so spitz und scharf wie Henrys Messer. Das Fell wurde in tausend feinen Linien in Gregs Haut gestochen. Es scheint zu fließen, wie auch der Tiger zu atmen scheint. Ich stelle mir vor, wie ich auf den Rücken der Kreatur klettere, meine Finger in dem weichen Fell vergrabe, mich mit meiner Wange an sie schmiege und ihr erlaube, mich mit sich zu nehmen, wo immer ihr Weg sie auch hinführen mag.

Greg hüstelt, richtet sich auf und reißt mich aus meinen Gedanken.

»Dein Tattoo gefällt mir«, sage ich. Es hört sich irgendwie kindisch an.

»Hab ich mir in Indonesien stechen lassen. Von einem Einheimischen. Ein richtiger Künstler«, erwidert er, während er weiter nach dem Telefon sucht. »Hat teuflisch wehgetan.«

Er wühlt weiter auf dem Tisch herum. Papier rutscht unbeachtet von den instabilen Stapeln, bis er das Handy schließlich in einem überquellenden Postkörbchen entdeckt. Er wählt.

Dann formt er mit den Lippen: »Für drei weitere Nächte, richtig?«

Ich nicke und warte, während er mit dem Mädchen im Hostel telefoniert. Ich stelle mir vor, wie sie mit mürrischem Gesicht und den kohlschwarz umrandeten Augen das Reservierungsbuch checkt.

»Klasse«, sagt Greg. »Ja, trag es als belegt ein. Bis dann, Fi.« Er schmeißt das Handy zurück auf den Schreibtisch. »Alles erledigt.«

»Ich bezahle es dann irgendwann heute Nachmittag, okay?«

»Wie du willst. Ich hoffe, dein Interview läuft gut. Und um dich gleich vorzuwarnen, die Schwester ist irgendwie seltsam, zumindest war sie's damals. Ein Kumpel hat mal ihre Tür vereiert, und sie ist total ausgerastet. Aber das ist schon Jahre her.«

»Vereiert?«

Er grinst. »Na ja, mit Eiern beschmissen, nur so zum Spaß.«

Ich schweige.

»Kinderstreiche«, sagt er, als wäre damit erklärt, warum man jemandes Tür mit Eiern bewirft.

»War das in der Sinai Road?«

»Keine Ahnung, könnte aber sein. Die Sinai Road liegt im hinteren Teil der Stadt, etwa zehn Minuten den Hügel rauf. Geh am besten dort lang«, er deutet in eine ungefähre Richtung, »dann frag im Co-op nach dem genauen Weg. Es müsste irgendwo dort in der Nähe sein.«

Er zwängt seine Arme zurück in den Neoprenanzug, zieht den Reißverschluss hoch und lässt den Tiger verschwinden. Die mit Händen zu greifende Anspannung in der Hütte lässt nach. »Und wenn du später was trinken willst, sag Bescheid. Ein paar von uns gehen später noch ins Queen's Head.«

Ich spüre, wie mein Gesicht rot und heiß wird.

»Sind ja nur ein paar Drinks«, sagt er lachend.

Er verlässt die Hütte und schnappt sich sein Board. »Es sei denn, du ziehst das große Los.« Er hebt vielsagend eine Augenbraue und läuft lässig zurück zum Wasser.

Ich schlendere über den Strand zurück und halte noch einmal an dem Felsen an, wo ich mich der Frau in dem grün-weißen Kleid erinnert habe. War es Alice Tremayne? Wird sie mich erkennen, wenn sie die Tür öffnet? Wird sie in Freudentränen ausbrechen oder vor Schreck zurückweichen?

Ich setze mich wieder in Bewegung, doch nicht in die Richtung, die Greg mir gezeigt hat oder zurück zum Hostel, sondern zu einem Pfad, der auf die Steilklippe hinaufführt. Am Fuß des Felsenriffs stopfe ich meine Socken in die Hosentasche und steige mit meinen sandigen Füßen in die Schuhe. Dann mache ich mich daran, die Klippe zu erklimmen. Auf dem Gipfel geht ein starker Wind, der ganz schön an mir herumzerrt. Ich hole tief Luft und fühle mich auf der Stelle belebt durch die Kraft der Elemente und den Anblick des Meeres. Eine innige Zugehörigkeit und das Gefühl – ja, vielleicht sogar das Wissen –, schon einmal an diesem Strand gewesen zu sein, breiten sich wohlig in mir aus. Ich entferne mich auf dem Küstenwanderweg von St. Ives, schreite forsch aus und halte mein Gesicht in den Wind, während die Schönheit dieses Flecks mich umfängt – die ewige See unter mir, der unendliche Himmel über mir, die Seevögel, die auf unsichtbaren Luftströmen dahingleiten, so zu Hause in dieser allumfassenden Weite.

Zu meiner Linken stehen gelbe Ginsterbüsche und grünes Farnkraut, die aus einem weitläufigen dicken Wiesenteppich aus Wildblumen in Lila, Blau und Pink emporragen – ein Feuerwerk an Farben. Ich gehe weiter, und dann erheben sich vor mir plötzlich wieder Felsen, an deren Fuß wilde Grasbüschel wuchern und deren graue Oberfläche gesprenkelt ist mit salzliebenden Flechten. Ich halte einen Moment inne und schaue aufs Meer hinaus. Am Horizont verdunkelt sich der Himmel. Entfernte Regenschleier verwischen die Sicht zwischen Wolken und Wasseroberfläche. Ich verlasse den Küstenpfad und trete an den Rand der Klippe, die hier so steil abfällt, dass mir schummrig wird.

Wie es sich wohl anfühlen würde zu springen?

Manche Menschen tun so was, denke ich. Wenn sie so verloren sind, dass sie keinen Weg mehr zurückfinden.

Oder zu einsam, um es auch nur zu versuchen.

»Ja«, flüstere ich. »Auch dann.«

Bevor ich den toten Henry Campbell fand, habe ich nur selten über Selbstmord nachgedacht, doch seit ich seinen leblosen Körper entdeckte, beschäftigt mich der Gedanke öfter, als er sollte. Ich glaube, ich verstehe seit jenem Tag ein wenig mehr von Dingen wie Chaos und Zerstörung. Und Verzweiflung. Und Hoffnung.

Wie auch vom Nichtvorhandensein all dessen.

Ich starre in die Fluten hinab und stelle mir vor, wie ich mich von der Klippe abstoße, wie ein Stein ins tosende Wasser falle, das jegliches Geräusch über seiner Oberfläche verschluckt. Ich würde meine Augen schließen, den Mund öffnen und das Wasser tief in meine Lunge ziehen. Die Leute sagen, ertrinken sei ein friedlicher Tod. Ich weiß nicht, woher sie das wissen, aber wie ich so auf die aufgewühlte See hinabschaue, erscheint mir diese Art zu gehen weitaus weniger grausam, als sich ein Messer an die Pulsadern zu halten.

Ich wende mich ab vom wogenden Seegang. Seit Stunden schon bin ich unterwegs, doch ich möchte noch nicht umkehren. Jeder Schritt fühlt sich kraftvoll an, und ich treibe mich weiter voran. Schließlich führt der Pfad fort vom offenen Meer. Ich komme vorbei an einer geschützten Bucht mit türkisfarbenem Wasser und von Alter geschwärzten Klippen, die ein gutes Stück ins Landesinnere hineinragen. Der Pfad wird immer holpriger, dann sehe ich vor mir eine niedrige Steinmauer. Davor gehen zwei Wege ab. Der eine durchkreuzt die Mauer und mündet in eine Asphaltstraße, der andere führt zurück zum Küstenwanderweg. Ich entscheide mich für die Landstraße, überklettere die Mauer und komme an einem weißen Haus zu meiner Rechten vorbei. Glückliche Kinderstimmen aus dem Garten dahinter werden durch die salzige Luft an mein Ohr getragen.

Die Straße führt einen niedrigen Hügel hinauf. Er wird zu einer Seite von Hecken und dem dahinterliegenden Moorland flankiert, zur anderen von träge grasenden Kühen auf einer saftigen Weide. Ich erreiche eine kleine Ortschaft mit einem Pub, einigen Häusern im ländlichen Stil und einer Kirche. Die Wohngebäude machen einen makellosen Eindruck mit ihren sauber gekalkten Mauern und den mit bunten Blumen dekorierten Pflanzkästen. Und obwohl zu beiden Seiten der Straße Autos dicht an dicht parken, ist keine Menschenseele zu sehen. An der Granittreppe, die zum Kirchenpfad hinaufführt, halte ich inne.

Trotz Elaines unermüdlichem Eifer bin ich nie sehr religiös gewesen. Als Atheistin würde ich mich zwar nicht bezeichnen – das wäre mir zu absolut –, doch ich habe mir einen gesunden Zweifel erhalten. Trotzdem mag ich Kirchen. Ich liebe ihre Architektur und die Ehrfurcht, die solche Bauwerke einem abverlangen, ich mag den Pomp und die Pracht, wie auch die stille Einkehr, zu der sie einen bewegen. Also öffne ich, ohne groß darüber nachzudenken, das schmiedeeiserne Tor und folge dem Kiesweg durch die im Kirchhof aufgestellten Grabsteine. Einige der Steine wirken liebevoll gepflegt, während andere überwuchert sind und auf traurige Vasen mit brackigem Wasser und vertrockneten Blumen herabblicken. Wieder andere sind über die Jahre so verwittert, dass die Namen derer, die in den Gräbern darunter verrottet sind, längst ausgelöscht wurden. Geräuschvoll rauscht der Wind durch die Baumkronen, und ich fröstele leicht, als ich durch die Grabreihen wandere.

Die Tür des Gotteshauses besteht aus vom Alter dunklem Holz und Scharnieren in Form der französischen Lilie. Ein Hinweisschild, das ziemlich behelfsmäßig mit Klebeband befestigt wurde, heißt mich in vier Sprachen willkommen, während ein anderes direkt daneben mich daran erinnert, die Tür hinter mir zu schließen, damit keine Vögel hereinkommen. Die Tür ist schwer, und ich muss mich mit meiner Schulter dagegenstemmen, um sie zu öffnen. Drinnen ist es kühl und dunkel, und es umgibt mich dieser typische abgestandene Geruch, wie man ihn in allen Kirchen findet, als wäre die Luft hier schon ebenso alt wie die Granitblöcke, die sie einschließen. Ich warte, bis sich meine Augen an das Zwielicht gewöhnt haben, und gehe dann über den steinernen Fußboden zu einer der hinteren Kirchenbänke. Ich setze mich und falte die Hände. Es herrscht eine Totenstille hier, kein Wind, keine Möwe, kein Mensch ist zu hören. Ich lehne die Stirn an die Rückenlehne der Vorderbank, wie es die alten Leute tun, die ich als gelangweiltes Kind während der Messe angestarrt habe. Tief atme ich ein und aus. Versuche, jeden Muskel in meinem Körper zu entspannen. Mich zu öffnen. Das wäre für Gott jetzt ein guter Zeitpunkt, mich zu erhören.

Aber Er kommt nicht – und wenn doch, so habe ich Ihn nicht erkannt. Mit einem leisen Seufzen lehne ich mich wieder zurück.

Ich erhebe mich und erkunde die Kirche. Auf einem Tisch liegen Handzettel, auf denen die Geschichte des Gotteshauses niedergeschrieben ist, aber meine Aufmerksamkeit richtet sich auf einen Bereich zu meiner Rechten. Trotz des farbigen Glasfensters hoch oben in der Mauer ist diese Ecke der Kirche besonders dunkel. Hier steht eine kleine Kirchenbank, gerade mal ein Viertel so groß wie die übrigen, vielleicht sogar kleiner, und trotz des Zwielichts ist zu erkennen, dass sie vor langer Zeit aus hochwertigem polierten Holz gefertigt wurde. Als ich näher komme, bin ich wie gebannt von der kunstvollen Schnitzerei an der Außenseite. Eine Frau, nein, eine Meerjungfrau mit einem runden Bauch über dem Fischschwanz, dessen klar abgegrenzter Saum ihre ausladenden Hüften umspielt. Wie aus dem Nichts spüre ich plötzlich Davids Hand auf meinem Leib und höre ihn mit gedämpfter Stimme an meinem Hals seiner Hoffnung Ausdruck verleihen, dass es diesen Monat anders sein würde.

Ich knie neben der Kirchenbank nieder, damit ich die Schnitzerei genauer betrachten kann. Der Busen der Meerjungfrau wurde nackt und üppig und ohne Brustwarzen ausgeführt. Nackt und keusch zugleich. Die Arme sind nach oben angewinkelt. In der einen Hand hält die Nixe einen überdimensionalen Kamm, in der anderen ein kreisrundes Objekt, einen Spiegel, wie ich vermute. Das lange Haar reicht bis zur Taille und umrahmt ihr Antlitz. Das Gesicht selbst ist kaum mehr zu erkennen. Vermutlich mit den Jahren abgegriffen durch Tausende von Berührungen. Dennoch wirkt sie heiter und anmutig, und zum ersten Mal seit Tagen weicht die Angst von mir.

»Du hast mich hierhergelockt, stimmt's?«, flüstere ich, und meine Stimme hallt in der leeren Kirche wider.

Ich lege meine Hand auf sie. Das schimmernde Holz fühlt sich feucht an, als wäre sie gerade erst dem Meer entstiegen. Mit den Fingern streiche ich über ihre Rundungen, berühre ihre Wangen, ihr Haar, den Fischschwanz, und plötzlich durchlaufen kleine Schockwellen meinen Körper. Mein Kopf wird ganz klar. Die Sedimente meines aufgewühlten Geistes sinken zu Boden, und ihre Gelassenheit geht auf mich über.

Nicht Gott, aber diese Meerjungfrau.

Ich lasse mich auf meine Fersen zurückfallen, lege die Hände auf meine Oberschenkel, und in diesem Augenblick muss ich an die Adresse denken, die auf dem Zettel in meiner Hosentasche steht.

Ich kann sie körperlich fühlen. Sie pulsiert, brennt sich durch den Jeansstoff.

Du solltest zu ihnen gehen.

War das meine oder ihre Stimme?

Es spielt keine Rolle. Ich bin endlich bereit.

ZWANZIG

Stocksteif sitze ich im Taxi, die Knie zusammengepresst und die Hände auf dem Schoß, während ich einsilbig die Fragen des leutseligen Fahrers beantworte. Hoffentlich hört er bald auf zu reden.

Ob ich hier Ferien mache?

Nein.

Was mich denn nach Cornwall bringt?

Die Arbeit.

Ob ich früher schon mal in St. Ives gewesen bin?

Nein.

Ob ich weiß, dass die Gegend mal berühmt war für ihre Zinnminen?

Nein.

»Hier ist die Straße«, sagt er schließlich, und mir wird augenblicklich flau in der Magengrube. »Welche Hausnummer?«

»Schon in Ordnung. Halten Sie einfach hier.«

»Gut«, sagt er, als ich ihm das Geld reiche. »War nett, mit Ihnen zu reden. Schönen Urlaub noch! Mir scheint, Sie können die Erholung gut brauchen.«

Wie es der rote Himmel heute Morgen schon erahnen ließ, hat sich das Wetter um St. Ives verschlechtert. Als ich an der Ecke der Sinai Road stehe, ziehen dunkle, bis an den Rand des Platzens aufgeschwemmte Wolken am schmutzig grauen Himmel über mir hinweg. Die Schreie der Möwen klingen nun schärfer, als alarmierten sie sich gegenseitig zwecks eines Massenrückzugs in ihre felsigen Unterschlüpfe. Jeden Buchstaben, jedes Wort aus Henrys Brief habe ich mir eingeprägt, und doch ziehe ich ihn nun aus der Tasche und starre ihn an. Meine Nerven erbeben. Ich versuche den feuchten Schweiß, der nun meinen Körper überzieht, zu ignorieren und konzentriere mich auf meine Atmung. Gleichmäßig und tief, ein und aus, während ich meine Schritte zähle.

Eins, zwei, drei, vier.

Ich ziehe die Jacke fest um mich, verschränke die Arme vor der Brust und blicke zu Boden. Es ist nicht nur das Wetter, das mich fertigmacht. Es ist diese Gegend hier. Es ärgert mich, dass ich so viel Angst habe, aber ich kann es nicht ändern. Ich befinde mich kaum eine Meile außerhalb des idyllischen Hafens von St. Ives, aber sein typischer Geruch und die pittoresken, postkartenkompatiblen Gässchen könnten kaum weiter entfernt liegen.

Eins, zwei, drei, vier.

Ich befinde mich in einem recht heruntergekommenen Viertel mit vermüllten Vorgärten und brüchigen Kunststoff-Fensterrahmen. In einem Haus zu meiner Rechten bellt ein Hund. Ich komme an einem zurückgelassenen roten Ford ohne Räder vorbei. Er ist auf Backsteinen aufgebockt, die Radaufhängungen sind verrostet, das Rückfenster zertrümmert und behelfsmäßig mit einer schwarzen Mülltüte und blauem Klebeband abgedichtet, das im Wind flattert. Das zerbrochene Glas liegt bis auf die Straße. Ich versuche mir einzureden, dass ich mir keine Sorgen zu machen brauche, dass meine Furcht unbegründet und hauptsächlich Elaines Phobien geschuldet ist. Selbst noch als Teenager ergriff sie beim Verlassen des Alten Pfarrhauses meine Hand so fest, dass sie mir fast die Fingerknochen brach. Trauer durchfährt mich, als ich daran denke, wie ich damals war. Wie ich mit schmerzender Hand neben ihr hertrottete wie ein treues Hündchen und den Blick gesenkt hielt, um den Monstern auszuweichen, wie sie es mir immer und immer wieder eingeschärft hat.

»Die Gefahr lauert überall, und jeder stellt eine Bedrohung dar«, sagte sie. »Der einzige Ort, an dem du sicher bist, mein Liebling, ist zu Hause bei mir. Verstehst du das? Außerhalb unserer schützenden Mauern leben Monster. Monster, wohin man sieht.«

Gestalten kommen auf mich zu.

Eins, zwei, drei, vier.

Sie sind jung, denke ich. Drei Jungs. Ihre tief sitzenden Jeans und die Shirts mit den hochgezogenen Kapuzen lassen meinen Herzschlag sich beschleunigen. Ich halte den Blick auf die Straße gerichtet, während sie näher kommen.

Eins, zwei, drei, vier.

Meine Hände ballen sich zusammen. Ich mache mich bereit zur Flucht. Jetzt sind sie nur noch wenige Meter von mir entfernt. Ihre Schritte sind so laut wie Donnergrollen.

»Bitte, tut mir nichts«, flüstere ich. »Tut mir bitte nichts.«

Sie gehen an mir vorbei, ohne mich eines Blickes zu würdigen, aber in meinem Kopf ändern sie ihre Meinung und beschließen, mir zu folgen. Ich höre sie hinter mir schnaufen, mit irgendwelchen Schlagwaffen herumfuchteln und dabei bestialische Laute ausstoßen. Was, wenn sie den Stapel Zwanziger unter meinem Shirt finden? Muss ich ihnen das Geld geben? Oder soll ich fliehen? Ich sehe mir über die Schulter, aber es ist niemand hinter mir. Sie sind einfach weitergegangen. Einer von ihnen lacht, schlägt seinem Kumpel auf den Rücken.

Es sind Kids. Ganz normale Jugendliche, die nach Hause wollen, bevor es anfängt zu regnen.

Jetzt hasse ich sie. Hasse sie für meine Angst. Elaine und ihr efeuumranktes Gefängnis. Vor wem haben wir uns versteckt, Elaine?

Wer war dieses Monster?

Du.

Wir haben uns vor dir versteckt. Du warst das Monster. Du warst der Schrecken vor unserem Tor, die Kindesentführerin, der Grund, aus dem du mich weggesperrt hast vor der Welt.

Ja, du wusstest, dass die Monster überall sind, in den Straßen, wo sie sich als ganz normale Menschen tarnten, weil in Wahrheit du das Monster warst.

Die ersten Regentropfen treffen auf mein Gesicht. Ich blicke auf und lasse sie ungehindert auf mich fallen.

Regen wäscht die Sünden von der Welt. Er wischt die Tafel wieder sauber.

Ich gehe weiter.

Eins, zwei, drei, vier.

Ich erreiche Hausnummer 4a und bleibe stehen. Mir werden die Knie weich. Ich stütze mich am Gartenzaunpfosten ab. Die Tür des winzigen Bungalows ist erbsengrün, die Farbe abgeblättert, das Holz in Bodennähe morsch. Im Vorgarten steht ein baufälliger Schuppen mit rissiger Dachpappe. Auf die Tür hat jemand die Bitte gepinselt, keinen Müll über den Zaun zu schmeißen. Es sieht mehr nach Graffiti als nach einer ernst gemeinten Ansage aus. Der Garten ist so verwildert, dass das Unkraut bereits durch den Betonboden bricht. Neben der Tür ist ein Fenster, vor dem eine schmuddelige, mottenzerfressene Spitzengardine hängt.

Ich will weglaufen, aber das gestatte ich mir nicht.

An der Eingangstür ist keine Klingel, also hebe ich meine zitternde Hand und stelle mir vor, was wohl hinter dieser Tür liegen mag. Ein warm erleuchteter Flur, ein Sideboard mit frisch geschnittenen Blumen, eine Reihe Kleiderhaken, darunter sauber aufgereihte Schuhe.

Ich klopfe.

Von drinnen nähern sich Schritte.

Mein Herz hämmert hart und schnell. Der nur allzu bekannte Griff um meine Brust wird fester. Ich atme kontrolliert. Versuche, mich zu beruhigen. Und als die Tür sich öffnet, entlasse ich die Luft aus meiner Lunge.

Vor mir steht eine Frau. Ich versuche, ihre Erscheinung im Ganzen zu erfassen, doch alles, was ich von ihr sehe, sind ihre Augen. Augen, die aus ihrem blassen Gesicht herausstechen wie Leuchtfeuer. Grüne Augen in der Farbe von Seeglas.

Meine Augen.

Die Frau, die vor mir steht, hat meine Augen. Und in diesem Moment habe ich keinen Zweifel mehr daran, dass diese Person meine Schwester ist.

EINUNDZWANZIG

Ich versuche zu sprechen, aber es kommt kein Wort heraus. Alles um mich herum beginnt sich zu drehen. Ich befürchte, es könnte mir schlecht werden.

»Ja?«, dringt ihre Stimme an mein Ohr.

Sprich.

»Ich … also, es ist … Ich …«, stottere ich. »Ich bin … Journalistin. Und ich … recherchiere für einen Bericht … das Kind, das … verschwunden ist …«

Ihre grünen Augen verengen sich zu Schlitzen. Sie verschränkt die Arme vor der Brust. Sie ist dünn, und das Gesicht ist so verhärmt, dass man denken könnte, sie sauge von innen die Wangen ein. Die Lippen sind blass, in einem Mundwinkel entdecke ich eine kleine wunde Stelle. Sie hat strähniges, mausbraunes Haar – fast dieselbe Farbe wie meins. Schlaff fällt es auf ihre Schultern und müsste dringend einmal geschnitten werden. Sie trägt ein sauberes weißes T-Shirt, ein Paar graue Jogginghosen, eine blaue Plastikarmbanduhr – ein großes, altes Digitalmodell, wie man es Kindern schenkt.

»Ihr Scheißaasgeier. Verpiss dich!« Sie knallt mir die Tür vor der Nase zu.

Ich rühre mich nicht von der Stelle. Alles, woran ich denken kann, sind ihre grünen Augen und das mattbraune Haar. Wir sind sogar gleich groß. Ihre Haut ist milchweiß und durchscheinend wie meine. Der Teint, mit dem ich groß geworden bin und von dem ich annahm, ich hätte ihn von Elaine geerbt. Aber so ist es nicht. Ich habe denselben Teint wie diese Frau.

Meine Schwester.

Ich klopfe wieder an die Tür. So fest ich kann, hämmere ich mit der flachen Hand gegen das Holz. Es schmerzt bei jedem Schlag in den Innenflächen.

Die Tür fliegt auf. Ihr Gesicht ist wutverzerrt. Ich werde ihr nicht erlauben zu reden, mich anzubrüllen oder gar die Tür wieder zuzuschmeißen. Nein, ich lasse es jetzt raus. Und dann verlässt ein wahrer Redeschwall meinen Mund. Meine Nerven sind betäubt von dem Wunsch, ihr alles zu sagen. Ich erzähle ihr von Elaines Tod, von Henrys Pulsadern, von dem Messer, dem Brief – verfasst auf seinem besten Schreibpapier –, dem vergilbten Zeitungsausschnitt, der an den Kanten schon ganz brüchig war. Ich erzähle ihr alles, und ich höre nicht auf zu reden, nicht mal, als sie einen Schritt zurück in die schummrige Diele macht, die Hand vor den Mund geschlagen und den Kopf vor- und zurückwiegend, wobei ihre Lippen ein stummes *Nein, nein, nein* formen.

Als mir endlich die Worte ausgehen, als ich ihr wirklich alles gesagt habe, halte ich inne und warte, atemlos wie eine ausgepowerte Sportlerin. Ihr Gesicht ist blass, die Augen aufgerissen. Ich suche nach einem Zeichen des Verstehens, der Zustimmung, vielleicht sogar Freude, aber nichts. Sie schaut über ihre Schulter in die Dunkelheit hinter sich, dann wieder in meine Richtung, bevor sie aus dem Haus tritt und die Tür hinter sich schließt. Ein lautes Klicken ist zu hören, als sie ins Schloss fällt.

»Du kannst nicht sie sein«, presst sie hervor. »Sie ist ertrunken. Sie ist tot.«

Dann ein unsicheres Achselzucken.

»Du bist sie? Du bist Morveren?«

Meine Augen füllen sich mit heißen Tränen. »Ich weiß es nicht«, flüstere ich. »Aber ich glaube schon.«

ZWEIUNDZWANZIG

Eine gefühlte Ewigkeit sagt keine von uns ein Wort. Dann schaut sie hinauf in den Regen.

»Du kommst besser rein. Wirst ja klatschnass«, nuschelt sie mit diesem starken kornischen Akzent, an den ich mich allmählich gewöhne.

Um ihren Hals hängt an einer Kordel ein Schlüssel. Sie fummelt damit herum. Ihre Hände zittern so stark, dass sie immer wieder das Schlüsselloch verfehlt. Endlich öffnet sich die Tür, und sie führt mich hinein, wobei sie meinem Blick ausweicht, als ich an ihr vorbeigehe.

Der Flur wirkt schäbig. Es riecht nach Suppe und Mief. Der braune Teppich ist verfilzt und fadenscheinig an den Laufflächen. Ich folge ihr in eine winzige, aber makellose Küche. Es gibt keine Hängeschränke, nur drei Regalbretter, in denen sich Blechdosen und Vorratsgläser mit Teebeuteln, Kaffee und Zucker befinden. In einer Ecke steht eine Grünlilie in einem Plastiktopf. Unter den Regalen befindet sich eine Doppelkochplatte. Nie zuvor habe ich ein kleineres Spülbecken gesehen. Es ist aus Edelstahl, der mit den Jahren dunkel und blind geworden ist, doch es ist blitzsauber, wie alles hier. Gleich neben der Spüle flimmert ein winziger Fernseher; er läuft, doch ohne Ton, und die Schwarz-Weiß-Bilder tanzen still über die Mattscheibe.

Mehr noch als im Flur ist die Luft hier abgestanden und stickig. Zu gern würde ich ein Fenster öffnen, um diesen Ort mit frischer Luft und dem Geruch des fallenden Regens zu erfüllen.

Zu allem Überfluss sind die Vorhänge zugezogen. Ich fühle mich unfassbar eingekerkert in diesem Raum. Ich ziehe nie die Vorhänge zu, nicht mehr und nicht mal mitten im Sommer. Das habe ich nicht mehr getan, seit ich das Alte Pfarrhaus verlassen habe, wo Düsternis und Klaustrophobie und blindwütige Monster, die in der Dunkelheit lauerten und mich bis in meine Träume hinein verfolgten, eine permanente Bedrohung darstellten. Elaine tat mir leid, dass sie eine Gefangene dieses Hauses mit all seinen Schatten und dem unheimlichen Knarzen war, während sie mit ihrer Agoraphobie kämpfte, unter der sie, wie ich vermutete, litt.

Die Frau stützt sich mit beiden Händen auf der Arbeitsplatte ab, und ich beobachte sie.

Was denkst du gerade?

Eine schwarz-weiße Katze mit einem Schlappohr erscheint wie aus dem Nichts und springt hoch, um sich an ihr zu reiben. Sie scheucht das Tier zurück auf den Boden, wo es um ihre Füße herumschleicht. Ich denke an unseren langhaarigen grauen Kater und frage mich kurz, ob er Elaine wohl vermisst.

»Tut mir leid«, sagt sie. »Ich weiß nicht, was ich sagen soll.«

Nun kommt die Katze wieder zu mir, und ich hebe sie vom Boden auf. Ich kraule sie hinter dem Ohr, und sie beginnt zu schnurren, schmiegt ihr Gesicht an meins.

»Der ist aber süß«, sage ich.

»Es ist eine Sie.«

»Wie lange hast du sie schon?«

»Weiß nicht. Ein paar Jahre. Vielleicht länger. Sie tauchte eines Tages hier auf und blieb.«

»Wie heißt sie denn?«

»Sie hat keinen Namen.«

»Wirklich?«

»Ich wusste ja nicht, dass sie für immer bleiben würde.«

»Und dein Name?«

Wieder kneift sie die Augen zusammen, wirkt plötzlich abweisend. »Dawn«, sagt sie ausdruckslos. »Mein Name ist Dawn.«

Es fällt ihr schwer, mir in die Augen zu sehen, sie scheint sich wohler zu fühlen, auf ihre Füße zu starren. Ihre Hand verkrallt sich im Stoff ihres T-Shirts.

Ich reibe mein Kinn am Fell der Katze, dankbar, dass sie die unterkühlte Stimmung ein wenig auflockert. Dieses Schweigen fühlt sich falsch an. Es muss hart für sie sein. Ich kann mir vorstellen, dass in ihrem Kopf gerade Fragen, Zweifel und allerlei verwirrende Gedanken wild durcheinanderwirbeln.

»Möchtest du, dass ich gehe?«, frage ich.

Sie antwortet nicht.

»Ich könnte ein andermal wiederkommen.«

Schweigen.

Ich setze die Katze auf dem Boden ab und mache mich auf den Weg zur Tür.

»Möchtest du ein Glas Saft?«, fragt sie.

Ich drehe mich wieder zu ihr um. Ihr Blick ist noch immer auf den Boden geheftet, die Arme sind verschränkt vor ihrem geisterhaften Körper.

»Also, du könntest ja geradeso gut was trinken, wo du schon mal hier bist.«

Ich habe keinen Durst, aber ich nicke. »Ja, danke.«

Ich ziehe mir einen Stuhl unter dem kleinen Küchentisch hervor und setze mich. Dann sehe ich dabei zu, wie sie in das offene Regal über der Arbeitsplatte greift und zwei Gläser hervorholt, die neben einem ordentlichen Stapel nicht zusammenpassender Teller stehen. Mit den Gläsern geht sie zum Spülbecken. Sie bewegt sich wie in Trance, die Augen starr nach vorn gerichtet.

»Hoffentlich magst du Orangensaft. Mehr hab ich nämlich nicht da.«

»Ja, ich mag Orangensaft.«

Sie nickt, holt eine Flasche mit Fruchtsaftkonzentrat aus dem anderen Regal. Dabei bemerke ich, dass ihre Fingernägel ziemlich abgekaut sind.

Ich wende mich dem Fernseher zu, versuche rauszufinden, was da gerade läuft, aber der fehlende Ton und der winzige Schwarz-Weiß-Bildschirm machen dies unmöglich. Ich schaue kaum fern. Elaine hasste es, und wir hatten nicht mal ein Gerät im Haus. Auch David hasst es. Er behauptet, die Glotze töte Hirnzellen und stumpfe einen ab für anspruchsvollere Dinge wie Kunst, Literatur und Musik. Erst jetzt wird mir klar, dass ich nicht mal weiß, ob ich das Fernsehgucken mag oder nicht. Warum nur habe ich zugelassen, dass sie – Elaine und David – mich in dieser Art und Weise kontrollierten? Das alles erscheint mir mit einem Mal rätselhaft.

Dawn füllt die Gläser mit Leitungswasser auf und reicht mir eines. Dankbar für die Abwechslung nippe ich daran.

»Sag mir noch mal genau, was dir dieser Mann erzählt hat.«

Also berichte ich ihr zum zweiten Mal, was Henry Campbell in seiner makellosen Handschrift auf dem blauen Smythson-Schreibpapier niedergeschrieben hat. Diesmal spreche ich langsam, spare nicht an Details, und wie ich so rede, sehe ich ihn klar und deutlich vor mir, als ob er gleich neben mir säße. Sehe, wie er die Kappe auf seinen Füller schraubt. Wie er ihn nun auf den Schreibtisch zurücklegt, den Umschlag zuklebt, eine Hand voll Ibuprofen-Tabletten mit einem Glas Whisky herunterspült und das schimmernde Messer zur Hand nimmt. Sehe, wie er sich zielsicher an beiden Handgelenken die Pulsadern aufschneidet.

Als ich geendet habe, hebt sie den Kopf und sieht mir zum ersten Mal direkt ins Gesicht. Heiß und schweißnass kribbelt meine Haut, und meine Augen werden feucht. Ich will nicht weinen, aber eine Träne schafft es trotzdem hinaus. Mit dem Handrücken wische ich sie von meinem Gesicht. Ich will auf keinen Fall weinen. Wenn ich erst mal damit anfange, werde ich womöglich nicht mehr aufhören können.

»Ist Alice auch hier?«, frage ich leise, nachdem ich mich wieder einigermaßen im Griff habe.

Dawns Blick geht zur Wand, dann sieht sie mich wieder an. Unmerklich presst sie die Lippen zusammen und nickt.

»Wo ist sie?«

»Auf ihrem Zimmer.« Dawn stellt ihr Glas ab und verlässt die Küche. »Komm ruhig mit«, ruft sie mir aus der Diele zu.

Mein Magen rebelliert fast, als ich ihr folge. Ich habe schreckliche Angst. Und ganz weiche Knie. Ich versuche, einen klaren Kopf zu kriegen, aber es ist mir unmöglich. So viel passiert hier gerade. Es ist irgendwie unwirklich. Was wird sie tun, diese Frau in dem grün-weiß gestreiften Kleid, die einst meinen schmerzenden Arm küsste? Wird sie pflichtschuldig in Tränen ausbrechen? Oder lachen? Wird sie mich umarmen? Werde ich sie wiedererkennen? Ich zähle die Schritte durch den Flur.

Eins, zwei, drei, vier.

Eins, zwei, drei.

Am Ende des Gangs öffnet Dawn eine Tür. Ihre Hand bewegt sich wie durch Wasser, langsam und lautlos.

»Weißt du … es geht ihr … nicht so gut …«

Dawn zögert, bevor sie das Zimmer betritt, als wolle sie noch etwas sagen, doch das tut sie nicht.

Der abgestandene Geruch in diesem Raum, von dem ich annehme, dass er einst das Wohnzimmer war, ist hier noch schlimmer als in der restlichen Wohnung. Die Mottenlöcher in der Häkelgardine lassen ein wenig Licht herein, aber nicht genug.

In einem Sessel sitzt jemand mit dem Gesicht zur Wand. Ich kann ihre Züge nicht erkennen, aber der Hinterkopf sieht wie der einer alten Frau aus mit dem dünnen grauen Haar und den fettigen gelblichen Strähnen darin. Ich gehe weiter in den Raum hinein, damit ich sie genauer ansehen kann. Ihr Gesicht ist noch ausgemergelter als das von Dawn. Die Augen sind umwölkt von dunkelgrauen Schatten, sodass es fast aussieht, als habe sie nur Löcher im Schädel. Die Lippen sind so blass, dass sie kaum von der papiernen Haut zu unterscheiden sind. Sie trägt einen verwaschenen Morgenmantel, der wohl einmal lila gewesen ist, und einen nicht dazu passenden Gürtel, der lose um ihre dürre Taille geschlungen ist. Ihre Hände, eine liegt auf der Lehne des Sessels, sind fleckig, die verdickten Nägel sind leicht verkrümmt. Sie bewegt sich nicht, nicht einmal ein bisschen.

Das kann sie nicht sein. Diese apathische und zerbrechliche Person hat mit der flüchtigen Erinnerung an die Frau am Strand nicht das Geringste gemein. Die hübsche Frau mit dem vollen Haar, die ein grün-weißes Kleid und Riemchensandalen trägt.

»Sie spricht nicht mehr«, durchbricht Dawn die Stille wie ein durchs Fenster geworfener Stein. »Seit Jahren schon nicht mehr. Hat ganz allmählich damit aufgehört.« Dawn schaut mich nicht an, als sie die Decke richtet, die auf den Knien der Frau liegt.

»Sie redet mit niemandem? Starrt immer nur die Wand an?«

»Nicht immer. Am glücklichsten ist sie jedoch, wenn sie es tut. Bevor sie so krank wurde, hat sie viel Zeit damit verbracht, ihre Bilder umzuhängen. Und jetzt schaut sie sie eben gern an.«

Ich schlage die Hand vor den Mund, schüttle den Kopf.

Nein, ich will das nicht.

Es ist alles falsch. Diese Wohnung, diese Leute, dieser

Geruch – das hier ist das Leben völlig anderer Menschen und hat nicht das Geringste mit mir zu tun.

Ich folge dem Blick der Frau zur Wand, an der jeder Zentimeter von einer Sammlung aus Fotos, Postkarten und Zeitungsausschnitten belegt ist. Mein Körper versteift sich. Ich blicke auf die Galerie eines verwirrten Geistes, auf das ferne Wispern einer Frau, die regungslos neben mir sitzt. Meine Haut beginnt zu kribbeln, als liefen unsichtbare Insekten über sie hinweg. Ich kratze über meine Arme und lege sie dann schützend um mich. Ich mache einen Schritt auf die Wand zu, nahe genug, um alles lesen zu können. Die Zeitungsausschnitte behandeln das vermisste Kind, sein Verschwinden, seinen Raub. Wie so vieles in dieser Wohnung sind auch sie fleckig vom Alter. Schockierende Schlagzeilen – einige aus denselben Artikeln, die ich in der British Library gelesen habe – schreien mir von der Wand entgegen: *Kind in Frankreich vermisst – Polizei in großer Sorge um das Mädchen vom Campingplatz – Mädchen aus Cornwall vermutlich ertrunken.*

Die Artikelsammlung ist von Bildern umrahmt. Von Meerjungfrauen, um genau zu sein. Meerjungfrauen in allen möglichen Situationen starren der Frau im Sessel entgegen. Einige sind anmutig und glamourös, keck blitzt ihr Busen unter der goldenen Lockenpracht hervor, während die Wellen ihre silbrigen Schwänze umspülen. Es gibt auch Bilder, die aus Magazinen herausgerissen wurden. Die Anzeige eines Parfümherstellers zum Beispiel, auf der eine Nixe am Strand liegt und sich einen gravierten Glasflakon an die Brust hält, wobei ihre Arme den Busen züchtig bedecken. Die Augen des Models sind geschlossen, und sie scheint an etwas zu denken, in das wir nicht eingeweiht sind; Gedanken, die sie sich freudig erregt am Strand rekeln lassen.

»Sie liebt Meerjungfrauen«, bemerkt Dawn mit brüchiger

Stimme. »Jedes Bild, das sie finden konnte, hat sie aufgehängt. Ich mache das jetzt auch. Wenn ich eins entdecke, kommt es an die Wand.«

Wieder schaue ich die Frau an, die mich – vermutlich – zur Welt gebracht hat, und weiche leicht zurück. Noch immer hege ich die Hoffnung, dass Henry sich geirrt oder gelogen hat, dass keinerlei Verbindung zu diesem Ort, zu diesen Menschen besteht. Ich sehe zu Dawn, aber sie weicht meinem Blick aus, starrt stattdessen auf den großen Stockfleck an der Holzdecke. Ich gehe neben dem Sessel auf die Knie.

»Hallo?«, sage ich. Dawn zieht scharf die Luft ein, aber ich kümmere mich nicht darum. »Hallo?«

Die Frau bewegt leicht den Kopf, richtet ihren Blick auf mich und schaut doch durch mich hindurch, als wäre sie sich meiner Anwesenheit bewusst, obwohl ich unsichtbar für sie bin. Ich schaue auf ihre Hand, präge mir jede Falte und jeden Fleck darauf ein, suche nach irgendetwas, das auch bei mir zu finden ist, etwas, das uns miteinander verbindet.

»Antworte mir«, höre ich mich laut sagen und erschrecke mich gleichzeitig deswegen. »Sag etwas!«

»Verschwinde von hier!«

Es war kaum mehr als ein Zischen.

Mein Kopf ruckt zu Dawn herum. Ihre Brauen sind verärgert zusammengezogen und die Lippen so fest aufeinandergepresst, dass sie kaum mehr sichtbar sind.

»Bitte was?«

»Raus hier.«

»Was soll –«

Dawn schießt auf mich zu, packt meinen Arm und reißt mich in die Höhe. »Was glaubst du eigentlich, wer du bist? Warum tust du das? Kaum zu fassen, dass ich darauf reingefallen bin. Gott, ihr Leute macht mich krank.«

»Was meinst du? Welche *Leute*?«, frage ich. Meine allgegenwärtige Nervosität droht in Panik umzuschlagen, als ich sehe, wie aufgebracht sie ist. »Was hab ich denn getan?«

»Lügen. Nichts als dreckige Lügen. Du bist nicht sie. Sie ist tot! Morveren ist tot. Du bist Abschaum, dass du behauptest, sie zu sein. Und jetzt verschwinde aus meiner Wohnung, aber schnell!«

»Aber –«

»Tauchst einfach hier auf und tischst mir die Geschichte eines toten Mannes und seines Abschiedsbriefs auf und behauptest, du wärest sie. Warum tust du das? Glaubst du nicht, wir haben schon genug durchgemacht? Du Parasit. Und jetzt verschwinde endlich!« Jetzt schreit sie mich mit hochrotem Gesicht und weit aufgerissenen Augen an. »Raus hier! Hau ab! *Raus hier!*«

»Aber ich … sage die Wahrheit. Er … er hat mir diese Adresse hier gegeben. Hat gesagt –«

»Wir haben sie begraben. Es gab 'ne Beerdigung. Meine Schwester ist tot. Verpiss dich endlich, du dumme Schlampe. Es gab 'ne *Beerdigung*. Wir haben sie begraben, hörst du? Und jetzt raus hier!«

Mir fehlen die Worte. Mich ergreift die blanke Furcht angesichts dieser fuchsteufelswilden Frau. Sie erhebt die Hände, schlägt mich auf die Schulter. Ich versuche Luft zu kriegen, aber es ist, als wäre sämtlicher Sauerstoff im Raum verbraucht. Sie schubst mich in den Flur. Und dann weiter, ein harter Stoß gegen meine Brust, und ich falle mit dem Hinterkopf gegen die Eingangstür. Aber sie lässt nicht von mir ab, sie ist wie eine Löwin mit gefletschten Zähnen und zu Pranken verkrümmten Händen. Blind und hektisch suche ich nach der Klinke in meinem Rücken, während ich mich mit der anderen Hand vor ihren Schlägen schütze. Sie trifft mich am Mund, und ich schmecke Blut. Und dann wird ihr Banshee-Gekreisch zu einem entfernten Brummen, während die Zeit plötzlich irgendwie langsamer abzulaufen scheint. Meine Finger tasten verzweifelt die Tür ab, Nägel kratzen über abblätternde Farbe, bis ich endlich die Klinke zu packen kriege. Ich drücke sie, und die Tür geht auf. Wind und Regen klatschen mir ins Gesicht.

Als ich aus dem Haus stolpere, höre ich mit einem Mal Elaine schreien. Die Vergangenheit läuft wie ein Horrorfilm vor meinem inneren Auge ab. Da ist die schattenhafte Gestalt eines Mannes, der sich über mich beugt. Seine Hand greift nach mir. Ich bin starr vor Angst. Dieser Mann ist ein Monster. Er will mich fressen, und nur Elaine kann mich retten. Ich kneife die Augen zu und verberge mein Gesicht an ihrer Schulter. Verbanne das Monster aus meinem Blickfeld, während Elaine schreit und schreit und schreit.

Raus hier! Raus hier! Raus hier!

DREIUNDZWANZIG

Henry Campbell – 22. Mai 1990

Henry Campbell hatte seiner Frau erzählt, er habe an einem Ärztekongress teilzunehmen, der in Bristol stattfände. Und ja, es täte ihm leid, aber er müsse hinfahren, auch wenn er dazu eigentlich keine Lust habe. Die Vertreter der British Medical Association hätten die Konferenz einberufen, um den anwesenden Medizinern die neuesten amtlichen Behandlungsrichtlinien vorzustellen, weshalb seine Anwesenheit zwingend erforderlich sei. Er würde allerdings nicht über Nacht fortbleiben und noch am gleichen Abend wieder zu Hause sein, wenn auch zu später Stunde.

Nachdem er die Tür hinter sich zugezogen hatte, hörte er, wie von innen die altbekannten Verriegelungsmaßnahmen ergriffen wurden – erst der obere, dann der untere Bolzen, danach das Chubbschloss, schließlich die Kette. Er hielt einen Moment inne, während sein Magen sich angesichts der entsetzlichen Situation abermals schmerzhaft zusammenkrampfte.

Wie betäubt fuhr er nach Cornwall, während sein Hirn von quälenden Gedanken malträtiert wurde. Seit Monaten schon stellte er sich die immer gleichen Fragen. *Was in aller Welt hast du getan? Was hast du dir nur dabei gedacht? Bist du jetzt völlig übergeschnappt?*

Neun Monate waren seither ins Land gegangen, und von Tag zu Tag war seine Fassungslosigkeit gewachsen. Er konnte es nicht mal mehr ertragen, mit dem kleinen Mädchen im selben

Raum zu sein. Jedes Mal, wenn es den Mund öffnete, um zu sprechen, zu lachen oder zu weinen, hätte er sich am liebsten die Ohren zugehalten. Es gab Momente, in denen er sich regelrecht körperlich krank fühlte, zum Beispiel, wenn Elaine ihm glücklich berichtete, was sie und die Kleine tagsüber gemacht hatten – Brot gebacken, Setzlinge eingepflanzt, Blätter für ein Klebebild gesammelt …

Jeden Morgen, auf der Fahrt in die Praxis, fragte er sich, ob nun der Tag gekommen war, an dem er zur Polizei gehen und ein Geständnis ablegen würde. Doch das tat er nie. Das konnte er Elaine einfach nicht antun. Es würde sie vernichten, und das konnte er nicht verantworten.

Wieder und wieder schlug er mit der Hand gegen das Lenkrad. »Du bist verachtenswert!«, schrie er aus vollem Hals. »Schwach und verachtenswert!«

Als er in Zennor ankam, einem kleinen Dorf an der südwestlichen Spitze Cornwalls, fiel ihm als Erstes auf, wie viele Menschen in den Straßen unterwegs waren. So viele Kinder, so viele junge Elternpaare, so viele sorgenvolle Gesichter.

Die Suche nach dem kleinen Mädchen namens Morveren Tremayne war zwei Wochen nach ihrem Verschwinden eingestellt worden. Die französische Polizei hatte die Gegend um den Tatort mit Hunden abgesucht, war in Seen getaucht, hatte Keller durchsucht und sich an die Öffentlichkeit gewandt, doch als man ein paar Meilen nördlich des Campingplatzes das Micky-Maus-Nachthemd und den Teddy des Kindes am Strand gefunden hatte, ließ man verlautbaren, dass es wohl ertrunken sei. Und so hielten die Eltern erst jetzt seine Beisetzung ab. Er stellte sich vor, wie sie Wochen zwischen Hoffen und Bangen zugebracht haben mussten. Wie sie darum gebetet hatten, es möge lebend und wohlauf wiedergefunden werden. Um schließlich ihre schlimmsten Befürchtungen erfüllt zu sehen. Ihr Baby würde nicht wieder heimkehren. Ihr Baby war tot.

Das Grauenhafteste, was Eltern je widerfahren konnte, war eingetreten.

Langsam fuhr Henry an der Kirche vorbei. Am Fuß der Treppe standen zwei Männer in billigen, glänzenden Anzügen. Sie begrüßten die Trauergemeinde und händigten den Leuten rosafarbene Zettel aus, auf denen der Ablauf des Gottesdienstes vermerkt war. Ein Polizist lotste den Besucherverkehr zu einem nahe gelegenen Feld, das ein Bauer als Parkplatz zur Verfügung gestellt hatte. Der Beamte hob die Hand, um Henry zum Anhalten zu bewegen, damit eine ältere Frau die Straße überqueren konnte. Henry hatte mal gehört, dass Polizisten mit einem Blick erkennen konnten, ob jemand schuldig war oder nicht. Er hoffte, das stimmte, hoffte, dass der Mann ihm das begangene Verbrechen ansehen und ihn dafür verhaften würde. Er hielt den Atem an.

»Mach schon«, murmelte er. »Nimm mich fest.«

Doch der Polizist lächelte ihm nur verbindlich zu und winkte ihn durch.

Henry parkte seinen Wagen, stellte den Motor ab und saß eine Weile einfach nur da. Er griff nach dem hellblauen Umschlag, der in dem Blumenbouquet steckte, das er gekauft hatte. *An die Eltern von Morveren Tremayne* stand darauf. Unwillkürlich musste er jetzt an die Kleine denken. Wie sie hinter zugezogenen Vorhängen in der Küche saß, verborgen vor den Blicken neugieriger Menschen, die sie vielleicht wiedererkennen und Elaine wegnehmen würden. Dieses Kind, das sie Bella genannt hatten. So voller Vertrauen, so voller Liebe. Und das Einzige auf der Welt, das seine Frau noch interessierte.

Bella zu verlieren würde Elaine umbringen.

Henry begann zu schluchzen. Ungehindert flossen die Tränen über sein Gesicht. Als er endlich aufhörte zu weinen, trocknete er die Augen mit dem Ärmel, setzte sich aufrecht hin und holte tief Luft. Dann schob er den Umschlag in die Tasche seines Sakkos und verließ den Wagen.

Henry Campbell legte das Blumengebinde – ein Bouquet aus Lilien und weißer Lisianthus –, ideal für die Beerdigung eines Kindes, wie ihm die Floristin versichert hatte – zu den anderen, die draußen neben dem Kircheneingang niedergelegt worden waren. Dann schloss er sich den anderen Gästen an, die andachtsvoll die Kirche betraten. Er quetschte sich zu einem freien Platz in der letzten Bankreihe durch. Um ihn herum herrschte gedämpftes Gemurmel. Zwei Frauen in der Bank vor ihm flüsterten vernehmlich miteinander; die eine fragte die andere, ob das Mädchen wirklich ertrunken oder womöglich in die Hände eines ausländischen Pädophilen-Rings gefallen sei.

»Hab gelesen, dass die so was machen, weißt du. Die entführen kleine Kinder und lassen sie dann alle möglichen schrecklichen Dinge tun. Einfach widerlich.«

»Denk nicht so was«, sagte ihre Begleiterin. »Armes kleines Ding. Da wär's schon besser, sie wär ertrunken.«

Plötzlich überkam Henry der übermächtige Wunsch, einfach nach vorn zu gehen und diesen Leuten, deren aufrichtige Anteilnahme schon lange abgeklungen war, ins Gesicht zu schreien: *Ihr gottverdammten Idioten. Warum habt ihr sie nicht gefunden? Weil ihr zu schnell aufgegeben habt. Aber sie lebt. Hättet ihr doch nur weitergesucht. Ich hab sie mitgenommen. Sie ist bei mir zu Hause.*

Aber warum war sie bei ihm zu Hause? Wie war es überhaupt dazu gekommen? Lange hatte er darüber nachgegrübelt. Am Ende machte er die Liebe dafür verantwortlich. Aus Liebe hatte er all das getan. Aus Liebe für Elaine. Triebhaft, stark, überwältigend. Die Menschen stellten die Macht der Liebe bisweilen infrage. Nicht so er. Er wusste nur zu gut, was man aus Liebe alles zu tun vermochte. Verbrechen aus Leidenschaft passierten doch andauernd. Menschen töteten aus Liebe. Und sie stahlen Kinder. Ironischerweise hatte dieser ultimative Liebesbeweis ebendie Liebe zerstört, die er hatte schützen wollen. Er empfand nichts mehr. Nichts als düstere Akzeptanz seiner eigenen unüberwindbaren Schwäche.

Nachdem der Pfarrer die Messe beendet und ihnen noch einmal eingeschärft hatte, sie müssten alle einen Weg finden, an Gottes Wille und Plan zu glauben, wartete die Trauergemeinde, bis Alice und Mark Tremayne die Kirche als Erstes verließen. Es gab keinen Sarg. Henry wusste, dass es so leichter war für die Angehörigen; nichts war aufwühlender als ein kleiner Kindersarg. Mark Tremayne ging vor seiner Frau. Er war ein großer, dunkler Mann mit ungekämmtem schwarzen Haar. Das Gesicht war wettergegerbt und, den wässrigen Augen und der geröteten Haut nach zu urteilen, auch vom Alkohol gezeichnet. Er und Alice gingen nicht Hand in Hand, und er bot ihr auch nicht seine Schulter dar, damit sie sich anlehnen konnte. Als Alice Tremayne an Henry vorbeikam, war ihm, als breche ihm das Herz. Sie war eine zierliche Frau mit dickem braunen Haar, doch ihre zarten Züge waren grau von Trauer und Schmerz. Sie sah niemanden an, als sie durch den Mittelgang schritt; ihr leerer Blick ging stur geradeaus. Menschen berührten zartfühlend ihren Arm, wollten ihr Beileid bekunden, aber sie sah direkt durch sie hindurch, als wären sie gar nicht hier. Sie war das Abbild ihrer Tochter. Des Mädchens, das sie Bella genannt hatten und das nun in ihrem Haus lebte, das keiner ihrer Freunde oder Familienangehörigen, von denen sie sich entfremdet hatten, kannte. Des Mädchens, das Mummy zu seiner Frau sagte. Dann erblickte Henry das Kind. Ein anderes Mädchen. Es hatte die Hand seiner Mutter fest umklammert.

Doch als er in ihre Augen sah, blassgrün – die Farbe von Seeglas –, musste er den Blick abwenden, weil ihm buchstäblich die Galle hochkam.

Das war nicht richtig. Diese Menschen waren gebrochen, und das war seine Schuld. Er schob die Hand in die Tasche, berührte die Ecke des Briefumschlags, während in seinem Kopf alles drunter und drüber ging. Er verließ die Kirche und trat ins Sonnenlicht. Als er an den niedergelegten Blumen vorbeikam, steckte er den Umschlag zwischen die weiße Lisianthus. Dann ging er den Weg zur Straße zurück und ließ die anderen sich um den brandneuen Grabstein aus schimmerndem Marmor versammeln. Den Stein, auf dem Morveren Tremaynes Name eingemeißelt worden war.

Es war vollbracht.

Es war schon fast elf Uhr abends, als er wieder beim Alten Pfarrhaus eintraf. Er stellte den Motor ab und sah zum Haus auf. Elaine spähte durch einen Spalt zwischen den Vorhängen nach draußen. Der Raum hinter ihr war hell erleuchtet. Sie lächelte, hob zur Begrüßung eine Hand, doch er reagierte nicht darauf. Stattdessen verließ er den Wagen und schloss ihn ab. Dann ließ er die Schlüssel in seine Tasche gleiten und ging über den Rasen zu der großen Eiche. An ihrem Fuß legte er sich nieder, eine Wange berührte den Boden. Er zog die Beine an die Brust. In dieser Stellung verharrte er, bis er am nächsten Morgen steif und durchgefroren wieder erwachte. Elaine war in der Küche, als er das Haus durch die Hintertür betrat, aber sie erwähnte den Vorfall mit keinem Wort.

VIERUNDZWANZIG

Ich schaffe es nur wenige Häuser die Straße hinab, bevor ich zusammenbreche. Ich sinke auf die Knie, stütze mich mit den Händen auf dem nassen Asphalt ab. Meine aufgeplatzte Lippe schmerzt, mein Schädel brummt, auch meine Rippen scheinen böse geprellt. Ich will nach Hause. Zurück ins Alte Pfarrhaus. Ich will die hohen Steinmauern, die zugezogenen Vorhänge, die verriegelten Türen. Ich will in Sicherheit sein.

Ich will Elaine.

Ich spüre, dass sie gerade bei mir ist, und es tröstet mich. Sie hat mich hinauf auf mein Zimmer geschickt und mir gesagt, sie wäre gleich bei mir. Als sie kommt, hat sie zwei gebutterte Toastscheiben und eine Tasse heißer Schokolade dabei. Sie späht nach draußen, überprüft, ob das Fenster auch richtig geschlossen ist, und schließt auch die letzte Lücke zwischen den Vorhängen.

»Alles sicher, mein Engel.«

»Wen suchst du denn da draußen, Mummy?«, frage ich, während ich meiner Puppe die kleine Strickjacke anziehe, die Elaine für sie gemacht hat.

»Nichts, Liebes. Alles ist okay. Ich möchte nur ganz sichergehen, mehr nicht.« Elaine setzt sich neben mich, nimmt meine Hand und führt sie an ihre Lippen. »Ich wüsste nicht, was ich täte, sollte dir jemals etwas zustoßen. Mein kostbarer kleiner Schatz.«

Wir haben sie begraben. Es gab 'ne Beerdigung. Meine Schwester ist tot!

Dawns kreischende Stimme verdrängt die Worte von Elaine. Ihre Schwester ist tot, hat sie gesagt. Sie haben sie begraben. Und sie sollte es ja wohl wissen, oder nicht? Wenn Henry also die Wahrheit gesagt hat, müssten in Frankreich zwei Kinder verschwunden sein – eines ertrunken, das andere entführt. Ein unglaublicher Zufall, ja, aber im Bereich des Möglichen. Morveren ist ertrunken, und ich gehöre nicht zu den Leuten in dieser schäbigen Wohnung. Die smaragdfarbenen Augen führen auf eine falsche Fährte. Diese Familie ist Morverens Familie. Meine ist irgendwo anders, wo sie mich traurig vermissen in ihrem weiß getünchten Cottage mit den pinkfarbenen Tapeten und den geduldig wartenden Plüschtieren. Ich straffe mich ein wenig und blicke auf zum Himmel. Dicke fette Regentropfen platschen auf mich herab, laufen über mein Gesicht und durchnässen meine Jeans.

Ich weiß nicht, wie lange ich dort im Regen auf der Straße gekauert habe, jedenfalls lange genug, um in einen weit entlegenen Winkel meines Gedächtnisses abzudriften, als mich jemand an der Schulter berührt. Nur mit Mühe komme ich zurück ins Hier und Jetzt.

Sie ist es.

»Du holst dir ja noch den Tod«, sagt sie leise. Sie greift nach mir. Ich zucke zurück. »Komm jetzt, mach schon, komm wieder rein.«

Sie nimmt meine Hand. Ich will nicht mit ihr gehen und entwinde mich halbherzig ihrem Griff, weiche von ihr zurück, als ich mich wieder aufrapple.

»Bitte.« Sie streckt den Arm aus, lockt mich mit dem Zeigefinger. Noch zögere ich, dann ergreife ich ihre Hand und lasse mich von ihr zurück in die muffige Wohnung, zurück in die Küche mit dem flackernden Fernseher geleiten.

»Du glaubst ihm, oder? Diesem Mann, meine ich.«

Ich zucke die Achseln und zupfe an einem losen Faden an meinem Ärmel herum.

»Du denkst, du bist Morveren?«

»Du hast gesagt, es gab eine Beerdigung«, erwidere ich. »Wie kann ich sie sein, wenn ihr sie begraben habt?«

»Es gab keine Leiche. Sie wurde nie gefunden. Es hieß, sie wäre ertrunken, aber vielleicht haben sie das auch nur behauptet, weil sie keine Lust mehr hatten, nach ihr zu suchen.«

»Ich weiß nur«, sage ich mit möglichst fester Stimme, »dass ich mir selbst das alles auch nicht gewünscht habe. Ich hab nicht darum gebeten und mir auch nichts davon ausgedacht.« Ich kaue auf meiner Unterlippe, damit ich nicht anfange zu weinen. »Ich weiß nur, dass der Mann sich umgebracht hat. Und er schrieb einen Brief, in dem er behauptet, er und seine Frau wären nicht meine richtigen Eltern. Er hat einen Zeitungsartikel beigefügt und diese Adresse hier. Hat geschrieben, dass der Name meiner Mutter Alice Tremayne lautet. Und er hat mich um Verzeihung gebeten.«

Schweigen tritt ein, aber das kümmert mich nicht. Ich könnte bis in alle Ewigkeit schweigen und auch noch glücklich dabei sein. Allein der Gedanke ans Reden erschöpft mich.

»Es gibt eine Narbe.«

Ich sehe sie verständnislos an.

»Meine Schwester hatte eine Narbe am Arm. Rund wie ein Zehn-Pence-Stück.«

Das Herz droht mir aus der Brust zu springen.

»Kann mich aber nicht mehr daran erinnern, an welchem Arm.«

Meine Sicht ist tränenverschleiert, als ich so weit wie möglich den rechten Ärmel meines Oberteils hochschiebe. Dann drehe ich mich, damit sie meinen Arm und die weiße, kreisrunde Narbe darauf sehen kann.

Dawn japst auf, als sie widerstrebend mit dem Finger darüberstreicht.

»Oh mein Gott«, keucht sie.

Die Fassungslosigkeit steht ihr ins Gesicht geschrieben. Sie lässt die Hand sinken und starrt mich an, während ich die Narbe mit dem Ärmel wieder verdecke. Ich frage sie nicht, woher sie davon weiß, weil sich das von selbst erklärt.

Es gab die Narbe schon vor meiner Entführung.

Henry Campbell hat die Wahrheit gesagt.

FÜNFUNDZWANZIG

»Sie hat immer behauptet, du wärst nicht tot. Als sie dich beerdigt haben, hat sie gesagt, so eine Beisetzung wäre dumm, weil du ja nicht tot bist.« Dawn macht einen Schritt zurück und lehnt sich mit dem Rücken gegen die Arbeitsplatte. »Sie hat gemeint, sie fühlt's in ihrem Herzen und dass sie's wüsste, wenn du tot wärst, weil dann auch ein Teil von ihr gestorben wäre. Sie wusste, dass du noch irgendwo da draußen bist.« Dawn hält inne und streicht mit der flachen Hand über die Anrichte.

»Sie hatte recht.«

»Ich kann nicht glauben, dass du es bist«, flüstert sie.

Ich setze mich an den Küchentisch und lege meine Stirn auf die Platte. Ich fühle mich leer und nicht länger imstande zu irgendwelchen Emotionen, als hätte ich eine Art Sättigungsgrad erreicht.

»Haben sie dich schlecht behandelt?«, fragt sie. »Die Leute, die dich mitgenommen haben?«

Langsam hebe ich meinen Kopf. Dann denke ich an sie. An Elaine, wie sie in ihrer Küche herumwerkelt, und an Henry in seinem Arbeitszimmer.

»Nein, haben sie nicht. Aber sie hatten ... Probleme«, sage ich. »Probleme, die nun mehr denn je einen Sinn ergeben. Sie wollte mich immer in ihrer Nähe haben. Verließ nie das Haus, wenn sie nicht unbedingt musste. Er war sehr distanziert. Verbrachte viel Zeit allein. Er war Arzt.«

»Ich *hasse* Ärzte«, sagt Dawn und pult an ihren Fingernägeln herum. »Die reden so viel Mist und mischen sich immer in alles ein. Klugscheißer, das sind sie.« Sie schüttelt den Kopf und schnieft. »Und sie haben dir nie was Schlimmes angetan?«

»Nein.« Ich halte inne. »Nein, sie haben mich geliebt.«

»Dich geliebt?«, entfährt es ihr. »Die haben dich nicht geliebt. Leute, die Kinder entführen ... Das sind Bastarde, und sie haben unser Leben zerstört.«

Wieder verfallen wir in Schweigen und hängen unseren jeweiligen Gedanken nach.

»Erinnerst du dich an irgendwas? Aus der Zeit, als sie dich entführt haben, meine ich. An Frankreich?«, fragt sie nach einer Weile.

»Ich habe versucht, mich an Dinge zu erinnern ... Ich habe verwirrende Träume. In ihnen bin ich allein im Wald und hab schreckliche Angst. Keine Ahnung, ob das aus irgendeiner Erinnerung heraus geschieht, oder ob es einfach nur Träume sind.«

»Und du hast während all dieser Jahre nie Verdacht geschöpft?«

»Sie und ich, wir hatten denselben Hautton.«

»Was ist mit Babyfotos? Sie konnten ja keine von dir haben. Kam dir das nicht seltsam vor?«

Ich will, dass Dawn aufhört, mich auszufragen. Will, dass sie diesen argwöhnischen Gesichtsausdruck abstellt. Ich habe das Gefühl, sie will mich provozieren, auf dass ich früher oder später genervt die Hände hochreiße und zugebe, die ganze Zeit über Bescheid gewusst zu haben.

»Sie sagten, die Fotos wären bei einem Wasserrohrbruch zerstört worden. Sie weinte, als sie mir davon erzählte, sagte, sie vermisse es so sehr, die Bilder anzuschauen.«

Dawn wirft einen Blick auf die Wanduhr und strafft sich. »Es wird Zeit. Ich muss Mum zu essen geben und sie waschen.«

»Wie habe ich mir diese Narbe zugezogen?«

Sie zieht die Brauen zusammen, als schockiere sie diese Frage. »Weiß ich nicht. Schau, ich muss sie jetzt wirklich füttern. Sie braucht die tägliche Routine.«

»Kann ich helfen?«

»Wie du willst.«

Ich bleibe am Tisch sitzen, während Dawn einen Topf auf den Gasbrenner stellt und eine Dosensuppe aus dem Regal holt. Sie öffnet die Konserve, gießt den Inhalt in den Topf, der beim Kontakt mit dem erhitzten Metall zischt und brutzelt. Dann platziert sie eine Tasse Wasser, einen Löffel und eine Rolle Küchenpapier auf einem schäbigen Tablett. Dabei geht sie gleichermaßen mechanisch und präzise vor, darauf achtend, dass der Löffel exakt parallel zur Außenkante des Tabletts liegt.

»Soll ich ...« Ich will »Mum« sagen, doch es fühlt sich falsch an. »Soll ich Alice herbringen?«

»Ich füttere sie in ihrem Sessel.«

»Dawn«, sage ich. Sie dreht sich zu mir um. »Sollte man es ihr nicht sagen?«

»Ja«, erwidert sie. »Natürlich sollte man das. Seit Jahren hat sie nicht mehr gesprochen. Also wundere dich nicht, wenn sie dir nicht antwortet.«

»Wirst du es ihr sagen?«

Dawn nickt. Dann folge ich ihr ins Wohnzimmer.

»Essenszeit, Mum.« Sie zieht sich einen niedrigen Holzstuhl heran, auf dem sie das Tablett absetzt.

Langsam dreht Alice Tremayne den Kopf und blinzelt.

Dawn kniet neben dem Sessel nieder, reißt drei Blätter von der Küchenrolle ab und stopft sie in den Kragen des verschlissenen Morgenmantels. Sie nimmt einen Löffel Suppe, pustet darüber und führt ihn ihrer Mutter an die Lippen. Alice reißt den Mund auf wie ein Vogelküken. Etwas von der dicken orangefarbenen Flüssigkeit tropft auf ihr Kinn. Dawn schabt die

Kleckse mit dem Löffel von ihrer Haut und versucht es erneut. Dabei lächelt sie Alice zu, die ihrerseits unmerklich nickt.

Dawn nimmt einen weiteren Löffel Suppe, pustet. »Mum, hier ist jemand, der dich sehen möchte.«

Alice öffnet ihren Mund. Dawn füttert sie und tupft ihr Gesicht mit dem Küchenpapier ab.

Ich trete vor, sodass ich nun direkt vor dem Sessel stehe.

Da bemerke ich, dass Dawns Augen feucht sind von Tränen. »Es ist Morveren, Mum. Sie ist zurück.«

Ich knie mich neben sie, sodass mein Gesicht ganz nah bei ihrem ist, dann nehme ich ihre Hand. Ich lächle ihr zu, weiß nicht, was ich sagen soll, doch sie wendet den Blick nicht ab von den Meerjungfrauen und Zeitungsausschnitten. Ich sehe zu Dawn auf, die auf ihre Füße starrt.

»Ist schon okay«, sage ich. »Wir haben ja keine Eile.« Dann setze ich mich aufs Bett und sehe zu, wie Dawn ihrer Mutter geduldig Löffel für Löffel die Suppe einflößt, bis die Schüssel leer ist.

»Und jetzt ein schönes Bad, Mum. Das würde dir doch gefallen, oder?«

Alice antwortet nicht.

Dawn hakt ihre Mutter unter und zieht sie auf die Füße. Dann setzt sie sich wie in Trance in Bewegung. Langsam verlassen sie den Raum, und ich folge ihnen den Flur entlang zu einem kleinen Badezimmer. Dawn setzt Alice auf den geschlossenen Toilettendeckel und lässt Wasser in die Wanne. Dann beginnt sie damit, Alice auszuziehen. Ohne ihren Morgenmantel sieht sie eher wie ein Skelett denn wie ein menschliches Wesen aus. Ist dieser verschrumpelte Körper derjenige, der mich zur Welt gebracht hat? Ich betrachte ihre Brüste. Sie sind nicht mehr als leere Hautsäcke, die auf ihren fahlen Oberkörper herabhängen.

»Hat sie mich gestillt?«

Dawn zuckt angesichts der Frage ein wenig zusammen und kräuselt die Stirn, als rieche sie etwas ganz Schlimmes. »Wer weiß.«

Als ich Elaine einmal fragte, ob sie mich gestillt habe, meinte sie ein wenig kryptisch, dass sie dazu »imstande gewesen« ist. Sie hat das Thema dann ziemlich schnell abgebügelt. Ich nahm an, es war ihr peinlich. Elaine sprach nicht gern über Intimes wie Sex, Jungs oder Schamhaar. Sie zog stattdessen vor, so zu tun, als existiere das alles nicht. Doch wie so viele dieser Erinnerungsschnipsel werde ich wohl auch dieses Gespräch neu einordnen müssen. Erst jetzt verstehe ich, warum sie nur ungern über Babyfotos, grüne Augen und das Stillen gesprochen hat.

Wieder hakt Dawn ihre Mutter unter. Dann klappt sie den Klodeckel hoch und lässt Alice auf die Brille herab. Ich höre, wie Urin in die Schüssel plätschert, und wende den Blick ab; ich fühle mich wie ein Spanner. Dawn reißt ein paar Blätter Klopapier von der Rolle und reicht sie ihrer Mutter, die sich damit mechanisch zwischen den Beinen säubert.

»Kannst du kurz beiseitegehen?«, fragt mich Dawn abrupt. »Ich muss sie in die Wanne setzen.«

Dawn stellt den Hahn ab, dann gibt sie eine Kappe voll Badezusatz in die Wanne, der das Wasser kalkweiß färbt.

»Was ist das?«

»Ein Mittel gegen das Wundliegen.«

Dawn hält Alices Hand, während sie, noch immer gefangen in ihrem geistesabwesenden Zustand, in die Wanne steigt. Dann greift sie nach einem kratzig aussehenden Handtuch, das sie vor die Wanne legt, um sich darauf zu knien. Mit einer Tasse schöpft sie Wasser über Alices Körper und seift dann ihre Vorderseite und die knochigen Arme ein. Die Szene erinnert mich an eine römische Sklavin, die ihre Herrin in Eselsmilch badet.

»Hast du Kinder?« Dawns Stimme reißt mich aus meinen Gedanken.

Ich starre sie an, während ich über die Frage sinniere, doch sie ist ganz auf ihre Tätigkeit konzentriert.

»Na ja, du bist doch verheiratet. Da hab ich mich gefragt, ob du vielleicht Kinder hast.«

»Woher weißt du, dass ich verheiratet bin?«

Dawn deutet auf meine linke Hand. Ich senke den Blick und sehe meinen verräterischen goldenen Ring. »Nein«, sage ich, und mein Magen zieht sich zusammen, »wir haben keine Kinder.«

»Wie kommt's?«

»Es hat sich noch nicht ergeben.«

»Wegen deines Jobs?«

»Meines Jobs?«

»Wegen deiner Karriere. Deshalb hat's sich noch nicht ergeben, dachte ich.«

»Sagen wir, ich gehöre nicht zu den Glücklichen.«

»Zu den Glücklichen?«

»Wir versuchen es, aber es wollte bisher noch nicht klappen. Kinder sind ein Geschenk, nicht wahr?« Davids Worte hallen in meinem Kopf wider.

Dawn schiebt die Lippe vor, gießt eine Tasse voll Wasser über Alices Haar und streicht ihr das Rinnsal aus den Augen. »Wieso ist dein Mann nicht mitgekommen?«

»Ich brauchte ein wenig Abstand.«

»Er hat's wohl nicht gut aufgenommen?«

»Ich hab's ihm nicht erzählt.«

In diesem Moment sehe ich, wie sich Alice friedlich vor und zurück wiegt.

»Sie liebt ihre Bäder.« Dawn nimmt einen Waschlappen und fährt damit behutsam über das Gesicht meiner Mutter, danach wäscht sie sie, ohne mit der Wimper zu zucken, zwischen den Beinen. »Ich weiß noch, wie sie mal mit dir zusammen gebadet hat. Damals warst du noch ein Baby. Sie hat gesagt, warmes Wasser wäre gut, um Säuglinge zu beruhigen. Ich hab so wie jetzt neben der Wanne gesessen und zugesehen, wie ihr zwei im Wasser geplanscht habt. Du warst so winzig.«

Wie die Frau so in der Wanne vor und zurück schaukelt, frage ich mich, ob es wohl ihr verlorenes Baby ist, das sie wiegt. Ob sie *mich* in ihren Armen wähnt.

»Ist sie jemals ... normal?«

»Na ja, sie flitzt an guten Tagen nicht durchs Haus auf der Suche nach ihren Joggingschuhen, falls du das meinst.«

Ich senke den Blick.

»Sie ist schon seit Jahren krank. Was du hier siehst, *ist* normal.«

»Was fehlt ihr denn genau?«

»Die Ärzte sagen, ihr Stummsein ist eine Art Psychose, die infolge einer Depression einsetzte. Sie hat sich ganz allmählich immer weiter zurückgezogen, wurde immer schweigsamer. Und dann hat sie eines Tages ganz mit dem Sprechen aufgehört.«

»Warum ist sie nicht im Krankenhaus?«

»Was?«

»Im Krankenhaus. Wäre sie in einer Klinik nicht besser aufgehoben?«

»Nein, wäre sie nicht. Ich will nicht, dass sie auch nur in die Nähe eines solchen Ortes kommt. Sie braucht keinen anderen, der sich um sie kümmert.«

»Aber –«

»Kein Aber. Sie braucht keine Klinik, weil sie mich hat. Okay?« Dawn starrt mich an, ihr Blick ist hart, ja, fast feindselig, und ihre Hand hat sich um den Waschlappen zur Faust geballt. »Sie hat *mich*.«

SECHSUNDZWANZIG

Alice trägt wieder ihren alten Morgenmantel und sitzt im Sessel. Ich habe mich eine Weile zu ihr gesellt, habe nicht geredet, einfach nur alles in mich aufgenommen. Doch schon bald ist mein Kopf voll mit Fragen, und es fällt mir schwer, weiter stillzusitzen.

Dawn ist in der Küche und scheuert den Suppentopf.

Ich gehe zu ihr, nehme wieder am Küchentisch Platz. »Wo ist Mark?«, frage ich. »Kommt er heute später heim?«

Dawn hält in ihrem Tun inne und erstarrt ein, zwei Sekunden lang, bevor sie dem Topf umso härter zu Leibe rückt.

»Dawn?«

Sie taucht den Topf ins Spülwasser, dann wendet sie sich zu mir um. »Er ist fort. Hat uns verlassen … kurz nachdem sie krank wurde.«

»Oh.« Ich hoffe, dass sie etwas ins Detail geht, aber es kommt nichts. »Ich finde, er sollte wissen, dass ich am Leben bin. Weißt du, wie man ihn erreichen kann?«

»Nein, er ist ohne ein Wort abgehauen.«

»Keine Informationen?«

»Nein.«

Ich öffne den Mund, um noch etwas zu sagen, doch sie fährt dazwischen. »Ich rede nicht über ihn.«

Damit dreht sie sich wieder zur Spüle um, holt den Topf aus dem Wasser und fängt an, ihn abzutrocknen. »Tut mir leid«, setzt sie hinzu. »Ich wollte nicht unhöflich sein. Es ist nur … dass ich nicht gern an ihn erinnert werde, das ist alles.«

Sie wischt sich mit der Hand übers Gesicht und fährt fast wütend damit fort, den Topf trocken zu rubbeln, der mittlerweile der trockenste Topf aller Zeiten sein muss. »Das ist alles sehr schwer für mich«, sagt sie. »Ich kriege es irgendwie nicht auf die Reihe. Tut mir leid.«

»Ich hätte euch vielleicht besser erst mal einen Brief geschrieben. Damit ihr euch an den Gedanken gewöhnen könnt.«

»Ich hätte ihn nicht gelesen.«

Kurz muss ich an Henry Campbells Zeilen denken und frage mich, was wohl gewesen wäre, wenn ich sie nie gelesen hätte. Wenn ich seinen Brief stattdessen ungeöffnet an einer Ecke festgehalten hätte, um ihn mit einem angezündeten Streichholz in Brand zu stecken. Ich kann förmlich sehen, wie die Flamme sich durch das Papier frisst, seine ungelesenen Worte verschlingt, bis nichts mehr bleibt als Asche, die durch die Luft getragen wird wie alte Spinnweben. Während ich in stillvergnügter Ahnungslosigkeit weiterlebe.

»Vielleicht solltest du mir von dir erzählen«, sagt sie mit weicher Stimme.

Und so sitzen wir in der kleinen Küche, während ich ihr ein paar grundlegende Informationen über mich gebe. Wo ich lebte, über die Abfolge langhaariger grauer Katzen im Haus, über mein Studium – solche Sachen eben.

»Welche Universität?«

»Surrey.«

»Ich kenne niemanden, der zur Uni gegangen ist«, meint sie. »Du musst ganz schön schlau sein.«

»Ich hab hart dafür gearbeitet.« Doch ich hatte nicht mal an ein Studium gedacht, bis ich eines Tages Henry und Elaine bei einem Gespräch darüber belauschte. Elaine hatte wieder mal rumgeschrien, doch dieses Mal war es anders, weil Henry normalerweise einlenkte, wenn sie wieder einen ihrer Ausfälle hatte. Doch diesmal ist auch er laut geworden. Neugierig legte ich mein Buch beiseite und schlich mich auf den Treppenabsatz, um besser hören zu können.

»Nein und noch mal nein«, zeterte sie. »Ich will nichts mehr davon hören. Sie. Bleibt. *Hier!*«

»Das ist nicht fair, Elaine. Du kannst sie nicht für immer in diesem Haus einschließen. Gib dem Mädchen eine Chance. Sie ist intelligent. Und sie arbeitet fleißig. Ihre Noten sind ausgezeichnet. Sie hat sich ein Universitätsstudium mehr als verdient.«

»Aber was, wenn man sie findet?«

Die Monster, dachte ich damals. *Sie will nicht, dass die Monster mich finden.*

»Dann soll es eben so sein. Aber wenn ich eine Sache im Leben richtig mache, dann ist es das. Sie braucht eine Zukunft.«

»Aber sie *hat* doch eine Zukunft! Hier. Bei *mir!*« Elaines Stimme klang nun fast hysterisch.

»Was für eine verdammte Zukunft soll das sein? Lass sie gehen, Elaine. Um Gottes willen, lass sie frei!« Jetzt schrie er so laut, dass ich zusammenzuckte. Im nächsten Moment knallte die Küchentür, und Elaine begann zu kreischen, als wäre sie nun endgültig übergeschnappt. Leise schlich ich zurück auf mein Zimmer. Mein Magen flatterte vor Aufregung, als ich mir vorstellte, wie es wohl sein würde, meine Sachen zu packen und fortzugehen, an einen völlig neuen Ort.

»Hast du da deinen Mann kennengelernt?«

Ich nicke.

»Wart ihr in derselben Vorlesung?«

»Er war mein Dozent.«

»Dein Lehrer?«

Ich antworte nicht.

»Wie alt ist er denn?«, fragt sie, ohne ihr Entsetzen zu verbergen.

»Sechsundvierzig.«

»Sechsundvierzig!« Der Ausdruck auf ihrem Gesicht ist dem von Elaine nicht unähnlich, als ich ihr zum ersten Mal von David erzählte. Vermutlich dachte sie, er wäre so eine Art Kinderschänder, der wie ein hungriger Wolf im Gebüsch den kleinen Lämmchen auflauert.

»Als wir uns kennenlernten, war er ja noch nicht sechsundvierzig, und er sieht auch jünger aus.«

»Warum hast du ihn geheiratet?«

»Was?«

»Er hat Geld, oder?«

Ich starre sie an. Wie kann sie es wagen, solch eine Aussage zu treffen? Sie kennt ihn ja nicht mal. »Ich hab ihn geliebt. Und ich liebe ihn immer noch.«

»Aber nicht genug, um ihm von diesem Brief zu erzählen.«

Ich öffne den Mund, um etwas zu erwidern, und schließe ihn wieder. Immerhin habe ich es ihm wirklich nicht erzählt. Ich habe es für mich behalten, habe ihn sitzen lassen und mein Handy – und damit auch irgendwie ihn – in einen Mülleimer geschmissen. Und wie ich so an ihn denke, sehne ich mich kein bisschen nach ihm, doch das sollte ich, oder nicht? Am Anfang habe ich ihn gewiss geliebt. Aber alles, an das ich mich momentan erinnere, ist, wie er eine kleine Schachtel aus seiner Jackentasche holte, sie öffnete und mir einen Smaragdring präsentierte.

»Der Stein hat die Farbe deiner Augen«, sagte er. Und dann: »Heirate mich.«

»Ich will nicht darüber sprechen«, sage ich zu Dawn. »Und was ist mit dir? Gehst du arbeiten?«

Dawn bricht in Gelächter aus. »Du meinst, neben der Aufgabe, mich jeden Tag vierundzwanzig Stunden lang um meine hilflose Mutter zu kümmern?« Sie lehnt sich auf ihrem Küchenstuhl zurück und verschränkt die Arme vor der Brust. »Nein, ich gehe nicht arbeiten. Ich mache nur das hier.«

»Ich wollte nicht ... was du leistest ... ist unglaublich. Tut mir leid, wenn es irgendwie ... geringschätzig klang. Es war wirklich –« Ich unterbreche mich, weil ich sehe, dass es sie kein bisschen interessiert, was ich meinte oder nicht meinte. »Weißt du, ich glaube, ich gehe jetzt besser. Wir sind beide ... erschöpft.«

»Kommst du morgen wieder?«, fragt sie.

»Wenn das okay ist?«

Und dann erhebe ich mich und lasse diese Frau, mein Fleisch und Blut und doch eine völlige Fremde, zurück an diesem Tisch. Dieser Ort, diese Menschen sind Teil eines Paralleluniversums, von dem ich nichts wusste und in das ich nichts ahnend hineingestoßen wurde. Ich stecke hier fest. Aber das hier ist kein Märchen. Hier gibt es keine rubinroten Schuhe, keine verzauberten Kleiderschränke, kein Schiff, das mich wieder heimbringt.

Ich sitze hier fest, und es gibt keinen Weg mehr zurück.

SIEBENUNDZWANZIG

Über den Hügel laufe ich wieder hinab ins Zentrum von St. Ives. Als ich an einem noch geöffneten Supermarkt vorbeikomme, beschließe ich, mir etwas zu essen zu holen. Ich entscheide mich für ein Sandwich und eine Tüte Kartoffelchips. Da entdecke ich den Ständer mit den Mobiltelefonen. Ich zögere, dann suche ich mir ein einfaches Prepaid-Handy aus. Als ich mich an der Kasse anstelle, hallt Dawns Stimme in meinem Kopf wider.

Und du hast während all dieser Jahre nie Verdacht geschöpft?

Ich denke an die vielen Türschlösser, die fehlenden Babyfotos, Elaines hysterisches Gebaren, als es einmal an der Tür klopfte ...

»Geh sofort auf dein Zimmer!«, sagte sie damals mit einer Stimme, die mir signalisierte, dass sie es wirklich ernst meint.

Mein Herz klopfte wild, als ich zwei Stufen auf einmal nahm. Aber auf mein Zimmer ging ich nicht. Stattdessen kauerte ich mich oben auf dem Treppenabsatz zusammen und spähte durch das Geländer. Dort sah ich, wie Elaine durch den Spion blickte, mit der einen Hand herumwedelte und die andere an die Stirn presste. Als sie einen Schritt von der Tür zurücktrat, sah ich kurz die Panik in ihrem Blick.

»Henry«, flüsterte sie so düster, dass ich Angst bekam. Sie ging in Richtung seines Arbeitszimmers. Wieder klopfte es laut. Die schwere Tür von Henrys Arbeitszimmer schwang auf. »Es ist die Polizei, Henry. Oh Jesus, die Polizei.«

Henry und Elaine kamen gemeinsam wieder in Sicht. Sie

schlich hinter ihm her, zitternd und leise wimmernd wie ein verletztes Tier. Er fuhr herum und packte sie bei den Schultern, schüttelte sie so heftig, dass ich befürchtete, ihr Kopf könne abfallen. »Um Himmels willen, geh in die Küche«, knurrte er sie an.

Sie blieb wie angewurzelt stehen. Wieder klopfte es nachdrücklich an der Vordertür.

»Elaine, verschwinde jetzt endlich in die gottverdammte Küche!«

Ich hielt den Atem an, umklammerte das Geländer, als Henry die ganzen Riegel löste und die Tür öffnete. Mein Herz pumpte, mir brach kalter Schweiß aus. Auf der Schwelle standen zwei Polizisten. Sie trugen dunkle Uniformen, und ihre Schirmmützen waren so weit herabgezogen, dass ich ihre Gesichter nicht erkennen konnte. Panisch ließ ich das Geländer los, rannte in mein Zimmer, sprang ins Bett und zog mir die Decke über den Kopf.

Etwas später kletterte ich zögernd wieder heraus und spähte wieder von oben in die Eingangshalle. Die Haustür war geschlossen, und es war niemand zu sehen. Elaine und Henry unterhielten sich in der Küche. Ich ging runter, um mich zu ihnen zu gesellen. Elaine stand stocksteif da und hielt ihre Teetasse fest umklammert.

»– den Einbruch im *The Gables*. Ich sage dir doch, dass sie nur wissen wollten, ob wir was gesehen oder gehört haben. Du musst dich zusammenreißen, Elaine. Musst dich –« Er verstummte, als er mich im Türrahmen bemerkte.

Elaine fuhr herum, und sobald sie mich sah, überzog ein breites Lächeln ihr bis eben noch angstverzerrtes Gesicht. »Oh Liebes, was möchtest du denn? Ein Glas Milch vielleicht? Oder Wasser? Wie wär's, wenn wir ein Paket Schokokekse aufmachen? Wie dumm ich doch bin. Jetzt schau doch nicht so ängstlich. Es ist alles in Ordnung. Komm her, mein Kleines. Komm und drück mich mal, ja? Keine Sorge. Es ging bloß um die Monster, die im *The Gables* was gestohlen haben. Hier sind wir sicher. Nimm doch einen Keks.«

Ja, es gab Hinweise. Doch wie hatte ich sie nur übersehen können?

Es ist etwa halb acht, als ich das Hostel erreiche. Das Mädchen mit den lilafarbenen Haaren blättert gelangweilt in einem Magazin, als ich eintrete. Kurz sieht sie auf und murmelt einen Gruß.

Auf meinem Zimmer hänge ich das Handy zum Aufladen ans Netzkabel, lasse mich aufs Bett fallen und packe mein Sandwich aus. Doch schon nach wenigen Bissen werden meine Lider zu schwer, um sie noch offen zu halten.

Ich stehe am Fuß der Treppe, die hinauf auf den Dachboden führt. Ich lausche angestrengt, denn ich bin mir sicher, dass von der anderen Seite der Tür Musik zu vernehmen ist. Es ist eine liebliche, leise klimpernde Melodie, bei der ich mich gleich weniger ängstige. Zögernd mache ich einen weiteren Schritt darauf zu. Warte, lausche. Immer noch höre ich die Musik. Noch einen Schritt, einen Fuß vor den anderen zwinge ich mich hinauf in den Schatten, halte den Atem an, als ich von der Musik angezogen emporsteige. Wenn sie mich auf diesen Stufen erwischt, wird sie wieder losschreien und diesen wahnsinnigen Ausdruck bekommen.

Ich darf nicht hier sein. Es ist gefährlich. Aber ich gehe trotzdem weiter, weil ich die Wärme der Musik durch die geschlossene Tür hindurch spüren kann. Jetzt bin ich oben angekommen. Das Herz hämmert gegen meine Rippen wie ein eingesperrtes Tier. Es ist stockdunkel hier. So dunkel, dass ich meine Hand nicht erkennen kann, die nun langsam nach der Türklinke greift. Der Griff ist kühl und glatt, und als ich ihn berühre, ist mir, als wäre da jemand direkt hinter mir, und wieder packt mich das Grauen. Die Tür quietscht, als sie aufschwingt, und plötzlich bricht die Musik ab. Mir werden die Knie weich. Nicht reingehen! Ich höre eine Stimme aus weiter Ferne rufen.

In dem Raum hinter der Tür befindet sich ein Wald. Bäume, Laub und Moos, so weit das Auge reicht. Sonnenlicht fällt hier und da durch die Zweige, erhellt den Blätterteppich, der den Holzboden bedeckt. Ich sehe nach oben. Es gibt keine Decke. Kein Dach. Nur turmhohe Bäume und darüber der blaue Himmel und darüber zahlreiche Seemöwen, die hoch oben ihre Kreise ziehen.

Doch sind das überhaupt Seemöwen?

Ich kneife die Augen zusammen, um die Vögel besser erkennen zu können, und da denke ich plötzlich, es könnten auch Engel sein. Ich senke wieder den Blick und sehe vor mir eine Gestalt. Als ich mich ihr nähere, erkenne ich, dass es eine Frau ist. Und ich vermute, sie könnte tot sein. Ich beuge mich vor, um zu sehen, ob sie atmet, aber ich kann keine Bewegung und keinen Luftzug an meinem Gesicht ausmachen. Dann öffnet sie langsam die Augen, und ich bekomme einen kleinen Schreck. Sie lächelt, und in diesem Moment erkenne ich sie auf der Stelle und lache ebenfalls voller Freude, weil ich sie gefunden habe. So lange habe ich nach ihr gesucht, und nun, endlich, habe ich sie gefunden. Ich habe meine Schwester wieder.

Ich habe Dawn gefunden.

ACHTUNDZWANZIG

Ich erwache in meinen Straßenkleidern auf der Bettdecke liegend, das halb gegessene Sandwich neben mir. Im ersten Moment bin ich verwirrt. Bis mir wieder einfällt, wo ich bin.

Mein verschwommener Blick geht zum Wecker. Es ist fünf nach acht Uhr morgens. Ich habe über zwölf Stunden geschlafen. Was ich kaum glauben kann. Seit gefühlt Monaten habe ich nicht mehr so tief und fest und ohne Störungen geschlafen. *Wie eine Tote,* hätte Elaine es beschrieben.

Ich wasche mich und ziehe frische Klamotten an, gehe dann zum Café am Hafen, das ich bei meiner Ankunft gesehen habe, um zu frühstücken. Als ich dort eintreffe, wuchtet der Besitzer gerade die Stühle von den Tischen und wischt sie feucht ab.

»Haben Sie schon geöffnet?«

»Nur einen Moment noch, Liebes, bin gleich so weit«, sagt der Mann. Ich bin nicht sonderlich gut darin, Akzente zuzuordnen, aber wenn ich müsste, würde ich seinen irgendwo im Norden verorten – Manchester oder vielleicht auch Liverpool.

Ich gehe über die Straße und lasse mich auf der niedrigen Kaimauer nieder, von der aus man den Hafen überblickt. Es herrscht wieder Ebbe. Der Anblick derselben Boote, die an der Küste gestrandet sind, hat etwas Beruhigendes. Sie scheinen sich sogar in die gleiche Richtung zu neigen wie gestern, wobei sich ihre Farben ein wenig im nassen Sand widerspiegeln, der im Morgenlicht silbrig schimmert. Zwischen ihnen hüpfen Seevögel hin und her und stochern nach Krabben und Würmern im Schlick. Jenseits der Hafenmauer haben ein paar Männer ihre Angeln ausgeworfen und warten auf winzigen Stühlen auf einen Fang.

»Hallo? Miss?«, ruft der Cafébesitzer zu mir herüber. Ich drehe mich zu ihm um, hebe kurz die Hand und klettere von der Mauer.

»Was darf ich Ihnen bringen?«, fragt er mich, als ich mich ihm nähere.

»Einen Kaffee, bitte.«

»Einen einfachen oder was Besonderes? Ich mache ziemlich guten Cappuccino.« Er hebt eine Augenbraue und grinst.

Ich lächle zurück, mag ihn auf der Stelle, was sehr ungewöhnlich für mich ist. »Cappuccino hört sich gut an.«

Er blickt zum Meer hinüber. »Schön heute, oder?«, sagt er. Und dann so etwas wie: *»Holleck ooey.«* Das zumindest kommt bei mir an.

»Bitte was?«

»How. Li. Eck. Hoo hee«, sagt er langsam, wobei er mit dem Mund jedes einzelne Wort übertrieben ausformt. »Das bedeutet ›es ist sonnig‹ auf Kornisch. Ich lerne es gerade.« Wieder hebt er eine Augenbraue und lächelt mir zu.

»Oh«, erwidere ich. »Wusste gar nicht, dass man hier eine eigene Sprache spricht.«

»Aye.« Er nickt bedeutsam. »Das tut man. Ich schnappe hier und da mal einen Brocken auf und lerne erst mal alles rund ums Thema Wetter, aber ich will mich bald auch um Dinge kümmern, die mit Essen zu tun haben.« Er nickt in Richtung des Cafés. »Was ja auch Sinn ergibt, wo ich diesen Laden hier zu führen hab, was? Wie auch immer«, fügt er hinzu, als er sich die lange Schürze hinter dem Rücken zusammenbindet, »jetzt erst mal zu meinem Spezial-Cappuccino. Kommt sofort.«

Ich sehe ihm dabei zu, wie er meinen Kaffee macht beziehungsweise mit äußerster Sorgfalt herstellt. Wie er geschickt die Edelstahlmaschine in Betrieb nimmt, heiße Milch aufschäumt, diese langsam in den Kaffee gießt, sodann eine dicke Schicht Milchschaum darauf verteilt, um das Ganze dann mit frisch geraspelter Cadbury-Schokolade zu krönen.

»Machen Sie hier Urlaub?«, fragt er mich, als er mir die Tasse über die Theke schiebt.

Ich schüttle den Kopf.

»Leben Sie hier? Hab Sie noch nie hier gesehen.«

»Arbeit.«

»Wie lange werden Sie bleiben?«

Ich tauche einen Finger in den Milchschaum, lecke ihn ab, während ich über seine letzte Frage nachdenke. *Wie lange werde ich bleiben?* Das Geld wird nicht ewig reichen, und ich kann auch noch nicht sagen, was ich als Nächstes tun werde. Wie lange dauert es für gewöhnlich, Schwester und Mutter kennenzulernen?

»Ich weiß noch nicht«, antworte ich. »So lange wie nötig.«

»Na ja, in diesem Fall ... Ich heiße Phil.«

»Ich bin ...« Ich zögere einen Moment. »Tori.«

»Okay, Tori, *marplegged*, dich kennenzulernen.« Er grinst, als ich ihn verständnislos ansehe. »*Marpleg*. Das heißt ›erfreut‹. Erfreut, dich kennenzulernen, *marplegged*, dich kennenzulernen. Schätze, grammatikalisch noch ausbaufähig, aber für mich heißt das ›erfreut, dich kennenzulernen‹, bis mich jemand eines Besseren belehrt.«

»Ebenfalls *marplegged*, dich kennenzulernen.«

»Ah, sehr gut, Liebes.«

Ich schütte mir drei Tütchen Zucker in den Kaffee. Dann nehme ich die Tasse mit nach draußen zu einem der silbernen Tische, die auf der schmalen Terrasse vor dem Café stehen.

Ich nehme das neue Handy aus der Tasche und überprüfe die

Uhrzeit. Kurz vor neun. Also hole ich den Zettel hervor, auf den ich im Hostel eine Nummer notiert habe, und wähle.

»Nun, ich muss sagen, ich bin froh, dass Sie endlich anrufen«, sagt die Anwältin in ihrer schneidigen Sprechweise, nachdem ich mich vorgestellt habe und wir die Präliminarien an Höflichkeiten und Beileidsbekundungen hinter uns gebracht haben. »Um ehrlich zu sein, hatte ich damit gerechnet, schon früher von Ihnen zu hören, aber egal, jetzt haben Sie sich ja gemeldet. Wie Sie sich denken können, verwalte ich Dr. Campbells letzten Willen. Das Haupterbe umfasst zwei Immobilien –«

»Zwei? Das muss ein Irrtum sein. Es gibt nur ein Haus. Das Alte Pfarrhaus.«

»Und ein weiteres. In Bristol.«

»Bristol? Ich weiß nichts von einem Haus in Bristol.«

»Verstehe. Nun, ich muss in dieser Sache noch ein paar Recherchen anstellen, aber wie es scheint, gibt es da wohl eine Art Mietverhältnis, wenngleich das aus den Unterlagen nicht ganz so klar hervorgeht. Es gibt keinen Mietvertrag, und das Haus ist auch nicht über einen Makler angeboten worden. Ich werde mich dazu aber noch mal bei Ihnen melden. Das andere, was ein wenig unüblich ist, ist eine Klausel im Letzten Willen Ihres Vaters, die sich auf das Alte Pfarrhaus bezieht, das – und nun zitiere ich – *ich der Person hinterlasse, die ich unter dem Namen Bella Campbell als meine Tochter aufgezogen habe.* Eine sehr ungewöhnliche Formulierung.«

Mir dreht sich der Magen um. Ich schaue mich um, erwarte verrückterweise David zu sehen, der gekommen ist, mich zu holen.

»Er hat … oft … seltsame Dinge gemacht«, sage ich mit schwacher Stimme. »Er war ein sehr ungewöhnlicher Charakter. Ein Sonderling. Das waren sie wohl beide, ja.«

»Das spielt keine Rolle und hat auch keinen Einfluss auf die

Nachlassverwaltung. Sie können mir glauben, ich hab in Testamenten schon die merkwürdigsten Dinge gelesen.«

Als sie mir mitteilt, wie viel das Mädchen namens Bella Campbell geerbt hat, kann ich meine Erschütterung kaum verbergen. Beide Häuser sind eine Menge Geld wert, selbst nach Abzug aller Gebühren, Steuern und anderer Kosten. Dazu kommen eine beachtliche Summe an Bargeld sowie drei Gemälde – von deren Existenz ich kaum Notiz genommen habe –, die für mehr als fünfzehntausend Pfund versichert wurden.

»Es gibt auch einen Treuhandfonds, der aber zu ruhen scheint. Seit Jahren gab es keine Geldbewegungen mehr, aber er läuft auf Ihren Namen und wurde von Dr. Campbell verwaltet. Er enthält knapp zweitausend Pfund. Allerdings gibt es eine Schutzklausel, die ich mir aber noch genauer ansehen muss. Ich denke, es ist kein Problem, diese Klausel aufzuheben und das Geld der Immobilien-Erbmasse zuzuschlagen, aber wie gesagt, ich melde mich bei Ihnen, wenn ich Näheres dazu weiß. Das alles rechtssicher abzuwickeln wird eine Weile dauern«, erklärt sie mir, »aber es war Dr. Campbell wohl daran gelegen, dass Sie sofortigen Zugriff auf Geldmittel erhalten, weshalb er einen weiteren Treuhandfonds eingerichtet hat, der Ihnen eine sofortige monatliche Auszahlung zusichert.« Sie macht eine Pause. Dann: »Er hat über all das sorgfältig Buch geführt, wodurch sich meine Arbeit entschieden vereinfacht, und nachdem nur Sie als Begünstigte genannt sind und vorausgesetzt, niemand ficht das Testament an, sollte alles in bester Ordnung sein.«

Ich weiß, ich sollte Henry dankbar sein für seine Fürsorge und Großzügigkeit, aber ich verspüre im Moment wenig Lust darauf, sein Geld anzurühren. Allein bei der Vorstellung fühle ich mich beschmutzt.

»Brauchen Sie mich für irgendetwas?«, frage ich die Anwältin.

»Nein, solange ich Sie erreichen kann, ist alles okay. Wenn Sie mir eine Weiterleitungsadresse nennen können, an die ich sämtliche schriftliche Unterlagen senden kann, wäre ich Ihnen allerdings dankbar.«

Ich werfe Phil einen Blick zu, der mir fröhlich zulächelt, wende mich dann wieder dem Telefonat zu und gebe der Anwältin die Adresse des Hostels. »Und könnten Sie bitte sämtliche Post an –« Ich zögere. »An Ms. Tori Bradford adressieren? Die Anrede ›Mrs.‹ habe ich nie benutzt, dafür aber den Namen Tori. Ist so eine Sache, die bis in meine Kindheit zurückreicht, ehrlich gesagt.« Ich verziehe das Gesicht, weil ich fürchte, zu viel zu reden. »Und Sie werden niemandem etwas über meinen Verbleib verraten, ja? Selbst nicht Mr. Bradford. Ich versuche gerade, ein wenig Abstand von allem zu kriegen und mit dem –«, wieder zögere ich, »Verlust klarzukommen.«

»Selbstverständlich. Ich unterliege ja der Schweigepflicht«, sagt sie. »Wiewohl Ihr Ehemann sehr beunruhigt ist. Er hat schon mehrere Male hier angerufen.«

»Darf ich wissen, was Sie ihm gesagt haben?«

»Ich sagte, dass ich ihm als Ihre Anwältin keinerlei Auskunft geben kann, auch wenn ich seinerzeit gar keine Informationen hatte, ich Ihnen aber ausrichten werde, dass Sie ihn kontaktieren sollen, sobald Sie sich bei mir gemeldet haben. Er kümmert sich um Dr. Campbells Bestattung, weiß aber nicht, für wann er sie ansetzen soll.« Es schwingt eine gewisse Missbilligung in ihrer Stimme mit, die mir auf die Nerven geht. Sie kennt meine Beweggründe nicht, doch wenn sie Bescheid wüsste, würde sie bestimmt verstehen, dass ich jedes Recht habe, mich eine Weile zurückzuziehen.

»Sagen Sie ihm, er soll die Beisetzung ohne mich abhalten.«

»Wir sind kein Nachrichtendienst –«

»Natürlich nicht. Tut mir leid. Vielleicht könnten Sie es ihm trotzdem ausrichten, wenn er noch mal anruft, ja?«

»Vielleicht sollten Sie es ihm selbst sagen?«

Obwohl sie auch für den Rest des Telefonats professionell bleibt, merke ich doch, dass sie nun weniger von mir zu halten scheint als zu Beginn.

Nach dem Gespräch schaue ich wieder aufs Meer hinaus. Zähflüssige Erinnerungen aus Bellas Leben hüllen mich ein. Ihre Welt besteht noch und dreht sich weiter wie zuvor. Da ist immer noch David, der Dozent, der versucht, seine Frau zu erreichen. Da ist Miss Young, die die Katze ihrer Mutter versorgt. Die Bibliothek, in der Studenten Essays verfassen und Bücher ausleihen und miteinander flirten. Und Jeffrey, der David nach wie vor schrecklich zugetan ist. Ihre Leben gehen weiter, und mir wird leicht schwindlig, auch nur daran zu denken.

Ich bezahle bei Phil den Kaffee und stecke eine Pfundnote in die Dose fürs Trinkgeld, die auf der Theke steht.

»Danke, Liebes. Hab einen schönen Tag.«

Zurück im Hostel frage ich das Mädchen mit den lilafarbenen Haarsträhnen, ob ich das Zimmer für weitere vier Wochen mieten kann.

»Könntest du vielleicht eine Anzahlung von fünfzig Prozent leisten? So machen wir das bei längerfristigen Buchungen immer«, sagt sie.

»Kann ich auch bar bezahlen?«

»Sicher. Ich heiße übrigens Fi. Ich denke, wir sollten unsere Namen kennen, wenn du so lange hier zu Gast sein wirst.«

Mein lieber Schwan, sagt Tori da wie aus dem Nichts zu mir. Das sind schon zwei neue Freunde innerhalb einer Stunde. Bald schon wirst du mich gar nicht mehr brauchen.

Und ich lächle.

NEUNUNDZWANZIG

Dawn öffnet die Tür nur einen Spalt, durch den hindurch sie mich nun anblickt. Ich warte darauf, dass sie einen Schritt zurück macht, um mich einzulassen, aber sie tut nichts dergleichen.

»Hallo«, sage ich und warte einen Moment. Dann: »Alles okay?«

»Könntest du vielleicht später wiederkommen?«

»Später? Aber … gibt's ein Problem?«

Sie zögert. »Nein, kein Problem. Es passt nur gerade nicht gut, das ist alles.«

Ernüchtert sehe ich auf meine Füße. »Aber … Ich …«

Sie seufzt schwer, murmelt etwas vor sich hin, dann öffnet sie die Tür und stampft durch den schummrigen Flur außer Sicht.

Ich rühre mich nicht von der Stelle.

Sie kommt zurück. »Jetzt komm schon rein.«

Widerstrebend betrete ich die Wohnung und gehe in die Küche. Ich weiß, sie will es nicht, aber wo sollte ich denn sonst hingehen.

Dawn steht neben der Spüle. Die Vorhänge sind aufgezogen – eine große Erleichterung –, aber der Fernseher flimmert wie schon gestern stumm vor sich hin. Auf dem Bildschirm sind zwei Frauen zu sehen, die auf einer Couch sitzend gestenreich miteinander plaudern. Das Ganze verleiht dem Raum eine ganz eigene Atmosphäre.

Ich setze mich an den kleinen runden Tisch, verschränke die

Hände vor mir. Unverzüglich springt mir die Katze auf den Schoß und beginnt laut zu schnurren. Ein willkommenes Geräusch in der unbehaglichen Stille. Ich mache Anstalten, das Tier zu streicheln, doch da scheucht Dawn sie auf und jagt sie zur Hintertür hinaus.

»Ich wollte dir ein bisschen mit Alice helfen«, sage ich. »Ich möchte Teil der Familie sein. Möchte dir ein wenig von der Arbeitslast abnehmen.«

Sie stemmt die Hände in die Hüften. »Der *Arbeitslast*?«

»Ich möchte nur helfen.«

»Ich brauche keine Hilfe mit meiner Mutter. Hatte fünfundzwanzig Jahre lang keine, also brauche ich jetzt auch keine, verdammt noch mal.«

Die Katze kratzt an der Hintertür, miaut jämmerlich, und mein Wagemut schwindet. Ich versuche, in Dawns Miene zu lesen. So viel geht da vor hinter dieser erstarrten Fassade. So viele Gedanken, die sie nicht mit mir teilt. Quälende Schatten lauern, den stummen Fernsehbildern gleich, hinter diesen traurigen grünen Augen.

Ich stehe auf, trete auf sie zu und ergreife ihre Hand. »Weißt du«, beginne ich. »Ich hab mir mein ganzes Leben lang eine Schwester gewünscht.«

Sie antwortet nicht sofort. Doch als sie es tut, klingt ihre Stimme leise. »Und ich hab meins damit verbracht, mir zu wünschen, ich hätte nie eine gehabt.«

Ihr Flüstern fegt durch mich hindurch wie ein Buschfeuer.

Ich lasse ihre Hand los, versuche, nicht zu weinen. Konzentriere mich stattdessen auf die Grünlilie in dem Regal hinter ihr, deren fragile Ableger an kraftlosen Trieben herabhängen. Diese Wohnung bräuchte dringend eine Pflanze mit positiverer Ausstrahlung oder, noch besser, eine Vase mit süß duftenden Rosen. Zwar müsste man die alle fünf oder sechs Tage erneuern, doch es würde einen erheblichen Unterschied machen.

Sie bewegt sich, weshalb ich meine Aufmerksamkeit wieder ihr zuwende, dann reibt sie sich über die Arme, als friere sie. »Schau mal, ich –«

»Schon okay.«

Sie macht einen Schritt auf mich zu, aber ich weiche zurück, drehe mich um und gehe auf die Küchentür zu.

»Letzte Nacht habe ich nicht geschlafen«, ruft sie mir nach.

Ich halte inne und drehe mich zu ihr um. Sie sieht mir direkt ins Gesicht. Ihre Arme hängen schlaff herunter.

»Hab versucht, mir ein Bild von dir zu machen. Versucht, etwas dabei zu empfinden. Aber ich war wie leer. Die ganzen Jahre, in denen ich mich gefragt habe, was dir wohl zugestoßen sein mag, ob du wohl zurückkommst oder ob sie recht hatten mit ihrer Vermutung, dass du ertrunken bist. Bis gestern warst du nur ein Geist, eine ferne Erinnerung. Und die Vorstellung von dir war stärker, als du selbst es nun bist, wenn du weißt, was ich meine. Und es ist noch immer so. Ich spreche mit dir, kann dich vor mir sehen, aber es fühlt sich irgendwie nicht real an.«

Eine Welle an Emotionen durchströmt mich, als ich erkenne, wie ähnlich sich unsere Gefühle sind und wie gut sie diesen Zustand in Worte gefasst hat. Morveren, Dawn, die Narbe an meinem Arm, die verstummte Frau, die nebenan vor der Wand mit Fotos und Zeitungsausschnitten sitzt – das alles ist wie eine Halluzination, wie ein Traum, der real genug ist, dass ich den Schmerz spüren kann, aber nicht real genug, um sicher zu sein, dass das alles wirklich geschieht.

»Ich hätte … nicht einfach so … hier aufkreuzen sollen«, sage ich und hasse es, wie meine Stimme dabei bebt. »Einfach so auf der Matte zu stehen … das war nicht fair. Ich habe nicht wirklich darüber nachgedacht. Ich hatte Panik.«

»Was hättest du denn sonst tun sollen?«

Ich erwidere nichts.

»Ich bin aber froh, dass du der Presse nichts davon erzählt hast. Ich bin noch nicht bereit für all das.«

»Wo ist mein Vater, Dawn?«

Ihr Körper spannt sich an. »Ich schwöre, ich weiß es nicht. Die Beziehung zwischen ihm und Mum ging in die Brüche, nachdem du fort warst. Er begann noch mehr zu trinken. Verlor seine Arbeit. Wurde immer aggressiver. Und dann ist er eines Abends einfach gegangen und nie wieder zurückgekehrt.«

»Einfach so?«

Sie nickt knapp.

»Hast du ein Foto von ihm?«

»Ich hab dir doch gesagt, dass ich nicht über ihn reden will.«

»Ich muss aber wissen, wie er aussieht.«

Dawns verhärtete Züge scheinen weich zu werden, als sie sich umdreht und in ihr an die Küche angrenzendes Schlafzimmer geht, das nicht größer ist als eine Abstellkammer. Als sie zurückkommt, hält sie ein Foto in Händen, das sie bewusst nicht anschaut, bevor sie es vor mich auf den Küchentisch legt.

Auf dem Bild sind vier Personen zu erkennen. Der Mann, mein Vater – kommt mir irgendwie bekannt vor. Doch diese Vertrautheit ist mir alles andere als angenehm. Da ist etwas mit ihm, das eine ungute Erinnerung in mir auslöst. Etwas Böses. Unwillkürlich berühre ich die Narbe an meinem Arm. Natürlich könnte es auch eine suggestive Reaktion sein, ausgelöst durch Dawns offensichtlichen Hass auf den Vater. Doch irgendetwas sagt mir, dass es nicht so ist. Dass das Unbehagen schon immer in mir war, in dem unerreichbaren Teil meiner Erinnerungen, die zurückgehen bis in die Zeit vor meiner Entführung. Er ist ein großer Mann mit rundem Gesicht und lockigem, ungekämmtem Haar. Er sitzt in einem Sessel und blickt ernst demjenigen entgegen, der das Foto gemacht hat. Mir ist, als könne er mich jetzt sehen, und ich fühle mich unangenehm gemustert aus seinen stechenden Augen. Zu seinen Füßen sitzt eine junge Frau mit einem Kleinkind auf dem Schoß, auf das sie lächelnd herabblickt. Im Gegensatz zu der grüblerischen Präsenz meines Vaters ist die Liebe, von der diese Frau erfüllt ist, fast mit Händen zu greifen und tropft aus diesem Bild wie Honig. Das kleine Kind, das sie hält, muss ich sein, denn im Hintergrund steht noch ein weiteres Mädchen, das unzweifelhaft Dawn ist. Ich trage ein blaues Kleidchen, darunter ein Rüschenhöschen über einer dicken Windel. Meine kleinen dicklichen Hände wühlen im Haar meiner Mutter. Auch trage ich ein silbernes Taufarmband. Und als ob ich es noch am Handgelenk spüren könnte, bewege ich jetzt meine Finger von der Narbe zu ebendieser Stelle. Alices Schönheit raubt mir den Atem. Wie kann es sich bei ihr um dieselbe Frau handeln, die nun im Nebenraum vor sich hin vegetiert? Ihr Teint ist weich und makellos, und das glänzende braune Haar fällt ihr locker bis auf den Rücken. Und sie trägt ein grün-weiß gestreiftes Kleid.

Hektisch kaue ich auf meiner Unterlippe, aber ich kann die Tränen nicht zurückhalten. Es ist dieses Bild, auf dem ich Teil einer Familie bin, an die ich keine Erinnerung habe. Wir vier, eingeschlossen in diesem Moment. So sehr ich mir auch das Hirn zermartere, ich kann mich an diesen Moment nicht erinnern. Nicht an das Sofa, nicht an das Armband, nicht mal daran, wie sich das weiche Haar meiner Mutter anfühlte.

»Das ist das einzige Bild von ihm, das ich aufgehoben hab«, unterbricht Dawns Stimme meine Gedanken. »Den Rest hab ich verbrannt. Aber mir gefielen Mum und du auf dem Foto.«

»Was war er für ein Mensch?«

Dawn lacht bitter auf. »Der Mann war ein Trinker. Ein gewalttätiger Trinker. Bin froh, dass er weg ist. Mum und mir ging's besser, nachdem er nicht mehr da war.«

Wieder sehe ich das Bild an.

»Am Tag deines Verschwindens hat er mich ins Gesicht geschlagen.«

»Aber warum?«, frage ich entsetzt.

»Er meinte, es wäre meine Schuld gewesen, dass du verschwunden bist.«

»Was?«

»Das ist alles deine Schuld, du kleine Schlampe, hat er gesagt. *Dein. Verdammter. Scheiß. Fehler.«*

»Aber wie kann er denn so was sagen?«

Ihre Augen füllen sich mit Tränen. »Ich hätte an dem Tag auf dich aufpassen sollen.« Sie windet sich förmlich bei dem Gedanken an die damaligen Ereignisse. »Ich habe dich gehen lassen.«

»Aber du warst doch selbst noch ein Kind. Sieben, oder? Es lag doch nicht in deiner Verantwortung. Sie hätten mich nicht mit dir allein lassen sollen.«

Sie antwortet nicht.

»Hör zu, Dawn. Es war niemand schuld außer den Campbells«, sage ich mit fester Stimme. »Verstehst du mich? Sie allein waren dafür verantwortlich. Sie haben mich mitgenommen. Es war nicht dein Fehler.«

»Aber ich hab dich weggehen sehen.« Die Art, wie sie das sagt, so ruhig und so distanziert gleichermaßen, als wäre sie tausend Meilen weit weg, hinterlässt eine merkwürdige Resonanz, einen dissonanten Nachklang in mir. »Ich hab mit angesehen, wie du fortgegangen bist.«

Ich hab dich weggehen sehen.

Ich berühre sie an der Schulter. Mit furchtvoll aufgerissenen

Augen sieht sie mich an, als durchlebe sie gerade den Moment jener Nacht, in der ich entführt worden war. Ich möchte mehr wissen, alles, woran sie sich noch erinnert, doch da werden wir durch ein Klopfen an der Eingangstür unterbrochen, das mich zusammenfahren lässt.

Dawn flucht in sich hinein und trocknet mit dem Ärmel ihre Tränen. Mich beschleicht ein ungutes Gefühl, und ich werde unwillkürlich an Elaine und ihr panikerfülltes Gemurmel erinnert.

Nicht bewegen. Bleib, wo du bist, und sei still, während ich nachsehe, wer das sein kann.

»Du musst gehen«, sagt Dawn jetzt und schiebt mich auf die Küchentür zu.

»Gehen?«

»Ja.«

Wieder klopft es.

»Wer ist das?«

»Niemand, aber du musst jetzt gehen.«

»Ich hab doch aber Alice –«

»Scheiße«, flüstert sie. »Scheiße, Scheiße, Scheiße.«

Die Stimme eines Mannes dringt durch den Briefschlitz der Tür in die Wohnung. »Dawn? Bist du da? Alles in Ordnung?«

»Ja, Moment noch!«, ruft sie zurück. Dann wendet sie sich wieder mir zu und flüstert: »Sieh mal, das ist ein Freund von mir. Wenn er dich hier –« Sie unterbricht sich, und auf ihrem Gesicht spiegelt sich plötzlich so etwas wie Verwundbarkeit wider. »Ich bin noch nicht bereit, jemandem davon zu erzählen.«

»Sag doch einfach, ich wäre eine Freundin.«

»Ich habe keine Freunde.«

»Aber du hast doch ihn. Du hast doch gesagt, er sei ein Freund. Nun, dann bin ich eben eine andere Freundin.«

»Ich hab aber keine anderen Freunde, und das weiß er.« Ihre Hand geht zum Mund; sie beginnt, an ihren Nägeln zu kauen. »Vielleicht sollten wir's ihm sagen?«

»Nein.« Jetzt ist es an mir, panisch zu reagieren. Ich muss an David denken, wie er die Zeitungen aufschlägt und mein ganzseitiges Bild darin entdeckt. Wie er geschockt sofort zur Polizei geht.

»Was sollen wir ihm also sagen?«

»Sag, ich bin Journalistin. Das hab ich ohnehin schon ein paar Leuten erzählt ...«

Sie nickt, doch sie wirkt skeptisch.

»Lass mich einfach reden, dann wird alles gut.« Ich schenke ihr ein Lächeln, von dem ich hoffe, dass es zuversichtlich wirkt.

Sie holt tief Luft, glättet ihr Haar und öffnet die Vordertür.

»Sorry«, höre ich sie sagen. »War auf der Toilette.«

Sie kommt zurück in die Küche und meidet meinen Blick. Der Besucher folgt ihr plaudernd, bis er mich erblickt und abrupt innehält. Die Überraschung auf seinem Gesicht entbehrt nicht einer gewissen Komik.

»Hallo«, sage ich betont locker.

Er schaut Dawn an, die wiederum auf ihre Füße starrt.

»Tori Bradford«, stelle ich mich vor und reiche ihm die Hand.

Er blickt mich leicht verwirrt an, dann fängt er sich wieder, stellt die Taschen, die er auf dem Arm trägt, auf dem Boden ab und schüttelt mir die Hand. »Craig.«

Er ist ein schmächtiger Mann mit halblangem Haar, trägt eine abgewetzte Fahrradjacke und eng anliegende Jeans, die seine mageren Beine noch betonen. Auf seinem Gesicht sind einige ältere Aknenarben zu sehen. Die Fältchen um seine Augen verraten mir, dass er gern lacht. Jetzt hebt er die Tragetaschen wieder vom Boden auf und stellt sie auf den Küchentisch.

»Deine Einkäufe«, sagt er zu Dawn und sieht sie fragend an. Offenbar erwartet er eine Erklärung. Als die nicht erfolgt, dreht er sich zu mir um.

»Ich bin Autorin«, sage ich. »Nun ja, eigentlich Journalistin. Zurzeit arbeite ich an einem Magazinartikel über vermisste Kinder, und ich bin hier, um mit Dawn über ihre Schwester zu sprechen.«

Dawn zieht scharf die Luft ein.

Der Mann nickt langsam. »Bin überrascht, dass sie Sie überhaupt reingelassen hat. Normalerweise jagt sie jeden, der sie drauf anspricht, gleich in die Wüste.« Er lächelt Dawn wohlwollend zu.

»Ich kann beharrlich sein.«

»Das kann ich mir vorstellen.«

»Und Tori Bradford wollte auch gerade gehen.« Dawn schaut mich unmissverständlich an.

»Ja, das stimmt.« Ich schnappe mir meine Handtasche. »Vielen Dank, Dawn. Es war schön, mit dir zu reden.« Ich lächle Craig zu. »Und auch schön, Sie kennengelernt zu haben.«

»Ganz meinerseits. Vielleicht sieht man sich ja mal wieder?«

»Vielleicht.« Ich sehe zu Dawn, doch sie weicht meinem Blick aus. »Ich finde selbst hinaus, Dawn. Nochmals danke.«

Ich gehe durch den Flur und merke, dass Craig mir folgt. Das nervt mich ein wenig, weil ich gehofft hatte, noch schnell bei Alice reinschauen zu können, doch mir will absolut kein plausibler Grund dafür einfallen, warum Tori-die-Journalistin das tun sollte.

»Nehmen Sie's Dawn nicht übel«, sagt Craig, als wir die Haustür erreichen. »Sie meint es nicht so. Hat's sehr schwer gehabt im Leben, müssen Sie wissen. Sie ist ein gutes Mädchen.«

»Ja, sie scheint sehr nett zu sein.«

»Sie würde alles für einen anderen Menschen tun. Haben Sie ihre Mutter schon kennengelernt?«

»Ja«, sage ich. »Hab ich.«

»Dawn ist einfach toll.« Er zögert. »Das Magazin wird sie doch in einem guten Licht darstellen, oder?«

»Bitte?«

»Die Sache, über die Sie schreiben. Über die vermissten Kinder. Wenn Sie da auf Dawn zu sprechen kommen, werden Sie sie nett behandeln, ja?«

»Oh«, sage ich. »Ja, absolut. Aber ihr Fall wird vermutlich nicht groß darin vorkommen, um ehrlich zu sein. Viel hab ich nämlich nicht aus ihr rausbekommen.«

»Wie gesagt, sie hat's sehr schwer gehabt. Der Abend, an dem ihre Schwester verschwand, die Zeit danach, und bis heute …« Craig wird rot und senkt den Kopf.

»Wollen Sie mit mir darüber reden?« Ich habe die Frage kaum gestellt, da fühle ich mich unaufrichtig. Ich sollte nicht versuchen, hinter ihrem Rücken an Informationen zu kommen.

Dankenswerterweise schüttelt Craig den Kopf. »Hab sowieso schon zu viel erzählt. Steht mir ja auch gar nicht zu, überhaupt darüber zu reden. Wenn Dawn darüber sprechen will, wird sie's schon tun.«

DREISSIG

Als ich zum Hostel zurückkehre, lehnt Greg am Empfangstresen der Rezeption, während er mit Fi spricht. Ich trete ein. Er schaut mich an und grinst.

»Hi«, sagt er. »Wie ich hörte, bist du nun Dauermieterin geworden. Vielleicht sollten wir ein Schild für deine Tür besorgen, auf dem *Toris Zimmer* steht.«

Ich werde rot. »Nicht auf Dauer. Ich habe nur für vier –«

»Ich mach nur Spaß. Du bleibst also bis Ende Juli? Das ist gut. Du wirst St. Ives lieben.«

»Ich liebe es jetzt schon.«

»Ich will gleich mit ein paar Freunden im Pub was trinken. Hast du Lust mitzukommen?«

Seine Einladung überrascht mich. Etwas in der Art hat er zwar vorher schon erwähnt, aber ich dachte nicht, dass er es auch ernst meint.

Er lacht. »Du musst nicht, wenn du nicht willst.«

»Ja ... nein ... Es ist nur –« Ich zögere, weiß nicht, was ich sagen soll. Einerseits würde ich gern mitgehen, aber andererseits, und dieser Teil überwiegt, bin ich auch sehr erschöpft, zudem mir der Gedanke, mit völlig Fremden auszugehen, nicht sonderlich behagt. »Ich bin ehrlich gesagt ziemlich müde heute.«

»Kein Thema. Dann eben ein andermal.«

»Ja«, erwidere ich ein wenig zu schnell. »Ein andermal gern.«

»Gut, Donnerstagabend steigt nämlich 'ne Strandparty. Wie

sieht's aus? Bist du dabei?« Er wirft Fi einen Blick zu. »Du kommst doch auch, oder?«

Fi zuckt die Achseln.

»Na ja, ich bin jedenfalls da. Komm doch auch. Es wird lustig werden, das versprech ich dir.«

Sag Ja, wispert mir Toris Stimme zu. *Was ist schon dabei? Wahrscheinlich wird es wirklich Spaß machen!*

Ich druckse herum, dann nicke ich. »Ja, okay.«

»Klasse. Wir werden so gegen sieben auf ein paar Drinks in den Pub gehen und uns danach zum Strand aufmachen.«

»Klingt gut«, lüge ich. Tatsächlich klingt es schrecklich. Ich lächle, dann mache ich Anstalten, den Empfangsraum zu verlassen.

»Hast du von dem Tremayne-Mädchen erfahren, was du wissen wolltest?«, ruft er mir nach.

»Oh.« Ich drehe mich noch mal zu ihm um. »Ja, danke.«

»Hoffentlich bringt's dir eine gute Story.«

Ich zwinge mich zu lächeln.

»Ist sie eigentlich immer noch so abgedreht? Die Schwester, meine ich?«

Plötzlich bin ich wieder zwölf Jahre alt und sitze mit gesenktem Kopf hinten in der Kirche. Elaine hält meine Hand, und wieder drückt sie viel zu fest zu. Ich vernehme ein Kichern und blicke auf. Irgendwo in den Bankreihen jenseits des Mittelgangs sitzen zwei Mädchen, die hinter vorgehaltener Hand miteinander tuscheln. Hitze steigt in meinem Nacken auf, während ich auf das bestickte Kniekissen zu meinen Füßen starre.

»Die ist echt abgedreht«, flüstert das eine Mädchen gut hörbar. »Geht nicht mal zur Schule, weißt du? Wie komisch ist das denn …«

»Die ganze Familie spinnt doch. Sagt jedenfalls meine Mutter«, wispert das andere Mädchen so laut, dass die Frau, die hinter ihr sitzt, ihr auf die Schulter tippt und sie zum Schweigen auffordert.

Das Mädchen schaut die Frau böse an, dann kichern die beiden wieder los. Die ganze Messe über muss ich meine heißen Tränen zurückhalten, bis der Pfarrer mit dem Vaterunser beginnt – unser Signal zum Aufbruch. Geradezu überstürzt verlasse ich den Ort meiner Schmach, schaffe es an jenem Tag sogar noch vor dem »... sondern erlöse uns von dem Bösen« zur Tür.

»Tatsächlich«, sage ich zu Greg, »war sie sehr nett. Und seit dem Verschwinden ihrer Schwester kümmert sie sich ganz allein um ihre Mutter, die sehr, sehr krank ist. Sie ist eine bewundernswerte Frau und kein bisschen abgedreht.«

Doch Greg zuckt nur die Achseln und wendet sich wieder zu Fi um.

EINUNDDREISSIG

Henry Campbell – 30. Oktober 1984

Blut, überall Blut. Sie hatte sich förmlich damit vollgesogen. Es hatte ihr Haar stumpf und den Boden glitschig gemacht. Ihr Nachthemd war durchtränkt – mit dem Blut, das zwischen ihren Beinen hervorgequollen war, und dem aus ihren aufgeschnittenen Pulsadern. Glücklicherweise hatte sie die Schnitte nicht tief genug ausgeführt, sodass diese Blutungen rechtzeitig versiegt waren. Sie würde überleben. Dieses Mal.

Sie hielt noch immer das Messer in Händen, mit dem sie wild herumfuchtelte, während sie schrie und sich an den Haaren riss. In all dem Lamento tauchten auch immer wieder mal Satzfetzen auf, doch die waren größtenteils unverständlich. Er war mitten in einen Horrorfilm hineingestolpert und stand erst einmal viel zu lange nur reglos da – ein überforderter Idiot, der nicht imstande war, seiner Frau zu helfen. Alles, was er tun konnte, war, sie in den Arm zu nehmen und ihre um sich schlagenden Hände niederzuhalten, damit sie sich nicht noch weiter verletzte.

»Elaine, Schluss damit«, bettelte er sie mit bebender Stimme an. »Es ist gut, bitte. Tu dir das nicht an. *Bitte.*«

Sie sah ihn an, dann trat so etwas wie ein vages Erkennen in ihren Blick, und sie ging mit ihren blutüberströmten Händen auf ihn los.

»Warum?«, kreischte sie, als sie auf seine Brust einschlug. »Warum nur sterben sie? Wie kann Er mir das antun? Warum schenkt Er sie mir, nur um sie dann wieder aus mir herauszureißen?«

Henry umschlang ihren Körper noch fester, bis es ihm gelang, ihre Arme an den Seiten zu fixieren. Er sah auf sie herab, wünschte, er könnte ihr das Haar aus dem Gesicht streichen, ihr die blutverschmierten Wangen sauber wischen, auf denen die Tränen helle Streifen hinterlassen hatten.

»Niemand tut dir irgendwas an. Es gibt keine Erklärung dafür. Es … geschieht einfach.«

»Nein«, fauchte sie. »Das ist Gottes Werk. Er nimmt sie mir immer wieder fort.«

Angesichts der Wut und Verzweiflung seiner Frau wandte Henry das Gesicht ab, um seine aufsteigenden Tränen zu verbergen. Nach einer Weile war es ihm möglich, sie wieder anzusehen und ihr freundlich zuzulächeln, bevor er ihr Dinge zuflüsterte, an die er selbst nicht glaubte. »Gott macht Engel aus ihnen, Lainey. Engel, hörst du? Er kümmert sich um jedes einzelne deiner Kinder. Er wollte sie an Seiner Seite haben. Wo sie in Sicherheit sind.«

Ihr Körper entspannte sich ein wenig, und er drehte sie zu sich um, drückte sacht ihren Kopf an seine Brust und wiegte sie.

»Ich kann es nicht«, sagte sie kläglich. »Ich möchte dir so gern ein Kind schenken, aber ich kann es einfach nicht. Ich werde das nicht mehr länger durchstehen können.«

»Ich weiß, Liebes, aber ich brauche doch gar kein Kind. Nicht jetzt und auch in Zukunft nicht.«

»Doch, das tust du. Natürlich tust du das.« Sie sah zu ihm auf. Der Wahnsinn in ihrem Blick war dem Ausdruck eines unschuldigen Kindes gewichen.

Endlich vermochte er sie anzulächeln. Er strich ihr das Haar hinter die Ohren, streichelte über ihre Wange, beugte sich vor und küsste ihre feuchte Stirn. »Nein, Liebes, ich brauche nur dich. Nur dich.«

Ihr Körper hob und senkte sich unter lautlosen, nervenzerfetzenden Schluchzern.

»Es ist vorbei«, sagte er. »Ich verspreche dir, es ist vorbei.«

Die Schuld, die Henry empfand, war grenzenlos. Diesen Abend würde er niemals vergessen. Das Höllenszenario, in das er geraten war, würde ihn auf ewig verfolgen. Dieses Unvermögen, diese Angst, sie zu verlieren. Und in diesem Moment, als er auf dem Badezimmerboden saß und seine blutüberströmte, seelisch zerstörte Frau in den Armen hielt, da schwor er sich, dass das niemals wieder passieren würde. Er war der einzige Mensch auf Erden, der ihr noch helfen konnte, der Einzige, der für sie da war, und er würde bis zu seinem letzten Atemzug dafür sorgen, dass sie sich niemals wieder ein Leid zufügen würde.

ZWEIUNDDREISSIG

Ich bitte Phil, mir meinen Cappuccino in einen To-go-Becher zu füllen, und während er mir meinen Wunsch erfüllt, verkündet er, dass es heute *»dead tesa«* werden würde, was auf Kornisch »heiß« bedeute.

Das könnte stimmen, denn als ich die Straße entlanggehe, spüre ich bereits, wie die Sonne meinen Körper durchwärmt. Ich senke das Gesicht, schließe die Augen und genieße einen Moment lang, wie das Licht hinter meinen geschlossenen Lidern einen orangefarbenen flackernden Tanz aufführt. So seltsam es klingt, aber ich freue mich darauf, Alice wiederzutreffen. Allein der Gedanke daran hebt meine Laune.

Auch Dawn scheint heute erfreuter zu sein, mich zu sehen. Schon nach meinem ersten Klopfen öffnet sie die Tür und lächelt, als sie mich eintreten lässt. Wir setzen uns an den Küchentisch, sie mit einem Glas Wasser, ich mit dem Rest meines Kaffees. Erneut schlage ich ihr vor, ihr mit Alice zur Hand zu gehen. Ich brauche eine Aufgabe, etwas, das mein neues tapferes Leben mit Sinn erfüllt, und ich bin sicher, dass es mir leichter fallen wird, hier Fuß zu fassen, wenn ich mich einbringen kann.

»Wie ich schon sagte, ich brauche wirklich keine Hilfe.«

»Aber ich möchte wirklich gern helfen.«

»Es wird mich mehr Zeit kosten, dir zu erklären, was zu tun ist, als wenn ich's selbst machen würde.«

»Du musst es mir ja nur beim ersten Mal erklären.«

»Die meisten Aufgaben würden dir ganz und gar nicht gefallen. Glaub mir, die machen alles andere als Spaß.«

»Dawn, ich will das nicht zum Spaß tun. Ich will sie besser kennenlernen.«

»Was gibt's da kennenzulernen? Sie sitzt von morgens bis abends in ihrem Sessel.«

Über den Tisch hinweg lege ich meine Hand auf ihre. »Sie ist meine Mutter, und ich möchte mich als ihre Tochter fühlen.«

»Indem man jemanden in die Wanne rein- und wieder rausbugsiert, fühlt man sich noch lange nicht als dessen Tochter.«

»Nein, aber es –«

Ein schrilles Piepen aus Dawns Armbanduhr unterbricht mich. Wortlos und ohne einen verlegenen Blick oder gar ein Wort der Entschuldigung stellt sie den Alarm ab und dreht den Ton am Fernseher auf. Laut scheppernde Musik erfüllt den Raum. Sie dreht ihren Stuhl in Position und schaut wie gebannt auf den Bildschirm.

»Dawn, meinst du nicht –«

»Pssst«, macht sie und hebt einen Finger an die Lippen.

»Aber –«

Sie runzelt die Stirn, beugt sich vor und stellt das Gerät noch lauter.

Verblüfft erhebe ich mich und versuche rauszufinden, was da gerade läuft. Nach dem Vorspann erkenne ich, dass es sich um eine dieser trashigen Talkshows handelt, moderiert von einer Reihe mittelalter Frauen, die gerade Zuschauer und Studiogäste begrüßen. Dawn starrt wie hypnotisiert auf die Mattscheibe und zuckt nicht mal mit der Wimper.

»Ich setze mich ein wenig zu ihr. Zu Alice.« Ich warte, erhalte aber keine Antwort.

Irritiert von Dawns Verhalten gehe ich durch den Flur. Wie kann sie sich von einem Moment auf den anderen und mitten im Gespräch einfach so ausklinken?

Ich öffne vorsichtig die Tür zu Alices Zimmer, um sie nicht

zu erschrecken. Wie erwartet sitzt sie in ihrem verschlissenen Morgenmantel im Sessel und starrt auf die Bildercollage, die ich für meinen Teil mehr als gruselig finde. Als ich eintrete, wendet sie mir den Kopf zu. Ich lächle ihr zu und setze mich aufs Bett, das mit fast militärischer Akkuratesse gemacht ist. Die Ecken des Lakens sind fest um die Matratze gespannt, und es ist keine Falte weit und breit zu sehen.

»Hallo, Alice«, sage ich leise. »Wie geht's dir heute Morgen?«

Ich empfinde den Schmerz all unserer verlorenen Jahre wie eine schwelende Wunde. Ich möchte ihr Gesicht in beide Hände nehmen und ihr sagen, dass ich es bin. Ihr sagen, dass ich zurück bin. Dass ihr Baby wieder zu Hause ist und sie deshalb wieder anfangen kann zu sprechen. Sie könnte wieder genesen. Wir könnten die Scherben unseres zerbrochenen Lebens wieder kitten und endlich die Verbindung herstellen, die man uns so lange vorenthalten hat.

»Weißt du, mein Mann möchte unheimlich gern Kinder«, sage ich. Es ist eine Information, die ich immer mit meiner Mutter hatte teilen wollen. Doch mit Elaine konnte ich nicht darüber reden – sie hasste David. »Schon nach unserem ersten Mal, hat er mir das gesagt. Seit etwa einem Jahr versuchen wir es jetzt, aber es hat noch nicht geklappt. Ich kann kaum noch mit ansehen, wie enttäuscht er Monat für Monat ist, dass ich immer noch nicht schwanger bin. Ich sage ihm dann, dass wir ja noch Zeit haben, dass es irgendwann schon passieren wird, aber er ist so ungeduldig. Er hat darauf bestanden, dass wir eine Reihe von Tests machen. Aber die Ärzte meinten, mit uns beiden sei alles in Ordnung, dass es sich um eine *unspezifische Unfruchtbarkeit* handele, was auch immer das bedeuten mag. Sie empfahlen uns mehr Sex. Aber das ist so ziemlich das Letzte, zu dem ich ihn auffordern will.« Ich seufze und spiele mit einem Faden auf der Bettdecke. »Die Wahrheit ist, dass ich gar nicht weiß, ob ich überhaupt ein Kind will. Ich glaube nämlich nicht, dass ich eine gute Mutter werden würde.«

Ich erhebe mich und strecke den Rücken durch.

»Du solltest wissen, dass ich keine sonderlich beeindruckende Persönlichkeit bin, Alice. Ich kann nichts wirklich gut. Ich bin viel zu schüchtern und kann mich nie zu etwas durchringen. Ich arbeite in einer Bibliothek, und selbst das macht mir nicht besonders viel Spaß. Also bin ich auch nicht sicher, ob ich dich sehr stolz machen würde.« Jetzt schaue ich zu ihr hin, hoffe auf irgendeine Reaktion, doch es liegt nichts außer Passivität in ihrem Blick. Ich schüttle den Kopf. »Doch lass uns nicht mehr davon reden.« Ich schaue mich im Zimmer um, bemerke das Bücherregal an einer der Wände. »Was hältst du davon, wenn ich dir etwas vorlese? Würde dir das gefallen? Mir schon. Ich liebe das Lesen. Geschichten sind der beste Ort, um sich zu verlieren. Besser jedenfalls als diese schreckliche Wand mit den Zeitungsausschnitten.«

Neben den uralten Versandhandel-Katalogen, bei denen sich schon die Ecken hochbiegen, finde ich ein paar Bücher. Ich neige den Kopf, damit ich die Titel lesen kann. Ich entdecke zwei Romane – *Per Anhalter durch die Galaxis* und *Moby Dick* –, bei denen die meisten Seiten fehlen, sowie ein Buch mit kornischen Legenden.

»Perfekt«, sage ich und ziehe die Geschichtensammlung aus dem Regal.

Ich setze mich auf den Boden, lehne mich mit dem Rücken gegen das Bett und strecke die Beine vor mir aus, sodass meine Zehen an den Fuß ihres Stuhls stoßen. Danach überfliege ich das Inhaltsverzeichnis und stoße dabei auf eine Geschichte namens *Die Meerjungfrau von Zennor*. Ich erinnere mich, diesen Namen in den Broschüren in der Kirche gelesen zu haben, die ich an meinem ersten Tag hier besucht habe. Bevor ich dann zu Dawns Haus aufbrach. Und als ich zu der betreffenden Seite blättere, sehe ich es: ein körniges, vergilbtes Foto ebenjener geschnitzten Nixe, die ich auf der alten Kirchenbank entdeckt habe.

Mit einem Blick stelle ich sicher, dass Alice bequem sitzt, dann beginne ich zu lesen:

»Das Dorf Zennor liegt an der wildesten Küste Cornwalls. Die kleinen Häuser stemmen sich gegen den Wind, und die Wellen schlagen unerbittlich gegen den Fuß der Steilklippen. Seit Hunderten von Jahren lebten die Menschen von Zennor am und vom Meer, und so mancher verlor sein Leben in den kalten Fluten. War die See ihnen freundlich gesinnt und kehrten die Fischer wohlbehalten und mit reichlichem Fang zurück, machten sich die Dörfler auf in die Kirche, um für weitere gute Tage zu beten, und der Chor stimmte Lieder der Dankbarkeit an für den gnadenvollen Schöpfer. Auch ein Mann namens Matthew sang in diesem Chor, und er war beschenkt worden mit der Stimme eines Engels. Klar und wohlklingend war sein Gesang und seine Stimme aus den anderen deutlich herauszuhören. Eines Abends nun, als sich die Dorfbewohner wieder einmal in der Kirche zusammengefunden hatten, entstieg eine wunderschöne Meerjungfrau – zur einen Hälfte junges Mädchen, zur anderen Meereswesen mit prächtigem, schillerndgrünem Fischschwanz – den Fluten und setzte sich auf einen Felsen an der Küste. Ihr Name war Morveren –«

Ich unterbreche mich. »Morveren? So heißt sie? Ihr habt mich nach einer Nixe benannt? Ich liebe das! Ich habe sie – also ihr geschnitztes Bild – erst kürzlich in dieser Kirche entdeckt.«

Alice rührt sich nicht.

Bis jetzt habe ich den Namen Morveren gehasst, und ich war mir sicher, mich nie an ihn gewöhnen zu können.

Morveren.

Im Geiste wiederhole ich den Namen einige Male, dann lächle ich. Einst erschien er mir fremd und schwerfällig, doch nun klingt er wie Poesie in meinen Ohren. Wieder lächle ich.

»Ihr Name war Morveren. Sie saß auf dem Felsen, blickte auf ihr Spiegelbild im Wasser und kämmte sich dabei ihr langes Haar. Dann schloss sie die Augen, lauschte dem Wispern des Winds und dem sanften Plätschern der Wellen an diesem Gestade. Doch plötzlich, wie aus dem Nichts, vernahm sie noch ein anderes Geräusch, eines, das sie noch nie zuvor gehört hatte. Ihr Herz schlug schneller. Es war ein Lied, die Stimme eines jungen Mannes. Und der wohl schönste Gesang, der ihr jemals zu Ohren gekommen war.«

Die Legende berichtet weiter, wie aus Matthew und Morveren Liebende wurden. Es begann damit, dass die Meerjungfrau ihm jeden Abend zuhörte und es irgendwann einfach nicht mehr aushielt und herausfinden musste, wer da so schön sang. Während ich lese, tauche ich regelrecht ein in diese Geschichte. Ich kann Matthews glockenklare Stimme hören, die salzige Luft riechen. Das Herz wird mir schwer, als Morveren ihren Vater, den König, darum anfleht, ihr Beine zu schenken, damit sie an Land ihre große Liebe suchen kann. Ich kann den Schmerz förmlich nachfühlen, als ihre nackten Füße zum ersten Mal das harte Ufer betreten, spüre am eigenen Leib, wie tausend feurige Nadelstiche durch mein Bein schießen. Und als sie Matthew zum ersten Mal erblickt, ist es mein eigenes Herz, das einen Satz macht. Ich muss sogar kurz innehalten, um mich wieder zu sammeln, als ich lese, wie die Schönheit seines Gesangs sie so überwältigt, dass sie laut aufseufzt, woraufhin er den Kopf hebt, sie ansieht und sich auf der Stelle in sie verliebt.

»Zu Tode erschrocken, von einem Sterblichen erblickt wor-

den zu sein«, lese ich weiter, *»floh Morveren in Richtung Meer, aber Matthew setzte ihr nach und flehte sie an, nicht wieder in die See zurückzukehren. Aber sie hatte keine andere Wahl. ›Dann werde ich mit dir gehen‹, gelobte Matthew unter Tränen und folgte ihr. Die Dorfbewohner beschworen ihn stehen zu bleiben, doch ihre Rufe ließen ihn nur noch schneller laufen. Er und Morveren stürzten sich gemeinsam in die Fluten, und das Wasser schlug über ihren Köpfen zusammen. Und obwohl man sie nie wiedergesehen hat, konnten die Leute von Zennor von diesem Tage an seinen Gesang hören, der mit dem Wind an die Küste getragen wurde. Und selbst heute noch kann man, wenn man aufmerksam lauscht, hören, wie er von seiner Liebe zu Morveren singt oder die Menschen vor den Gefahren des rauen Meeres warnt.«*

Ich schließe das Buch. »Was für eine wunderschöne Geschichte«, sage ich.

Ich rutsche rüber zu ihr und streiche ihr sacht einige Haarsträhnen aus der Stirn. Leicht schmiegt sie ihren Kopf an meine Hand. Und dann, für den Bruchteil einer Sekunde, scheinen mich ihre Augen direkt anzusehen. Ihr Blick klärt sich, als habe sich der feine Schleier kurz gehoben.

»Alice?«, sage ich. »Mum?«

Ich nehme ihr Gesicht in meine Hände, drehe es langsam in meine Richtung, aber da ist sie schon wieder weggedriftet. Der Moment ist vorüber. Ich beuge mich vor, gebe ihr einen Kuss auf die papierdünne Haut ihrer Stirn. »Ich bin's, Mum. Ich bin zurück«, flüstere ich. »Ich bin zurück, und ich habe dich gesehen.«

»Alles in Ordnung?« Dawn steht in der Tür.

Soll ich es ihr erzählen? Würde sie mir glauben? Würde sie Panik bekommen oder gar sauer werden? Ich beschließe, ihr nichts zu sagen. Es kann gut sein, dass sie auch schon zuvor lichte Momente gehabt hat und Dawn dieses Phänomen wohlbekannt ist. Und selbst wenn nicht, möchte ich vermeiden, dass sie sich falsche Hoffnungen macht.

»Ja, alles ist gut«, erwidere ich und richte mich auf.

»Hunger?«, fragt sie. Ohne eine Antwort abzuwarten, verschwindet sie wieder in der Küche. »Ich setze mal die Suppe auf.«

Mein Blick geht wieder zu Alice, ich bringe mein Gesicht ganz nah an ihres, rieche ihren warmen, säuerlichen Atem. »Ich hab dich gesehen«, flüstere ich wieder.

Langsam ziehe ich mich aus dem Zimmer zurück, wobei ich sie nicht aus den Augen lasse für den Fall, dass noch einmal etwas geschieht.

Dawn kippt gerade den Inhalt einer Dosensuppe in einen Topf, als ich in die Küche zurückkehre. »Erst essen wir, dann füttere ich Mum. Heute gibt's Minestrone. Magst du das?«

Der süßliche Geruch der Fertigsuppe erfüllt die Küche, und einen Teller davon zu essen ist das Letzte, wonach mir jetzt der Sinn steht, aber ich will nicht unhöflich sein. Schweigend tragen wir unsere Schüsselchen an den kleinen Tisch. Ich rühre und stochere ziellos in der Suppe herum, nehme etwas davon auf den Löffel und lasse es gleich darauf wieder in die Schüssel fließen. Mit Adleraugen verfolgt Dawn jede meiner Bewegungen, und mir scheint, sie ist drauf und dran, mir den Löffel aus der Hand zu nehmen und mich wie Alice zu füttern. Ich schaffe es, ein paar kleine Portionen herunterzuschlucken, und als wir fertig sind, räume ich den Tisch ab. Dawn lässt Wasser ins Spülbecken, und ich schnappe mir ein Küchenhandtuch, um abzutrocknen.

»Ich bin sehr einsam aufgewachsen«, erzähle ich, als ich eine der nassen Schüsseln zur Hand nehme.

Sie wischt über die Arbeitsfläche und hält einen Moment in

ihrer Tätigkeit inne. Dann nickt sie und macht weiter. »Ja, ich auch.«

Dawn schüttelt das Tuch aus und hängt es über den Rand der Spüle, dann lächelt sie mich an. »Ich muss dir was zeigen. Komm mal mit.« Sie geht in ihr Schlafzimmer. »Es tut mir leid, dass ich so pampig war, als du ein Foto unseres Vaters sehen wolltest. Ist ja verständlich, dass du mehr über die Familie erfahren willst.«

Ihr Schlafzimmer ist spärlich möbliert. Ich sehe ein Einzelbett mit einem Kissen und einer geblümten Decke – sie ist verblichen und wirkt irgendwie kindlich. Alles ist ordentlich glattgezogen. Daneben steht ein hölzerner Nachttisch mit einem Foto und einer kleinen Schreibtischlampe – eines dieser schwarzen glänzenden Modelle mit gebogenem Hals. Über dem Bett hängt ein Regalbrett, darauf ein paar alte Schulhefte und ein mit einer Kordel verschlossener Schuhkarton, der mit Tipp-Ex-Klecksen, dickem Filzstift, Stickern und Kritzeleien verschönert worden ist. Neben der Kiste steht auch ein Foto. Darauf dieselbe Frau, die ich aus meiner Erinnerung vom Strand kenne. Hier trägt sie Jeans und T-Shirt, aber es ist unverkennbar die Person in dem grün-weißen Kleid. Das Haar ist dicht und üppig, sie hat den Kopf lachend in den Nacken gelegt, und sie hält ein Baby in ihren glatten, leicht gebräunten Armen. Dawn reicht mir das Bild, das auf ihrem Nachttisch steht. Das Foto zeigt ein älteres Paar, das auf leinenbezogenen Klappstühlen sitzt. Seite an Seite sitzen sie untergehakt da. Der Mann hat dichtes weißes Haar, Augen und Nase scheinen mit dem Alter größer geworden zu sein, das Kinn verliert sich in den Falten seines Halses. Die Frau, die sanft lächelt, lehnt sich an ihn und blinzelt dabei in die Sonne, das graue Haar durch eine Windbö in die Höhe geweht.

»Deine Oma und dein Opa. Mums Eltern.«

Mein Herz schlägt schneller, als ich fasziniert ihre Gesichter betrachte. Ich muss daran denken, wie es war, ohne Großeltern aufzuwachsen. Stelle mir vor, wie es wohl ist, freundliche ältere Menschen zu haben, die einen mit Geschenken und bedingungsloser Liebe überhäufen.

»Leben sie in der Nähe?«

»Sie sind beide schon tot«, sagt sie traurig.

»Oh. Verstehe ... Das ist ... aber schade.« Ich versuche meine Enttäuschung zu verbergen. »Sie sehen nett aus.«

»Das waren sie auch«, sagt Dawn. »Ich hab sie mehr als alles geliebt. Sie hatten immer was Gutes zu sagen. Sagten mir, wie glücklich ich mich schätzen könne, sicher und wohlbehalten zu sein, dass ich ihr kleiner Sonnenschein wäre und solche Dinge. Oma hat mich immer geknuddelt und *Was würden wir nur ohne dich machen?* gesagt. Mum und Dad haben so was nie gesagt. Dad hat kaum noch mit mir gesprochen, nachdem du fort warst, und wenn, dann hat er mich nur angebrüllt oder beschimpft.«

»So schlimm war er?«

»Ja«, sagt sie mit zusammengekniffenen Augen. »*So* schlimm war er, Morveren.« Wieder klingt der Name ungewohnt und sperrig in meinen Ohren. »Er war ein Säufer. Ein gewalttätiger, egoistischer Säufer. Er –« Sie schüttelt den Kopf, dann schlägt sie die Hände vors Gesicht. »Tut mir leid«, sagt sie. »Das ist alles so schwer. Es ist ...«

Ich stelle das Bild zurück und lege eine Hand auf ihr Knie.

»Ist schon okay, Dawn. Wir brauchen Zeit, das ist alles. Es ist schwer, aber es wird einfacher werden. Das muss es. Es gibt keinen richtigen oder falschen Weg, damit umzugehen. Das ist ja nun auch keine alltägliche Situation. Wir werden unseren Weg finden, davon bin ich überzeugt.«

Sie nickt, nimmt die Hände vom Gesicht und holt tief Luft.

»Darf ich dich was fragen? Wenn es dich verletzt, musst du nicht antworten.«

Sie sagt nichts, also werte ich das als Zustimmung.

»Als ich das erste Mal hierherkam«, beginne ich, »als ich das erste Mal an diese Tür klopfte und du mir sagtest, ich solle wieder gehen –«

»Es tut mir leid –«

»Nein, ist schon in Ordnung. Es ist nur, na ja …« Ich unterbreche mich für einen Moment. »Du sagtest, man hätte mich beerdigt.«

»Ja«, sagt sie. »Es gab eine Trauerfeier in der Kirche von Zennor. Viele Leute sind gekommen. Und so viele Blumen wurden niedergelegt.« Dawns Stimme bricht. »Seitdem mag ich keine Blumensträuße mehr. Nein, ich *hasse* sie.«

Wie seltsam die Vorstellung, dass Menschen mich betrauert, gesungen und Gebete gesprochen haben, um mich dann zur letzten Ruhe zu betten. Und die ganze Zeit über habe ich nichts ahnend hinter turmhohen roten Mauern allein vor mich hin gespielt.

»Sie wollte diese Beerdigung nie«, sagt Dawn. »Wollte nicht, dass sie aufhören, nach dir zu suchen. Ich weiß noch, wie sie am Morgen der Trauerfeier meinen Vater angebrüllt hat, bis ihr Gesicht blau angelaufen ist. Sie schrie, es wäre falsch, du seist nicht tot und dass sie weiter nach dir suchen sollen.«

Den Rest des Tages verbringe ich bei Dawn, halte mich im Hintergrund, während sie Alice versorgt, beobachte jeden ihrer Handgriffe ganz genau. Ich helfe ihr beim Mittagessen, streichle Alices Hand, während Dawn sie füttert. Während des Bades tritt Dawn ein wenig zur Seite, damit ich mich neben die Wanne knien und sie waschen kann. Ich zögere, doch es ist weder schwierig noch peinlich, ich bin vielmehr überrascht, wie beruhigend diese Tätigkeit ist. Danach trockne ich sie sorgfältig mit dem Handtuch ab, das Dawn mir reicht. Es ist stellenweise schon sehr verschlissen, und ich nehme mir vor, ihr ein paar neue zu besorgen – große, flauschig weiche Handtücher – und vielleicht einige Stücke *Pears Glycerine*-Seife, die so viel besser riecht als das billige pinkfarbene Zeug, das Dawn benutzt.

Nachdem wir Alice für die Nacht fertig gemacht haben, essen wir in der dämmrigen Küche Rührei und setzen uns danach zum Quatschen auf Dawns Bett. Ich will sie fragen, woran sie sich aus der Nacht meines Verschwindens noch erinnert, aber ich weiß nicht, wie ich es anfangen soll, ohne sie vielleicht zu verärgern. Also reden wir stattdessen über das Fernsehprogramm, von dem ich wenig Ahnung habe, über Bücher, von denen Dawn wenig Ahnung hat, und Kino und Sport, wovon wir beide so gut wie keine Ahnung haben. Trotzdem entdecken wir einige Gemeinsamkeiten im Hinblick auf unsere einsame Kindheit. Sie wurde durch Craig gerettet, wie sie sagt, ihren einzigen Freund, und als sie von ihm erzählt, öffnet sie sich mir auf bisher ungewohnte Weise. Ihre Worte werden von einer Zärtlichkeit und Wärme begleitet, die ansteckend ist, und wie ich sie so über ihn reden hören, muss ich unwillkürlich lächeln.

»Ich kann ihm gar nicht dankbar genug sein.«

Jetzt, da Dawn so entspannt scheint, wage ich einen mutigen Vorstoß. »Wie ist Alice so krank geworden?«

»Sie wurde einfach immer stiller. Nach der Beisetzung war der Akku irgendwie leer. Und dann ist eines Abends was mit Dad vorgefallen … es war nicht gut … und sie … hat sich einfach ausgeklinkt …«

»Was haben denn die Ärzte gesagt?«

Dawn verdreht die Augen. »Sie wollten ihr natürlich Medikamente verordnen – Beruhigungsmittel, Antidepressiva und so weiter, aber Großmutter war dagegen. Sie meinte, Mum hätte jedes Recht der Welt, um ihre Tochter zu trauern, und bräuchte keine Pillen, sondern Zeit. Sie war der Ansicht, Medikamente würden alles nur noch schlimmer machen, würden sie in eine lebende Tote verwandeln, was aus heutiger Sicht natürlich ironisch erscheint.« Dawn schüttelt den Kopf. »Oma hat sich geirrt, aber ich weiß, sie hatte nur das Beste für ihre Tochter im Sinn. Ich glaube nicht, dass sie auch nur ahnte, wie ...«, sie zögert, »wie angegriffen Mums Psyche wirklich war.«

Gemeinsam schlafen wir auf ihrem schmalen Bett ein. Sie vor mir. Ich lausche ihrem Atem und versuche meinen mit ihrem in Einklang zu bringen, bis ich schließlich ebenfalls einschlummere.

Elaine sitzt in dem Sessel aus ihrem Schlafzimmer. Man hat ihn in die Küche des Alten Pfarrhauses geschafft. Es ist kalt und feucht hier, und von irgendwo dringen Laute an mein Ohr, vielleicht von oben, vielleicht von draußen. Es sind die Rufe des Mannes, der hinter mir her ist. Doch ich fühle mich sicher hier, weil ich in einem kleinen Vogelkäfig neben Elaine sitze. Sie füttert mich durch die Stäbe hindurch mit Getreidekörnern. Rund um ihren Mund kleben Reste orangefarbener Suppe, das Zahnfleisch hat sich zurückgezogen und blutet. Als die Schüssel mit dem Getreide leer ist, lächelt sie zufrieden und bedeckt dann den Käfig mit dem Sofaüberwurf. Plötzlich ist es um mich herum so dunkel, dass Panik in mir aufsteigt. Ich versuche zu rufen, aber mein Mund ist zugenäht. Ich fühle eine Hand auf meiner Schulter und schrecke zusammen. Ich befürchte, es ist dieser Mann. Der Mann ohne Gesicht, der im Türdurchgang steht. Doch dann wird es ein wenig heller um mich, und im dämmrigen Licht sehe ich, dass die Hand zu Tori gehört. Tori sieht genauso aus wie am Anfang, mit ihrem lockigen blonden Haar und den glänzenden braunen Augen. Sie trägt ein weißes Nachthemd und Pantoffeln. Als ich sie sehe, lächle ich, und dabei lösen sich meine zusammengenähten Lippen. Ich sage ihr, dass ich Hilfe brauche, aber sie antwortet nicht. Beobachtet mich nur schweigend und ohne auch nur zu blinzeln.

Ich schrecke aus dem Schlaf hoch. Meine Haut ist schweißnass, meine Hände umklammern das Laken. Ich taste nach Dawn, aber das Bett neben mir ist leer. Ich erhebe mich, suche nach ihr und finde sie schließlich schlafend in der Badewanne. Sie hat die Hände unterm Kopf verschränkt und sich mit dem feuchten Handtuch, mit dem wir Alice abgetrocknet haben, zugedeckt. Ich gehe in die Küche, wo mir der omnipräsente Geruch von Dosensuppe entgegenschlägt, und frage mich, ob ich das alles wirklich will. Wie ich so dastehe, erwäge ich die Möglichkeit, einfach von hier zu verschwinden. Um nie wiederzukommen. Ich könnte fortgehen und Tori sein an einem Ort, an dem niemand mein altes Ich kennt. Würde mir ein neues Leben aufbauen, vielleicht als Floristin oder in einem Reisebüro arbeiten. Könnte mir eine so profane Vergangenheit zulegen, dass niemand auch nur auf die Idee käme, Fragen zu stellen. Ich setze mich an den Küchentisch, strecke die Arme vor mir aus, stelle mir vor, wie Dawn erwacht und feststellt, dass ich nicht mehr da bin. Dass sie mich schon wieder verloren hat. Wie sie zu allem Überfluss dann auch noch mit dieser Zurückweisung klarkommen müsste.

Ich muss wieder eingeschlafen sein, denn das Nächste, an das ich mich erinnere, ist, wie die Katze miauend an der Hintertür kratzt, während draußen das erste Licht des Tages durch die Wolken bricht. Mein Körper fühlt sich taub an, weil ich in einer höchst unbequemen Position über die Tischplatte gebeugt daliege. Ich setze mich auf, bewege meine steife Schulter und werfe einen Blick auf die Wanduhr. Viertel vor fünf. Wieder miaut die Katze leise, und ich öffne die Hintertür. Das Tier ohne Namen trottet in die Küche, schnurrt und reibt sich an meinen Beinen. Also gebe ich ihm zu fressen, und da kommt mir wieder Elaines langhaarige graue Katze in den Sinn. Ich muss Miss Young anrufen, um zu fragen, ob alles okay ist. Ich streichle die Katze, die das gar nicht kümmert, weil sie zu sehr mit ihrem Frühstück beschäftigt ist. Dann spähe ich ins Badezimmer. Unbequem zusammengekauert liegt Dawn noch immer in der Wanne und schnarcht leise. Ich bin unschlüssig, ob ich sie wecken und ins Bett schicken soll, wo es doch viel behaglicher ist. Ich entscheide mich dagegen, hole stattdessen die Bettdecke aus ihrem Kämmerchen und decke sie vorsichtig damit zu. Dann gehe ich durch den Flur zu Alices Zimmer. Die Stille ist erdrückend, als läge die Wohnung unter einer luftdichten Glocke. Ich greife nach der Tür, berühre mit den Fingerspitzen die Klinke, doch ich öffne sie nicht. Meine Hand fällt kraftlos herab. Stattdessen nehme ich meine Jacke vom Haken und verlasse die Wohnung.

DREIUNDDREISSIG

Schon am Tonfall erkenne ich, dass meine Anwältin mir etwas Wichtiges mitzuteilen hat.

»Die Situation mit der zweiten Immobilie Ihrer Eltern ist geklärt. Sie ist nicht vermietet, aber es sind regelmäßig Gas- und Stromrechnungen angefallen, die Ihr Vater stets beglichen hat. Der Energieversorger hat mich jedoch wissen lassen, dass sich die Gebühren hierfür im Rahmen der Verbrauchskosten für eine Zweitwohnung beliefen – vielleicht aufgrund gelegentlicher Aufenthalte dort – und keinesfalls auf eine dauerhafte Nutzung hindeuten. Ihr Vater unterhielt außerdem ein Sparkonto, auf das bis zu seinem Tod mittels eines Dauerauftrags von seinem Girokonto wöchentlich zweihundert Pfund eingezahlt wurden. Die einzige Kontobewegung bestand in der allwöchentlichen Abhebung ebendieser Summe, also zweihundert Pfund, von einem Geldautomaten in Bristol. Einige Tage vor seinem Tod hat Dr. Campbell die Lastschrift widerrufen. Von alldem hat Ihr Vater in seinem Testament nichts erwähnt. Es fällt nun also Ihnen zu, zu entscheiden, ob das Haus verkauft werden oder wie weiter mit ihm verfahren werden soll. Sie könnten uns damit beauftragen, die Immobilie in Ihrem Auftrag zu veräußern. Aber vielleicht möchten Sie sich das Haus ja auch erst mal ansehen, bevor Sie eine Entscheidung treffen?«

Ich antworte nicht sofort. Die Versuchung, die Kanzlei mit dem Verkauf zu betrauen, ist groß, aber etwas in mir sagt mir, dass ich mir das Gebäude erst mal anschauen sollte. Henry Campbell hatte ein Haus, von dem niemand etwas wusste, und es scheint mir sehr wahrscheinlich, dass ich dort auf Hinweise nach dem Wie und Warum stoßen könnte. Natürlich hege ich auch die Befürchtung, dass man dort eine Verbindung zu dem entdecken könnte, was damals in Frankreich geschah, und dass dann alles herauskommen könnte. Die Lage in St. Ives ist schon heikel genug, da braucht niemand von uns noch weitere Einschläge von außen, die alles nur noch schlimmer machen.

»Ich würde das Haus erst einmal in Augenschein nehmen wollen«, sage ich so sachlich wie irgend möglich.

»Gut, ich schicke Ihnen die Schlüssel und die Adresse per Einschreiben.« Es folgt eine Pause, und ich höre Papiergeraschel im Hintergrund. Vermutlich blättert sie durch ihre Notizen. »Morgen sollte alles bei Ihnen eintreffen. Gibt es unter der Adresse, die Sie mir nannten, jemanden, der die Sendung entgegennehmen könnte?«

»Ja«, sage ich. »Wissen Sie, das Haus könnte eventuell von einem Verwandten genutzt worden sein. Meine Eltern ... nun, sie hatten sich schon lange von ihren Familien entfremdet, und ich habe keine Ahnung, wo ihre Angehörigen wohnen. Ich weiß nur, dass Henry einen Bruder hat, und ich denke, dass auch seine Mutter noch lebt.«

»Das wäre durchaus möglich«, sagt sie. »Viel Glück, und halten Sie mich auf dem Laufenden. Falls Sie Ihre Meinung ändern sollten, könnte ich jemanden mit der Wahrnehmung Ihrer Interessen beauftragen.«

Verwirrter denn je gehe ich nach St. Ives zurück. Ich stelle mir vor, wie Henry ab und an in dem Haus in Bristol abtauchte, versuche mich zu erinnern, wie oft und wie lange er von zu Hause fort war. Ob er eine Geliebte hatte? War Bristol sein Zufluchtsort vor dem Alten Pfarrhaus und Elaine und dem, was sie getan hatten? Das wäre mehr als nachvollziehbar. Dieses Haus mag die Antwort sein. Vielleicht enthält es Hinweise – irgendetwas –, die erklären können, was passiert ist. Und warum.

Ich gehe zum äußersten Punkt der Mole. Zu meiner einen Seite ist flaches Wasser, zur anderen der wütende Ozean, der mit jeder Welle, die gegen die mächtige Hafenmauer kracht, mein Gesicht mit einem feinen Nebel benetzt. Ich schließe leicht die Augen und lausche der Meerjungfrau.

Ich bin mir sicher, sie hören zu können.

Wie sie zu mir singt, wie ihre Stimme emporsteigt aus den Tiefen der See.

»Morveren«, flüstere ich. »Ich kann dich hören.«

Ich sehe sie und Matthew am Grund des Meeres, wie sie dort miteinander leben, sich lieben und einander anbeten. Glücklich lächelt sie, wenn er ihren runden Bauch liebkost, seine Finger über ihre Haut streichen, er ihren Nacken küsst. So gern würde ich hinabtauchen in die wogenden Fluten, um sie zu suchen, um Teil ihrer geheimen Welt unter den sich rhythmisch brechenden Wellen zu werden.

Als Dawn die Tür öffnet, schaut sie mich eindringlich an und schüttelt den Kopf. Gleichzeitig macht sie mit der Hand eine wedelnde Bewegung die Straße hinab.

»Was ist los?«

Sie bedeutet mir, ruhig zu sein, und zeigt wieder auf die Straße.

»Was ist passiert?«, flüstere ich. Doch als Craigs Gesicht im dunklen Flur hinter ihr auftaucht, begreife ich.

»Oh, hi«, sage ich so gelöst wie möglich.

Mit durchdringendem Blick starrt Dawn mich an.

»Hallo«, erwidert er. »Können wir Ihnen helfen?« Er legt Dawn eine Hand auf die Schulter, die sie aber abschüttelt.

»Ich … hab mich nur gefragt … nun …«

Warum bin ich hier? Zum Teufel, denk nach! Der Artikel … wegen irgendetwas im Zusammenhang mit dem Artikel.

»Na ja, ob ich … vielleicht ein Foto machen könnte. Für das Magazin.«

Dawn entspannt sich sichtlich und lächelt dünn.

»Dawn, was hältst du davon?«, fragt Craig.

Noch immer schweigt sie, also schüttle ich unmerklich den Kopf, damit sie versteht, dass sie diesen Vorschlag unbedingt ablehnen muss.

»Na ja, wenn du das für deinen Artikel brauchst …«

Verdammt, sie hat das Signal nicht verstanden.

»Gut«, sage ich daher so frohgemut wie möglich. »Allerdings habe ich meine Kamera gerade nicht dabei … Ich muss also noch mal wiederkommen. Mit der Kamera.«

Craig runzelt die Stirn. »Sie sind ohne Kamera hergekommen, um Fotos zu machen?«

Ich lächle ihm zu. »Tja, ich war schon fast vor dem Haus, da fiel mir auf, dass ich sie vergessen hab. Also dachte ich, ich frag erst mal um Erlaubnis, und wenn Dawn zustimmt, dann … na ja, dann kann ich ja noch mal wiederkommen.« Mein Mund ist trocken geworden. »Ich bin manchmal so was von vergesslich …«

»Sie können die Kamera meines Handys benutzen«, sagt er. »Die ist ziemlich gut.«

»Oh … Okay. Ja, das wäre ja toll.«

Craig tippt Dawn auf die Schulter. »Würdest du das Handy mal holen, Dawny? Es muss in der Innentasche meiner Jacke sein.«

Etwas vor sich hin murmelnd und offenbar erleichtert, die Szenerie verlassen zu dürfen, entschwindet Dawn in den Flur.

Craig schaut sich über die Schulter, dann, als sie außer Hörweite ist, richtet er seinen Blick auf mich. »Sie sind es, oder?«

Mein Herz macht einen Satz.

»Sie sind Dawns Schwester. Sie sind Morveren.«

»Nein! Nein, ich bin –« Mir bleiben die Worte im Halse stecken. »Ich bin Tori. Ich bin … Journalistin … aus London. Ich –«

Seine Miene wandelt sich zu einem freundlichen Lächeln. »Ja, gewiss«, sagt er mit sanfter Stimme. »Keine Ahnung, warum ich das gesagt hab. Wunschdenken vielleicht. Sie haben dieselben Augen wie Dawn, womöglich deshalb. Gibt nicht viele, die so schöne Augen haben. Mein Fehler.«

Ich will lachen und ihm sagen *Macht doch nichts*, dass unsere Augen wirklich große Ähnlichkeit haben, und so was ausrufen wie *Ist das nicht ein Zufall?*, aber ich kann es nicht. Ich bekomme kein Wort heraus. Kann nur den Möwen hoch oben am Himmel lauschen, die laut über meine Lächerlichkeit kichern.

Dawn kommt mit dem Handy zurück, das sie Craig gibt.

»Um ehrlich zu sein«, murmele ich, »muss ich jetzt schon wieder gehen … Hab nämlich noch … einen Termin.«

»Warum so eilig?«, sagt Craig. »Wo Sie doch schon mal den ganzen Weg heraufgekommen sind … Warum kommen Sie nicht erst mal rein? Ich setze den Kessel auf, Sie können ein Bild von Dawn machen, und dann können Sie ja immer noch gehen. Fünfzehn Minuten werden schon nichts ausmachen, oder? Ich kann Ihnen das Foto mailen. Oder sogar im Drogeriemarkt ausdrucken lassen. Die haben da so 'ne Maschine, die ich schon immer mal ausprobieren wollte.«

Craig bedeutet mir einzutreten. Ich schaue zu Dawn, die nur mit den Schultern zuckt.

Wie betäubt folge ich ihnen hinein, bedrängt von dem untrüglichen Gefühl, dass meine Geschichte eines Tages herauskommen wird und ich dann nicht in der Lage sein werde, damit umzugehen. Als wir am Tisch Platz nehmen, wirkt Craig locker und gelöst, schaut mich weder misstrauisch noch irgendwie wissend an. Ich sehe, wie er mit Dawn plaudert, wie er wie zufällig ihre Hand berührt, als sie ihm den Teller mit den Keksen anbietet. Zwischen ihnen besteht eine Verbindung. Intensiv schauen sie sich in die Augen, wenn sie miteinander sprechen. Ihre Blicke suchen einander. Ich fühle mich wie ein Eindringling und beneide Dawn gleichzeitig darum, wie er sich ihr gegenüber verhält und welchen Eindruck das auf sie macht. Ihre Anspannung hat nachgelassen und einer herzerwärmenden Unbeschwertheit Platz gemacht. Er fragt sie nach ihrer Meinung. Legt ihr keine Worte in den Mund. Lässt sie sie selbst sein. Erst jetzt wird mir klar, wie kontrollierend sich David verhält. Hätte er mich doch nur ab und an mal gefragt, was ich will oder wie es mir geht.

Dawn und ich lauschen der Geschichte, die Craig zum Besten gibt. Es geht um eine Kundin, die er gestern im Supermarkt gesehen hat.

»Sie war total auf Krawall gebürstet«, sagt er. »Stürmte mit einer Dose Bohnen in den Laden und verlangte den Geschäftsführer zu sprechen. Na ja ...« Er lacht, und Dawn und ich müssen unwillkürlich grinsen. »Der Typ kam und sah aus wie ein Zwölfjähriger in seinem viel zu großen Anzug, und jedes Mal, wenn er was sagen wollte, hat sie ihn unterbrochen. Mit offenem Mund stand er also da und versuchte vergeblich, auch mal zu Wort zu kommen.« Jetzt macht Craig den Mann nach und ringt mit frustriert zuckenden Armen und sich wortlos öffnendem und wieder schließendem Mund nach Worten.

Dawn lacht. Es ist ein kindliches Glucksen, so unbeschwert wie ein hochfliegender Seevogel, und wieder springt mich das Gefühl von Neid an.

»Da steht sie also und schreit diesen Idioten an. *Da sind Würstchen in den Bohnen! Ich. Bin. Wirklich. Außer. Mir. Ich meine, ein Haar oder eine Raupe oder der Finger eines leichtsinnigen Fabrikarbeiters, okay. Aber ... Würstchen? Ich meine, ist das Ihr verdammter ERNST?* Spricht's, dreht die Dose auf den Kopf und kippt die Bohnen auf den Boden.« Wieder lacht Dawn auf. Craig fährt fort: »Dieser idiotische Filialleiter weist sie darauf hin, dass auf dem Etikett *Gebackene Bohnen mit Würstchen* stehe und dass sie die Dinger wohl versehentlich gegriffen habe. Sie schaut aufs Etikett. Schnauft laut. Und verschwindet ohne ein weiteres Wort aus dem Laden, während wir anderen sprachlos dastehen, bis ...« Er tippt Dawn aufs Knie und bedeutet ihr, sich ein wenig näher zu ihm hinüberzubeugen. »Und das ist jetzt das Beste an der Story. Bis also dieses kleine Kind, nicht älter als drei, hinter dem Rücken seiner Mutter hervorkommt, sich die Würstchen aus der Pampe am Boden herausfischt und sie sich in den Mund stopft!«

»Nein!«, ruft Dawn aus. Sie schüttelt den Kopf, und die ersten Lachtränen sammeln sich in ihren Augen, während ihre Wangen vor Freude rot glühen.

»Wohlgemerkt, Würstchen in gebackenen Bohnen. Unfassbar.« Jetzt bricht auch Craig in Gelächter aus.

Dawn steht auf, und ich sehe, wie sie ihn dabei leicht an der Schulter berührt.

Ich entschuldige mich und gehe ins Bad. Dort verschließe ich die Tür, klatsche mir Wasser ins Gesicht und presse das Handtuch gegen meine Haut. Die Intimität zwischen den beiden versetzt mir jedes Mal einen Stich. Es ist etwas, das ich nie hatte. Ich fühle mich leer und plötzlich einsamer, als ich es je zuvor im Leben war – einsamer als in meiner Zeit als vereinsamtes Einzelkind hinter den Mauern und verrammelten Türen meines ehemaligen Zuhauses.

Als ich zurück in die Küche komme, steht Dawn an der Spüle. Craig steht nah bei ihr, doch sie weichen voneinander wie ungezogene Kinder, als sie merken, dass ich wieder da bin.

»Ich gehe jetzt besser«, sagt Craig. »Ich werde –« Er wird durch einen lauten Knall und einen Schrei von Dawn unterbrochen. Sie hat einen Teller fallen lassen. Überall liegt zerbrochenes Porzellan.

»Tut mir leid«, sagt sie. »Ist mir aus der Hand gerutscht.«

Eindringlich sieht sie Craig an. Der flüstert ihr wortlos etwas zu, dann sieht er mich an und lächelt plötzlich selbstbewusst vor sich hin. Dawn bückt sich und pflückt die Scherben vom Boden.

»Er ist sehr liebenswert«, sage ich, nachdem Craig gegangen ist.

»Ja.«

»Und ihr seid schon lange zusammen?«

Sie wird rot. »Was? Nein! So ist es nicht.«

»Ich dachte, du und –«

Der Alarm ihrer Armbanduhr unterbricht mich. Sie stellt ihren Stuhl in Position, dreht die Lautstärke an dem flackernden TV-Gerät auf und wartet auf den Beginn ihres Klatschmagazins. Ich will mit ihr über Craig reden, von Schwester zu Schwester, sie fragen, wie sie sich kennengelernt haben, aber sie bringt mich wieder mit erhobener Hand zum Schweigen und beugt sich gespannt nach vorn.

Ich hasse diesen blöden Fernseher.

Wie schon zuvor gehe ich wieder in Alices Zimmer, küsse ihre Stirn und nehme das Geschichtenbuch zur Hand. »Ich lese dir heute eine andere Geschichte vor.«

Eine Stunde später dringt aus der Küche die Musik des Abspanns an meine Ohren. Abrupt wird der Ton daraufhin stumm gestellt. Kurz darauf höre ich Schritte im Flur, dann erscheint Dawn in der Tür.

»Schon wieder Lesestunde?«

»Uns macht es Spaß.«

Dawn wirft Alice, die reglos dasitzt, einen Blick zu. »Ich bezweifle, dass sie überhaupt weiß, dass du da bist. Aber solange es dir Spaß macht …«

Unvollendet hängt der Satz im Raum, aber ich gehe nicht darauf ein.

»Kann ich dich um einen Gefallen bitten?« Dawn geht zum Bett und streicht die Decke glatt, tilgt jeden Beweis dafür, dass ich dort gesessen habe.

»Natürlich.«

»Meinst du, du könntest Mum am Freitag ein paar Stunden beaufsichtigen? Ganz allein? Normalerweise lasse ich sie nicht allein. Gelegentlich kommt Craig, um auf sie achtzugeben, damit ich Geld holen und andere wichtige Dinge erledigen kann, aber ich lasse sie nie länger als eine Stunde allein. Diesmal muss ich allerdings etwas länger fort. Meinst du, du kriegst das hin?«

»Du kannst dir so viel Zeit nehmen, wie du willst.«

»Nur ein paar Stunden.«

»Bleib ruhig länger, kein Problem für mich. Geh ein bisschen am Strand spazieren oder was auch immer.«

Ein schwaches Lächeln erscheint auf ihrem Gesicht, gefolgt von einem wehmütigen Ausdruck. »Ich weiß nicht, wann ich das letzte Mal am Strand war.« Dann, wie um sich zu rechtfertigen, fügt sie hinzu: »Ich lasse sie nur wenn absolut nötig allein. Aber …« Sie unterbricht sich, doch das schmale Lächeln ist noch immer da. »Aber wenn's dir nichts ausmacht, würde ich mich gern mal wieder daran erinnern, wie sich der Sand zwischen meinen Zehen anfühlt.« Sie nickt. »Ja, das wäre toll.

Darauf freue ich mich schon. Aber bist du sicher, dass du das schaffst?«

»Wir machen das schon, keine Sorge. Tatsächlich habe ich auch was Dringendes zu erledigen. Ich werde also morgen nicht hier sein können.«

»Oh?«

»Ich muss was im Zusammenhang mit Henry Campbells Testament klären.«

»Dieser Bastard. Wie schaffst du es nur, seinen Namen noch auszusprechen? Sie hätten beide ins Gefängnis wandern sollen. Es ist so ungerecht, dass sie damit durchgekommen sind.«

Eine jähe Erinnerung an Henry und Elaine überfällt mich. Sein Körper, darunter die Blutlache. Sein leerer Blick, der ins Nichts geht. Sie, wie sie sämtliche Türen doppelt und dreifach sichert, hundert Mal am Tag hinter jeden Vorhang schaut, ihre Haut mit den Fingernägeln malträtiert, bis Blut kommt.

»Sie sind keineswegs damit durchgekommen«, sage ich. »Sie mussten jeden einzelnen Tag damit leben.«

VIERUNDDREISSIG

»Und wie ist das Wetter heute?«, frage ich Phil, als ich meinen Kaffee entgegennehme.

»Drok newl«, sagt er mit einem ernsten Nicken.

Ich rühre Zucker in den Becher und denke nach. »Klingt nicht gut.«

Phil grinst. »Nebel«, erklärt er. »Befürchte, wir kriegen Nebel so dick wie Grießbrei. Und Regen auch.« Er reicht mir das Wechselgeld. »Und was hast du heute so vor? Hoffentlich nichts, was wegen Regen ins Wasser fallen könnte?«

»Ich muss nach Bristol.«

»Was machst du da?«

»Etwas, das ich lieber nicht machen würde.«

»Bristol ist ganz nett. War auch schon mal dort. Ist aber 'ne ganz schöne Strecke. Bleibst du über Nacht?«

»Nicht, wenn es sich vermeiden lässt.«

Er öffnet den Mund, als ob er noch etwas fragen wolle, doch ich lächle ihn an und verlasse das Café, bevor es dazu kommt.

»Bis morgen, Phil.«

»Ja, bis morgen, freu mich schon auf dich, Liebes.«

Ich gehe zum Hafen in Richtung Taxischlange, die auf der anderen Seite der Stadt liegt. Eine plötzliche Windbö erfasst die eine Ecke meiner Jacke und schlägt sie mir gegen die Unterlippe. Es tut weh. Instinktiv geht meine Hand zum Mund, um zu sehen, ob ich blute, aber da ist nichts. Ich lecke mir über die Lippen, schmecke die salzige Luft, als ich den Reißverschluss so weit wie möglich hochziehe.

Im Zug erfasst mich ein Déjà-vu, als ich mich an die Reise nach Cornwall zurückerinnere. Obwohl ich zur anderen Fahrtrichtung hin sitze, ist das Gefühl, von einem bekannten zu einem unbekannten Ort zu reisen, überwältigend, und je weiter ich mich von St. Ives entferne, umso mulmiger wird mir. In St. Ives bin ich untergetaucht wie in einem schützenden Kokon und habe mich sicher gefühlt, doch hier in diesem Zug, während ich der Welt entgegenrase, die ich einst verließ, bin ich exponiert und verletzlich. Jedes Mal, wenn die elektrischen Türen am Ende des Waggons aufgehen, zucke ich zusammen und erwarte jeden Moment David, Jeffrey oder Miss Young zu sehen. Oder gar Schlimmeres wie den Geist von Elaine oder Henry Campbell.

Als der Zug endlich in den Bahnhof Bristol Temple Meads einfährt, bin ich fast erleichtert. Ich kann es kaum erwarten, das Abteil hinter mir zu lassen, das mir unerträglich einengend geworden ist. Als ich den Zug verlasse, vermisse ich sofort die salzige Luft Cornwalls. Irgendwie scheint die Luft Bristols dichter und schwerer zu sein. Beim Taxistand angekommen werde ich mir erneut der Wiederholung der Ereignisse bewusst: ein anderes Taxi zu einer weiteren unbekannten Adresse, die auf einem weiteren Zettel steht. Während ich warte, wird es mir eng in der Brust, und meine Atmung wird flach.

Mir ist klar, dass ich mir selbst der ärgste Feind bin. Ich sollte nicht versuchen, all die Ängste, die ich aus meinem Leben mit den Campbells mitgenommen habe, in Schach zu halten, ich sollte sie verbannen. Sie sind auf Lügen und Geheimnissen gegründet, sie sind nicht real. Ihnen zu gestatten, in dieser Weise Amok zu laufen, ist Wahnsinn. Und so konzentriere ich mich auf meine aufsteigende Panik, bevor sie mich überwältigen kann.

Der Taxifahrer macht keine Anstalten, sich mit mir unterhalten zu wollen. Stattdessen fragt er mich, ob ich was dagegen habe, wenn er das Radio anstellt. Habe ich nicht, also verfolgen wir während der Fahrt die Übertragung eines Pferderennens. Ich sehe, wie er etwas in seinen Bart murmelt, wie die Knöchel seiner Finger, die um das Lenkrad liegen, weißer und weißer werden, bis er schlussendlich wütend auf das Armaturenbrett einschlägt und das Radio wieder abschaltet. Schweigend setzen wir unsere Reise fort.

Irgendwann biegt er in eine sichelförmige Straße ein und hält am Bordstein an.

»Wir sind da«, knurrt er und drückt auf einen Knopf, um den Fahrpreis zu ermitteln. »Acht Pfund vierzig.«

Ich gebe ihm zehn und sage, er solle den Rest behalten. Er dankt mir, ein wenig freundlicher jetzt, und ich verlasse den Wagen. Die Gegend hier ist gehoben. Nirgendwo liegt Müll herum, nirgendwo ist auch nur ein Hauch von Armut zu entdecken. Stattdessen frisch gestrichene Gebäude und Gehwege, die aussehen, als hätte man sie gerade erst gesaugt. Die Straße verläuft in einem eleganten Bogen, an den sich doppelstöckige, in verschiedenen Creme- und Weißtönen getünchte Villen schmiegen. Ich sehe hübsche Fensterläden und üppig bestückte Blumenampeln, die selbst Elaines Zustimmung erhalten hätten. Jedes Haus gleicht dem vorherigen mit seinen glänzend schwarzen Schutzgeländern, die gepflegte Vorgärten umzäunen und nur dort unterbrochen sind, wo schwarzweiß gepflasterte Pfade zu von Säulen getragenen Hauseingängen führen. Ich drehe mein Gesicht in die sanfte Brise, die mir das Haar aus dem Gesicht weht und meine nervöse Haut kühlt.

Das Haus, das den Campbells gehörte, ist anders als die übrigen. Aufsässiges Unkraut bricht durch das Schachbrettmuster des Fußwegs, Laub und Abfall verunzieren den kleinen Vorgarten. Als ich auf der Treppe vor dem Eingang stehe, lausche ich aufmerksam Toris Stimme in meinem Kopf, die mir Mut zuspricht und mich daran erinnert, dass ich hier bin, um Informationen einzuholen, und dass ich keine Angst zu haben brauche. Ich bin nicht sicher, ob ich einfach die Tür öffnen und das Haus betreten soll. Das fühlt sich irgendwie nicht richtig an, also drücke ich auf den Klingelknopf. Mein Magen hebt und senkt sich. In der Tür befindet sich ein Spion, der aussieht wie ein kleines Einschussloch, und ich stelle mir vor, wie ich gerade von einem unsichtbaren Fremden beobachtet werde. Wieder betätige ich die Klingel. Eine weitere Bö fegt über mich hinweg, wirbelt für einen Moment das Laub zu meinen Füßen auf. Ich lehne mich vor, schirme mein Gesicht mit beiden Händen ab und versuche, durch das Fenster ins Innere des Hauses zu schauen. Das Glas ist dunkel und blind von Staub und Spinnweben. Viel kann ich nicht erkennen: Da ist ein Stuhl, wie ich vermute, und ein altes Kissen oder ein Haufen Lumpen am Boden. Davon abgesehen wirkt der Raum leer. Ich trete vom Fenster weg, öffne das Reißverschlussfach meiner Tasche und hole den Schlüssel hervor. Ein einfacher Zylinderschlossschlüssel mit einem roten Plastikanhänger, auf dem in schwarzen Blockbuchstaben »Bristol« steht.

Es ist dein Haus, schon vergessen?, sagt Tori ungehalten. Du hast jedes Recht, es zu betreten.

Ich bücke mich und spähe durch den Briefschlitz. Nichts, bis auf ein paar Pizzabringdienst-Wurfzettel und Werbung, die über den Boden verstreut liegen. Ich stecke den Schlüssel ins Schloss, drehe ihn, versuche dabei irrationalerweise, so leise wie möglich vorzugehen. Die Tür schwingt mit einem lauten Quietschen auf. Ich trete auf die Schwelle.

»Hallo?«, rufe ich in das Haus hinein.

Der Eingangsbereich ist schmutzig. Dreck und Laub liegen auf den Dielen. Auf einem Kleiderstapel liegt ein alter Mantel, an der schmuddelig weißen Wand lehnt ein verbogener Fahrradreifen. Das Ganze sieht mitnichten nach einem Ort aus, an dem Henry freiwillig Zeit verbracht hätte. Er war ein übertrieben reinlicher und ordentlicher Mensch. Ich trete ein, ziehe die Tür hinter mir ins Schloss. Das Geräusch lässt mich zusammenfahren. Durch den Eingangsbereich gehe ich auf eine große, schäbige Küche zu. Ich versuche dabei, so leise wie möglich zu sein. Hier stinkt es nach Abfall, und als ich meinen Blick durch die Küche schweifen lasse, wird mir klar, dass in diesem Haus jemand wohnt.

Ich widerstehe dem Drang, mich umzudrehen und die Flucht zu ergreifen.

Bleib hier.

Der Zustand dieses Hauses ist mit nichts vergleichbar, was ich je gesehen hab. Dieser Ort ist eine Müllhalde. Der Spülstein ist vollgepackt mit schmutzigem Geschirr. Papier und leere Schachteln liegen auf dem Boden, und auf allem klebt eine dicke Schicht aus Dreck. Mein Blick fällt auf ein großes Schiebefenster. Draußen auf dem Sims sitzt eine Reihe Tauben. Sie haben sich aufgeplustert und gurren so laut, dass ich sie durch die Scheibe hören kann. Die Zimmerwand unter dem Fenster ist von weißem Vogelkot beschmutzt, der Farbklecksen gleich auch auf den Dielenboden darunter getropft ist. Es gibt auch eine kleine Campingkochplatte, an die mittels eines orangefarbenen Gummischlauchs eine Gasflasche angeschlossen ist. Und überall sehe ich heruntergebrannte Kerzenstummel.

Ich mache ein paar Schritte zurück, drehe mich dann um und gehe in den Flur zurück. Ich glaube, ich habe die ganze Zeit über den Atem angehalten. Meine Hände schwitzen, und alles in mir schreit mich an, schleunigst von hier zu verschwinden. Ich sehe eine Treppe mit verziertem Eisengeländer. Auf dem Stufenteppich noch mehr Müll, noch mehr Dreck. Ich werfe einen Blick hinauf, kann mich aber nicht dazu durchringen, ins obere Stockwerk zu gehen. Stattdessen betrete ich den Raum zu meiner Rechten – das Zimmer gleich neben der Eingangstür, in das ich von außen einen Blick geworfen habe. Ein penetranter, säuerlicher Geruch, der mich würgen lässt, schlägt mir entgegen. Der Raum hat hohe Decken und einen reich verzierten Fries. Hier gibt es keine Möbel, bis auf diesen einzelnen Stuhl, den ich durchs Fenster erspäht habe. Er hat geschwungene Lehnen und ein zerfleddertes Sitzpolster. Daneben steht ein altes schwarzes Radio am Boden, an dem als Antennenersatz ein Drahtkleiderbügel angebracht wurde. Noch mehr Kerzen, noch mehr Müll – Lebensmittelverpackungen, schmutzige Teller, alte Zeitungen, leere Flaschen.

Ich will nicht hier sein, wenn derjenige, der diesen Saustall hinterlassen hat, zurückkehrt. Als ich mich aus dem Zimmer zurückziehe, nehme ich ein Geräusch wahr. Eine Art Ächzen. Mein Kopf fährt herum. Es kam von dem Kleiderhaufen in der Ecke. Nur dass es, wie ich jetzt feststelle, gar kein Kleiderhaufen ist. Es ist ein Mann, der mit dem Gesicht zum Boden und mit ausgestreckten Armen daliegt. Unwillkürlich entfährt mir ein Schrei. Das Herz schlägt mir bis zum Hals. Ich wirbele herum und will zur Tür hinaus, doch ich stolpere und lande unsanft auf Händen und Knien. Wieder schreie ich. Schaue mir über die Schulter. Der Mann hat sich aufgesetzt. Er murmelt. Ich sehe, dass er eine olivgrüne Strickjacke und fingerlose Handschuhe trägt, unter denen schwielige, dreckige Finger zum Vorschein kommen. Auf dem Kopf sitzt eine wollene Mütze, darunter erkenne ich fettiges, mit grauen Strähnen durchsetztes Haar.

Er wendet seinen Blick in meine Richtung.

Ich rapple mich auf, bereit zur Flucht, werfe einen weiteren Blick über die Schulter. Doch dann erstarre ich mitten in der Bewegung, ziehe scharf die Luft ein, woraufhin sich der

Gestank des Hauses in meinem Hals festsetzt. Neue Furcht packt mich. Ich kenne diesen Kerl, doch ich weiß nicht, woher.

Als es mir endlich dämmert, werden mir die Knie weich.

»Aber, aber, aber«, sagt er mit rauer Stimme, in der ein schwerer kornischer Akzent mitschwingt. »Wenn das nicht Bella Campbell ist. Hab nicht erwartet, dich beim Aufwachen hier zu sehen.« Er lacht leise. Ein unpassendes Geräusch im Angesicht meines Entsetzens und meiner Verwirrung.

Es ist der Mann von Dawns Foto.

Dieser Mann ist mein Vater.

Mark Tremayne schaut mich unverwandt an, sein Ausdruck bar jeder Emotion. Ich kann mich nicht von der Stelle rühren, zu fest hat die Panik mich in ihren Klauen.

Ich kann das alles einfach nicht fassen. Geheimnisse und Lügen schreien mir aus diesem Chaos entgegen. Ist das wirklich er? Ich habe ja nur dieses eine Foto von meinem Vater gesehen. Ich könnte mich irren. Und er hat mich Bella genannt. *Bella Campbell.* Nicht Morveren. Ich kämpfe noch immer gegen meinen Fluchtinstinkt an. Ich brauche Antworten. Selbst wenn ich mich irre und dieser Mann nicht der von dem Foto ist, so weiß er doch was.

Er kennt mich.

»Sind Sie Mark Tremayne?«, frage ich atemlos.

»Ah!« Wieder lacht er, lauter diesmal, doch das Geräusch geht in ein abgehacktes Husten über. Mit einer seiner behandschuhten Fäuste haut er sich vor die Brust. »Dann bist du jetzt also«, sagt er keuchend, »wieder Morveren.«

Unsicher kommt er auf die Beine und geht auf mich zu. Ich weiche zurück, bis ich mit dem Rücken an die Wand stoße. Meine Hände tasten nach dem Türrahmen. Er kommt immer näher.

»Fass mich nicht an«, sage ich mit schwacher Stimme.

Aber er bleibt nicht stehen, schlurft an mir vorbei und zur Tür hinaus. Und als er das tut, kann ich ihn riechen – seinen ungewaschenen, ranzigen Körper. Er stinkt wie ein Straßenpenner. Ich hebe die Hand vor mein Gesicht. Jetzt bin ich allein im Raum. Ich könnte einfach weglaufen.

Nein, nicht weglaufen. Du musst ihm folgen. Musst rausfinden, was um alles in der Welt hier vorgeht.

Also folge ich ihm in die Küche. Er steht am Fenster, schiebt es auf. Die Tauben auf dem Vorsprung rempeln sich an und gurren, aber sie fliegen nicht weg. Jetzt streichelt er eine von ihnen, während er in der Tasche seiner Strickjacke nach Körnern sucht und ein paar davon auf den Fenstersims streut. Gierig picken die Tauben danach, als hätten sie seit Wochen nichts mehr gefressen. Jetzt dreht er sich zu mir um, schlägt sich gegen die Stirn und lächelt.

»Wo sind nur meine Manieren? Tut mir leid. Vergib mir. Bin Gäste nicht gewohnt. Möchtest du was trinken?«

Er wartet meine Antwort nicht ab, schlurft zum Spülbecken, schiebt ein paar dreckige Teller zur Seite und angelt nach einem Glas.

»Ich würde gern erfahren, woher du Henry Campbell kennst. Bist du derjenige, der Geld von dem Konto abhebt, das er eingerichtet hat? Warum? Warum bist du hier? Hast du damals die Sache mit meiner Entführung eingefädelt? Seid ihr deshalb nach Frankreich gefahren? Ich ... verstehe nicht ... Ich ...«

Ich sehe, wie er ein dreckverschmiertes Glas mit Wasser füllt, wobei sein Blick starr auf die Armatur gerichtet ist.

»Antworte mir!«, schreie ich plötzlich. »Warum?«

Aber er sagt nichts. Ich schüttle den Kopf, um die plötzliche Erinnerung an Elaine abzuschütteln, wie sie den unteren

Bolzen unserer Haustür vorschiebt und dabei meine Hand so fest umklammert, dass mir fast die Knochen brechen.

»Ich verstehe das alles nicht!«

Der Mann strafft sich und sieht mich an. Ich stehe im Türrahmen und umschlinge mich mit den Armen, schaue ihn aber nicht an. Ich sollte David anrufen. Das hier ist falsch. Ich sollte nicht an diesem Ort und allein mit ihm sein. Hier ist es nicht sicher. Wieder überfällt mich eine Erinnerung. Ein Mann, ein Monster, das vor der Tür herumlungert und nach mir greift. Ich komme mir vor wie auf einem Drahtseil, das sich über eine tausend Fuß tiefe Schlucht spannt.

»Dann ist er also tot? Der Doktor?« Tremayne räuspert sich und spuckt dann etwas ganz Abscheuliches in den Ausguss.

Nach einer Weile nicke ich.

»Und sie?«

Ich sehe wieder zu ihm hin, merke, wie Wut in mir aufsteigt, als ich in sein verdrecktes, brutales Gesicht blicke.

»Wie hast du's rausgefunden?«, will er wissen.

»Er hat mir eine Nachricht hinterlassen.« Ich bin überrascht, wie fest meine Stimme nun klingt. »Kurz bevor er sich die Pulsadern aufgeschlitzt hat.«

»Ach ja. Der Doktor und seine Nachrichten.« Er lächelt mich auf eine Art an, die Belustigung offenbart. »Ich wusste, dass er sich eines Tages um die Ecke bringen würde. War so ein Typ Mann. Keine Eier in der Hose, weißt du? Hatte was aufm Kerbholz und wurde doch nie damit fertig, ließ die Sache vor sich hin gären wie 'nen Korb verrotteter Äpfel. Außen hui, innen pfui – besser gesagt schwarz und eitrig. Manchmal geh ich zur Clifton Suspension Bridge. Stelle mich da hin und warte auf die Selbstmörder. Hab nicht immer Glück, aber du würdest dich wundern, wie viele versuchen, in den Tod zu springen. Die haben da diese Metalltafeln an die Pfeiler geschraubt mit der

Telefonnummer der Samariter drauf. Die armen Teufel. Aber kaum einer von denen zieht's am Ende auch durch. Stundenlang stehen sie zitternd aufm Geländer, und dann zischen sie wieder ab nach Hause. Drei Stück hab ich über die Jahre springen sehen. Jeder hatte den gleichen Ausdruck im Gesicht. Anders als die anderen. Diejenigen, die's dann am Ende auch tun, die hängen irgendwie durch. Der Doc? Der hat auch durchgehangen.« Er hebt das Wasserglas an die Lippen und stellt es dann auf den Stapel mit dem dreckigen Geschirr. »Warum bist du hier?«

Meine verschwitzte Haut juckt, und mein Herz wummert. Er ist schwer zu durchschauen. Es gibt keine eindeutigen Signale. Seine Körpersprache verrät nichts, wie auch nicht der statische Ton seiner Stimme. Keine Reue, kein schlechtes Gewissen, kein Kummer oder gar Freude darüber, mich lebend wiederzusehen. Keine Erleichterung.

Ich straffe mich, bringe mich mental auf Augenhöhe zu ihm, merke, wie ich wachse und stärker und immer wütender werde. »Warum ich hier bin? Ich bin hier, weil das mein Haus ist. Und ich will, dass du von hier verschwindest.«

»Er hat's dir hinterlassen?« Er kichert in sich hinein, verschränkt die Arme vor der Brust. »Gefällt mir. Hat mein kleines Mädchen gut gemacht.«

Sein kleines Mädchen? Das kleine Mädchen dieses ... Menschen? Nein. Ich will nichts mit diesem Kerl zu tun haben. Ich kenne ihn nicht. Dieser Mann ist mir ein völlig Fremder. Und ich bin *nicht* sein kleines Mädchen.

»Wusste er, dass du hier wohnst?«

»Ich hab doch 'nen Schlüssel, oder?«

»Und er hat dir Geld gegeben? Hast du mich verkauft? Dein eigen Fleisch und Blut? Hast du das getan?«

Bilder stürzen auf mich ein. Ich als Kleinkind mit weit aufgerissenen Augen, verängstigt und im Schatten einer dunklen französischen Gasse. Mein Handgelenk steckt im Griff dieses ungeschlachten Mannes, während sich Henry Campbell gehetzt über die Schulter sieht und Fünfzig-Pfund-Noten abzählt.

»Dich verkauft?« Er wirkt bestürzt, aber anstatt den Kopf zu schütteln oder die Frage zu verneinen, nickt er. »Ich würd's zwar nicht so ausdrücken, kann man aber so sehen.«

»Aber wie konntest du nur ... Wie ... Du bist doch mein ... Vater. Das ist doch –« Ich kann nicht weiterreden. Der Gedanke, dass dieser Mann mich bei meinen Entführern zurückgelassen und auch noch Kapital daraus geschlagen hat, übersteigt meinen Verstand. Allein die Vorstellung, dass er dies tat, ohne sich darum zu scheren, ob man mir ein Leid antun, mich missbrauchen oder mich einfach nur hinter verrammelten Türen und verhängten Fenstern von Mutter und Schwester fernhalten würde, lässt mich geradezu ausgebrannt zurück.

Er fährt sich mit den Händen ins Gesicht, lässt den Kopf hängen. Zum ersten Mal sehe ich bei ihm so etwas wie Zerknirschtheit.

»Sag mir«, presse ich hervor. »Sag mir, wie du's übers Herz gebracht hast, ihm dabei zu helfen, mich zu entführen.«

»Ich hab dich nicht entführt, okay?«

Ich will ihn anschreien. *Nein, ist es nicht. Es ist überhaupt NICHT okay*, aber er spricht weiter, als befände er sich im Autopilot-Modus. Ich presse die Lippen zusammen und wappne mich gegen das, was er mir zu sagen hat.

»Wir haben überall nach dir gesucht. Haben jeden Scheißwinkel in diesem Wohnwagen und auf diesem Drecksloch von Campingplatz abgesucht. Den Raum mit dem Tischfußball und den Getränkeautomaten. Den Anbau mit den Duschen. Bei den Schaukeln. Unter der Rutsche. Im Swimmingpool, in den umliegenden Wäldern. Viele haben sich angeschlossen, aber ich wusste, du warst weg. Ich war besoffen, aber ich wusste, du warst weg. Und als mir das klar wurde, war alles, woran ich denken konnte, mein nächster Drink. Viele davon. Schätze, ich hatte seitdem keinen Tag mehr, an dem ich nicht nach dem Aufwachen an Alkohol gedacht hab.« Aus leblosen Augen starrt er mich an. »Diese Art Mann bin ich, Morveren. Ein Säufer. Weißt du, dass die glaubten, ich hätte dich aufm Gewissen? Diese ausländischen Polizisten? Die haben mich mitgenommen und immer wieder verhört, diese höhnisch grinsende Frau, die versucht hat, ihr ausländisches Kauderwelsch ins Englische zu übersetzen. Hab sie kaum verstanden. Diese Scheißfroschfresser, diese verdammten französischen Froschfresser. Die dachten, ich hätte dich umgebracht. Kannst du dir das vorstellen?«

Ich schüttle den Kopf. Es fällt mir schwer, das alles aufzunehmen. Seine Worte. Und die Bilder in meinem Kopf. Das Chaos, das meine Entführung ausgelöst hat. Während ich in all der Zeit ahnungslos war.

Er lacht. »Ich wollte nicht mal in dieses verkackte Frankreich! Das war die Idee deiner Mutter. Sie dachte, ’n Schickimicki-Urlaub würde unsere Ehe retten oder irgend so ’ne Scheiße. Hat dabei aber vergessen, dass unsereins nun mal nicht nach *Frankreich* in die Ferien fährt. Aber nein, sie fand, wir brauchen Erholung und dass das unsere letzte Chance wäre. Meinte, es wäre gut, ’n bisschen Zeit miteinander zu verbringen. Damit ich mal rauskomme ausm Pub und so. Ich hab ihr gesagt, es gäbe kein Problem, dass alles in bester Ordnung wär. Jesus, ich hätt mich mal entspannen sollen, ohne dass sie ständig rumzetert, meinst du nicht? Aber sie hörte einfach nicht auf. War nie zufrieden, wollte immer *mehr.*« Seine Stimme ist lauter geworden. Er hält inne, hebt den Kopf und durchbohrt mit seinem ausgestreckten Zeigefinger verärgert die Luft. Gleichzeitig balle ich die Fäuste, um mir Mut zu machen.

»Wie auch immer, die dumme Kuh hörte einfach nicht auf. Drohte, sie würde mich verlassen. Sagte, sie hätte sich geirrt wegen Frankreich. Dass es vorbei wäre. Mit *uns* vorbei wäre.« Er seufzt und reibt sich übers Gesicht. »Und da hab ich ihr 'ne Ohrfeige verpasst. Nichts Schlimmes, nur 'ne kleine Ohrfeige, aber du hättest mal sehen sollen, wie sie mich danach angesehen hat.«

Die letzten Worte sind kaum mehr als ein Flüstern. Ich schlucke hart. Erinnere mich der Furcht in Dawns Stimme, als sie von diesem Mann erzählte. Ich will nicht länger hier sein. Niemand weiß, wo ich bin. Ich bin ein totes Mädchen, das unter falschem Namen reist. Ich existiere gar nicht. Wenn er mir etwas antut, würde ich auf immer in der Versenkung verschwinden.

Wieder einmal in der Versenkung verschwinden.

»Wie geht's ihr? Alice, meine ich.« Seine Stimme klingt nun weicher, und diese Veränderung macht mich frösteln. »War so 'n hübsches kleines Ding damals. Alle Jungs waren hinter ihr her.«

Ich lehne mich gegen die Wand, entspanne meine Hände wieder. Die feste Mauer in meinem Rücken gibt mir Halt, ist wie ein Anker in diesem Sturm der Emotionen. »Warum hast du Geld von ihm genommen?«

Er zieht die Strickjacke fest um seinen Körper, wischt sich mit der Rückseite seiner Hand die Nase ab. »Nachdem wir dich … beerdigt hatten, hat deine Mum, na ja, irgendwie aufgehört zu leben. Saß Tag für Tag nur da und hat ausm Fenster gestarrt. Hat drauf gewartet, dass du wieder heimkommst. Trübsal blasend, nur noch im Innern ihres Kopfs lebend und dabei mich für alles verantwortlich machend. Sie hasste mich.

Ich hab angefangen, noch mehr zu trinken. Kriegte keine Arbeit mehr. Und dann, 'n paar Wochen nach der Beisetzung, fiel mir die Schachtel mit den Kondolenzkarten in die Hände. Wollte sie eigentlich wegschmeißen, weil ich dachte, das würde irgendwie helfen. Aber ich hab mich hingesetzt, mir 'nen Drink genehmigt und angefangen, sie zu lesen. Einige konnte ich nicht mal entziffern, so sehr musste ich heulen.« Er hält inne, und die Mundwinkel heben sich zu einem schwachen Lächeln. Zum ersten Mal erblicke ich so etwas wie Mitgefühl in seinem Mienenspiel. »Und da stieß ich dann auf diese Karte. So hübsch beschriftet. Piekfeine Handschrift auf piekfeinem, blauem Briefpapier. Darauf stand: *Sie ist hier.* Und darunter eine Adresse.«

Ich schlage mir eine Hand vor den Mund. »Bist du zur Polizei gegangen?«

Er schnaubt verächtlich auf. »Scheiß Bullen. Die könnten nicht mal ihren eigenen Arsch wiederfinden. Nein, natürlich bin ich nicht zur Polizei gegangen. Die war'n doch steif und fest davon überzeugt, du wärst ertrunken, oder nicht? Als ihnen dämmerte, dass sie mir die Sache nicht anhängen können, haben sie das jedenfalls immer und immer wieder behauptet. Die wollten uns einfach loswerden, das ist alles. Du warst denen scheißegal. Nein, zu denen wäre ich im Leben nicht gegangen.«

Mark Tremayne lehnt sich gegen den Spülstein und verschränkt die Arme vor der Brust. »Also nahm ich den Lieferwagen und machte mich auf den Weg dahin. Hat Stunden gedauert, die Fahrt. Dann hab ich draußen geparkt, gewartet und ihn irgendwann durchs Tor fahren sehen. Und ich hab ihn wiedererkannt. Er war nämlich auch aufm Campingplatz. War einer derjenigen, die uns bei der Suche geholfen haben. Es war mittlerweile dunkel vor dem Haus, stockdunkel, und es hat geregnet. Die Mauer war hoch, aber ich hab's irgendwie drübergeschafft. Wollt's nicht riskieren, dass sie ihr schickes elektrisches Tor am Ende nicht aufmachen für mich. Na ja, und dann hab ich geklopft.«

Während er spricht, erinnere ich mich an meine Albträume, in denen manchmal ein Mann in den Schatten lauert. Sein Gesicht ist nicht zu erkennen, doch seine Anwesenheit lässt mich jedes Mal erstarren. Einerseits will ich nichts mehr davon hören, andererseits bin ich wie gebannt.

»Campbell kam an die Tür, und ich sagte ihm, ich will meine Tochter zurück. Zum Teufel, die verrückte Schlampe hat gekreischt, als hätt ich ihr mit bloßen Händen die Eingeweide rausgerissen. Und dann hab ich dich gesehen, und, bei Gott, das war, als wär alle Last der Welt von mir abgefallen. Ich hab dich angelächelt. Na ja, glaub ich wenigstens, aber vielleicht hab ich's auch nicht getan, weil du dich nämlich hinter ihrem Rücken versteckt hast. Schätze, ich war eifersüchtig, aber das hat mich total genervt. Wie konntest du dich vor mir verstecken? Vor deinem eigenen Vater? Ich bin an ihm vorbeigestürmt und auf dich zu, während mir die ganze Zeit über diese Verrückte ins Ohr schrie. Ich bekam dich zu packen und hab dich zu mir hingezogen, und dann«, sagt er und bricht in ein lautes, ungläubiges Lachen aus, »hast du mich gebissen. Wie 'n räudiger Pitbull hast du mich in die verdammte Hand gebissen. Ich hab dich losgelassen und du bist rückwärts in sie reingekracht.«

Wieder durchforste ich meine Erinnerungen, bis ich es endlich sehen kann. Er ist es. Dieser Mann, der im Türrahmen steht. Seine Hand greift nach mir. Ich habe Angst. So viel Angst, dass ich mich verstecke. Elaines Haut ist weich und riecht nach *Pears*-Seife. Sie strahlt Wärme aus und stellt sich so schützend vor mich, dass ich mich sicher fühle.

»Sie nahm dich auf den Arm. Drückte dich fest an sich und

hat dir was ins Ohr geflüstert. Hielt dich, als hätte sie 'n rohes Ei in Händen. Dann schnappte sie sich dieses lächerliche Messerchen, das aufm Tisch lag, und wirbelte damit rum, als wär's 'n Samurai-Schwert. Die war wie 'n tollwütiger Hund, diese Frau. Aber das Haus war 'ne Show, was? Richtig schicker Kasten mit dieser langen Auffahrt und den ganzen Bildern an der Wand.« Sein Blick geht zum Fenster zu den hungrigen Tauben, die sich noch immer um das Futter streiten. »Und dann hörte sie plötzlich auf zu schreien, und der Doktor bot mir Geld an.«

»Du bist ein Tier«, presse ich hervor. »Du hättest mich mit nach Hause nehmen müssen. Die Campbells wären ins Gefängnis gewandert, und du hättest mich mit nach Hause nehmen können. Wie konntest du mich dort zurücklassen? Du wusstest, dass es falsch war, und du hättest es beenden können. Selbst wenn *du* mich nicht geliebt hast, *sie* hat es getan. Alice hat es getan. Du hättest mich mit zu ihr nach Hause nehmen sollen.«

Er verzieht das Gesicht zu einem höhnischen Grinsen. »Nach Hause? Es gab kein verdammtes Zuhause mehr. Deine Mutter war 'n Geist. Kein Funken Leben mehr in ihren Augen. Und diese Stille, dieses gottverdammte Schweigen. Das konnte man doch nur noch im Suff ertragen!«

Einen Moment lang hält er inne, und ich sehe so etwas wie Trauer, oder vielleicht auch Verlust, irgendwo aus der warmen, feuchten Dunkelheit seines Ichs aufsteigen. Er schüttelt den Kopf.

»Davon abgesehen wolltest du ja gar nicht mit. Wolltest bei denen bleiben und dir holen, was sie dir geben konnten. Und man musste kein Einstein sein, um zu sehen, was sie dir zu bieten hatten: schöne Kleider, das Haar hübsch zurechtgemacht. Dann das Riesenhaus, gemütlich, warm und komfortabel hergerichtet mit viel, viel Geld. Nein, du warst ohne mich besser dran. Ihr *alle* wart ohne mich besser dran. Und mir wurde klar, dass zumindest du nach diesem ganzen Scheiß auf die Füße fallen würdest. Diese Leute waren dein Ticket in ’n besseres Leben.« Er holt tief Luft, reibt sich über das Gesicht, die Geste eines Mannes, der des Lebens müde ist. »Also schlug ich ein.«

Die Luft um mich herum ist zäh wie Teer geworden. Ich muss hier weg, muss hier raus. Ich will zurück nach St. Ives. Zurück an den Ort, an den ich gehöre. Zurück zu meiner Schwester und Mutter. Zurück in die Wohnung, in der es nach Suppe riecht.

»Was du getan hast, war nicht richtig«, sage ich. »Du hättest mich meiner Mutter nicht vorenthalten dürfen.«

Plötzlich kommt Tremayne auf mich zu.

»Bleib mir vom Leib«, flüstere ich, doch er bleibt nicht stehen.

Ich presse meinen Körper gegen die Wand. Jetzt ist er ganz nah und beugt sich zu mir vor. Sein Geruch sickert in mich ein, ätzend und faulig, und er hat eine Alkoholfahne. Er hebt die Hand, will mein Gesicht anfassen. Ich drehe den Kopf, um der Berührung auszuweichen. Zucke zusammen, als seine Fingerspitzen über meine Wange streichen. Schließe die Augen, als das Grauen mir die Kehle zuschnürt.

»Sieh mal an, wie schön du bist«, flüstert er, und jedes Wort ist wie eine vergiftete Feder, die über meine Haut hinwegstreicht.

»Lass mich in Ruhe.« Es klingt so schwach. Mein Herz schlägt schneller, meine Handflächen werden feucht, aber ich werde ihm nicht zeigen, wie viel Angst ich habe. Nein, das werde ich nicht. Ich mache einen Schritt seitwärts Richtung Tür.

Er rührt sich nicht, aber sein Blick folgt mir.

»Du bist schlimmer als die Campbells«, stoße ich hervor. »Ich hasse sie, und ich hasse dich.« Ich schiebe mich in den Flur hinaus, entferne mich rückwärts Schritt für Schritt von ihm. Ich habe Angst, dass er mir nachsetzt, sobald ich mich umdrehe.

»Oh nein, du solltest nicht *hassen*, Morveren. Der Hass wird dich auffressen und wieder ausspucken wie 'n Stück Knorpel. Ein Leben mit Hass wird dich zugrunde richten. Und glaub mir, ich weiß, wovon ich rede.«

»Und wen genau hasst du? Die Familie, die du verlassen hast?« Ich habe die Eingangstür erreicht. Fast bin ich frei. »Die Campbells, die dich in diesem Haus unterbrachten und dir Geld gaben?«

»Nein, keinen von denen. Ich bin es. Ich allein. Ich hasse *mich*.«

Da dreht er sich um und geht zurück zum Küchenfenster, das er wieder öffnet. Die Tauben sind fort, aber er lehnt sich hinaus und pfeift, während eine Hand nach einem Paket mit geschnittenem Brot greift, das auf dem kleinen Tisch neben ihm liegt. Er holt ein paar Scheiben heraus, reißt sie in kleine Stückchen und streut die Krümel auf den Sims. Unverzüglich sind die Tauben zurück. Und auch wenn er nun ein ganzes Stück von mir entfernt ist, kann ich hören, was er zu den Vögeln sagt.

»Hier, hier, ihr verfressenen kleinen Ratten.«

»Besitzt du denn nicht den Hauch von Anstand?«, schreie ich. Alles, was ich fühle – Verletzung, Verwirrung, Verlust, Trauer –, bricht auf einmal hervor. »Kannst du dich nicht mal entschuldigen? Fühlst du denn kein bisschen Scham oder Reue?«

Er beugt sich einen Moment lang vor, dann dreht er sich um

und kommt wieder auf mich zu, bis er im Küchendurchgang steht, kaum mehr als fünfzehn Fuß von mir entfernt. Er streckt die Hände aus, mit denen er eine Taube umklammert hält.

»Hast du Ahnung von Tauben, Morveren?«, fragt er. »Nun, sie tun sich zusammen, um sich gemeinsam gegen Katzen und Füchse zu schützen. Sie halten einander warm, akzeptieren Fremde in ihrem Schwarm und sind 'n Leben lang 'n Paar. Beide Eltern kümmern sich um die Jungen. Und sie können auf Tausende von Meilen ihr Zuhause wiederfinden. Und trotzdem mögen die Menschen sie nicht.« Er hebt den Vogel näher an sein Gesicht und flüstert etwas. Die Taube schaut ihn argwöhnisch an. »Die Leute denken, sie übertragen Krankheiten.« Mit den Lippen berührt er den Kopf des Vogels, wogegen sich dieser wehrt. »Aber das tun sie nicht. Eher wird man vom Blitz getroffen, als dass man sich durch 'ne Taube was Schlimmes holt.«

»Du hast mein Leben ruiniert.«

Er schüttelt den Kopf. »Du bist jung. Nicht mal dreißig. Hast doch dein ganzes Leben noch vor dir. Hast du schon Kinder?«

Ich antworte nicht.

»Nein? Nun, wenn's so weit ist, dann gib gut auf sie acht. Pack sie ins warme Bettchen, lies ihnen Geschichten vor, gib ihnen gut zu essen. So kannst du alles wieder ins Lot bringen, was dir angetan wurde.« Langsam dreht er sich um und geht zum Fenster zurück, um die Taube wieder freizulassen. »Und«, sagt er lachend, »sieh zu, dass sie dir nicht verloren gehen.«

Mein Magen rebelliert, und mir wird schlecht. »Du ekelst mich an.«

»Das glaub ich gern.«

Ich greife nach der Türklinke.

»Du denkst, du hast 'n schlechtes Geschäft gemacht?«, ruft

er mir nach. »Da irrst du dich, denn du hast deine Sache ziemlich gut gemacht, weißt du?«

Meine Hand sinkt herab, und ich sehe ihn an. In meinem Kopf dreht sich alles, ich bin trunken von all der Widerwärtigkeit. »Du hast mir meine Kindheit gestohlen.«

»Nein, du hattest ’ne Kindheit«, sagt er. »Zwar ’ne andere Kindheit, als ich dir hätte bieten können, aber ’ne Kindheit.«

»Du wirst in der Hölle schmoren.«

Unendliche Traurigkeit legt sich über ihn wie Nebel. »Da bin ich schon.«

Und dann reiße ich die Tür auf und stolpere hinaus aus diesem Haus. Atme tief ein und ziehe so viel frische Luft wie irgend möglich in meinen Körper. Die Sonne ist stark, und um mich herum leuchten die goldenen Straßen in diesem besseren Teil von Bristol. Ich starre die Leute auf dem Bürgersteig an, so strahlend wie die Sonne und nicht ahnend, welch Horror hinter den Mauern von Häusern wie diesem lauert, das ich gerade hinter mir gelassen habe. Die geheime Welt eines Kindesentführers. Ein seelenloser Mann in einem leeren Gebäude, dem nichts mehr geblieben ist als bittere Erinnerungen und nimmersatte Tauben.

FÜNFUNDDREISSIG

Henry Campbell – 20. Februar 1991

In dem Moment, da er die Tür öffnete, erkannte Henry Campbell den Mann wieder.

Dieses Gesicht hatte nahezu jeden seiner Träume begleitet. Mark Tremayne sah krank aus. Die Augen rot umrandet und wässrig vom Alkohol, durch den starken Regen klebte ihm das schwarze Haar am Kopf. Das letzte Mal, als Henry ihn gesehen hatte, war auf der Beerdigung gewesen, und er hatte sich seitdem stark verändert. Als hätte das Leben ihn immer und immer wieder herumgestoßen und ihn in den Magen, gegen den Kopf und ins Herz getreten.

»Meine Tochter, ich will meine Tochter.«

Henry antwortete nicht. Er hätte damit rechnen müssen. Immerhin hatte er selbst ja die Nachricht hinterlassen, doch der Schock, den der Anblick dieses Mannes bei ihm auslöste, ließ ihn erstarren. Er versuchte, Worte zu formen, doch vergeblich. Dann ertönte hinter ihm plötzlich ein Schrei der Art, wie er ihn noch nie zuvor gehört hatte. Wie eine Besessene stürzte Elaine auf den Mann zu, bekam die Tür zu packen und wollte sie ihm vor der Nase zuschlagen. Doch er war schneller, schob sich mit seinem ganzen Gewicht voran und stellte einen Fuß dazwischen. Durch die Kraft seines Gegenangriffs wurde Elaine zurückgestoßen. Henry drehte sich um, sah, wie seine Frau am ganzen Körper zitterte und sich an den Haaren riss, während ihr spitzes Geschrei durchs ganze Haus schallte.

»Raus hier! Raus hier! Raus hier!«

»Wo ist sie?«, verlangte Tremayne mit grollender Stimme zu erfahren. »Wo ist Morveren?«

Entsetzt sah Henry Campbell, wie das Gesicht seiner Frau sich verzerrte, doch trotz des Chaos und des Lärms spürte er, wie sich ein Mantel der Ruhe über ihn legte, wie ihn Erleichterung darüber erfasste, dass dieser Albtraum bald vorbei sein würde. All die Lügen, all die Schuldgefühle, all die Furcht würden endlich ein Ende finden.

Aus dem Augenwinkel heraus sah er das Mädchen.

»Mama?«, fragte es leise. »Was ist denn?«

Henry stieß einen unterdrückten Fluch aus, ärgerte sich über seine Passivität. Warum nahm er sie nicht auf den Arm und übergab sie ihrem Vater? Oder rief die Polizei? Warum stand er einfach nur reglos hier herum? Tatenlos, hilflos, nutzlos.

Schwach.

Tremayne fiel auf die Knie. Ein ersticktes Schluchzen entwich seinen trockenen, aufgesprungenen Lippen. Mit den Händen raufte er sich das Haar und strich es schließlich wieder zurück in dem Versuch, ein wenig Haltung zurückzuerlangen. »Hallo, Morveren«, sagte er. Die Unsicherheit in seiner Stimme überraschte Henry. »Wie geht's dir?«

Henry sah, wie sich das kleine Mädchen hinter Elaines Rücken verbarg. Sie hatte einen Daumen im Mund und senkte den Kopf, um den Mann nicht ansehen zu müssen.

Mark Tremayne streckte eine Hand aus. »Komm her, jetzt sei doch nicht so. Komm her. Komm zu deinem Vater.«

Das Mädchen sah zu Elaine auf. Der Daumen rutschte aus ihrem Mund. »Will nicht, Mama. Mag ihn nicht.«

Obwohl sie es nur geflüstert hatte, waren ihre Worte gut zu verstehen.

Elaine bückte sich und nahm die Kleine auf, legte fest ihre

Arme um sie und drückte sie an ihre Schulter, wobei sie schützend eine Hand um ihren Kopf legte.

Henry konnte förmlich sehen, wie sich in Tremayne ein Schalter umlegte. Der Mann sprang auf die Beine und stürmte auf Elaine zu. Henry versuchte ihn aufzuhalten, doch Tremayne schlug seinen Arm aus dem Weg wie eine lästige Fliege.

Dann griff er mit seinen großen schwieligen Händen nach dem Mädchen.

Elaine stieß wieder einen ihrer gutturalen Schreie aus, der aus ihrem tiefsten Innern zu kommen schien und sich anhörte, als hätte ihr jemand eine Klinge in den Bauch gerammt.

»Verschwinden Sie von hier!«, kreischte sie. »Nehmen Sie Ihre dreckigen Hände von meiner Tochter!«

»Sie ist nicht Ihre Tochter! Sie haben sie einfach mitgenommen! Einfach gestohlen!« Tremaynes Finger schlossen sich so fest um den Arm des Mädchens, dass es aufschrie. »Hör auf damit, Morveren. Du machst mich sauer. Komm um Gottes willen jetzt mit. Ich bring dich zurück.«

Als er wieder grob am Arm des Mädchens zerrte, weiteten sich ihre Augen, sodass das Weiße um die leuchtend grünen Iriden sichtbar wurde. Dann, in einer schnellen Bewegung, schlug sie ihre Zähne in die Hand ihres Vaters. Tremayne jaulte auf, zog die Hand zurück und umklammerte sie mit seiner anderen.

»Du kleines Biest«, knurrte er. Dann jedoch machte er Anstalten, ebendiese Hand gegen seine Tochter zu erheben. Henry wusste, er sollte ihn daran hindern, doch er stand wie angewurzelt da, zu Tode erschrocken durch das, was sich da vor seinen Augen abspielte.

»Wagen Sie es nicht, sie zu schlagen!« Mit dem Kind auf dem Arm drehte sich Elaine von ihm weg, flüsterte der Kleinen beruhigend zu, streichelte sie über den Kopf, während das

Kind leise an Elaines Schulter weinte. Henry sah, wie der Blick seiner Frau zu dem Dielentisch ging, wie sie nach dem Brieföffner mit dem geschnitzten Elfenbeingriff tastete. Entschlossen blickte sie Tremayne sodann mit der auf ihn gerichteten Waffe entgegen, fuchtelte damit herum wie mit einem Zauberstab. »Sie kriegen dieses Kind nur über meine Leiche!«, schrie sie.

Henry wusste, es war ihr Ernst damit. Bis aufs Blut würde sie diesen Mann bekämpfen, um ihr kleines Mädchen zu beschützen – ihre Bella. Bis zu seinem Tod. Oder ihrem. Wer auch immer zuerst dabei den Kürzeren zog.

»Geld.«

Henry war nicht sicher, ob das hervorgepresste Wort aus seinem oder dem Mund eines anderen gekommen war, doch an der Art, wie Tremaynes Kopf herumruckte, wie der Mann ihn nun ansah, musste er, Henry Campbell, es ausgesprochen haben.

»Was?« Schock und Frust über das Verhalten seiner Tochter wichen einer unverhohlenen Angriffslust.

»Geld«, stieß Henry wieder hervor. »Ich bezahle sie. Alles, was Sie wollen. Alles, was Sie dafür tun müssen, ist, zu vergessen, dass Sie sie gesehen haben.« Er hielt inne, spürte, wie ihm Tränen in die Augen stiegen. Seine Schlappschwänzigkeit machte ihn krank. Was war nur aus ihm geworden?

Kein Mann, dachte er. *Du bist nicht länger ein Mann.*

Er wappnete sich gegen Tremaynes Schlag, der ihn, wie er vermutete, mitten im Gesicht treffen würde, ihm vielleicht die Nase brechen, ihn ein paar Zähne kosten und von den Beinen holen würde. Er stellte sich vor, wie Tremayne dann auf Elaine eindreschen würde, bis sie das Kind herausgab, das er dann in sein Auto verfrachten würde, um hernach die Polizei zu verständigen. Kurz: Er war überzeugt davon, dass dies alles gleich vorbei sein würde.

Im Hintergrund hörte er Elaine weinen. Ein endloses, gequältes Wehklagen, das ihm durch Mark und Bein ging. »Nehmen Sie sie nicht mit. Bella bleibt hier.« Dann ein tränenersticktes Flüstern. »Bella lebt bei uns. Bei mir. Alles ist in Ordnung, Liebling. Mama ist hier. Mama wird dich beschützen.«

Henry sah, wie Tremayne die beiden anstarrte. Sah, wie er die Stirn runzelte, wie sich Verwirrung unter seinen wütenden Blick mischte.

Oh mein Gott, schoss es Henry durch den Kopf. *Er denkt tatsächlich darüber nach … er wird das Geld annehmen.*

Dann beobachtete er, wie Tremaynes Augen durch die Diele wanderten, hörte, wie die klassische Musik aus dem Radio in der Küche gedämpft durchs Haus dudelte, und dann fiel der Mann in sich zusammen, als wäre sein Widerstand von innen heraus zerbröselt. Tremaynes Fäuste entspannten sich, und als das geschah, da verebbte auch Elaines Gejammer.

»Geh nach oben, Bella«, sagte sie, und ihr Körper straffte sich vor Henrys Augen. »Schnell, mein Engel. Mama ist gleich bei dir. Such dir schon mal eine Gutenachtgeschichte aus, ja?«

»Kann Tori auch zuhören, Mama?«

Elaine bückte sich und küsste sanft die Haare des Mädchens, das Tremayne ein letztes Mal argwöhnisch anblickte. »Natürlich, Liebes. Aber jetzt geh schnell rauf, ich komme gleich nach.«

Elaine wartete, bis die Kleine oben war, wobei sie so schnell die Stufen hinaufstürmte, dass sie die Hände zu Hilfe nehmen musste, um nicht das Gleichgewicht zu verlieren. Sie sah dabei aus wie ein übermütiges kleines Hündchen.

»Wir können ihr alles geben, Mark«, sagte Elaine mit zugleich leiser wie fester Stimme.

Henry wollte protestieren. Nein. Das musste aufhören. Er

hatte ihm kein Geld anbieten wollen. Hatte nicht erwartet, dass Tremayne überhaupt darauf eingehen würde.

»*Sei still*, Henry.«

Henry Campbell sah, wie sie nun, einem entschlossenen Raubtier gleich, auf Tremayne zutrat.

»Wir können ihr *alles* bieten. Sie wird das beste Leben haben, und Sie werden Geld haben. Wir können Ihnen so viel Geld geben, dass Sie sich nie wieder um Arbeit kümmern müssten. Sie könnten trinken, was Sie wollen, rauchen, was Sie wollen – wann und so viel Sie wollen. Wenn Ihnen danach ist, den lieben langen Tag. Und dies alles in der Gewissheit, dass Sie ihr den besten Start ins Leben ermöglicht haben. Es wird ihr an nichts fehlen. Und ich werde dafür sorgen, dass sie für den Rest ihres Lebens sicher ist.«

Henry Campbell sah zwischen seiner Frau und Tremayne hin und her. Er konnte sehen, wie der Mann mit seinen Dämonen kämpfte, mit seiner Verwirrung, seiner Wut, seinen Zweifeln.

Das musste auch Elaine nicht verborgen geblieben sein.

»Sie haben sie misshandelt, oder, Mark? Als wir sie fanden, war sie verletzt, hatte eine Wunde, die verdächtig nach einer Verbrennung aussah – tief und rund. Eine Zigarette vielleicht? Eine hässliche Verletzung, von der eine Narbe zurückgeblieben ist. Und sie hatte schreckliche Angst. War zudem unterernährt. Sie ist Ihnen davongelaufen, weil Sie sie schlecht behandelt haben, hab ich recht? Sehen Sie doch nur, wie sehr sie sich heute Abend vor Ihnen gefürchtet hat. Sie wollte auf keinen Fall mit Ihnen gehen. Wollte unter keinen Umständen mehr bei Ihnen sein, weil Sie nicht imstande waren, sich um sie zu kümmern, ist es nicht so? *Sie* haben sie gehen lassen, Mark. *Sie* sind ein schlechter Vater. Ungeeignet. Wenn Sie zur Polizei gehen, werden wir denen ihre Narben präsentieren, und dann wird man Sie wegsperren, Mark. Hat Ihr anderes Kind auch solche Narben? Oder Ihre Frau? Dieser eine Ausrutscher, als Sie wieder mal wütend waren, als Sie wieder mal einen über den Durst getrunken und die Beherrschung verloren hatten? Dieser kleine Fehltritt, den Sie ja gar nicht so meinten? Sie sollten wissen, dass man Kinder nicht bei Eltern lässt, die gewalttätig sind. Sie werden ihnen weggenommen und ins Heim gesteckt. Ist es das, was Sie sich für sie wünschen? Dass sie in Pflege kommt, irgendwo, wo ihr womöglich von Fremden Gewalt angetan wird?«

Er schüttelte den Kopf, als wollte er so ihre Worte vertreiben. »Nein, Sie … sind doch auch völlige Fremde«, sagte er. »Hören Sie auf, solche Sachen zu sagen.« Tremayne presste sich die Hände gegen den Kopf. »Sie haben sie entführt.«

»Nein, Mark«, erwiderte Elaine sanft und kam näher wie eine Assassine, die bereit ist, ihrem Opfer den Todesstoß zu versetzen. »Ich bin ihre Mutter. Die Mutter, die sie immer wollte. Sie haben es doch mit eigenen Augen gesehen, oder? Hat sie etwa nach Alice gerufen? Sagen Sie, hat sie nach ihr gerufen? Nein, sie will mich. Tun Sie das einzig Richtige, was Sie in Ihrem elendigen Leben noch tun können, und lassen Sie sie dort, wo sie sicher und glücklich ist. Sie muss hierbleiben. Das hier ist ihr Zuhause.«

Immer noch stand Mark Tremayne da und rieb sich verwirrt die Schläfen. Doch dann fiel er wieder auf die Knie, diesmal hingegen wie eine Marionette, deren Fäden man gekappt hatte. Jeglicher Kampfeswille war verflogen. Henry warf seiner Frau einen Blick zu, und als er dies tat, sah er das triumphierende Lächeln auf ihrem Gesicht.

SECHSUNDDREISSIG

In Penzance verlasse ich den Bahnhof.

Der dicke Nebel, der die kornische Halbinsel bei meiner Heimfahrt fest umschlungen hielt, ist in den schweren Sommerregen übergegangen, den Phil prophezeit hat. Es ist spät geworden, und es wird bald dunkel. Der Taxistand ist leer, daher stelle ich mich beim Buswartehäuschen unter und hoffe, dass bald ein Wagen auftaucht.

In diesem Moment beobachte ich ein Auto, das in die Haltebucht des Bahnhofs fährt. Es ist ein alter blauer Peugeot, ein kleiner 205, wenn ich mich nicht irre. Darin sitzen zwei Personen, die in eine hitzige Diskussion verwickelt zu sein scheinen. Sicher bin ich jedoch nicht, weil ich nicht nah genug dran bin und meine Sicht in der Dämmerung durch den Starkregen beeinträchtigt ist. Der Mann kommt mir irgendwie bekannt vor, denke ich, um gleich darauf festzustellen, dass es Craig ist.

Die andere Person ist eine Frau.

Sie haben sich im Auto einander zugewandt, wobei die Frau mit dem Rücken zu mir sitzt, sodass ich ihr Gesicht nicht sehen kann. Ich weiß aber trotzdem sofort, dass es sich bei ihr nicht um Dawn handeln kann, weil diese Person blond ist. Es scheint, dass sie jetzt verschiedene Dinge in ihre Tasche stopft, wobei sie alles in allem irgendwie gehetzt auf mich wirkt. Jetzt öffnet sie die Beifahrertür und steigt aus. Ich kann sehen, dass sie noch sehr jung ist, doch ihr Alter ist schwer zu schätzen. Sie trägt das Haar in einem Pferdeschwanz, an ihren Ohren schaukeln goldene Creolen mit je zwei Ringen. Der Rock ist so kurz, dass er kaum der Rede wert ist, dazu trägt sie unpraktische Schuhe mit Kitten-Heels-Absätzen, keine Strümpfe und ein Top mit Spaghettiträgern, das im Regen immer durchsichtiger wird. Ich beobachte, wie sie in den Himmel schaut, den Kopf schüttelt und dann ihre Tasche hochstemmt, um sie als recht ineffektives Regendach umzufunktionieren. Sie stöckelt auf den Bahnhofseingang zu. Er muss sie zurückgerufen haben, denn nun dreht sie sich um, hastet durch den Regen zurück, gibt ihm durch das Wagenfenster hindurch einen Abschiedskuss, rennt zurück und verschwindet durch die Bahnhofstüren im Gebäude.

Mir ist, als hätte man mir in den Magen geboxt. Als hätte diese Szene mich und nicht Dawn verletzt. Auf der anderen Seite kenne ich ja nicht die ganze Wahrheit hinter dieser Geschichte. Außerdem hat Dawn selbst gesagt, dass sie und Craig kein Paar sind. Bin ich naiv? Habe ich die Romanze zwischen Craig und Dawn womöglich herbeifantasiert, weil es mir selbst so gut in den Kram passen würde? Um mir weiszumachen, dass das Leben bisweilen doch schön sein kann? Tut es mir nur deshalb so weh, ihn mit einer anderen Frau zu sehen, weil ich ihn so unbedingt mit Dawn vereint wissen wollte? Ich habe ihn bisher ja nur zweimal getroffen. Vielleicht habe ich in ihr Verhältnis auch einfach mehr hineininterpretiert, als tatsächlich da war. In die Art, wie sich ihr Gesicht aufhellt und sie sich entspannt, wenn er da ist. In die Weise, wie er sie ansieht, wenn sie spricht. In die Momente, in denen sie sich flüchtig berühren und denken, ich würde es nicht bemerken – ein Finger auf einer Hand, eine Hand an einem Knie, ein Fuß an einem Fuß …

Es beschäftigt mich die ganze Nacht. Ich liege im Bett und starre an die Decke, denke an Dawn und Craig und das Mädchen mit den goldenen Creolen.

SIEBENUNDDREISSIG

Ich denke auch an Mark Tremayne in dieser Nacht. Wieder und wieder rufe ich mir die schrecklichen Dinge in Erinnerung, die er mir gesagt hat. Und das, was er getan hat. Ich weiß nicht, ob ich Dawn davon erzählen soll. Natürlich sollte ich das, aber es ist schwer vorherzusehen, wie sie darauf reagieren wird. Ich will sie auf keinen Fall verstören oder gar wütend machen.

Ich entsinne mich all seiner Schilderungen. Des Moments, wie ich mich hinter Elaines Rücken vor ihm verborgen habe. Kurz blitzt dabei eine Erinnerung auf. Sein Gesicht, das sich aus den Schatten heraus materialisiert. Seine Hand, die nach mir greift. Ihre Haut, so sanft und warm. Ich erinnere mich, wie geborgen ich mich in ihrer Gegenwart gefühlt habe. Und wie ich so wegdämmere und abdrifte in dieses Reich zwischen Wachsein und Schlaf, ist mir, als hätte irgendjemand einen Schalter umgelegt. Wie das Bild der Frau in dem grün-weißen Kleid am Strand stürzt eine verschüttete Erinnerung auf mich ein. Vielleicht ist es aber auch nur ein Traum. Es fühlt sich jedenfalls so an.

Es ist dunkel, und ich habe Angst. Ja, ich habe definitiv Angst. Und ich friere. Ich kann meine Zehen nicht mehr spüren. Ich versuche mit ihnen zu wackeln, doch ohne Erfolg. Es ist, als spielten sie toter Mann. Und ich habe diesen Geschmack im Mund. Nach Erde und Schotter und auch ein bisschen nach Laub. Ich versuche auszuspucken, aber es gelingt mir nicht. An einem meiner Knie ist eine Schürfwunde, verkrustet durch getrocknetes Blut und Dreck. Es tut weh. Ich schaue meinen

Arm an, sehe, dass er fleckig ist und sich die kleinen Härchen aufgestellt haben. Ich habe Gänsehaut. Winzig kleine Soldaten auf winzig kleinen Hügeln, denke ich. Das Nächste, an das ich mich erinnere, ist, wie ich ins grelle Sonnenlicht blinzle. Und an eine Person, die auf mich herabschaut. Es ist eine Frau, doch ich kann ihr Gesicht nicht erkennen. Die Silhouette ist unscharf, doch sie wird von der Sonne angestrahlt, als wäre sie von einem perfekten goldenen Glorienschein umgeben.

Die Frau bückt sich, murmelt mir etwas zu. Dann lächelt sie. Sie legt eine Hand auf meine Wange, und ihre Berührung ist samtig, fühlt sich vertraut an. Weit öffnet sie ihre Arme, und ich begebe mich hinein, schließe die Augen und atme ihren Duft. Sie riecht einfach wunderbar, frisch geschrubbt und parfümiert, geschminkt und gepflegt durch Cremes und Seife. Ich lege meinen Kopf an ihre Schulter und presse das Gesicht in die weiche Beuge ihres Nackens. Sie richtet sich auf, und gemeinsam lassen wir diese kalte, schmutzige Senke am Fuß des Baumes hinter uns. Sie spricht zu mir, und in ihrer Stimme schwingt eine Leichtigkeit mit, die einem Gesang gleichkommt, und es ist die wohl schönste Weise, die ich je vernommen habe. Ein magischer Gesang, der mich in Sicherheit wiegt.

ACHTUNDDREISSIG

»Alles okay, Liebes?«, fragt Phil mitfühlend, als er mir meinen Kaffee reicht.

»Bin heute ein bisschen geistesabwesend, mehr nicht.« Ich lächle, und er lächelt zurück. »Obwohl ... Kann ich dich mal was fragen?«

»Schieß los.«

»Nehmen wir an, du hättest einen Freund, ich meine, einen guten Freund, jemanden, den du sehr magst. Und nehmen wir weiterhin an, du findest heraus, dass sich die Person, die dieser Freund liebt, na ja, mit jemand anderem trifft. Würdest du ihm davon erzählen?«

»Schwierig. Aber ich kann dir aus Erfahrung sagen, dass es nichts Schlimmeres gibt, als zu erfahren, dass die Person, die man liebt, einen hintergeht. Aber um ehrlich zu sein: Als es mir passierte, hätte ich alles darum gegeben, es nie erfahren zu haben, aber ich bin auch ein Weichei. Ich bin mir sicher, die meisten würden lieber die Wahrheit wissen.«

»Tut mir leid, dass dir so was widerfahren ist.«

Phil zuckt die Achseln. »Tja, solche Dinge passieren nun mal. Bin aber drüber weg.«

Doch der Ausdruck auf seinem Gesicht straft seine Worte Lügen.

Als ich in Dawns Wohnung eintreffe, ist die Frage, ob ich ihr von dem Mädchen mit den goldenen Ohrringen erzählen soll, alles, woran ich noch denken kann.

»Du bist aber still heute«, sagt sie.

»Bin ein bisschen müde.«

»Hattest du gestern einen schönen Tag?«

»War okay«, erwidere ich und denke an Mark Tremayne, der in dem Haus in Bristol vor sich hin vegetiert.

Du musst es ihr sagen.

Ich weiß, antworte ich im Geiste. *Aber nicht jetzt. Ich werde es ihr bald erzählen*, verspreche ich.

Du bist feige. Du musst ihr von Mark Tremayne und dem blonden Mädchen mit diesem lächerlichen Top erzählen.

Während Dawn um mich herumwieselt, die Suppe warmmacht, die Katze aussperrt, den Kessel aufsetzt, sitze ich am Tisch, knibble an meinen Nägeln und suche nach den rechten Worten.

Plötzlich hört Dawn auf, den Tisch abzuwischen, zerknüllt den Putzlappen in ihrer Faust und sieht mich eindringlich an. »Sicher, dass alles okay ist?«

»Ja ...« Ich zögere. »Mir geht's gut.« Und mit diesen Worten verfrachte ich das Problem in eine Schachtel, um sie irgendwann später noch einmal hervorzuholen.

»Na gut. Hör mal, ich will noch schnell ein Bad nehmen, bevor ich ihr zu essen gebe. Wäre das in Ordnung?«

»Sicher. Ich setze mich schon zu ihr«, sage ich, doch da hat sie die Küche bereits verlassen.

Ich erhebe mich und gehe zu Alices Zimmer. Ich habe ein schlechtes Gewissen, weil ich Dawn gegenüber nicht ehrlich war. Die fortwährende Bedrückung, die auf diesem Raum lastet, empfängt mich, sobald ich die Tür öffne. Kein Wunder, dass Alice weder spricht noch interagiert, wenn sie Tag und Nacht in diesem stickigen Raum sitzt, der nur mit einer Wand voller kläglicher Erinnerungen aufwarten kann. Ich gehe rüber zu ihr, betrachte die jämmerliche Collage aus mir entgegenschreienden Headlines und hasse diesen Anblick plötzlich abgrundtief.

»Weißt du was, wir sollten diesen Raum ein bisschen freundlicher gestalten, meinst du nicht?« Ich tätschle ihre Hand. »Die Vergangenheit sollte endlich ruhen, und du solltest aufhören, dich an diesem morbiden Müll festzuklammern.«

Und so beginne ich damit, jeden Zeitungsausschnitt von der Wand zu lösen, wobei ich vorsichtig darauf achte, die Tapete darunter nicht zu zerreißen. Elaine hat solcherlei Zerstörungen stets gehasst. Nachdem ich alle Artikel entfernt habe, betrachte ich die Meerjungfrauen und zögere.

»Ich weiß nicht, was denkst du? Dranlassen oder runternehmen?« Ich überlege. »Es sind so viele. Zu viele. Ich glaube, wir nehmen sie ab.«

Die Wand sieht nackt aus, als ich fertig bin, nur ein leeres Tapetenrechteck mit hellen Flecken, wo zuvor für eine lange Zeit Nixenbilder prangten. Ich fühle mich ein wenig schuldig. Ich wende mich zu Alice um, bereit, die Collage wieder anzubringen, wenn es sein muss, aber sie zeigt kein Zeichen von Verwirrung.

»Ich besorge heute Nachmittag ein paar Rahmen, in die wir dann die hübschesten Bilder stecken. Die sehen bestimmt nett aus, wenn man sie ordentlich aufhängt. Und du musst jetzt auch nicht mehr die Wand anstarren!«

Ich bücke mich und stemme mich mit der Schulter gegen den Stuhl. Er ist nicht schwer und lässt sich leicht umdrehen, sodass Alice nun mit dem Gesicht zum Raum sitzt. Wieder tätschle ich ihre Hand und blicke mich um. Was könnte ich denn als Nächstes ändern? Plötzlich fühle ich mich gestärkt und von Energie erfüllt wie schon lange nicht mehr. Als ich die schmuddelige Häkelgardine zurückziehe, wird das Zimmer plötzlich von Licht durchflutet und lässt das Äußere hinein. Alices Bett muss von der Wand abgerückt werden, denke ich. Also ziehe ich es vor, bis das Kopfende direkt unter dem Fenster steht. Ich habe damit gerechnet, darunter den Staub, Schmutz und die Haarballen von Jahren vorzufinden, aber nichts. Wie alles in dieser Wohnung ist auch diese Stelle hier makellos sauber.

Ich trete zurück und betrachte mein Werk. Das Bett ragt nun ein wenig in den Raum, und man muss es umrunden, um von Alices Stuhl zur Tür zu gelangen, aber ich finde es trotzdem besser so. Ich entferne die wenigen Dinge – eine Lampe, eine Schachtel mit Kosmetiktüchern, ein sinnloser Wecker – von dem Pappkarton, der als Nachttisch dient, falte den Karton zusammen und schiebe ihn unters Bett. Dann schiebe ich den Tisch, der neben dem Bücherregal steht, an diese Stelle. Er braucht eine Tischdecke, um die zerkratzte Melaminplatte zu verdecken, also gehe ich zu der Kommode im Flur, in der Dawn ihre Wäsche aufbewahrt, und suche. Ganz unten, unter einem Stapel harter Handtücher und ausgebleichter Laken liegt eine dunkelblaue Decke. Die Motten haben sich schon an ihr gütlich getan, aber sie wird bis auf Weiteres reichen. Ich muss sie einmal in der Mitte zusammenfalten, aber wenn erst einmal die Lampe darauf steht, wird es schon ganz passabel aussehen. Ich schalte die Lampe ein, um es im Raum ein wenig gemütlicher zu machen, trete wieder zurück und schaue mir das Ergebnis an.

»Sieh mal!«, sage ich mit einem zufriedenen Lächeln. »Sieht das nicht gleich viel besser aus? Jetzt wirst du hier drinnen glücklicher sein. Ich hole noch das eine oder andere Dekostück aus der Stadt, und vielleicht streiche ich übers Wochenende auch die Wand, mal sehen.« Ich ziehe die Decke glatt, die über ihren Knien liegt. »Vielleicht ein schönes Butterblumengelb. Und neue Vorhänge brauchst du auch. Das alte Ding ist ja scheußlich.«

Ich gehe zurück und finde Dawn in ihrem Schlafzimmer, wo sie sich die Haare mit einem Handtuch trocken rubbelt.

»Und? War das Bad schön?«

Dawn nickt.

»Wenn du dich wieder angezogen hast, hab ich eine Überraschung für dich. In Alices Zimmer.«

Argwohn tritt in Dawns Gesicht. »Was für eine Überraschung?«

»Das musst du sehen«, sage ich. Mit diesen Worten gehe ich zurück ins Schlafzimmer, schließe die Tür hinter mir und lächle Alice zu. »Nichts sagen, okay? Wir wollen sie doch überraschen.«

Als ich Dawn näher kommen höre, öffne ich die Tür einen Spaltbreit und spähe hinaus.

»Was ist denn los?« Dawn könnte nicht gelangweilter aussehen, aber ich lasse mich davon nicht entmutigen.

»Na ja, du weißt ja, dass ihr Zimmer ein wenig –«, ich halte inne, »trostlos aussah.«

Die leichte Irritation auf Dawns Gesicht wird durch Verwirrung ersetzt.

»Tja ...« Ich lächle, trete einen Schritt zurück und lass die Tür aufschwingen. »Tadaaaaa!«

Reglos steht Dawn da. »Was hast du getan?«

»Ich hab ein bisschen umgeräumt. Es ein wenig hübscher gemacht.«

»Hübscher?«, sagt sie, ohne auch nur den Versuch zu starten, ihre Verärgerung zu verbergen.

»Ich dachte –«

»Nein, hast du nicht. Kein bisschen hast du nachgedacht. Denn hättest du es getan, hättest du alles so gelassen, wie es war. Wie es immer war.« Ihre Lippen werden schmal. »Das Bett blockiert den Zugang zur Tür. So wird es schwer, mit ihr zum Bad zu kommen. Und warum brennt diese Lampe?«

»Damit mehr Licht ins Zimmer kommt.«

Sie geht hinein, schaltet die Lampe aus.

»Wozu soll ein dunkles Zimmer gut sein?«, frage ich.

»Es kommt genug Licht durchs Fenster hinein«, sagt sie und zieht den Häkelvorhang wieder zu.

»Aber die Gardine hält doch das Licht ab.«

»Tut sie nicht. Sie ist so gemacht, dass es gerade hell genug ist hier drinnen, ohne dass die Leute hineinschauen können«, presst sie hervor.

»Dann muss man aber die Lampe wieder anmachen.«

»Sag mir nicht, was ich in meinem Haus zu tun oder zu lassen habe.«

»Das tue ich doch gar nicht, aber –«

»Doch, das tust du. Du willst mir erzählen, wie es deiner Meinung nach zu sein hat. Aber was weißt du denn schon? Was weißt du denn schon darüber, wie es ist, sich um jemanden kümmern zu müssen, dem es nicht gut geht?«

Normalerweise gehe ich Konfrontationen aus dem Weg, aber als ich sehe, wie dieser Häkelvorhang wieder vor dem Fenster hängt, überfällt mich die Klaustrophobie, unter der ich schon im Alten Pfarrhaus stets gelitten habe. Und die Erinnerung an meine Gefangenschaft scheint mich irgendwie stärker zu machen. »Aber sie braucht Licht.«

»Nein, es ist ja heller Tag.«

»Aber der ganze Raum ist düster.«

»Wie kannst du es wagen!«

»Tut mir leid, aber –«

»Wir brauchen diese Lampe nicht!«

»Dawn, du begehst einen Fehler.«

»Klar, du hast gut reden. Ich glaube kaum, dass ich einen Fehler mache, wenn ich am Monatsende alle Rechnungen zu bezahlen habe. Alles, was mich interessiert, ist die Frage, wie ich sie warm halten und satt kriegen kann. Wenn du also nichts dagegen hast, bleibt die Lampe aus, es sei denn, du bist der Meinung, dass das zusätzliche bisschen Licht wichtiger ist als Essen.«

»Dann lass mich die Stromrechnung übernehmen.«

Dawn wirft mir einen bitterbösen Blick zu, bevor sie auf dem Absatz kehrtmacht und aus dem Zimmer stürmt.

Schwer lasse ich mich auf die Bettkante sinken und lege das Gesicht in meine Hände. Ein Geruch steigt mir in die Nase. Der modrige, faulige Gestank des Hauses in Bristol, der wie ein blinder Passagier in meinem Pulli hängt. Ich krümme mich bei dem Gedanken an Mark Tremayne, dann sehe ich zu Alice auf.

»Er wusste es«, sage ich leise zu ihr. »Kannst du dir das vorstellen? Er wusste, dass sie mich hatten, und hat nichts gesagt. Er hat Geld von ihnen angenommen und dann euch beide verlassen.« Ich erhebe mich und ziehe das Bett langsam wieder an seinen alten Platz.

Doch ich bewege Alices Stuhl nicht von der Stelle und dekoriere auch die Wand nicht wieder. Was immer Dawn auch sagt oder denkt, diese schaurige Galerie ist Geschichte. Ich bin nicht länger das gestohlene Kind, weshalb für dieses Thema hier auch kein Platz mehr ist.

Dawn schiebt gerade die Katze zur Hintertür hinaus, als ich in die Küche zurückkehre und mich hinsetze. Dann schiebt sie die Kiste vor die Katzenklappe, um diese zu blockieren. Draußen springt die Katze auf den Vorsprung vor dem Fenster und sieht uns durch die Scheibe hindurch an.

»Ich weiß nicht, warum du dir eine Katze hältst, wenn du sie nicht magst«, sage ich ruhig.

»Hab ich dir doch schon gesagt«, erwidert sie. »Sie ist einfach hier aufgetaucht.«

Ich knibble an meinen Fingernägeln.

»Veränderungen sind nicht gut für sie.«

»Ich hab das Bett wieder an die alte Stelle gerückt.«

Vor dem Fenster miaut die Katze, kratzt am Glas der Scheibe und will unerklärlicherweise wieder zurück in die deprimierende Atmosphäre dieser Wohnung. Ich starre auf den flackernden Fernseher, während Dawn schweigend vor sich hin schmollt. Der Geruch in dieser Küche – feucht und muffig – lastet auf mir, bis ich kaum noch atmen kann.

»Ich denke, ich sollte gehen.«

»Bleibt es dabei, dass du am Freitag für ein paar Stunden herkommst?«, ruft sie hinter mir her, als ich durch den Flur gehe.

»Ja«, gebe ich zurück. »Hab ich doch versprochen, oder?«

Die Sonne hat es geschafft, das gestrige *drok newl* zu vertreiben, und kämpft sich tapfer durch den blassgrauen Himmel. Während ich zurück ins Zentrum von St. Ives gehe, studiere ich das Gesicht eines jeden anderen Passanten, sauge sein Lächeln in mich auf wie ein menschlicher Egel. An der Mole angekommen setze ich mich auf die Kaimauer und schaue auf den Hafen. Ich versuche, einen klaren Kopf zu bekommen, atme tief die salzige Luft ein, erfülle meinen Körper mit neuer Frische. Ich sehe, wie die Flut zurückkehrt, wie die Wellen kleine Teppiche von Seetang herantragen, die ein Sturm irgendwo hinter dem Horizont aus dem Meeresgrund gerissen hat.

»Ich weiß nicht, ob ich das kann«, flüstere ich dem aufkommenden Wind zu.

Das musst du, sagt eine Stimme. Du hast keine andere Wahl.

Doch es ist nicht Toris Stimme und auch nicht die der Meerjungfrau.

Diesmal ist es meine eigene.

NEUNUNDDREISSIG

Es klopft an der Tür meines Hostelzimmers.

»Tori? Kommst du?«

Das ist Greg. Ich verziehe das Gesicht und fluche im Stillen. Es ist Donnerstag, und ich habe diese blöde Party völlig vergessen. Ich werfe einen Blick auf die Uhr auf dem Nachttisch. Es ist fünf nach sieben. Mit Leuten auszugehen, die ich nicht mal kenne, kommt mir plötzlich nicht mehr wie eine sonderlich tolle Idee vor.

»Ich glaube nicht«, rufe ich. »Tut mir leid.«

»Kommt gar nicht infrage«, ruft er zurück. »Du kommst mit. Es wird bestimmt ein wunderbarer Abend, schön und warm. Glaub mir, es wird toll werden. Und jetzt komm endlich da raus.«

Ich gehe zur Tür, lege die Hand auf die Klinke und weiß nicht, was ich machen soll.

»Jetzt mach schon. Es wird bestimmt super.«

Unschlüssig kaue ich auf der Unterlippe herum.

Los jetzt. Sag Ja. Es wird dir guttun.

Also öffne ich die Tür, und als ich das tue, lächelt er mir entgegen. Er trägt ein verblasstes graues Sweatshirt, das locker um seinen Hals sitzt und seine Schulterlinie offenbart, eine verwaschene Jeans mit Löchern in Kniehöhe, durch die seine gebräunte Haut und ein Flaum sonnengebleichter Härchen durchblitzen.

»Kommst du?«

»Gib mir noch fünf Minuten, ja?«

Während ich mich in eine saubere Jeans werfe und mir das Haar bürste, gehe ich im Kopf noch einmal Toris Biografie durch, als gelte es, ein Theaterstück einzuüben:

Tori lebt in London und ist freiberufliche Journalistin. Sie kam nach Cornwall, um für eine Geschichte zu recherchieren, doch als sie hier war, wurde ihr klar, wie erschöpft sie ist und wie sehr sie eine Auszeit von London braucht, also hat sie sich für eine Weile von der Arbeit freigemacht. Sie wohnt in dem Hostel, das Greg leitet. Sie liebt Phils Cappuccinos. Ihr kennt doch Phil? Der Typ, der das Café am Hafen führt? Jeden Morgen trinkt sie einen, während sie auf einer Steinbuhne sitzt und aufs Wasser hinausschaut. Tagsüber liest oder schreibt sie. Und geht spazieren. Lange Spaziergänge entlang der Steilküste. Sie liebt das Meer, besonders wenn die Wellen hoch sind. Ihre Eltern sind Lehrer. Sie hat eine Schwester und einen Bruder, die beide ebenfalls in London leben. Sie verstehen sich gut. Sie kann es kaum erwarten, sich eine Katze anzuschaffen. Tori muss niemandem leidtun. Sie wurde nicht entführt, hat keine Tür zum Arbeitszimmer geöffnet, hinter der ein toter, blutüberströmter Mann saß, und hat auch keine leibliche Mutter, die in einem dunklen Zimmer und in einem ehemals lilafarbenen Morgenmantel vor sich hin vegetiert … Und sie ist nicht verheiratet, nein, sie ist definitiv nicht verheiratet.

Ich betrachte den Ehering an meinem Finger, ziehe ihn dann ab und verstaue ihn in der Schublade meines Nachtschranks. Ich reibe mir die Stelle, an der er einst gesessen hat, und es fühlt sich anders an. So wie ich mich anders fühle. Als hätte man mir die Fesseln durchgeschnitten. Ich stelle mir Davids Entsetzen vor, wenn er wüsste, dass ich ihn abgenommen habe. Er lehnt es selbst ab, einen Ring zu tragen, hat aber gemeint, ihn an meinem Finger zu sehen sei die schönste Sache überhaupt. So wie *ich* seine schönste Sache überhaupt sei.

Fi kommt nicht mit, wie Greg mir mitteilt, also ziehen nur er und ich los. Auf dem Weg ins Zentrum von St. Ives plaudern wir belangloses Zeug, und es ist irgendwie seltsam. Zumindest fühle ich mich irgendwie seltsam. Greg dagegen scheint guter Dinge zu sein und kein bisschen irritiert von der Tatsache, dass mir das Reden schwerfällt und mein Lachen gekünstelt klingt.

Als wir uns dem Pulk von Leuten nähern, die vor dem Pub stehen und trinken und die Abendsonne genießen, löst sich ein rehäugiges Mädchen aus der Gruppe von Leuten mit ach so glänzenden Haaren und strahlenden Zähnen. Sie trägt eng anliegende Shorts, und ihre schlanken, glatten Beine enden in pelzgesäumten Stiefelchen. Sie eilt auf Greg zu und drückt ihm einen Kuss auf die Lippen, was in mir ein irrationales Gefühl der Eifersucht auslöst.

»Dachte schon, du kommst nicht«, trällert sie. »Gott sei Dank bist du da. Weiß nicht, was ich getan hätte, wenn du nicht aufgekreuzt wärst.«

»Als ob ich dich je sitzen lassen würde«, sagt Greg zu dem unfassbar geschmeidigen Wesen. »Habt ihr schon zu trinken?«

Sie kichert. »Wir haben Tequilas«, verkündet sie wie ein vergnügtes Kind. »Ich lass hier anschreiben. Daddy hat fünfzig Pfund lockergemacht, also kann die Party steigen.«

»Gutes Mädchen«, sagt Greg. »Darf ich dir Tori vorstellen? Tori, das hier ist Finty.« Sie reicht mir eine perfekt manikürte Hand, die ich ergreife und schüttle. »Tori kommt aus London. Wie du.«

Das Herz hüpft mir bis in die Kehle hinauf.

»Echt jetzt? Aus welchem Teil?«

»Bloomsbury«, erwidere ich und bete, dass sie sich da nicht so gut auskennt.

»Oh, wie *hipster.*« Daraus, wie sie das sagt, schließe ich, dass Tori wohl im falschen Teil Londons lebt. Ich bin drauf und dran, sie zu fragen, wo sie denn herkommt, doch sie dreht sich von mir weg und packt Greg am Arm. »Komm mit, Schatz, ich brauche Hilfe, um mehr Drinks zu organisieren.«

Am liebsten würde ich mich auf der Stelle umdrehen und wieder den Hügel hinauf und zurück zum Hostel gehen. Mit diesen Leuten kann ich nichts anfangen. Ich bin nicht mal sicher, ob Tori was mit ihnen anfangen kann. Doch Greg bedeutet mir, ihnen zu folgen, also zwänge ich mich durch die Gäste und in den Pub hinein, bis wir vor dem Tresen stehen.

»Wie viel brauchen wir?«, fragt Finty ihn.

»Je einen für mich und Tori, damit wir gleichziehen können, und dann noch eine volle Runde für alle.« Greg dreht sich zu mir um. »Du magst doch Tequila, oder?«

Ich habe noch nie zuvor einen getrunken, doch ich komme nicht dazu, ihm zu antworten. Schon hat er die Getränke bestellt, und das Mädchen hinter der Bar, das mich wiedererkennt und mir zulächelt, belädt ein Tablett mit vielen kleinen Gläsern, in denen sich eine klare Flüssigkeit befindet. Dazu eine Untertasse mit Zitronenscheiben und ein Salzfässchen.

»Vorsicht, heiß und fettig!«, witzelt Greg, als er das Tablett durch den Pub nach draußen trägt.

Das Mädchen kichert und schiebt sich zwischen ihn und mich, als wäre ich gar nicht da. Mein Herz hämmert vor Nervosität, als wir uns dem Tisch nähern. Alles jubelt, als Greg mit den Drinks eintrifft, als wäre er ein heimkehrender siegreicher General. Ich versuche, nicht rot zu werden, und setze mich neben Greg ans Ende der Bank. Dann sehe ich zu, wie er sich Salz auf den Handrücken streut und sich mit der anderen ein Glas und eine Zitronenscheibe schnappt.

»Bis später!«, ruft er aus und alles lacht.

Ich greife nach einem Glas und hebe es an mein Gesicht. Es riecht gefährlich. Dann ein Blick zu Greg, der mir aufmunternd zunickt. Ich hole tief Luft und tue genau das, was auch er getan hat: Lecke das Salz von meiner Hand, kippe mir den Drink hinter die Binde und lutsche dann an der Zitronenscheibe. Es ist das schärfste Zeug, das ich je gekostet habe, aber es fühlt sich toll an, wie es in meiner Kehle brennt.

Tatsächlich genehmigen wir uns noch einen. Dann steht jemand auf und schnappt sich das Tablett. Ich greife in meine Jeans und stecke ihm eine Zwanzig-Pfund-Note zu.

»Nimm das«, sage ich leise, und er lächelt mich an.

Genau das habe ich immer vermisst: Mit Freunden, einer Gruppe von Leuten, einfach ein bisschen Spaß haben, und das Gefühl von Freiheit, das Adrenalin, das es in meinem Körper ausschüttet, ist einfach nur beglückend.

»Morgen früh werden wir dafür büßen«, bemerkt jemand. »Tequila ist die Mutter aller Kater.«

»So schlimm wird's schon nicht werden, oder?«, frage ich besorgt. Schon im nächsten Moment mache ich mich mit klopfendem Herzen darauf gefasst, dass sie sich nun zu mir umwenden, mich anstarren und mich dann wie einst die schüchterne, ängstliche Bella links liegen lassen werden. Aber sie lachen nur.

Die nächste Stunde verfliegt mit Herumalbern und Trinken und Flirten. Die Leute am Tisch sehen sich alle irgendwie ähnlich mit ihren sonnengebleichten Haaren und den Holzperlen-Bändern um Hals oder Handgelenk. Als ich einigen von ihnen erzähle, dass ich London satthabe und mir das Meer unter die Haut gegangen ist, nicken sie verständnisvoll. Wenigstens die Hälfte der Anwesenden stammt auch aus irgendeiner grauen Stadt und ist einem Leben entflohen, das sie irgendwie aufgezehrt hat.

»Also«, sagt Greg unvermittelt und schlägt sich auf die Oberschenkel. »Was haltet ihr davon, wenn wir die Party an den Strand verlegen?«

Zustimmendes Gemurmel, und schon ziehen wir gemeinsam lachend durch die Straßen. Es ist ein wunderschöner Abend, die Sonne steht tief, und der gestrige Regen hat die Sommerluft rein und frisch zurückgelassen. Mein Kopf ist ganz leicht, und ich ermahne mich, ein wenig vorsichtiger mit dem Alkohol zu sein. Ich bin ja nicht wirklich Tori, und insofern trinke ich auch nicht wirklich.

Das Mädchen mit den Fellstiefeln und dem unmöglichen Namen geht plötzlich neben mir. Sie ist eine wahre Magazinschönheit mit professionell gebleichten Zähnen und Wimpern so lang wie bei einer Kuh. Alles an ihr strahlt Selbstbewusstsein aus, und allein neben ihr zu gehen saugt jeglichen Mut, den ich je gehabt habe, aus mir heraus und scheint in einem schwarzen Loch zu verschwinden.

Jetzt bloß nicht resignieren, um Gottes willen. Du bist diesem Mädchen ebenbürtig.

Ja, sage ich mir, das bin ich. Also straffe ich mich, strecke das Kinn vor und gehe wie eine Frau, die weiß, wohin sie will.

Greg taucht hinter Finty auf und legt ihr einen Arm um die Schulter. Gleichzeitig zwinkert er mir zu, weshalb mir das nicht allzu viel ausmacht. Gregs alter Van steht in einer Seitenstraße, und als wir ihn erreichen, quetschen wir uns alle hinein. Ich will nach meinem Sicherheitsgurt greifen, aber da ist keiner. Ich bin kurz davor, Greg darauf hinzuweisen, da bemerke ich, dass sich niemand angeschnallt hat, nicht mal Greg, der ja immerhin hinter dem Steuer sitzt. Ich mag gar nicht daran denken, was David wohl dazu sagen würde. Zu einem Fahrer, der es nicht für nötig befindet, die Segnungen des Sicherheitsgurtes zu preisen, und der darüber hinaus auch noch so viel Tequila intus hat, dass es ein ganzes mexikanisches Rugby-Team aus den Latschen hauen würde.

Schweigend sitze ich während der Fahrt zum Strand da,

während die anderen lachen, herumalbern, Bierdosen mit Lager knacken und sich Zigaretten anzünden. Ich lege die Nasenspitze ans Fenster und schaue hinaus. Zu unserer Linken schlängelt sich die Straße durch farnbewachsene Hügel, zu unserer Rechten sehe ich Felder, die sich fast bis ans Wasser erstrecken. Schon bald biegen wir auf einen unbefestigten Weg ein, der nicht zu enden scheint, bis wir endlich eine Art Viehgatter erreichen. Es hängt oben aus der Angel, steht weit auf und stößt dabei an einen Granitblock an, der von Gras und Gestrüpp überwuchert ist. Dann parken wir neben zwei anderen Wagen. Außer uns sind noch sieben oder acht andere Leute hier auf dem Platz.

»Soll ich helfen?«, fragt Greg und reicht mir eine Hand, als er die Tür des Transporters aufschiebt.

»Nein, danke«, sage ich und springe hinaus.

Beladen mit Kisten voller Essen und Bierdosen sowie einem alten CD-Player folgen wir Greg wie die Kinder von Hameln dem Rattenfänger. Er führt uns über einen Acker, vorbei an einem bellenden schwarzweißen Hund, der Gott sei Dank an einem Baum angeleint ist. Ich habe Respekt vor Hunden. Wie Elaine, natürlich.

»Oh, ich liebe Hunde!« Wie nicht anders zu erwarten, ist es Finty, die auf ihren pelzigen Stiefeln zu der Kreatur geht und sich niederbeugt. »Hallo, Kleiner«, schmeichelt sie.

Der Hund verstummt, leckt – offenbar betört – ihre Hand, woraufhin sie in mädchenhaftes Gekicher ausbricht, bevor sie ihn auf den Kopf küsst.

Wir biegen auf einen schmalen Fußweg ein, der zu beiden Seiten von struppigen Hecken gesäumt wird, die hoch über meinen Kopf reichen. Überall liegen Steine, die mich straucheln lassen. Vor mir geht Finty, die über alles lacht, was Greg sagt, und den Pfad so trittsicher bewältigt wie eine Bergziege in Designer-Stiefeln.

Ich wende meinen Blick von ihnen ab und atme tief den Geruch der Salzwiesen ein, der schwer über der Abendhitze liegt. Das Meer bietet einen spektakulären Anblick, wie es im blutroten Sonnenuntergang daliegt und funkelt, als hätte man es in Brand gesteckt. Wie aus dem Nichts muss ich an David denken, der sich plötzlich aus meinem Kopf befreit und vor mir herläuft. Auch er ist auf dem Weg zum Strand, und er ist nicht allein. Tori – wie sie als Kind war, wenn wir miteinander spielten – ist bei ihm. Sie sitzt auf seinen Schultern. Er hat ihre Handgelenke sicher umfasst. Ihr blondes, an den Enden aufgerolltes Haar wippt, während er sicheren Schritts ausschreitet. Mit ihren kleinen Händen streicht sie ihm das Haar aus den Augen, ihre Finger berühren seine Stirn, und indem sie das tut, kann auch ich seine Haut förmlich spüren – feucht von Schweiß, und das ergrauende Haar weich unter der Berührung. Ich kann fühlen, wie angespannt sein Griff ist. Fest, zu fest, hat er ihre Handgelenke umklammert, damit sie nicht fällt.

Du meinst, damit *du* nicht fällst, sagt er jetzt so laut und klar, als wäre er wirklich bei mir.

»Ich brauche dich nicht«, erwidere ich. »Ich werde nicht hinfallen.«

»Ja, Vorsicht, hier ist's ganz schön rutschig«, sagt ein Mädchen hinter mir. Ich wende mich zu ihr um und lächle, und in diesem Moment verschwindet David.

Der Pfad wird abschüssig. Wir kommen an großen Felsbrocken, angespülten Fischereiabfällen und Pfützen vorbei, die der Sturm hinterlassen hat. Das letzte Stück Fußmarsch ist das beschwerlichste, doch als wir den steilen steinigen Pfad hinabklettern, wird das Krachen der sich in Ufernähe brechenden Wellen immer lauter und treibt mich voran.

Als wir endlich den Strand erreichen, raubt mir der Anblick den Atem. Reglos stehe ich da, um alles in mich aufzunehmen.

Die Küste hier ist fantastisch, eine halbmondförmige Bucht mit weißem Sand, die zudem noch menschenleer ist. Flankiert wird sie durch hohe Steilwände zu allen Seiten, während das dunkelblaue Meer in riesigen Wellen heranrollt.

Neben mir kommt ein Junge zum Stehen. »Na, was sagst du dazu?«

»Es ist wunderschön«, wispere ich.

»Einer der besten Angelplätze Englands, aber erzähl's nicht den Ameisen«, sagt er und tippt sich an die Nase. »Dieser Ort hier gehört nur uns.«

»Ameisen?«

»Touristen. Wir nennen sie Ameisen. Weil die Leute aus dem Landesinneren irgendwie so aussehen, wenn sie in Heerscharen in Kernow einfallen und sich auf gemieteten Bodyboards durch die Wellen quälen. Arschgeigen …«, setzt er höhnisch hinzu.

Ich trete unbehaglich auf der Stelle, hoffe, er hält mich nicht auch für eine Ameise.

Er bückt sich, um etwas Treibholz aufzuheben. »Fürs Feuer«, sagt er. »Sammle so viel wie möglich. Es wird gleich dunkel.«

Wir stoßen zu den anderen und legen das bisschen Holz, das ich zusammengeklaubt habe, auf den wachsenden Stapel. Greg schaufelt händeweise dürres Gras unter das Feuerholz und die Zweige und macht sich mit hochkonzentriertem Gesicht daran, das Ganze in Brand zu stecken. Dabei sieht er aus wie ein überalterter Pfadfinder, und ich muss ein Lachen unterdrücken.

Ich entferne mich ein paar Schritte von der Gruppe und betrachte die sich brechenden Wellen. Sie versuchen, mir etwas zu sagen, und ich will herausfinden, was es ist. Und da, für einen kurzen Moment, höre ich den Gesang.

»Hey!« Der Ruf unterbricht meine Trance. Ich drehe mich um und sehe zwei Männer, die sich mit einem riesigen Baumstamm abmühen. »Kannst du uns mal helfen?«

»Sicher«, sage ich und gehe ihnen zur Hand.

»Das wird wohl reichen«, sagt der eine, als wir den Stamm triumphierend neben dem Feuer abladen.

Gemeinsam verfolgen wir den Untergang der Sonne, beobachten schweigend, wie sie zu apricotfarbenen Strahlen verblasst und dann am Horizont verschwindet. Sanfte Reggae-Rhythmen mischen sich mit dem Duft nach gebratenen Würstchen und Marihuana. Ich schnappe mir eine Dose Cola und lehne mich an einen Felsen, der noch warm ist von der Hitze des Tages. Ich lächle, als ich feststelle, wie sehr sich diese Party doch von denen unterscheidet, die ich zuvor besucht habe. Formelle Zusammenkünfte an der Uni, bevölkert von Männern in Cord und Frauen in hochgeknöpften Kleidern, die an Orangensaft nuckeln und akademische Themen beackern. Und wie ich so daliege, dem gedämpften Geplauder um mich herum lausche, höre, wie einige zur Musik mitsingen, wie mich all diese Geräusche einhüllen wie in einen Kokon, erkenne ich, wie sehr ich das alles vermisst habe.

Meine Gedanken gehen zu Dawn, und ich wünschte, sie wäre auch hier. Sie könnte ein wenig Abstand vom Alltagstrott wahrlich gebrauchen. Es kann einfach nicht gut sein, sich Tag für Tag mit einer schweigenden Mutter und einer Katze, deren Gesellschaft man nicht will, von der Welt abzuschotten.

Greg lässt sich neben mir in den Sand fallen.

»Hey«, sagt er. »Hab ich nicht gesagt, dass es nett werden würde?«

»Ja, ich bin froh, dass ich mitgekommen bin.« Ich nehme eine Handvoll Sand und lasse ihn durch die Finger rieseln. »Ich mag die Musik.«

»Ach ja? Was für Musik hörst du denn für gewöhnlich?«

Ich denke darüber nach, weiß, dass ich mir was ausdenken sollte, um dem Bild der coolen und selbstbewussten Tori zu entsprechen, doch die Namen der Bands, die mir im tequilalosen Zustand vielleicht einfallen würden, sind wie ausgelöscht. »Jazz, würde ich sagen.«

Greg schnaubt vor Lachen. »Jazz?«

Meine Wangen werden heiß, doch ich zucke die Achseln.

»Ich kann Jazz nicht ausstehen«, sagt er.

Es dauert einen Moment, doch dann breche auch ich in Lachen aus. »Ich auch nicht«, verkünde ich prustend.

Er grinst, streicht mir eine Haarsträhne hinters Ohr, und mir stockt der Atem. Es ist tiefschwarz um uns herum, doch im flackernden Licht des Feuers sehe ich ihn lächeln.

»Du bist sehr schön, Tori.«

Ich lehne mich an seine Schulter an, komme mir aber auf der Stelle albern vor und setze mich wieder aufrecht hin. Dann sehe ich zu ihm auf. Das Lächeln ist aus seinem Gesicht verschwunden, und in einem Aufruhr aus Gefühlen – Furcht und Erregung – glaube ich, dass er mich gleich küssen wird. Ich schaue mir über die Schulter, aber niemand beobachtet uns.

»Was ist mit Finty?«, flüstere ich.

»Wer?«

»Das Mädchen mit den Pelzstiefeln. Ist sie denn nicht deine Freundin?«

»Grundgütiger Himmel, nein«, sagt er. »Hab sie letztes Jahr in den Ferien mal geküsst. Ist gut fürs Geschäft, wenn man ein bisschen mit den Touristinnen flirtet, weißt du? Sie kommen dann umso lieber wieder hierher. Aber ich bin nicht weitergehend an ihr interessiert.« Er lächelt auf eine Weise, die mich dazu ermuntern soll, seine Bemerkung über das Flirten als Konjunkturmotor als Witz abzutun. »Wie dem auch sei«, fährt er fort, »ich glaube auch nicht, dass sie sonderlich auf mich steht.« Mit dem Kopf nickt er zum Lagerfeuer.

Ich schaue in die betreffende Richtung. Finty ist nah beim Feuer mit einem der Jungs, denen ich geholfen habe, den Baumstamm herbeizuschleppen. In einer recht unbequemen Weise miteinander verschlungen liegen sie da, wobei sie eines ihrer Beine über seines geschoben hat, während sich seine Hand gerade unter ihr Top verirrt. Ich sehe Greg an. Ohne den Blick von mir abzuwenden, bohrt er seine Dose Lager in den Sand, nimmt dann mein Kinn zwischen Daumen und Zeigefinger und beugt sich zu mir vor.

Mein Herz rast.

Dann küsst er mich. Mit seinen starken Händen auf meinen Schultern küsst er mich, als wäre dies zu meinem und weniger zu seinem Vergnügen. David hat mich noch nie auf diese Weise geküsst. Er küsst mich, als sei es eine langweilige Pflicht, bevor er seinen Hosenstall öffnet und das Recht auf seine Frau einfordert. Erst jetzt begreife ich, wie falsch es war, nicht auch anderen Menschen nähergekommen zu sein, bevor ich ihm das Jawort gab. Und diese Erkenntnis hilft mir, das Schuldgefühl ein wenig abzumildern, das ich angesichts meines wenig loyalen Verhaltens empfinde.

Greg hält inne und tastet den Sand neben sich nach einer Flasche Wodka ab. Er schraubt sie auf und setzt sie an. Dann legt er seine Lippen an meine, und wir küssen uns erneut, während die köstliche Flüssigkeit von seinem in meinen Mund tropft. Er senkt den Kopf und liebkost mit seinem Mund die Haut meines Dekolletés, während er mit der anderen den Knopf meines Shirts öffnet. Jetzt streicht er mit der flachen Hand über meine Brüste und umfasst sie dabei immer wieder zart.

»Nicht hier«, flüstere ich. »Lass uns ein ruhigeres Plätzchen suchen …«

Seine Augen glitzern vor Lust, die Lippen sind feucht von Speichel und Wodka. Er nimmt mich bei der Hand und führt mich fort von den anderen – einige dösend, andere tanzend oder sich küssend – und in den Schatten eines großen Felsens. Dort lassen wir uns in den Sand gleiten. Der Boden hier ist, so weit entfernt vom Feuer, überraschend kühl, und ich beginne zu zittern.

Ich habe Angst.

Aber du willst es.

Ich fummle an den Knöpfen seiner Jeans, dann öffne ich meine eigene. Das T-Shirt hat er schon ausgezogen, und obwohl ich den Tiger in der Dunkelheit nicht erkennen kann, weiß ich doch, dass er da ist. Ich fahre mit der Hand über seinen Rücken, bilde mir ein, das weiche, dichte Fell spüren zu können. Greg küsst mich wieder, fordernder diesmal, und ich küsse ihn leidenschaftlich zurück, ziehe ihn fest an mich.

Ja, du willst es.

Und als er endlich in mich eindringt, muss ich mir auf die Lippe beißen, um nicht allzu laut aufzustöhnen, während sich Tränen in meinen Augen sammeln.

VIERZIG

Als ich erwache, friere ich, und alles tut mir weh. Ich bringe meinen steifen Körper in eine aufrechte Position, streife mir das Shirt über und schließe die Knöpfe. Neben mir liegt Greg im Schatten des Felsens und schläft tief und fest. Im Licht des frühen Morgens sieht er aus wie eine griechische Statue mit seinen fein gemeißelten Zügen und klassischen Proportionen. Ein Hauch von Gleichmut liegt auf seinem Gesicht. Ich habe Flashbacks von gestern Nacht, die verschiedene Emotionen in mir auslösen. Da ist das Echo des Hochgefühls, das ich empfand, als mein Körper auf eine Weise erweckt wurde, wie ich es noch nie erlebt habe. Da ist Schuld angesichts meines Eheversprechens an David, von dem ich mir nie vorstellen konnte, es je zu brechen. Und da ist auch ein neues Gefühl der Stärke und die Überzeugung, dass sich alles ändern wird, wenn ich irgendwann zu ihm zurückkehre. Weil *ich* mich verändert habe.

Ich weiß nicht, wie spät es ist, vermute aber, es muss so gegen fünf Uhr morgens sein, weil gerade ein diffuses Licht den Himmel erhellt. Die Farben um mich herum wirken noch gedämpft, ein Spektrum aus hellen Grau- und Blautönen, die von einer Schicht Musselin bedeckt zu sein scheinen. Das große Strandfeuer glimmt noch immer vor sich hin. Es ist ordentlich abgebrannt, und der Sand ringsum ist von Kohlerückständen bedeckt. Die anderen Partybesucher liegen schlafend daneben, nur teilweise bedeckt von Jacken oder was sich sonst noch als Schutz gegen die Kälte eignete.

Mein Mund ist trocken, mein Schädel dröhnt, und mir wird

immer wieder mal schlecht. Greg und ich haben getrunken, hatten Sex, haben mehr getrunken – und das fast die ganze Nacht hindurch. Ich kann insgesamt nicht mehr als ein, zwei Stunden geschlafen haben. In dem ganzen Chaos versuche ich eine Flasche Wasser zu finden, aber es gibt nur leere Flaschen und Taschen, die mit Lebensmittelverpackungen vollgestopft sind.

Durch die Stille gehe ich über den Strand aufs Wasser zu. Der Morgenhimmel ist nun von vereinzelten Lichtstrahlen durchbrochen, als hätte ein Radiergummi senkrechte Balken in einer Buntstiftzeichnung hinterlassen. Alles ist so still. Selbst die Wellen scheinen lautlos an den Strand heranzurollen, als würde ich die Szenerie auf Dawns leise gestelltem Fernseher betrachten. Der Sand unter meinen Füßen wird nass, als ich näher ans Wasser trete. Ich gehe weiter, bis die auslaufenden Wellen über meine Füße hinweggleiten und als schäumende Blasen im Sand versickern. Das Wasser ist von außergewöhnlicher Farbe, weder grau noch blau noch grün, sondern eher eine Mischung aus allem. Ich stelle mir vor, wie Morveren und Matthew mich aus den Tiefen heraus beobachten, kann förmlich spüren, wie sie mich beäugen, wobei sie sich so fest an den Händen halten, dass es fast schmerzt. Ich fürchte, sie könnten mir wegen meiner Untreue vielleicht böse sein, doch ich kann nicht fühlen, dass sie mich deshalb in irgendeiner Weise verurteilen, und ich bin erleichtert.

Aus den Augenwinkeln heraus entdecke ich etwas im Wasser. Ein schwarzer Felsen vielleicht, aber das kann nicht sein, denn als ich noch mal hinsehe, ist es nicht mehr da. Sekunden später taucht es wieder auf, und mein Herz hüpft vor kindlicher Freude. Es ist eine Robbe. Ruhig treibt sie im Meer, den Kopf aus dem Wasser gestreckt, und schaut mich ein, zwei Minuten an, bevor sie wieder abtaucht.

Nein, geh nicht.

Mein Blick zuckt durch die Bucht. Wo ist sie? Und dann sehe ich sie wieder, diesmal nur wenige Meter vom Ufer entfernt. Sie tanzt vor und zurück zwischen den sich brechenden Wellen, eine Sondervorstellung nur für mich. Immer wieder hebt die Robbe ihren Kopf aus dem Wasser, während der schwarze Körper auf und ab hüpft. Plötzlich erregt irgendetwas ihre Aufmerksamkeit, woraufhin sie sich rückwärts in die Fluten wirft und verschwindet.

In diesem Augenblick kommt Greg auf mich zu.

»Hast du sie gesehen?«, flüstere ich.

»Wen gesehen?« Seine Stimme klingt, als wäre seine Kehle vollkommen ausgedörrt.

»Die Robbe.«

»Ja, die lieben diesen Strand. Ist nett und ruhig hier.« Er wendet sich zum Gehen. »Ich fahre jetzt den Lieferwagen wieder zurück. Wer will, kann ja mitkommen. Hab um acht die erste Unterrichtsstunde, und da wär's schön, vorher noch 'ne Mütze voll Schlaf in 'nem richtigen Bett zu kriegen. Kommst du?«

»Ja, bitte. Mir geht's nämlich auch nicht so gut ...«

Greg geht, doch ich folge ihm nicht sofort. Es muss Flut sein, denn das Wasser in der Bucht wird von Minute zu Minute raumgreifender. Ich trete ein paar Schritte zurück, sehe, wie das Meer meine Fußabdrücke verschlingt, sie auslöscht, als sich die Wellen wieder zurückziehen und jungfräulichen Sand zurücklassen, als wäre ich nie hier gewesen.

Diejenigen, die heute arbeiten müssen, rappeln sich auf, als Greg zum Aufbruch ruft.

»Was ist mit dem ganzen Abfall?«, frage ich, als ich auf den teilweise zugemüllten Strand deute.

»Die anderen kümmern sich drum«, sagt Greg und macht sich über den Strandpfad auf Richtung Auto. »Keine Sorge, wir lassen nichts liegen.«

Zu fünft schleppen wir uns zurück zum Auto wie erschöpfte Karawanenkamele. Als wir endlich die Hügelkuppe erreicht haben, muss ich mich sehr zusammenreißen, um mich nicht auf der Stelle hier zusammenzurollen und einzuschlafen.

In der Rezeption des Hostels verabschieden Greg und ich uns. Er küsst mich nicht, dankt mir aber für die tollen Stunden, wodurch ich mich wie eine Schlampe fühle. Nachdem ich die Schlüssel aus meiner Tasche gefummelt habe, versuche ich mit steifen Fingern die Tür zu meinem Zimmer zu öffnen. In diesem Moment gesellt sich zu allem Überfluss auch noch ein hämmernder Kopfschmerz zu meiner Erschöpfung, der mir die Sicht verschleiert. Drinnen lasse ich mich aufs Bett fallen, doch sobald ich die Lider schließe, erscheinen die Campbells vor meinem inneren Auge, und die Bilder fahren in meinem Kopf Karussell.

Elaine ist wütend.

Mit verschränkten Armen steht sie da und sieht mich vorwurfsvoll an, weil ich mich in Lebensgefahr begeben habe. Wie habe ich nur so viel trinken können? Um dann noch zu einem Betrunkenen ins Auto zu steigen. Was habe ich mir nur dabei gedacht, Sex mit einem Fremden zu haben?

Du bist verheiratet, Herrgott noch mal!

Tut mir leid, ich wollte nicht –, beginne ich, aber sie will meine Entschuldigungen nicht hören. Stattdessen wendet sie sich von mir ab.

Ich sehe zu Henry, aber der schüttelt nur den Kopf und dreht sich ebenfalls um. Ich will nach ihnen greifen, fast haben meine Finger sie erreicht, als die beiden herumfahren und durch die Luft auf mich zuschießen. Ihre Gesichter sind blutbefleckt und verrottet, die Zungen geschwollen, und die Haut schält sich von ihren Knochen.

Ich schrecke aus dem Schlaf und schnelle panisch aus dem Bett. Dabei stolpere ich über etwas und falle hin. Ich versuche, den Sturz abzufedern, aber meine Hand greift ins Leere, und ich stoße mir den Kopf an der Ecke des Nachttischs. Es folgt ein stechender Schmerz, und als ich meine Stirn befühle und danach meine Finger anschaue, sehe ich Blut. Dann wird mir wieder schlecht. Abermals verschwimmt meine Sicht. Ich greife nach dem Bettpfosten, um mich aufzurappeln, doch in diesem Moment wird es Nacht um mich.

EINUNDVIERZIG

Mein Kopf fühlt sich an, als hätte man ihn durchgesägt, um mein Hirn herauszulöffeln. Ich versuche, die Augen zu öffnen, doch das Licht, das durch das Fenster fällt, blendet einfach zu stark. Die Bettdecke liegt auf mir, und auf dem Nachttisch steht ein Glas Wasser. Ich greife danach und trinke. Im ersten Moment hilft es, doch als ich den letzten Schluck herunterstürze, beginnt es in meinem Schädel wieder zu hämmern.

Ich weiß nicht, wie lange ich so daliege und versuche, den Schmerz, der von meinem Kopf in meinen ganzen Körper ausstrahlt, wegzuatmen. Fast wäre ich wieder eingenickt, als es klopft. Kurz darauf öffnet sich die Tür quietschend einen winzigen Spalt.

»Tori? Ich bin's – Fi. Alles okay bei dir?«

Ich will ihr zurufen, dass es mir gut geht, dass sie mich in Ruhe lassen soll, aber ich schaffe es nicht. Fi, die sich heute das lilafarbene Haar mit einem bunten Schal aus dem Gesicht gebunden hat, erscheint am Fuß des Bettes.

»Wollte nur checken, ob's dir gut geht«, sagt sie. »Vor ein paar Stunden warst du ganz schön neben der Spur.«

»Mir ging's schon mal besser.«

»Ich habe Krach aus deinem Zimmer gehört, deshalb hab ich mal nach dem Rechten gesehen. Du lagst auf dem Boden. Erinnerst du dich?«

Ich schüttle den Kopf, was sich gar nicht gut anfühlt.

»Du hattest dich am Kopf gestoßen. Da war Blut. Und du hast mit mir geredet. Erinnerst du dich denn an gar nichts?«

»Nein.«

»Gott, ich hätte einen Arzt rufen sollen. Ich dachte, wenn du noch reden kannst, wird's schon nicht so schlimm sein. Hab dir ein Pflaster draufgemacht. Die Verletzung ist nicht schlimm, könnte aber sein, dass du 'ne leichte Gehirnerschütterung hast. Vielleicht solltest du mal einen Arzt aufsuchen? Nachdem ich dich wieder ins Bett gepackt hab, hast du irgendwas gerufen ... Na ja, dachte ich zumindest.«

»Ich habe Albträume.«

»Das weiß ich«, sagt sie. »Mein Zimmer liegt gleich über deinem. Ich kann dich hören.« Sie setzt sich auf die Bettkante und legt eine Hand auf meine. Eine vertraute Geste, die mir nicht unangenehm ist, und ich muss dem Drang widerstehen, mich an sie anzuschmiegen.

»Danke, dass du dich um mich gekümmert hast.«

»Kein Problem. Aber du wirst zum Arzt gehen, ja?«

»Ich denke, ich brauche nur ein wenig Schlaf. Morgen wird's schon wieder gehen –« Als ich die Augen schließe, fällt mir Dawn ein.

Erschrocken setze ich mich im Bett auf. »Wie spät ist es, Fi?« Jedes einzelne Wort hämmert gegen meine Schläfen.

»Kurz nach zehn«, erwidert sie. »Vielleicht auch schon halb elf.«

»Ich muss aufstehen.«

»Du solltest aber noch liegen bleiben. Das war ein ziemlicher Schlag gegen den Kopf. Du musst dich noch ein bisschen schonen. Siehst nämlich nicht gerade sehr gut aus. Ich –« Sie hält abrupt inne, schaut nach unten. »Sorry, geht mich ja gar nichts an.«

Zehn Minuten später gehe ich, so schnell es mir möglich ist, über den Hügel zur Wohnung. Bilder der letzten Nacht schießen mir durch den Kopf. Gregs Hand auf meiner Taille, sein unrasiertes Gesicht an meinem Hals. Davids missbilligendes Gesicht erscheint. Ich erinnere mich an meinen Hochzeitstag, an dem ich vor einer Handvoll Leuten, ihm – und nur ihm – ewige Treue geschworen habe.

»Damals war ich jemand anderes.«

Davids Miene verzieht sich vor Wut. Er versteht es nicht.

»Schau mich nicht so an. Das war Tori, nicht ich. Greg hat deine Frau nicht mal kennengelernt. Er hatte Sex mit Tori. Frag ihn doch.«

Davids Gesicht verschwindet.

Ich klopfe an die Tür der Wohnung und warte, bis Dawn mir öffnet. Als sie es tut, dreht sie sich auf der Stelle um und flitzt wortlos durch den Flur davon. Ich folge ihr und finde sie vor dem Fernseher sitzend, wo sie wie gebannt ihr TV-Programm verfolgt. Ich nehme am Tisch Platz, stütze meinen Kopf auf und lausche der schrillen Diskussion im Fernsehen, wo ein paar Frauen über die Immigration und deren Auswirkungen auf das Supermarktangebot diskutieren. Als der Abspann läuft, hebe ich den Kopf.

»Hi«, sage ich.

Dawn steht auf, schiebt ihren Stuhl vor den Tisch und beginnt, mit einem Lappen die ohnehin schon saubere Platte abzuwischen. Ich hebe meine Arme, damit sie freie Bahn hat. »Bist du gerade erst aufgestanden?«, fragt sie.

»Nein«, sage ich.

»Siehst aber irgendwie so aus. Und was ist mit deinem Kopf passiert?«

»Es ist nichts.«

Sie wendet sich von mir ab und wäscht den Lappen an der Spüle aus. »Dachte schon, du hättest es vergessen.«

»Was vergessen?«

»Dass ich heute was zu erledigen hab.«

»Nein, hab ich nicht. Deswegen bin ich ja hier.« Während ich spreche, scheint mein Kopf Stück für Stück auseinanderzuklaffen wie eine Erdspalte. »Du kannst ruhig gehen.«

»Kann ich nicht. Mum braucht ihr Mittagessen.«

»Das kann ich doch übernehmen.«

Dawn schüttelt den Kopf.

»Warum nicht? Wird schon funktionieren.«

»Wirklich?« Sie zwirbelt den Stoff ihres T-Shirts zwischen den Fingern.

»Ja, ich bin fast dreißig, schon vergessen?« Ich stehe auf, um den Kessel aufzusetzen. »Ich weiß schon, wie man Suppe warmmacht.«

Dawn nickt. Langsam erst, dann entschlossener. Tatsächlich erscheint sogar ein Lächeln auf ihrem blassen Gesicht. »Ja«, sagt sie plötzlich. »Okay, ich gehe dann. Du kriegst das schon hin. Natürlich kriegst du das hin.« Mit diesen Worten verschwindet sie in ihrem Zimmer.

Als ich den Tee fertig habe, kommt sie zurück in die Küche. Sie trägt eine Stonewashed-Jeansjacke und eine Hose in derselben Farbe, dazu weiße Sneaker, die nagelneu aussehen.

»Wann wirst du wieder zurück sein?« Ich rühre Zucker in meinen Tee und beobachte, wie sich um den Löffel herum ein Wirbel bildet. Ich lege den Löffel beiseite, und der Wirbel löst sich auf.

Sie schaut auf die Wanduhr. »Na ja, es ist jetzt halb zwölf ... schätze, nicht später als zwei?«

»Viel Spaß.«

»Sicher, dass das okay für dich ist?« Plötzlich sieht sie mich wieder zweifelnd an.

Ich muss sehr an mich halten, um ihr nicht zu sagen, sie soll nicht so ein Theater veranstalten, stattdessen nicke ich. »Dann also bis zwei.«

Das Lächeln kehrt in Dawns Gesicht zurück. Sie geht ins Wohnzimmer und verabschiedet sich von Alice. Dann verlässt sie endlich die Wohnung. Als die Eingangstür ins Schloss fällt, legt sich eine wohltuende Ruhe über den Ort.

Ich lasse die Katze zur Hintertür herein, setze mich wieder an den Küchentisch und blättere durch einen Modekatalog, der darauf liegt. Dabei streichle ich das schnurrende Tier und trinke meinen Tee. Mein Körper schmerzt mehr denn je, und ich kann kaum die Augen offen halten. Ich schaue zu dem flackernden Fernseher in der Hoffnung, dass das Programm mich wieder ein wenig wacher macht. Gerade läuft irgendeine Heimwerkershow, doch ohne Ton ist es schwierig nachzuvollziehen, warum perfekt aussehende Stühle mit etwas dekoriert werden sollen, das verdächtig nach schwarzen Mülltüten aussieht.

Ich schiebe den Modekatalog von mir und starre ins Nichts. Mark Tremayne kommt mir in den Sinn, der tagelang von dieser Art von Stille umgeben ist. Nein, wochenlang. Jahrelang. Durch die Anwesenheit dieses Mannes in meinen Gedanken – mein Vater, ein Fremder, der in mir nichts als Übelkeit hervorruft –, fühle ich mich irgendwie misshandelt, und ich versuche, den Gedanken an ihn abzuschütteln.

Ich gehe ins Zimmer meiner Mutter, während mich die Katze aus sicherer Entfernung beobachtet. Ich drehe mich zu dem Tier um. »Du kannst ruhig mitkommen, weißt du? Kannst dich in Alices Zimmer auf dem Bett zusammenrollen.« Ich bücke mich, schnalze ein wenig und locke sie.

Doch die Katze rührt sich nicht von der Stelle.

»Auch gut«, sage ich. »Ganz wie du willst.«

In Alices Zimmer angekommen knie ich mich wieder neben ihren Stuhl und lege ganz sacht mein Kinn an ihre Hand. »Wie haben sie mich aus Frankreich rausgeschmuggelt, Alice? Wieso hat das niemand bemerkt? Warum hat sich niemand darüber gewundert, als sie mit einem Kind aus den Ferien zurückkamen?« Ich seufze schwer. »Stellst du dir nicht auch diese Fragen? Ich schätze, ja.« Ich hole tief Luft. »Soll ich dir was vorlesen?«

Sie sagt nicht Nein, also hole ich unser Buch und beginne zu lesen. Aber diese Tätigkeit ist ermüdend, und schon bald werden meine Worte undeutlich.

Ich muss eingenickt sein, denn als ich erwache, liegt mein Kopf auf ihren Knien und das Buch am Boden. Ich stöhne, als ich mich aufrichte. Meine Muskeln fühlen sich an wie zusammengebacken. Mit einem Blick auf die Uhr stelle ich entsetzt fest, dass es schon zwanzig Minuten nach Essenszeit ist. Ich stehe auf und wanke unter einem rasenden Kopfschmerz. Mit meinem rebellierenden Körper kämpfend schaffe ich es in die Küche wie ein schwer verletzter Soldat. Ohne nachzudenken kippe ich den Inhalt der Dose in die Schüssel statt in den Topf, bevor ich meinen Fehler bemerke.

»Egal«, murmele ich. »Gibt Schlimmeres als kalte Suppe.«

Zehn Minuten später sind wir fertig. Ich trage die Schüssel zurück in die Küche, dann gehe ich in Dawns Zimmer und nehme das Foto unserer Großeltern zur Hand. Ich lege mich aufs Bett und presse den Bilderrahmen an meine Brust. Dawns Bett ist weich und bequem, und das Kopfkissen riecht nach ihr, was mir seltsam tröstlich erscheint.

Das Nächste, was ich höre, ist Dawns Schlüssel im Schloss.

Ich werfe einen Blick auf ihren Wecker. Es ist kurz vor zwei!

»Scheiße«, murmele ich und springe vom Bett.

»Hallo!«, ruft sie durch die Wohnung.

»Oh, hallo!«, rufe ich, während ich die Decke stramm ziehe. Dann flitze ich nach nebenan in die Küche, reibe mir die Augen und kneife mir in die Wangen. Dawn kommt herein und lächelt mir zu. Sie sieht großartig aus. Die frische Luft hat ihr gutgetan, und ich lächle zurück.

»Wie war dein Tag?«, frage ich.

»Gut«, sagt sie. »Und deiner?«

Sie trägt ein großes Paket auf dem Arm, das sie nun in ihr Zimmer bringt, bevor sie wieder zu mir zurückkommt.

»Prima. Keine Probleme hier«, berichte ich.

Dawn stellt den Teekessel auf die Platte. »Willst du auch eine Tasse?«

»Nein, danke.«

»Ich begrüße nur eben rasch Mum. Ist schon komisch, sie eine Weile allein gelassen zu haben. Stell dir vor, ich hab sie sogar vermisst!«

Nach nur wenigen Minuten erscheint sie wieder in der Küche, doch ihr Gesicht ist wutverzerrt. Sie schiebt mich grob beiseite, fällt auf die Knie und reißt die Tür zum Putzschrank auf. Sodann holt sie ein paar Flaschen hervor, knallt jede davon auf den Boden, bevor sie die Tür wieder zuschlägt, die durch die Wucht erneut aufspringt. Mit dem Putzzeug bewaffnet hastet sie zurück zu Alices Zimmer.

»Was ist denn los?«, frage ich, während ich ihr mit hämmerndem Herzen folge. Etwas scheint hier ganz entsetzlich schiefgelaufen zu sein.

Dawn kniet neben dem Sessel, den sie ein Stück zur Seite geschoben hat. Alice starrt stur geradeaus. Für mich sieht alles gut aus, doch dann beobachte ich, wie Dawn ärgerlich mit einem Handtuch über einen dunklen Fleck im Teppich reibt.

»Seit Stunden hat sie in ihrem Urin gesessen«, zischt sie und muss die Wuttränen zurückhalten. »Er ist bis auf den Boden durchgesickert. Wie verzweifelt muss sie gewesen sein.« Mit brennendem Blick fährt sie zu mir herum. »Du hast sie nicht auf die Toilette gebracht, oder? Wie konntest du sie sich einnässen lassen und es nicht mal bemerken?«

»Ich ... ich hab nicht ... Oh Gott, es tut mir leid. Ich war ... müde.«

Zitternd vor Wut hilft sie Alice auf die Beine, dann gehen sie langsam an mir vorbei ins Bad. Ich wende den Blick ab von dem dunklen Fleck auf ihrem einst lilafarbenen Morgenmantel. Ich will hinter ihnen hergehen, doch Dawn fährt herum und schiebt mich grob zurück. »Lass uns in Ruhe«, sagt sie mit hasserfülltem Blick.

Ich wende mich um, bücke mich neben den dunklen Urinfleck am Boden und schnappe mir das danebenliegende Handtuch. Ich presse es in die Nässe. Der Geruch ist scharf, und ich würge, während mir die Tränen in die Augen steigen. Auch das Sitzkissen des Sessels muss ausgewaschen werden, wie ich feststelle. Daher trage ich das triefnasse Ding in die Küche, wo Dawn bereits die Suppenschüssel und die Tasse spült. Ich schäme mich in Grund und Boden, denn der Topf steht ja noch im Schrank. Was für einen Grund hätte ich haben sollen, den Topf zu spülen, nicht aber die Schüssel und den Löffel, und auch die leere Suppendose einfach auf der Anrichte stehen zu lassen?

Ich öffne den Mund, um mich zu erklären, aber Dawn schneidet mir das Wort ab.

»Lass. Es. Einfach. Sein«, speit sie mir entgegen, während sie wütend das Spülbecken auswischt. »Nicht mal die Suppe hast du warmgemacht?« Sie fährt herum, nimmt die bereits saubere Schüssel zur Hand und schrubbt sie ein weiteres Mal. »In all den Jahren habe ich so was nicht übers Herz gebracht.«

»Ich weiß nicht, wie das passieren konnte. Ich –«

»Halt den Mund.«

Sie greift nach einer Flasche Chlorbleiche und schraubt sie auf. Dann kippt sie die aggressive grünliche Chemikalie in die Spüle und wienert mit bloßen Händen über den rostfreien Stahl, bis die Haut sich rot verfärbt. Ich will sie davon abhalten, aber ich bekomme keinen Ton heraus. Wie angewurzelt stehe ich da und sehe zu, wie sie immer wieder ihre Finger in die ätzende Bleiche taucht.

Bitte entschuldige, sagt eine Stimme in mir. *Bitte entschuldige.*

Schuld und Scham überwältigen mich, und egal, wie sehr ich mir auf die Lippen beiße und wie tief ich mit den Fingernägeln in meine Handflächen bohre, mir kommen die Tränen. In der Hoffnung, dass sie es nicht sieht, senke ich den Kopf.

»Ja, klar! Einfach perfekt!«, schnaubt Dawn verbittert, während sie so fest im Abfluss herumschrubbt, dass ich um ihre Hand fürchte. »Jetzt einfach ein bisschen losheulen, und alles ist okay, was?« Sie schüttelt den Kopf und wischt sich über ihr wutverzerrtes Gesicht, wobei Reste der Bleiche nur Millimeter von ihrem Auge entfernt auf der Haut zurückbleiben.

»Dawn –«

»Halt den Mund«, sagt sie mit bedrohlich leiser Stimme. »Und jetzt raus hier.«

»Bitte, ich –«

»Das ist meine Mutter, die du heute misshandelt hast. Jahre meines beschissenen Lebens hab ich damit zugebracht, mich um sie zu kümmern. Du hast ja keine Ahnung, was ich dafür geopfert hab. Ich hab mir den Arsch aufgerissen, um sie rund um die Uhr pflegen zu können. Wie konntest du ihr das nur antun? Nicht mal einen Straßenköter würde man so behandeln. Was hast du mir in den Ohren gelegen, dass du helfen willst, und dann schaffst du nicht mal zweieinhalb Stunden? Mehr wurde nicht von dir verlangt. Zweieinhalb erbärmliche Stunden.«

Ich rühre mich nicht, bin aus Scham und Bestürzung wie am Boden festgewachsen. Sie kommt zu mir, bringt ihr Gesicht so nah an meins, dass ich ihren Atem und auch das Bleichmittel riechen kann.

»Und jetzt verschwinde aus dieser Wohnung, du dumme kleine Kuh.«

ZWEIUNDVIERZIG

Das einzige Geräusch im Raum ist mein Atem. Das Bild meiner Mutter, die in ihrem eigenen Urin sitzt, lässt mich einfach nicht mehr los. Ich liege auf dem Bett und starre an die Zimmerdecke. Und während ich das tue, schieben sich die Wände des Raums auf mich zu. Stück für Stück kommen sie und die Decke näher, bis ich in einer Art Krypta liege. Die Bettdecke ist mein Leichentuch. Ich muss mich daran gemahnen, dass ich mich in einer Stadt am Meer namens St. Ives befinde. Ich drehe mich auf die Seite, rolle mich zu einem Ball zusammen und warte darauf, dass mich der Schlaf erlöst.

Ein Geräusch weckt mich auf.

Ruckartig setze ich mich auf der Matratze auf und lausche, doch alles, was ich im Dunkeln höre, ist mein schlagendes Herz und mein Atmen. Ich schaue auf die Uhr – es ist fast drei Uhr nachts. *Jemand ist im Zimmer. Jemand beobachtet mich.*

Ich balle die Fäuste, als ein Schatten durch den Lichtstrahl des Mondes huscht, der in mein Zimmer fällt.

Tori.

Sie bewegt sich lautlos. Setzt sich ans Ende meines Betts. Das blonde Haar fällt in weichen Locken bis auf ihre Schultern. Die Augen sind geweitet. Ihre Haut ist blass, im Licht des Mondes wirkt sie leicht gelblich verfärbt, doch keine Sommersprosse und kein sonstiger Makel ist darauf zu entdecken.

Das ist kein Traum. Zumindest fühlt es sich nicht danach an. Es ist, als wäre sie wirklich real, obwohl ich weiß, dass das nicht sein kann. Mein Kopf spielt mir einen Streich. Es muss der Stress sein. Oder die Erschöpfung. Sie beobachtet mich, schlägt dann und wann die Lider nieder, hat die Hände in den Schoß gelegt. Klebriger Schweiß breitet sich auf meinem Körper aus. Ich reibe mir die Augen, blinzle, doch die Erscheinung verschwindet nicht. Über dem Zimmer hängt ein Geruch. Ich versuche ihn einzuordnen, aber es gelingt mir nicht. Er ist vertraut und angenehm, beruhigt mich, hüllt mich ein in einen tröstenden Kokon, vertreibt die Angst.

Bist du echt oder existierst du nur in meiner Vorstellung?

»Weißt du eigentlich«, sagt sie leise, »wie sehr ich es geliebt habe, wenn du mich besucht hast?« Sie senkt den Blick. »Wie sehr ich mich immer darauf gefreut hab?«

Meine Haut prickelt wie unter Brennnesselberührung.

Und dann verschwindet sie. Wie die Robbe, die in der einen Sekunde noch da war und in der anderen schon fort.

DREIUNDVIERZIG

Ich erwache, und meine Nerven sind zum Zerreißen gespannt. Mein erster Gedanke gilt Tori und der Frage, wie sie es letzte Nacht in mein Zimmer geschafft hat, doch ich verdränge ihn schnell. Wie dumm von mir zu glauben, es könne sich dabei um etwas anderes handeln als einen Streich meiner Fantasie. Als ich noch ein Kind war, habe ich sie so klar und deutlich gesehen wie das Sonnenlicht. Wir konnten über Stunden miteinander spielen. Haben geredet. Pure Einbildung, sonst nichts. Sie war nichts weiter als eine Halluzination, das Resultat einer Stresssituation.

Meine wirkliche Sorge gilt Dawn. Die Vorstellung, sie wiederzusehen, macht mir Angst. Ich kann mich ihrer Enttäuschung und Wut nicht noch einmal stellen.

Warum habe ich die verdammte Suppe nicht erhitzt?

Das hätte kaum mehr als eine Minute in Anspruch genommen. Vielleicht zwei. Und warum habe ich Alice nicht zur Toilette begleitet? Unfassbar.

Draußen schüttet es, und als ich Phils Café erreiche, bin ich nass bis auf die Knochen. Als ich meine Jacke ausziehe, tropft Regen auf den Boden.

»Toller Sommer, was?«, bemerkt er kopfschüttelnd.

»Wie lautet das Wort für Regen?«, frage ich, als ich mein Haar schüttle.

»*Glaw*«, sagt Phil. »Guten Morgen, Tori.«

»*Myttin da*, Phil.«

»Aye, *myttin da*, gut gesagt, Liebes.« Er reicht mir meinen

Kaffee und schiebt drei Tütchen Zucker über die Theke. Ich betrachte sie eine Weile, dann schüttle ich den Kopf. »Danke, nein. Ich verzichte künftig auf den Zucker.«

Ich setze mich ans Fenster und wiederhole das Wort für Regen wieder und wieder, bis es sitzt.

Glaw. Glaw.

Glaw.

Der Glaw färbt den Hafen grau. Wie auch das Meer in einem metallischen Blaugrau daliegt. Eine einzige unerschütterliche Familie spaziert über den Strand. Ungeachtet des Regens toben die Kinder herum und drehen ausgiebige Runden. Die Eltern sind gekleidet wie im Januar, umklammern ihre To-go-Teebecher und suchen Schutz unter einem Golfregenschirm.

Ich schlürfe meinen Kaffee. Ich könnte den ganzen Tag in der Stadt verbringen, wenn ich wollte. Die Vorstellung, in der Wohnung aufzukreuzen, verursacht mir Magenschmerzen.

»Kannst du mir noch ein Wort beibringen?«, bitte ich Phil, als er die leeren Tassen und mit Krümeln bedeckten Teller an den Nebentischen abräumt.

Phil lässt das Tablett sinken und reibt sich übers Kinn. »Okay, wie wär's damit: *Dyw genes.*«

»Noch mal, bitte.«

»Doo. Gen. Ez«, wiederholt er langsam.

»Dyw genes«, sage ich. »Verstanden.« Ich puste über die Oberfläche meines Kaffees. »Was bedeutet es?«

»Das heißt ›Auf Wiedersehen‹, Liebes. *Dyw genes.* Auf Wiedersehen.«

»Bitte noch eins.«

Er lacht. »Glaubst du wirklich, du kannst dir noch ein Wort merken?«

»Ein ganz einfaches vielleicht.«

»Ein ganz einfaches ...« Er denkt nach. »Versuch mal *ov vy. Ov. Vy.* Man würde sagen: *Tori ov vy.*«

»Was heißt das?«

»›Ich bin‹«, erwidert er. »›Ich bin Tori.‹«

Mehrmals wiederhole ich die Worte im Stillen.

Ov vy. Ov vy. Ich bin.

Wer bin ich?

Ov vy wer?

»Nein, nicht das. Etwas anderes«, sage ich. »Das kann ich mir nicht merken.«

Er hinterfragt diese Bemerkung nicht. »Wie wär's dann mit *sewena*?«

»Heißt?«

»Zum Wohl.«

»Ja, ›Zum Wohl‹ ist gut.« Ich erhebe meine Tasse. *»Sewena.«*

»*Sewena*, Liebes.« Er tut so, als proste er mir mit einem Glas zu.

»Phil?«

»Ja?«

»Was hat dich hergebracht?«

»Nach Cornwall?«

Ich nicke.

»Um ehrlich zu sein, gibt's da nicht viel zu erzählen. Mein Leben nahm eine unerwartete Wendung, und so bin ich hier gelandet.«

»Erzähl weiter«, sage ich. »Wenn's dir nichts ausmacht, natürlich. Es interessiert mich.«

Er zögert. »Tja, wo soll ich anfangen? Ich hatte ein gutes Leben. Nein, mehr als das, ich hatte ein fantastisches Leben. Eine tolle Frau – sie war klug und witzig und hat mir alles bedeutet. Hab sie mehr als alles auf der Welt geliebt.« Er lächelt, als er an die Zeit zurückdenkt. »Ich hatte ein schönes Haus, einen Superjob, zwei Kinder, die gerade mit der Schule fertig waren und ihr eigenes Leben in die Hand nahmen. Ich war glücklich. Selbst meine Arbeit hab ich geliebt. Ich war ein rundum zufriedener Mann.«

Er wendet sich von mir ab und pult die Frischhaltefolie von einem Metallbehälter, der geriebenen Käse enthält.

»Und?«

»Dann haben sie in der Firma Restrukturierungsmaßnahmen eingeleitet. Und festgestellt, dass ich nicht mehr gewinnbringend bin.«

»Du hast deinen Job verloren?«

»So ist es. Mein Chef sagte, ich hätte noch zwei Wochen. Achtzehn Jahre meines Lebens hab ich ihnen gegeben und war in dieser Zeit nur einen einzigen Tag krank.« Er kratzt sich am Kinn. »Mit einem Karton unterm Arm und einer Abfindung, die nicht mehr war als ein Taschengeld, hab ich an diesem Nachmittag das Feld geräumt.« Er seufzt. »Ich bin nicht stolz drauf, aber danach bin ich irgendwie an einem Tiefpunkt angekommen. Hab auf dem Sofa rumgegammelt, mich nicht mehr rasiert, Tag und Nacht vor der Glotze gehangen. Meine Frau hat mir aber zur Seite gestanden. Sie war unglaublich. Hat mich eine Weile in Ruhe gelassen, und dann, eines Tages, hat sie mich einfach zum Jobcenter gefahren. Meinte, sie wäre es leid, mich mit langem Gesicht zu Hause rumhängen zu sehen. Sie war sich sicher, dass ich schon was Neues finden würde. Irgendwas, damit ich aus dem Tief rauskomme und wieder gute Laune kriege.«

»Und? Hast du?«

»Nein, Liebes.« Er lacht. »Aber meine Frau. Drei Wochen später hat sie mich für den Typen verlassen, der im Jobcenter hinterm Counter sitzt.«

»Das ist ja ein starkes Stück«, keuche ich.

»Mir ist nichts mehr geblieben. Also hab ich einen Schlussstrich gezogen, alles hinter mir gelassen und hier noch mal neu angefangen. Hatte erfahren, dass dieser Laden noch jemanden sucht, und, voilà, da bin ich.« Er befreit einen weiteren Metallcontainer von der Folie.

»Warum Cornwall?«

»Schien mir am weitesten entfernt zu sein. Entweder hierher oder nach Schottland. Aber ich nahm an, in Schottland wäre es kälter.«

»Vermisst du sie?«

Phil nickt. »Jeden Tag. Das Schlimme ist nun mal: Man kann die Liebe nicht einfach abschalten.«

Schweigend trinke ich meinen Kaffee. »Hat sie ihn geheiratet?«

»Den Typen aus dem Jobcenter?«

Ich nicke.

»Nein, das hat nur einen Monat gehalten. Wenn überhaupt.« Er klingt weder verbittert noch wütend, eher resigniert. »Dann ist ihr eingefallen, dass sie doch wieder gern zu mir zurückkehren würde.«

»Warum hast du's nicht zugelassen? Immerhin liebst du sie noch, und das ist doch, worauf es ankommt.«

Traurig schüttelt er den Kopf. »Das ist jetzt Schnee von gestern. Und leider kann man ein gebrochenes Herz nicht wieder flicken. Die Narbe wird immer zu sehen sein. Es wäre einfach nicht mehr dasselbe.«

»Vielleicht muss es ja auch nicht dasselbe sein?«

»Ich bin jetzt *hier* glücklich. Das ist mein neues Zuhause. Es gibt keinen Weg mehr zurück. Zweifellos hört sich das albern an, aber eines Tages wirst du verstehen.«

Ich verstehe ihn jetzt schon nur zu gut. Verstehe, dass es manchmal keinen Weg zurück mehr gibt. Verstehe auch die

Sache mit dem Schnee von gestern und dass es bisweilen einfach nicht mehr dasselbe sein wird.

Ich lächle ihn an. »Dann bis morgen, Phil. *Dyw genes.*«

»Aye, *dyw genes*, Liebes. Und bleib trocken, okay?«

Ich spähe aus dem Fenster. »Ich versuch's«, sage ich wider besseres Wissen. Dann streife ich meine feuchte Jacke über und wappne mich gegen den Regen. Und gegen Dawn.

VIERUNDVIERZIG

Ein Auto fährt durch eine Pfütze an mir vorbei. Das Geräusch von Reifen auf regennasser Straße katapultiert eine Erinnerung zurück. Nur kurz zwar, dafür aber umso lebhafter. Wie angewurzelt bleibe ich stehen.

Es regnet stark. Ich höre Scheibenwischer und unverkennbare, wenngleich gedämpfte Fahrgeräusche. Und Stimmen. Sie unterhalten sich. Leise und angespannt wird ein Gespräch geführt. Die Worte kann ich nicht verstehen. Es sind Elaine und Henry, die da sprechen. Zumindest glaube ich das, denn sehen kann ich nichts. Etwas bedeckt mich. Vielleicht sind auch meine Augen geschlossen? Nein. Da liegt definitiv etwas über mir. Ein Teppich oder eine dicke Decke, denn ich kann nicht vernünftig Luft holen. Mein Atem ist heiß und feucht. Das Ding über mir riecht muffig, wie ein alter Teppich nun mal riecht. Zu gerne würde ich ihn abschütteln, aber ich darf nicht. Sie hat es mir verboten. Hat gesagt, ich soll mich ganz ruhig verhalten. Und nicht bewegen. Und in ihrem Blick lag das gleiche Feuer wie in seinem. In dem des Mannes. War es Henry? Nein. Der andere Mann. Also halte ich mich hier verborgen, inhaliere meinen eigenen heißen Atem, lausche den Geräuschen des Regens und des Scheibenwischers und dem mit erstickten Stimmen geführten Gespräch der beiden.

FÜNFUNDVIERZIG

Eine Weile stehe ich wie vom Donner gerührt im strömenden Regen. Das Haar klebt an meinem Kopf, Wasser läuft mir den Rücken hinab und über mein Gesicht, durchweicht mich bis auf die Haut. Ich weiß nicht, was ich denken soll. Das war ein Flashback. Er war so klar wie nichts zuvor. Aber warum jetzt? Aus welchem Grund habe ich mich in just diesem Moment daran erinnert?

Dawn sagt nichts, als sie mir die Tür öffnet. Stattdessen betrachtet sie mich mit ausdrucksloser Miene, wendet sich um und geht wieder hinein. Ich stehe unschlüssig auf der Schwelle, während es aus der kaputten Regenrinne in einem stetigen Fluss auf mich herabtropft.

Ich gehe in Alices Zimmer, doch als ich die Tür hinter mir geschlossen habe, fällt es mir schwer, sie anzusehen, ohne an den See unter ihrem Sessel denken zu müssen. Eine Erinnerung so unangenehm wie die Blutlache unter Henrys Bürostuhl. Ich nehme das Sagenbuch zur Hand, blättere vor bis zur *Meerjungfrau von Zennor*, setze mich dann auf den Boden neben sie und beginne zu lesen. Die mir vertrauten Zeilen ziehen mich wieder hinein in die Geschichte und verschaffen mir ein wohliges Gefühl.

Ich leide mit Morveren und Matthew mit, als sie vor den wütenden Dorfbewohnern fliehen. Was, wenn man sie geschnappt hätte? Was, wenn man Matthew zurückgehalten hätte, als er um sich schlagend nach seiner Geliebten rief, während sie ohne ihre große Liebe für immer hätte ins Meer zurückkehren müssen?

Mehr als alles in der Welt wünsche ich ihnen diese herrliche Freiheit, fiebere mit ihnen, bis sie Hand in Hand in die friedlichen Tiefen des Ozeans eintauchen und ihr kräftiger Fischschwanz sie für immer fortträgt in die ewige Glückseligkeit.

Ich höre ein Geräusch und blicke auf. Dawn steht im Türrahmen. Ich rapple mich auf und stelle rasch das Buch zurück ins Regal.

»Wegen gestern –«, beginne ich.

»Lass uns etwas klarstellen«, sagt sie, wobei sie über mich hinwegschaut. »Nichts, was du sagen willst, kann das, was du gemacht hast, entschuldigen. Ich weiß, du hast es nicht mit Absicht getan, aber ich will nicht mehr darüber reden, weil ich dir nicht versprechen kann, dass ich dich dann nicht für immer vor die Tür setze.«

Ihre Augen – in der Farbe frostbedeckten Grases – fixieren mich, und ich nicke stumm. Dann zieht sie ihren Pferdeschwanz stramm. Dabei bemerke ich, dass die Haut ihrer Hände so gerötet ist wie rohes Fleisch und an einer Stelle sogar offen ist und nässt.

Dawn verlässt das Zimmer und erscheint kurz darauf mit einer großen Tragetasche. Auch trägt sie ein kleines Tablett herein, auf dem sich zwei Tassen und ein in Plastik eingeschweißter Kuchen befinden. Sie stellt das Tablett aufs Bett, holt dann ein liebevoll eingeschlagenes Päckchen aus der Tasche und überreicht es mir.

»Herzlichen Glückwunsch zum Geburtstag.«

Zuerst begreife ich nicht, sehe, wie sie abermals in die Tasche greift und eine Flasche hervorholt.

»Ist zwar kein Champagner, aber er sprudelt.« Sie dreht den Korken heraus, was erstaunlich leicht geht, und gießt dann etwas von dem Sekt in die beiden Tassen. »Tja«, meint sie und nickt in Richtung des Geschenks. »Nun mach schon auf.«

»Aber ich ... hab doch gar nicht Geburtstag.«

Sie erwidert nichts, reicht mir stattdessen eine der Tassen.

»Mein Geburtstag ist am zweiten September«, sage ich.

Dawn holt tief Luft und schüttelt den Kopf. »Nein«, widerspricht sie. »Du hast heute Geburtstag, am achtzehnten Juni. Du wirst achtundzwanzig.«

»Aber ich habe meinen Achtundzwanzigsten schon hinter mir. Am zweiten September werde ich neunundzwanzig.«

Das kann nicht sein. Ich bin kein Sommerkind, ich bin ein Herbstkind. Mein Sternzeichen ist Jungfrau, womit ich zu den bescheidenen, schüchternen und gewissenhaften Vertretern des Tierkreises gehöre. Das habe ich mal in einem von Elaines Horoskopbüchern gelesen, als ich noch ein Kind war. Bisweilen, so stand dort geschrieben, mach ich mir zu viele Sorgen und bin überkritisch, aber ich beobachte aufmerksam. Ja, ich bin eine typische Jungfrau. Ein Geburtstag im Juni würde mich zu einem Zwilling machen. Unmöglich. Ich weiß rein gar nichts über dieses Sternzeichen.

Ich bin verwirrt. Fühle mich seltsam ausgehöhlt. Nicht im Traum habe ich daran gedacht, dass ich womöglich an einem ganz anderen Tag Geburtstag haben könnte als an dem, den wir jedes Jahr recht leidenschaftslos im Kalender angekreuzt haben. Doch andererseits hatten Elaine und Henry Campbell gar keine Ahnung, an welchem Tag ich wirklich geboren worden war. Ich denke an meine vergangenen Geburtstage zurück. Henry hatte sich immer in sein Arbeitszimmer zurückgezogen, war auf irgendwelchen Konferenzen oder im Garten bei der großen Eiche. Elaine war zu diesem Zeitpunkt meistens ausgepowert und machte dafür das Ende des Sommers verantwortlich. Keine große Sache also. Nur ein Kuchen mit ein paar schlichten Kerzen und ein einziges Geschenk. Ich bin mit der Vorstellung aufgewachsen, dass meine Eltern einfach keinen großen Wert auf so etwas wie Geburtstage legen. Wir waren mehr von der Weihnachtsfraktion, wie wir auch Katzenmenschen und Urlaub-in-Cotswolds-Fans waren. Jetzt weiß ich, warum. Sie haben meinen Geburtstag nie gefeiert, weil er eben nicht echt war. Ein erfundener Tag. Die alljährliche Erinnerung an ihr falsches Spiel.

»Morveren?« Dawn ist neben mich getreten. Ihre Züge sind auf einmal ganz weich. Geradezu liebevoll nimmt sie mich in den Arm, und ich kann die Tränen nicht zurückhalten.

»Es tut mir leid wegen gestern, Dawn …«

»Ich weiß.«

Ich wende mich ab und trockne mein Gesicht am Ärmel. »Wenn ich heute Geburtstag habe, was ist dann am zweiten September?«

Dawn zuckt die Achseln.

»Der Tag meines Verschwindens?«

»Nein, das war im August. Am fünfzehnten August.« Dawn zieht ein leicht zerfleddertes Blatt Papier aus ihrer Tasche und reicht es mir. »Deine Geburtsurkunde. Ich dachte, das könnte vielleicht helfen.«

»Aber ich habe schon eine Geburtsurkunde. Ich musste sie vorzeigen, als –« Doch natürlich kann die Geburtsurkunde, die ich vorlegen musste, als ich mich an der Uni eingeschrieben habe, nicht meine richtige sein. Wie auch? Auf einmal komme ich mir unglaublich dumm vor.

»Sie war wohl gefälscht?«

»Aber wie haben sie das angestellt?«

»Ist ja nur ein Stück Papier«, sagt Dawn. »Er war Arzt. Hatte vermutlich einen ›guten Freund‹ beim Einwohnermeldeamt.« Sie verzieht verächtlich ihren Mund, als sie das Wort *Arzt* ausspricht. »Mit Geld kann man alles kaufen, oder nicht?«

Wie ich so neben meiner Mutter stehe, an dem Tag, an dem

sie mich einst in diese abscheuliche Welt gesetzt hat, da fühle ich mich mehr denn je von den Campbells betrogen. Vorsichtig entfalte ich die Geburtsurkunde. Das Dokument ist alt und an den Falzen schon ganz brüchig.

Geburtstag: 18. Juni 1986
Geburtsort: Truro
Geschlecht: weiblich
Name des Vaters: Mark Robert Tremayne
Name der Mutter: Alice Frances Tremayne

Ich falte die Urkunde wieder zusammen und lege sie auf Alices Nachttisch. Dann nehme ich die Tasse mit dem Schaumwein.

»*Sewena*«, flüstere ich.

Wir stoßen an. »Alles Gute zum Geburtstag, Morveren.« Sie deutet auf das Geschenk. »Mach schon auf, es ist von mir und Mum.«

»Es ist so wunderschön verpackt.« Ich stelle die Tasse beiseite und lehne mich vor, damit ich das Paket auspacken kann.

»Ich liebe es, Geschenke einzupacken. Hab allerdings nicht viel Gelegenheit dazu, deshalb nehme ich mir auch immer besonders viel Zeit dafür. Davon abgesehen ist's ja das erste Geschenk, das ich dir seit Langem gemacht habe.« Sie lächelt.

»Bist du deshalb gestern in der Stadt gewesen? Um dieses Geschenk zu besorgen?« Sie nickt, und ich beuge mich zu ihr und streichle ihr Knie. »Danke schön.«

»Noch hast du's ja nicht gesehen. Vielleicht gefällt's dir ja gar nicht.«

»Glaub ich nicht.« Ich schiebe meinen Finger unter den Klebestreifen und öffne das Paket. Darin befindet sich ein gerahmtes Bild. Eine Meerjungfrau. Ich erkenne sie wieder. Es ist der

Kunstdruck eines Bildes aus der präraffaelitischen Periode, obwohl mir der Name des Malers gerade nicht einfällt. Die Nixe sitzt mit eingerolltem Schwanz zwischen den Steinen an einem Kiesstrand. Ihr milchweißer Körper geht nahtlos in den silbrig glänzenden, schuppigen Unterleib über. Das Meer ist tiefblau, und im Hintergrund erheben sich granitfarbene Klippen aus dem Wasser. Das rotbraune Haar ist lang, und während sie es kämmt, geht ihr Blick gedankenverloren in die Ferne, ohne diejenigen zu bemerken, die außerhalb ihrer Welt leben und die sie heimlich betrachten.

»Es ist nur ein Druck. Hab ihn im Shop der Tate Gallery gefunden. Ich weiß ja, wie sehr dir die Geschichte der Meerjungfrau gefällt, die du Mum immer wieder vorliest.«

»Ich liebe dieses Bild. Vielen Dank, Dawn. Mir fehlen die Worte.«

Sie lächelt und scheint sich ehrlich zu freuen. »Es ist auch ein Geschenk von Mum.«

»Danke schön«, sage ich und ergreife Alices Hand.

Und in diesem Augenblick geschieht etwas.

»Dawn«, hauche ich, weil ich kaum ein Wort herausbringe vor Schreck. »Sie … drückt meine Hand.«

»Mein Gott«, flüstert Dawn atemlos. »Sieh dir ihre Augen an.«

Alices Blick ist fokussiert. Die Pupillen sind geweitet, und man kann eine leichte ruckartige Bewegung wahrnehmen.

»Mum?« Schnell huscht Dawn an Alices Seite und reibt sacht über ihre Hand. »Mum? Heute hat Morveren Geburtstag. Sie wird achtundzwanzig. Und sie ist hier. Schau, Mum, sie ist hier. Sie ist zu uns zurückgekehrt.«

Da dreht unsere Mutter ihren Kopf und schaut mir direkt ins Gesicht.

Scharf zieht Dawn die Luft ein.

Ich falle auf die Knie und lege ihre Hand an meine Brust.

Dawn bricht in Tränen aus, eine Mischung aus Lachen und Weinen.

»Ich bin es, Morveren«, sage ich, und ihre Hand drückt fast unmerklich meine.

An diesem Tag lassen Dawn und ich sie nicht aus den Augen. Wir bleiben bei ihr und sprechen mit ihr, und schon bald ist meine Untat von gestern Geschichte. Als es auf sechs Uhr zugeht, lässt Dawn uns allein, um das Abendbrot vorzubereiten. Ich rede weiter mit Alice, will nicht eine Minute damit aufhören aus Angst, sie könnte in den Zustand zurückfallen, der ihren Geist gefangen hielt. Ich erzähle ihr von dem Hostel und meinem Zimmer dort. Von Phils Kaffee und der Katze, die hier wohnt, sich aber nie aus der Küche in den Rest der Wohnung wagt. Von der Nacht mit Greg berichte ich ihr nicht, denn der Gedanke daran missfällt mir.

Vielleicht ist es nur Einbildung, doch wir finden, dass wieder etwas Farbe ins Gesicht unserer Mutter zurückkehrt, je länger wir bei ihr sind. Ihre Hand umklammert die Lehne ihres Sessels. Es ist, als kehre das Leben tröpfchenweise in sie zurück. Als wir sie schlafen legen, wird uns erst richtig klar, was heute geschehen ist. Wir setzen uns beide auf die Bettkante. Alice sieht uns nicht an, sie starrt an die Decke, doch etwas ist anders – sie ist bei uns.

Zurück in der Küche nehme ich die Katze hoch und küsse ihr weiches Fell.

»Es hieß, sie könne wieder genesen«, sagt Dawn. »Aber ohne Behandlung und ohne dass man sie von hier fortbrächte, gäbe es keine Garantie dafür. Doch es könne passieren, sagten sie mir. Ich bin aber nicht sicher, ob sie wirklich daran glaubten.«

»Wer ist *sie*?«

»Die Ärzte.« Ihre Stimme trieft vor Verbitterung und Gram. »Sie wollten sie von hier wegbringen, weißt du? Sie in irgendein dreckiges Krankenhaus stecken. Sie fanden, ich sollte wieder zu meinem alten Leben zurückkehren.« Sie schüttelt den Kopf. »Diese Idioten. Sie *war* mein Leben, und das haben sie einfach nicht begriffen. Ich musste mich um sie kümmern. Was für ein Mensch wäre ich gewesen, wenn ich sie im Stich gelassen hätte? Dann hätte sie uns beide verloren. Das hätte ich ihr niemals antun können. Ich konnte es einfach nicht ...«

»Du hättest die Schule abschließen können, wenn sie in eine Klinik gekommen wäre, schätze ich. Vermutlich meinten sie so etwas.«

»Als hätten sie sich groß um meine Ausbildung geschert«, schnaubt sie. »Diese arroganten Arschlöcher. Nein, um die Schule ging's ihnen nicht.« Sie hält inne. Ich kann spüren, dass da noch mehr zu berichten wäre, doch plötzlich wirkt Dawn wieder seltsam verschlossen.

»Du kannst es mir ruhig erzählen.«

Sie zögert, öffnet den Mund, doch dann schüttelt sie den Kopf. »Wie auch immer, die Schule spielt im wahren Leben keine Rolle. Und das hier ist das wahre Leben, Morveren. Das wahre Leben, in dem meine Mutter krank wurde und ich sie pflegte – die Welt, in der ihr ohne mich nichts mehr geblieben wäre. Mich um sie zu kümmern war das Wichtigste. Das Einzige.«

»Unsere Mutter«, sage ich, während ich die Katze streichle.

Dawn wendet sich von mir ab.

»Mir ist heute etwas Wichtiges eingefallen.«

Sie schaut mich an.

»Die Campbells haben mich im Auto aus Frankreich herausgeschafft. Sie hatten mich im Fußraum unter einer Decke versteckt. So haben sie mich nach England gebracht.«

SECHSUNDVIERZIG

»Erinnerst du dich an noch etwas?«

Dawn und ich haben uns einen Kaffee gekocht und sitzen nun am Küchentisch zusammen.

»Ich weiß nicht. Vielleicht. Als ein Auto neben mir über die nasse Straße fuhr, ist es mir wieder eingefallen. Möglicherweise werden weitere verschüttete Erinnerungen durch andere Ereignisse wieder geweckt.« Ich denke nach. »Was weißt du denn noch von dem Tag, an dem ich verschwand? Vielleicht hilft mir das ja weiter?«

Dawns Körper spannt sich sichtlich an. »Ich denke nicht gern daran zurück.«

»Also hast du Erinnerungen an diesen Tag?«

Sie antwortet nicht.

»Du magst nicht darüber nachdenken, weil du glaubst, es wäre deine Schuld gewesen?«

Keine Antwort.

»Du warst erst sieben, richtig?«

Dawn nickt.

»Es war nicht deine Schuld.«

Immer noch spricht sie nicht.

»Bitte erzähl mir, an was du dich noch erinnerst, Dawn.«

Dawn seufzt. »Viel ist es nicht, da sind so viele Lücken.«

»Macht nichts. Alles kann wichtig sein.«

Sie holt tief Luft, starrt auf ihre Hände und knibbelt dann gedankenverloren am Schorf herum. »Soweit ich mich erinnere, begann das ganze Drama damit, dass wir in den Urlaub fahren wollten. Das Auto war vollgepackt und wir, du und ich, waren abfahrtbereit. In diesem Moment begann das Gezeter.« Sie schaut mich kurz an und fügt hinzu: »Sie haben sich ja immer wegen irgendwas angeschrien, aber diesmal hat Mum gemeint, sie hätte sich wohl wegen dieses Urlaubs geirrt. Hat behauptet, dass der nun auch nichts mehr bringen würde und sie sich stattdessen scheiden lassen wolle. Sie sagte auch, er wäre ein schlechter Vater und dass wir ohne ihn besser dran wären. In der Schule gab es einen Jungen, dessen Eltern geschieden waren und der ständig heulte, weshalb ich erschrak und sie anflehte, doch mit uns in die Ferien zu fahren. Wie auch immer, sie sah mich an und sagte: *Also gut, dann fahren wir eben in den Urlaub, aber diesmal geht's um alles oder nichts.* Ich wusste damals nicht, was das bedeutet, aber ich erinnere mich, dass ich über ihren Entschluss sehr erleichtert war. Wir waren bis dahin noch nie im Urlaub gewesen, und ich hab jedem in der Schule davon erzählt. Sie hätten mich eine Lügnerin genannt, wenn wir am Ende nicht gefahren wären.«

Dawn holt erneut tief Luft und schließt für einen Moment die Augen.

»Ich erinnere mich daran, als ob es gestern gewesen wäre«, sagt sie leise. »Was seltsam ist, weil ich mich nicht mehr entsinne, was geschah, als wir aus Frankreich zurückkehrten. Wir fuhren also zum Fährhafen. Das hat ewig gedauert, und die ganze Zeit über haben sie sich angegiftet. Ich hab dir immer mal wieder die Ohren zugehalten, damit du das nicht so mitbekommst. Dann sind wir auf das Schiff rauf, und Dad ist gleich an die Bar gegangen. Wir haben Bilder ausgemalt, du und ich. Und ich bin sauer geworden, weil du immer über den Rand gekritzelt hast. Ich weiß noch, dass wir Fritten und Würstchen, die mir nicht schmeckten, gegessen haben. Dann erinnere ich mich an nicht mehr so viel, bis wir am Campingplatz ankamen. Wir hatten einen Wohnwagen gemietet. Er war schmutzig und stank, und an der Decke war schwarzer Schimmel. Mum machte Dad zur Schnecke, hielt ihn für unfähig, etwas Gescheites zu buchen, und saß dann Däumchen drehend und schmollend stundenlang in der Ecke. Weder hat sie mit mir gespielt noch uns Geschichten vorgelesen. Du hast viel geweint, was mir irgendwann ziemlich auf die Nerven ging.« Sie sieht mich fast entschuldigend an. »Na ja, ich war noch ein Kind und hatte vermutlich genug davon, dass alle so eine Scheißlaune hatten.«

»Ich weiß.«

Sie nickt, dann seufzt sie. »Da saßen wir also in diesem Wohnwagen, und er fängt wieder an zu brüllen. Hielt ihr vor, dass wir doch im Urlaub wären und ein bisschen Spaß haben sollten. Jedes Mal, wenn er *Spaß* sagte, grinste er auf diese teuflische Weise und ruderte mit den Armen wie ein Irrer. Dann zerrte er ein paar Klamotten aus dem Koffer, warf sie Mum hin und rief: *So, und jetzt gehen wir aus!* Sie wollte nicht, doch er hörte nicht auf, wurde lauter und lauter und brüllte schließlich: *Du wirst jetzt verdammt noch mal mitkommen und dich ein bisschen amüsieren, und wenn's das Letzte ist, was du tust.* Woraufhin sie sagte: *Nein, Mark – es ist vorbei.* Und da hat er … sie geschlagen.«

Dawn krümmt sich förmlich unter der Erinnerung. Ich muss an diesen Mann denken. Mark Tremayne, der zusammen mit seinen Tauben in seinem eigenen Dreck sitzt. Und mir wird übel.

»Aus der Platzwunde an ihrem Kopf floss Blut. Ich hab mich so sehr erschrocken, dass ich anfing zu schreien. Da ging er auf mich los, zeigte mit dem Finger auf mich und sagte, ich wäre besser nie geboren worden.«

Dawns Augen werden feucht, und sie verstummt für einen Augenblick.

»Mum ging dazwischen, versteckte mich hinter ihrem Rücken, und dann schrie er, dass wir drei ihm sein Leben versaut hätten und dass wir vier jetzt ausgehen und verdammt noch mal ein bisschen Spaß haben würden.«

Dawn schnaubt fassungslos auf. »Kannst du dir das vorstellen? Diese zwei Dinge in einem Satz? Und dann stieß er Mum zur Seite, packte mich am Hals und drückte mich gegen die Wohnwagenwand. Ich kann seine Hände noch immer an meiner Kehle spüren.«

Und plötzlich bin ich mittendrin. Er würgt meine Schwester. Meine Mutter schluchzt und schlägt verzweifelt auf ihn ein. Sie will, dass er Dawn loslässt. Ich liege seitlich auf der Bank neben dem Tisch. Der Stoff ist rau an meiner Wange und riecht nach nassen Handtüchern. Ich drücke mich so fest in die Ecke, wie ich kann, vergrabe das Gesicht in meinem Teddy. Er riecht gut. Und auch er fürchtet sich vor Dad. Fürchtet sich vor dessen großen, aufgerissenen Augen mit den roten geplatzten Äderchen. Und er mag auch nicht, dass er meiner Schwester wehtut. Dass er ihr richtig wehtut.

»... und dann ließ er mich endlich los. Hat gezittert. Und Mum hat geweint, aber leiser. Dann hat sie mich an sich gezogen, und er ist auf die Toilette gestürmt und hat die Tür hinter sich zugeknallt.«

Ihre Stimme bricht, so sehr nimmt sie die Erinnerung mit. Ich greife über den Tisch und reibe sanft über ihre Schulter.

»Und dann hat Mum dich bei der Hand genommen und dich zu mir rübergezogen, sich vor mich hingekniet und geflüstert, dass ich dich aus dem Wohnwagen schaffen soll. Sie meinte, wir sollten uns darunter verstecken und auf sie warten. Dass sie uns holt, wenn er sich wieder beruhigt hat, und sie uns dann ins Bett bringen würde. Dann hörten wir die Toilettenspülung, und sie zischte uns zu: *Rasch, unter den Wohnwagen mit euch.*

Dann hat sie uns zur Tür rausgeschoben, obwohl wir beide geweint haben. Und als sie die Tür schloss, rief sie: *Und lass die Hand deiner Schwester nicht los, Dawn.*«

Ich sehe, wie sich ihre Züge verzerren, als sie gegen das übergroße Schuldgefühl ankämpft.

Ich ergreife Dawns Hand und halte sie. Ich kann den Geruch des Alkohols förmlich riechen, der im Wohnwagen hängt. Ich erinnere mich, wie meine Mutter sich zu mir herunterbückt, an ihre Hand auf meinem Arm, wie sie mir das Haar hinter das Ohr steckt und mir sagt, ich soll mit meiner Schwester mitgehen. Sie sagt mir auch, dass sie mich liebt. Da ist Blut auf ihrem Gesicht.

»Wir sind unter den Wohnwagen gekrochen. Ich hab dir erzählt, es wäre ein Spiel. Dass wir Verstecken spielen. Doch du hast immer weiter nach Mum gerufen und wolltest nur von dort weg. Ich hab dir was vorgesungen, dir sogar eine Geschichte erzählt, aber du hast nicht aufgehört zu weinen.« Tränen laufen jetzt auch über ihre Wangen. »Ich wollte in der Nähe von Mum sein. Und ich wusste –« Jetzt weint sie richtig heftig, und die folgenden Worte sind von Schluchzern unterbrochen. »Ich wusste, ich ... hätte ... dich nicht loslassen sollen. Aber ich ... konnte dich nicht aufhalten ... denn ... du hast dich losgerissen ... und selbst dann noch hab ich nach dir gerufen und gerufen ... aber du ... bist nicht wieder zurückgekommen. Ich hab dich gehen lassen.«

Sie schüttelt den Kopf, und neue Tränen beginnen zu fließen.

Und in diesem Moment begreife ich, dass das der Traum ist, den ich so oft träumte.

In ihm renne ich. Jedes Mal. Der Herzschlag wummert in meinen Ohren. Mein Atem geht stoßweise, ist nur noch ein schmerzhaftes Keuchen. Es ist dunkel und kalt, und die Bäume scheinen mit ihren knorrigen Fingern nach mir zu greifen, als lebten sie … Da sind Wurzeln unter dem Laub am Boden, und so stolpere ich immer wieder auf meiner Flucht. Jeder Schritt tut weh, und meine Füße schmerzen, der eine jedoch mehr als der andere. Ich senke den Kopf und bemerke, dass ich einen Pantoffel verloren habe. Dad wird sauer sein deswegen …

»Ich bin nicht losgerannt, um nach dir zu suchen«, sagt Dawn jetzt leise. »Bin unter dem Wohnwagen hocken geblieben, weil ich solche Angst hatte. Angst vor der Dunkelheit und Angst vor ihm. Also blieb ich, wo ich war.«

»Aber es war nicht deine Schuld«, sage ich wieder. »Wie denn auch? Du warst doch noch ein Kind.«

Dawns ganzer Körper erbebt unter ihrem Schluchzen.

»Es lag in der Verantwortung unserer Eltern, auf uns achtzugeben.« Ich küsse sie auf den Scheitel. »Dawn, schau mich an.«

Langsam hebt sie den Kopf, noch immer am ganzen Körper zitternd.

»Es war nicht deine Schuld.« Ich halte ihr Gesicht mit beiden Händen. »Das war es nicht.«

»Aber er hat … der Polizei erzählt«, fährt sie stockend fort, »dass es meine Schuld war. Ich hab's mitangehört. Er hat zu Protokoll gegeben … ich hätte … auf dich … aufpassen sollen. Und diese Typen … haben mich … angestarrt und genickt, als er das behauptet hat. Haben das alles auf ihren … blöden Notizblöcken festgehalten.«

Ich nehme sie in den Arm und streichle über ihren Rücken. »Es ist gut«, flüstere ich. »Nun ist alles wieder gut.«

SIEBENUNDVIERZIG

In der Nacht werde ich von unerbittlicher Schlaflosigkeit heimgesucht, die mich schikaniert wie ein gelangweiltes Kind. Ich kann nicht aufhören, an meinen Vater zu denken. Der Mann, der für die Hälfte meiner Gene verantwortlich ist, der Mann, der in dreckigen Klamotten und mit verfaultem Herzen in diesem höhlenartigen, versifften Haus sitzt.

Und als ich endlich einschlafe, treffe ich Tori. Sie sieht krank aus. Auf ihrer Haut zeigen sich gelbliche Flecken, und sie hat dunkle Ringe unter den Augen. Sie ist schrecklich dünn und trägt einen verschlissenen Morgenmantel, der einmal lila gewesen ist. Wir schwimmen im Ozean. Unter Wasser. Tief unten, ganz nah am dunklen Meeresboden. Sie hält meine Hand, als wir uns durch die eisigen Fluten bewegen. Ich rudere mit meinem freien Arm durchs Wasser, und es gefällt mir, wie es durch meine Finger gleitet. Ich lächle ihr zu, und sie lächelt zurück, wenngleich schwach, als koste sie diese Geste ihre letzte Kraft. Das Wasser ist tiefgrün, und es gibt keine Fische hier, nur große Felsbrocken und Seetang, der bis hinauf über unsere Köpfe wächst und sich im Wasser hin und her wiegt. Wieder sehe ich Tori an. Das goldene Haar schwebt um ihren Kopf herum wie ein prächtiger Pfauenschwanz. Ich ziehe an ihrem Arm, um ihre Aufmerksamkeit zu erlangen, doch sie reagiert nicht.

»Tori?«

Sie lacht, und eine Kette aus Blasen steigt aus ihrem Mund und der Nase Richtung Wasseroberfläche auf, die meilenweit über uns liegen muss.

»Ich bin nicht Tori, du Dummkopf.«

»Aber natürlich!«

»Nein, bin ich nicht. Ich habe dir erlaubt, mich so zu nennen, aber das ist nicht mein richtiger Name.«

»Und wie lautet dein richtiger Name?«

Wieder lacht sie. »Das weißt du doch.«

»Ich hab's vergessen. Sag ihn mir noch mal.«

Sie schüttelt den Kopf und verschwindet hinter einer Explosion von Luftblasen, als sie loskichert. »Dummes kleines Ding«, singt sie.

Dann hebt sie einen Finger an die Lippen und bedeutet mir, ruhig zu sein. Ich will sie fragen, warum, da packt mich etwas am Fußgelenk. Ich schaue hinab und entdecke einen einzelnen Seetangstreifen, der sich um mein Fußgelenk wickelt. Fester und fester schlingt er sich um mein Bein, wird dabei immer kräftiger und dicker. Ein anderer Streifen packt meinen Arm. Dann schlingt sich ein dritter um das andere Bein. Ich bin gefangen wie eine hilflose Fliege im Netz einer Meeresspinne.

Ich taste nach dem kleinen Mädchen an meiner Seite, doch sie ist nicht mehr da. Sie schwimmt in weiter Entfernung und kann mich nicht mehr rufen hören. Der Tang windet sich um meinen Hals, in meine Augen und Ohren hinein. Als ich schreien will, kriecht er auch in meinen Mund und schiebt sich meine Kehle hinab. Ich würge. Und ich bekomme keine Luft mehr, doch als ich kurz davor bin, ohnmächtig zu werden, spüre ich eine Hand auf meiner. Sie ist wieder zurückgekommen.

Mit einem Ruck befreit sie mich aus den Klauen der mörderischen Algen und zieht mich durch das samtige Wasser in Sicherheit.

»Danke«, sage ich zu ihr.

Doch sie antwortet nicht.

ACHTUNDVIERZIG

Als ich den Rollstuhl sehe, wird mir angst und bange. Ich bezweifle, dass er einen Ausflug bis ans Ende der Straße, geschweige denn entlang der Steilküste schaffen würde, wohin, wie ich vorgeschlagen hatte, die Reise gehen soll. Der Metallrahmen ist von hartnäckigen Rostflecken übersät, der graue Plastiküberzug des Sitzes teilweise aufgeplatzt, weshalb an manchen Stellen der gelbe Schaumstoff hervorquillt. Als Dawn den Rollstuhl aus dem morschen Schuppen in den Vorgarten hinausschiebt, macht er zudem besorgniserregende knackende Geräusche.

»Alles gut«, sagt sie, als sie meinen skeptischen Gesichtsausdruck sieht. »Wir haben ihn zwar jahrelang nicht mehr benutzt, aber er ist noch tadellos in Schuss.«

»Vielleicht ein bisschen Öl? Die Räder hören sich ein wenig eingerostet an«, schlage ich vor.

»Wir haben's ja nicht weit.«

Dawn quetscht sich an mir vorbei ins Haus und flitzt in die Küche. Ich ziehe den Rollstuhl über die Schwelle und schiebe ihn in Alices Zimmer.

»Stell dir vor, ich hab uns einen Tag Freigang rausgehandelt«, sage ich zu ihr und tätschle ihre Schulter.

Eine Stunde später lässt uns das Taxi vor der Kirche von Zennor raus. Der Fahrer bleibt im Wagen sitzen, stochert sich in den Zähnen herum und beobachtet im Rückspiegel, wie wir Alice aus dem Auto und in den Rollstuhl manövrieren. Von oben brennt die Sonne auf uns herab, als wären wir Ameisen unter einem Vergrößerungsglas. Dawn ist still. Sie scheint schlechter Laune zu sein. Vermutlich denkt sie, die ganze Sache hier sei die Mühe nicht wert.

Als Alice endlich im Rollstuhl sitzt, überlasse ich es Dawn, ihr die überflüssige Decke auf die Knie zu legen, und bezahle den Fahrer.

Ich knöpfe meine Weste auf, fächere mir ein wenig Luft zu, um den Schweiß zu trocknen, der in Strömen über meinen Oberkörper und den Rücken fließt. »Sie wird darunter einen Hitzschlag kriegen«, sage ich mit Blick auf das Plaid.

»Warum sind wir hier?« Argwöhnisch schaut Dawn an der Kirche hoch.

»Du hast mir gesagt, dass sie es mag.« Ich schiebe Alice auf den Eingang zu. Dann kippe ich den Rollstuhl leicht an und senke die Vorderräder auf der ersten Steinstufe ab.

»Ich dachte, du wolltest spazieren gehen.«

»Das machen wir doch.« Ächzend hebe ich die Hinterräder an und schiebe den Rollstuhl über die holprigen Kopfsteine der Außentreppe.

»Ein Spaziergang in einer Kirche?«

Ich wuchte den Stuhl auf die nächste Stufe. Einen Lastwagen zu rangieren könnte nicht schwerer sein. »Wir sind …« Ich halte inne, stütze mich auf die Rückenlehne des Rollstuhls, damit wir nicht das Gleichgewicht verlieren. »Könntest du mir mal helfen?«

Dawn packt die Griffe des Rollstuhls und bewegt ihn wieder die Treppenstufe herab, die ich gerade so mühevoll hinter mich gebracht hab. Dann schwingt sie den Rollstuhl herum und zieht ihn gekonnt rückwärts die Stufen hinauf. »Ich verstehe nur nicht«, sagt sie, »warum es ausgerechnet diese Kirche sein muss.«

»Ich will ihr den Sessel der Meerjungfrau zeigen.« Sanft

schiebe ich Dawn beiseite und übernehme den Rollstuhl wieder. »Die Nixe. Ich dachte, sie würde sie vielleicht gern sehen.« Mit dem nackten Arm wische ich mir über die Stirn. »Gott, ist das heiß.«

Dawn scharrt mit den Füßen wie ein bockiger Teenager.

»Du musst nicht mit reinkommen, wenn du nicht willst. Du kannst ja was in der Kneipe trinken gehen und auf uns warten, wenn du's denn so gar nicht ertragen kannst.«

Der Vorschlag scheint ihre Laune zu heben. »Wirklich? Ja, ich glaube, das mach ich. Soll ich dir auch was bestellen?«

»Komm doch mit uns mit.«

Ihre Lippen werden schmal und sie wendet den Blick ab, betrachtet die Bäume, die hinter dem Gotteshaus aufragen.

»Sieh mal, Dawn, ich tu das für Mum. Du hast doch selbst gesagt, sie ist oft hergekommen und hat sich neben die geschnitzte Kirchenbank gesetzt.« Dawn bohrt ihren Zeh zwischen die Kiesel im Pfad. »Vielleicht hilft es ihr ja, wenn sie die Meerjungfrau wiedersieht. Was, wenn ihr der Anblick neue Kraft verleiht?« Ich muss daran denken, wie gut es mir getan hat, meine Hand auf das kunstvoll bearbeitete Holz zu legen.

»Neue Kraft?«, spottet Dawn.

»Natürlich könnten wir auch den miesepetrigen Taxifahrer wieder zurückrufen und sie für weitere zwanzig Jahre in ihrem Zimmer einschließen«, erwidere ich in einem Anflug von Frustration. Ich starre meine missmutige Schwester an. »Und warum hängen wir bei dieser Gelegenheit nicht auch noch die ganzen Zeitungsausschnitte wieder auf? Man könnte auch das Fenster vernageln. Im Ernst, ich weiß, wie gut so was funktioniert, wenn man jemanden unbedingt im Haus halten will.«

Da dreht sie sich auf dem Absatz um und geht, wobei sie das schmiedeeiserne Gitter hinter sich zuknallt. Es schließt nicht richtig, schlägt gegen den Rahmen und schwingt wieder auf.

»Ganz wie du willst«, flüstere ich und schiebe den Rollstuhl auf das Kirchenportal zu, während die Räder klackern.

Voller Vorfreude halte ich einen Moment inne, bevor ich die schwere Tür öffne. Drinnen ist es angenehm kühl, noch ein Grund, wie ich finde, hier zu sein. Ich warte, bis sich meine Augen an das Zwielicht angepasst haben, und genieße die Stille, die uns empfängt. Ich denke zurück an den Tag, als ich zum ersten Mal hier war, noch bevor ich Dawn und meine Mutter getroffen habe, noch vor meiner Bekanntschaft mit Bristol und Mark Tremayne.

So weit ich kann, schiebe ich Alice an den Sessel der Meerjungfrau heran.

»Schau mal, Mum.«

Langsam dreht sie den Kopf in Richtung der Schnitzerei. Ich studiere ihr Gesicht, suche nach einem Zeichen des Erkennens. Nehme ihre zerbrechliche Hand in meine und lege sie auf das Holz. Ihre Finger berühren die polierte Oberfläche, und ich führe sie über das Antlitz der Meerjungfrau, über ihr Haar und dann hinunter zu ihrem Fischschwanz.

»Sieh mal, die Nixe, Mum. Es ist Morveren.«

Ein fast unmerkliches Lächeln erscheint auf ihrem Gesicht, hebt gerade eben die Mundwinkel leicht an. Mehr nicht.

»Sprich mit mir«, flüstere ich. »Nur ein Wort.«

Zu gerne würde ich hinausrennen in die Hitze und einen großen Sieg verkünden. Wie gerne würde ich bejubeln, die Schnitzerei habe meiner verstummten Mutter die Sprache zurückgegeben. Behaupten, dass ein Wunder geschehen und Dawn der ungläubige Thomas ist.

»Bitte, Mum.« Ich lege ihre Hand auf meine Wange und streichle mit ihr über meine Haut.

Draußen steht Dawn an die Mauer des Pubs gelehnt im Schatten und starrt mürrisch vor sich hin.

»Es war toll in der Kirche«, berichte ich. »Und schön kühl. Du hättest mitkommen sollen.«

Dawn ignoriert meinen Bericht, stößt sich aber von der Wand ab und geht mit mir in Richtung des Küstenpfads. Wegen ihrer miesen Laune und meiner Irritation darüber droht jeder Versuch, ein Gespräch in Gang zu bringen, uns restlos den Tag zu versauen. So habe ich mir unseren ersten Familienausflug nicht vorgestellt.

»Dawn, das ist doch albern. Wir wollten gemeinsam spazieren gehen, nicht uns gegenseitig anpesten. Lass uns die Sache vergessen, ja?«

Nach einer Weile nickt sie und lächelt. Nur ein kleines Lächeln zwar, aber ein Lächeln. Doch trotz des geschlossenen Friedens schweigen wir auch weiterhin, während wir Alice den Küstenweg entlangschieben. Noch immer stehen die Kühe kauend auf den Weiden, umschwärmt von ganzen Fliegenwolken, die sie nicht im Geringsten zu stören scheinen. Die Luft ist salzig und heiß und riecht nach Heu. So wie die Sommernachmittage meiner Kindheit, an denen ich auf dem Rasen des Alten Pfarrhauses saß, während mir die Sonne auf den Rücken schien. Wo ich einem Grashalm ein Pfeifen entlockte, indem ich ihn fest zwischen den Daumen einklemmte.

»Guck mal!«, rufe ich, und auch der Rest meiner Anspannung fällt von mir ab. »Da oben! Ein Raubvogel.«

»Wo?«

Ich ziehe Dawn ein Stück zu mir heran und deute hinauf.

»Dort«, flüstere ich. »Kannst du ihn sehen?«

Schweigend sucht Dawn den Himmel ab. Dann nickt sie. »Ich sehe ihn«, sagt sie. »Ein Sperber.«

Wir beschatten unsere Augen und verfolgen, wie der Vogel geräuschlos hoch über unseren Köpfen seine Kreise zieht, dabei bisweilen mit ausgestreckten Flügeln in der Luft schwebt und durch die Thermik in die Höhe getragen wird. Sein Blick ist dabei auf etwas gerichtet, das ohne Zweifel gerade über den Boden flitzt oder hoppelt.

»Jetzt geht er in den Sturzflug«, sagt Dawn.

Der Greifvogel hat seine Beute fest im Blick. Ich halte den Atem an, als er die Flügel anlegt und wie ein Stein auf sein Opfer herabstürzt. Wir warten darauf, dass er wieder aufsteigt, aber vergebens.

»Er ist weg«, sage ich und gehe weiter.

»Nein, da ist er!«

Ich folge Dawns ausgestrecktem Finger und sehe, wie sich der Sperber mit etwas in den Klauen, das ganz nach einem jungen Kaninchen aussieht, wieder in die Lüfte erhebt. Hoch schwingt er sich auf, während die verzweifelte Kreatur in seinem Griff um ihr Leben zappelt. Doch alle Mühe ist vergebens, der Raubvogel lässt sie nicht mehr los. Fast kann ich spüren, wie sich seine rasierklingenscharfen Krallen in den pelzigen Körper bohren.

»Armes Ding«, flüstert Dawn.

»Aber der Vogel muss auch fressen.«

»Trotzdem.«

Wir gehen weiter, und schon bald kommt das herrliche Meer in Sicht. Das Sonnenlicht schimmert auf seiner Oberfläche wie geschmolzene Butter auf Glas.

»Ich wollte nicht mit in die Kirche, weil –«, beginnt Dawn.

»Ist schon okay, du musst es nicht erklären.«

»Nein, ich will's dir sagen. Ich hasse diesen Ort. Hasse ihn, weil … Ich war zum letzten Mal bei deiner Beisetzung dort. Allein der Anblick dieses Gebäudes bringt alle Erinnerungen wieder zurück.«

»Oh«, sage ich und muss an die ganzen Grabsteine denken, die rund um die Kirche aufgestellt wurden. *Einer dieser Steine ist für mich.* Ein Schauer läuft mir über den Rücken, und ich hole ein paar Mal tief Luft, wie um mir zu beweisen, dass ich nicht tot bin.

»Von diesem Tag an begann sie, sich immer weiter in sich zurückzuziehen. Saß immer öfter und länger im Sessel und starrte aus dem Fenster. Sammelte Bilder von Meerjungfrauen, die sie aus Zeitschriften ausschnitt. Hörte auf zu reden. Selbst wenn ich sie ansprach, kam allenfalls ein schwaches Lächeln zurück. Egal«, sagt sie mit einem Schnaufen, »ich hatte wirklich keine große Lust, wieder in diese Kirche zu gehen. Zu viele schlechte Erinnerungen.«

»Daran hätte ich denken sollen. Tut mir leid.«

Sie zuckt die Achseln.

Wir erreichen die Stelle, wo der Asphalt der Küstenstraße in einen unbefestigten Fußweg übergeht. Der Pfad ist zu eng und steinig, um ihn mit dem Rollstuhl zu befahren, aber es gibt linker Hand eine kleine Bank mit genügend Platz, um ihn daneben abzustellen. In behaglicher Stille sitzen wir eine Weile da und schauen auf die Bucht mit dem weißen Sandstrand und dem türkisfarbenen Wasser, das sich gerade zurückzieht, weil wieder Ebbe ist.

Gelegentlich kommen andere Spaziergänger vorbei, die wir freundlich nickend begrüßen im Angesicht der spektakulären Aussicht, die wir alle hier genießen. Ich halte mein Gesicht in die Sonne und lausche dem sanften Atmen der Menschen, die neben mir sitzen.

Als ich die Augen wieder öffne, sehe ich, wie Alice aufs Meer hinausstarrt. Und wieder ist etwas anders. Ihr Blick ist gesammelt, nicht leer, als betrachte sie tatsächlich das Wasser oder die Möwen, die geräuschlos am Horizont kreisen.

Ich beuge mich zu ihr und streichle ihre Hand. »Ist das nicht wunderschön, Mum?«

Und da dreht sie sich langsam zu mir um und lächelt.

NEUNUNDVIERZIG

In den nächsten Wochen scheint sich ihr Zustand immer weiter zu verbessern. Es ist, als wachse zwischen uns eine Art Verbundenheit, die ich an jenem Tag, da ich zum ersten Mal in ihr Zimmer kam, nie für möglich gehalten hätte. Damals, in diesem Raum mit seiner verbrauchten Luft und der gruseligen Atmosphäre, wo ich auf diese verwirrte Fremde traf, die in ihrem verwaschenen Morgenmantel auf die Collage an der Wand starrte.

Dawn und ich haben uns in einer behaglichen Routine eingerichtet. Mum hört zu, wenn wir was sagen. Wir beide haben mit eigenen Augen gesehen, wie sich ihr Mund zu etwas verzog, das einem Lächeln gleichkam. Als ich es das erste Mal beobachtete, habe ich aufgeschrien vor Schreck, Überraschung und Freude. Ich konnte nicht anders. Das Schlimmste befürchtend kam Dawn herbeigerannt, und als ich ihr sagte, was ich gesehen hatte, schüttelte sie nur ungläubig den Kopf.

In dieser Woche hat sie damit begonnen, fast ohne Hilfe zu laufen, mit einer Hand auf unserem Arm, während sie in ihren Pantoffeln voranschlurft. Ich bin nun fest davon überzeugt, dass es nur eine Frage der Zeit ist, bis ihre verkümmerten Muskeln wieder so weit gekräftigt sind, dass sie körperlich vollständig genesen kann.

Jeden Tag nehmen wir sie mit nach draußen. Ein Taxi holt uns ab und fährt uns an die Steilklippen im Umland von St. Ives oder auf die Wanderwege bei der vor langer Zeit stillgelegten Botallack-Mine, von wo man ihre traurigen Ruinen und

Kamine aus den Salzwiesen aufragen sehen kann. Kulturdenkmäler aus einer Zeit, als im Südwesten Englands die Bergbauwirtschaft florierte. Dawn macht sich ein wenig Sorgen wegen all der Fahrtkosten, aber ich beruhige sie – das ist das Mindeste, was die Campbells für uns tun können.

Vor zwei Tagen waren wir in Marazion. Rund um den Damm, der den Ort mit der Gezeiteninsel St. Michael's Mount verbindet, herrschte gerade Ebbe, weshalb Heerscharen von selfiesüchtigen Touristen wegen des National-Trust-Kuchens hier einfielen. Der Damm war bucklig und glitschig, und Dawn zierte sich.

»Nein«, sagte sie. »Auf keinen Fall gehen wir da rüber.«

»Wir gehen links und rechts ihres Rollstuhls«, erwiderte ich. »So kann sie unmöglich reinfallen.«

»Das ist die Sache doch nicht wert. Und was sollen wir tun, wenn wir auf der Insel angekommen sind? Sie auf den Rücken nehmen und den Berg hochkraxeln?«

Auch experimentiere ich mit Mums Mahlzeiten. Zuerst habe ich es mit weicher Nahrung wie Milchcreme und Joghurt versucht. Gestern dann ein bisschen Shepherd's Pie. Es war kein Gourmetessen, aber es schien ihr zu schmecken. Dawn stand währenddessen in der Ecke der Küche, kaute sich den Rest ihrer Fingernägel ab und beobachtete uns.

»Ich glaube nicht, dass solche Lebensmittel gut für sie sind.«

»Sie scheinen ihr doch zu bekommen.«

»Sie hat eine sehr heikle Verdauung, weißt du?«

Ich antwortete nichts. So wie ich das sehe, braucht Alice ernährungstechnisch so viel Abwechslung wie möglich. Und ich habe festgestellt, dass ich das Kochen mag. Was ich bislang nie wirklich ausprobieren konnte. Elaine hat mich nicht mal in die Nähe des Herdes gelassen. Gelegentlich hat sie mir mal einen Teiglöffel zum Ablecken gereicht, aber das war's auch schon. Und als ich David heiratete, hat er sich um alles gekümmert. Meinte, es sei mir nicht gestattet, in *seine Küche* einzudringen.

»Das Reich eines Kochs ist ihm heilig«, pflegte er zu sagen. »Und nachdem du nicht mal ein Ei hinkriegst, ist es wohl für alle das Beste, wenn du das Kochen mir überlässt.«

Also habe ich ihm seinen Willen gelassen. Und ich wünschte, ich hätte es nicht. Ich hatte ja keine Ahnung, wie viel Spaß es mir machen würde.

Irgendwann kam dann der Tag, an dem ich den Geruch der Dosensuppe nicht mehr ertragen konnte. Es muss wohl vor etwa zehn Tagen gewesen sein, als ich deswegen das Würgen bekam. Also ging ich in den zauberhaften Buchladen von St. Ives und fragte die Frau dort, ob sie mir ein Kochbuch empfehlen könne.

»Irgendwas Besonderes?«

»Oh, ich weiß nicht. Hausmannskost vielleicht? Etwas, mit dem auch eine Frau, die nicht mal ein Ei kochen kann, gut klarkommt.«

Sie nahm zwei Titel in die engere Auswahl, und ich kaufte sie beide. Ich hatte die Idee, dass ich Mum die Rezepte vorlesen und diese dann nachkochen könne. Und genau das tun wir auch. Ich setze mich neben sie, schlage eins der neuen Kochbücher auf und fahre mit dem Finger über das Inhaltsverzeichnis, bis mir etwas ins Auge fällt.

Heute ist es ein Rezept für Risotto.

»Perfekt. Du wirst das Risotto lieben, Mum.«

Ich beginne damit, die Kochanleitung vorzulesen, unterbreche mich immer wieder, um mit ihr zu reden, in der Hoffnung, ihre Aufmerksamkeit zu wecken. Auf dass sie vielleicht irgendwann einmal antwortet.

»... *achten Sie darauf, dass alles gut vermischt ist.* Das muss ich mir merken, Mum. Alles gut miteinander verrühren. *Lassen Sie das Risotto für fünf Minuten ruhen, damit die Eier und die Crème fraîche eindicken können.* Mmh, das klingt lecker. Das wird uns ganz sicher schmecken. *Servieren Sie es mit frisch geriebenem Parmesan und, wenn Ihnen danach ist, mit ein bisschen Knoblauchbrot. Und voilà!*«

Ich schlage das Buch zu und springe auf. »Ich muss ein paar Sachen einkaufen. Es ist Risotto-Zeit!« Ich küsse sie auf die Stirn, woraufhin sie mir ihr Gesicht zuwendet. »Ich bin bald zurück.«

»Das sind aber viele Zutaten, die du da brauchst. Ist das nicht ein bisschen Zeitverschwendung?«, fragt Dawn, die mir beim Erstellen des Einkaufszettels über die Schulter schaut.

»Macht mir nichts aus«, sage ich. »Brauchst du irgendwas?«

Dawn schüttelt den Kopf.

Zehn Minuten später stehe ich im Co-op.

»Sagen Sie das noch mal, meine Liebe«, meint die Frau an der Kasse und deutet auf ihr Ohr.

»Arborio-Reis?«

»Nein, Liebes, so was haben wir nicht. Da müssten Sie schon nach Penzance oder in den großen M&S-Supermarkt bei Hayle fahren. Die führen solche Spezialitäten.«

Ich danke ihr, gehe zurück in den Gang mit Reis und Nudeln und nehme eine Packung Langkornreis aus dem Regal.

»Wird's denn damit auch funktionieren?«, fragt die Frau an der Kasse skeptisch, als sie den Artikel einscannt.

»Nach Penzance oder Hayle schaffe ich's heute nicht, also muss es auch damit gehen. Wird bestimmt auch lecker. Wer kocht, muss vor allem flexibel sein, nicht wahr?« Der Blick, den sie mir daraufhin schenkt, besagt, dass sie nicht dieser Meinung ist.

Ich sage Dawn, sie soll sich hinsetzen, während ich das Abendessen vorbereite.

»Nein, ich helfe dir.«

Ich lächle sie an. »Nicht nötig, denke ich. Aber danke für das Angebot. Warum nimmst du nicht ein Bad oder liest ein bisschen? Das hier wird etwa«, ich schaue kurz ins Rezept, »zwanzig Minuten in Anspruch nehmen.«

Die Katze schleicht mir um die Füße und miaut vor Hunger. Ich öffne ihr eine Dose Futter und streichle sie, als sie sich vollstopft und dabei laut schnurrt. Der Geruch des Katzenfutters steigt mir in die Nase, und wie aus dem Nichts wird mir plötzlich ein wenig schlecht. Ich gehe ein paar Schritte zurück und verziehe das Gesicht.

»Ich wusste nicht, dass das Zeug so widerlich riecht«, sage ich zu der Katze. »Tut mir leid, dass du das jeden Tag essen musst. Morgen hole ich dir ein bisschen Hühnchen.«

Die Katze hebt den Kopf, schaut mich an, blinzelt zweimal und wendet sich dann wieder ihrer Mahlzeit zu.

Als das Risotto fertig ist, stelle ich eine Schüssel davon zusammen mit einem Glas Wasser auf das Tablett und bringe es rüber zu Mum.

»Soll ich das machen?« Dawn ist in der Tür erschienen, als ich beginne, meine Mutter zu füttern. »Du hast ja gekocht. Ich mach das schon.«

»Nein, es geht schon«, sage ich, als ich Mum eine Gabel voll an den Mund führe. Grinsend sehe ich, wie sie ihn öffnet wie ein wohlerzogenes Vögelchen. »Sieh mal, wie es ihr schmeckt.«

Dawn setzt sich auf die Bettkante hinter uns. Sie wirkt irgendwie zickig. »So ein ausgefallenes Essen braucht sie wirklich nicht, weißt du?«

Ich unterbreche meine Tätigkeit nicht.

»So was ist teuer, und das Geld wächst schließlich nicht auf Bäumen.«

»Ich hab's doch bezahlt, also hat's dich doch gar nichts gekostet.«

»Das ist doch nicht der Punkt.«

»Mach dir deshalb keine Sorgen«, sage ich so unbeschwert wie möglich. »Es macht mir Spaß, Geld dafür auszugeben.«

Lächelnd wende ich mich wieder Mum zu. Ihre Verwandlung zu beobachten, zu fühlen, wie währenddessen meine Liebe zu ihr immer größer wird, erfüllt mich mit unglaublicher Freude. Ihr Gesicht ist voller geworden, eine kleine Schicht Fett hat sich unter der durchscheinenden Haut eingelagert, wodurch es wirkt, als hätte man wieder etwas Luft in einen schlaffen Ballon geblasen. Das Haar ist nicht mehr so stumpf, und die Augen scheinen klarer. Sogar ihre Lippen schimmern neuerdings in einem zarten Rosa, wenngleich es auch sein kann, dass ich mir das nur einbilde. Nie zuvor in meinem Leben habe ich mich um jemanden kümmern müssen, und es fühlt sich gut an.

»So ist's fein, Mum. Das Gericht ist zwar nicht hundert Prozent original, weil sie im Laden nicht den richtigen Reis hatten, aber es schmeckt dir doch trotzdem, nicht? Ich habe auch etwas für mich und Dawn zum Abendessen aufgehoben.«

»Du musst den Leuten bald mal sagen, wer du wirklich bist.«

Ihre Worte sind wie ein Schlag in die Magengrube. Ich drehe mich zu Dawn um, die mit verschränkten Armen und zusammengepressten Lippen dasteht. Ich denke über das Gesagte und die damit einhergehende Kollision von Realität und Fiktion nach, während ich mit der Gabel im Risotto herumstochere. Ich will nicht mal darüber nachdenken, mit meiner Geschichte an die Öffentlichkeit zu gehen. Danach würde ich für immer Morveren sein. Und es gäbe kein Zurück mehr zu Bella. Und auch keine Zuflucht zu Tori. Ich würde zum Gegenstand des öffentlichen Mitleids, zu einem Social-Media-Opfer werden, während mein Gesicht fortwährend auf dem flackernden Schwarz-weiß-Bildschirm erschiene, der hier in der Küche steht. Ich stelle mir Davids Reaktion vor, wenn er davon liest. Oder Phil, der sodann verzweifelt versuchen würde, sich nichts anmerken zu lassen, wenn er mir den Kaffee überreicht und übers Wetter plaudert. Oder Greg und Fi und das Mädchen im Pub. Sie alle werden feststellen müssen, dass ich nicht die glamouröse Londoner Journalistin bin, sondern eine mausgraue Bibliothekarin aus Surrey mit trauriger Vergangenheit.

»Noch nicht«, erwidere ich. »Es muss ja nicht gleich an die Öffentlichkeit, oder? Dadurch würde es für niemanden von uns einfacher.« Ich räume den Teller, die Gabel und das leere Glas auf das Tablett.

»Es wird früher oder später ohnehin rauskommen.«

»Ja, aber erst dann, wenn wir dazu bereit sind. Es läuft doch gut, so wie es ist. Warum müssen die Leute es denn erfahren?«

»Müssen sie nicht. Ich sage nur, dass so was früher oder später rauskommt.«

Und dann hören wir es. Eine kaum zu vernehmende, dünne Stimme.

Wie groß du geworden bist.

»Oh mein Gott«, hauche ich.

Neben Alices Sessel falle ich auf die Knie und ergreife ihre Hand. Dawn eilt herbei und kauert sich neben die andere Seite.

Mit ihren blassen, wässrigen Augen sieht Alice mich an. »So groß bist du geworden ...«

»Oh Mum«, entfährt es mir mit brüchiger Stimme. »Es ist ja auch ein paar Jahre her.«

»Ich kann es nicht glauben«, flüstert Dawn.

»Du bist zurückgekommen«, sagt Mum und schaukelt wie in einer sanften Brise.

»Und du auch.« Ich beuge mich vor, küsse ihre Hand, berühre mit meinen Lippen ihre weiche, papierdünne Haut.

»Sie sagten, du wärest tot.« Ihr Blick geht zu dem Rechteck auf der Tapete, wo einst die Meerjungfrauen und Zeitungsausschnitte gehangen haben. »Ich wusste immer, dass das nicht stimmt.«

FÜNFZIG

Ich denke, Craig und ich sind uns beide darüber im Klaren, dass er Bescheid weiß. Immerhin habe ich mich mit Dawns Zweitschlüssel in die Wohnung gelassen, und was für einen Grund sollte es für Tori-die-Journalistin geben, ungehinderten Zutritt zur Wohnung der Tremaynes zu erhalten? Trotzdem führen wir das Theater weiter fort.

»Du bist wieder hier?«, fragt er, als ich meine Tasche auf dem Tisch abstelle. Lässig öffnet und schließt er die klemmende Küchenschublade, um deren Reparatur Dawn ihn gebeten hat. »Noch ein Interview für deine Zeitung?«

»Dawn ist die einzige Freundin, die ich hier habe. Wahrscheinlich geht es ihr schon auf die Nerven, dass ich dauernd auf der Matte stehe«, sage ich lächelnd.

Er schaut unter die Schublade, dann rüttelt er leicht an ihr. »Jemand wie du muss doch haufenweise Freunde haben.«

Ich lache.

»Na ja, ich bin froh drum«, sagt er und lächelt mir über die Schulter hinweg zu. »Tut ihr gut.«

»Ist sie hier?«

»Sie ist in die Stadt gegangen.« Er holt einen Schraubenzieher mit rotem Griff aus der ledernen Werkzeugtasche. »Sie holt jeden Monat Geld von der Bank.«

Ich sehe, dass die Katze vor dem Fenster sitzt, und öffne die Tür, um sie einzulassen.

»Ich bin nicht sicher, ob Dawn die Katze um diese Zeit im Haus haben will.«

»Warum hat sie das Tier, wenn sie es nicht um sich haben will?«

»Sie hat es sich ja nicht eigens angeschafft. Die Katze ist –«

»Ich weiß«, sage ich. »Sie ist einfach hier aufgekreuzt. Aber sie füttert sie. Wenn sie die Katze nicht hier haben will, warum gibt sie ihr zu fressen?«

Craig zuckt die Achseln und wendet sich wieder der kaputten Schublade zu.

»Craig«, sage ich, während ich mich an den Tisch setze. »Darf ich dich fragen, wie du Dawn kennengelernt hast?«

»Für den Artikel? Nein, ich glaube nicht, dass ich solche Dinge ohne Dawn beantworten möchte.«

»Nein, nicht aus beruflichen Gründen. Es interessiert mich persönlich. Du bist der einzige Mensch, mit dem sie sich trifft, oder? Ich bin nur neugierig. Ich weiß ja, wie sehr du dich um sie kümmerst, und würde gern mehr darüber erfahren.«

Konzentriert zieht er die Schraube an. »Wir waren zusammen auf der Schule.«

»Also kennst du sie schon ewig?«

Er lässt sich auf die Hacken nieder und seufzt. »Meine Mutter hatte mich gedrängt, mit ihr zu reden. Sie hat sich Sorgen um sie gemacht, du weißt schon, nach … na ja, du weißt schon.«

Er zieht die Schublade weit heraus und schließt sie wieder. Jetzt funktioniert sie reibungslos, und er wirft den Schraubenzieher zurück in die Tasche. »Es war ein paar Jahre danach. Wir waren noch so jung. Sie war so still, was die Sache nicht gerade einfacher machte. Niemanden interessierte es einen Dreck, was sie durchmachte, nicht mal die Lehrer, und so hatte sie sich von den anderen abgesondert. Aber meine Mutter sagte, man könne sehen, dass sie einsam sei und Probleme zu Hause habe, weshalb sie Dawn zum Tee eingeladen hat. Ich weiß nicht, ob sie anfangs überhaupt kommen wollte, aber ihre Großeltern haben sie dazu überredet, schätze ich.« Er lacht zärtlich auf, dann wird er wieder ernst und seine Miene wird verschlossen. »Aber ich sollte dir so was gar nicht erzählen.«

»Ich werde es ihr nicht erzählen.«

Er wirkt nicht überzeugt.

»Ehrlich, ich versprech's.«

Zögernd nimmt er mir gegenüber Platz.

»Als sie vorbeikam, haben wir uns gleich auf Anhieb verstanden. Mein Gott, sie brauchte einfach nur jemanden an ihrer Seite. Sie war krankhaft schüchtern, aber als wir miteinander sprachen, taute sie allmählich auf. Sie hat oft im Spaß gesagt, ich wäre so was wie ihr Psychiater. Mir war's nur recht. Ich hab sie vom ersten Tag an geliebt.«

»Dann seid ihr also seitdem ein Paar?«

Plötzlich wirkt Craig schuldbewusst. Wie ein ertapptes Kind sieht er mich mit einem Mal an.

»Es ist nur ...«, setze ich zögernd hinzu. »Na ja, ich hab dich ... mit diesem anderen Mädchen gesehen. Dieser Blondine. Ich hab sie zufällig ... mit dir gesehen.«

Sein schlechtes Gewissen entwickelt sich vor meinen Augen wie ein Polaroidbild. Seine Augen werden groß und rund, und sein Mund zuckt, während es in seinem Kopf arbeitet und er sich zweifellos fragt, wo man ihn gesehen hat und welche Ausrede er dafür aus dem Hut ziehen könnte.

»Schau, es geht mich ja gar nichts an«, sage ich. »Ich hätte gar nicht erst davon anfangen sollen.«

»Es ist nicht so, wie du denkst. Ich und das Mädchen, wir sind ... nur Freunde. Und Dawn und ich ... weißt du, wir sind nicht mal richtig zusammen. Versteh mich nicht falsch, ich würde sie auf der Stelle heiraten, wenn sie nur wollen würde, aber, na ja, sie will nicht.« Er sieht zu mir auf. »Ich habe nichts mit diesem anderen Mädchen. Ich würde niemals ... etwas tun, was Dawn verletzen könnte.«

Wieder blickt er auf seine Hände, die mit den Innenflächen nach unten auf der Platte liegen. »Hast du ihr davon erzählt? Dawn, meine ich. Von dem anderen Mädchen?«

»Nein, ich wollte zwar, aber es erschien mir nicht fair.« Ich halte kurz inne. »Ich hasse den Gedanken, dass man sie verletzt.«

»Ich würde nie –«

In diesem Moment hören wir Dawns Schlüssel im Schloss. Craig verstummt, springt vom Stuhl auf und tut so, als bastle er noch immer an der Schublade. Als sie in die Küche kommt, öffnet und schließt er sie mit Kennerblick und nickt.

»Alles repariert«, verkündet er.

Dawn ist blass und kaut auf ihren Fingernägeln. Sie geht geradewegs auf die Katze zu und setzt sie wortlos nach draußen. Dann murmelt sie etwas davon, dass sie sich nicht gut fühle, und geht auf ihr Zimmer.

Craig und ich sehen uns verständnislos an.

»Ich schätze, ich sollte mal schauen, was mit ihr los ist«, sagt er beklommen.

»Ja, natürlich. Ich muss sowieso los. Richte ihr doch aus, dass ich hoffe, sie ist bald wieder okay.«

Als ich ins Hostel zurückkehre, wedelt Fi mit einem Briefumschlag in meine Richtung. »Post für dich.«

Ich gehe zum Tresen und nehme das Kuvert in Empfang.

Ich öffne es jedoch nicht, bis ich nicht sicher auf mein Zimmer zurückgekehrt bin. Es enthält ein nichtssagendes Anschreiben von meiner Anwältin und einen weiteren Umschlag. Ich erkenne die Handschrift auf den ersten Blick.

Es ist die von David.

Seine Schrift zu erblicken – diese schludrigen, spinnenhaften und mit schwarzem Kugelschreiber hingekritzelten Buchstaben – raubt mir den Atem. Ich reibe mir übers Gesicht, setze mich auf die Bettkante und beginne zu lesen.

EINUNDFÜNFZIG

Liebe Bella,

ich kann nicht glauben, dass du mir das angetan hast. Das ist doch keine Art, einfach den Ehemann zu verlassen und sich nicht mehr zu melden. Ich weiß nicht, was ich Jeffrey noch erzählen soll, und habe ihm geraten, einen Ersatz für dich zu suchen. Du hast mich enorm beschämt. Jeffrey ist ein sehr alter Freund und er hat mir einen Riesengefallen getan, indem er dich einstellte. Nun kann ich ihm nicht mehr unter die Augen treten. Hoffentlich wird sich unsere Freundschaft von diesem Vorfall erholen, aber es würde mich nicht überraschen, wenn nicht. Und als wäre das alles nicht schlimm genug, habe ich feststellen müssen, dass du mich bestohlen hast. Ich habe dir vertraut, als ich dir Zugriff auf das Konto gewährt habe, und das bereue ich nun zutiefst. Rücksichtnahme ist eine wunderbare Sache, nicht? Ich habe das Konto sperren lassen und hoffe, du kommst zu mir zurück, wenn du keinen Zugriff mehr auf irgendwelche Geldmittel hast. Bella, ich begreife das alles nicht. Was ist nur in dich gefahren? Ich glaube fast, du musst in Behandlung, weil ich fürchte, du hast die »Labilität« deiner Eltern geerbt.

Wenn ich die Anwältin richtig verstanden habe, willst du, dass ich deinen Vater ohne dich beerdige. Wie herzlos kann ein Mensch sein? Das bist nicht mehr du. Du warst immer so liebenswert und mitfühlend. Höchstwahrscheinlich hast du diese selbstsüchtige Seite an dir vor mir verborgen, oder? Wo ist die süße Bella, die ich liebe? Ich will sie zurück.

Die Anwältin weigert sich, mir deinen Aufenthaltsort mitzuteilen, doch das letzte Mal, als ich mit ihr sprach, schien sie meine Lage nur allzu gut zu verstehen. Ich weiß, dass sie es mir früher oder später sagen wird – ich kann sehr überzeugend sein –, aber es wäre alles so viel einfacher, wenn du einfach zu mir zurückkehren würdest. Wie du diesem Brief vielleicht entnehmen konntest, bin ich sehr verärgert. Ich will das nicht, weil ich weiß, dass du deprimiert bist und ob deiner Trauer irrationale Entscheidungen getroffen hast. Aber du hast es mir unmöglich gemacht, Nachsicht zu üben. Natürlich vermisse ich dich, immerhin liebe ich dich, aber ähnlich einem Elternteil mit einem ungezogenen Kind verspüre ich große Enttäuschung.

Bitte überdenke diesen Kontaktabbruch noch einmal. Ich kann dir helfen, aber so nicht. Du kannst mit alldem nicht allein fertig werden. Wir wissen doch beide, dass du dazu nicht in der Lage bist. Wir wissen beide, dass du dazu nicht die Kraft besitzt. Du brauchst mich.

Komm zurück, meine Liebe.

David

ZWEIUNDFÜNFZIG

Der Brief stürzt mich in Verwirrung, nicht zuletzt, weil durch ihn meine alte Welt in mein neues Leben eingedrungen ist. Auf dem Bett sitzend balle ich die Fäuste und kämpfe gegen den Drang an, einfach meine Sachen zu packen und wieder zu ihm zurückzukehren. Ich denke an Jeffrey, der seine Enttäuschung kaum verbergen kann und nur schwach nickt, als David ihm sagt, er solle sich eine neue Bibliothekarin suchen. Und auch Davids Scham darüber nagt an mir.

Und dann erinnere ich mich daran, wie rücksichtslos er am Abend nach Elaines Beisetzung in mich eingedrungen ist. An den Schmerz, den ich dabei verspürte, weil mein Körper nicht bereit für ihn war. Wie er sich danach mit einem zufriedenen Grunzen von mir heruntergerollt hat. Ich sehe das Blut, das von meiner Hand tropft, die den zerschmetterten Bilderrahmen mit dem Foto der Campbells hält. Davids Hand, die meine fast schraubstockartig umfasst, während er mir sagt, ich solle mich wieder beruhigen.

Ich nehme den Brief noch einmal auf und lese seine Zeilen mit neuen Augen. Aus jeder spricht das Bedürfnis, mich wieder zu kontrollieren. Und der Frust über mein unvorhergesehenes Verhalten schreit mir aus jedem seiner Sätze entgegen. Er sagt, er liebt mich, und doch bin ich ihm im Grunde egal. Das liegt auf der Hand, und als ich mir das eingestehen muss, fühle ich mich ernüchtert und im Stich gelassen. Er spricht davon, wie enttäuscht er von mir ist, doch ich bin auch enttäuscht von ihm. Wo verleiht er seiner Sorge über mein Wohlergehen Ausdruck?

Wo äußert er Verständnis dafür, dass schon etwas Schwerwiegendes vorgefallen sein muss, damit ich vor ihm davonlaufe? Und dann die Sache mit dem Geld und der Kontosperrung. Glaubt er wirklich, er könne mich mit einer solchen Maßnahme dazu zwingen, ihm nach Hause zu folgen wie ein halb verhungerter Straßenköter? Er will Bella zurück, aber ich bin nicht Bella. Bin nicht seine Bella.

Nicht mehr.

Entschlossener denn je balle ich die Fäuste. Nein, ich werde nicht zu ihm zurückgehen. Werde nicht schwach werden und ihn mich wieder kontrollieren lassen. Fest zerknülle ich den Brief in meiner Hand und schmeiße ihn in die Ecke meines Zimmers. Dort liegt er nun, missachtet und weggeworfen. Und doch kann ich den Sog, der von ihm ausgeht, noch immer spüren.

Nein.

Ich werde nicht zurückgehen.

Und dann, ohne groß darüber nachzudenken, stehe ich auf und gehe zur Tür. Ich halte nicht inne, überlege nicht, öffne einfach die Tür und setze mich in Bewegung. Ein Schritt nach dem anderen.

Eins, zwei, drei, vier.

Schritt für Schritt gehe ich durch den Flur zu Gregs Zimmer. Davor angekommen bleibe ich stehen. Dann wummere ich mit der flachen Hand gegen das Holz. So fest, dass es wehtut, aber es ist mir egal, der Schmerz gefällt mir. Er ist Ausdruck dessen, dass ich wirklich hier bin. Dass ich existiere. Dass ich nicht sie bin.

Ich bin nicht Bella.

Wieder und wieder hämmere ich gegen die Tür.

»Ist ja schon gut!«, kommt es von drinnen. »Ich komme ja!« Er öffnet und sieht mir stirnrunzelnd entgegen. »Alles klar?«

Ich sage nichts.

Er hat sich ein Handtuch um die Hüften geschlungen, und seine gebräunte Haut schimmert feucht. »Ich war unter der Dusche. Was ist denn los?«

Mein Blick fällt auf den Tiger, dessen Tatze an der Stelle seines Oberkörpers zum Vorschein kommt, wo er sich mit erhobenem Arm am Türrahmen abstützt. Die Krallen wirken scharf und scheinen zu funkeln. Fast kann ich die Raubkatze leise knurren hören.

»Ich will, dass du mich fickst.«

Er lacht. »Was? Die ganze Zeit über lässt du dich nicht blicken und jetzt verlangst du plötzlich Sex von mir?«

»Na und?« Ich muss loslassen, muss hier präsent sein. Muss dafür sorgen, dass Greg mich fickt. »Machst du es nun, oder nicht?«

In diesem Moment erstirbt das Lächeln auf seinem Gesicht. Er tritt einen Schritt zur Seite und lässt mich herein.

DREIUNDFÜNFZIG

Dawn tigert in der Küche auf und ab. Der kleine Raum ist für eine solche Tätigkeit denkbar ungeeignet, aber das hält sie nicht davon ab. Eine Hand hat sich im Aufschlag ihres Ärmels verkrallt und zerrt daran, woraufhin sich der Stoff um ihr Handgelenk stramm zieht.

Ein paarmal schon habe ich sie gefragt, was los ist, zur Antwort aber immer nur ein *Alles gut* erhalten. Ich kann das nicht mehr länger mit ansehen, stelle mich ihr in den Weg und halte ihre Hände fest. Sie sind feucht, und nun, da ich ganz nah vor ihr stehe, sehe ich, dass sich über ihren blassen Brauen Schweißtropfen gebildet haben.

»Dawn, um Himmels willen, sag mir doch, was los ist. Ich bin doch nicht blöd. Ich sehe doch, dass rein gar nichts *gut* ist.«

Mit zusammengepressten Lippen schaut sie mich an und blinzelt schnell, dann bröckelt die Fassade und sie schlägt sich eine Hand vors Gesicht. »Ach, es geht ... ums Geld.«

»Ums Geld?«

»Mein Gott, ich weiß nicht, was ich tun soll.« Sie lehnt sich mit dem Rücken an die Küchenzeile und reibt sich über die Augen. »Sie wurde eingestellt. Die Zahlung wurde eingestellt.«

»Die Unterstützung vom Amt? Warum? Warum wurde sie eingestellt?«

»Nein, nicht die Unterstützung.« Sie speit das Wort aus, als wäre es Gift. »Von denen will ich nichts, und selbst wenn, bekäme ich keine Arbeitslosenunterstützung, weil ich ja nicht arbeitssuchend bin. Und ich brauche auch ihre Hilfe bei der Betreuung von Mum nicht, weil ich nicht will, dass sie ihre Ärzte zur Begutachtung vorbeischicken, nur um sie mir am Ende doch wegzunehmen. All diese Sozialarbeiter, die hier aufkreuzten, mit ihren neugierigen Fragen und ihrem leeren Gewäsch. Am Ende hab ich diesen Schnüfflern nicht mal mehr die Tür aufgemacht, und da haben sie mich irgendwann in Ruhe gelassen. Craig liegt mir immer in den Ohren, mir doch wenigstens eine häusliche Pflegekraft bewilligen zu lassen, aber das war bis jetzt nicht nötig. Er hat das Geld immer auf mein Bausparkonto eingezahlt. Aber letzten Monat ist keine Zahlung erfolgt, und diesen Monat auch nicht, und ohne das Geld …«

Ich bin verwirrt. »Wer hat jeden Monat Geld eingezahlt? Craig?«

Sie kaut angestrengt auf einem ihrer Fingernägel herum und schaut mich an. Dann schüttelt sie den Kopf.

»Wer dann?«

»Dad.«

Schockiert mache ich einen Schritt zurück. »Dad? Aber … ich dachte, ihr hättet seit seinem Weggang keinen Kontakt mehr gehabt?«

»Hatten wir auch nicht. Er zahlte einfach nur regelmäßig. Am Ersten jeden Monats überweist er mir sechshundert Pfund auf mein Konto. Das tut er, seit er uns verlassen hat. Und, oh Gott …« Nervös knabbert sie wieder an ihrem Nagel. »Was soll ich denn jetzt bloß machen? Ohne sein Geld kann ich die Miete nicht mehr bezahlen, und die wird ständig weiter erhöht. Und ich kann nicht arbeiten gehen, weil die Kosten für eine Ganztagespflege mein Gehalt bei Weitem übersteigen würden. Davon abgesehen würde ich Mum ohnehin nicht allein lassen …«

Ich denke an Mark Tremayne – ungewaschen, verbittert –, und seine Düsternis frisst an mir. Sechshundert Pfund im Monat? Henry hatte ihm achthundert ausgezahlt, wovon er demnach den größten Teil an Dawn und Alice weitergeleitet hat. Ich versuche, diese Information irgendwie zu verarbeiten, denke in aller Ruhe darüber nach, ob sie meine Meinung über ihn in irgendeiner Weise ändert. Ich kapiere das nicht. Warum hat er mir denn nichts davon erzählt, als wir uns in Bristol begegnet sind?

Mir wird schwindlig. Er hat also Dawn und Alice finanziell unterstützt? Und das von Anfang an? Ich denke daran, was er mir über die Nacht beim Alten Pfarrhaus berichtet hat. Wie er mir sagte, er tauge nichts als Ehemann und Vater. Und dass er damals nur das Beste im Sinn hatte.

»Er wurde von Henry Campbell bezahlt.«

Sie schaut mich an, als hätte ich Chinesisch gesprochen.

»Jeden Monat. Als er euch verließ, ist er in ein Haus eingezogen, das den Campbells gehört. Sie ließen ihn dort wohnen und gaben ihm Geld.«

»Sie gaben … Sie bezahlten ihn? Ich … weiß nicht …«

»Ich bin ihm dort begegnet, Dawn.« Schwer lasse ich mich auf dem Stuhl am Tisch nieder, falte die Hände.

Sie schüttelt den Kopf. »Aber wie? Du weißt doch gar nicht, wo er ist. Niemand weiß das.«

»Er lebt in Bristol. Ich bin dorthin gefahren und hab ihn gesehen.«

»Was? Ich verstehe nicht … Wann?«

»Vor einer Weile. An dem Tag, an dem ich nicht hier war. Da bin ich zu der Adresse in Bristol gefahren, die meine Anwältin mir gegeben hat.«

»Deine Anwältin?«

»Sie verwaltet den Nachlass der Campbells. Es gab da – nein, es gibt da noch ein zweites Haus. Sie meinte, ich solle es mir mal ansehen, um zu entscheiden, ob ich es behalten oder verkaufen will. Und als ich dort ankam, traf ich auf ihn. Er lebt dort. Wobei ich nicht sicher bin, ob man das Leben nennen kann. *Existieren* wäre wohl das bessere Wort dafür.«

Ich sehe ihr an, dass sie noch immer nichts versteht.

»Dawn, Mark Tremayne wusste, dass die Campbells mich mitgenommen hatten.«

»Nein, nein, das kann nicht sein«, sagt sie leise. »Willst du damit sagen, dass er an der Entführung irgendwie beteiligt war?«

»Nein. Er meinte, er hätte eine Nachricht gefunden. Henry ist zu meiner Beerdigung gefahren und hat sie zusammen mit einem Blumenstrauß vor der Kirche abgelegt. Und er hatte seine Adresse darauf vermerkt. Mark fuhr zu ihnen. Konfrontierte die Campbells mit der Tat. Da haben sie ihm Geld für sein Stillschweigen angeboten. Und er hat's angenommen.«

Blankes Entsetzen macht sich auf Dawns Gesicht breit, als das Gesagte und dessen Konsequenzen zu ihr durchsickern. »Und du bist sicher, dass es wirklich ... unser Vater ist?«

»Ganz sicher.«

Sie verzieht das Gesicht. »Warum hast du's mir nicht früher gesagt?«

»Das wollte ich, aber es war einfach nie der rechte Zeitpunkt dafür. Ich wusste ja, dass du nicht gern über ihn sprichst, und musste einen Weg finden, es dir zu sagen, ohne dich wütend zu machen.«

»Aber das ändert alles. Ich meine ... er ... wusste Bescheid?«

Ich nicke.

Eine Weile hängen wir einfach nur unseren Gedanken nach und schweigen und versuchen, einen Sinn in eine Geschichte zu bringen, die einfach keinen Sinn ergibt.

»Wie war er?«, fragt sie schließlich leise.

»Er war schrecklich. Die ganze Sache war einfach schrecklich. Das Haus war runtergekommen, voller Müll und Dreck, und es stank. Als würde er dort vor sich hin rotten. Ich konnte gar nicht schnell genug wieder von dort verschwinden.«

»Bist du zur Polizei gegangen?«

Ich lehne mich vor, stütze mein Kinn auf die Tischplatte. »Nein«, sage ich seufzend. »Aber das hätte ich tun sollen. Wie ich's dir auch hätte erzählen sollen. Aber ich will die Welt da draußen noch nicht mit dieser Geschichte konfrontieren.«

»Aber das müssen wir. Wir müssen –«

»Bitte, Dawn«, unterbreche ich sie. Die Worte aus Davids Brief klingeln in meinen Ohren und verursachen mir Übelkeit. Ich will nicht, dass er mich findet. Will nicht wieder dahin zurück. »Noch nicht. Wir brauchen noch mehr Zeit, nur wir drei. Das Letzte, was wir brauchen, ist ein Übermaß an Aufmerksamkeit. Bitte noch nicht.«

Sie wirkt nicht überzeugt, doch sie nickt widerstrebend.

»Das erklärt auch, warum kein Geld mehr einging«, sage ich. »Die Anwältin sagte mir, dass Henry vor seinem Tod die Zahlungen auf das Konto, auf das Mark Zugriff hatte, einstellen ließ.«

»Mein Gott, was soll ich bloß tun?«

»Du musst dir keine Sorgen machen.«

»Wie kannst du nur so was sagen? Ich brauche dringend Geld, Morveren.«

»Wir haben Geld. Diese Schweinehunde haben alles, was sie besaßen, mir vermacht. Wir haben mehr als genug Geld.«

»Aber es ist dein Geld. Ich kann es nicht ausgeben.«

»Nicht mein Geld, *unser* Geld. Es ist Blutgeld und unterscheidet sich in nichts von den Zahlungen, von denen du all die Jahre gelebt hast.« Ich erhebe mich und lege einen Arm um ihre

Schultern. »Sie haben unser Leben zerstört, Dawn. Wir können ihr Geld ohne Gewissensbisse annehmen.«

»Ich will ihn nicht wiedersehen, Morveren.« Ihre Stimme ist leise. »Meinst du, er kommt hierher?«

Ich will ihr sagen, dass das nicht geschehen wird, ihr versichern, dass sie sich darum nicht zu sorgen braucht.

Aber ich kann es nicht.

VIERUNDFÜNFZIG

Henry Campbell – 15. August 1989

Die Tür des Hotelzimmers öffnete sich, und Elaine kam herein.

Sie hatte ein Kind im Arm. Ein schlafendes Kind. Es war etwa zwei, drei Jahre alt, trug ein rosafarbenes Nachthemd und hielt einen Teddybären umklammert.

»Elaine? Wo warst du?«, fragte Henry, als er zu ihr ging. Ein ungutes Gefühl breitete sich in seiner Magengegend aus. Etwas an ihrem Verhalten durchschnitt ihn wie eine rasiermesserscharfe Klinge. Etwas war falsch. Nein, etwas war ganz und gar falsch.

»Ich war spazieren. Und da hat Er nach mir gerufen. Und mich zu ihr geführt.«

»Elaine«, sagte er um Beherrschung bemüht. »Wer ist dieses Kind?«

»Dieses Kind ist unser Wunder, Henry.« Ihre Augen leuchteten, ihre Stimme war leicht und so voller Freude, wie er es seit Jahren nicht mehr erlebt hatte. Und jedes ihrer Worte durchschlug ihn wie eine Silberkugel. »Wir haben um ein Wunder gebetet, und man hat es uns gewährt.«

»Ich verstehe nicht ...« Verzweifelt versuchte er, einen klaren Gedanken zu fassen, aber die aufsteigende Panik machte jedes Nachdenken unmöglich.

»Ach nein? Dabei ist es doch gar nicht so schwer zu verstehen. Er nahm mir meine Babys – ach, so viele von ihnen –, und am Ende hat Er mir doch eines geschenkt. Und dieses hier wird Er mir niemals wieder nehmen. Dieses hier gehört mir ganz allein, damit ich ihm Sicherheit geben und für es sorgen kann.«

Elaine blickte herab auf das kleine Mädchen und lächelte. Dann beugte sie sich leicht vor und küsste es auf die Stirn. Das Kind bewegte sich leicht, erwachte aber nicht.

»Elaine«, sagte er mit leicht bebender Stimme. »Wo sind ihre Eltern?«

Leise begann Elaine zu singen und wiegte die Kleine wie ein Neugeborenes. Dann ging sie an Henry vorbei und legte das Mädchen so behutsam auf dem Bett ab, als handele es sich um feinstes Porzellan.

»Elaine, ich hab dich was gefragt«, sagte Henry nun etwas lauter, während ihm das Herz bis zum Hals schlug. »Wo ist ihre Mutter?«

Elaine deckte die Kleine mit der Tagesdecke zu, lehnte sich vor und streichelte ihr über das Haar. Dann lächelte sie wieder. Mit einem Ausdruck völliger Glückseligkeit machte sie einen Schritt zurück und betrachtete das schlafende Kind.

Henry trat auf sie zu, packte sie am Arm und drehte sie zu sich um. »Elaine! Um Gottes willen. Wo ist ihre Mutter?«

Elaine sah ihn an, und Tränen traten in ihre Augen, während ein verzücktes Lächeln ihr Gesicht erstrahlen ließ. »Ja, siehst du das denn nicht, Henry. *Ich* bin es. Ich bin ihre Mutter. Sie ist mein Wunder. *Ich* bin ihre Mutter.«

FÜNFUNDFÜNFZIG

»Heute keinen Kaffee für mich, Phil.«

»Verdammt, Liebes. Hoffentlich stellst du jetzt nicht auch noch deine morgendlichen Besuche ein?«

»Nein, natürlich nicht. Ich denke, ich könnte ohne unser tägliches Plauderstündchen nur schwer durch den Tag kommen. Ich hab übrigens die Zahlen geübt. Kann mich aber irgendwie nicht mehr an die Vier erinnern.«

»Peswar.«

»Ach ja«, sage ich frustriert. »Warum kann ich mir die nur nie merken?«

Er lacht. »Was kann ich also für dich tun, wenn du schon keinen meiner legendären Kaffees willst?«

»Mir ist irgendwie nach Fruchtsaft oder so. Bin ein bisschen erschöpft die letzten Tage. Vielleicht sollte ich anfangen, ein bisschen mehr auf mich zu achten.«

»Nimm doch einen Orangen-Himbeersaft. Der wäre goldrichtig.«

»Perfekt.« Ich nehme mir einen aus dem Kühlfach. »Sag schon, wie wird das Wetter werden?«

»Heute sonnig.«

»Gut, ich will nämlich zum Strand.«

»Hol dir aber keinen *howllosk*.«

Ich runzle die Stirn.

»Sonnenbrand«, kichert er, und dann: »Genieß die Sonne, solange du kannst, Liebes, weil nämlich *hager-awal* angekündigt wurde.«

»*Hager-awal?*«

»Richtiges Scheißwetter. Ein Monstersturm, wie er im Buche steht.«

»Wann?«

»Zum Wochenende, heißt es.«

SECHSUNDFÜNFZIG

Dawn wirkt nicht begeistert, als wir auf den Pfad einbiegen, der zur Partybucht führt. Wir gehen langsam, machen kleine Schritte auf dem Weg hinunter zum Wasser, während wir unsere Mutter fest in die Mitte genommen haben.

Auch wenn Mum seit dem Moment, in dem sie erstmals wieder gesprochen hat, ab und an ein paar Worte gesagt hat, hält sich ihre Bereitschaft zur Konversation in Grenzen. Das Sprechen, aber vor allem die Suche nach Worten, die auf der staubigen Straße des Vergessens so lange zurückgelassen worden waren, erschöpft sie rasch. Das weiß ich, und doch bin ich ungeduldig. Mein Kopf quillt über vor Fragen, die ich ihr so gern stellen würde. Dawn meint, wir müssten achtgeben, worüber wir mit ihr sprechen. Sie befürchtet, meine Entführung zu thematisieren, könne das Trauma erneut auslösen und sie geradewegs wieder in den Zustand zurückversetzen, aus dem sie gerade erwacht ist.

Mum schlägt sich wacker auf dem Weg zum Strand. Ab und zu legen wir eine Pause ein, damit alle durchatmen können. Dann hebt sie den Kopf in die Brise und scheint Witterung aufzunehmen wie ein Hütehund. Endlich schaffen wir es bis zum Ufer, und ich ignoriere Dawn, die sich schon wieder um den Rückweg sorgt, an ihren Nägeln kaut und argwöhnisch den unwegsamen Pfad beäugt, auf dem wir hergekommen sind.

Der Strand ist menschenleer, nur eine Familie hat sich zwischen den Felsen am anderen Ende der Bucht niedergelassen. Die Eltern lesen Rücken an Rücken, während die beiden Kinder ganz in ihrer Nähe in den Gezeitentümpeln herumbuddeln. Nur der Vater sieht kurz auf, als wir an den Strand kommen. Einen Moment lang schaut er uns an, dann geht sein argwöhnischer Blick zum Pfad – offenbar fürchtet er noch mehr Eindringlinge, die die Ruhe stören könnten.

Kurz flammt die Erinnerung an die Party wieder auf, bei der ich Sex im Sand hatte. Ich denke an Gregs Lippen, die meine Brust liebkosten, während sein Gesicht nur schwach vom sterbenden Feuer erleuchtet wurde.

Ich wende mich zu Dawn um, die unsere Mutter sicher im Arm hält. »Ist diese Bucht nicht klasse?«

»Ja«, sagt sie. »Ist einer meiner Lieblingsstrände.«

»Du warst schon mal hier?«

»Natürlich«, sagt sie und tätschelt Alices Hand. »An diesen Strand gehen hauptsächlich Einheimische.« Sie schaut aufs Meer hinaus. »Ich war allerdings seit Omas Tod nicht mehr hier.«

Kurz nagt das Gefühl der Eifersucht an mir. Ich hatte nicht damit gerechnet, dass sie diese Bucht kennt. Andererseits ist sie ja in St. Ives aufgewachsen – mit dem Meer, den Robben und den Sperbern. Natürlich kennt sie diesen Ort, so wie ich ihn gekannt hätte, wenn die Campbells mich nicht entführt hätten.

Wir setzen Mum auf das mitgebrachte Picknickkissen auf einen flachen Felsen und pflanzen uns in den Sand neben sie. Vorsichtig entledigt sich Dawn ihrer Sneaker und Socken, dann bohrt sie, genau wie ich, ihre Zehen in den Sand. Ich nehme eine Handvoll Sand und lasse ihn durch meine Finger rieseln.

»Glaubst du, unser Vater ist ein schlechter Mensch?«

»Was ist das denn für eine Frage?«

»Ich weiß, dass du ihn nicht magst«, sage ich. »Ich weiß, dass Mum ihn verlassen wollte und dass er das Geld der Campbells angenommen und mich nicht zu euch zurückgebracht hat.

Aber er ist alkoholkrank, oder? Und zu erfahren, dass er euch unterstützt hat, dass er das meiste Geld, das er Monat für Monat bekommen hat, an euch weitergeleitet hat, verwirrt mich irgendwie. Ich frage mich nur, ob er nicht auch ein wenig Mitleid verdient hätte.«

»Mitleid«, lacht Dawn ungläubig auf. »Das ist doch ein Witz, oder?«

Ich zucke die Achseln. Als Witz hatte ich es eigentlich nicht gemeint, aber ich will nicht länger auf dem Thema herumreiten.

Dawn schiebt sich eine Haarsträhne hinter das Ohr, wodurch eine dicke, gezackte Narbe zum Vorschein kommt. Sie sieht aus wie ein Scharrbild und reicht bis an den Haaransatz.

»Das hat er getan«, sagt sie. »Weil ich sein Bier umgestoßen habe. Ich schleppte eine Decke für Mum von meinem in ihr Zimmer, weil es kalt war und man uns das Gas abgestellt hatte. Er hatte die Rechnung nicht bezahlt. Ich hatte die Decke auf dem Arm und konnte nichts sehen und streifte die Bierflasche auf dem Tisch. Er war zu diesem Zeitpunkt schon sternhagelvoll und schlug mich so fest, dass es mich von den Füßen riss. Ich war neun.«

Wie hypnotisiert starre ich die Narbe an, möchte sie berühren, sie mit meinen Fingerspitzen auslöschen. Sie lässt das Haar wieder herabfallen und zeigt dann auf meinen Arm.

»Und diese Narbe? Die runde. Von der ich wusste, dass du sie hast?«

Mein Magen vollführt einen Salto, und ich fahre mit dem Finger über den unebenen Fleck auf meiner Haut.

»Du warst ein Jahr alt, vielleicht etwas älter, und hast in deinem Laufstall gesessen und geweint. Mum war gerade nicht da, und er hat sich nicht um dich gekümmert. Ich sagte ihm, dass du auf den Arm willst, aber er meinte, Babys müssten lernen, sich zu benehmen. Und dass aus dir ein verwöhntes Balg werden würde, wenn wir jedes Mal aufspringen, sobald du auch nur einen Mucks von dir gibst. Aber du hörtest nicht auf, also hab ich dir ein Lied vorgesungen und versucht, dich zu beruhigen. Und da, wie aus heiterem Himmel, knallte er seine Flasche auf den Tisch, torkelte auf dich zu – er war schon wieder voll wie eine Haubitze – und drückte seine Zigarre auf deinem Arm aus. Ich bin in mein Zimmer gerannt und hab mich unter dem Bett versteckt.« Sie spielt gedankenverloren mit dem Sand, dann schüttelt sie den Kopf. »Ob ich ihn für einen schlechten Menschen halte?«, fragt sie. »Ja, das tue ich. Aber du hast recht, er hat so seine Probleme. Im Suff hat er viele schlimme Dinge getan. Wenn er nüchtern war, war er umgänglicher. Aber man wusste nie wirklich, in welcher Stimmung er gerade war. Als er uns zum ersten Mal Geld schickte, hat er uns ein paar Zeilen dazu geschrieben. Nan hat sie mir vorgelesen. Er schrieb, es wäre die beste Möglichkeit, uns zu helfen, und dass wir ohne ihn besser dran wären. Er hat sich sogar entschuldigt. Und das war auch das letzte Mal, dass wir von ihm gehört haben. Es folgten nur mehr die Überweisungen auf mein Bausparkonto … Monat für Monat.« Mit der Ferse tritt sie ein paar Mal in den Sand.

»Ich habe mir immer einen anderen Vater gewünscht«, sage ich. »Hab mir gewünscht, dass Henry Campbell mehr mit mir redet, mich vielleicht sogar mal in den Arm nimmt. Mir fehlte von seiner Seite so viel, und ich wusste nie, warum es so war.«

»Hast du deshalb deinen Lehrer geheiratet?«

»Was?« Die Frage bestürzt mich.

»So heißt es doch immer, oder? Dass Mädchen nur deshalb ältere Männer heiraten, weil sie sich eine Vaterfigur wünschen. Habe ich mal im Fernsehen gesehen. Dort stellten sie ein siebzehnjähriges Mädchen vor, das einen Siebzigjährigen geheiratet hat. Und am Ende kamen sie zu dem Schluss, dass das nur deshalb geschehen war, weil ihr Vater ihr nie Aufmerksamkeit geschenkt hat. Weil er sich mehr für Fußball interessierte und sich eigentlich einen Jungen gewünscht hätte. Oder so …«

Ich bin verstummt und frage mich, ob vielleicht etwas dran ist an ihrer Krawall-TV-Show-Theorie.

»Tut mir leid, ich wollte dir nicht zu nahe treten.«

»Bist du nicht. Aber nicht alle Frauen, die Probleme mit ihrem Vater hatten, ehelichen daraufhin alte Männer. Und nicht alle, die ältere Männer heiraten, hatten Stress mit ihrem Vater. Dein Vater hat euch verlassen, und doch ist Craig nicht alt.«

»Craig und ich sind kein Paar, also kann man das auch nicht vergleichen.«

»Ja, das sagst du immer, aber ich weiß, dass du etwas für ihn empfindest. Das sehe ich doch.« Ich zögere. »Und er hat mir gesagt, dass er sich schon in dich verliebt hat, als ihr noch Kinder wart.«

»Er hätte besser gar nichts gesagt.«

Plötzlich fällt mir wieder die Szene am Bahnhof ein, als ich Craig mit der Blondine beobachtet habe. »Und es macht dir gar nichts aus, dass er sich mit anderen Frauen trifft?« Sobald die Worte heraus sind, verfluche ich mich dafür.

Ihre Züge entgleisen ein wenig. Sie runzelt die Stirn. »Was meinst du?«

»Egal. Geht mich ja auch nichts an. Es ist nur … Ich hab ihn mit jemandem gesehen … Er meinte, du kennst das Mädchen, aber … Ach, ich hätte meinen Mund halten sollen.«

Aber sie scheint nicht böse auf mich zu sein. Stattdessen seufzt sie und schaut aufs Wasser hinaus. »Es ist kompliziert. Es gibt in meinem Leben keinen Platz für einen Partner.«

»Selbstverständlich ist da Platz. Und ich wette, seine Gefühle für diese andere Frau sind auch nicht ansatzweise mit dem vergleichbar, was er für dich empfindet. Du hast das Recht –«

»Um Gottes willen. Das ist keine *Frau*. Sie ist ein Mädchen. Und sie ist … sie ist seine Tochter.« Die Worte schießen aus ihr heraus wie zischende Pistolenkugeln. »Das Mädchen, das du gesehen hast, ist seine Tochter.«

»Seine Tochter?«

»Blond? Schlank? Mit Pferdeschwanz. So um die sechzehn? Klingt das für dich nach *andere Frau*?« Wieder rammt sie ihre Ferse in den Sand. »Du weißt nichts von uns. Es gibt keine andere Lösung. Er kann nicht mit mir zusammen sein, weil er sie hat. Und ich kann nicht mit ihm zusammen sein, weil ich Mum hab.«

»Das erscheint mir für keinen von euch beiden fair.«

»Darüber, was fair ist oder nicht, habe ich vor langer Zeit aufgehört nachzudenken.«

»Aber du verdienst doch auch so etwas wie privates Glück. Und ein bisschen Spaß.«

»Spaß?«, schnaubt sie. »Ich weiß nicht mal, wie man das schreibt.«

»Na ja, es beginnt mit einem ›S‹ …«

Sie sieht mich von der Seite an, und ich muss grinsen. Sie grinst zurück. »Klugscheißerin«, sagt sie leise. Sie nimmt eine Handvoll Sand und lässt ihn durch ihre Finger rieseln wie durch ein Stundenglas.

»Komm.« Ich tätschle ihre Schulter und springe auf die Beine. »Lass uns jetzt ein bisschen Spaß haben. Wollen wir schwimmen? Ich sehne mich so danach, ins Wasser zu gehen. Wollen wir?«

Sie sieht zu mir auf, während sie sich mit einer Hand die Augen beschirmt. »Aber es ist kalt.«

»Ach was! Ich habe Kinder im Wasser gesehen. Wenn die es dort aushalten können, können wir es auch.«

»Aber ich habe keinen Badeanzug dabei.«

Ich zupfe an meinem Oberteil. »Ich auch nicht.«

»Was ist mit Mum?«

»Dir geht's hier gut, oder, Mum?« Sie sieht mich nicht an. Ihre Augen sind aufs Wasser gerichtet, auf irgendeinen Punkt jenseits des Horizonts. »Wir sind ja nicht lange weg.«

Ich ziehe mir das T-Shirt über den Kopf und lasse es in den Sand fallen, dann öffne ich den Reißverschluss meiner Jeans.

»Es ist zu gefährlich. Hier gibt's Brandungsrückströmungen. Sieh mal, da hinten, wie glatt die Wasseroberfläche dort ist. Aber gleich darunter ist die reißende Strömung.«

»Wir schwimmen ja nicht so weit raus. Jetzt komm schon.« Ich presse meine Handflächen aneinander, fühle mich nun qualvoll nackt, wie ich so dastehe in BH und Slip. »Bitte?«

Dawn wirkt unentschlossen, und ich schöpfe Hoffnung, doch dann schüttelt sie abermals den Kopf. Also wende ich mich um und renne aufs Wasser zu. Ich fühle mich zurückgewiesen, peinlich berührt und weiß nicht mal mehr, ob ich noch schwimmen gehen will. Plötzlich wirken die Wellen nichts als Angst einflößend, und das Wasser, das noch aus der Entfernung so einladend ausgesehen hatte, macht auf einmal einen eiskalten und aufgewühlten Eindruck.

Geh weiter. Tu's einfach.

Also hole ich tief Luft und tauche in eine heranrollende Welle. Es ist schrecklich kalt, und ich werde herumgewirbelt im Wasser, weiß plötzlich nicht mehr, wo oben und unten ist. Mit rudernden Armen versuche ich verzweifelt, an die Oberfläche zu gelangen. Als ich unter meinen Füßen festen Grund verspüre, stoße ich mich so fest wie möglich nach oben ab. Endlich durchbreche ich die Wasseroberfläche und schnappe nach Luft.

Bevor ich mich versehe, rollt eine weitere Welle auf mich zu, doch diesmal tauche ich rechtzeitig unter und komme auf der anderen Seite wieder zum Vorschein. Ich schaue zurück zum Strand. Dawn ist aufgestanden und beobachtet mich, die eine Hand liegt abschirmend über den Augen, die andere ist in die Hüfte gestemmt. Ich drehe mich auf den Bauch und kraule ein paar Runden durchs Wasser. Ich bin nicht die beste Schwimmerin – nur widerstrebend hat mich Elaine auf Henrys Drängen hin zum Privatunterricht gebracht, aber nur bis ich das Abzeichen für fünfundzwanzig Meter in der Tasche hatte –, und die Wellen sind rau, klatschen mir ins Gesicht und rauben mir die Sicht. Ich beschließe umzukehren, mache ein paar kräftige Schwimmzüge, lege aber kaum Entfernung zurück. Stattdessen werde ich immer wieder von der Strömung, die Dawn so gefürchtet hat, aufs offene Meer gezogen. Ich versuche, Ruhe zu bewahren, und tauche unter den Wellen hinweg, versuche unter Wasser in Richtung Strand zu schwimmen. Als ich wieder auftauche, habe ich nicht viel geschafft, und langsam werde ich müde. Noch immer gegen die aufsteigende Panik ankämpfend schließe ich wegen des Salzwassers die Augen und kraule so kraftvoll wie irgend möglich weiter. Dabei halte ich weder inne, um einen Blick an Land zu werfen, noch um zu verschnaufen. Meine Arme und Beine schmerzen wie verrückt. Doch als ich irgendwann die Augen wieder öffne, sehe ich, dass ich endlich vorwärtskomme, weil die Strömung nun weniger an mir zerrt.

Und dann höre ich die Schreie.

Durchdringende, gutturale Schreie zerschneiden die Luft. Mum ist aufgestanden und rudert mit den Armen. Dawn eilt neben sie, um sie zu beruhigen, aber Mum wehrt jeden ihrer Versuche ab. Da ich mich aus den Fängen der Strömung befreit habe, kann ich ungehindert auf den Strand zuschwimmen, und eine Welle trägt mich weiter voran. Mit butterweichen Knien stolpere ich aus dem Wasser und laufe über den Strand auf sie zu.

»Was ist los? Was ist passiert?«

Mums geöffnete Arme sind in meine Richtung ausgestreckt, und ihr Mund ist zu einem stummen Schrei geöffnet.

»Sie begann zu schreien ... als du untergetaucht bist.« Dawn ist leichenblass und zittert am ganzen Körper. »Ich hab ihr gesagt, sie soll sich ... keine Sorgen machen, dass alles okay ist. Aber sie hat nicht aufgehört zu schreien.«

Ich presse Mum fest an mich, streichle ihr über den Kopf und flüstere ihr sanft zu, dass alles in bester Ordnung ist. Schließlich entspannt sie sich in meinem Arm, doch das seltsame Beben geht noch immer durch ihren Körper.

»Ich dachte, ich hätte dich verloren«, flüstert meine Mutter.

»Nein, Mum. Alles ist gut. Ich bin nur schwimmen gegangen, mehr nicht.«

»Ich dachte, ich hätte dich wieder verloren. Dass du ins Meer zurückgegangen bist.«

»Ich war nur im Meer baden, Mum. Mehr nicht.« Ich reibe über ihre Schultern, als friere sie. »Nur ein bisschen baden.«

Auf dem gesamten Rückweg spricht Dawn kein Wort zu mir. Mit versteinerter Miene und abweisenden grünen Augen geht sie neben mir her. Als wir wieder zu Hause sind, verschwindet sie direkt auf ihr Zimmer und schließt die Tür hinter sich.

Ich füttere und wasche Mum, mache sie dann bettfertig. Es scheint ihr gutzugehen, keinerlei Spuren des Schrecks sind mehr festzustellen. Ich bringe sie nicht gleich zu Bett. Stattdessen setze ich sie in den Sessel, kauere mich daneben und lege meinen Kopf in ihren Schoß.

»Ich wollte dich nicht aufregen, Mum. Ich wollte dir keine Angst machen.«

Und da spüre ich eine leichte Berührung an meinem Kopf. Sie streichelt mir sanft übers Haar.

»Es tut mir leid«, flüstert sie. »So leid, so leid ...«

»Ist schon okay, Mum. Es geht mir gut.«

Ich bewege mich nicht, liege ruhig da und lausche ihrem Gemurmel. Ich denke an all die verlorenen Jahre, in denen ich, das entführte Kind, mit Elaine im Alten Pfarrhaus eingesperrt lebte, während ich stattdessen hier hätte sein sollen. Mit meinem Kopf auf ihrem Schoß, ihrer Hand auf meinem Haar. Ich werde nie wissen, warum die Campbells mich damals einfach mitgenommen haben, und der Gedanke, weiterleben zu müssen, ohne es je zu erfahren, ist qualvoll.

Ich höre Dawns Schritte draußen im Flur. Vor der geöffneten Tür zu Alices Zimmer kommen sie zum Stehen. Ich schließe die Augen, halte den Atem an und tue so, als hätte ich es nicht mitbekommen.

Kein Wort wird gesprochen, und die Schritte entfernen sich Richtung Küche.

SIEBENUNDFÜNFZIG

In den folgenden Tagen ist meine Schwester stiller denn je.

Immer wieder frage ich sie, was los ist, aber sie antwortet nicht.

»Bitte, rede mit mir.«

»Mir geht's gut, ehrlich.« Sie sieht mich an, versucht ein Lächeln. »*Ehrlich*. Alles okay.«

Aber ich weiß, das stimmt nicht. Viele Stunden verbringt sie hinter geschlossener Tür auf ihrem Zimmer, kommt nur für ihr tägliches TV-Programm heraus, um gleich danach wieder zu verschwinden. Auch hat sie damit aufgehört, um mich herumzuschwirren und mir ängstlich auf die Finger zu sehen, wenn ich mich um Mum kümmere. Das gefällt mir nicht. Ich möchte die Freude über die stetige Genesung unserer Mutter mit ihr teilen. Und was für eine Genesung das ist! Die vor sich hin starrende, mehr tote als lebendige Frau, die ich einst kennengelernt habe, ist nur noch eine böse Erinnerung.

»Kannst du dich noch an viel erinnern, was mich betrifft?«, frage ich sie behutsam.

»An jede Einzelheit.« Sie spricht leise, aber klar. Das Raue in ihrer Stimme ist verschwunden. Voller und kräftiger ist ihre Sprechweise geworden, genau wie ihr Körper.

Ich ziehe mir den Stuhl heran und setze mich neben sie, umfasse ihre Hand und streichle sie.

»Du hast so gern geredet. Hast mit jedem gesprochen, den du getroffen hast.« Traurigkeit tritt in ihren Blick. »Deshalb bist du wahrscheinlich auch mit diesen Leuten mitgegangen.

Ich hätte dich mehr vor Fremden warnen sollen. Hätte dich nie aus dem Wohnwagen schicken sollen.«

Ich beuge mich vor und küsse ihre Hand.

»Es tut mir so leid. So leid ...«

»Schscht«, mache ich. »Jetzt bin ich ja zurück.«

Sie wird still, und ich sehe, dass sie eingenickt ist.

Ich schaffe ein wenig Ordnung in ihrem Zimmer, während sie schläft, streiche die Bettdecke glatt, räume das Bücherregal auf und verlasse dann den Raum und schließe leise hinter mir die Tür. Die Katze sitzt auf der Schwelle von Küche und Diele, die Pfötchen artig nebeneinandergesetzt. Sie miaut zur Begrüßung, rührt sich aber nicht von der Stelle.

»Hallo, Schätzchen. Du kannst ruhig aus der Küche kommen, weißt du? Sie ist auf ihrem Zimmer, da ist es ihr egal, ob du hier bist.«

Sie miaut wieder. Ich setze mich auf den Boden, lehne mich mit dem Rücken an die Wand und strecke die Hand aus. Ich schnipse ein wenig mit den Fingern und mache Kussgeräusche. Die Katze macht einen winzigen Schritt vorwärts.

»Gutes Kätzchen«, juble ich. »Komm noch etwas näher, dann kraule ich dich am Kinn.«

Sie macht einen weiteren Schritt auf mich zu. Ihr Schwanz zuckt. Immer wieder hält sie inne und spitzt die Ohren.

»Warum hast du solche Angst? Gut, ist ein bisschen dunkel hier im Flur, aber so schlimm ist's doch auch nicht.«

Schritt für Schritt kommt sie auf mich zu, und ich streichle sie zur Belohnung. Sie schließt die Augen und reckt das Kinn.

Gerade als sie anfängt zu schnurren, erscheint Dawn in der Küchentür. »Was zum Teufel hat das Tier außerhalb der Küche zu suchen?«

Sie gibt mir keine Gelegenheit zu antworten, rennt schreiend und armwedelnd auf die Katze zu. Die Katze schießt davon, rennt auf die Eingangstür zu, wo sie in der Falle sitzt. Mit eng angelegten Ohren kauert sie sich in die Ecke. Dawn bückt sich und packt sie im Genick.

»Du hast im Haus nichts zu suchen!«, brüllt sie dem armen Tier ins Ohr. Dann stapft sie durch den Flur und schleudert die Katze in die Küche.

Ich bin gerade rechtzeitig aufgesprungen und zu dem Durchgang gelaufen, um zu sehen, wie das Tier sich gerade wieder aufrappelt. Es ist gegen das Tischbein geknallt. Mit hoch erhobenem Schwanz und gesträubtem Fell huscht es durch die Katzenklappe nach draußen.

Mit dem Fuß befördert Dawn die Kiste vor die Klappe, um sie zu blockieren.

»Ich denke, jetzt weiß ich, warum die Katze solch eine Angst vor dem Flur hat.«

»Halt den Mund.«

»Nein, du hältst jetzt den Mund!« Ich bin überrascht, wie wütend ich klinge. »Was sollte denn das? Ich hab sie doch nur gestreichelt, grundgütiger Himmel.«

»Warum willst du immer alles besser wissen, kannst du mir das sagen?«

»Mit Besserwissen hat das gar nichts zu tun. Du bist ausgerastet, weil ein unschuldiges Tier eine Linie übertreten hat, die außer dir niemand sieht.«

»Ich bin nicht ausgerastet.«

»Und ob«, murmele ich. »Du hast sie doch nicht mehr alle ...«

»Was hast du gesagt?«

»Nichts.«

»Wenn du es denn genau wissen willst – obwohl mir nicht ganz klar ist, warum man dir jeden Scheiß erklären muss –, ich will sie nicht in Mums Nähe haben. Wenn sie krank wird, dauert es Wochen, bis sie sich davon erholt hat, und obwohl ich mir fast sicher bin, dass die Katze keine Krankheiten überträgt, möchte ich es nun mal nicht riskieren. Außerdem sehe nicht nur ich diese Linie, die Katze tut es auch. Das einzige Mal, dass sie sie überschritten hat, war, als du dich unbedingt einmischen musstest.«

Wir starren einander schweigend an.

»Aber du musstest sie ja nicht gleich durch die Wohnung werfen«, sage ich schließlich.

»Wäre nicht passiert, wenn du sie nicht in den Flur gelockt hättest.«

Ich öffne den Mund und schließe ihn wieder.

»Hör auf, alles ändern zu wollen.«

Wenn es nur möglich wäre, alles zu ändern, denke ich.

»Tut mir leid wegen der Katze.« Ich drehe mich auf dem Absatz um und gehe. Ich will keinen Streit mit Dawn. Möchte nicht, dass wir uns am Ende Dinge an den Kopf werfen, die wir vielleicht bereuen.

Ich gehe zurück nach St. Ives und zu dem Aussichtspunkt, von dem aus man den Porthmeor-Strand überblickt. Es ist ganz windstill, und das Meer liegt so ruhig da, als wäre es nur eine Glasscheibe. Familien sprenkeln den Strand mit ihren bunten Windschutzvorrichtungen. Ich beneide sie, diese Leute, die sich offenbar gut verstehen und die Gesellschaft des anderen genießen. So anders als diese seltsamen neuen Menschen, mit denen ich durch Blutsverwandtschaft verbunden bin.

Ich gestatte mir, mir eine Zukunft vorzustellen, wo all das hier Vergangenheit ist. Wo wir uns nicht mehr misstrauisch umkreisen. Wo alles geklärt ist und wir drei an den Strand gehen und im Sand sitzend plaudern können. Wo wir den Picknickkorb plündern, den wir gemeinsam zu Hause gepackt haben. Wo wir kichern und lachen, während wir uns Brote schmieren, Schinken- und Käsestücke absäbeln und uns gütlich tun am in Alufolie eingewickelten Früchtekuchen.

ACHTUNDFÜNFZIG

Am nächsten Tag will ich nicht sofort zur Wohnung gehen. Bei dem Gedanken an die abgestandene Luft, die von Dawns Groll, dem Geruch nach Suppe und Putzmittel erfüllt ist, dreht sich mir der Magen um. Wie auch immer, wir brauchen beide ein wenig Zeit, um uns wieder zu beruhigen, also mache ich mich nach meinem Morgenplausch mit Phil auf einen langen Spaziergang entlang der Steilküste. Ich lasse mir Zeit, genieße die frische Luft und suche jede Bucht unter mir mit den Augen nach Robben oder Delfinen ab. Ich begegne einem Ornithologen – er hat ein Fernglas um den Hals und trägt die typische Vogelbeobachter-Kopfbedeckung tief ins Gesicht gezogen.

»Sie haben gerade einen Turmfalken verpasst«, ruft er mir zu. »Er war wunderschön.«

»Wie schade«, sage ich und gehe weiter.

Als ich am Abend endlich ins Haus zurückkehre, lasse ich mich selbst herein. In der Küche treffe ich auf Dawn. Sie trägt das Haar stramm zusammengebunden und schaut besorgt durch die Scheibe in der Hintertür nach draußen.

»Hast du zufällig die Katze gesehen?«, fragt sie mich. »Hab gestern vergessen, die Kiste von der Klappe wegzurücken.«

»Nein, hab ich nicht, aber der Zugang ist doch jetzt frei.«

»Ja«, sagt sie. »Hab die Kiste heute weggeschoben, als es mir aufgefallen ist.« Jetzt starrt sie zum Küchenfenster hinaus.

»Mach dir keine Sorgen. Katzen streunen gern ein bisschen herum, und so lange ist sie ja noch nicht weg.«

»Sie hat ihr Abendessen noch nie ausfallen lassen. Noch nie.«

Sie öffnet die Hintertür. »Katze! Abendessen! Komm schon, Katze!« Es liegt unverkennbar Sorge in ihrer Stimme, was mich berührt.

»Es geht ihr bestimmt gut«, sage ich. »Sie war doch nur eine Nacht lang –«

»Fast vierundzwanzig Stunden!«

Ich muss mir auf die Zunge beißen, um nicht auszuführen, dass das vielleicht nicht passiert wäre, wenn sie die Katze nicht gegen den Tisch geworfen und zu Tode erschreckt hätte. »Es ist warm und trocken draußen«, sage ich stattdessen. »Vermutlich amüsiert sie sich gerade und flirtet mit den Katern aus der Nachbarschaft.«

Dawn sagt nichts.

»Ehrlich, sie wird schon wiederkommen, wenn ihr danach ist. Unsere Katze ist öfter mal ein, zwei Tage lang auf Wanderschaft gegangen, aber sie ist immer wieder nach Hause gekommen.«

Unsere Katze.

Ich schlucke hart. Die Haare auf meinem Arm stellen sich auf. Unvermittelt hat mich Bellas Leben überrumpelt – ihre Katze, ihr Zuhause, ihre Mutter, die das Tier zum Essen hereinruft. Ich muss mich an der Rückenlehne des Stuhls abstützen, weil mir die Knie weich werden.

»Das ist deine Schuld, weißt du?«, sagt Dawn leise.

»Hmmm?« Ich sehe sie an, meine Hand umklammert die Lehne, während sich alles in meinem Kopf dreht. »Hast du gerade gesagt, es wäre meine Schuld? Was soll das bedeuten?«

»Ach, egal.« Vor der Hintertür herumlungernd tritt sie von einem Bein aufs andere und reckt den Hals.

NEUNUNDFÜNFZIG

»Ist die Katze wieder da?«, frage ich, als ich am nächsten Morgen eintreffe.

»Ja.« Dawn öffnet den Kühlschrank und holt einen Karton Milch heraus.

»Hab ich dir nicht gesagt, dass es ihr gutgeht?«

»Eigentlich geht's ihr nicht so gut.« Dawn gibt mir eine Tasse Tee und deutet auf die Kiste neben der Hintertür.

Als ich hineinsehe, macht mein Herz einen Satz. »Oh Gott.« Ich beuge mich hinab und muss würgen.

Die Katze liegt auf der Seite, die Augen sind kaum geöffnet, und sie atmet nur noch schwach. Am hinteren Oberschenkel klafft ein tiefer Schnitt, der von ihrem Schwanz bis zu dem verläuft, was von ihrem Schienbein noch übrig ist. Das Fell rund um die Verletzung ist von altem und frischem Blut getränkt. Und da sind Maden, etwa zwanzig von ihnen, nicht größer als Reiskörner, die um das klaffende Fleisch herumwimmeln. Es riecht faulig. Unwillkürlich hebe ich meine Hand, um mir die Nase zuzuhalten.

»Sie muss sofort zum Tierarzt.«

»Ich kenne aber keinen. Es wird schon wieder. Sie muss sich nur ausruhen, aber in ein paar Tagen wird's ihr schon wieder bessergehen. Hab ihr ein paar Teelöffel Wasser eingeflößt und ein paar dieser Viecher mit einer Pinzette entfernt. Alle habe ich zwar nicht erwischt, aber nach dieser Tasse Tee mache ich weiter.«

Ich richte mich auf und sehe sie an, muss sehr an mich halten, um meine Erschütterung und Wut nicht rauszulassen. »Wenn das Tier nicht schleunigst zu einem Arzt kommt, wird es sterben.«

»Ich habe doch gerade gesagt, ich weiß nicht, wo hier ein Tierarzt ist, und außerdem kann ich mir ohnehin keinen leisten.«

»Ich bezahle die Behandlung, verdammt noch mal! Du weißt doch, dass du dir wegen Geld keine Sorgen mehr machen musst. Von selbst wird die Katze jedenfalls nicht wieder gesund. Sie braucht Antibiotika, sonst kriegt sie Wundbrand oder eine Blutvergiftung oder ... oder ... was weiß ich, aber sie muss schnellstens zum Arzt!« Ich beuge mich wieder hinab und sehe, wie die Maden sich in die offene Wunde bohren. Mit ekelverzerrtem Gesicht entferne ich ein paar der Maden von der armen Katze. »Wenn Geld das Problem ist, hättest du mich nur zu fragen brauchen.«

»Ich brauche deine Scheißwohltaten nicht.«

Ich fahre zu ihr herum. »Um Wohltaten geht's hier doch gar nicht. Ich verstehe nicht, was in deinem Kopf vorgeht, Dawn. Dieses Tier braucht dringend einen Arzt. Wenn du dir das nicht leisten kannst, dann übernehme ich die Kosten. Mit Wohltätigkeit hat das nicht das Geringste zu tun, sondern mit Verantwortung deiner Katze gegenüber.«

»Es ist nicht meine Katze, sie ist –«

»Ich weiß!«, presse ich hervor. »Sie ist wie aus dem Nichts hier aufgetaucht. Aber du fütterst sie, weshalb sie annimmt, dass sie hierhergehört. Und noch gestern hast du nach ihr gerufen. Du hättest sie zum Tierarzt bringen müssen, gleich nachdem du sie gefunden hast.«

»Ich wusste aber nicht, wie lang das dauern würde. Und ich kann Mum ja nicht so lange allein lassen.« Dawns Miene wirkt angespannt, doch der Zug um ihren Mund ist noch immer trotzig. »Mum kommt nun mal an erster Stelle. Und überhaupt, der

Tierarzt wird sie vermutlich einschläfern. Das machen sie doch immer. Wenn sie hierbleibt und sich ein bisschen schont, hat sie wenigstens die Chance zu überleben. Ein bisschen Ruhe, mehr braucht sie nicht.«

»Ach so, mehr braucht sie nicht? Das ist wohl deine Antwort auf alles, oder? Alles wird wieder gut, solange niemand dieses Haus verlässt. Erst Mum und jetzt die Katze?« Ich nehme die Kiste hoch. »Schau sie dir an«, sage ich und halte ihr die Box vor die Nase. »*Schau*. Sie. Dir. An!«

Dawn dreht den Kopf weg.

Schwer atmend und um Beherrschung bemüht stelle ich die Kiste auf den Tisch. »Das ist Wahnsinn, Dawn. Weißt du das?« Ich ziehe meine Jacke an und schnappe mir die Kiste. »Diese Katze braucht einen Arzt, und dorthin werde ich sie jetzt bringen.«

»Stell die Kiste wieder hin.« Dawns grüne Augen funkeln vor Zorn. »Was glaubst du eigentlich, wer du bist?«

Sie kommt zum Tisch und legt beide Hände auf die Box. »Diese Katze gehört mir, und ich will nicht, dass man sie einschläfert. Noch mal: Ich habe kein Geld für einen Tierarzt und wollte Mum nicht allein lassen, um mir einen zu suchen. Und da kommst du hier angetanzt, spielst dich auf wie 'ne Klugscheißer-Prinzessin und willst mir sagen, was ich zu tun und zu lassen habe?«

»Du hast vielleicht Nerven …«, sage ich. »Ich kam mitnichten *angetanzt*, ich kam her, um meine Familie zu suchen. Ständig tust du so, als wäre dir das größte Unrecht widerfahren, dabei habe ich doch den größten Verlust erlitten. Ich, die ohne Mutter – « In diesem Moment sehe ich Elaine Campbell vor mir, mit ihrem makellosen Teint und dem Lächeln, das strahlt wie die Sonne. Ich halte inne, und die aufsteigenden Tränen schnüren mir die Kehle zu. »Eigentlich«, flüstere ich, »ist es schlimmer als das. Ich hatte eine Mutter. Ja, ich hatte eine Mutter, so durchgeknallt sie auch war. Und auch das hat man mir genommen. Es war eine einzige Scharade. Alles, was ich glaubte zu wissen, das bizarre Leben, das ich alles in allem schätzte, all das verschwand mit einem Schlag.« Mit zusammengepressten Lippen starrt Dawn an die Decke. »Jede Erinnerung, die ich habe, bedeutet mit einem Mal nichts mehr. Es ist alles eine riesengroße Lüge. Kannst du dir überhaupt vorstellen, wie sich das anfühlt?«

»Ich kann mir mehr vorstellen, als du vielleicht denkst. Ich weiß genau, wie es sich anfühlt, wenn man jemanden verliert. Wie es ist, wenn einem das Herz herausgerissen wird. Wie es ist, jemanden aufgeben zu müssen, den man liebte. Du bist diejenige, die keine Ahnung von nichts hat. Du mit deinem verdammten Geld. Du, die sich doch in diesem Scheißleben noch nie um irgendwas Sorgen zu machen brauchte. Zugezogene Vorhänge und verriegelte Türen sind das Schlimmste, was dir je widerfahren ist? Meine Güte! Du hast nicht den blassesten Schimmer davon, wie sich mein Leben anfühlt. Wie sich das *richtige* Leben anfühlt. Du weißt gar nichts.«

»Tja, und über mich weißt du auch nicht das Geringste. Und wessen Schuld ist das? Du hast dich doch einen Scheiß für mich interessiert. Für mich und mein Leben. Und wenn ich nach wie vor nichts von dir weiß, so liegt das ganz gewiss nicht an mir. Du bist schuld daran. Nicht ein einziges Mal hast du dich mir gegenüber geöffnet. Hast mir irgendetwas über dein Leben erzählt. Wie um alles in der Welt hätte ich da etwas über dich erfahren sollen? Es würde mich nicht mal wundern, wenn du mir die Geschichte noch immer nicht abkaufen würdest. Wenn du insgeheim noch immer damit rechnest, dass ich dich angelogen habe. Das wäre nämlich der einzige plausible Grund dafür, dass du dich immer noch so von mir abschottest. Fast denke ich, du hasst mich.«

Tränen sammeln sich in ihren Augen.

»Und das ist das Tragische daran«, fahre ich fort. »Diese Familie wurde durch ein wirklich schlimmes Ereignis auseinandergerissen, doch man hat uns eine zweite Chance gewährt. Ich habe dich wiedergefunden. Ich kam zurück nach Hause, und das hättest du eigentlich als ein Wunder ansehen sollen. Aber so war es nicht. Für dich sind wir nur zwei Fremde, deren Schicksal durch gewisse Umstände miteinander verknüpft ist. Du hast nicht das geringste Gefühl für mich übrig, und du würdest alles darum geben, wenn ich nie hier aufgetaucht wäre. Gib's doch endlich zu! Wäre ich nicht gewesen, hättest du Alice dort behalten können, wo du sie hast haben wollen. Du hättest ihr weiterhin drei Mal am Tag Suppe eingeflößt und sie abgeschottet von allem und hättest sie weiter vor sich hin vegetieren lassen. Genau wie jetzt diese Katze. Sterbend und ohne Hoffnung, aber ganz und gar unter deiner Fuchtel.«

Mit einem bitteren Lachen schüttle ich den Kopf und nehme meine Hände von der Kiste. »Meine Güte, wie sauer musst du gewesen sein, als ich an diese Tür klopfte und dir damit alles kaputt gemacht habe. Ich wette, du hast in all den Jahren nicht einmal an mich gedacht, oder? Hast mich auf diesem Campingplatz wegrennen lassen, und das war's dann. Vielleicht hatte unser Vater ja recht? Vielleicht war es wirklich deine Schuld, dass ich entführt wurde? Vielleicht hast du's ja mit Absicht getan, weil du mich schon immer gehasst hast!«

Mein Herz fühlt sich an, als löse es sich auf unter meinen ätzenden Worten. Ich drehe mich um und will die Küche verlassen.

»Wage es nicht, jetzt zu gehen!«, schreit sie hinter mir her. »Du haust jetzt nicht ab, wie du es immer tust, sobald sich Ärger am Horizont zusammenbraut. Hör dir doch mal zu. Tut mir leid, dass du entführt wurdest. Wirklich. Aber man hat dir wenigstens nicht wehgetan, dich nicht missbraucht oder misshandelt. Man hat dich in ein schickes großes Haus gebracht, dir ein gutes Leben ermöglicht bei Menschen, die du ja offenbar immer noch *vermisst*. Ich bin mit nichts zurückgeblieben. Glaubst du nicht, ich wäre auch gern zur Uni gegangen? Ich war gut in der Schule. Ich hatte so gute Noten, dass es für ein Studium gereicht hätte. Aber ich musste hierbleiben.« Dawn macht eine ausholende Bewegung. »Und mit dem Geist einer Schwester weiterleben, an die ich mich kaum erinnern konnte. Mit einem Vater, der schon vor dem Mittagessen eine Flasche Whisky intus hatte und mich von einer Ecke in die nächste prügelte. Mit einer Mutter, die nichts mehr tat als weinen, bis sie eines Tages dann ganz dichtmachte.« Sie lacht, trotz ihrer Tränen. »Und weißt du, warum sie aufgehört hat zu sprechen? Weil Dad mich in eine Ecke getrieben hatte und mit einer abgebrochenen Bierflasche bedrohte, die er mir an den Hals hielt. Sie dachte, er würde mich töten. Sie schrie und schrie und schrie – und dann wurde sie plötzlich ganz still, als hätte jemand sie abgeschaltet. Und von da an hat sie nie wieder ein Wort gesprochen. Und dann ist Oma gestorben, als ich dreizehn war, und Opa sechs Monate später, und das war's dann. Ich wurde zur Pflegerin. Musste mich Tag und Nacht um Mum kümmern. Keine Freizeit mehr, kein Wochenende, keine Pausen. Baden, füttern, Haushalt machen. Und ansonsten nichts als Sorgen. Ums Geld und darum, ob man Mum in meiner Obhut belässt, und dann ...« Dawn versagt die Stimme, doch atemlos und stockend spricht sie weiter: »Und dann ... musste ich auch noch ... die einzige Person aufgeben, die ...«

Sie schlägt die Hände vors Gesicht, atmet ein paar Mal tief ein und aus und sieht mich wieder an.

»Aber bedaure ich das, was ich getan habe?« Ihre Augen bohren sich in mich hinein. »Nein, Morveren. Weil es mein Job ist, mich um Mum zu kümmern. Meine Pflicht. Es war meine

Pflicht, das Chaos aufzuräumen, das dein plötzliches Verschwinden in meiner Familie angerichtet hatte. Und weißt du, was das Schlimmste ist?«

Wie betäubt starre ich sie an. Mir ist, als hätte mich ein Lastwagen angefahren und mich irreparabel verletzt.

»Dass sie mich nun, wo du wieder da bist, gar nicht mehr braucht. Ich habe keinen Grund zum Leben mehr. Ich könnte genauso gut tot sein.«

»Sag das nicht.«

»Warum nicht? Es stimmt doch, oder? An diesem Tag am Strand, da konnte *ich* ihr nicht helfen. Aber du schon.«

»Nein, Dawn, das ist nicht –« Da werde ich durch das Piepsen ihrer Armbanduhr unterbrochen.

Sie stellt den Alarm ab und starrt mich einen Moment lang an.

Ich schüttle den Kopf, doch sie macht Anstalten, den Lautstärkeregler am Fernseher zu betätigen.

Ich trete auf sie zu und packe ihr Handgelenk. »Bitte lass das.«

»Weg von mir.« Sie entwindet sich meinem Griff und dreht den Ton auf.

»Aber wir müssen reden.«

Sie zieht ihren Stuhl in Position und setzt sich.

»Mach den Fernseher aus.«

Sie sieht mich nicht mal an, dreht die Lautstärke stattdessen so weit auf, dass die Erkennungsmelodie der Show völlig verzerrt durch die Küche schallt.

»Um Gottes willen, Dawn, wir müssen uns unterhalten.«

Sie antwortet nicht. Ich schaue auf die Mattscheibe. Eine der fünf Moderatorinnen, schick frisiert, schimmernde Lippen und mit einem Singsang in der Stimme, der fast lächerlich klingt, stellt gerade die Studiogäste vor.

»Schalte den Fernseher ab!«, brülle ich über den Lärm hinweg.

Keine Antwort.

Ich will es selbst tun und beuge mich vor, doch sie schiebt sich vor mich in dem Versuch, das Gerät vor meinem Zugriff zu schützen.

»Sei nicht albern!« Ich packe sie bei den Schultern, ziehe sie zu mir, und als sie sich widerstrebend auf mich zubewegt, reißt sie den Fernseher mit sich. Er knallt zu Boden, und der Applaus des Publikums erstirbt unter scheppernden Glas.

Wie hypnotisiert starren wir auf den zertrümmerten Fernseher zu unseren Füßen.

»Du hast recht«, sagt sie plötzlich, während sie langsam den Kopf hebt, mit erschreckend ruhiger Stimme. »Mein Leben war prima, bevor du zurückgekommen bist. Mein Leben bestand darin, mich um Mum zu kümmern, doch nun braucht sie mich nicht mehr. Seit Jahren hab ich sie versorgt, ohne dass was von ihr zurückgekommen wäre. Und dann tauchst du hier auf, und innerhalb weniger Wochen lächelt sie und redet und isst irgendwelche blöden Reisgerichte.« In ihren Zügen liegt nichts als Schmerz. »Jetzt sag mir, Morveren, was denkst du, soll ich nun tun? Mich um sie zu kümmern war alles, was ich hatte. Vor fünfundzwanzig Jahren hast du sie mir weggenommen, indem du fortgingst, und nun nimmst du sie mir wieder weg, weil du zurückgekommen bist.« Sie hat die Hände zu Fäusten geballt. »Und das ist das Perverse daran. Sollte ich nicht froh darüber sein, dass es ihr wieder bessergeht? Aber das bin ich nicht. Sieh mich an, ich bin nicht glücklich. Ich bin selbstsüchtig und schlecht. Dad hatte recht: Ich führe dieses Leben, weil ich's nicht besser verdiene. Und du hast –« Sie bricht in Tränen aus. »Du hattest auch recht: Ja, ich wünschte, du wärst nie zurückgekommen.«

Da drehe ich mich auf dem Absatz um und lasse sie einfach stehen. Lasse sie zurück in ihrer makellosen Küche mit dem zertrümmerten Fernseher, der von Maden zerfressenen, sterbenden Katze und unserer Mutter in ihrem schäbigen Schlafzimmer. Zurück mit ihrer Trauer und ihrem Schmerz und ihrer verkorksten Existenz. Laut schlage ich die Tür zu. Hinter mir und hinter allem, was in diesem Haus ist.

SECHZIG

Draußen ist es heiß und stickig. Am Himmel haben sich dunkelviolette Wolken zusammengeballt. Wie es scheint, steht Phils *hager-awal* kurz bevor. Ich laufe hinunter zur Kaimauer, die sich an der Wasseroberfläche spiegelt und den Hafen vom Ozean trennt. Im Hafenbecken selbst ist das Wasser aufgewühlt, weiter draußen krachen die Wellen wütend gegen die Mole, und die Gischt explodiert in der Luft wie ein salziges Feuerwerk. Meine Sicht verschwimmt unter bitteren Tränen, Selbstmitleid und Trauer über Dawns hasserfüllte, verletzende Worte. Worte, die in meinem Kopf widerhallen.

Aber man hat dir wenigstens nicht wehgetan, dich nicht missbraucht oder misshandelt.

Vor fünfundzwanzig Jahren hast du sie mir weggenommen, indem du fortgingst, und nun nimmst du sie mir wieder weg, weil du zurückgekommen bist.

Ja, ich wünschte, du wärst nie zurückgekommen.

Hart schlage ich mit dem Kopf gegen das nasse Geländer. Schreie, so laut ich kann, in den aufkommenden Sturm, und meine Worte werden hinweggetragen vom wütenden Wind.

»Alles in Ordnung?« Ein Mann mit silbergrauem Haar tritt neben mich. Er sieht besorgt aus, und seine schneeweißen Augenbrauen sind über den sanften braunen Augen zusammengezogen. Seine Hand liegt auf meinem Arm, und seine Stimme klingt freundlich. Vermutlich sprechen so auch die Polizisten zu den Selbstmördern von Mark Tremaynes Brücke in Bristol, um sie wieder zur Besinnung zu bringen.

Ich schaue ihn an, als wäre er gar nicht wirklich hier, als wäre er nur ein Darsteller in einem Film. Ich schaue ihn an, unfähig, mit ihm zu interagieren. Ich ziehe meinen Arm weg, renne an der Kaimauer entlang, durch die umherschlendernden Touristen und zurück ins Hostel, den einzigen Ort, der mir noch geblieben ist. Ich stoße die Eingangstür auf, stolpere in die Empfangshalle und pralle dabei so hart mit jemandem zusammen, dass mir die Luft wegbleibt.

»Vorsicht!«

Es ist Greg.

Ein breites Lächeln erscheint auf seinem Gesicht. »Hey, Tori.«

Ihren Namen zu hören versetzt mir einen Stich.

»Was ist denn los? Warum weinst du?«

Das Mitgefühl in seiner Stimme bricht mich entzwei, und ich falle ihm um den Hals und beginne erneut zu schluchzen.

»Schscht«, beruhigt er mich. »So schlimm kann's doch gar nicht sein.«

Ich schmiege mich an ihn, und seine Brust fühlt sich stark und warm an. Dann lasse ich mich von ihm auf sein Zimmer geleiten, wo wir uns auf das ungemachte Bett setzen. Im Raum riecht es nach Aftershave, Haargel und ungewaschenen Kleidern. Ich ziehe die Knie unter mein Kinn. Noch mehr Tränen rollen mir über die Wangen, während mein Körper unter lautlosen Schluchzern erbebt. Sein Körper presst sich an meinen, und er hat mir eine Hand aufs Knie gelegt.

»Willst du darüber sprechen?«

Und dann erzähle ich ihm alles.

Nachdem ich einmal begonnen habe, nachdem die Mauer gefallen ist, kann ich nicht mehr aufhören, und er ist ein perfekter Zuhörer. Er unterbricht mich nicht, schaut mich erst schockiert, dann alarmiert, dann voller Mitgefühl an. Ungläubig schüttelt er den Kopf. Dann streichelt er mir übers Haar. Nicht die Spur von Schuldzuweisung oder Verurteilung. Und am Ende, als die Wahrheit endlich heraus ist, fühle ich mich so befreit wie eine Möwe, die sich vom Aufwind über den wogenden Ozean hinwegtragen lässt. Nicht Bella, nicht Tori, nicht mal Morveren, sondern eine chaotische Mischung aller drei merkwürdigen und tragischen Figuren.

Mit der Hand wischt er mir die Tränen aus dem Gesicht. Ich sehe zu ihm auf und lasse mich zurückfallen, ziehe ihn mit mir, während ich an den Knöpfen seiner Hose herumnestele. Mehr als alles auf der Welt will ich ihn in mir spüren, mich mit etwas durch und durch Realem, Lebensbejahendem vereinen. Wir lieben uns, und dabei gebe ich ihm alles von mir. Mein wahres Ich. Ich bin angefüllt mit Emotionen, und jede seiner Berührungen setzt mich unter Strom, als wären wir die beiden letzten Menschen auf diesem Planeten, als gäbe es nichts mehr außerhalb seiner Zimmertür. Nur ein weißes, leeres Nichts, das diesen Raum, dieses Bett und uns beide sicher in sich einschließt.

Ich beuge mich vor, um seine Lippen mit meinen zu berühren, lausche seinem Flüstern an meinem Ohr, fahre mit den Händen über den Tiger an seinem Rücken und denke an niemand anderen mehr als an mich selbst. Dawn, David, meine Mutter, mein Vater, der in dem versifften Haus in Bristol vor sich hin rottet, die abscheulichen Bildnisse von Elaine und Henry – es ist alles verschwunden.

Als ich erwache, bin ich allein. Ich schaue auf meine Armbanduhr. Es ist fast neun. Ich ziehe mir die Decke über die Schultern und lächle, als ich daran denke, wie gut er mich verstanden und wie zärtlich und mitfühlend er mich angesehen hat. Doch dann fällt mir wieder der schreckliche Streit mit Dawn ein. Ich winde mich unter den Worten, die wir uns an den Kopf geworfen haben. Und dann noch die Sache mit dem Fernseher. Das war unverzeihlich von mir, egal, wie sauer ich auch gewesen sein mag. Über zwei Jahrzehnte hat sie sich um unsere Mutter gekümmert und war doch auch nur ein Kind, als man ihr diese Verantwortung aufgeladen hat. Natürlich bleibt so etwas nicht ohne Folgen, natürlich entwickelt man dabei ein paar absonderliche Verhaltensweisen.

Ich kehre auf mein eigenes Zimmer zurück, dusche und ziehe mir frische Sachen an. Dann schnappe ich mir meine Handtasche. Als ich an der Rezeption vorbeikomme, ruft Fi mich zu sich.

»Hey, gestern Abend war eine junge Frau hier. Sie wirkte ein bisschen durch den Wind, weinte, konnte kaum sprechen, aber sagte, ich soll dir das hier geben.« Fi greift unter den Tresen und händigt mir den bemalten Schuhkarton aus, den ich in Dawns Zimmer habe stehen sehen.

»Wollte sie mich treffen?«

»Nein, sie wollte nur, dass du diese Kiste hier kriegst.«

Ich kehre auf mein Zimmer zurück und setze mich aufs Bett. Dann öffne ich den Karton. Darin sind Briefe, viele Briefe und obenauf ein herausgerissener Zettel. Darauf steht:

Liebe Morveren,

ich möchte, dass du das hier bekommst. Du warst immer bei mir. Es verging kein Tag, an dem ich nicht an dich gedacht habe – aus allen möglichen Gründen.

Der Gedanke an dich war manchmal alles, was mich weitermachen ließ. Komm zurück, wenn du dich dazu imstande fühlst.

Wir müssen reden.

Dawn

Ich schätze, im Karton sind an die hundert Briefe. Jeder ist datiert. Einige sind lang, andere bestehen nur aus wenigen Zeilen.

Ich nehme den ersten Brief zur Hand und höre nicht auf, bis ich jeden einzelnen gelesen habe.

EINUNDSECHZIG

8 Jahre:

Liebe Morweren,

Dad ist heute wütend geworden. Er hat so laut geschrien und so übel nach Bier gestunken, dass ich dachte, er würde mich gleich wieder schlagen. Er sagte, ich tauge nichts, weil ich dich aus den Augen gelassen hab. Dann hat Mummy geweint, und wir sind zur Kirche gegangen. Es war langweilig, doch sie hat mir im Pub Chips gekauft. Ich liebe Chips, aber ich vermisse dich so sehr.

Alles Liebe, Dory

9 Jahre:

Liebe Morweren,

heute ist Dad völlig ausgeflippt. Hat mir eine zerbrochene Flasche an die Wange gehalten und meinen Hals so fest zusammengedrückt, dass ich kaum noch Luft bekam. Mum hat geschrien, und dann hat sie ihn geschlagen, und dann haben sie das Haus verlassen und hinter sich die Tür zugeknallt. Mum war ganz still, und ihre Augen haben durch mich durchgesehen, auch als ich sie angebrüllt habe. Dann hat sie sich einfach hingesetzt, gesagt: Es tut mir leid, und seitdem nicht mehr gesprochen. Nicht ein Wort. Ich mag nicht, wie sie in die Luft starrt. Nan sagt, das ist der Schock, weil Dad mir wehgetan hat, und dass sie deshalb Depressionen gekriegt hat. Ich mag das alles nicht.

Alles Liebe, Dory

11 Jahre:

Liebe Morweren,

heute haben wir einen Mathetest geschrieben, und ich war die Beste!!! Ich dachte, Mum würde sich darüber freuen, aber das hat sie nicht. Sie starrt nur die ganze Zeit aus dem Fenster und wartet auf dich. Na ja, das sagt zumindest Oma. Ich mag Craig sehr. Er ist im Moment mein einziger Freund. Und seine Eltern sind auch sehr nett. Seine Mutter backt Kuchen und tut ihn in eine Dose mit Lady Dianas Bild drauf, und wir dürfen uns einfach bedienen! Ich bin so froh, dass sie mich an diesem Tag zum Tee eingeladen hat. Wie geht's dir? Ich hoffe gut, und es tut mir wirklich leid, dass ich dich hab weglaufen lassen. Ich war keine wirklich gute große Schwester. Ich hoffe, du hasst mich nicht dafür!!! (Würde mich aber nicht wundern, wenn's so wäre.)

Alles Liebe
Dory

15 Jahre:

Liebe Morweren,

vor zwei Tagen war Weihnachten. Ich hatte drüber nachgedacht, am Weihnachtstag Schluss zu machen. Immerzu muss ich daran denken, wie du weggerannt bist, und daran, dass nichts davon passiert wäre, wenn ich dir gleich hinterhergelaufen wäre. Ich hab Mum beim Weihnachtsessen beobachtet. Hab ihr einen Papphut aufgesetzt und zwei Knallbonbons explodieren lassen. Ich hab für sie sogar diese Suppe mit Truthahngeschmack aufgetrieben. Und ich hab ihr eine neue Decke geschenkt (von Woolworth, runtergesetzt, weil die Verkäuferin meinte, sie wäre fehlerhaft, aber ich konnte keinen Fehler daran entdecken!). Egal, als ich Mum so dasitzen sah, mit diesem leeren Gesichtsausdruck und nicht mal ein bisschen Freude im Blick darüber, dass ich mit ihr Weihnachten feiere, hab ich ernsthaft dran gedacht, Tabletten zu nehmen und, na ja, einfach zu gehen. Doch gleich darauf hab ich mich gefragt, wer sich dann um Mum kümmern soll, denn es gibt ja niemanden mehr. Sie hat ja nur noch mich. Es gibt nicht mal jemanden, der mich dann finden und sie an einen sicheren Ort bringen würde. Sie würde einfach verhungern. Es fällt mir so schwer, mich die ganze Zeit um sie zu kümmern, nicht mal ausgehen zu können und so. Gott, ich weiß, das klingt egoistisch, oder? Manchmal hasse ich sie. Aber es niederzuschreiben hilft, weil ich sie doch so sehr liebe. Wenn sie doch nur mit mir reden würde.

Grüße Opa und Oma von mir. Ich vermisse sie so sehr.

Alles Liebe
Dawn

16 Jahre:

Liebe Morweren,

ich muss dir was erzählen. Es ist so schrecklich, dass ich's kaum aufschreiben kann. Ich bin schwanger. Du bist die Erste, der ich's erzähle. Ich hab solche Angst und weiß nicht, was ich tun soll. Mir ist so schlecht. Ich bin auch schon ziemlich weit, schätze ich. Man kann schon einen kleinen Bauch sehen. Ach, ich weiß nicht. Ich müsste wohl mal zum Arzt gehen, oder? Und ich sollte es Craig sagen, aber ich weiß nicht, wie. Ich wünschte, du wärst am Leben und ich könnte mit dir reden. Schätze, du hättest gewusst, was ich tun soll.

Alles Liebe
Dawn

16 Jahre:

Liebe Morweren,

gestern kam mein Baby zur Welt! Hab sie Stacey Morweren Cardew-Tremayne genannt. Stacey ist mein Lieblingsname, und Morweren, na ja, wegen dir! Der Bindestrich ist lustig, oder? Sieht so vornehm aus! Aber so war's gar nicht beabsichtigt. Der Name ist zusammengesetzt aus Craigs und meinem Nachnamen. Stacey ist so hübsch und hat schon viele Haare. Schätze, sie wird grüne Augen kriegen wie wir, doch die Hebamme meint, es wäre noch zu früh, das zu sagen. Man müsste noch ein paar Wochen warten. Im Moment sind sie noch dunkelblau, aber ich kann definitiv schon was Grünes drin entdecken. Die Geburt hat scheiß-wehgetan! (Sie ist deine Nichte. Ist das nicht seltsam?)

Erzähl Oma, dass sie nun Uroma ist!

Alles Liebe
Dawn

16 Jahre:

Liebe Morweren,

tja, die Bastarde vom Sozialamt meinen, dass ich Stacey nicht behalten kann. Sie ist erst sechs Tage alt, und schon nehmen sie sie mir wieder weg. Sie meinen, ich wäre nicht imstande, für sie zu sorgen. Kreuzten unangemeldet hier auf und meinten, das Haus wäre unhygienisch. Eine Unverschämtheit war das! Hab ihnen gesagt, dass sie das einen Scheißdreck angeht, aber die meinten, es ginge sie sehr wohl was an, weil hier jetzt ein Baby wohnen würde, das vielleicht krank werden könnte. Als ob ich sie krank werden lassen würde! Sie meinten, ich solle Mum in ein Pflegeheim geben, aber das kommt nicht infrage. AUF KEINEN FALL. Sie ist meine Mutter. Wie könnte ich sie einfach in ein Heim abschieben, wo sich dann Fremde um sie kümmern müssen? Das hab ich denen auch so gesagt, und da meinten sie, dann müssten sie mir eben das Baby wegnehmen. Ich wusste gar nicht, dass der Staat das tun darf. Ich hasse sie alle. Stacey ist das Schönste in meinem Leben. Ich wollte mit ihr und Mum zusammen weglaufen. Aber wie soll ich das anstellen?

Alles Liebe
Dawn

16 Jahre:

Liebe Morweren,

Craig und seine Eltern werden sich um Stacey kümmern. Das Sozialamt hält das für eine gute Idee. Ich bin so traurig, dass ich sie nicht mehr bei mir haben werde, aber gleichzeitig auch erleichtert, dass ich sie nicht in fremde Hände geben muss. Ich weiß nicht, ob Craig so richtig einverstanden ist mit dieser Regelung, aber keiner von uns will, dass sie in ein Kinderheim kommt. Seine Mutter und sein Vater waren einfach großartig. Seine Mutter hat ihre Schicht gewechselt, damit sie sich um Stacey kümmern kann, wenn Craig arbeitet. Er jobbt Teilzeit in einer Videothek, kriegt aber hoffentlich bald was Besseres. Er hat so viele Pläne! Hab ihm und seiner Mutter gesagt, dass ich Stacey zurückhole, sobald ich kann. Ich muss das alles irgendwie hinkriegen. Auf keinen Fall hätte ich sie bei völlig Fremden gelassen, aber diese Menschen lieben sie, und ich weiß, sie wird dort glücklich. Craig wird ein guter Vater sein. Nicht so wie unserer. Craig wird nett sein und ihr nie, niemals etwas zuleide tun. Das weiß ich.

Alles Liebe
Dawn

16 Jahre:

Liebe Morveren,

heute sind Craig und seine Mutter gekommen, um sie abzuholen. Hab ihre Sachen in eine Plastiktüte gepackt, ihre Windeln, die Milch und den kleinen Teddy. War die ganze Nacht wach mit ihr. Hab meine Nase gegen ihr Haar gedrückt und ihren Geruch eingeatmet, dann hab ich ihre kleine Wange gestreichelt und ihr gesagt, wie sehr ich sie liebe, wie leid es mir tut und dass ich hoffe, sie vergibt mir, wenn sie groß ist. Letzte Nacht hätte ich fast meine Meinung geändert. Hab darüber nachgedacht, Mum ins Heim zu geben und Stacey bei mir zu behalten. Aber wer würde Mum lieben, wenn nicht ich? Niemand würde sie lieben, niemand würde für sie sorgen, und was wäre das dann für ein Leben? Zumindest ist Stacey bei ihrem Vater und ihren Großeltern. Und natürlich kann ich sie regelmäßig besuchen. Craig und seine Mutter kamen mit diesem hübschen Kinderwagen, den sie hinten in der Zeitung in einer Werbeanzeige entdeckt hatten, und seine Mum hat ihr eine hübsche Decke gestrickt. Ich hab geheult wie ein Schlosshund, als ich das gesehen hab. Als Craig seine Hände nach Stacey ausstreckte, konnte ich sie ihm einfach nicht geben. Da war diese Stimme in meinem Kopf, die schrie: »Nehmt mir mein Kind nicht weg!« Doch Craig musste zurück zur Arbeit und konnte nicht den ganzen Tag warten, also hab ich sie ihm schließlich gegeben. Es hat sich angefühlt, als hätte man mir ein Stück aus dem Körper gerissen. Dann hab ich in der Küche gesessen und mich gefragt, warum ich bloß das Wichtigste in meinem Leben hergegeben habe. Wie kann eine Mutter bloß ohne ihr Kind weiterleben? Jetzt verstehe ich, warum Mum auf immer verstummt ist. Und dann hab ich mich in der Küche umgesehen und festgestellt, wie versifft hier alles ist. Wie viele dreckige Töpfe hier rumstanden, und der Mülleimer quoll über, sodass überall Abfall und schmutzige Klamotten rumlagen. Ich ging ins Bad und sah, dass die Toilette total verdreckt und der Abfluss von schwarzem Zeug verkrustet war. Noch mehr Abfall, noch mehr Klamotten am Boden. Vielleicht hätte die Kuh vom Sozialamt mir Stacey nicht weggenommen, wenn hier alles sauber und ordentlich gewesen wäre. Also bin ich los und hab diese ganzen Putzmittel gekauft. Dazu eine Riesenflasche Chlorbleiche und Müllbeutel. Und dann hab ich zu putzen angefangen. Hab den ganzen Tag und die ganze Nacht hindurch geschuftet, und während ich schrubbte und scheuerte, hab ich die ganze Zeit geheult, und meine Hände brannten von den ganzen Chemikalien und der Schrubberei, aber es war ein guter Schmerz, eine Art Bestrafung dafür, dass ich deine Hand losgelassen hab. Hätte ich dich doch nur festgehalten. Ich vermisse Stacey, Morweren. Ich vermisse mein Baby.

Alles Liebe
Dawn

19 Jahre:

Liebe Morweren,
heute habe ich mich gefragt, ob du überhaupt je existiert hast. Du könntest eine Erfindung sein. Ich kann mich nicht mehr an dein Gesicht erinnern, und wenn ich's recht bedenke, könntest du auch nur eine Geschichte sein, die man mir erzählt hat. Ich wünschte, es wäre so, denn wenn es dich nie gegeben hätte, wärst du auch nicht die ganze Zeit hier bei mir. Doch das bist du, Morweren. Die ganze Zeit über bist du bei mir. Wie ein Geist.

Alles Liebe
Dawn

21 Jahre:

Liebe Morveren,

heute hat mich Craig schon wieder gebeten, seine Frau zu werden. Ich hab – wie immer – Nein gesagt. Was soll ich auch sonst dazu sagen? Ich kann's nicht. Alles, was ich habe – all meine Energie –, fließt in Mum. Er hat gesagt, er liebt mich, und dann hat er angefangen zu weinen. Das war hart. Hab ihn noch nie zuvor weinen gesehen. Das war richtig hart. Hab ich dir erzählt, dass Stacey im September in die Schule kommt? Na ja, jetzt ist es jedenfalls so weit. Ich werde dafür sorgen, dass sie fleißig arbeitet, damit sie was aus ihrem Leben machen kann. Ich sage ihr auch, sie soll jeden Tag auskosten, weil das Leben so wertvoll ist, stimmt's? Du und ich, wir wissen das. Mum geht's gut, aber es ist verdammt still hier. Selbst nach all den Jahren verursacht mir diese Stille noch immer Kopfschmerzen.

Mehr denn je wünsche ich mir meine Schwester zum Reden.

Wie immer alles Liebe
Dawn

ZWEIUNDSECHZIG

Der Himmel über mir ist tiefgrau und mit schweren Regenwolken verhangen. In wütenden Wirbeln treibt der Wind Laub und Staub vor sich her. Mit den Nerven am Ende stehe ich schon einige Minuten vor dem Gartentor. Wie räudige Pitbulls im Kampfring sind wir aufeinander losgegangen. Wie sollen wir uns je wieder in die Augen sehen nach allem, was wir uns an den Kopf geworfen haben? Und dann diese Briefe. Diese herzzerreißenden Briefe.

Mit wummerndem Herzen nähere ich mich der Tür. Da ist die Klinke. Ich drücke sie herunter. Die Tür geht auf, und da steht sie. Ihre Augen sind verweint und rot. Das Haar ist zerzaust, sie trägt die Kleidung von gestern, die nun vom Schlaf zerknittert ist. Ein paar Sekunden starren wir uns an, dann fallen wir uns um den Hals – eine Umarmung, die sich anfühlt wie die erste und letzte in dieser Welt.

Vom kaputten Fernseher und von der Kiste mit der Katze ist nichts zu sehen. Ich erwähne nichts davon. Mum sitzt am Küchentisch. Sie trägt eine sauber gebügelte Hemdbluse und ein Paar beige Hosen. Statt ihrer üblichen Pantoffeln hat sie nun ein Paar braune Slipper an den Füßen. Das Haar ist ordentlich gekämmt und wird von zwei Kämmchen aus dem Gesicht gehalten. Sie trägt sogar einen Hauch Lippenstift, und ihre Augen funkeln aus dem frisch gepuderten Gesicht. Als sie mich sieht, lächelt sie.

»Mum«, sage ich. »Wie hübsch du aussiehst.«

»Das hat Dawn gemacht.«

Dawn sieht mich an. »Du hattest recht«, sagt sie. »In vielen Dingen.«

»Ich habe deine Briefe gelesen. Jeden einzelnen.«

Wir setzen uns zu Mum an den Tisch, und dann reden Dawn und ich miteinander. Darüber, dass wir nach vorn blicken müssen und uns dreien die Gelegenheit geben müssen, uns an die neue Situation zu gewöhnen. Auch dass wir die Schwere des Traumas, das wir erlitten haben, nicht unterschätzen dürfen. Dass es Zeit, Geduld und Verständnis erfordern wird. Ich sage ihnen auch, dass ich manchmal, wenn ich's am wenigsten erwarte, mein altes Leben vermisse und wie sehr mich das bestürzt.

»Warum hast du mir nie von Stacey erzählt?«

Dawn schaut auf ihre Hände. »Ich wusste nicht, wie ich's sagen sollte. Ich wollte es ja, aber dann hat mir das schlechte Gewissen irgendwie die Sprache verschlagen. Ich wollte nicht, dass du mich deswegen hasst oder verurteilst. Jedes Mal, wenn ich's dir sagen wollte, dachte ich, wie schrecklich es sich doch anhören muss, dass ich mein Kind weggegeben habe. Ich dachte, du würdest es nicht verstehen. Ich hätte mutiger sein müssen.«

»Ich kann mir kaum vorstellen, wie es war, sie aufgeben zu müssen. Gab es denn keinen Weg, beides unter einen Hut zu kriegen?«

Die Frage klingt brutaler, als sie gemeint war, und gleich darauf fürchte ich, dass sie nun wieder in die Defensive gehen könnte. Doch das geschieht nicht. Sie nickt unmerklich, und der Ausdruck auf ihrem Gesicht ist eine Mischung aus Resignation und leichtem Bedauern.

»Vielleicht. Ich war jung, und ... ich hab's versucht ... aber ich hab's nicht hingekriegt. In der Rückschau denke ich manchmal, dass ich einen Fehler gemacht hab, aber damals?« Sie zuckt die Achseln. »Ich weiß es nicht. Ich wusste nur, ich würde nie jemanden finden, der sich so um Mum kümmert wie ich, aber Craig und seine Eltern liebten Stacey und würden sich bestens um sie kümmern. Besser als ich …« Sie bricht ab, als die Erinnerung daran ihr die Kehle zuschnürt.

»Was ist sie für ein Mensch?«

Augenblicklich hellt sich Dawns Miene auf. »Oh, sie ist unglaublich. So ein tolles Mädchen. Sie ist eine überaus selbstsichere, unabhängige junge Frau geworden. Und so schön.« Dawn grinst mich an. »Na ja, da bin ich wohl offenbar ein bisschen voreingenommen. Und unheimlich clever ist sie. Sie arbeitet fleißig und schließt sämtliche Prüfungen erfolgreich ab.«

»Ich würde sie gern kennenlernen.«

»Ja, das fänd ich auch schön.«

Mum scheint unserem Gespräch so gut wie möglich zu folgen. Ich befürchte, dass das Thema Stacey sie ein wenig verwirren oder gar verärgern könnte, aber sie bleibt ruhig, nippt an ihrem Tee und nickt gelegentlich dem einen oder anderen von uns zu. Irgendwann ergreife ich ihre Hand, und sie schließt ihre Finger um meine.

Dawn bemerkt es und lächelt. Dann ergreift sie Mums andere Hand.

»Meine Morgenröte und meine Meerjungfrau«, flüstert Mum. »Meine beiden Mädchen.«

Dann erhebt sie sich plötzlich.

Dawn springt auf und ergreift sie am Ellbogen. »Ich helfe dir, Mum.« Sie stutzt und schaut mich an. »Oder möchtest du?«

Ich schüttle den Kopf, und Dawn geleitet Mum aus der Küche. Ich gehe zum Waschbecken, mache einen Lappen nass, wringe ihn aus und wische über den Tisch.

Als Dawn zurückkommt, sage ich: »Wir müssen uns mal

über unseren Vater unterhalten, über Mark Tremayne. Ich muss mir überlegen, was ich mit dem Haus in Bristol machen soll.«

Dawn will gerade etwas darauf antworten, als es plötzlich so laut an der Tür klopft, dass sie zusammenzuckt. »Wer könnte das sein?«, fragt sie überrascht.

»Craig?«

»Nein, der fährt gerade Stacey ins College. Sie brauchte Hilfe beim Abnehmen ihrer Bilder.«

Wieder hämmert es gegen die Tür.

»Ich gehe mal schauen.« Ich verlasse die Küche und laufe durch den Flur. Mum steht im Durchgang zu ihrem Zimmer und starrt auf die Eingangstür. Ihre Hände nesteln am Saum ihrer Bluse.

»Keine Sorge, Mum.«

Ich öffne die Tür, und eine mit Regentropfen geschwängerte Windbö schlägt mir ins Gesicht.

Vor Schreck bleibt mir die Luft weg.

Eine Gruppe Menschen, zwei von ihnen halten Kameras mit langen Objektiven in Händen, lungern vor der Tür herum. Eine Frau in einem taillierten cremefarbenen Kostüm, über dem sie einen Regenmantel trägt, dessen Aufschläge im Wind flattern. Das schwarze Haar ist zu einem Pferdeschwanz gebunden, und sie hält mir ein Mikrofon vor die Nase. Der Kleintransporter im Hintergrund trägt ein Logo mit der Aufschrift *The Cornish Herald*.

»Wir würden gern mit Morveren Tremayne sprechen. Ist sie da?« Sie hebt eine Augenbraue und lächelt.

Einer der Männer nimmt seine Kamera und richtet sie direkt auf mich. Ich höre ihn auf den Auslöser drücken. Stumm blicke ich auf die unbekannte Meute, die sich hier zusammengerottet hat. Hinter meinem Rücken ist Dawn aufgetaucht. Hilflos drehe ich mich zu ihr um.

»Was ist hier los?«, fragt sie.

Mein Mund öffnet und schließt sich wieder. Panik ergreift mich, mein Magen zieht sich unangenehm zusammen, während die Außenwelt in dieses Haus eindringt wie Luft in ein Vakuum. Warum sind sie hier? Wie haben sie es herausgefunden?

Auch Mum ist hinter mir erschienen.

Die Frau im beigen Kostüm beginnt zu reden. Ihr Mikrofon ist auf uns gerichtet wie eine Waffe. »Mrs. Tremayne«, sagt sie mit schneidender Stimme, die bar des kornischen weichen Akzents ist, an den ich mich so gewöhnt habe. »Wie war das, als Sie Ihre Tochter in Frankreich verloren haben? Waren Sie zufrieden mit der Art und Weise, in der die französische Polizei diesen Fall bearbeitet hat? Und was fühlen Sie nun, da sie wieder zurück ist?«

Dawn versucht, sich zwischen uns und die Meute zu drängen, schiebt mich und Mum schützend hinter sich. Es folgt ein wahres Blitzlichtgewitter seitens der Kameras. Dann noch eins. Neben dem geparkten Lieferwagen hantiert ein Mann mit seiner Ausrüstung herum. Ein weiterer Übertragungswagen mit einem anderen Logo biegt soeben in die Straße ein.

Ich fahre herum und sehe Mum an. Ihre Augen sind weit aufgerissen, und es liegt ein seltsam abwesender Glanz darin. Aber vielleicht bilde ich mir das auch nur ein. Ihre Wangen haben alle Farbe verloren. Vielleicht liegt es aber auch nur am Puder, das Dawn ihr aufgelegt hat. Dann plötzlich entfährt unserer Mutter ein leises Geräusch, eine Art Wimmern wie von einem getretenen Hündchen. Ihr Kopf ruckt vor und zurück, während ihre Hände verkrampfen.

»Wir wollen nicht mit Ihnen sprechen.« Dawn versucht, die Tür wieder zu schließen.

Doch einer der Kameramänner stellt einen Fuß dazwischen.

»Wir haben nur ein paar Fragen an das vermisste Mädchen«, sagt die Frau im beigen Kostüm mit Nachdruck. »Morveren, was empfinden Sie in Bezug auf die Campbells? Fühlen Sie sich in irgendeiner Weise verantwortlich für Dr. Campbells Selbstmord?«

Dawn tritt den Fuß des Mannes aus dem Weg. »Hauen Sie ab.« Dann knallt sie die Eingangstür zu und lehnt sich dagegen.

Von unserer Mutter ist ein weiteres leises Wimmern zu vernehmen.

»Mum?« Furcht ergreift mich. »Mum? Mum!«

Dawn packt sie an den Schultern, doch sie reagiert nicht darauf.

»Ich verstehe das nicht. Außer uns wusste doch niemand davon«, sagt Dawn. »Du, ich und Craig. Hast du deinem Mann irgendwas erzählt? Hat er vielleicht aus dem Testament des Arztes irgendwas erfahren? Vielleicht gab es ja noch einen Brief?«

Ich wende mich um, laufe ein paar Schritte durch den Flur.

Jetzt weiß es alle Welt. Bella und Tori haben sich aufgelöst wie eine Fata Morgana. Und ich kann nichts dagegen tun. Ich denke an David. Er wird es aus den Nachrichten erfahren. Mein Bild dort sehen. Seine Studenten werden in den sozialen Medien dazu posten. Ich habe keinen Ort mehr, an dem ich mich verstecken kann.

Dawn geleitet Mum zurück in ihr Zimmer. Ich folge ihnen und stehe in der Ecke, während Dawn, neben dem Sessel hockend, Mums Hand streichelt. Alice zittert, bewegt lautlos die Lippen, formt unverständliche Worte.

Gregs Gesicht erscheint vor meinem geistigen Auge, und ich entsinne mich seiner verständnisvollen Kommentare.

Du Bastard.

»Es spielt keine Rolle, Morveren«, sagt Dawn freundlich und erhebt sich. »Wir hätten es ja nicht ewig für uns behalten können. Irgendwann musste die Wahrheit ja ans Licht kommen.«

»Aber ich war noch nicht bereit. Ich bin ... noch nicht bereit. Und sieh ... sieh dir doch nur Mum an ... Sie ist zu Tode erschrocken. Sie ist nicht mehr bei uns. Was, wenn sie nie mehr zurückkommt?«

Dawn wendet sich zu mir um und legt einen Arm um mich. »Alles wird gut. Sie wird zu uns zurückkehren. Es ist der Schock, das ist alles. Und ein Schock ist es ja für uns alle. Auch für dich. Ach, Liebes, du bist weiß wie die Wand.« Mit dem Handrücken streichelt sie mir über das Gesicht, aber ich weiche zurück.

»Ich hätte nie zurückkommen sollen.«

»Wie kannst du denn so was sagen?«

Ich schaue in das verwirrte Gesicht meiner Mutter. Das Gefühl von Schuld setzt sich wie nasser Zement in meinem Magen ab. All ihre schlimmsten Erinnerungen werden nun als Nachrichtenhäppchen durch den Schmutz gezogen werden. Mein Kopf tut weh. Ich weiß nicht, was mir mehr Sorgen bereitet: dass nun alles rausgekommen ist oder meine Mutter. Meine Mutter, die erst kürzlich aus dem dunklen Jammertal der Stille ins Licht zurückgekehrt ist, nur um jetzt womöglich wieder dorthin geschickt worden zu sein. Und das alles nur meinetwegen.

Nein. Wegen Greg.

Wie dumm ich doch war. Wie dumm, mich einem Mann wie ihm anzuvertrauen.

»Ich ... habe ihm vertraut ... Warum um alles in der Welt hat er ihnen ...? Nein, ich bin noch nicht bereit ... dafür. Verstehst du das denn nicht?«

»Es ist völlig egal, dass du's jemandem erzählt hast. Wirklich. Die Sache ist durch. Die Geschichte ist raus. Was einerseits gut ist, weil wir uns ja nicht ewig verstecken konnten.«

»Aber die Leute ...«

»Die Leute werden dieser Geschichte schneller überdrüssig werden, als du denkst.«

Dawn spricht leise und beruhigend, aber mir wär es fast lieber, sie würde mich wieder anschreien. Ich will, dass sie mir sagt, dass das alles meine Schuld ist. Dass sie mir sagt, was für ein verdorbenes Wesen ich bin. Selbstsüchtig und fernab jeder Realität. Dass sie mich zur Schnecke macht, weil ich mich eingemischt habe. Wenn sie sauer würde, hätte wiederum ich wenigstens einen guten Grund, wütend zu sein. Und zu kämpfen. Doch ihr Mitgefühl und ihre Nachsicht lassen mich schwach und hoffnungslos zurück.

»Hey«, sagt sie leise. »So schlimm ist das doch alles gar nicht, Liebes.«

Ihr Bild verschwimmt, als sich meine Augen mit Tränen füllen.

»Die Leute mussten es doch irgendwann erfahren. Es konnte doch nicht für immer ein Geheimnis bleiben.« Sie wischt die Tränen aus meinem Gesicht, und ihre verletzte Hand raspelt über meine Haut wie Schleifpapier.

Ich wende den Kopf ab. Ich will ihr Mitleid nicht.

Dieser Bastard.

DREIUNDSECHZIG

Ich dränge mich durch die brüllende Journalistenmeute und renne den Hügel hinab. Dawn ruft irgendetwas hinter mir her, aber es ist mir egal. Meine Lunge brennt, als ich weiter und weiter Richtung Stadtzentrum laufe.

Die Schockwellen, die der Zusammenprall meiner Welten ausgelöst hat, machen mich fertig. Bellas Herzschlag rast in meiner Brust, verbunden mit Erinnerungen an ihre Mutter, die im Sterben ihren Namen rief. An ihren Vater, der sich die Pulsadern aufschnitt. An ihren wartenden Ehemann, der ihr alle Entscheidungen sowie die Essenszubereitung abnahm und dafür sorgte, dass stets eine Strickjacke zur Hand war. Dann diese neue Person. Morveren. Die nur in der Welt von drei Menschen und vor der Kulisse einer schrecklichen Tragödie existierte. Ein ertrunkenes Mädchen, das zu seiner zerrütteten Familie zurückkehrte. Und schließlich Tori. Die unsichtbare Freundin, die mir als Kind zur Seite stand, die meine Hand hielt und meinem Weinen zuhörte, die mir dabei half, mir Momente der Rebellion in einem ansonsten rundum kontrollierten Umfeld zu erkämpfen. Tori, die mir eine Maske gab, wenn ich sie brauchte.

Wie werde ich zu einer einzigen Person?

Ich bin zusammengefügt aus allen dreien. Sie lassen sich nicht trennen oder gar zu etwas anderem verschmelzen. Und wie sollte das auch gehen? Soll ich Bella löschen und ganz zu Morveren werden? Auch die letzte Verbindung zu Elaine kappen, um sie durch Alice zu ersetzen? Und David durch Dawn? Soll ich mein Vertrauen in Tori aufgeben? Das kann ich nicht.

Und während ich renne, kämpfen Wut und Angst in mir um die Wette. Wut auf das Leben und Angst vor dem Leben.

Ich erreiche den Strand von Porthmeor, halte oben auf der Betontreppe kurz inne und lasse meinen Blick über das Meer schweifen. Ich sehe ein paar Kinder auf Bodyboards und eine Gruppe Surfer, die das Beste aus den mächtigen Wellen herausholen, die den nahenden Sturm ankündigen.

Zwei Stufen auf einmal nehmend haste ich die Treppe hinab, springe schließlich in den weichen Sand. Ich mische mich unter die standhaften Urlauber, die wild entschlossen sind, sich hier zu amüsieren. Die in wetterfesten Klamotten und – für alle Fälle – mit Regenzeug und Thermoskanne ausgestattet der Dinge harren, die da kommen mögen.

Ich erreiche die Strandhütte und stoße die Tür auf.

Greg ist von der Hüfte abwärts nackt. Er steht zwischen den Beinen eines Mädchens mit hochgezogenem Rock, während sie mit ihren gebräunten Schenkeln seinen bleichen Hintern umklammert. Mit seinen wettergegerbten, treulosen Händen stützt er sich links und rechts ihres Kopfes an der Wand ab. Der grausame Tintentiger an seinem Rücken scheint mich höhnisch anzuknurren, während ihm der Speichel von den scharfen Zähnen tropft.

»Du elender Drecksack.«

»Verdammt!« Er zieht sich aus der jungen Frau zurück, die rot anläuft und verzweifelt versucht, sich den Rock runterzuziehen. Dabei verdeckt ihr langes blondes Haar teilweise das Gesicht, doch ich sehe trotzdem, dass sie noch sehr jung ist.

»Wie konntest du mir das antun?«, presse ich hervor.

»Ich hab dir nie versprochen, dass ich mich nicht auch mit anderen Mädchen treffe, Tori. Das ist Teil meines Jobs –«

»Scheiß auf deinen Job, du Arsch. Du glaubst gar nicht, wie egal es mir ist, wen du vögelst oder nicht! Und ich bin nicht

Tori, schon vergessen? Ich habe dir etwas sehr Persönliches anvertraut. Unter vier Augen. Etwas Wichtigeres, als du dir in deinem hohlen Schädel je vorstellen kannst. Wie konntest du das nur an die Presse weiterleiten? Und warum? Wie konntest du mit diesem wohl privatesten Geständnis überhaupt zu einer Zeitung rennen?«

Er zieht sich seine Shorts hoch und zurrt sie mit der Kordel fest. Fährt sich mit der Hand durchs Haar. Das Mädchen hinter ihm beginnt leise zu schluchzen. »So 'ne große Sache ist das nun auch wieder nicht, oder?«, sagt er. »Die Leute hätten's früher oder später doch sowieso rausgefunden.«

Die Verachtung, die ich für ihn empfinde, brennt tief in mir. »Du hast ja keine Vorstellung davon, was du damit angerichtet hast.«

Er kommt auf mich zu, will nach mir greifen. »Sieh mal, Tori, ich wollte wirklich –«

»Wie viel haben sie dir gezahlt?« Ich schlage seine Hand weg. »Wie viel hat dir meine Geschichte eingebracht?«

»Ich weiß nicht, was –«

»Viel wird's wohl nicht gewesen sein, wo doch heutzutage alles kostenlos auf den Nachrichtenmarkt geworfen wird. Vielleicht gerade genug für ein paar Drinks, ja? Ein paar Runden Tequila für die nächste Londoner Tussi, die dumm genug ist, auf dein Gelaber reinzufallen. Du bist nichts. Genieße dein armseliges Leben solange du kannst, Greg. Denn wenn ich eine Sache gelernt habe, dann, dass das morgen alles schon wieder vorbei sein kann.«

Der Mann im Spirituosenladen sieht mich vielsagend an, als ich meine Kreditkarte über den Tisch schiebe. Ich sehe Mitleid in seinem Blick. Mitleid mit der Frau mit dem verheulten Gesicht, die bebend und mit einer Halbliterflasche Wodka in der Hand vor ihm steht. Er macht Anstalten, etwas zu sagen.

»Danke, ich brauche keine Papiertüte«, sage ich, bevor er überhaupt zu Wort kommen kann.

Der Wind hat das Meer zu einem schwarzen brodelnden Kessel mit weißen Schaumkronen aufgewühlt. Mit durchgedrücktem Rücken gehe ich so aufrecht wie möglich am Wasser entlang. Das Haar wird um meinen Kopf herumgewirbelt und von der Gischt in steife, salzverkrustete Strähnen verwandelt, während ich einen Fuß vor den anderen setze und meine Schritte zähle.

Eins, zwei, drei, vier.

VIERUNDSECHZIG

Ich komme vorbei an Spaziergängern, die durch die sich verdunkelnde Schönheit dieses Landstrichs hasten. Ihre Kapuzen flattern im Wind, sämtliche Reißverschlüsse wurden so weit wie irgend möglich hochgezogen. Menschen, die so dringend noch vor dem Sturm ihr Zuhause erreichen wollen, dass sie das Mädchen mit den grünen Augen kaum beachten, das ihnen auf dem Steilküstenpfad entgegenkommt. Tränen habe ich keine mehr. Das Weinen liegt längst hinter mir. Und zum tausendsten Mal wünsche ich mir, ich hätte es nie herausgefunden. Wünsche mir, Elaine wäre nicht gestorben und hätte Henry auch weiterhin davon abgehalten, mir die Wahrheit zu eröffnen. Und so gehe ich weiter, trinke und betrauere mein Leben vor dem alles verändernden Brief.

Es dämmert schon, als ich die Kirche von Zennor erreiche. Tief und schwarz hängen die Wolken am Himmel. Der Wind peitscht durch die Bäume und rüttelt an den Ästen, die nach mir zu greifen scheinen, damit ich mich hoch oben ihrem irren Tanz anschließe. Drinnen ist es leer. Ich trete über die Schwelle und schließe hinter mir die Tür, die den Sturm aussperrt und mich in Dunkelheit und Stille von allem abschottet.

Ich gehe direkt zu ihr. Knie mich neben sie. Fahre mit den Fingern einer Hand über ihren glatt polierten runden Bauch.

Warum hast du mich verlassen?

Ich sehe den bebenden Körper meiner Mutter, die Angst in ihrem Blick, der auch die meine widerspiegelt. Ich schließe fest die Lider, um diese Angst auszusperren, doch die Bilder werden nur noch schlimmer. Der Schmerz in Dawns Gesicht, ihre bitteren Worte, die Katze in ihrer Kiste mit den wimmelnden Maden, die Journalisten. Greg zwischen den Schenkeln dieses Mädchens. Henrys klaffende Handgelenke.

Ich nehme einen Schluck aus der Flasche und lehne mich mit der Stirn an die Meerjungfrau, presse sie so hart gegen das Holz, dass es schmerzt. Und dann vernehme ich aus dem Hintergrund ein Geräusch.

Jemand ist hier.

Mein Herzschlag setzt einen Moment lang aus, und ich rutsche weiter zurück in den Schatten, presse meine angewinkelten Beine fest an meine Brust und verhalte mich ganz, ganz still. Ja, ich versuche sogar, nicht zu atmen. Jedes Haar auf meinem Körper hat sich aufgestellt. Ich will nicht, dass sie mich finden. Will keine Anteilnahme, kein Mitleid und keine Fragen.

Ich höre Schritte, doch es sind leichte Schritte, kaum hörbar, vielleicht auf Zehenspitzen. Ich ziehe mich noch weiter in den Schatten zurück und verberge meinen Kopf unter meinem Arm. Die Person kommt auf die Nische mit dem Sessel der Meerjungfrau zu und hält dann inne.

Ich nehme einen Duft wahr. Ein tröstlicher Duft, den ich schon einmal gerochen habe, aber nicht einordnen kann.

Ich spanne jeden Muskel im Körper an, dränge mich so weit in die Ecke wie möglich, hoffe, ich kann hier im Verborgenen sitzen, bis der- oder diejenige die Bank betrachtet hat und weitergezogen ist. Doch die Schritte entfernen sich nicht wieder, und es fragt mich auch niemand, warum zum Teufel ich mich in der dunkelsten Ecke dieser Kirche am Boden zusammengekauert habe. Nur ein kleines bisschen hebe ich den Kopf und sehe ein Mädchen, das nicht mehr als drei Meter von mir entfernt steht. Sie starrt auf mich herab. Ihr Blick ist ruhig, ja, ausdruckslos. Und sie schweigt. Sie ist dünn, ihre Haut ist gelblich und stellenweise von dunkelroten Flecken durchsetzt. Die Augen sind eingesunken, und sie trägt ein weißes Nachthemd.

Ich kenne sie.

Ich stelle die Flasche auf den Boden, stütze mich auf die Hände und krieche näher an sie heran. Dann setze ich mich hin und verschränke die Beine vor mir, was nicht so einfach ist wegen des Wodkas, den ich intus habe. In unregelmäßigen Abständen beginnt die Kirche um mich herum zu kreisen, und ich versuche durch Blinzeln, wieder einen klaren Blick zu kriegen.

»Tori?«

Ich höre ein leises Lachen. »Nein, ich bin nicht Tori.« Die Stimme ist schwach. Und ich erkenne sie. Es ist nicht Toris Stimme, nicht die Stimme, die ich immer in meiner Fantasie höre. Und doch habe ich diese Stimme schon einmal gehört. Und sie ist real.

Aber was ist real?

Ich presse meine Fäuste auf meine Augäpfel. Als ich sie wieder herunternehme, hoffe ich, dass sie verschwunden ist, aber sie ist noch da. Reglos und mich betrachtend, wissend und mit wohltuender Ruhe.

»Bist du auch hier, um dir die Meerjungfrau anzusehen?«, frage ich. Ich deute hinter mich auf die kleine Kirchenbank, damit sie weiß, wovon ich spreche.

Das kleine Mädchen schüttelt den Kopf.

Ich schaue auf die Schnitzerei, dann wieder auf sie. »Sie ist wunderschön.« Ich warte darauf, dass sie etwas sagt, doch sie bleibt still. »Wo ist deine Mama?«

Immer noch keine Regung. Langsam fühle ich mich ein wenig unwohl wegen ihres Schweigens. Meine Angst wächst. Während ich mich mit der einen Hand abstütze, angle ich mit der anderen nach der Wodkaflasche. Etwas mehr als ein Drittel ist noch drin. Kurz zögere ich, frage mich, ob es okay ist, Alkohol in Gegenwart eines kleinen Kindes zu trinken. Den Blick nicht von ihr abwendend setze ich die Flasche an meine Lippen. Das Mädchen starrt zurück, dann setzt es sich nieder. Verschränkt die Beine und faltet die Hände artig in ihrem Schoß. Ich hole Luft, und wieder rieche ich sie.

Was *ist* das für ein Geruch?

»Es hat Spaß gemacht, mit dir zu schwimmen«, sagt sie.

Mir läuft es eiskalt den Rücken runter. »Mit mir zu schwimmen? Was meinst du?«

Sie lacht, ein weiches Kichern, das doch so laut wie Orgelmusik in dieser Stille klingt. »Der Tag, an dem ich dich vor diesem grässlichen schwarzen Seetang gerettet hab. Erinnerst du dich nicht mehr?« Wieder kichert sie, doch das Geräusch geht unter im Dröhnen meines hämmernden Herzschlags.

Ich setze die Flasche an. Es ist der Wodka. Sie ist eine im Alkoholrausch entstandene Halluzination. Vielleicht liege ich gerade schlafend unter einem Baum am Fluss, und sie ist so etwas wie mein weißes Kaninchen.

»Ich bin wirklich hier, weißt du? Ich bin keine Vision oder so. Du hast mich irgendwie gerufen.«

»Dich gerufen?«

»Ich höre, wenn du nach mir rufst. Und heute hast du sehr traurig geklungen.«

»Ich hab dich nicht gerufen.« Jetzt packt mich wirklich das Grauen, das sich in mir zusammenballt wie ein immer größer werdender zu Tal rollender Schneeball. »Ich weiß nicht mal, wie du heißt.«

»Doch, das weißt du.«

Ich will, dass sie geht. Ich habe die Meerjungfrau besucht, um Frieden und Zuversicht zu finden, nicht um von einem gruseligen Kind, real oder nicht, in Angst und Schrecken versetzt zu werden. »Könntest du bitte dorthin zurückkehren, von wo auch immer du kamst?«

»Aber ich will mit dir reden.« Sie kratzt sich am Arm, und ich entdecke ein weißes Pflaster in der Armbeuge, durch das ein winziger Blutstropfen schimmert.

»Hast du eine Mutter?«

»Natürlich. Jeder hat eine Mutter!«

»Wird sie sich nicht fragen, wo du bist?«

»Sie ist tot.«

»Oh, das ist schrecklich. Tut mir leid.«

»Und mein Vater«, sagt sie. »Der ist auch tot. Jeder ist tot. Wirst du wieder mit mir schwimmen?«

Ich antworte nicht.

»Wir könnten so tun, als seien wir Nixen.«

Wieder setze ich die Flasche an. Ich bin betrunken, alles schwankt. Sie lächelt mich an, und in diesem Augenblick beginnt mein Unbehagen sich zu verflüchtigen.

Ich schaue erst sie an, dann die Schnitzerei. Ich bedeute ihr, näher zu rücken, gleichzeitig beuge ich mich vor. Sie tut das Gleiche. »Soll ich dir ein Geheimnis verraten?«, flüstere ich.

Ihr Blick wird fröhlich, dann klatscht sie drei Mal in schneller Folge in die Hände.

Ich lege meinen Finger an die Lippe und hebe die Augenbrauen. Sie nickt wieder, diesmal noch nachdrücklicher. »Du darfst es niemandem sagen«, beginne ich, »aber ich bin eine Meerjungfrau.«

Sie setzt sich zurück, und ein enttäuschter Ausdruck tritt in ihr Gesicht. »Das stimmt nicht.«

»Doch, tut es.« Ich trinke wieder aus der Flasche, kann den Wodka kaum noch schmecken. Seidig und samtig läuft er mir durch die Kehle.

Das Mädchen senkt den Kopf, runzelt die Stirn und verzieht skeptisch den Mund. »Aber du hast keinen Nixenschwanz.«

»Weißt du denn gar nichts? Meerjungfrauen können ihren Schwanz in menschliche Beine verwandeln, wenn sie an Land gehen. Obwohl es sehr schmerzvoll ist, mit den neu geschaffenen Füßen über harten Untergrund zu laufen. Jeder Schritt ist, als bohrten sich Tausende von Nadeln durch die Fußsohlen.«

»Wenn es so wehtut, warum kommen sie überhaupt an Land?«

»Wir haben alle unsere Gründe.« Ich deute auf die geschnitzte Meerjungfrau in meinem Rücken. »Sie zum Beispiel kam, um ihre wahre Liebe zu finden. Sie hörte ihn singen und wusste, sie konnte ohne ihn nicht mehr weiterleben.«

Verwundert, ja, fast ehrfürchtig, betrachtet das kleine Mädchen das Bild auf der Kirchenbank. »Und du?«

»Ich?« Ich denke ein wenig nach. »Es ist kompliziert.«

»Erzähl's mir.«

»Dir erzählen, warum ich hergekommen bin? Nun –« Ich halte inne, schinde ein wenig Zeit, um mir eine Geschichte für sie auszudenken. »Ich kam, um meine Mutter zu suchen. Sie ist eine Menschenfrau, weißt du, aber das hat mir niemand gesagt. Ich wurde als Baby von Meerjungfrauen entführt, und ich dachte immer, ich wäre eine reinrassige Nixe. Mein ganzes Leben lang lebte ich in einem wunderschönen Unterwasserpalast mit goldenen Wänden und einem Garten aus Seegras in den Farben des Regenbogens. Ich spielte mit den Fischen, tauchte nach Perlen bei den Austernbänken, und während all der Zeit hat meine wahre Mutter an Land um mich geweint. Schlaflieder hat sie fortwährend für mich gesungen, doch ich konnte sie nicht hören.«

»Die Arme!«

»Ja, aber ich war auch arm!« Ich lächle. »Als ich also herausfand, dass ich eine menschliche Mutter habe –«

»Wie hast du das herausgefunden?«, unterbricht sie mich.

»Das spielt keine Rolle«, bescheide ich ihr.

»Ich will's aber wissen.«

Wieder denke ich nach. »Ich begann, von Menschen zu träumen, besonders von dieser einen Menschenfrau. Eine wunderschöne Frau sah ich, mit weichem, makellosem Teint, die den ganzen Tag auf den Steilklippen saß und so viel weinte, dass ein Fluss entstand, der ins Meer mündete.«

Das Mädchen rückt näher an mich heran.

»Also ging ich zu meinem Vater, dem König des Meerjungfrauenreichs.«

»Meerjungfrauenreich?« Sie runzelt die Stirn. »Sicher?«

»Dann eben Fantasia Miracula.«

Sie grinst. »Ich wusste doch, dass es anders heißt, dieses Land.«

»Ich fragte ihn, ob er wüsste, wer die Frau aus meinen Träumen sein könnte. Er wollte es mir nicht sagen, aber ich bettelte und flehte ihn an. Und dann gestand er mir, dass er sich einst in eine Sterbliche verliebt hat –«

»Sterbliche?«

»Das ist ein anderes Wort für menschliches Lebewesen. Egal, sie bekamen eine Tochter, und diese Tochter war ich. Da ich mit einem Schwanz geboren wurde, konnte meine Mutter mich nicht bei sich behalten, weshalb mein Vater mich zu sich holen ließ. Wäre ich mit Beinen geboren worden, hätte ich bei ihr an Land bleiben können. Mein Vater erzählte mir auch, wie sie jeden Tag um mich weinte, und wie ihr Schluchzen ihm Tag für Tag das Herz brach.«

»Wie konnte er sie hören?«

»Ihr Weinen wurde mit dem Wind zu ihm getragen.«

»Wie traurig.«

»Na ja, ich flehte ihn an, meinen Schwanz in Beine zu verwandeln, damit ich sie suchen gehen konnte. Nun, und da hat er angefangen zu weinen.«

»Weil du ihn verlassen wolltest?«

Ich nicke. »Aber er wusste, dass ich mir nichts sehnlicher wünschte als das, also gab er mir einen Zaubertrank, der meinen wunderschönen Schwanz zum Verschwinden brachte und durch ein Paar Beine ersetzte.«

»Und ist es das, was du da gerade trinkst? Der Zaubertrank? Damit dein Schwanz nicht nachwächst?«

Ich lache. »Ja, das stimmt. Und der Trank nimmt mir auch den Schmerz, denn selbst als mein Vater mich warnte, dass es wehtun würde, als ob Hunderte von Nadeln –«

»Tausende.«

»Was?«

»Du hast gesagt, es seien Tausende von Nadeln.«

»Ach ja? Auf jeden Fall viele, und das tut weh. Aber der Zaubertrank hilft, weil du dir nicht vorstellen kannst, wie es sich anfühlt, wenn all diese Nadeln die ganze Zeit über durch deine Haut stechen. Eine wahre Qual ist das.«

Sie verzieht das Gesicht und schaut besorgt auf meine Beine.

»Tja, und da bin ich. An Land. Eine echte Meerjungfrau.« Ich lächle sie an und genehmige mir einen weiteren Schluck.

»Hast du deine Mutter gefunden?«

Mein Lächeln erstirbt. »Ja, das habe ich.«

»War sie glücklich, dich wiederzusehen?«

»Sie wäre vor Kummer fast gestorben.«

Das kleine Mädchen japst vor Schreck. »Wirst du nun bei ihr bleiben oder zurückkehren ins Meer?«

Ich zucke die Achseln und schüttle den Kopf. »Das versuche ich gerade herauszufinden.«

Das Mädchen kommt noch näher und entwindet die Flasche meinem Griff. Ihre Berührung ist kalt wie Eis, und ich fröstele.

»Geh schwimmen mit mir«, sagt sie und stellt die Flasche auf den Boden. »Ich will deinen wunderschönen Nixenschwanz sehen.« Sie zieht an meinem Ärmel. »Komm, das wird Spaß machen.«

Ich zögere, doch sie zerrt immer weiter an mir, sodass ich mich schließlich erhebe. Schwankend stehe ich da und versuche, klar zu sehen. Mit weichen Knien bücke ich mich nach der Wodkaflasche. »Die muss ich mitnehmen. Wegen der Nadeln«, sage ich, und sie sieht mich mitfühlend an.

Draußen brauchen meine Augen eine Weile, um sich an die Dunkelheit zu gewöhnen. Der Himmel ist sternenlos, und immer wieder schieben sich rasende schwarze Wolkenfetzen vor den Mond. Es stürmt, und der Regen wird durch die Luft und in mein Gesicht gepeitscht. Ich folge dem Mädchen Richtung Steilküste, und immer wieder wird ihr typischer Geruch zu mir herangetragen. Sie läuft schnell auf ihren Füßen mit den weißen Pantoffeln, sodass ich sie gelegentlich aus dem Blick verliere und mich beeilen muss, um sie einzuholen. Als wir den Rand der Klippen erreicht haben, ist die Flasche leer. Ich taumle hin und her, stolpere auf dem Küstenpfad über halb vergrabene Steine. Einmal stürze ich sogar und ziehe mir Abschürfungen an der Hand zu. So laufen wir eine Weile nebeneinanderher, ich stolpernd, sie neben mir hertrottend wie ein treuer Hund. Und um uns herum wütet der Wind.

»Halt!« Sie muss schreien, damit ich sie hören kann. »Hier können wir runter ans Wasser.«

»Bist du sicher, dass du das tun willst?«

»Ja!«, sagt sie. »Ganz sicher. Es wird *wundervoll* werden.«

»Ich glaube nicht, dass wir das machen sollten, weißt du?«

Mir ist kalt, und angesichts der Dunkelheit ist der Gedanke an das Wasser einfach nur erschreckend. Selbst in meinem volltrunkenen Zustand ist mir klar, dass ein Bad in einem windgepeitschten Ozean, in dem die Wellen einen in völliger Dunkelheit an die scharfkantigen Felsen werfen, nichts für ein kleines Kind ist.

Die Wolken teilen sich, und die Klippe wird von silbrigem Mondlicht beschienen.

»Sieh nur«, quietscht sie, als sie sich die Pantoffeln von den Füßen schüttelt. »Man kann bis hinunter zum Wasser sehen. Alles ist gut.«

Und dann huscht sie davon und über das abschüssige Grasland, das bis zum Rand der Steilküste führt. Ich rufe sie, doch entweder werden meine Worte vom Wind verschluckt, oder sie ignoriert mich.

»Hey!«, schreie ich. »Das war ein Witz, die Sache mit der Meerjungfrau! Ich habe mir die Geschichte nur ausgedacht. Wir sollten das nicht tun. Es ist zu gefährlich!« Ich sehe, wie sie auf ihrem Weg unbeirrt über Grasbüschel und Steine springt und um Stechginsterbüsche herumläuft. »Stopp!«

Über uns schließt sich die Wolkendecke, und die Klippen werden wieder in Dunkelheit getaucht. Und dann öffnet der Himmel seine Schleusen. Der Regen kommt schnell und heftig und wütend. Auch höre ich in der Ferne ein Donnern.

Hager-awal.

Ich renne hinter ihr her. Schreie, sie möge anhalten. Bitte halt an. Bitte. Das Meer ist zu gefährlich. Es war nur eine ausgedachte Geschichte. Nichts davon ist wirklich passiert.

Du darfst nicht ins Wasser gehen.

Ich erreiche den Saum der Steilklippe. Vor mir wird das Land immer abschüssiger, stürzt irgendwo dahinten steil und scharfkantig in die Tiefe. Ich kann kaum noch etwas sehen im Dunkeln. Ich blinzle, suche die Klippe ab. Ich merke, wie die Panik in mir hochsteigt, mir die Luft abschnürt, mein Herz zum Rasen bringt.

Wo bist du?

Die Wolken enthüllen einmal mehr das Mondlicht, und da sehe ich sie. Sie ist weit vor mir, tanzt wie eine Fee auf den Abgrund zu. Ich renne, rutsche auf dem nassen Gras aus, reiße mir dabei die Haut an Ginster- und Brombeerbüschen auf. Ich erreiche den Klippenrand und sehe, dass die Felsen an dieser Stelle einer heimtückischen Treppe gleich zum Meer abfallen. Ich kauere mich hin, mache mich auf Händen und Hinterteil rutschend auf den Weg nach unten. Ich erreiche die Felsen am Fuß der Klippe. Sie steht auf einem der am weitesten von mir entfernten Felsen – ein flacher Gesteinsbrocken, der wie eine Insel von krachenden Wellen umspült wird. Ich rufe sie wieder, doch sie dreht sich nicht um. Ich klettere auf sie zu, schürfe mir die Schienbeine und Fußknöchel auf, während ich immer wieder auf dem glitschigen Untergrund ausrutsche. Eine Welle bricht sich an den Felsen, besprüht mich mit eiskaltem Salzwasser, befördert kleinere Steinchen vor meine Füße. Das Wasser brennt in meinen Augen und in den offenen Stellen an meinen Beinen. Ein Blitz zuckt durch die Nacht. Der Wind jault in meinen Ohren. Über mir verdunkelt sich abermals der Himmel, und ich sehe nichts mehr.

Wieder ein Donnergrollen.

Wieder rufe ich nach ihr, bevor ich von einer weiteren Welle fast mitgerissen werde.

»Stopp!«, keuche ich, als ich sie endlich erreiche. »Bleib hier, du kannst da nicht reingehen. Du wirst sterben!«

Ich versuche zu Atem zu kommen, und da rieche ich sie wieder. Und endlich kann ich den Duft zuordnen.

Pears-Glycerine-Seife.

Die Seife, die Elaine immer benutzt hat. Die Seife, die wir beide benutzt haben, als ich noch im Alten Pfarrhaus wohnte. Wie sie diesen Duft geliebt hat.

»Tu das nicht.«

»Du bist doch eine Meerjungfrau, schon vergessen? Alles wird gut werden. Komm schon. Hörst du nicht diesen wunderschönen Gesang?«

Als sie springt, schreie ich auf.

Nein, Bella!

Blind tasten meine Hände nach ihr, versuchen verzweifelt, ein Stück von ihr zu erwischen, sie vielleicht doch noch aufzuhalten. Aber sie ist fort.

Ich rufe nach ihr.

Suche das schäumende, wie ein Hexenkessel brodelnde Wasser zu meinen Füßen ab.

Aber da ist nichts. Nichts als gegen den Felsen krachendes Wasser, das mich Welle um Welle ein wenig mehr durchnässt. Und dann, ganz schwach, vernehme ich einen Gesang. Gar wunderbare Töne werden aus den Tiefen zu mir hinaufgetragen. Der Gesang beruhigt mich so sehr, dass ich einen Moment der Klarheit erlebe.

Ich muss sie retten.

Tief hole ich Luft, dann springe ich und bin schon im nächsten Moment von unfassbarer Stille umgeben. Überrascht stelle ich fest, dass ich keine Angst mehr habe. Ich halte den Atem an und suche nach ihr. Und da ist sie, direkt über mir, und das blonde Haar umschwebt ihren Kopf wie ein goldener Heiligenschein. Sie streckt ihre Hand nach mir aus, lächelt, und winzige Bläschen steigen aus ihrem Mund auf. Hand in Hand schwimmen wir hinaus, und als das geschieht, hebt sich auch die Dunkelheit von uns. Strahlen in fantastischen Farben durchschneiden das Wasser und offenbaren schillernde

Fische und neonhell leuchtendes Seegras. Es ist märchenhaft.

»Siehst du«, sagt sie und deutet auf meine Beine. »Du bist *doch* eine Meerjungfrau. Ich wusste es.«

Ich schaue an mir herunter, und wo eben noch ein Paar Jeansbeine waren, ist nun ein Nixenschwanz. Und er ist so schön, wie ich es mir in meinen kühnsten Träumen nicht hätte vorstellen können. Über und über bedeckt mit Perlmutt, das in allen Grün-, Lila-, Rot- und Blautönen schimmert. Gleißend bricht sich das Licht an seiner Oberfläche und lässt ihn funkeln wie im Feuer. Ich bewege meinen Schwanz vor und zurück, spüre die Kraft seiner starken Muskeln, und dann sind wir weg. Gleiten so mühelos durch das seidige Wasser wie heißer Stahl durch Eis.

Alles ist so wunderschön. So friedlich. So sicher. Ich lache. Natürlich. Das hat Henry Campbell ja in seinem Brief geschrieben.

Er hat mir Frieden gewünscht, und endlich habe ich ihn gefunden.

FÜNFUNDSECHZIG

Stimmen locken mich wie ferne Jahrmarktsmusik. Gesprächsfetzen, unverständliche Worte, Gemurmel, das keinen Sinn ergibt. Ich treibe, allerdings nicht im Wasser. Mein Haar flattert leicht, meine Arme sind ausgestreckt wie Flügel. Da ist Sonnenlicht, aber ich weiß nicht, wo es herkommt. Die Stimmen verebben, und ich falle zurück in Dunkelheit, schwebe davon wie auf einer sanften Welle.

Dann spüre ich eine Hand auf meiner Stirn.

»Morveren.« Die Stimme ist wie Sirenengesang. Und ich kenne sie.

Krampfhaft versuche ich, die Augen zu öffnen, schaffe es einen winzigen Spalt weit. Weißes Licht blendet mich. Ich sehe sie, erhasche in dem gleißenden Strahl aber nur einen flüchtigen Blick auf ihr Gesicht.

Dann höre ich sie mit Nachdruck rufen. Mehr Stimmen, näher diesmal. Ich versuche sie zu erreichen, hoffe, dass mich jemand festhält, bevor ich zu weit abdrifte.

»Morveren.« Die Stimme eines Mannes. »Kannst du mich hören? Morveren?«

Eine Hand liegt auf meiner. *Versuch dich zu konzentrieren.*

»Liebes.«

Ich drehe meinen Kopf in die Richtung, aus der Dawns Stimme kommt.

»Wie geht es dir?«

»Das kleine ...« Mein Hals schmerzt, als hätte ich Rasierklingen geschluckt. »Ein kleines Mädchen.«

»Schscht«, macht Dawn.

»Nicht sprechen«, sagt der Mann.

»Nein«, krächze ich. »Das Mädchen. Habt ihr sie gefunden?«

Dawn schüttelt den Kopf.

»Wovon redet sie?«, fragt der Mann.

Dawn hebt die Schultern, tätschelt meine Hand.

»Sie war im Wasser. Ich hab versucht, sie zu retten.« Mit jedem Wort pulsiert ein gigantischer Schmerz durch meinen Schädel.

»Nicht reden«, sagt Dawn und streichelt meine Stirn.

»Ich werde mich wegen des Mädchens bei der Polizei und der Seenotrettung erkundigen. Könnte aber auch am Morphium liegen.«

Ich schließe die Augen. »Sie war da. Sie war im Meer.«

»Ruh dich etwas aus.«

SECHSUNDSECHZIG

Craig und Dawn hatten mich in den frühen Morgenstunden gefunden.

»Ich habe gehofft, dass du zurück in die Wohnung kommen würdest, weißt du ... Nachdem du dich wieder beruhigt hast, meine ich. Aber als du nicht aufgetaucht bist, hab ich angefangen, mir Sorgen zu machen. Ich habe Craig angerufen, und er ging mit mir zu dem Hostel, aber das Mädchen mit den lilafarbenen Haaren wusste nicht, wo du warst. Es war Mum, die mich auf die Idee mit der Kirche brachte. Dorthin ist auch sie immer geflüchtet. Craig meinte, einen Versuch wäre es wert, also hat er sich das Auto seines Vaters ausgeliehen, und wir sind nach Zennor gefahren. Da fanden wir dann deine Tasche neben dem Sessel der Meerjungfrau.«

Sie erzählen mir, dass es zwei Richtungen gab, in die ich von dort aus hätte gegangen sein können. Entweder auf der Straße zurück nach St. Ives oder auf dem Küstenpfad Richtung Meer. Der Sturm hatte sich zu diesem Zeitpunkt bereits ein wenig gelegt, und es wurde auch schon wieder hell, wofür die beiden sehr dankbar waren.

»Ich glaube nicht, dass wir im Dunkeln zur Steilküste gegangen wären. Schätze, wir hätten stattdessen die Wege abgesucht.«

Also rannten sie auf dem Pfad an der Küste entlang, und gerade als sie schon umkehren wollten, weil sie sich nicht vorstellen konnten, warum jemand mitten in der Nacht hier herumlaufen sollte, fanden sie die leere Wodkaflasche neben meinen Sportschuhen.

»Hast du auch ein Paar Pantoffeln dort gefunden? Ganz kleine? Weiß?«

»Nein«, sagt sie. »Keine Pantoffeln.«

Meine Schuhe hatten auf dem sanfter abfallenden Küstenstreifen gelegen, wo Gras und Heidekraut bis zum Wasser hinabreichen, und da war ihr grausam bewusst geworden, dass ich die Klippen hinabgeklettert sein könnte.

»Wir kamen der Felswand immer näher, und ich war mir sicher, du wärst dort unten ertrunken.« Sie küsst meine Hand, und Tränen laufen ihr über die Wangen. »Und da fanden wir dich. Ausgestreckt am Fuß der Klippe, die Haut so weiß wie Schnee auf dem schwarzen Stein, und das Haar um deinen Kopf war so mit dem Seetang verknotet, dass man auf die Entfernung nicht sagen konnte, was Haar und was Tang war.« Sie schluckt hart und küsst wieder meine Hand. »Ich dachte, du wärst tot, und in diesem Moment erkannte ich, dass ich dich mehr als alles auf dieser Welt liebe.«

Sie beschreibt, wie Kies und Sand an meinen bläulichen Lippen klebten. Wie ich verdreht dalag mit dem schlimmen Schnitt in der Schulter und den schrecklichen Schürfwunden am Arm, und wie die Wellen gegen meine Füße schlugen, als küssten sie mich.

»Nie habe ich so eine stille Wasseroberfläche gesehen. Das Meer sah aus wie ein Spiegel.« Sie streicht die Bettdecke glatt, unter der ich liege. »Ich habe Craig gesagt, er dürfe dich nicht bewegen. Es hätte ja gut sein können, dass du dir das Rückgrat oder das Genick gebrochen hast. Also hat er dich mit seiner Jacke zugedeckt, und ich hab mich neben dich auf den Felsen gelegt und gehofft, dass mein Körper dich ein bisschen aufwärmen kann. Natürlich gibt es weit und breit um Zennor keinen Handyempfang, also ist Craig zurück zum Pub gerannt, hat so lange gegen die Tür gehämmert, bis die Besitzer endlich aufgewacht sind, und hat dann von ihrem Telefon aus die Küstenwache angerufen. Innerhalb von fünfzehn Minuten war der Hubschrauber da.«

Dawn berichtet mir, wie sie mich vor dem Wind, den die Rotorblätter des Helikopters erzeugten, abschirmte und gegen den Krach ihre Hände über meine Ohren legte. Sie schwebten über uns, ließen eine Tragbahre herunter und flogen mich dann aus.

»Wir hatten Glück«, fährt sie fort. »Eine halbe Stunde später wäre die Flut über uns hinweggespült, und wir wären ertrunken.« Sie streichelt mir über die Stirn. »Aber ich hätte dich nie dort allein gelassen. Wäre bis zum Ende bei dir geblieben. Bis die See uns beide verschluckt hätte.«

Am späten Vormittag erscheint ein Arzt, der sich zu mir auf die Bettkante setzt.

»Wie geht es Ihnen?«, fragt er.

»Mein Arm tut weh, und meine Rippen sind ein bisschen schmerzempfindlich, aber sonst ganz gut.«

»Ja, es waren einige schlimme Tage für Sie.«

»Eigentlich einige schlimme Monate.«

»Das kann ich mir denken. Die Presse campiert vor dem Krankenhaus, seit Sie eingeliefert wurden.«

»Das tut mir leid.«

Er lächelt. »Keine Sorge. Mir gefällt's irgendwie. Gestern hab ich so getan, als wäre ich ein Promi, und bin mit Sonnenbrille vor die Tür gegangen. Und«, ergänzt er irgendwie triumphierend, »Sie sind der führende Twitter-Trend.«

Mir dreht sich der Magen um. »Wie lange muss ich noch hierbleiben?«

Seine Miene wird ernst, als falle ihm wieder ein, dass er Arzt und kein Filmstar ist. »Noch ein paar Tage. Wir müssen Sie noch ein wenig beobachten. Und Sie müssen die intravenöse Antibiotika-Therapie noch abschließen. Glücklicherweise haben Sie sich nichts gebrochen. Etwas oder jemand muss über Sie gewacht haben. Nicht, dass ich an so was glauben würde.« Er lacht. »Und da wäre noch was.«

»Ja?«

»Wussten Sie, dass Sie schwanger sind?«

»Das ist unmöglich.« Ich schüttle den Kopf. »Das kann nicht sein.«

»Sie sind noch im Frühstadium, vielleicht seit zwei oder drei Wochen.«

»Aber ich kann nicht schwanger sein. Wir versuchen es doch schon eine Weile. Die Ärzte sprachen von einer unspezifischen Unfruchtbarkeit.«

»Unfruchtbarkeit ist eine komplizierte Sache.«

Meine Fassungslosigkeit wird abgelöst von der Erinnerung an den Wodka, den ich in mich reingeschüttet habe. »Aber an diesem Abend ... Ich hatte doch so viel getrunken.«

»Ihrem Baby sollte es trotzdem gutgehen. Sie würden sich wundern, wie gut der Körper einen Fötus beschützen kann. Die meisten Komplikationen während einer Schwangerschaft in Bezug auf Alkohol ergeben sich daraus, dass die betrunkene Mutter stürzt und hinfällt.« Er lacht, was irgendwie unangemessen wirkt, also bleibe ich ernst. »Keine Sorge, Morveren. Ein Glas oder zwei im Frühstadium einer Schwangerschaft verursachen höchstwahrscheinlich keine Schäden.«

Er erhebt sich, checkt das Datenblatt, das am Fußende meines Bettes hängt, und geht.

Wie kann ich schwanger sein?

Ich lege meine Hand auf den Bauch. Ja, ich hab mich in letzter Zeit müde und ausgelaugt gefühlt, hatte es aber auf den Stress und die Albträume geschoben, die mich nachts heimsuchen. Und ja, mir war ab und zu auch ein bisschen schlecht.

Das Kind ist natürlich von Greg. Wir haben nicht verhütet. Ich hatte ihm gesagt, das gehe schon in Ordnung, weil ich ja nicht schwanger werden kann. Warum Greg? Ich hasse Greg.

Als ich Dawn davon erzähle, strahlt sie übers ganze Gesicht. »Aber das ist ja großartig!«

»Ach ja?«

»Natürlich! Es ist ein Baby.«

»Aber ich will nicht mit Greg zusammen sein.«

»Na ja, zuerst einmal bist du mit David verheiratet, also wirst du dir darüber klar werden müssen, ob du mit *ihm* zusammenbleiben willst, schätze ich.«

Mein Magen zieht sich zusammen, als ich an David denke – an meine Untreue und an seinen Herzenswunsch, Vater zu werden. Ich schließe meine Hand um den verheilten Schnitt des Bilderrahmens und frage mich kurz, ob er dieses Kind als seines annehmen würde.

»Ich habe Angst, Dawn. Angst, es David zu erzählen, und Angst davor, Mutter zu sein.«

»Du musst David gegenüber nur ehrlich sein. Und ich denke, du wirst eine fantastische Mutter werden.«

Etwas später an diesem Tag erscheint eine Krankenschwester in der Tür. »Morveren, Liebes, Sie haben noch einen Besucher.« Sie stellt eine frische Kanne Wasser auf das Tischchen neben meinem Bett und räumt das Tablett mit dem Mittagessen fort. »Es ist Ihr Mann.«

»David?«

»Wie viele haben Sie denn?« Sie lacht.

Panik steigt in mir auf, als mir einfällt, dass mein Ehering noch in der Schublade meines Nachttischs im Hostel liegt. Ich unterdrücke einen Fluch. Vielleicht kann ich behaupten, ihn im Meer verloren zu haben. Darüber kann er unmöglich sauer werden.

»Der Arzt meint, ich kann den Venenkatheter jetzt abmachen. Lassen Sie mich das erledigen, bevor er reinkommt, ja? Ohne das Ding werden Sie sich auch wohler fühlen.«

Ich halte ihr meinen Arm hin, und sie entfernt die Kanüle, reibt die Stelle mit einem Wattepad ab und klebt ein weißes Pflaster auf die Einstichstelle. Ich sehe, wie ein winziger Blutstropfen durch das Gewebe sickert, und muss unwillkürlich an das kleine Mädchen in der Kirche denken. Sie hatte das gleiche Pflaster in der Armbeuge. Den gleichen Blutstropfen. Das Bild löst weitere Erinnerungen aus, wie eine Reihe fallender Dominosteine: ein Bett mit sauberen Laken, der Geruch von Reinigungs- und Desinfektionsmitteln. Henry Campbell ist da. Er streichelt mir über den Kopf. Das Bild will sich verflüchtigen. Oder liegt es an mir? Krampfhaft versuche ich, die Erinnerung festzuhalten, doch sie entgleitet mir.

Mein Herz beginnt zu rasen. Ich erinnere mich, wie ich in den wütenden Sturm und Regen hinausgerufen habe, bevor ich im Meer schwamm.

Nein, Bella!

In meinem Kopf hämmert es. Es gibt Dinge, an die ich mich nicht mehr erinnere. Fetzen und Momentaufnahmen wie die Teile eines zerstreuten Puzzles. Warum kann ich mich nicht erinnern? Ich presse die Finger an meine Schläfen, bis es wehtut.

Die Schwester huscht aus dem Zimmer und nimmt den leeren Wasserkrug mit sich.

»Können Sie nicht hierbleiben?«, rufe ich ihr hinterher.

Sie dreht sich zu mir um. »Würde Ihr Mann nicht lieber allein mit Ihnen sprechen wollen?«

»Bitte bleiben Sie.«

Ein wissender Blick erscheint auf ihrem Gesicht, und sie schaut mich freundlich an. »Ich warte draußen. Wenn Sie mich brauchen – wofür auch immer –, alarmieren Sie mich einfach, ja? Sie können die Klingel betätigen oder nach mir rufen. Oder«, setzt sie hinzu, »ich kann ihm auch sagen, dass Sie ihn nicht sehen wollen.«

Einen Moment lang schaut sie mich an, und ich sehe, dass sie mich versteht, aber ich schüttle dennoch den Kopf. »Nein, ich muss mit ihm reden.« Ich versuche zu lächeln, schaffe es aber nicht.

Als sie fort ist, drehe ich den Kopf und schaue aus dem Fenster. Ich sehe den Hof des Krankenhauses und dahinter weitere Stationen des Gebäudes. Die Ziegel der Fassade wirken grau und schmuddelig, die Fenster wie blinde schwarze Spiegel. Dahinter befinden sich, wie ich mir vorstelle, Menschen in ihren Betten, genau wie ich. Warum sind sie hier? Blinddarmentzündungen? Krebserkrankungen? Nicht diagnostizierbare Leiden mit schlechter Prognose? Hinter jedem Fenster ein anderes Schicksal. Doch ist auch nur eines davon so seltsam wie meines?

David hüstelt, als er hereinkommt. Ich versuche, ihm entgegenzulächeln, doch die Sorge, die mich erfüllt, macht es unmöglich. Mir wird klar, dass ich ungekämmt und blass bin, dass ich Gewicht verloren habe. Ich wünschte, ich hätte mich zuvor im Spiegel gecheckt. Er trägt eine Tasche in der Hand, die er fallen lässt, als er mich erblickt. Er sagt nichts, doch er zieht die Vorhänge rund um mein Bett zu, sodass ich mich auf der Stelle wie eingekesselt fühle.

»Lass sie offen«, sage ich, doch es ist nur ein Flüstern.

»Grundgütiger Himmel, ich könnte dich umbringen, für das, was du mir angetan hast!«, sagt er, als er mich auf die Stirn küsst. »Ich hab mir solche Sorgen gemacht.«

Er küsst mich auf den Mund. Er riecht vertraut, aber nicht tröstlich.

»Sag mir, dass du so was nie, nie wieder tun wirst. Hörst du mich?«

»Tut ... mir leid.«

Er sagt nichts darauf. Eigentlich möchte ich, dass er sagt, es müsse mir nicht leidtun und dass alles, was zählt, ist, dass ich in Sicherheit bin. Aber natürlich tut er das nicht.

»Wie hast du mich gefunden?«, frage ich. Die Atmosphäre hier wird von Moment zu Moment klaustrophobischer. Die Luft dicker. Ich will, dass er die Vorhänge wieder öffnet, die uns vom Rest des Krankentrakts abschirmen.

Er streicht mir über die Wange, studiert mein Gesicht und die Augen, als suche er nach Mängeln.

»Aus der Zeitung. Deine Geschichte ist omnipräsent in den Medien. Die Campbells ... Ich kann nicht glauben, was sie getan haben. Ja, ich wusste, sie waren verschroben, nicht ganz normal, und ich hatte sogar einige Vorbehalte gegen sie. Aber, Gott, niemals hatte ich angenommen, dass sie zu so was imstande sein könnten.«

Er scheint irgendwie enttäuscht zu sein, es nicht selbst herausgefunden zu haben. Als habe er irgendwie versagt, als wäre es sein Fehler, dass die Campbells damit durchgekommen sind.

Die Frau im Bett neben mir hustet. Ein dicker rasselnder Husten, der in leisem Gewimmer endet, weil sie Schmerzen hat.

»Du kannst unmöglich hierbleiben. Ich werde dich mit nach Hause nehmen.«

Ich muss ihm von dem Baby erzählen.

Er seufzt schwer. »Ich konnte kaum einen klaren Gedanken fassen, als du fort warst. Meine Arbeit hat schwer darunter gelitten. Ich vermute, du hast meinen Brief erhalten? Dass du über Jeffrey im Bilde bist? Es war für ihn nicht einfach, die

Nachfolge für dich zu regeln, aber ich glaube, er hat es geschafft. Gott sei Dank.«

Das Baby.

»Wir müssen reden«, sage ich.

»Gewiss, wir haben ja jede Menge Zeit. Aber zuerst muss ich dich nach Hause und zurück in unser eigenes Bett bringen. Jemand muss sich um dich kümmern.«

Ich sage nichts mehr. Bin froh, es im Moment auch nicht zwingend tun zu müssen. Er würde zusammenbrechen. All die Male, in denen ich einen Moment abgepasst hatte, um ihm schonend beizubringen, dass ich nicht schwanger war. All die Male, in denen ich mich gegen seine betrübte Miene wappnete, gegen sein krampfhaftes Bemühen, bloß nicht allzu enttäuscht zu wirken, um stattdessen leichthin zu verkünden: *Na ja, dann klappt's eben nächsten Monat.* Wo doch alles, was ich von ihm hören wollte, ein *Na und? Was soll's?* war, verbunden mit dem Beschluss, es einfach nicht mehr länger zu versuchen.

Am Abend vor Elaines Tod schlug er eine In-vitro-Fertilisation vor. Ich sagte ihm, dass ich keine künstliche Befruchtung will. Dass die Injektionen, die Komplikationen, der Druck, das so gezeugte Kind auszutragen, mir Angst machen würden. Aber ich konnte ihm ansehen, dass er fest entschlossen war, die Sache auch ohne meine ausdrückliche Zustimmung durchzuziehen. Als sie dann am nächsten Tag starb, kam das Thema nicht mehr zur Sprache. Aber es lauert, wie ein Raubtier, das mich jeden Moment aus dem Hinterhalt anspringen kann. Vielleicht sollte ich ihm erzählen, dass das Kind von ihm ist. Das würde zwar zeitlich nicht hinhauen, aber würde es ihn tatsächlich kümmern? Vielleicht könnte es auf immer unausgesprochen bleiben. Wir würden diesen Umstand einfach nicht thematisieren und so tun, als wäre er der Vater. Ich würde es ihm nie erzählen, und er würde es nie hinterfragen. Wir würden

den verfrühten Geburtstermin mit einer wegwerfenden Geste abtun, und er bekäme, was er immer wollte, während ich einen Mann hätte, der für mich sorgt. Der mir sagt, was ich tun soll. Der mir alle Entscheidungen abnimmt.

Als all diese Gedanken in meinem Kopf herumschwirren, wird mir plötzlich übel.

»Du siehst nicht gut aus, mein Herz«, sagt er. »Du musst dich ausruhen.«

»Ja«, wispere ich.

»Ich bleibe bei dir.«

»Du kannst ruhig gehen, ich möchte nur ein wenig schlafen.«

Er sieht mich zweifelnd an.

»Ich rufe dich an, wenn ich aufwache. Wo wohnst du?«

»In einem Hotel in Penzance. Das hat schon bessere Tage gesehen, aber andererseits trifft das wohl auf die ganze Stadt zu. Zum Glück bleiben wir ja nicht lange hier.« Er nimmt meine Hand. »Und ich habe eine Ärztin gefunden, eine Therapeutin, die du aufsuchen kannst. Du wirst sie mögen, sie hat einen guten Ruf und ist erfahren mit allen Arten von Depressionen.«

»Ich brauche keine Therapeutin.«

»Um Gottes willen, du hast versucht, dich umzubringen. Natürlich brauchst du eine Therapeutin.«

»Mich umzubringen? Aber nein ... das ist nicht, was –«

»Du hast dich mitten in der Nacht in den verdammten Ozean geworfen! Wie würdest du das nennen, Bella?«

Der Name schwappt über mich hinweg wie eine kraftlose Welle. Keine Flashbacks, keine Panik, keine Erinnerungen an Elaine oder das Alte Pfarrhaus gehen mit ihm einher.

Ich schüttle den Kopf. »Ich heiße nicht Bella«, sage ich mit Nachdruck. »Mein Name ist Morveren Tremayne.«

SIEBENUNDSECHZIG

»Der Treuhandfonds, den Sie im Zusammenhang mit Henry Campbells Testament erwähnten, könnten Sie den etwas genauer untersuchen?«

»Genauer untersuchen?«

»Sie sagten, er würde ruhen, dass seit zwanzig Jahren nichts darauf eingezahlt oder davon abgehoben wurde, er aber dennoch eine bestimmte Summe enthält.«

»Das Geld ist in die anderen Vermögenswerte mit eingeflossen, befindet sich also nicht mehr im Fonds.«

»Aber gibt es denn keine Möglichkeit mehr herauszufinden, wofür er ursprünglich gedacht war? Wozu überhaupt Geld in den Fonds eingezahlt wurde?«

»Ja, natürlich. Das wird allerdings etwas Arbeit kosten. Ich meine, so weit zurückzugehen. Alte, nicht mehr existente Konten zurückzuverfolgen ist nicht ganz so problemlos, wie aktuelle zu prüfen. Aber das kann ich dennoch für Sie tun.«

»Danke, ich weiß das zu schätzen.«

»Darf ich fragen, warum?«

Ich zögere. »Aus keinem speziellen Grund. Ich denke aber, wenn man die Komplikationen bedenkt, über die wir sprachen, in Bezug auf meine Entführung und meine wahre Identität, würde es vielleicht helfen.«

»Ja. Um ehrlich zu sein, rechne ich damit, dass die Polizei demnächst ohnehin nach derlei Informationen fragen wird. Da können wir ihnen genauso gut zuvorkommen. Ich melde mich, sobald ich Näheres in Erfahrung gebracht habe.«

»Vielen Dank.«

»Haben Sie sich eigentlich schon das Haus in Bristol angesehen?«

»Das habe ich«, sage ich und versuche möglichst neutral zu klingen. »Nichts von Interesse. Könnte sein, dass Henry sich dort vielleicht mit einer anderen Frau getroffen hat. Vielleicht auch nicht. Ich kann's nicht mit Sicherheit sagen.«

Mehr sage ich nicht. Außer Dawn habe ich niemandem erzählt, dass Mark Tremayne in dem Haus wohnt und dass er von der Tat der Campbells wusste. Es kann gut sein, dass er ins Gefängnis wandert, wenn die Sache rauskommt, und der Gedanke daran schlägt mir auf den Magen. Es besteht kein Zweifel daran, dass er in der Vergangenheit ein gewalttätiger Trinker war – und dies vielleicht auch heute noch ist –, aber er ist auch ein gebrochener Mann. Ein Mann ohne Hoffnung und Selbstwertgefühl, und er hat Henry Campbells Geld dazu benutzt, Dawn und meine Mutter aus der Ferne zu unterstützen. Er hat im Elend gelebt und hat, so irregeleitet er auch gewesen sein mag, das aus seiner Sicht Beste getan, um seine Fehler wiedergutzumachen. Dies und vielleicht eine perverse Verbundenheit zu meinem leiblichen Vater hindern mich daran, ihn der Polizei zu übergeben.

Meine Anwältin räuspert sich, als habe sie mir etwas Unangenehmes mitzuteilen. »Nun, hinsichtlich der Komplikationen in Bezug auf Ihre Identität steht doch der Erfüllung des Letzten Willens nichts im Wege. Die Klausel, die Dr. Campbell hinzufügte – und die nun einen Sinn ergibt –, lässt keinen Zweifel daran, dass er wollte, dass Sie in vollem Umfang über die Immobilien verfügen können.«

Ich sage nichts.

»Werden Sie die Häuser verkaufen?«

»Ja, beide.«

»In diesem Falle müssten Sie ins Alte Pfarrhaus zurückkehren und dort den persönlichen Besitz und alle Vermögenswerte feststellen.«

»Muss ich das wirklich tun?« Ich denke daran, wie ich wieder durch das große Tor und über die Auffahrt auf das wein- und rosenumrankte Haus mit den darin lauernden Geistern zugehe. Die Vorstellung ängstigt mich.

»Nein, müssen Sie nicht. Es gibt Leute, die das für Sie erledigen können. Ich könnte Ihnen da einige Firmen empfehlen. Vielleicht denken Sie noch einmal darüber nach und melden sich dann bei mir.«

»Nein«, sage ich. »Ich tue es selbst.« Ich fröstele. »Das muss ich.«

ACHTUNDSECHZIG

Die letzte Erinnerung, die ich an Alice Tremayne habe, ist, wie sie angsterfüllt und geschockt und zitternd dastand, während die Journalisten sich vor ihrer Haustür aufführten wie ein Rudel Wölfe.

»Es geht ihr doch gut, oder?«

Dawn lächelt. »Ja, bestens.« Sie legt eine Hand auf mein Knie. »Sie kann's kaum erwarten, dich zu sehen.«

Dawn springt aus dem Taxi und nimmt meine Hand, als ich ebenfalls aussteige. Meine Rippen sind noch immer sehr geprellt und schmerzen bei jeder Bewegung. Ich habe David gesagt, dass ich ihn nicht dabeihaben will. Wie nicht anders zu erwarten, wollte er nicht, dass ich ohne ihn gehe. Aber ich habe mich tatsächlich gegen ihn durchgesetzt und mich danach gleich stärker gefühlt. Er versteht nicht, dass ich Dawn und Alice allein wiederzusehen wünsche. Dass ich den zusätzlichen Druck, den seine Anwesenheit dort auf mich ausüben würde, nicht will. Dass ich mir keine Gedanken darüber machen möchte, was er wohl von ihnen, der Wohnung und über die Art, wie sie reden, denkt. Ich will nicht, dass er das Gespräch an sich reißt oder versucht, auf irgendeine Weise zu vermitteln, oder uns seine wertvollen Ratschläge erteilt. Es ist nicht an ihm, hier irgendein Problem zu lösen.

So stehe ich einen Moment lang da und genieße die warme Brise auf meinem Gesicht. Ich atme Cornwall ein – die Salzluft, den Ginster auf den Hügeln, das Geschrei der Möwen, das ferne Brummen der Fähren und Schiffe, auf denen die Touristen St. Ives erreichen. Ich nehme mir Zeit, die Eingangstür des winzigen Bungalows zu betrachten, von der sich die grüne Farbe schält, erinnere mich daran, wie es war, genau hier im Regen zu stehen, während das Adrenalin durch meine Adern pumpte und ich mich zwingen musste, zum ersten Mal hier anzuklopfen. Welche Überwindung es mich kostete, zum ersten Mal über die Schwelle zu treten.

»Komm doch«, sagt Dawn und öffnet die Tür. »Sie will dich so gern sehen.«

Ich hole tief Luft, wappne mich gegen die abgestandene Luft in der dunklen Diele, doch als ich eintrete, keuche ich erstaunt auf.

Verblüfft sehe ich Dawn an, und die grinst. »Na ja, hier musste mal renoviert werden.«

Der Flur ist in einem hellen Cremeton gestrichen. Der braune, abgewetzte Teppich ist weg, und am Durchgang zur Küche hängt ein Banner in allen Regenbogenfarben, auf dem steht: *Willkommen zu Hause!*

»Hier liegen ja Bodendielen«, stelle ich begeistert fest.

»Der Teppich war grauenhaft, oder? Als ich ihn rausgerissen hab, kamen diese Dielen zum Vorschein. Craig hat sie für mich abgeschliffen und einmal poliert. Er braucht noch eine Versiegelung, aber dafür hatten wir keine Zeit mehr.«

»Unglaublich, wie viel heller hier plötzlich alles wirkt. Und du hast die Wände selbst gestrichen?«

Wortlos hebt Dawn ihre Hände. Sie sind mit kleinen cremefarbenen Spritzern übersät, und da, wo die Haut bis vor Kurzem noch rot und wund war, schimmert sie nun leicht rosa.

»Ich hab bis heute leider nur den Flur geschafft. Craig meinte, er hilft mir mit dem Rest. Ich glaube, die Arbeit macht ihm Spaß.«

Ich lächle.

»Und außerdem hatte ich unrecht«, fügt sie hinzu. Ich sehe sie an und stelle erfreut fest, wie sie von innen heraus zu strahlen scheint.

»In welcher Hinsicht?«

»In Bezug auf mögliche Veränderungen. Mum liebt den neuen Flur. Und danke auch für den neuen Fernseher. Er wurde vor ein paar Tagen geliefert. Das war sehr lieb von dir, wäre aber nun wirklich nicht nötig gewesen.«

In der Küche sehe ich Blumen, und ich bemerke auch das neue Trockentuch, das einmal zusammengefaltet über der Spüle hängt. Es ist weiß und hat eine kleine Bordüre mit Streublümchen. Alice steht neben dem Tisch. Ihre Wangen sind rosig, und die Augen strahlen.

»Weißt du was, Morveren Tremayne?«, sagt sie. »Nahezu mein ganzes Leben habe ich damit verbracht, mir Sorgen um dich zu machen.«

Ich gehe zu ihr und schließe sie in meine Arme. Selbst wenn sie nichts mehr gemein hat mit der zum Skelett abgemagerten Frau in dem verschlissenen Morgenmantel, ist sie immer noch sehr zart, sodass ich sie nur leicht an mich drücke, aus Furcht, sie zu zerbrechen.

»Oh mein Liebling«, flüstert sie mit tränenerstickter Stimme. »Oh mein liebster Liebling.«

»Morveren?«, ruft Dawn aus ihrem Schlafzimmer.

Ich lasse Mum los und wische mit dem Ärmel mein Gesicht trocken. »Ja?«

»Ich muss dir noch was zeigen.«

Mum lächelt verschwörerisch, als Dawn mit einem großen Karton in der Küche erscheint.

»Was ist das?«, frage ich.

Sie stellt den Karton auf den Tisch und bedeutet mir, ihn zu öffnen. Ich hebe den Deckel und schaue hinein. Mit einem kleinen Miau stellt die Katze beide Vorderpfötchen auf den Rand und berührt mit ihrer Nase meine Finger.

»Was sie betrifft, hattest du auch recht«, sagt Dawn. »Ich habe sie noch am gleichen Abend, als wir den Fernseher zertrümmert haben, zum Tierarzt gebracht. Er meinte, es wäre ziemlich ernst, aber am Ende hat sie's doch geschafft. Sie mussten ihr das Bein abnehmen, aber ansonsten ist sie wieder ganz wohlauf.«

Ich hebe das Tier aus dem Karton, vermeide es dabei, die Naht zu berühren, die an der rasierten Stelle verläuft, wo einst das Bein ansetzte. Ich kraule sie unterm Kinn, und sie beginnt augenblicklich zu schnurren.

»Armes kleines Ding«, flüstere ich. »Drei Beine, daran muss man sich erst mal gewöhnen, was?«

»Ich konnte die Tierarztrechnung nicht sofort begleichen, weshalb ich hoffe, du könntest mir vielleicht aushelfen. Nur ein Darlehen, ich zahl's dir zurück. Immerhin ist es meine Katze. Und sie kann auch nicht mehr länger nur *Katze* heißen.«

Mum schüttelt den Kopf. »Ja, das arme Tierchen braucht einen besseren Namen.«

»Habt ihr euch schon einen ausgesucht?«

»Ich wollte auch deine Meinung dazu hören«, sagt Dawn. »Ich dachte an Nino. Das war der Spitzname von John William Waterhouse, dem Maler, der das Meerjungfrauenbild geschaffen hat, das ich dir geschenkt habe. Das oder Tripod – der einzige andere Name, der mir einfiel.«

Ich lache. »Nino passt zu ihr.« Mit den Lippen berühre ich ihren weichen Kopf. »Wie sieht's aus, Nino? Magst du deinen neuen Namen? Keine Sorge, du gewöhnst dich dran.«

Wir machen uns Tee, essen *Custard-Cream*-Kekse und plaudern. Wir reden nicht über die Vergangenheit oder unser Verhältnis zueinander. Auch nicht über Bedauern oder Vermissen. Die ganze Zeit über halte ich Mums Hand und streichle mit dem Daumen darüber.

»Ich hab mich gefragt, was ich nun anfangen soll«, sagt Dawn. »Mum und ich haben darüber gesprochen, und sie kann gut und gern ein paar Stunden am Tag allein sein.«

»Klasse!«, rufe ich aus. »Und ich kann auch helfen, sobald ich wieder ein bisschen klarer denken kann.«

»Ich weiß, aber du wirst andere Dinge zu tun haben. Zum Beispiel das Baby. Mum und ich werden nirgendwohin gehen.«

»Das Baby vergesse ich immer wieder«, sage ich. »Schätze, ich werde mich bald an die Vorstellung gewöhnt haben. Also, was genau hast du vor?«

»Es gibt an der staatlichen Berufsschule in Truro einen Lehrgang für Gesundheits- und Sozialpflege. Er dauert nicht lange. Das meiste lerne ich dann in der Praxis. Als ich mit denen telefoniert habe, waren sie sehr angetan, dass ich schon so lange in der Pflege tätig war.«

Ich sage nichts.

»Schau mich nicht so an. Das ist genau das, was ich tun will. Es macht mir Spaß. Und ich bin gut darin.«

»Aber –«

»Und der Job ist flexibel. Ich kann die Arbeitszeiten mit Mums Betreuung vereinbaren, und die Bezahlung ist besser, als du denkst.« Sie sieht Alice an und lächelt. »Ich möchte etwas tun, das an das anschließt, was ich bisher getan habe, nicht einen Schlussstrich darunter ziehen.«

Ich sehe meine Schwester an, überwältigt von meiner Bewunderung für sie. Was für eine resolute, selbstbewusste Frau sie doch ist. Seit Elaine Campbell mich aus meinem alten Leben gerissen hat, wurde ich von anderen Menschen kontrolliert. Ich beneide Dawn.

»Dieser Kurs hört sich sehr gut an. Du wirst ihn mit Bravour meistern.«

»Glaubst du?«

»Ich weiß es.«

Später bin ich allein mit Mum in ihrem Zimmer. »Du weißt, dass Dawn denkt, meine Entführung wäre ihr Fehler gewesen, nicht?«

Alice schweigt.

»Das hat Mark Tremayne ihr eingeredet. Zumindest sagt sie es. Aber du gibst ihr keine Schuld daran, oder?«

»Natürlich nicht«, sagt sie kopfschüttelnd. »Wie könnte ich?«

»Das hab ich ihr auch gesagt«, stimme ich zu. »Sie war viel zu jung, um auf mich achtzugeben.«

»Sie war auch viel zu jung, um auf sich selbst achtzugeben. Ich kann von Glück sagen, dass ich sie nicht auch noch verloren hab. Aber ich hatte solche Angst, dass er euch etwas antut. Er war so boshaft an jenem Abend. Hatte so viel Wut in sich, hatte den Teufel im Blick. Ich habe den Kopf verloren. Wollte nur, dass du aus der Schusslinie bist, bis er sich wieder beruhigt hat oder eingeschlafen ist. Ich wollte ihn verlassen. Hatte den Plan, dass wir drei wegziehen und glücklich ohne ihn irgendwo anders weiterleben. Ich wollte einen Gemüsegarten und einen Hund. Hatte mir das alles schon richtig ausgemalt. Aber so ist das mit den guten Absichten …«

Ich berühre die Narbe an meinem Arm, von der Dawn berichtet hat, sie stamme von einer brennenden Zigarre.

»Ich hätte ihm von Anfang an die Stirn bieten sollen. Stattdessen habe ich mir alles gefallen lassen. Ich habe alles falsch gemacht, mich nie gegen ihn aufgelehnt. Und dann, als du fort warst und ich für Dawn hätte da sein müssen, da hab ich zugelassen, dass der Kummer mich zerstört. Nie hätte ich Dawn antun dürfen, was ich ihr antat. Ich hätte sie hegen und pflegen sollen wie ein Kleinod, jeden einzelnen Knochen, jedes einzelne Haar, doch stattdessen hab ich ihr die Kindheit genommen. Depressionen sind ein teuflisches Biest. Wenn es dich einmal gepackt und seine Klauen in dich geschlagen hat, kann man sich nur schwer wieder befreien.«

»Dawn sagte, du hast nie geglaubt, dass ich tot bin.«

»Nicht einen Moment lang. Ich habe dich überall gesehen. Auf der Straße, im Fernsehen, in den Läden, auf der Fähre. Da blieb mir dann jedes Mal kurz das Herz stehen, bevor ich feststellte, dass du es nicht bist. Und dann fühlte ich mich wieder wie tot.« Sie lächelt mich schwach an. »Ich konnte deinen Herzschlag spüren, weißt du? Wenn ich mich ganz stark darauf konzentrierte. Damals habe ich Stunden damit zugebracht, mich ganz still und ruhig zu verhalten, damit ich dein Herz schlagen hören konnte. Ich wusste, dass dich irgendjemand bei sich hatte. Wusste, dass du noch am Leben bist. Ich bin dem Herrn nur dafür dankbar, dass sie es war, die dich mitgenommen hat, und kein Kindermörder.«

»Ich wünschte, ich wüsste, warum sie das getan haben. Und wie. Wie konnten sie nach Frankreich fahren und mit einem Kind nach England zurückkehren, ohne dass es irgendjemand bemerkt hat? Ich habe so viele Fragen, aber das werde ich nie erfahren, oder? Die beiden einzigen Menschen, die die Antwort kennen, sind tot.« Ich verstumme für einen Moment. »Hasst du sie eigentlich?«, frage ich dann.

»Die, die dich weggeholt haben?« Leicht hebt sie die Augenbrauen.

Ich antworte nicht.

»Das sollte ich wohl, nicht?«, sagt sie. »Sollte sie mit jeder Faser meines Körpers hassen. Und irgendwie tu ich das auch. Aber es war meine Schuld, dass das passiert ist. Ich hab dich aus dem Wohnwagen rausgeschickt. Und sie haben dich gefunden – Gott weiß wo –, und obwohl sie dich uns wegnahmen, haben sie dich doch sicher verwahrt. Du bist hier. Und lebst. Wer weiß, wenn sie dich nicht mitgenommen hätten, wärst du am Ende Richtung Meer gelaufen und darin ertrunken … Vielleicht ist es nun mal nicht damit getan, sie zu hassen. Vielleicht ist es nicht ganz so einfach.«

NEUNUNDSECHZIG

»Macht es dir etwas aus, hier draußen zu warten?«, frage ich David. »Es wird nicht lange dauern.«

Er nickt, obwohl ich sehe, dass er nicht glücklich darüber ist, ausgeschlossen zu sein. Ich beuge mich vor und stelle das Radio an. JazzFM plärrt durch den Wagen, als ich aussteige und auf Craigs Eingangstür zugehe. Ich klopfe.

»Hallo, Morveren«, begrüßt er mich in einer Weise, die mich augenblicklich von meinem Magenflattern erlöst. »Schön zu sehen, dass du wieder auf den Beinen bist.«

»Vielen, vielen Dank.«

»Wofür?«

»Dafür, dass du mir das Leben gerettet hast.«

Er tut dies mit einem Achselzucken ab. »Bin nicht sicher, ob irgendjemand von uns es hätte ertragen können, dich noch mal zu verlieren.«

Ich lächle ihn an.

»Möchtest du Stacey kennenlernen?«

Seine Wohnung ist klein und wirkt so bodenständig wie er selbst. Wie ein richtiges Zuhause wirkt sie mit den auf dem Tisch gestapelten Schulsachen und den auf dem Boden verstreuten DVDs neben dem Fernseher. Irgendetwas blubbert auf dem Herd in der Küche vor sich hin. Das Mädchen, mit dem ich ihn damals gesehen habe, sitzt auf dem Sofa und schaut Fernsehen, isst dazu Chips aus der Tüte.

»Stacey«, sagt Craig. »Das ist Morveren.«

Das Mädchen sieht auf und lächelt. Dann legt sie die Chipstüte neben sich aufs Sofa und wischt sich die Hände an ihren Leggings sauber. »Hi«, sagt sie fast schüchtern, und ich erkenne auf der Stelle Dawn in ihr wieder. »Geht's dir wieder besser?«, fragt sie, während sie das TV-Gerät stumm schaltet.

»Viel besser, danke.« Ich setze mich neben sie aufs Sofa und werde mir augenblicklich des Babys bewusst, das ich in mir trage. »Schön, dich kennenzulernen.«

»Du siehst aus wie Mum.«

Ich bekomme einen Kloß im Hals.

»Möchtest du was trinken?«, fragt Craig. »Tee oder Saft?«

»Nein, danke«, sage ich.

»Stace?«

»Ich mach das schon, Dad.« Sie erhebt sich. »Saft?«

»Ja, prima«, erwidert er.

»Was für ein hübsches Mädchen«, bemerke ich, als Stacey das Zimmer verlassen hat.

»Wunderschön«, sagt er. »Und so schlau. Und ziemlich fleißig.«

»Du musst sehr stolz sein.«

»Könnte nicht stolzer sein.« Er lacht. »Und es schmeichelt mir, dass du gedacht hast, ein so junges und hübsches Mädchen könnte auf jemanden wie mich stehen.«

Ich merke, wie ich rot anlaufe, und starre auf meine Hände. »Tut mir leid wegen –«

»Schon okay«, sagt er. »Ist ja nichts passiert. Und woher solltest du das auch wissen?«

Stacey kommt mit zwei Gläsern zurück. Eines reicht sie Craig, dann setzt sie sich wieder.

»Mum sagt, du wirst ein Baby bekommen?«

»Ja, das stimmt.«

»Wie cool ist das denn?«, ruft sie aus, und ihre Augen glänzen. »Das ist ja dann so, als würde ich den kleinen Bruder oder die kleine Schwester kriegen, die ich mir immer gewünscht hab.«

Ich widerstehe dem Drang, ihre Hand zu nehmen und mit ihr einen Freudentanz aufzuführen. »Ja«, sage ich. »Genau so.«

Lange bleibe ich nicht. David wartet draußen im Auto auf mich, und ich will nicht, dass er ungeduldig wird. Und ich weiß ja auch, dass Craig, Stacey und ich noch genug Zeit haben werden, um uns besser kennenzulernen.

»Du kannst jederzeit vorbeikommen«, sagt Craig. »Immerhin sind wir deine Familie.«

»Danke, das werde ich sehr gern tun.« Ich wende mich zu Stacey um. »Und wie wär's, wenn wir bald mal einen Kaffee zusammen trinken würden?«

»Klingt super.«

Ich setze mich wieder ins Auto, und David fährt uns ins Zentrum von St. Ives. Das Schweigen im Wagen ist bedrückend. Ich kann ihn atmen hören. Kann seine Verwirrung spüren. Zudem trommelt er nervös mit den Fingern aufs Lenkrad. Er parkt das Auto, dann gehen wir Richtung Hafenbucht. Er will meine Hand halten, doch ich verschränke die Arme.

»Ich wusste, es würde dir zu schwerfallen, allein zurechtzukommen.«

»So schlecht hab ich mich auch nicht geschlagen.« Ich umschlinge meinen Körper fester.

»Indem du eine ganze Flasche Wodka getrunken und dich anschließend in die Fluten gestürzt hast?«, fragt er mit einem verächtlichen Lachen.

Ich halte inne, und er dreht sich zu mir um. Ich will ihn zur Rede stellen, ihn fragen, warum er es für nötig befindet, so etwas zu sagen, doch er lächelt. So wie er es immer tut, wenn er Mitgefühl demonstrieren will, also gehen wir weiter, und ich lasse seinen Kommentar unbeantwortet. Gleichzeitig spüre ich, wie mein altes Leben Stück für Stück zu mir zurückkriecht.

Wir erreichen den Hafen und Phils Café. Tropfen benetzen mein Gesicht. Ich schaue hinauf in den Himmel, der sich heute in demselben Schmutziggrau zeigt wie an dem Tag, an dem ich den Zug in Penzance verließ.

»Was möchtest du trinken?«, frage ich David. »Phil macht einen ausgezeichneten Cappuccino.«

Doch heute ist Phil nicht hinter dem Tresen.

»Ist Phil heute nicht hier?«, frage ich den neuen Mann.

»Nein, der ist weg.« Der Mann trägt einen Ring in seinem rechten Ohrläppchen, hat stacheliges graues Haar und einen Londoner East-End-Akzent.

»Weg? Aber wohin denn? Hab ihn doch erst letzte Woche noch gesehen.«

»Na ja, er ist ziemlich überstürzt abgehauen. Zurück in den Norden.«

»Aber er kommt doch zurück?«

»Glaub ich kaum. Ich kümmere mich so lange um den Laden, bis jemand anderes auf Dauer gefunden ist.«

»Verstehe.« Ich kann meine Enttäuschung kaum verbergen.

»Und was kann ich euch bringen?«

»Zwei Cappuccino, bitte.«

»Sag mal, bist du Tori?«, fragt er und wischt sich die Hände an der Schürze ab.

Ich werfe einen Blick zu David, der die Brauen hebt.

»Ja, die bin ich. Irgendwie.«

»Phil hat mich gebeten, dir was zu geben, wenn du reinkommst.« Der Mann verschwindet und kehrt mit einem Brief zurück. »Bitte sehr.« Ich nehme den Umschlag entgegen und danke ihm. »Ich bin übrigens Ed. Bin froh, dass du noch hier aufgekreuzt bist. Hatte schon Sorge, ich würde dich vielleicht nicht erkennen. Phil war nämlich ziemlich daran gelegen, dass du diesen Brief bekommst. Er meinte, du hättest grüne Augen und liebst Cappuccino.« Er zwinkert mir zu und grinst. »Und deswegen kriegt ihr gleich auch welche.«

Ganz gewiss ist er nicht so talentiert, was die Zubereitung betrifft, doch als ich die Kaffeetassen entgegennehme, lächelt er übers ganze Gesicht.

»Schön, dich kennenzulernen, Tori.«

»Eigentlich heiße ich Morveren.«

Ed wirkt verwirrt.

»Es ist kompliziert«, erkläre ich. »Phil kannte mich als Tori, aber das ist nicht mein richtiger Name.«

Draußen setze ich mich zu David an einen der Tische. Der Platz ist durch eine gestreifte Markise vor dem Nieselregen geschützt. »Weißt du, ich hab immer noch keine Ahnung, wer ich bin«, sage ich zu ihm. »Bin ich Bella oder Morveren? Ein Einzelkind oder eine Schwester? Phil denkt, ich bin Tori. Miss Young denkt, ich bin Bella. Und du auch. Dawn und Mum hingegen kennen mich nur als Morveren.«

»Nun, eine Rose ist eine Rose, wie Shakespeare sagte.«

»Ich bin nicht sicher, ob ihm dabei so was wie meine Situation vorschwebte.«

Während David sein Smartphone checkt und leise flucht, als er eine E-Mail liest, öffne ich Phils Brief.

Tori,

eigentlich wollte ich mich ja persönlich von dir verabschieden, aber wir haben uns nun schon einige Tage nicht mehr gesehen. Ich werde Cornwall verlassen, weil ich es noch einmal mit meiner Frau versuchen will. Deine Worte haben mich zum Nachdenken gebracht. Ich liebe sie immer noch, und wenn wir wieder zusam-

menkämen, wäre ich der glücklichste Mensch auf Erden. Das Leben ist kurz, und wir haben ja nur diesen einen Versuch. Vielleicht werde ich ja doch noch heudh (das bedeutet »glücklich«, Liebes).

Ich hoffe, das Wetter bleibt schön.

Phil

Ich falte den Brief zusammen und stecke ihn in die Gesäßtasche meiner Jeans. »Phil ist in sein altes Leben zurückgekehrt«, sage ich, während mein Blick über den Hafen schweift. Die Brise zerrt an meinem Haar, benetzt mein Gesicht mit einem feinen Regen.

David macht ein grunzendes Geräusch, schaut aber nicht von seinem Handy auf.

»Kann ich dich mal was fragen?«, sage ich.

Er legt das Telefon auf den Tisch und schaut mich an.

»Erinnerst du dich noch an deine Worte damals in Norfolk?«

»Norfolk? Na ja, an Norfolk erinnere ich mich natürlich. Aber nicht an alles, was ich damals gesagt habe.«

»Als du mir den Ring überreicht hast.«

David wirkt konfus. »Als ich dich bat, meine Frau zu werden?«

»Du hast mich keineswegs darum gebeten, deine Frau zu werden, David. Du hast mich aufgefordert, dich zu heiraten. *Heirate mich*, hast du gesagt. Ganz ohne Fragezeichen.«

Er lacht, dann runzelt er die Stirn. »Ich denke nicht, dass man so was unbedingt als Frage formulieren muss. Es kann auch eine Absichtserklärung oder eine Art Gesuch sein.«

»Die ganze Zeit sagst du mir, was ich tun soll. Du machst alles für mich. Du überwältigst mich.«

»Das stimmt nicht.«

»Du sorgst dafür, dass ich nicht friere. Du sagst mir, wann ich aufstehen muss. Du suchst mir einen Job. Du überprüfst, ob ich auch angeschnallt bin. Selbst wenn ich's gerade selbst noch gecheckt habe.«

»Das ist eine dumme Angewohnheit. Ich liebe dich eben und möchte, dass du sicher bist. Diese ganzen Dinge sind Dinge, die Menschen für diejenigen tun, die sie lieben.«

»Du lässt mich nicht mal an den Herd.«

»Aber du kochst doch nicht gern.«

»Du irrst dich, David. Ich liebe das Kochen.«

»Dann hättest du mir das eben sagen sollen.«

»Aber ich wusste es ja gar nicht. Ich hatte nie die Gelegenheit, es herauszufinden.«

»Und das soll jetzt meine Schuld sein? Ist es das, was du damit sagen willst? Wenn du mir mitteilst, du kannst nicht kochen, und dich dann auch nicht weiter damit beschäftigst, woher soll ich das denn wissen?«

»Ich sage nicht, dass es deine Schuld ist. Ich weiß, dass es auch meine ist. Elaine hat mir von morgens bis abends gesagt, was ich tun und lassen soll. Sie ließ mich nicht mal selbstständig atmen. Als ich sie verlassen habe, betrat ich die Welt da draußen völlig unvorbereitet. Ohne sie war ich verloren, und ich brauchte dich, der die Staffel von ihr übernahm. Ich brauchte jemanden, der die Kontrolle über mich übernahm, weil ich selbst zu schwach dazu war. Weil man es mir einfach nie gestattet hatte. Ich habe dich geheiratet, weil du es mir gesagt hast, und ich war froh, *dass* du es mir gesagt hast.«

»Das ist doch lächerlich, und diese ganze Laienpsychologie ist wirklich ärgerlich. Wir führen eine Ehe, die funktioniert. Du willst, dass man sich um dich kümmert, und ich will mich um dich kümmern. Was ist denn so falsch daran?«

»Ich habe mich verändert. Ich war allein, musste damit klarkommen, und das ist mir gelungen. Vielleicht nicht so, wie du es gehandhabt hättest, aber es ist mir geglückt. Wie oft hast du mir gesagt, ich käme allein gar nicht klar, und ich glaubte dir. Ja, es gab und wird immer Rückschläge geben, aber ich bin auf einem guten Weg. Ich möchte keine Angst mehr davor haben, mein Leben selbst in die Hand zu nehmen. Wenn ich dabei in den Dreck falle, wenn ich Fehler mache, dann ist das egal, weil ich's wenigstens versucht hab.« Ich lege meine Hand auf seine. »Ergibt das für dich irgendeinen Sinn?«

»Nicht wirklich. Ich glaube, dass alles, was dir widerfahren ist, dich irgendwie verwirrt hat. Ich verstehe das, aber ich bezweifle, dass du es auch verstehst.«

»Wenn ich dich etwas frage, wirst du mir ehrlich antworten?«

»Wenn ich kann.«

»War ich die erste deiner Studentinnen, mit der du geschlafen hast?«

Er wirkt geschockt. »Warum willst du das wissen?«

»Ich will wissen, ob ich die erste war.«

Schweigen.

»War ich?«

»Nein«, sagt er plötzlich trotzig. »Warst du nicht.«

»War ich die zweite?«

Keine Antwort.

Ich schaue aufs Meer hinaus. Die Möwen kreisen in weitläufigen Schwärmen hinter einem Fischerboot, das langsam auf den Durchgang in der Hafenmauer zutuckert.

»Aber du warst immerhin die letzte.« Er hebt meine Hand an seine Lippen und küsst sie. »Und die einzige, die ich geheiratet hab. Du bist doch mein kostbares Mädchen.«

Wir sitzen nur wenige Zentimeter voneinander entfernt, und doch liegen Welten zwischen uns. Unsere Ehe ist am Ende. Das war sie schon, als ich beschlossen habe, mich nicht mehr auf ihn zu verlassen. Als ich Henry Campbells Abschiedsbrief in meiner Hosentasche verschwinden ließ und ihm vorlog, ich hätte ihn verbrannt. Als ich erkannte, dass ich mehr sein wollte als nur der Besitz eines anderen, dass kontrolliert zu werden nicht dasselbe ist, wie geliebt zu werden. Und dass ich frei fliegen muss, um herauszufinden, wer ich wirklich bin.

»Es ist vorbei, David.«

Er schüttelt den Kopf, greift nach meiner Hand. Ich entziehe sie ihm und erhebe mich. Überquere die Straße und betrete den Strand am Hafen.

»Du weißt ja nicht, was du da redest«, sagt er, nachdem er mich eingeholt hat. »Ich habe dir doch gesagt, du bist verwirrt. Meine Güte, du bist ja gerade erst aus dem Krankenhaus entlassen worden.«

»Ich liebe dich nicht mehr«, sage ich und sehe ihm direkt ins Gesicht. Der Nieselregen wird stärker, und einige Haarsträhnen kleben in meinem Gesicht.

»Wegen der anderen Frauen? Aber die haben mir nichts bedeutet! Überhaupt nichts.«

»Nein, nicht ihretwegen.«

»Aber wie kommst du denn sonst auf einen solchen Schwachsinn? Weil ich nämlich weiß, dass du falschliegst. Ich weiß, dass du mich liebst.«

»Siehst du? Das ist das Problem. Da hast du es schon wieder getan. Jetzt willst du mir sogar schon sagen, was ich zu denken, ja, wie ich zu empfinden habe. Ich will das nicht mehr. Ich habe mich verändert, David. Und zwar nicht nur im Hinblick auf meinen Namen. Diese letzten Monate haben mich verändert, und so leid es mir tut – und das tut es –, aber unsere Ehe ist vorbei.«

Er legt seine Hände auf meine Schultern und sieht mir so durchdringend in die Augen, dass ich den Blick abwenden muss. Seine Finger graben sich in mein Fleisch. Fester und fester drücken sie zu, bis mir sein Griff wehtut.

»Tu das nicht«, sagt er. Seine Augen sind umwölkt, nicht vor Liebe oder gar Verzweiflung, sondern aus Wut und Verletztheit.

Über uns schreit eine Möwe.

»Ich werde dich nicht –«

»Ich bin schwanger.«

David lockert seinen Griff, dann lässt er die Hände sinken. Seine Augen mustern mein Gesicht, aber ich schaue weg, lausche stattdessen dem Geschrei der Möwen, dem Rauschen der Wellen und den spielenden Kindern.

»Schwanger?«

»Es ist nicht von dir.«

»Von wem? Wessen Baby ist es?«

»Das spielt keine Rolle.«

»Wie lange triffst du ihn schon?«

»Ich *treffe* ihn nicht. Wir hatten drei Mal Sex.«

»Aber wie konntest du nur? Während ich mir solche Sorgen um dich gemacht hab? Tag und Nacht. Nicht aufhören konnte, an dich zu denken. Nicht essen oder schlafen konnte. Nicht mal arbeiten. Wie konntest du nur?«

Ich antworte nicht.

»Liebst du ihn?«

»Nein, ich liebe ihn nicht.«

»Und warum tust du mir das dann an? Ich war immer für dich da, hab für dich gesorgt und dich geliebt, und nun tust du mir so was an?«

»Es tut mir leid, David.« Ich hebe die Hand, um ihn zu berühren, doch er schüttelt den Kopf und macht einen Schritt zurück.

Sein verzweifelter Blick huscht immer und immer wieder über mein Gesicht. »Hast du deshalb all diese Dinge gesagt? Wegen dieses Babys?«

»Ich –«

»Du dachtest, ich würde nichts mehr mit dir zu tun haben wollen, also hast du mich von dir gestoßen.« Er hebt die Hände vor sein Gesicht und verstummt. Ich sage nichts, sondern lasse ihn erst mal seine Gefühle verarbeiten. Schon bald lässt er die Hände wieder sinken und sieht mich an. »Ich glaube, wir können das immer noch hinkriegen. Du musst dieses Kind loswerden. Und dann vergessen wir alles. Es wird so sein, als wäre nichts geschehen. Werde es los, und dann fangen wir noch mal von vorn an.«

»Nein, David«, sage ich sanft, während mein Körper von Stärke und Überzeugung durchflutet wird. »Ich werde mein Baby behalten.«

»Dann ist es vorbei.«

»Ja«, sage ich. »Es ist vorbei.«

Da dreht er sich um und stolpert über den Sand davon wie ein geschlagener Krieger.

SIEBZIG

Mein Handy klingelt. Es ist meine Anwältin. Also entschuldige ich mich, verlasse die Küche und trete vor die Tür. Draußen, auf dem brüchigen Betonstreifen, nehme ich das Gespräch an.

»Also«, sagt sie, nachdem wir die üblichen Höflichkeitsfloskeln ausgetauscht haben, »eigentlich rufe ich wegen Dr. Campbells Immobilien und im Besonderen wegen des ruhenden Treuhandfonds auf Ihren Namen an.«

»Oh«, sage ich. »Das hatte ich ganz vergessen.« Eigentlich verspüre ich keine große Lust, das Testament jetzt abermals im Einzelnen durchzukauen, aber das sage ich ihr natürlich nicht. Stattdessen schweige ich und lasse sie weiterreden, während ich mit den Fingernägeln an der abblätternden Farbe der Tür herumpule.

»Es hat sich herausgestellt, dass –« Sie hält inne, sucht offenbar die entsprechende Stelle in ihren Notizen. »– dass die Zahlungen in den Fonds aus verschiedenen Quellen stammten. Darunter auch von Familienmitgliedern der Campbells.«

Ich werde hellhörig. »Aber sie hatten, solange ich denken kann, keinen Kontakt mehr zueinander.«

»Es gingen verschiedene Zahlungen von einem Fraser Campbell ein, Henry Campbells Bruder, wie auch vom Konto des Vaters der beiden. Es erfolgten zudem weitere Zahlungen aus verschiedenen Quellen in unterschiedlicher Höhe. Darunter eine Kinderkrippe in Bristol und eine christliche Gesellschaft.«

»Aber warum sollten all diese Leute Geld auf ein Konto einzahlen, das auf meinen Namen eingerichtet wurde? Wofür wurde das Geld verwendet?«

»Nun, die Gelder aus dem Fonds, der – wie ich bereits sagte – von Dr. Campbell verwaltet wurde, gingen an eine Reihe von Institutionen und Einzelunternehmer. Alle von ihnen hatten ihren Sitz in –«, die Anwältin stockt erneut, »Frankreich.«

»In Frankreich?«

»Ja. Einer der Empfänger war ein Krankenhaus. Ein anderer ein Hospiz namens L'Hospice de Fragonat in Les Sages des Montes, das sich unweit von Lourdes befindet und nur sechs Meilen von Vaiches entfernt ist.«

»Vaiches?« Mein Herz macht einen Satz. »War dort nicht auch der Campingplatz? Der, von dem ich verschwand, meine ich?«

»Genau. Und die Daten fallen genau in diese Zeit.«

»Aber ... Ich verstehe nicht.« Mir schwirrt der Kopf. Nichts davon ergibt für mich irgendeinen Sinn.

»Mit den Zahlungen wurden Behandlungskosten beglichen.«

»Ich war im Krankenhaus?« Ich presse meine Finger gegen meine Schläfe und schließe die Augen. »Also haben mich die Campbells in ein Krankenhaus gebracht. Wieso hat die Polizei mich nicht dort gefunden?«

»Nein, die Gelder wurden überwiesen, bevor Sie vom Campingplatz verschwanden. Die letzte Zahlung aus dem Fonds ging an das Hospiz. Sie erfolgte einen Tag nachdem Ihre Eltern Sie als vermisst gemeldet hatten. Ich hoffe, Sie haben nichts dagegen, aber ich habe das Hospiz angerufen. Angesichts der besonderen Umstände wollte ich ein wenig mehr erfahren.«

»Und?«

»Bemerkenswerterweise hatten sie noch alte Aufzeichnungen im Archiv, handgeschriebene Notizen zwar, aber immerhin. Die Dame, mit der ich sprach, war sehr hilfsbereit.

Sie sagte mir, dass Bella Campbell am 16. August 1989 aus dem L'Hospice de Fragonat entlassen wurde. Zwei Tage nachdem Morveren Tremayne als vermisst gemeldet worden war.«

»Aber es gab keine Bella Campbell. Ich war Bella Campbell.«

»Es gab noch ein anderes Kind.«

Mir dreht sich der Magen um. »Was? Bella ist real? Sie hatten eine leibliche Tochter?«

»So ist es. Natürlich sind auch die medizinischen Unterlagen sehr dürftig und nicht mit dem vergleichbar, was man heute so vorfinden würde, aber es gibt Aufzeichnungen, aus denen hervorgeht, dass Bella Campbell ein sehr krankes Mädchen war. Sie litt an einem inoperablen Hirntumor und wurde mehrere Monate lang in einer Klinik für Neurochirurgie in der Nähe von Paris behandelt, bevor sie dann Ende Juli nach Fragonat in das Sterbehospiz überstellt wurde. Sie hatte keine Überlebenschance mehr.«

»Sie wussten, dass sie sterben würde?«

»Ja, das wussten sie.«

Sie wussten, dass sie sterben würde.

Und deshalb haben sie sie ersetzt.

EINUNDSIEBZIG

Henry Campbell – 15. August 1989

»Du musst sie zur Polizei bringen.«

»Nein, sie bleibt bei mir.«

»Wovon um alles in der Welt redest du? Ich kann nicht glauben, was ich da höre.«

Sie sprachen gedämpft, wenngleich erregt miteinander, um das kleine Mädchen, das auf ihrem Bett schlief, nicht zu wecken.

»Ich sage, dieses Kind ist ein Wunder. Ich war dazu auserwählt, dieses Kind zu retten. Wir werden Bella verlieren, doch ich werde trotzdem Mutter sein. Ich werde die Mutter dieses Kindes sein.«

»Aber dieses Mädchen hat doch schon Eltern, die sich um sie kümmern.«

»Das sind Monster, keine Eltern. Schau doch nur, Henry, sie ist voller Verletzungen. Und so dünn und verängstigt. Sie hat nach mir gerufen.«

»Um Gottes willen. Hörst du dir überhaupt zu, Elaine?«

»Bella wird sterben. Das Kind, nach dem ich mich all die Jahre gesehnt habe. Glaubst du wirklich, ich soll keine Mutter sein? Nun, in den nächsten Tagen oder Wochen wird sie sterben. Als man uns sagte, dass man nichts mehr für sie tun könne, pilgerten wir zur Muttergottes nach Lourdes, und ich flehte Sie an, von Mutter zu Mutter, ein Wunder zu tun. Ich spürte Ihre Liebe. Ich spürte sie, Henry. Und schon am nächsten Tag fand ich dieses Kind. Das ist kein Zufall. Es ist ein Wunder.

Deswegen bin ich hier. Ich sollte dieses Kind finden, und ich sollte es retten.«

»Nein«, sagte er. »Das werden wir nicht tun.«

»Also schickst du mich ins Gefängnis. Wenn du zur Polizei gehst, werde ich mit ihr fliehen. Ich werde nicht mehr da sein, wenn du zurückkommst. Ich werde verschwinden, und du wirst mich niemals wiedersehen. Sie werden mich verfolgen, und wenn sie mich schnappen, gehe ich ins Gefängnis. Ist es das, was du willst?«

»Was ich *will*? Natürlich ist es nicht das, was ich will. Aber du redest hier von Entführung! Davon, Eltern ihr Kind zu rauben. Ihrer Mutter. Einer Mutter, die dieses Mädchen liebt, wie du Bella liebst.«

»Ihre Mutter hat sie nicht verdient. Sie wurde geschlagen, hat Narben. Hast du mir nicht zugehört? Willst du sie zurückschicken in diese Hölle aus Missbrauch und Grausamkeiten, oder willst du etwas Gutes tun? Ich kann sie retten, Henry. *Wir* können sie retten.«

»Das ist Wahnsinn«, keuchte er. »Ich kann mir das nicht mehr länger anhören. Ich gehe zur Polizei. Ich muss.« Henry Campbell drehte sich auf dem Absatz um und wandte sich zur Tür.

»Liebst du mich, Henry?«

Er erstarrte, wandte sich um und sah sie an. Sah ihr nachlässig aufgestecktes, honigfarbenes Haar, ihre durch den Kummer eingefallenen Wangen, ihre Augen, die keine Tränen mehr hatten. Mit einer Tiefe und Leidenschaft hatte er sie geliebt, dass sein Herz zu rasen und sein Atem zu stocken begann, und das seit dem Moment, da er sie in dem roten Seidenkleid an der Bar hatte sitzen sehen. Und dass seine Eltern nicht mit seiner Wahl einverstanden waren, sie für leicht hysterisch hielten und sie aufgrund ihrer Ticks anstrengend fanden, war ihm egal. Seine Liebe auf den ersten Blick hatte ihn durch all dies getragen, durch sein glorreiches Liebeswerben, eine oftmals turbulente Ehe und selbst – gegen jede Chance – durch die Zeit, in der ihre einst lebhafte wunderschöne Tochter zu einem Nichts dahinsiechte.

Er warf dem Mädchen, das zusammengerollt im Bett lag, einen Blick zu. »Ja, ich liebe dich. Mehr, als du jemals verstehen wirst.«

»Und du würdest alles für mich tun?«

Er schloss die Augen, schüttelte den Kopf. »Aber, Elaine. Das?«

»Wenn du mir das Kind wegnimmst, werde ich mich umbringen. Ja, das werde ich tun, und du wirst es zu verantworten haben.«

»Elaine –«

»Das ist mein Ernst. Ich werde mich umbringen.«

Ihr Blick wurde eisig, die Vene an ihrem Hals pulsierte so schnell, als zucke ein panisches Tier unter ihrer durchscheinenden Haut. Sie log nicht. Er wusste, sie sagte die Wahrheit. Sie würde sich das Leben nehmen, und dann hätte er eine tote Tochter und eine tote Frau. Mit nichts würde er zurückbleiben als seiner alles versengenden Trauer. Gefällt von seiner eigenen Schwäche brach er zusammen und fiel auf die Knie.

Am nächsten Tag holte Henry Campbell seine Tochter aus dem Hospiz ab. Er trug sie im Arm, und ihr Kopf ruhte an seiner Schulter. Sie war so leicht, nur mehr ein winziges Etwas. So gar nicht mehr Bella. Sie roch nach Medikamenten, Morphininfusionen, Desinfektionsmitteln und einem Hauch Lavendel, um all dies zu überdecken. Sie atmete gleichmäßig, doch flach und warm an seinem Hals. Er strich ihr über das Haar, seidenweiche Locken, fein wie Spinnweben. Und irgendwo darunter saß der Tumor, der langsam, aber sicher von ihr Besitz ergriff.

»Da wären wir, Liebes«, flüsterte er, als er die Autotür öffnete und sie vorsichtig auf den Rücksitz legte.

Er bedeckte sie mit der warmen, schweren Decke, die er aus dem winzigen Schrank in ihrem Hotelzimmer mitgenommen hatte. Sie brauchte sie nicht – es war eine heiße und schwüle Nacht –, aber der Gedanke, sie nicht zugedeckt zu wissen, missfiel ihm.

»Ich liebe dich, Bella.«

»Ja, Daddy«, murmelte sie.

Henry schloss die Wagentür und legte eine Hand an die Stirn. Er sah zum Himmel auf. Tiefschwarz war er und übersät mit funkelnden Sternen. Millionen davon waren zu sehen in dieser klaren Nacht.

»Monsieur«, erklang da eine Stimme hinter ihm.

Henry drehte sich um und erblickte die diensthabende Nachtschwester.

»Attendez de parler au médecin. Sie nicht mitnehmen. Doktor Albert, er will sprechen mit Ihnen. *Je vous en prie. Bella n'est pas en état de voyager.«*

Henry straffte sich, sprach in ruhigem Ton mit der freundlichen Frau, die sich in den letzten Wochen so rührend um Bella gekümmert hatte.

»Keine Sorge, Sylvie. Es ist alles gut. Wir hätten Bella gern bei uns zu Hause. Wir werden gut für sie sorgen. Vergessen Sie nicht, dass ich selbst Arzt bin. Bitte. Keine Sorge. *Ne vous inquiétez pas. Merci. Merci beaucoup.*«

Er wandte sich um und blendete ihre Sorge aus.

Dann stieg er ins Auto und ignorierte ihren fortgesetzten Protest.

Sehen Sie das denn nicht?, wollte er der Schwester zurufen. Es spielt keine Rolle mehr, wo sie ist oder was noch geschieht. Nichts spielt mehr eine Rolle, weil sie sterben wird.

Meine Tochter wird sterben.

ZWEIUNDSIEBZIG

In meinem Kopf dreht sich alles. Mir ist schwindlig, und ich schließe die Augen.

Und da ist sie. Im Bett. Ich sehe steife weiße Laken und blonde Locken auf dem Kopfkissen. Das Fenster ist geöffnet, und die weißen Vorhänge blähen sich im Wind wie angebundene Gespenster. Sie hat ein Pflaster am Arm, in dessen Mitte ein winziger Blutstropfen zu sehen ist. Dünn ist sie und die Haut blass und gelblich gefleckt. Die Augen liegen so tief in den Höhlen, dass sie im Schädel zu verschwinden drohen.

Ich krieche näher. Zuerst denke ich, sie könnte tot sein, doch dann öffnet sie halb die Augen und dreht den Kopf in meine Richtung. Ein schwaches Lächeln erscheint auf ihrem Gesicht.

Vorsichtig lege ich meine Hand in ihre.

»Hallo.« Kaum vernehmbar ist ihre Stimme. Und atemlos.

»Hallo«, höre ich mich flüstern.

Ich klettere auf das Bett und lege mich neben sie, kuschle mich an ihren heißen, verschwitzten Körper, verschränke meine Finger mit ihren. Ich will so tun, als wäre sie meine Schwester, weil ich sie so sehr vermisse. Es vermisse, mit ihr zu spielen und zu lachen, es vermisse, wie sie auf mich achtgibt. Ich sehne mich so sehr nach ihr, dass mir das Herz wehtut.

»Ich liebe dich, Dory«, sage ich leise. »Ich liebe dich so sehr.«

DREIUNDSIEBZIG

Henry Campbell – 16. August 1989

Sie fuhren nachts, weil zu dieser Zeit beide Kinder schliefen. Es regnete so heftig, dass er kaum durch die Windschutzscheibe sehen konnte. Sie hielten nur an, um den Teddy und das Nachthemd ins Meer zu werfen, das sich in der Dunkelheit hob und senkte wie ein Ozean aus Altöl. Er kämpfte sich durch die dunkle, nasse Nacht bis zum Ufer und schleuderte die beiden Dinge so weit hinein, wie er konnte.

Als er zurück ins Auto kletterte, war ihm, als hätte man ihm in den Magen geschossen. Als würde er langsam ausbluten, sodass nichts mehr von ihm blieb als eine leere nutzlose Hülle. Während er weiterfuhr, lauschte er den Geräuschen der Mädchen. Bellas Atemzügen, die so abgehackt kamen, als könne jeder ihr letzter sein, als würde ihr Körper nun auch den letzten Rest an Energie verbrauchen. Die andere murmelte kaum hörbar im Schlaf vor sich hin. Sie hatten ihr eine Schlafstelle zwischen Vorder- und Rücksitz bereitet und sie unter ihren Mänteln versteckt. Elaine hielt eine Decke bereit, die sie im Notfall über das Kind werfen konnte.

Er hatte keine Ahnung, was er hier eigentlich tat. Alles, was er wusste, war, dass er seine Tochter liebte und dass er seine Frau liebte, und der Gedanke daran, sie beide zu verlieren, war schlimm genug, um seinen erschöpften Geist und Körper weiter anzutreiben in diesem Wahnsinn. Er war ein Krimineller. Ein Monster. Das war aus ihm geworden. Er hatte Elaine erlaubt, ihm die Narbe am Arm des kleinen Mädchens zu zeigen – tief und rot und seiner Einschätzung nach tatsächlich eine Verbrennung, vielleicht von einer Zigarette, höchstwahrscheinlich aber von einer Zigarre. Und die schmutzigen Fingernägel. Und die kränkliche bleiche Haut. Er hatte zugehört, als Elaine ihm berichtet hatte, wie das Kind seine Arme nach ihr ausgestreckt hatte, als sie es verlassen in einem kleinen Wäldchen fand. Henry war selbst auf den Campingplatz gegangen. Hatte so getan, als wolle er bei der Suche helfen, um näher an die Eltern heranzukommen und herauszufinden, ob Elaine recht hatte oder nicht. Ob die Eltern entweder imstande waren, ein Kind aufzuziehen, oder eben nicht. Und da hatte er ihn gesehen, ihren Vater, betrunken und verlottert, schreiend und fluchend, sich mit einem Journalisten schlagend, der ihm nur eine einfache, gut gemeinte Frage gestellt hatte. Das andere Kind, das sich hinter dem Rücken der Mutter versteckte, hatte den Vater ängstlich beäugt. An diesem Tag hatte er begonnen, sich ernsthaft mit der Idee auseinanderzusetzen. Er fragte sich, ob Elaine nicht vielleicht doch recht hatte. Vielleicht war es ja zum Besten des Kindes, wenn es bei ihnen blieb. An diesem Tag hatte er begonnen, das Märchen zu glauben.

Während ihrer gesamten Rückreise erwartete er, Blaulicht im Rückspiegel zu sehen. Bevor sie durch den Zoll in Richtung Fähre fuhren, bedeckten sie das Kind mit einem großen Handtuch.

Sein Herz hämmerte wie verrückt.

Bitte findet sie, bettelte eine Stimme in seinem Kopf. Bitte, Gott, lass sie weinen oder sich bewegen. Auf dass sie gefunden werde.

Aber das Mädchen rührte sich nicht, und Elaine begrüßte den *douane* mit einem charmanten *Bonsoir*, schenkte ihm ihr verlockendstes Lächeln, spielte dabei mit ihrem Haar und dankte ihm sodann mit ihrer sinnlichsten Stimme. Henry konnte die Begierde des Mannes förmlich spüren. Dergleichen hatte er schon oft erlebt, doch zum ersten Mal verspürte er keine Eifersucht. Dieser Teil in ihm war tot.

Nachdem sie in die ruhige Seitenstraße eingebogen und vor dem eleganten Stadthaus mitten in Bristol angekommen waren, öffnete Elaine die Hintertür und hob das andere Kind aus dem Wagen. Fest hielt sie es im Arm und flüsterte ihm sanft ins Ohr.

»Mein kleines Wunder«, hörte er sie wispern. »Mein von Gott geschenktes Wunder.«

Bella saß auf dem Rücksitz, mit einem Kissen gegen das Fenster gelehnt. Sie schlief, ruhig und friedlich. Er wollte sie nicht wecken. Ein kleiner Teil von ihm hoffte, sie wäre verstorben, damit er frei war von allem, doch da bewegte sie sich. Sie versuchte, ihm zuzulächeln, aber ihr geschwächter kleiner Körper ließ das nicht mehr zu. Die Anstrengung war zu groß, und er sah, wie sie unter einer Welle von Schmerz kurz die Augen schloss.

Er machte ihr im Gästezimmer das Bett. Das andere Kind lag in Bellas Bett, trug Bellas Schlafanzug und bekam aus Bellas Kinderbüchern eine Geschichte vorgelesen – von Bellas Mutter.

Am nächsten Tag kontaktierten sie Immobilienmakler in Oxfordshire, Berkshire, Buckinghamshire und Hampshire.

»Wir suchen ein Haus, das ab sofort zur Verfügung steht. Möbliert, wenn möglich. Es sollte einen großen Garten haben und vorzugsweise rundum von einer Mauer umgeben sein. Meine Frau –«, er zögerte, »– möchte sich gern ganz sicher fühlen.«

Und so verließen sie Bristol, kappten jegliche Verbindung zu ihrem alten Leben, zu ihren Freunden und Familien, und bezogen noch vor Ablauf jener Woche das Alte Pfarrhaus. Fraser verstand das alles nicht. Henry erklärte ihm, er habe es satt, ständig die Wogen zwischen seiner Familie und seiner Frau zu glätten.

»Aber uns deshalb nie mehr wiedersehen?«, fragte Fraser ungläubig. Henry wusste, das war eine erschütternde Nachricht für seinen Bruder, falls er denn nicht schon an dem Punkt angelangt war, wo ihn gar nichts mehr erschüttern konnte. »Triff eine solche Entscheidung nicht ausgerechnet jetzt, Hen. Es ist eine harte Zeit für dich. Mach mal eine Verschnaufpause und kläre ein paar Dinge für dich. Du musst das alles doch auch mal irgendwann verarbeiten. Nimm dir Zeit dafür, vielleicht einige Monate. Danach gehen wir dann mal wieder essen. An einem neutralen Ort. Wir werden nicht ausscheren. Mum möchte so gerne Bella noch einmal sehen.«

»Nein«, sagte Henry entschlossen. »Nein, es endet nur wieder im Streit. Ich tue mir das nicht mehr länger an. Elaine und ich müssen uns auf unsere Familie konzentrieren. Da können wir uns nicht auch noch mit eurem Scheiß belasten.«

»Was für ein Scheiß? Es ist doch nicht *unser* Scheiß! Es ist *ihr* –«

»Genug jetzt, Fraser!« Henry musste die Tränen zurückhalten. »Es ist nur … dass wir euch … einfach nicht mehr wiedersehen können. Keinen von euch.« Er holte tief Luft. »Elaine ist meine Frau, und sie kommt an erster Stelle. Das Leben ist zu kurz, um etwas ans Laufen zu bringen, das ohnehin nie funktionieren wird.« Er warf Elaine einen Blick zu, die ihre Augen zu Schlitzen verengte und nickte. »Ihr hattet eure Chance mit uns. Und jetzt ist Schluss.«

Das Pfarrhaus in Oxfordshire war ideal. Die ältere Besitzerin war jedoch noch unentschlossen, ob sie es verkaufen wollte oder nicht. Sie war in dem Haus groß geworden und liebte es. So war es ihr ganz recht, das Anwesen erst einmal zu vermieten und erst später über einen Verkauf zu verhandeln. Wenn klar war, ob die neuen Bewohner sich hier wohlfühlten, und sie bereit war, sich von dem Haus zu trennen. Sie besaßen einige Ersparnisse sowie Elaines Erbschaft von ihrem Vater, der einige Jahre zuvor verstorben war. Insofern war Geld glücklicherweise kein Problem. Ein paar Wochen später konnten sie dann der alten Dame ein Angebot machen, das weit über dem üblichen Marktwert lag und das ohne Zögern angenommen wurde. Das Alte Pfarrhaus gehörte nun ihnen.

VIERUNDSIEBZIG

Ich klopfe an die Tür des Hauses in Bristol, doch erhalte keine Antwort. Ich schaue durch das Fenster, das zur Straße hinausgeht, versuche, durch die Spinnweben und den Dreck irgendetwas zu erkennen. Kein Zeichen von ihm. Also gehe ich zurück zur Eingangstür und klopfe erneut. Als sich immer noch nichts tut, schließe ich auf und öffne die Tür, gehe aber noch nicht hinein.

»Hallo?« Meine Stimme hallt in der Eingangshalle wider. Das Haus riecht muffig, die Luft ist geschwängert vom süßlichen Gestank aus ungeleerten Mülleimern und Alkoholdunst.

»Hallo?«, rufe ich wieder.

Aber es ist niemand hier. Mark Tremayne ist fort. Zuerst vermute ich, dass er einfach nur mal vor die Tür gegangen ist, aber als ich in die Küche komme, schlägt mir der Geruch von verfaultem Essen entgegen. Ich würge, hebe die Hand an meine Nase, um den Gestank so gut wie möglich abzuhalten.

Auf dem Sims vor dem Fenster sind keine Tauben. Nur Federn und jede Menge Vogelkot. Ich schaudere, als ich durch die Räume gehe und das jämmerliche Leben meines Vaters in mich aufnehme. Das hier war seine Buße. Allein in diesem verwahrlosten Loch zu leben. Allein mit seinen Sünden und den Tauben.

Dieses Mal wage ich mich die Treppe hinauf. Auf halber Höhe ist ein Badezimmer. Mehr Schmutz. Noch mehr Gestank. Ich schließe die Tür wieder und gehe weiter nach oben.

Das Zimmer, das als Erstes in Sicht kommt, hat einen Schriftzug an der Tür, der mir den Magen zusammenzieht. *Bella* steht in geschwungenen Lettern darauf. Ich öffne die Tür. Auf dem Boden liegen eine schmutzige Matratze und ein verfärbtes Kopfkissen ohne Bezug. Es gibt keinen Fußbodenbelag mehr, doch auf den nackten Dielen sind noch die Reste des Teppichklebers zu sehen. An den Wänden hängt noch die Tapete. Himmelblaue und pinkfarbene Streifen mit einer Borte auf Hüfthöhe, auf der farblich passende Häschen fröhlich herumhüpfen. Noch mehr Chaos, noch mehr Abfälle, Dreck und Lumpen. Leere Bierdosen und Schnapsflaschen. Überquellende Aschenbecher. Am Ende des Zimmers, unter dem Fenster, sehe ich Mäuse- oder Rattenkot, und mein Magen hebt sich. Ich will mir die beiden anderen Zimmer auf dieser Etage gar nicht mehr genauer ansehen. Die Türen stehen offen, und dahinter liegt nichts als Leere.

Ich gehe wieder ins Erdgeschoss und in das Wohnzimmer, wenn man es denn noch so nennen kann. Auf dem Boden neben dem Stuhl liegt eine Zeitung. Auf der ersten Seite prangt ein Bild von mir neben einer Headline. Das alte Radio ist weg.

Ich weiß nicht, was ich erwartet habe. Ich weiß, er ist fort, aber glücklich bin ich deswegen nicht. Oder traurig oder wütend oder erleichtert. Stattdessen fühle ich mich wie betäubt. Irgendwie passt es mir ganz gut, dass er weg ist. Ich hätte das ganze Chaos hier nicht vor Gericht verhandeln wollen. Ich will weitermachen mit meinem Leben. In Cornwall. Mit Dawn und unserer Mutter und meinem noch ungeborenen Kind. Ein neuer Start. Mir ist, als wäre all das, was bisher geschehen ist, nur der Vorfilm gewesen, als beginne nun die Hauptvorstellung. Und mit seinem Weggang steht mir nun ein Hindernis weniger im Weg.

Ich habe keine Ahnung, was aus Mark Tremayne werden

wird. Meinem Vater. Soweit ich weiß, hat er kein Geld, keinen Wohnsitz und keine persönliche Habe außer den wenigen stinkenden Sachen, die er mitnehmen konnte – das alte Radio und vielleicht ein paar Kleidungsstücke. Und ich will ihn mir dort draußen eigentlich auch gar nicht weiter vorstellen. Ich empfinde nichts für diesen Mann, aber der Gedanke daran, wie er auf der Straße lebt, ohne Liebe und ohne Heimat, ist unangenehm.

Ich hoffe, er findet einen warmen Schlafplatz, ein wenig Hilfe, ja, vielleicht sogar so etwas wie Rettung. Ich hoffe, er findet irgendwo seinen Frieden.

FÜNFUNDSIEBZIG

»Sind Sie sicher, dass ich Ihnen kein Sandwich machen soll?« Seit einer Stunde schon versucht Miss Young mir etwas zu essen anzudrehen. Sie kratzt sich an ihrer linken Brust und verlagert das Gewicht.

»Das ist sehr freundlich von Ihnen, Miss Young, aber –«

»Nennen Sie mich doch Suzie, Liebes.«

»Ich habe wirklich keinen Hunger.«

»Kein Wunder, dass Sie mir nicht sagen wollten, was in seinem Brief stand. Was für ein Schock das wohl für Sie gewesen sein muss.«

»Ja, das war es.« Ich ignoriere die Frage, die in ihrer Feststellung mitschwang. »Wirklich sehr nett von Ihnen, dass Sie sich um den Kater kümmern.«

»Ja, ein liebes Kerlchen«, sagt sie. »Obwohl er den Drang hat, immer wieder nach Hause zurückzukehren. Ich musste die Katzenklappe hier mit einem Stück Holz versperren, damit er nicht ins Haus eindringt, und jetzt sitzt er manchmal ziemlich lange einfach nur vor der Tür und wartet darauf, dass Ihre –« Sie hält inne und tritt von einem Bein aufs andere. »Ich meine, dass Mrs. Campbell heimkehrt.«

»Tja, von Cornwall aus wird er es wohl kaum zurück ins Alte Pfarrhaus schaffen.«

Ihr Gesicht verzieht sich angesichts dieser Vorstellung.

»Es sei denn, Sie würden ihn behalten?«, füge ich rasch hinzu und lege eine Hand auf ihren Arm. »Ich meine, wo Sie ihn doch sowieso schon ein wenig lieb gewonnen haben.«

»Ja, das hab ich.«

Ich lächle und bin froh, dass sie ihn übernehmen wird. Ich war mir nämlich nicht sicher, ob ich ihn mit nach Cornwall und in mein neues Leben bringen wollte. Ich deute auf Henrys Aktenschrank. »Wenn es Ihnen nichts ausmacht, Miss Young, würde ich jetzt damit weitermachen. Ich muss noch so schrecklich viele Unterlagen sichten.« Ich bücke mich und pappe einen orangefarbenen Aufkleber auf einen Karton, damit die Firma, die ich zur Wohnungsauflösung beauftragt habe, ihn und die alten Papiere darin entsorgen kann. Die persönliche Habe der Campbells durchzugehen ist ein Knochenjob. Die Anwältin hat mich wiederholt gefragt, ob ich das Anwesen wirklich verkaufen will. Das wollte ich ohne Zweifel, und wie ich jetzt hier stehe, steht mein Entschluss umso mehr fest. Dieser Ort belastet und ängstigt mich. Die Steinmauern erscheinen mir höher, als ich sie in Erinnerung habe, selbst mit geöffneten Vorhängen und Türen. Ich fühle mich hier wie eingesperrt. Es liegt Unheil über diesem Haus, etwas tief verwurzeltes Böses. Dieses Haus repräsentiert die Campbells, den Ort, an dem sie mich vor meiner Familie versteckten, und doch gleichzeitig auch glückliche Kindheitserinnerungen. Sie kleben an jedem Ziegelstein, an jedem Grashalm im Garten. Ich hasse dieses Anwesen und will so schnell wie möglich fort von hier.

Ich öffne Henrys Aktenschrank. Viel ist nicht mehr in den Schubladen, nur ein Füllfederhalter und zwei Flaschen Tinte – eine blau, die andere schwarz –, eine kleine Schachtel Büroklammern und ein Locher. Daneben noch einige Belege und andere Papiere. Ich checke jeden Zettel auf der Suche nach weiteren Informationen über Bella Campbell. Als ich auf eine handgeschriebene Notiz von Henry stoße, versuche ich, nicht an seinen geschundenen Körper und die Blutlache am Boden zu denken. Bis jetzt habe ich hier nichts Brauchbares gefunden, weshalb ich den Inhalt der Schubladen in eine Kiste mit orangem Sticker kippe.

Grüne Aufkleber markieren Möbelstücke, die ich verkaufen werde – sein Schreibtisch, die Messinglampe, der Ledersessel, alles, was irgendwie nach Wert aussieht. Ich versuche, das Porträt von Elaine nicht anzuschauen, als ich einen orangefarbenen Sticker am Rahmen befestige. Ihr Sessel aus dem Schlafzimmer und der Teppich sind schon fort. Zudem hat Miss Young dafür gesorgt, dass alles, an dem Henrys Blut klebte, unverzüglich von hier entfernt wurde, was ich sehr nett von ihr finde.

Ich mache eine Pause und esse das Schinkensandwich, das ich mir heute Morgen geschmiert habe, danach eine Scheibe des Früchtekuchens, den Miss Young mir aufgeschwatzt hat. Er ist köstlich. Ich sitze auf dem mittlerweile verwilderten Rasen. Es ist stickig, und Fliegen summen um mich herum. Das Gras ist stellenweise schon vertrocknet, die Rosen wurden von Unkraut und Blattläusen erobert.

Frisch gestärkt gehe ich wieder hinein. Die meisten Räume sind erledigt. Alle Gegenstände sind mit Aufklebern, die ihr Schicksal bestimmen, beklebt. Ein Raum jedoch fehlt noch.

Der Dachboden.

Mittlerweile habe ich mir eingeredet, dass die Kisten, die dort oben lagern, Antworten in Form von Dokumenten, Krankenunterlagen und Kontoauszügen enthalten würden.

Nichts, was dich verletzen könnte.

Am Fuß der engen Treppe halte ich an und schaue hinauf. Dunkel und geheimnisvoll ist es da oben. Wie es immer schon war. Auf dem ersten Absatz höre ich Elaines Stimme in meinem Kopf widerhallen.

»Es ist gefährlich«, sagt sie. »Gefährlich! Gehe nie, und zwar wirklich *niemals* da oben rein!«

Ich zwinge mich, weiterzugehen. Sage mir, ich solle nicht

albern sein, dass es nur ein Speicher ist. Doch ich halte den Schraubenzieher, den ich mitgenommen habe, trotzdem vor mich wie eine Stichwaffe. Als ich oben angelangt bin, hole ich den Schlüssel aus meiner Tasche, der ordentlich mit einem von Henry beschrifteten Anhänger versehen ist, und öffne die Tür. Der Griff fehlt, und ich hoffe, der Schraubenzieher wird mir weiterhelfen. Ich schiebe ihn in die rechteckige Aussparung, in die normalerweise der Vierkantstift der Klinke gehört, und drehe ihn. Der Schnapper klickt, und mit klopfendem Herzen drücke ich die Tür auf.

Vor Schreck entfährt mir ein Japsen. Meine Knie werden weich, und ich muss mich am Türrahmen abstützen.

Direkt neben der linken Wand, mit dem Kopfende in die Dachschräge geschoben, steht ein Bett.

Dasselbe Bett, von dem ich schon so oft geträumt habe. Ich betrete den Speicher und gehe langsam darauf zu. Neben dem Bett steht auch ein mir bekannter Nachttisch, und vor dem verstaubten Fenster hängen zwei schlaffe weiße Vorhänge. Ein Paar Kinderpantoffeln stehen ordentlich am Boden. Auf dem Bett liegt ein weißes Baumwollnachthemd.

All das habe ich schon einmal gesehen.

Plötzlich weiß ich, wie es sich anfühlt, in diesem Bett zu liegen. Ich schließe die Augen, lege die Finger an meine Schläfen. Ich mache noch einen Schritt und berühre die Tagesdecke. Eine lange verschüttete Erinnerung wird wach, woraufhin mir der schwache Geruch von Reinigungs- und Desinfektionsmittel in die Nase steigt. Die Laken sind dick mit Staub bedeckt, die Tagesdecke mottenzerfressen. Ich lege mich auf das Bett und rolle mich darauf zusammen. Es fühlt sich vertraut an. Habe ich hier geschlafen? War das mein Zimmer? Furcht ergreift mich. Ich schließe die Augen. Höre donnernde Schritte auf der Treppe. Geschrei. Ich darf nicht an diesem Ort sein. Sie kann mich nicht finden. Ich will mich verstecken, doch es ist zu spät. Da steht sie schon im Türdurchgang. Ihr Gesicht ist dunkel und wutverzerrt. So gruselig wie der Monstermann, der mich in meinen Träumen verfolgte.

»Du darfst niemals hier heraufkommen! Hast du mich verstanden?« Sie ist puterrot angelaufen vor Rage. Packt meine Handgelenke. Zerrt mich aus dem Raum. »Tausend Mal hab ich dir das gesagt! Der Dachboden ist tabu. Verstehst du das denn nicht?«

»Tut mir leid, Mama.«

»Geh nach unten.«

Ich setze mich wieder auf und lasse die Beine über die Bettkante hängen. Neben mir, auf dem Nachttisch, stehen eine bemalte Holzkiste und ein braunes Fotoalbum. Es sieht aus wie die, die Henry in seinem Arbeitszimmer stehen hat. Ich greife nach der Kiste und öffne sie. Darin befindet sich eine Ballerina aus Plastik, die erstarrt ist inmitten einer Pirouette. Hinter ihr hängt vor pinkfarbenem Satin ein kleiner ovaler Spiegel. Ich finde einen kleinen Metallschlüssel, mit dem man die Spieluhr aufziehen kann. Das tue ich auch. Erneut schließe und öffne ich den Deckel. Die Musik beginnt zu spielen, und ich erkenne sie wieder. Tränen treten mir in die Augen, wiewohl ich gar nicht so recht weiß, warum. Mit dem Ärmel wische ich mir übers Gesicht und greife nach dem Lederalbum. Im Gegensatz zu den anderen, die nun in einem Karton mit orangem Sticker liegen, hat dieses keine goldene Beschriftung auf seinem Rücken. Ich öffne es, und auf der ersten Seite befindet sich ein Foto unter einer Schutzfolie. Darauf eine Gruppe von Männern. Fünf in der ersten Reihe, die auf Stühlen sitzen, die anderen haben sich stolz dahinter aufgereiht. Mit gerecktem Kinn und hinter dem Rücken verschränkten Armen stehen sie da. Es ist eine Sportmannschaft, ein Hockey-Team. Das Bild ist körnig, und an den Frisuren erkennt man, dass die Aufnahme schon lange zurückliegen muss. *King's College, London, Erster XI.*, lese ich. Henry Campbell sitzt in der Mitte und trägt die Mütze des Captains. Sein Gesicht und seine Schultern strahlen Stärke aus, er ist muskulös und posiert selbstbewusst. Das ganze Gegenteil zu dem verkopften, zurückgezogenen Mann, mit dem ich aufgewachsen bin. Ich blättere weiter, entdecke noch mehr Fotos aus Henrys Studienzeit. Dann eines von Henry und Elaine. Henry trägt seinen Abschluss-Talar und hält eine Schriftrolle in Händen, die von einem roten Band zusammengehalten wird. Elaine sieht strahlend zu ihm auf. Ausnahmsweise trägt sie das honigfarbene Haar offen, und es hängt ihr bis auf die Schultern. Dann ihr Hochzeitstag. Ein langes weißes Kleid. Breit lächelnde Gesichter. Familie und Freunde, die sie umlagern. Ich will das nicht sehen, will nicht sehen, wie sie einmal waren.

Ich blättere weitere und erblicke das nächste Bild.

Ich schnappe nach Luft und starre wieder auf das Foto. Es ist Elaine. Sie ist im Krankenhaus, hält ein Neugeborenes im Arm und lächelt in die Kamera. Sie ist deutlich älter als noch auf dem Hochzeitsbild, aber ihre Haut strahlt wie eh und je. Der nagelneue Morgenmantel, frisch gestärkt und weiß, ist bis zum Kinn zugeknöpft. Ihr Haar glänzt. Sie ist von einem Blumenmeer umgeben, hauptsächlich Rosen in allen erdenklichen Farben. Ich sehe Hunderte von Glückwunschkarten und einen großen pinkfarbenen Teddy, der ein rotes Herz in seinen Tatzen hält. Das Baby in ihrem Arm schläft. Ein friedliches Bild. Sein feines blondes Haar schimmert, als wäre es mit Goldstaub überzogen. Darunter, in Henry Campbells übelkeitserregender Handschrift, steht:

Bella Grace Campbell, unser geliebtes und lang ersehntes Kind
2. September 1988

Der zweite September.

Mein Magen dreht sich um. Der Geburtstag ihres Kindes. Ich sitze auf dem Bett und denke zurück an all die düsteren, enttäuschenden zweiten September in meinem Leben. Dieser Tag hatte nie mir gehört, kein Wunder, dass die Campbells ihn nicht gefeiert haben. Alles, an was sie an diesem Tag denken konnten, war sie. Jedes Jahr erhielt ich ein ihr zugedachtes Geschenk, eine Karte mit ihrem Namen darauf. Der einzige Tag des Jahres, an dem sie nicht so tun konnten, als hätte sie nie existiert.

Der Rest des Albums enthält Schnappschüsse von den dreien als Familie. Jedes der Bilder ist liebevoll beschriftet. Bellas erste Schritte. Bella auf der Schaukel im Park mit Elaine. Bella und Henry am Strand in Dorset. Leicht berühre ich dieses Bild. Da ist der Sand, von dem Elaine behauptet hatte, ihn zu hassen. Henry lächelt gebräunt und muskulös in die Kamera – der stolze Vater, der seine Sandburg präsentiert, während Bella grinsend zu seinen Füßen sitzt und ein geblümtes Kleid mit gerüschtem Röckchen trägt. Das Datum des Fotos liegt zwei Jahre vor dem Zeitpunkt, an dem sie mich entführt haben.

Ich blättere weiter um.

Und da ist sie.

Das Mädchen aus meinen Träumen, aus dem nächtlichen Zimmer im Hostel, aus der Kirche. Auf diesem Bild trägt sie ein kariertes Trägerkleid und rote Schuhe, der ganze Kopf ist voller blonder Locken.

Ich senke den Blick auf die Matratze und sehe sie vor mir. Bleich und schwach liegt sie da, während sich ihre Locken auf das Kopfkissen ergießen. Sie war in diesem Raum. In diesem Bett. Ich habe sie getroffen. Habe mit ihrer Spieluhr gespielt. Mit ihr gesprochen. Ihre dünne, durch die Krankheit gezeichnete Stimme vernommen. Ich nannte sie Dory. Das war der

Name, mit dem ich Dawn immer gerufen habe. Und als das Kind fort war, wurde aus ihr Tori. In meinem konfusen Kinderhirn – verwirrt, entwurzelt und deplatziert, wie ich damals war – war Tori die Verschmelzung der geliebten verlorenen Schwester und des Mädchens, das weggesperrt und sterbend in diesem Bett gelegen hatte.

Ich sehe mich um in diesem Raum, dem Schrein für Bella Campbell. Das Kind, das sterben musste.

Ich trockne die Tränen, die ungehindert über mein Gesicht geflossen sind, und blättere um zur letzten Seite. Dort klebt kein Foto unter der Schutzfolie, stattdessen eine einzelne Seite des blauen Smythson-Briefpapiers mit Henrys gestochener Handschrift darauf.

SECHSUNDSIEBZIG

Henry Campbell – 27. August 1989

Henry richtete im Dachgeschoss des Hauses ein Schlafzimmer für Bella ein. Er gestaltete es so nett und gemütlich, wie es ihm möglich war. Kaufte weiße Leinenbettwäsche mit Häkelspitze und weiße Vorhänge. Er schlich sich in ihr altes Zimmer und holte die Spieluhr heraus, der sie so gerne lauschte, während sie wie verzaubert die winzige Tänzerin anstarrte, die sich zu den blechernen Klängen im Kreis drehte. Tag und Nacht saß er bei ihr, pflegte sie, wechselte die Infusionen, streichelte ihre Stirn und verabreichte ihr das Morphium. Elaine kam nur gelegentlich dazu, aber sie interagierte nicht mehr mit dem Kind. Sah es nicht an, berührte es nicht mehr. In ihrer Vorstellung war es schon gar nicht mehr hier.

Eines Tages hatte er sie allein gelassen, um ihr eine kleine Schüssel Suppe zu kochen in der Hoffnung, sie würde vielleicht doch noch etwas essen. Als er zurückkam, saß das andere Kind auf der Kante von Bellas Bett. Es hielt die Hand seiner Tochter und plauderte mit ihr, lebhafter, als er es bisher erlebt hatte. Er blieb im Türrahmen stehen und sah, wie es Bellas Gesicht berührte. Bella drehte den Kopf, und das andere Kind lächelte, während es seine Finger auf Bellas Arm auf und ab krabbeln ließ. Er sah, wie sich Bellas Hand öffnete und schloss und ein Lächeln auf ihrem Gesicht erschien wie ein Sonnenstrahl, der hinter einer Wolke hervorbricht. Er ging zu den beiden, nahm das kleine Mädchen und führte es behutsam fort von seiner Tochter und aus dem Dachzimmer.

Bei der Tür blieb es stehen und schaute ihn aus seinen bemerkenswerten grünen Augen an. »Kann ich nicht bei Dory bleiben?«

Er antwortete nicht, schob sie nur über die Schwelle, schloss die Tür und brach dahinter weinend zusammen. Weinte um seine Tochter, um seine Frau und auch um dieses Mädchen mit den grünen Augen.

Ein paar Tage später dann erwischte Elaine sie auf dem Dachboden. Henry hatte sich davongestohlen, als Bella schlief, um ein Bad zu nehmen. Da hörte er ein Krachen und einen Schrei und dass Elaine einen Wutausbruch bekam. Sie brüllte so laut, dass er aus der Wanne sprang und tropfnass in den Flur rannte. Dort sah er, wie Elaine das Mädchen die Treppe hinabzerrte. Murmelnd stieg sie danach wieder bis zum Dachboden hoch, verschloss die Tür und entfernte die Klinke. Er kehrte ins gemeinsame Schlafzimmer zurück und hörte, wie Elaine das Kind im Nachbarraum anschrie.

»Es ist gefährlich, hörst du mich? Ich hab dir das schon so oft gesagt, Bella! Tausend Mal hab ich dir das gesagt. Wenn du in diesen Raum da oben gehst, werden dir sehr, *sehr* schlimme Dinge widerfahren. Die Monster werden dich fressen. Versprich es mir. Versprich mir, dass du niemals wieder nach oben gehen wirst!«

»Werde ich nicht«, sagte das kleine Mädchen. »Ich versprech's.«

Drei Tage später starb Bella. Er hielt sie an sein Herz gedrückt, als sie ihren letzten qualvollen Atemzug tat. Seine entsetzliche Schuld und der physische Schmerz, den er empfand, lähmten ihn. So hielt er sie bis zum Sonnenuntergang im Arm, küsste ihre Stirn und versicherte sie flüsternd immer wieder seiner Liebe. Als er es Elaine sagte, zeigte ihr Gesicht keinerlei Regung. Wortlos drehte sie sich um und ließ ihn stehen. Doch als sie das Ende der Treppe erreicht hatte, wurden ihr die Knie weich. Sie strauchelte und musste sich am Geländer abstützen, um nicht zu fallen.

SIEBENUNDSIEBZIG

Henry Campbell – 10. September 1989

Bella, mein Schatz,

heute, mein Liebling, habe ich dich verloren. Als du deinen letzten Atemzug tatst, hielt ich dich sicher in meinen Armen. Ich habe dich nach unten und hinausgetragen. Es war dunkel, nicht mal der Mond hat sich gezeigt. Die Luft war kühl auf meiner Haut, noch frisch vom zuvor gefallenen Regen, wofür ich dankbar war. Ich schlug dich in eine Decke ein, damit du es warm hast. Meine Tränen fielen auf dein Haar und deine Haut, doch ich habe sie nicht abgewischt. Sie werden für immer bei dir bleiben. Ich trug dich zur großen Eiche und legte dich sacht aufs Gras. Ich hab dir gesagt, dass ich eine Schaukel in diesen Baum hängen würde, wenn es dir wieder bessergeht. Erinnerst du dich? Und obwohl ich wusste, dass das nie geschehen würde, hörte ich doch nicht auf zu hoffen. Doch es war falsch zu hoffen. Als ich grub, vermischte sich mein Schweiß mit meinen Tränen, während die Schaufel tiefer und tiefer ins Erdreich vorstieß. Sie wollte, dass du woanders deine letzte Ruhe findest, weit weg von hier, irgendwo im Wald, sagte sie. Aber ich brauche dich in meiner Nähe. Brauche dich an einem Ort, an dem ich dich besuchen, bei dir sitzen und deiner gedenken kann. Ich muss in der Lage sein, dich zu spüren.

Sie hat dich auch geliebt, mein Herz. Das kann ich dir versichern. Am Ende mag es vielleicht nicht danach ausgesehen haben, aber sie hat dich so sehr geliebt, dass der Gedanke daran, dich eines Tages nicht mehr zu haben, sie verrückt gemacht hat. Du warst alles, was sie sich je wünschte. Für Jahre war die Aussicht darauf, dich zu haben, das Einzige, was sie am Leben erhielt. Und dann dieser grausame Schicksalsschlag. Und wir konnten nichts tun, um dich zu retten. Ihre Welt ging unter. Der Gedanke daran, ohne dich leben zu müssen, hat sie verändert. Hat ihren Geist irgendwie verdreht. Sie hat den Verstand verloren. Ich wünschte, ich hätte etwas tun können, um ihr zu helfen, aber ihre Verzweiflung war zu stark, als dass man sie noch hätte retten können. Trotz der tiefen Liebe, die sie für dich empfand, kam durch diesen allergrößten Verlust jegliche Art von Hilfe zu spät.

Mein Schatz, ich liebe dich so sehr.

Vergib mir.

Ich wünsche dir Frieden.

Dein Vater

ACHTUNDSIEBZIG

Ich gehe nach unten und öffne die Hintertür. Draußen wartet die graue Langhaarkatze. Der Kater drückt sich an meine Beine und schnurrt, damit ich ihn auf den Arm nehme. Ich bücke mich, um ihn zu streicheln. Er schließt die Augen und hebt seinen Oberkörper meiner Hand entgegen.

Der Himmel hat sich zugezogen.

Vielleicht wird es regnen. Ich gehe über den Rasen und höre, wie die Vögel in den Baumkronen zwitschern. Wieder erinnere ich mich daran, wie sie mich die Namen der Bäume lehrte, mich bei der Hand hielt und Blätter aufhob und mir ihre Form und ihre Struktur erklärte. Ich schaue hinüber zur Trauerweide, deren Zweige in den Teich hinabreichen, dessen stille bräunliche Wasseroberfläche den Baum in perfekter Symmetrie widerspiegelt. Das trockene Gras raschelt unter meinen Füßen, Insekten schwirren umher, Grashüpfer springen von den gelblichen Halmen. Ich denke daran, wie es ist, sein Kind sterben zu sehen, ein Kind, das man bis zum Wahnsinn geliebt hat, und zum ersten Mal empfinde ich Mitleid mit Elaine. Und mit Henry. Diesem gebrochenen Mann. Verloren und trauernd in all diesen Jahren.

Die Eiche überragt alles im Garten, und ich werde wie magisch von ihr angezogen. Ich kann ihn graben sehen. Während der kleine Körper neben ihm im Gras liegt. Blonde Locken sind zu sehen unter dem wollenen Leichentuch. Ich sehe ihn weinen, sehe die Tränen ungehindert auf die frisch ausgehobene Erde fallen. Behutsam legt er sie in das tiefe Loch und bestattet sie sodann mit bloßen Händen, wobei er jede Hand voll Erde so liebevoll behandelt wie das Holz, mit dem er später die Bank rund um diesen mächtigen Stamm angebracht hat.

Die Bank ist bedeckt mit abgebrochenen Zweigen und gefallenen Blättern. Ich fege ein paar beiseite und setze mich, schaue durch das Geäst über mir in den grauen Himmel und sehe durch die Lücken ein paar Wolken vorbeiziehen.

Es wäre einfach, jetzt zusammenzubrechen. Einfach, aufzugeben, sich zusammenzurollen und sich die Wunden zu lecken angesichts dieser tonnenschweren Vergangenheit. Sich einfach hier bei der Eiche niederzulegen wie einst mein Vater. Wie Henry Campbell. Ich könnte der Geschichte nun erlauben, jede Chance auf eine Zukunft zu überschatten. Ich fahre mit den Händen über die raue Oberfläche der Bank und sage mir, dass ich von hier an die Wahl habe.

Es gibt zwei Wege, die ich einschlagen kann. Entweder ich bleibe das Kind, das man seiner Familie weggenommen hat, um von verzweifelten, verstörten Menschen fortgesperrt und von ihnen abhängig gemacht zu werden. Oder ich werde jemand anderes. Ein Mensch, der dankbar ist für das, was er jetzt hat. Ein Produkt seiner Vergangenheit, ja, aber nicht das Endergebnis ebendieser. Bella Campbell hatte nie eine Chance im Leben.

Aber ich habe sie.

Ich habe die Wahl. Für mich und mein ungeborenes Kind.

Ich lege die Hand auf meinen Bauch und taste nach einem Zeichen von Leben, nach dem Herzschlag des Babys in mir. Ich würde für dieses Kind sterben, das weiß ich jetzt schon.

Ich denke an Bella. »Ich hoffe, du hast Frieden gefunden«, sage ich laut in die Stille, »weil ich meinen gefunden habe. Ich war nicht sicher, ob ich das schaffen kann, aber es ist so. Ich habe Frieden gefunden.«

Ich höre Blätter rascheln, ein Rauschen im Wipfel wie ein Flüstern. Etwas erregt meine Aufmerksamkeit. Dort unten beim Teich. Eine Strähne goldener Locken. Nackte Füße, die durchs Gras laufen …

Und dann nichts mehr.

Mein Blick wandert von Baum zu Baum, sucht sie, aber sie ist fort.

Die ersten Regentropfen beginnen zu fallen. Ich wende das Gesicht zum Himmel und lächle. Eine saubere Tafel. Regen, um die Sünden der Welt abzuwaschen.

Ich gehe zurück zum Haus. Der Kater ist nirgendwo zu sehen und zweifellos zu Miss Young zurückgekehrt, um dem schlechten Wetter zu entrinnen. Ich betrete die Küche, schließe sorgfältig die Hintertür. Dann gehe ich von Raum zu Raum und schließe die Vorhänge. In der Eingangshalle fahre ich mit den Fingern über das Schränkchen und hinterlasse zwei Spuren im Staub.

Ich hoffe, dass, wer immer dieses Haus übernimmt, hier ein glückliches Leben haben wird. Ich schließe die Augen und höre mich irgendwo im ersten Stock spielen, rieche den Duft von Gulasch aus der Küche, wo das Radio leise im Hintergrund vor sich hin dudelt. Erinnerungen.

Alles nur Erinnerungen.

EPILOG

Heute schließe ich etwas früher. Ich stelle ein Schild ins Schaufenster, auf dem ich mich dafür entschuldige. Normalerweise habe ich samstagnachmittags nicht geschlossen, aber heute ist ein ganz besonderer Tag.

Ich gehe nach Hause und stelle sicher, dass Mum fertig ist, wenn das Taxi kommt. Wir leben in einem kleinen Fischer-Cottage im Zentrum von St. Ives, von dem aus man über das Meer schaut. Es hat eine enge Treppe und niedrige Decken, das Wohnzimmer besitzt dekorative dunkle Holzbalken und einen offenen Kamin. Ich habe es mit dem Geld der Campbells gekauft und dachte erst, ihre Anwesenheit würde zwischen diesen Wänden irgendwie zu spüren sein, aber so ist es nicht. Es ist ein glückliches Heim. Und sie hätten ja auch gewollt, dass ich glücklich werde. Dessen bin ich mir sicher. Dawn ist vor sechs Monaten bei Craig und Stacey eingezogen. Sie war nicht sicher, ob das funktionieren würde, doch die drei sind sehr glücklich mit dieser Situation, besonders Stacey. Mum und ich haben Nino. Mum ist ganz vernarrt in diese Katze und verbringt die meisten Abende damit, im Wohnzimmer zu sitzen, während das Tier zusammengerollt auf ihrem Schoß liegt.

Ich denke noch immer an die Campbells. Ich versuche, es zu vermeiden, aber manchmal ist es einfach unmöglich. Die Polizei hat Bellas sterbliche Überreste in dem Grab unter der Eiche gefunden. Und obwohl ich ja davon wusste, war es dennoch ein Schock. Als die Polizei anrief und es mir sagte, bin ich schluchzend zusammengebrochen. Genau wie Dawn.

Mum hilft mir, auf meinen kleinen Sohn aufzupassen. Auf Matthew, meinen wunderschönen Jungen. Sie meint, das wäre nur gerecht, weil sie ja einst nicht auf mich achtgegeben habe. Sie spricht immer noch von Pflichtverletzung, über den Verlust und über ihre Schuld daran, dass Mark mir und Dawn hat wehtun können. Ihre Therapeutin sagt, das sei verständlich. Schließlich hätten Schuld und Furcht dazu geführt, dass sie sich abgeschottet und ihre innere von der Außenwelt abgetrennt habe. Obwohl der Genesungsprozess immer weiter fortschreite, sei die Gefühlslage, die damals zu ihrem völligen Rückzug geführt habe, noch immer präsent. Mum hält sich sowohl für mitschuldig an dem, was die Campbells verbrochen haben, als auch an den Gewalttätigkeiten meines Vaters. Sich um Matthew kümmern zu können hilft ihr, das Trauma zu verarbeiten, und für mich bedeutet es, dass ich mich voll und ganz auf die Führung meines Cafés konzentrieren kann. Ich habe den Eigentümer kontaktiert und ihm ein Angebot zum Kauf unterbreitet, kurz nachdem ich das Haus in Bristol verkauft hatte. Es war eine schnelle Bauchentscheidung, vor allem, da ich keinerlei Erfahrung beim Führen eines Betriebs hatte. Den Vertrag zu unterschreiben war ein einschüchterndes Ereignis. Aber Fi war mir eine große Hilfe. Sie schmeißt das Hostel praktisch allein und erledigt dort alles einschließlich der Buchhaltung, und so erklärte sie mir, worauf es bei der Selbstständigkeit ankommt. Ich wüsste nicht, was ich ohne sie täte. Ohne ihre Freundschaft und ohne ihr Fachwissen.

Ich habe das Café *Die Meerjungfrau* genannt. Ich liebe den Laden und könnte mir nichts anderes mehr vorstellen. Ich koche jeden Tag, backe mein eigenes Brot und frische Kuchen, bereite im großen Stil Quiches, hausgemachte Cottage Pies und Lasagne zu, während Jenny, das Mädchen, das mich an meinen freien Tagen vertritt, einen Kaffee zaubert, der selbst den von Phil noch übertrifft.

Das Taxi lässt uns beim Pub in Zennor raus, und wir überqueren die Straße zur Kirche. Als ich die drei Stufen erklimme und das Tor öffne, halte ich kurz inne. Der Kirchenvorsteher hat den Grabstein mit meinem Namen entfernen lassen, und wo er einst stand, ist jetzt, gleich einer Narbe im Gras, nur noch ein Hügel frischer Erde zu sehen. Diesen Flecken zu erblicken macht mich weder traurig noch gruselt es mich, stattdessen hebt er meine Laune ungemein. Für mich ist er das physische Zeichen meiner Wiedergeburt. Es hat etwas Mächtiges, von den Toten zurückgekehrt zu sein, und ich liebe den Menschen, der ich heute bin. Ich bin selbstbewusster und selbstsicherer geworden, und ich habe Freunde in St. Ives. Darunter viele Mütter. Wir treffen uns regelmäßig und reden über Babythemen. Alltägliche Dinge, die mit Füttern, Tagesroutinen und Erschöpfung zu tun haben – nichts Weltbewegendes für einen Außenstehenden, aber ungemein wichtig für uns.

Und da ist auch noch meine Selbsthilfegruppe. Ich habe eine Ewigkeit gebraucht, mich zu erheben und den anderen zu offenbaren, was mir passiert ist. Aber es hilft, obwohl ich mich zu Anfang mit Händen und Füßen dagegen gewehrt habe. Ich habe jedem erzählt, dass ich mich nicht habe umbringen wollen, aber das stieß nur auf taube Ohren. Es war Dawn, die mich schließlich überredete, es doch mal mit der Gruppe zu versuchen, und ich bin froh, dass ich auf sie gehört habe. Es hilft, die persönlichen Geschichten der anderen zu hören, von ihren Problemen und Sorgen zu erfahren, von den Momenten, in denen auch sie meinten, es ginge nicht mehr weiter. All das verstehe ich nur zu gut.

Greg und ich haben noch Kontakt. Zwar nicht im romantischen Sinne, sondern wegen unseres gemeinsamen Sohnes. Als ich ihm von dem Baby erzählte, hatte ich eigentlich damit gerechnet, dass er sich Hals über Kopf aus dem Staub machen würde, aber weit gefehlt. Er möchte, dass ich ihn in das Leben seines Sohns miteinbeziehe, und er versucht wirklich, ihm ein guter Vater zu sein. Das schafft er zwar nicht immer, aber er liebt Matthew, und Matthew liebt ihn.

Natürlich bin ich nicht ohne Vorbehalte. Gut möglich, dass ich eines Tages ein paar Scherben werde zusammenfegen und meinen Sohn werde trösten müssen, weil sein Dad ihn enttäuscht hat. Doch im Moment wächst Greg als Vater über sich hinaus, und es ist mir wichtig, dass er und Matthew eine Beziehung zueinander aufbauen können. Wir wohnen nicht weit voneinander entfernt, weshalb er oft vorbeikommt, wenngleich die beiden offiziell einen Tag und eine Nacht pro Woche miteinander verbringen dürfen. An diesen Tagen holt Greg den Kleinen dann um zehn Uhr morgens ab und bringt ihn am darauffolgenden Morgen wieder zurück – dreckig und hundemüde zwar, aber mit einem breiten Grinsen im Gesicht. Greg ist Feuer und Flamme, Matthew das Surfen beizubringen, und glaubt, er habe einen künftigen Weltmeister unter seinen Fittichen …

Mit meinem Sohn im Arm erreiche ich das Eingangstor der Kirche. Er ist so wunderschön. Er hat das blonde Haar seines Vaters, nicht ganz so hell, aber genug, und seine Augen haben ein dunkles warmes Braun angenommen. Und er ist ein so braver Junge. Ich kann kaum glauben, wie sehr man einen Menschen lieben kann. Es war eine schwierige Geburt. Er kam schnell, fast zu schnell, sodass wir es gerade so ins Krankenhaus geschafft haben. Dawn war bei mir. Matthew hatte die Nabelschnur um den Hals liegen, und die Hebamme meinte, ich müsste ihn ganz rasch zur Welt bringen. Da lag eine Dringlichkeit in ihrer Stimme, die mich zutiefst erschrak. Dawn hielt meine Hand und war einfach fantastisch. Sie besitzt diese Ruhe, diese innere Stärke, um die ich sie sehr beneide. Und sie war es auch, die mir unter Freudenschluchzern mitteilte, dass ich einen Jungen bekommen hatte. Und ich würde mein Leben für dieses Kind geben. Seit ich ihn habe, bin ich sogar in der Lage, Elaine ein wenig zu vergeben. Bis zu seiner Geburt hatte ich keine Ahnung, wie es sich anfühlt, ein Kind mit Herz, Körper und Seele zu lieben, wie allumfassend diese Liebe ist, wie man automatisch alles andere in Bezug zu diesem Kind setzt. Ich kann mir den Schmerz, ihn zu verlieren, nicht mal vorstellen. Kann mir nicht vorstellen, was ein solches Ereignis mit mir anstellen würde. Ihre Kinder zu verlieren hat sowohl meine Mutter als auch Elaine um den Verstand gebracht, und erst jetzt kann ich es ein wenig besser verstehen.

Mum sieht heute einfach toll aus. Sie dreht sich zu mir um und lächelt, als ich sie zu ihrem Platz begleite. Ihre Haut schimmert, und ihr Haar ist zu Locken aufgedreht. Sie trägt den Hut mit der breiten Krempe, den wir letzte Woche in Truro für sie gekauft haben.

»Bereit?«, frage ich sie.

»Das bin ich, mein Liebling, und wie steht's um den süßesten aller Trauzeugen?« Sie küsst Matthew auf die Stirn.

Matthew Trystan Tremayne. Unser süßester Trauzeuge.

Ich lege ihn Mum in den Arm, und sie nimmt ihn entgegen, als wäre er ein rohes Ei. »Ich weiß nicht, wann im Leben ich glücklicher war«, flüstert sie.

Ich berühre sie zärtlich an der Schulter.

Die Musik setzt ein, und wir drehen uns alle zum Eingang der Kirche um. Mein Magen fühlt sich an, als wäre er voller Schmetterlinge.

Zögernden Schritts kommt Dawn durch den Mittelgang. Ich sehe, wie nervös sie ist. Ihre Lippen beben unter dem Lächeln, auf das ich ihr geraten habe sich zu konzentrieren. Sie hat Gänsehaut, obwohl es Juni ist. Ihr Kleid ist schlicht elfenbeinfarben. Der Brautstrauß eine einzelne weiße Amaryllis. Ihr mausbraunes Haar ist locker aufgesteckt, ein Hauch von Mascara betont ihre grünen Augen. Sie sieht exquisit aus. Ich wende mich zu Mum um, die gerade in Tränen ausgebrochen ist, und drücke sie kurz an mich.

Die Musik hört auf zu spielen, und Craig tritt nervös von einem Bein aufs andere. Der Anzug passt ihm nicht hundertprozentig, und ich weiß, er kann es kaum erwarten, ihn wieder gegen Jeans und Sweatshirt einzutauschen. Er lächelt Dawn entgegen, und sie lächelt zurück. Jetzt blicken sie beide zu Stacey, die die Hand ausstreckt, um ihrer Mutter die Blume abzunehmen. Sie küsst ihre Eltern und setzt sich dann neben mich. Ich nehme ihre Hand.

Der Pfarrer begrüßt die kleine, aber sehr exklusive Versammlung, und Craig ergreift Dawns Hand. Als sie ihre Ehegelübde ablegen, beginnt Matthew zu quengeln.

»Oh Gott, ich denke, er hat Hunger, Mum«, flüstere ich. »Glaubst du, ich kann ihn hier drin füttern, oder soll ich besser mit ihm rausgehen?«

»Ich glaube nicht, dass sich die Meerjungfrau daran stören würde.« Sie streichelt meinem Sohn über den Kopf.

Matthew verstummt, sobald ich ihn an meine Brust angelegt habe. Beim Trinken greift er nach oben und schiebt seine kleinen Finger zwischen meine Lippen.

»Weißt du, dass du das als Baby auch immer gemacht hast, wenn ich dich gestillt hab?«, flüstert mir meine Mutter zu.

Die kleine Feierlichkeit im Anschluss an die Trauung halten wir in meinem Café ab. Wir sind etwa dreißig Personen. Ich decke Tabletts mit Schnittchen und Kuchen auf, dann öffnen wir den Champagner und reichen die Gläser herum. Da erhebt sich Mum und schlägt mit ihrem Teelöffel gegen ihr Glas. Alle verstummen.

»Dawn hat mich gebeten, die Rede heute zu halten. Schätze, sie hört meine Stimme einfach zu gern.« Mum lächelt, als alles lacht. Dann hebt sie ein Blatt Papier hoch und liest ohne Stolpern und Stottern und mit einer Intonation so melodisch wie ein Gesang:

Etwas geschah mit unserer Familie. Eines jener tragischen Ereignisse, von dem die Leute immer hoffen, es möge ihnen nie im Leben widerfahren. Aber darüber möchte ich heute nicht sprechen, nicht an diesem Freudentag. Doch um Dawn zu verstehen und zu begreifen, wie kostbar sie ist, müssen wir uns dessen erinnern. Als ich verloren war, hat Dawn ihr Leben aufgegeben, um für mich zu sorgen. Etwas, das ich mir nie werde verzeihen können, doch leider war ich nicht stark genug, um gegen die Dunkelheit anzukämpfen, die von mir Besitz ergriffen hatte. Ich werde ihr immer dankbar sein für ihre tiefe Liebe und Aufopferung. Eine solche Person zu kennen, ist die wohl größte Ehre, und sie meine Tochter nennen zu dürfen die wohl größte Freude. Der heutige Tag markiert den Beginn ihrer Zukunft. Ihrer und Craigs Zukunft. Dieser Tag ist der Beginn ihres Lebens als Familie. Es ist Zeit, dass sie ihr eigenes Leben führt, mit dem Mann, den sie liebt, und mit ihrer wundervollen Tochter.

Die Liebe, die sie für meine Schwester empfindet, lässt Mum geradezu von innen heraus erstrahlen, als sie fortfährt:

Ab und an wird die Welt mit einem Engel beschenkt. Einer dieser Engel befindet sich heute in unserer Mitte. Dieses Kind kam zu mir, als die Morgensonne über dem Meer aufging und die Vögel ihr erstes Lied anstimmten. Meine Dawn. Mein Engel.

Möge von nun an jeder Tag mit der Liebe und dem Glück angefüllt sein, die du verdienst.

Später kommt meine Mutter zu mir und setzt sich neben mich auf die kleine Kaimauer, von der aus man die Hafenbucht überblickt. Ich habe Matthew bei mir, der verzückt mit meiner Halskette spielt.

»Sie sind so glücklich, nicht wahr?«

»Ja, das sind sie.« Ich wende mich zu ihr um. »Und? Bist du glücklich?«

»Ich könnte nicht glücklicher sein.«

Sie nimmt meine Hand, dann blicken wir beide in Richtung Meer, hinweg über die mächtige Hafenmauer, bis zu dem Punkt, wo die Wellen an die schroffe Steilküste schlagen.

So sitzen wir schweigend da. Ich sage meiner Mutter nicht, dass ich sie noch immer spüren kann – Bella und Tori. Und auch die Meerjungfrau, wer auch immer sie sein mag. Sie beobachtet mich. Tief unter dem wogenden grauen Ozean ist sie da und immer wachsam. Und manchmal, wenn mir das Leben allzu schwer vorkommt, wenn die Mauern der Welt mich zu erdrücken drohen und meine Vergangenheit sich anschickt, Besitz von meinem neuen Leben zu ergreifen, dann gehe ich hinauf auf die Klippen. Und dort oben, allein mit dem Wind und den Möwen, schließe ich die Augen und lausche ihrem Gesang.

Ein Schicksal, schlimmer als der Tod

Tony Parsons
IN EISIGER NACHT
Kriminalroman
Aus dem Englischen
336 Seiten
ISBN 978-3-404-17621-2

London, an einem frostigen Wintermorgen. Bei einem Einsatz erwartet Detective Max Wolfe ein schrecklicher Anblick: In einem Kühllaster liegen 12 erfrorene Frauen. Offenbar hatten sie noch versucht, sich aus ihrem eisigen Gefängnis zu befreien – vergeblich. Alles deutet daraufhin, dass sie von Schleusern illegal ins Land geschafft wurden. Doch warum mussten sie sterben? Als man im Führerhaus des Lasters nicht 12, sondern 13 Pässe entdeckt, schöpft Max Hoffnung: Wo ist die 13. Frau? Lebt sie vielleicht noch? Auf der Suche nach ihr tauchen Max und seine Kollegen tief in die dunkle, gefährliche Welt des Menschenhandels ein – und nicht jeder von ihnen wird lebend zurückkehren …

Bastei Lübbe